HEYNE BÜCHER

Das Buch

Das Buch über den Krieg, der sich Wahlkampf nennt: Ein unbekannter Gouverneur aus den Südstaaten greift nach der Macht. Doch in einem Teufelskreis aus Größenwahn und Selbstverachtung, in einem Strudel aus Täuschungen und Lügen droht sein Ringen um die Präsidentschaftskandidatur aus den Fugen zu geraten.
Jack Stanton heißt der Kandidat, der aus dem Nichts kommt. Zusammen mit der energischen Susan, seiner Powerfrau, gewinnt der charismatische Stanton rasch an Boden. Fasziniert verfolgt der Ich-Erzähler Henry Burton den scheinbar unaufhaltsamen Aufstieg dieses politischen Vollbluttalents, tritt in seinen Wahlkampfstab ein und gilt bald als der fähigste Organisator der »Primaries«, des amerikanischen Vorwahlkampfs, an dessen Ende die Partei ihren »Kandidaten« nominiert, um ihn in das Rennen um die Präsidentschaft und den mächtigsten Job der Welt zu schicken. Voller Begeisterung und Idealismus durchlebt Henry Burton den Irrsinn des Wahlkampfes, der Hochrechnungen und der TV-Duelle, der Sex-Affären und der Schlammschlachten gegen die Mitbewerber in immer neuen Adrenalinschüben. Bis die ersten Skandale das strahlende Bild Stantons zu trüben beginnen: In den schwarzen Stunden, als die Kampagne zusammenzubrechen droht, beginnt Berater Burton den Glauben an sein Idol zu verlieren ...
Mit aller Macht ist ein außerordentlich spannender Thriller, der präzise vorführt, wie Macht, Charisma und Verführung funktionieren. Er zeichnet das lebendige und authentische Bild des politischen Lebens, wie nur Insider es kennen.

Der Autor

Mit aller Macht wurde unter dem Pseudonym »Anonymus« veröffentlicht. Das Geheimnis der Autorenschaft konnte jedoch gelüftet werden: Der namhafte »Newsweek«-Kolumnist Joe Klein mußte sich nach längerem öffentlichen Rätselraten zu seinem Werk bekennen.

ANONYMUS

MIT ALLER MACHT

Roman

Aus dem Englischen von

Uda Strätling
Brigitte Jakobeit
Christiane Buchner
Sabine Roth

WILHELM HEYNE VERLAG
MÜNCHEN

HEYNE ALLGEMEINE REIHE
Nr. 01/10318

Titel der Originalausgabe
Primary Colors
erschienen im Verlag Random House, Inc., New York

Umwelthinweis:
Das Buch wurde auf
chlor- und säurefreiem Papier gedruckt.

9. Auflage

Wilhelm Heyne Verlag GmbH & Co. KG, München
Printed in Germany 1998
Umschlaggestaltung: Atelier Ingrid Schütz, München,
unter Verwendung des Originalumschlags von
Costanza Puglisi, Jorge Schmidt und Klaus Meyer, München
Satz: Franzis-Druck GmbH, München
Druck und Bindung: Presse-Druck Augsburg

ISBN 3-453-12488-X

Meinem Ehepartner,
dem lebenden Beweis,
daß Extravaganz und Verschwiegenheit
einander nicht ausschließen

Die Menschen urteilen im allgemeinen mehr nach dem,
was sie mit den Augen sehen,
als nach dem, was sie mit den Händen greifen.

Machiavelli

Anmerkung

Mehrere bekannte Persönlichkeiten – hauptsächlich Journalisten – treten in diesem Buch in Nebenrollen auf, trotzdem handelt es sich um einen Roman, für den die üblichen Regeln gelten. Keine der anderen Figuren ist real. Sämtliche geschilderten Ereignisse sind frei erfunden.

I

Er war kräftig gebaut, und auf den Straßen von Harlem, so mitten im Sommer, sah er verdammt bleich aus. Ich bin klein und nicht sonderlich dunkel, nicht weiter bedrohlich für Weiße; ich muß mich nicht produzieren.

Wir gaben uns die Hand. Es ist bedauerlich, daß ich mich an diesen Moment nicht deutlicher erinnere: Das Händeschütteln ist der Schwellenakt, der Beginn aller Politik. Seither habe ich ihn millionenfach Hände schütteln sehen, trotzdem könnte ich nicht sagen, wie er es macht, das mit der Rechten: Kraft, Eigenart, Dauer, das Einmaleins des Händedrucks. Dafür kann ich einiges darüber sagen, was er mit der anderen Hand tut. Mit der ist er ein Genie. Er faßt dich am Ellbogen oder weiter oben am Bizeps – das sind Grundgriffe, reine Reflexe. Er interessiert sich für dich. Es freut ihn, dich kennenzulernen. Wenn er noch höher geht, wenn er dir etwa den linken Arm um die Schultern legt, ist das irgendwie weniger intim, eher beiläufig. Dann wird er einen Witz machen oder dir ein Geheimnis verraten – ein kleines, kein richtiges –, und dir mit dieser vorgetäuschten Vertraulichkeit schmeicheln. Wenn er dich nicht näher kennt und du ihm gerade etwas »Wichtiges« erzählt hast, etwas Ernstes oder Gefühliges, dann packt er dich und beehrt dich mit einem Beidhänder, bei dem seine Linke sich deines Handgelenks samt Unterarm bemächtigt. Er wirft dir seinen berühmten leicht verklärten Blick zu. Und es ist ihm ernst.

Bei mir war es, wenn ich mich recht entsinne, die Linke-knapp-über-dem-Ellbogen-Version, dazu ein verhalten neugieriger Blick – »Sie sind es also, von dem ich soviel gehört habe« – und ein Nicken, mit dem er mich zum Mitkommen aufforderte. Ich hatte keine Zeit, besser gesagt, nicht die Geistesgegenwart, etwas zu erwidern. Langsame emotionale Reflexe, nehme ich an. Seine waren wie der Blitz. Er war schon sechs verbindlich geschüttelte Hände weiter, als ich ihn einholte – und mich ein, zwei Schritte hinter ihm, im klassischen Stabsabstand, einreihte, als hätte ich das mein Leben lang getan. (Hatte ich auch, nur nicht für jemanden von seinem Format.)

Mit der Bibliothekarin im Schlepptau bahnten wir uns zügig einen Weg hinauf in den Leseraum, und jetzt machte er große Ohren. Sie erläuterte das Programm, und er schaltete auf totales Zuhören um, auf das aggressivste Zuhören, das die Welt je gesehen hat: Hör-Aerobic. Ein unglaublich intensiver und beunruhigender Vorgang, als würde er schneller hören, als du sprechen kannst, als würde er die Informationen aus dir heraussaugen. Wenn er ganz Ohr ist – was selten genug vorkommt, meist versorgt er sich aus zwei oder drei Quellen gleichzeitig –, wird sein Zuhören zum Mittelpunkt des Gesprächs. Genau das geschah jetzt bei der Bibliothekarin, und es brachte sie buchstäblich zum Taumeln. Sie verfehlte eine Stufe, er fing sie auf, stützte sie. Sie war etwas älter, an die Fünfzig, das Haar kastanienbraun gefärbt, um das Grau zu kaschieren, unscheinbar eigentlich, bis auf die Beine, die unglaublich waren, ein Geschenk des Himmels. Hatte er diese Beine bemerkt, als sie gestolpert war? Ich hätte es nicht sagen können. Howard Ferguson III hatte sich an meine Seite geheftet, während wir uns im Gedränge die Treppe hinaufschoben. Er drückte meinen Ellbogen – Gott, waren diese Leute kontaktfreudig – und meinte: »Schön, daß Sie es sich noch überlegt haben. Jack ist begeistert, daß Sie dabeisein können.«

»Wobei eigentlich?« fragte ich ihn. Howard hatte angerufen und eine Begegnung mit Governor Jack Stanton vorgeschlagen, der sich möglicherweise um die Präsidentschaft bewerben würde. Stanton würde auf dem Weg zu einer ersten Vorstellungstour durch New Hampshire einen Zwischenstopp in New York einlegen. Die Einladung ging mit einer verblüffenden Ortsangabe einher: Harlem, ausgerechnet. (In Harlem war kein Geld zu holen, dabei war es doch die heiße Phase der Spendenbeschaffung für den Wahlkampf, besonders für einen obskuren Gouverneur aus dem Süden). Und ein schamloses Kompliment hatte ich auch noch bekommen. »Sie sind ja geradezu eine Legende«, hatte Howard leichthin, aber durchaus ironisch im Tonfall des Mittleren Westens gesagt. »Er würde Sie gern aus dem Ruhestand locken.«

Ruhestand: Nach sechs Jahren beim Kongreßabgeordneten

William Larkin war ich aus Washington geflüchtet. Es war mein erster Job nach dem Studium gewesen, und ich wurde ein Opfer von Larkins rasantem Aufstieg, seiner Karriere vom einfachen Abgeordneten zum Einpeitscher und schließlich zum Mehrheitsführer. Was mich überforderte. Ich war nicht reif gewesen für die Macht; mir hatte es bei den Hinterbänklern ganz gut gefallen. Ich war noch nicht soweit, jemand Wichtiges zu sein – die rechte Hand des Mehrheitsführers zum Beispiel, jemand, mit dem man sich gut stellen mußte, wenn man etwas durchbringen oder kippen wollte. Folglich die Offenbarung an meinem dreißigsten Geburtstag: »Tut mir leid, Sir – ich muß mal verschnaufen«, hatte ich Larkin erklärt.

»Haben Sie etwa den Glauben an unsere Sache verloren?« wollte er wissen.

Wie bitte? Ans Stimmenzählen? Sehr komisch. Damals hatte ich ein Verhältnis mit einer Frau, die zwar umwerfend aussah, aber für den Verbraucherschutzpapst Nader arbeitete und durch einen Mangel an Ironie bestach, der auch den härtesten Crashtest überstanden hätte. Sie hieß March, und schon bald hatte ich die Vision von einem Liebesleben, bei dem ich die Monate nach Frauennamen abhaken würde: April, May, June ... Ich weiß nicht mehr, was ich ihr sagte. Ich weiß nur noch ihre Antwort: »Henry, bist du nicht ein bißchen zu jung für eine Midlifecrisis?«

Keineswegs. Ich rief Philip Noyce von der Columbia University an. Wir kannten uns schon ewig. Er war ein Kollege von Vater gewesen, vor Urzeiten, bevor Vater Mutter verlassen und seine Tour durch die »unbedeutendsten Universitäten der Welt« angetreten hatte. Jedenfalls sprang dabei ein Job für mich heraus. Ich hielt Seminare zur Gesetzgebung. Wie in einer Midlife-crisis zu erwarten, war ich vom Regen in die Traufe gekommen.

Und jetzt spielte ich mit dem Gedanken... wieder einzusteigen.

Ich war einfach neugierig. Was hatte Jack Stanton in Harlem zu suchen, wo er doch eigentlich in der Wall Street die Finanzhaie beeindrucken müßte? Wollte er etwa mich beeindrucken? Wohl kaum. Vermutlich wollte er mich nur als Vorzeigeneger dabeihaben. Ich war nämlich, wie ich feststellte, das einzige schwarze Gesicht in seinem Gefolge. Howard Ferguson jedenfalls gehörte so ziemlich ans äußerste andere Ende des Spektrums. Ich sah, wie sich eine diskrete Schweißperle die Schläfe hinunter in seine merkwürdige Elvis-Presley-Kotelette stahl, so, als wäre der Schweiß bei ihm rationiert. Ferguson war so trocken, schmallippig und streng – und hatte einen derart sengenden Blick –, daß er von der Flüssigkeit in seinem Körper keinen Tropfen erübrigen konnte, sonst finge er womöglich Feuer. Auch Howard war eine Art Legende; ein Relikt, ein Präriegeist, Sproß einer Familie von Brandstiftern. Sein Urgroßvater Firefly Ferguson hatte mit lodernden Weizenfeldern ein Fanal gesetzt und aus der Gefängniszelle heraus für das Gouverneursamt kandidiert. Howard hatte Fireflys gegerbtes, sonnengerötetes Gesicht, er trug das schüttere Haar in der Mitte gescheitelt – und eine rosa geblümte Krawatte von Liberty: Ich nehme dieses Leben, diese Anwaltsklamotten nicht ernst, verkündete sie. Seine Rolle in dem Stanton-Unternehmen war nebulös – sie sollte mir noch Monate später Rätsel aufgeben. Er war ein Mann, der sich nie in die Karten blicken ließ, der bei Besprechungen nie eine Meinung vertrat und trotzdem den Eindruck vermittelte, starke Überzeugungen zu haben, zu stark, um sie in Gegenwart von Fremden auch nur andeuten zu können. Er kannte den Gouverneur schon ewig, seit den Tagen der Proteste gegen den Vietnamkrieg. »Kennen Sie sich mit Alphabetisierungsprogrammen aus?« fragte er mich jetzt mit einem leisen Lachen. »Jack kann von dem Quatsch nicht genug kriegen. Für ihn ist es jedesmal wie in der Kirche.«

Da war was dran. Zumindest dieser Leseraum ging weit über die Qualitätsansprüche öffentlich geförderter Gebäude hinaus. Kein Leichtbeton, keine Resopaltische. Auch die gnadenlos aufmunternden Plakate mit Büchern und Eulen fehlten. Es war ein düsterer, weihevoller Ort – eine von der Work Projects Administration errichtete Bibliothek. Die hohen Bücherregale waren aus Eiche. Darüber gab es Wandmalereien, die volksfrontartige Vision einer von Doppeldeckern umschwirrten Freiheitsstatue im Stil Thomas H. Bentons, Lokomotiven, die durch Weizenfelder dampften, ruhmreiche proletarische Muskelmänner auf dem Weg zur Arbeit – eine Traumlandschaft ganz nach Howard Fergusons Geschmack. (Damals hatte man noch keine mahnende Propaganda der Sorte LEST

BÜCHER! gebraucht, man hatte andere Probleme.) Die Kursteilnehmer saßen um einen großen runden Eichentisch. Sie waren die leibhaftige Verkörperung dessen, was der Wandkünstler im Sinn gehabt hatte: heilige Proletarier.

Die Bibliothekarin, wie Vertreter des öffentlichen Dienstes überall auf der Welt in ihrer Herablassung ungewollt beleidigend, stellte den Besuch vor: »Governor Jack Stanton, ein großer Verfechter der Fortbildung, und einer, der angetreten ist, um ...« Sie warf ihm einen koketten Blick zu. »... mich eine Weile zu Ihnen zu gesellen«, beendete er den Satz.

»Möchten Sie vielleicht ein paar Worte –«

»Nein, nein, machen Sie nur weiter«, sagte er in seinem weichen Südstaaten-Drawl. »Lassen Sie sich nicht stören.«

Er nahm in einiger Entfernung vom Tisch Platz, vermied es geschickt, sich der Runde aufzudrängen. Ich setzte mich schräg gegenüber ans andere Ende des Raums. Ich beobachtete, wie er sie beobachtete. Howard stand hinter mir an ein Bücherregal gelehnt. Die Teilnehmer stellten sich vor. Es waren Kellnerinnen, Tellerwäscher, Hausmeister, die meisten zwischen Zwanzig und Ende Dreißig, Menschen, die nachts arbeiteten. Sie lasen der Reihe nach vor: Die Frauen hatten weniger Mühe als die Männer. Die hatten wirklich zu kämpfen. Und dann erzählten sie Geschichten aus ihrem Leben. Es war sehr bewegend. Als letzter kam ein gewisser Dewayne Smith an die Reihe, der als Koch in einem Schnellimbiß arbeitete und locker seine drei Zentner auf die Waage brachte. »Mich haben sie einfach immer mitgeschleppt«, sagte er. »Ich konnt kein Wort lesen, hatte 'ne ... Lernschwäche.« Er schielte zur Bibliothekarin hinüber, um sich zu vergewissern, daß er sich richtig ausgedrückt hatte.

»Dewayne ist Legastheniker«, sagte sie.

»Einfach mitgeschleppt. Dritte Klasse, vierte Klasse, und ich, also ich bin zu stolz, okay? Keiner kriegt was mit. Ich sitz hinten, bin nicht laut, pöbel nicht rum wie andere Wi-, äh, Kinder, halt mich raus. Läuft die ganze Grundschule so. Dann Ben Franklin Junior High. Da hätten sie mich auch gleich in die Bronx in den Zoo schicken können. Kein Aas hat was gesagt. Keiner hat mal gesagt: ›Hör zu, Dewayne, wie stellste dir das denn vor? Kannst doch nicht mal lesen, arme Sau.‹ Tschuldigung.« Er schielte zum Gouverneur hin. Der lächelte und nickte ihm aufmunternd zu.

»Das ist zwanzig Jahre her«, warf die Bibliothekarin ein. »Heutzutage haben wir das besser im Griff.« Als wäre damit die ganze Ungeheuerlichkeit, die blinde Stupidität des Systems ausgelöscht.

»Tja, und dann die Abschlußfeier. Momma ist da, hat sich'n Tag in der Wäscherei freigenommen. Hat ihr Sonntagskleid an. Hat keine Ahnung, daß was faul ist. Ich ja auch nicht, Mann. Was soll schon sein, war doch nie was. Da sitzen wir also, und Dr. Dalemberti ruft unsere Namen auf, also: ›Sharonna Harris, mit Auszeichnung‹ oder ›Tyrone Kirby, Ehrenpreis des Schulvorstands‹, so in der Art, und alle müssen nach vorn und auf der Bühne stehen, bis er fertig ist. Und dann bin ich dran – geht nach'm Alphabet, okay? –, und da sagt Dr. Dalemberti vor allen Leuten: ›Dewayne Smith wird die Anwesenheit bescheinigt.‹ Da geht's aber los, alle sind am Flüstern und am Gackern, und ich muß nach vorn, Mann, und mir dieses Ding holen ... genau wie'n Zeugnis, sieht original so aus. Gleiches Papier und alles – komisch, und ich denk noch, merkt ja keiner, ist das gleiche Papier. Aber is nich: alle wissen Bescheid. Und ich denk: Idiot. Die anderen, die nich lesen können, ham sich längst vom Acker gemacht. Und was hab ich davon, daß ich durchgehalten hab? Ich steh da, Mann, ich glühe, ich guck in die Luft, damit ich bloß niemand sehn muß, versuch krampfhaft, nicht bescheuert auszusehen. Komm mir aber vor wie der letzte Idiot. Das Mädchen nach mir ist am Kichern, kriegt sich gar nicht mehr ein, weil sie neben dem Klassendepp stehen muß. Als wär's ansteckend. Und da unten sitzt Momma – mit ihrem Hut und der Handtasche auf dem Schoß, mit den weißen Handschuhen, die sie sonst bloß in die Kirche anzieht. Sie hat die Brille auf, und unten laufen die Tränen raus. Als hätt ihr jemand was getan, als wär jemand gestorben.«

Es haute mich um. Ich versuchte, ein Schluchzen zu unterdrücken, aber Dewayne rührte an ältere, tiefere Schichten als Politik. Mist. Ich begann zu zittern, Tränen traten mir aus den Augen. Und dann das klassische Phänomen, das jeder kennt: In genau so einem Moment, einem peinlichen Moment der Schwäche, sieht man wie unter Zwang genau zu dem Menschen hin, der am allerwenigsten davon mitkriegen soll. Ich sah zu Jack Stanton hin. Er hatte einen hochroten Kopf, seine blauen Augen glänzten verdächtig, Tränen liefen ihm über die Wangen.

Im ersten Moment empfand ich – Erleichterung. Erleichterung und Erstaunen und ein plötzliches, heftiges, absolut verblüffendes Gefühl der Verbundenheit. Gleich darauf gingen die Alarmglocken los. Schwäche? Wie bei Ed Muskie und seinem Zusammenbruch im Schnee von New Hampshire? Doch das legte sich, denn jetzt trat Stanton in Aktion. Er wischte sich mit dem Handrücken die Tränen weg – damit hatte auch der letzte mitgekriegt, daß er die Fassung verloren hatte –, stand auf, stützte sich auf die Schultern zweier Kursteilnehmer, beugte sich über den Tisch zu Dewayne hinüber und sagte: »Ich möchte Ihnen zutiefst dafür danken, daß wir an Ihrer Geschichte teilhaben durften, Dewayne.« Es war längst nicht so gräßlich, wie es jetzt vielleicht klingt. Das Gefühl dahinter war überzeugend. »Und es wird höchste Zeit, etwas dagegen zu tun – und das meine ich ernst –, daß Leute weiterhin im System untergehen können, wie es Ihnen passiert ist. Wir müssen lernen, unsere Jugend ernst zu nehmen. Ihnen allen jedoch möchte ich zunächst für Ihren Glauben danken, für das Vertrauen in die eigene Fähigkeit, Hürden zu überwinden, zu lernen und sich durchzusetzen.« Jetzt trug er ein bißchen dick auf, und er schien das zu spüren. Er ließ das Politikergehabe, nahm sich zurück und ging um den Tisch herum zu Dewayne. Jetzt hatte ich ihn im Profil. »Dazu gehört einiges an Mut. Wie viele von Ihnen hier in dieser Runde sagen eigentlich ihrer Familie, ihren Freunden, daß und wozu sie herkommen?« Hier und da Schmunzeln.

»Ich möchte Ihnen gern eine Geschichte erzählen«, sagte er. »Von meinem Onkel Charlie. Das Ganze ist kurz nach meiner Geburt passiert, deshalb kenne ich die Geschichte nur von meiner Momma, aber ich weiß, daß sie wahr ist. Charlie ist damals als Kriegsheld heimgekehrt, von Iwo Jima – Sie wissen schon, da, wo sie die Fahne gehißt haben. Charlie hatte zwei Maschinengewehrstellungen der Japs-, der Japaner ausgehoben, um seine Kameraden zu retten. Die erste mit einer Handgranate. Die zweite nur mit Gewehr, Bajonett und bloßen Händen. Als sie ihn fanden, hatte er ein Messer im

Bauch und einen Japaner bei der Kehle. Und außerdem zwei Kugeln im Leib.«

»Ach du Scheiße«, meinte Dewayne.

»Kann man wohl sagen«, meinte Stanton, der jetzt im Uhrzeigersinn um den Tisch strich, wie eine Raubkatze. »Er hat eine Tapferkeitsmedaille bekommen. Von Präsident Truman persönlich. Und dann ist er in unsere kleine Stadt zurückgekehrt, nach Grace Junction. Sie haben ihm zu Ehren eine Parade abgehalten. Die Stadtväter sind zu uns ins Haus gekommen und haben Charlie gefragt, was er jetzt vorhätte. Charlie meinte, er wüßte es nicht. Sie haben ihm Angebote gemacht: Geld auf der Bank, Rinder im Westen, Sie verstehen schon – alles, was das Herz begehrt. Der Bürgermeister hat Charlie ein Universitätsstipendium angeboten. Der Bankdirektor meinte, er könnte gut verstehen, wenn Charlie nach allem, was er durchgemacht hätte, nicht wieder die Schulbank drücken wolle, und hat ihm einen Job im Bankmanagement angeboten – mit besten Aufstiegschancen. Der Besitzer der Sägemühle – ich bin aus der Provinz, wo's noch viel Wald gibt – hat gemeint: ›Charlie, wenn du nicht hinterm Schreibtisch hocken willst, ich brauch noch einen, der mir den Laden schmeißt.‹ Und wissen Sie was? Kaum zu glauben, aber Charlie hat sie alle abblitzen lassen.«

Stanton legte eine Pause ein. Wartete. Bis eine der Frauen fragte: »Ja, und was hat er gemacht?«

»Nichts. Er hat sich auf die Couch gelegt, seine Luckys geraucht, in den Tag hinein gelebt ... Keiner hat ihn mehr von dieser verdammten Couch hochgekriegt.«

»Ah, verstehe«, meinte ein drahtiger Latino mit strichdünnem Schnurrbart. »Er war im Ar- äh, fertig. Hatte so'n Trauma vom Krieg, wie?«

»Falsch«, sagte Stanton seelenruhig. »Die Sache war einfach die: Er konnte nicht lesen.«

Köpfe fuhren hoch, irgend jemand sagte »Waaaas?«, jemand anders pfiff durch die Zähne, ein dritter meinte: »Echt?«

»Er konnte nicht lesen, er schämte sich, und niemand sollte es mitkriegen. Er war Manns genug, sich eine Medaille zu holen, aber nicht Manns genug, das zu tun, was jeder der hier Anwesenden getan hat, was Sie – und Sie – und Sie – Sie alle hier tun. Er hatte nicht den Mut, zuzugeben, daß er Hilfe brauchte, und sich diese Hilfe auch zu holen. Glauben Sie mir deshalb bitte, wenn ich Ihnen versichere, daß ich weiß, was Sie hier leisten, daß ich die allergrößte Hochachtung vor Ihrem Engagement habe. Und wenn man mich fragt: ›Jack Stanton, warum wenden Sie soviel Geld, Zeit und Mühe für Alphabetisierungsprogramme auf?‹, dann antworte ich: ›Weil es mir die Möglichkeit gibt, wahren Mut zu erleben. Weil es mir Kraft gibt.‹ Ich danke Ihnen, daß Sie mir gestattet haben, heute dabeizusein.«

Ich habe schon bessere Redner und bessere Reden gehört, aber ich hatte – bis zu diesem Augenblick – noch niemanden erlebt, der mit solch traumwandlerischer Sicherheit Fühlung mit seinen Zuhörern aufnahm. Es war eine politische Glanzleistung. Und die Gruppe war nicht mehr zu halten – sie stürmten auf ihn ein, klopften ihm auf den Rücken, schüttelten ihm die Hand, umarmten ihn. Und er entzog sich nicht, ging nicht auf Abstand, wie die meisten Politiker es tun würden. Er begab sich in die Gruppe hinein. Sie zu berühren, seinen schweren Arm um ihre Schultern zu legen, machte ihn offenbar genauso glücklich wie sie. Ein seliger, leicht dümmlicher Ausdruck trat auf sein Gesicht. Und dann sagte Dewayne: »Moment mal.« Es wurde plötzlich still. »Was ist denn aus Charlie geworden?«

»Na ja, es hat eine Weile gedauert«, sagte Stanton. Er schlug einen familiäreren Ton an, schließlich waren sie jetzt Freunde. »Als ich auf die High-School gekommen bin, hat er sich gern dort rumgetrieben. Er, äh ...« Stanton war verlegen. Er rang sich zu einer Entscheidung durch. Er sprach weiter. »Ich habe damals unsere Baseballmannschaft betreut. Und Charlie hat gern auf der Bank gesessen, um mir ein bißchen zur Hand zu gehen. Später hat er dann auch in der Turnhalle mit angepackt, und als Mr. Krause starb, haben sie ihm schließlich seinen Job angeboten.«

»Mr. Krause? Was für 'nen Job?«

»Ach so, Mr. Krause war Hausmeister an unserer Schule.«

»Echt?«

Er blieb noch ein Weilchen, beantwortete Fragen und gab Autogramme. Die Dame von der Bibliothek bearbeitete Stanton wegen dringend benötigter Gelder – es gebe eine lange Liste von Leuten, die auf einen Platz hofften, aber abgewiesen werden müßten. Zum Schluß begleiteten ihn alle die Treppe hinunter. Howard Ferguson und ich folgten dem Pulk. Howard drückte sanft meinen Arm – knapp überm Ellbogen –, ließ ein kurzes Kichern, eher vielleicht ein ersticktes Prusten los und zuckte die Achseln, als wollte er sagen: Da fällt einem nichts mehr ein.

»Wie haben Sie beide sich kennengelernt?« fragte ich, um irgendwas von mir zu geben.

»Ach, das ist lange her«, antwortete Howard.

Der Gouverneur war mittlerweile auf der Straße angelangt und brachte eine weitere Runde verbindlichen Händeschüttelns hinter sich. Ich wartete zusammen mit Ferguson neben dem Auto. »Na, was sagen Sie?« fragte Howard.

Ich zeigte mich gebührend beeindruckt, fragte mich im stillen jedoch: Erwartet er, daß ich ihn frage, wo ich unterschreiben soll? Wollten sie sich denn nicht erst mal mit mir zusammensetzen? Nach dem Motto: Das und das haben wir vor, das und das wären Ihre Aufgaben, wie stehen Sie zu dieser Frage oder jener Person, und wie muß man Ihrer Meinung nach heute in Amerika einen Präsidentschaftswahlkampf führen?

Stanton stieß zu uns. Sah mich auffordernd an. Und? »Ziemlich beeindruckend«, sagte ich.

»Es darf doch nicht wahr sein, daß wir nicht in der Lage sind, das nötige Kleingeld aufzutreiben, um allen Interessenten die Teilnahme an dem Programm zu ermöglichen«, sagte er. (Was sollte das werden, eine bildungspolitische Diskussion?) »Wieso habt ihr in Washington das nicht besser geregelt?«

Weil mein Exboss ein Weichei war. Aber war das die beste Art, sich einzuführen? Wenn du den alten Boss schlechtmachst, was sagt das dem voraussichtlich neuen über deine Loyalität? »Wir haben uns in Verfahrensfragen verstrickt«, sagte ich und redete etwas von Regeln, Fristen, Zusatzanträgen und ähnlichem Schwachsinn daher, aber er hörte mir nicht lange zu. Mitten im Satz wandte er sich ab – ohne auch nur den Ansatz einer Entschuldigung – und fragte Ferguson: »Und jetzt?«

»Times-Chefredaktion«, sagte Ferguson lakonisch. »Wir haben erst eine halbe Stunde Verspätung.«

Stanton lief schlagartig rot an - ein Stimmungsumschwung, blitzschnell von heiter auf stürmisch. »Hast du sie informiert?« fragte er, und seine Augen wurden schmal. Wenn jetzt ein Nein kommt, dachte ich, wird er handgreiflich.

»Sicher«, sagte Howard. »Wir stecken im Stau.«

Stantons Miene hellte sich genauso abrupt wieder auf, wie sie sich verfinstert hatte. Die Sturmwolken zogen ab. »Ich liebe New York!« rief er, wieder ganz die Gouverneursunschuld vom Lande. »Wo sonst auf der Welt kann man sich so ungestraft verspäten?«

»Trotzdem sollten wir los.«

Stanton verschwand im Wagen. Und das war's? Hatten sie nicht eine Kleinigkeit vergessen? Howard ließ sein Fenster einen Spaltbreit herunter. »Kommen Sie doch heute abend gegen elf in unsere Suite im Regency, ja?«

»Gegen elf?«

Jetzt ließ auch Stanton sein Fenster herunter. »Was ist los, Henry?« fragte er mit leicht anzüglicher und verschwörerischer Miene. »Haben Sie was Besseres vor?«

»Nein«, sagte ich. Mann, stand ich heute auf der Leitung! Wollte er etwas Schlagfertiges, Schlüpfriges hören? Dauernd erwischte er mich kalt.

»Dann bis später«, sagte Ferguson, als der Wagen anrollte.

Elf Uhr? Ziemlich spät. Das sprach dafür, daß sie sich gar nicht erst lange mit dem üblichen Vorgeplänkel aufhalten wollten. Es setzte eine Vertrautheit voraus, die es aus meiner Sicht nicht gab, noch nicht – auch wenn sie mir schmeichelte. Es setzte außerdem voraus, daß ich Profi war und mit dem Rhythmus eines Wahlkampfs vertraut, selbst wenn er noch in den Anfängen steckte. Politiker arbeiten gerade dann – das heißt, sie sind öffentlich aktiv –, wenn es der Normalbürger nicht tut: beim Essen, abends, am Wochenende. Die restliche Zeit, die »außerbetriebliche«, wird in Hotelsuiten mit hektischen Telefonaten, dem Kampf um Spendendollar oder im Streit über das weitere Vorgehen verbracht, außerhalb jeder zeitlichen Ordnung. Es gibt keine Werktage, keine Wochenenden. Es gibt zwar kurze Stunden des Schlafs, aber kaum Ruhe. Manchmal brichst du aus – natürlich zu den unmöglichsten Zeiten: ein Kinobesuch am Nachmittag, ein mitternächtliches Abendessen. Dann sind da noch diese flüchtigen Augenblicke, wenn deine Gedanken von ihm, von der Rednertribüne abschweifen und du im Park weit hinter der Menge einen Vater mit seinem Sohn beim Baseballspiel entdeckst, und plötzlich fällt dir ein: Hey, heute ist Samstag. Oder du siehst zufällig zum Hotelfenster hinaus, und dein Blick fällt auf ein älteres, händchenhaltendes Paar, das Energie und gegenseitige Zuneigung ausstrahlt (statt Seite an Seite dumpf dem Ende entgegenzudämmern). Dann fällt der Wahlkampf – mit all dem Gerede von Schicksal, Krise und Auftrag – von dir ab, und du erinnerst dich: Es gibt Leute, die einfach ihr Leben leben. Ihre Normalität ist wie ein Vorwurf. Sie schmerzt in den Augen, als wärst du aus einer Matineevorstellung ins grelle Sonnenlicht getreten. Aber das geht vorüber. Er verheddert sich bei seiner Rede, die Fragen aus dem Publikum setzen ein, der nächste Termin ruft.

Die Suite im Regency rief all das wieder wach. Sie hatte etwas Urbildliches, Zeitloses. Ich fühlte mich auf der Stelle vollkommen heimisch, und die leichte Depression, die gleichzeitig einsetzte, gehörte dazu. Der Raum wurde von einer Handvoll Politjunkies in Hemdsärmeln bevölkert, die am Telefon hingen, auf Laptops einhämmerten, zwischendurch Platten mit Käse und Obst leerräumten und Cola light kippten. Vorbei die Zeiten des Zigarettenqualms, des Alkohols. Und trotzdem ein ungesunder Dunst über allem: Speichelleckerei überreizt die Nerven und verstopft die Arterien. Die meisten kannte ich nicht. Neben den Politjunkies gab es ein paar Kerle, die nach Bodyguard und Trooper, Staatspolizei, aussahen; außerdem ein paar Wisch-und-Weg-Typen mit spärlichen Schnurrbärten – Provinzbürokraten kurz vor dem Abschuß.

Und da war Arlen Sporken, Medienberater aus Washington, den ich nur seinem durchaus zwiespältigen Ruf nach kannte. Zu der Zeit wurde er hoch gehandelt, so hoch wie noch nie – Folge eines Werbespots für das Recht auf Abtreibung, mit dem er den Rednecks die Gründerväter als Verfechter des Anspruchs auf eine Ausschabung verkauft und damit bei einer Nachwahl in North und South Carolina den Ausschlag gegeben hatte. Sporken hatte das üppige maisblonde Haar eines Farmerjungen, alles andere war zum Davonlaufen, sein Körper eine konturlose Masse. Politjunkies neigen zur Fettleibigkeit, mit Ausnahme der Jogger und wippenden Nervenbündel, die im Lauf einer Kampagne ausbrennen wie Wunderkerzen. Sporken hatte ein gutmütiges Gesicht und einen angenehm breiten Südstaaten-Drawl. Er stammte aus Mississippi und verströmte den bierernsten liberalen Eifer jener Südstaaten-Baptisten, die während der Bürgerrechtsbewegung zum rechten Glauben gefunden hatten. Er war ein unermüdlicher Promotor, ein Enthusiast – und ebenso wie Stanton ein Berührungsfreak, ein besonders schamloser noch dazu. »Nein, was sehen meine ungläubigen Augen: Henry Burton!« trompetete er. Er packte meine Hand, riß mich an seine breite Brust und erdrückte mich fast in einer Umarmung, die in Schulterklopfen und Rippenboxen gipfelte. »Sie sind also dabei?«

»Tja, also –«

»Er findet Sie Klasse. Richtig Klasse. Große Klasse.« Überschwang mochte ja eine typische Form weißen Überkompensierens sein, aber das hier ging weit darüber hinaus. »Wir machen das Rennen«, sagte er. »Meinen Sie nicht?«

Da das unmöglich als Auftakt zu einer ernsthaften Wahlkampfanalyse zu werten war, sagte ich etwas Unverbindliches wie: »Wer tritt denn noch an?«

»Henry, Sie sind wirklich aus der Welt gewesen. Auf jeden Fall Harris. Vielleicht Martin. Außerdem Luther Charles – aber den kennen Sie natürlich.« Luther war für mich vor allem eine ferne Kindheitserinnerung: Ich hatte ihn seit Jahren nicht mehr gesehen – was Sporken aber unmöglich wissen konnte. Er nahm einfach an, daß ich die politischen Absichten meines schwarzen Bruders Luther aufgrund irgendwelcher stammesbedingter Schwingungen erahnen konnte. Ich strafte ihn mit einem gespielt verächtlichen Blick, der besagen sollte: Wir teilen unsere brüderlichen Schwingungen nicht mit jedem x-beliebigen Pigment-Fremden. Als braver Liberaler machte Arlen einen Rückzieher, ließ mir meinen ethnischen Freiraum. »Äh, und das große Fragezeichen ist natürlich Ozio«, sagte er rasch. »Meinen Sie, der Kerl hat den Mumm zu kandidieren?«

Tödlich, der Typ. Ich erwog, mich davonzumachen. Aber das Bedürfnis, Stanton wiederzusehen, war offenbar stärker. »Ozio ... Den kenne ich nicht persönlich.« Es war eines dieser – meist mit Laien geführten – Gespräche, die das Leben zum Abklatsch einer Fernsehtalkshow werden lassen, bei der man nur noch unbedenkliche Standardfloskeln von sich gibt. Politisches Geplänkel. Bis mich ein unbedachter Schlenker zu dicht an Konkretes führte. »Sollte Ozio wirklich ins Rennen gehen und das Ding schaukeln«, meinte ich, »begnügen Sie sich dann mit Platz zwei?«

»Hat man Töne!« sagte eine vertraute Stimme. »Ich nehme, was ich kriegen kann.«

Hinter mir hatte Stanton die Schlafzimmertür einen Spaltbreit aufgezogen. Er stand da und knöpfte sich über der rosigen, haarlosen Brust das Hemd zu. Seine Hautfarbe erinnerte entfernt an ein gegrilltes Steak – halb durch, noch dampfend. Ich hatte von diesem Anblick schon gehört. Er zog die Tür weiter auf. »Sie erinnern sich sicher an Ms. Baum«, sagte er.

Die Bibliothekarin. Ich hoffe, ich habe nicht zu laut nach Luft geschnappt. Sie brachte ... ihre Kleidung in Ordnung. Sie wirkte ein bißchen benommen. Sie stieß sich die Schulter an der Türkante, als sie sich an ihm vorbeizwängte. »Autsch!« japste sie. Er beugte sich zu ihr hin, legte ihr die Hand auf den Rücken. »Alles okay, Darling?« Sie erstarrte, verzweifelt darum bemüht, den Schein des Anstands zu wahren. Er hingegen wirkte ... völlig ungeniert, als hätte er bloß geniest, sich gekratzt, gegähnt oder eines dieser halbintimen Dinge getan, die normale Menschen sich auch vor Fremden erlauben.

»Nun, Governor«, sagte sie. »Schön, daß wir Gelegenheit zu diesem ... kleinen ...«

Er kam ihr zu Hilfe oder versuchte es wenigstens. »Henry«, sagte er und wandte sich mir zu. »Finden Sie nicht auch, daß Ms. Baum da ein phantastisches Projekt hat?«

Ich gab irgend etwas von mir.

»Vielen Dank«, murmelte sie und peilte die Tür an. »Für Ihre –«

»Und Sie richten Irv Gelber auch bestimmt meine Grüße aus?«

»Sicher, wir –«

»Bringen Sie die Sache doch im Vorstand zur Sprache. Und sagen Sie Irv, daß ich ihm sogar den Gefallen tue, mich beim Golf haushoch schlagen zu lassen.« Er begleitete sie zur Tür. Er legte ihr die Hand auf die Schulter, hielt sie zurück. Er flüsterte ihr etwas ins Ohr. Sie schnappte nach Luft und schoß zur Tür hinaus.

»Bye!« rief er ihr hinterher und machte mit einem leisen Lachen die Tür zu. Dann spazierte er an die Bar, wo Berge von Sandwiches, Obst und Käse standen. Er strich um die Bar herum, konnte sich nicht entscheiden. Er griff nach einem Sandwich, bezwang sich, wählte einen Apfel – einen makellosen Red Delicious, knackig wie der vergiftete Apfel in Schneewittchen – und vertilgte ihn. »Ms. Baum sitzt im Vorstand der hiesigen Lehrergewerkschaft«, erklärte er kauend.

»Ich habe mich schon gefragt«, sagte ich, »warum Sie sich ausgerechnet eine Bibliothek in Harlem ausge-«

Arlen Sporken sprang mir fast ins Gesicht. »Der Gouverneur besucht grundsätzlich Alphabetisierungsprogramme, wo immer sich die Gelegenheit bietet.«

Auch Stanton schien nicht erpicht auf eine Erörterung der politischen Seite des Ganzen. Die lag auf der Hand. Überflüssig, darüber zu reden. Durch ein kaum merkliches Mienenspiel, eine leicht erhobene Hand, ein halbes Abwenden – es war nicht genau zu definieren – signalisierte er, daß er dies als einen Angriff auf seine Unschuld verstand, als eine Gewitterfront, die seinen sonst so sonnigen Tag bedrohte.

»Jedenfalls ein denkwürdiges Erlebnis«, brachte ich lahm hervor.

Ich Idiot. Und keiner sagte einen Ton, keiner kam mir zu Hilfe.

Stanton blinzelte mir freundlich zu, als hoffte er, ich wüßte, wie das Gespräch wieder flottzukriegen sei. Aber ich war blockiert, ratlos, ich kam ins Schwitzen. Und dann, zum ersten von vielen, vielen Malen, war sie meine Rettung.

Telefon. »Die Missus«, meldete einer der Trooper.

Auf dem Weg zum Telefon angelte Stanton sich ein Sandwich. In seiner Hand wirkte der Hörer winzig. Mir fielen seine langen, schlanken Finger auf. Er liebkoste das Telefon; er war geübt im Umgang damit, das sah man. »Hi, Darling«, sagte er. Und dann zog sie vom Leder – ihr fernes, scharfes Bellen war bis zu mir zu hören. Seine Augen wurden schmal. Er runzelte die Stirn. »Ja, ich weiß, Honey, ich weiß ... tut mir leid ... wir sind hier hängengeblieben. Aber tolle Neuigkeiten. Große Fortschritte an der Lehrerfront.« Wieder wurden seine Augen schmal. »Heute abend? Bist du sicher? ... Tut mir leid ... das habe ich nicht –« Er rief einer der Provinzchargen zu: »Charlie, hast du was von einer Verabredung mit diesem Typen von den Demokraten in Portsmouth heute abend gewußt?« Charlie zuckte mit den Achseln, grinste. Er war ein dürrer, drahtiger kleiner Kerl, ein Jockey. »Herrgott noch mal, Charlie –!« Stanton zuckte seinerseits mit den Achseln und grinste. Dann sprach er in den Hörer: »Sag ihm, ich komme gleich morgen früh vor- ... nein, nein, Susan ... bitte ... ach, komm schon ... doch, doch, will ich ja ... Wir kommen direkt zu dir. Wir sind schon so gut wie unterwegs, aber bitte verschone mein Trommelfell ... okay, tut mir leid ... leg nicht auf, warte ... warte doch ... Susan?«

Er legte auf, zuckte wieder mit den Achseln. »Wir sollten lieber gleich los«, sagte er. »Wo steht die Maschine?«

»Teterboro«, sagte einer der Trooper.

»Verdammter Mist! So weit draußen? Also los. Macht schon.« Plötzlich geriet alles in Bewegung. Papiere wurden zusammengeklaubt. Der Jockey verschwand im Schlafzimmer, kehrte mit einem Koffer zurück. Stanton schnappte sich noch einen Apfel. Er warf Sporken einen Arm um die Schulter. »Und Sie kümmern sich um die Sache, über die wir gesprochen haben?«

»Ich tu, was ich kann«, sagte Arlen. »Aber Sie wissen ja, wie die in Washington sind. Die wollen was sehen, bevor sie sich festlegen ...«

»Die werden noch auf allen vieren angekrochen kommen. Lassen Sie sie ruhig spüren, daß uns das klar ist, okay?«

»Verstanden«, meinte Sporken. »Übrigens, Governor, ich finde, Sie machen Ihre Sache glänzend. Die werden sich noch umschauen.«

»Wir sehen uns in Washington«, meinte Stanton. »Also Henry, kommen Sie?«

Ich?

»Wir unterhalten uns im Flugzeug«, sagte er. »Warten Sie.« Er stürmte ins Bad, tauchte mit ein paar vom Hotel gestellten Toilettenartikeln wieder auf. Shampoo. Zahnbürste. Kamm. »Brauchen Sie sonst noch was?« fragte er.

»Ich habe morgen Seminar«, wandte ich ein.

»Melden Sie sich krank«, sagte er. »Ist doch nur die Sommeruni. Die Kids werden das schon verkraften.«

Jetzt tauchte der Jockey mit einem Kleidersack neben ihm auf. »Ach übrigens, Henry«, sagte der Gouverneur. »Das ist mein Onkel Charlie. Können wir?«

Kaum saßen wir im Flugzeug, nickte er weg. Es war eine laute, kleine Propellermaschine, damit erledigte sich jede ernsthafte Unterhaltung ohnehin von selbst. Ich versuchte es mit Onkel Charlie. »Sind Sie der mit der Tapferkeitsmedaille?«

»Haben Sie das von ihm?«

Ich nickte.

»Wenn er es sagt.« Charlie lachte. »Er ist der Boss.«

»Zu welcher Seite gehören Sie, der väterlichen oder der mütterlichen?«

»Sein Vater ist tot.«

Das wußte ich. »Haben Sie ihn gut gekannt?«

»Keiner kannte ihn gut genug.«

Es war sehr spät. Die Maschine zog nordöstlich in geringer Höhe zwischen einer wattigen Wolkenschicht und einer Art Leuchtkarte dahin, durch Lichtpunkte markierte Ortschaften, Einkaufszentren, Landstraßen. Es sah aus wie bei einer Modelleisenbahn, irgendwie unwirklich. Es war, gelinde gesagt, überhaupt alles ziemlich bizarr. Ich schloß die Augen. Ich muß eingeschlafen sein.

Da stand sie, allein im Dunkeln auf dem Rollfeld von Manchester. Es war eine weiche, schwüle Nacht, zu bewölkt für den Mond, vielleicht auch nur zu spät. Das Flughafengebäude schimmerte milchig im Dunst, man hörte das leise Brummen von Neonröhren. Gleich hinter dem Gitterzaun wartete ein Kleinbus mit laufendem Motor, in dessen Scheinwerferlicht Motten und Moskitos eine Revuenummer probten. Sonst war alles wie ausgestorben. Wir stolperten die Flugzeugtreppe hinunter; er als letzter.

»Susan Stanton«, stellte sie sich vor und gab mir die Hand.

»Henry Burton«, sagte ich.

»Ich weiß. Wir sind uns vor fünfundzwanzig Jahren schon mal begegnet. Bei Ihrem Großvater in Oak Bluffs. Sie sind in nassen Unterhosen herumgehüpft. Direkt vom Rasensprenger, wenn ich mich recht entsinne. Ein süßes Kerlchen.« Das rasselte sie herunter, unglaublich knapp, ein ironischer Kommentar zum Susan-Stanton-Stil. Ich war wie verzaubert. Dann, diesmal ohne Ironie: »Ihr Großvater war ein großer Mann.«

Nur, wenn man ihn nicht kannte. Doch ich sagte nur: »Vielen Dank.«

»Jack Stanton könnte auch ein großer Mann sein«, fuhr sie fort, ohne ihren Mann anzusehen, »wenn er nicht so ein unzuverlässiger, rücksichtsloser, chaotischer und undisziplinierter Scheißkerl wäre.«

Der Gouverneur stand schräg hinter mir. Ich wollte mich nicht demonstrativ umsehen, deshalb entging mir sein Gesichtsausdruck. Bestimmt hatte er die Stirn in Falten gelegt und das zerknirschte Schuljungengesicht mit vorgeschobener Unterlippe aufgesetzt. Er streckte den Arm nach ihr aus, sie schlug ihn mit einem Aktenordner zur Seite.

»Schon mal was von ersten Eindrücken gehört?« fauchte sie. »Diese Leute kennen dich nicht, nicht einmal vom Hörensagen. Sie werden von Senatoren aus Washington hofiert, und sie können es kaum erwarten, sich von Ozio einseifen zu lassen – der ist schließlich Gouverneur eines richtigen Bundesstaates.«

»Da können sie vielleicht lange –«

»Das wissen sie nicht«, schnitt sie ihm das Wort ab. »Einen Scheißdreck wissen sie. Der Chef der Demokraten von Portsmouth weiß nur, daß er nach dem Dinner auf einen Drink verabredet war, und zwar mit dem Gouverneur eines Bundesstaates, dessen Hauptstadt er in der dritten Klasse gelernt und sofort wieder vergessen hat, ohne daß er bis heute Anlaß gehabt hätte, sich wieder daran zu erinnern – und du läßt ihn sitzen. Oh ja, er war schwer angetan von der Missus. Hat selten eine Frau erlebt, die sich so brennend fürs Fliegenfischen interessiert. Fliegenfischen! Jack, ist dir auch nur annähernd klar, wie unsäglich, unbeschreiblich langweilig und geisttötend Fliegenfischen ist? Ist dir klar, daß ich mich verpflichtet habe, diesen Quatsch mitzumachen und mit dem Mann fliegenfischen zu gehen? Und alles nur deinetwegen. Du Arschloch! Das lasse ich mir nicht gefallen! Das läuft nicht! Wir sind erst einen Monat dabei, und du baust schon Mist, den üblichen alten Mist. Unsere einzige Chance – die einzige überhaupt – ist, perfekt zu sein. Du kannst Parteibosse nicht einfach versetzen. Ich werde nicht zulassen, daß du mich derart bla-«

In diesem Augenblick kam es mir vor, als würde die Luft um uns herum weicher. Es hatte etwas Unheimliches und zugleich Betäubendes. Er hatte angefangen ... zu pfeifen. Es war – der Titel lag mir auf der Zunge; ein Schlager lange vor meiner Zeit – ein zuckersüßer Song aus den späten Fünfzigern.

»Jack«, sagte sie scharf, dann schon milder: »Jack – du Arschloch.«

Und jetzt sang er:

Primrose lane
Life's a holiday on
Primrose lane
When I'm walking down that
Primrose lane
W-i-i-i-th you.

Er hatte eine dünne, rauhe Tenorstimme, mit einem Touch von Schmirgelpapier, nicht ganz Profiqualität, aber sie verriet musikalische Intelligenz – und Demut. Er hütete sich, den Bogen zu überspannen, spielte vielmehr mit seinen Grenzen. Wunderbar und absolut perfide. Ihr Zorn wirkte plötzlich durchsichtig, plump, aufgesetzt. Er gab ihr zu verstehen, daß er ihr Spiel durchschaute.

Susan drehte sich um und ging auf den Kleinbus zu. Er holte sie ein, umarmte sie von hinten, vergrub das Gesicht in ihrem Nacken, umfing ihre Brüste. Schweigend standen sie einen Augenblick da und wiegten sich zur Melodie, die er schon längst nicht mehr sang.

»Henry und ich haben heute ein wirklich tolles Alphabetisierungsprogramm in Harlem besucht«, berichtete er, als wir dicht gedrängt im Bus losfuhren – Stanton und der Fahrer vorn, ich mit Susan und Onkel Charlie in der Mitte, hinten der Trooper und mehrere Kartons mit Lebensmitteln, hauptsächlich Snacks, wie es schien. »Die Leute hättest du sehen sollen.«

»Mein Modell oder deins?« fragte sie.

»Ich weiß nicht recht«, sagte er. »Also, die Bibliothekarin war ... doch, ich würde sagen, schon irgendwie stimulierend. Es war –«

»Henry«, fiel sie ihm ins Wort. »Ihm kann man in solchen Dingen nicht trauen. Also müssen Sie entscheiden. Es ist nämlich so: Stanton und ich sind uns, was soziale Projekte angeht, nie einig. Er schwört auf charismatische Vorbilder. Er glaubt allen Ernstes, natürliche Autorität ließe sich fassen, analysieren, zerlegen und anderen beibringen. Mein Standpunkt: Bleib auf dem Teppich. Nur Gott läßt Bäume in den Himmel wachsen. Charisma kann man niemandem beibringen. Man sollte lieber anständige Lehrpläne entwickeln. Ganz einfach, ganz konkret. Etwas, wozu man nicht gleich eine Mutter Teresa braucht – und diese Pläne verbreitet man dann.«

»Bloß, daß man nichts rüberbringt, wenn der Lehrer eine Niete ist«, wandte er ein. »Also müssen wir als erstes die Lehrer auf Vordermann bringen. Wenn die sich frei entfalten können und ihre Kreativität belohnt wird, kommen die Lehrpläne von selbst. Oder haben Sie je erlebt, daß von einem Lehrplan der Funke überspringt, Henry? Das ist übrigens ein Streit, den ich grundsätzlich gewinne.«

»Henry«, fuhr sie wieder dazwischen, »erzählen Sie von der Bibliothekarin. Irgendwie stimulierend, hat der Governor gesagt.«

»Also wenn Sie mich fragen ...« Ich wußte, sie hörten jetzt sehr genau hin. Showtime war angesagt. »Eigentlich war sie die typische Bibliotheksverwalterin.«

»Ha!« Susan Stanton schnaubte.

»Aber das war auch nicht der Punkt«, fuhr ich fort, »sie mußte gar nicht besonders gut sein, weil die Leute so motiviert waren.« Selbst wenn ich mich in diesen Kampf hatte hineinziehen lassen, würde ich auf keinen Fall Partei ergreifen. »Verstehen Sie, der ganze Streit wird hinfällig, wenn die Leute selbst hungrig genug sind. Wenn alle unbedingt lesen oder sonstwas lernen wollten – das hat man heute gesehen –, wäre Sozialpolitik ein Kinderspiel. Aber Sie beide wissen genau, daß das Problem woanders liegt. Es geht darum, den Hunger nach richtiger Nahrung zu wecken, wo alle nur noch Junk-food kennen.«

»Und genau da kommt das Charisma ins Spiel«, sagte Stanton.

»Vorsicht«, warnte sie, »jetzt kommt er Ihnen mit der Lee-Strasberg-Schiene.«

»Sie können mir gern widersprechen«, meinte er. »Ich finde, man sollte Lehrer, Psychologen, Sozialarbeiter – alle, die da draußen mit den Leuten arbeiten – genauso ausbilden wie Schauspieler, ihnen beibringen, wie sie ihren Körper, ihre Gefühle einsetzen müssen, um was rüberzubringen.«

»Wir haben bereits eine Nation schlechter Schauspieler«, bemerkte sie.

Also gut: Das Ganze war ein Scheingefecht, und noch dazu ziemlich albern. Aber immerhin ging es hier um politische Inhalte, nicht um Politik – nicht um Taktik oder Tratsch. Es war ihnen wichtig. Sie redeten nicht wie Politprominenz, sondern wie Leute vom Wahlkampfteam oder wie Akademiker. (Susan war tatsächlich Juradozentin an einer staatlichen Universität, wenn sie nicht gerade ihrem Mann bei seinen Regierungsgeschäften half.) Sie konnten empirische Untersuchungen zitieren. Er hatte eine gute auf Lager: Ein Professor an der Universität von Tennessee oder so hatte die eine Hälfte von Grundschullehrern der vierten Klasse in Kingsport, oder weiß der Himmel wo, nach der Stella-Adler-Methode instruiert, die andere Hälfte fungierte als Kontrollgruppe. Er hatte einen signifikanten Anstieg der Leseleistung bei den Schülern der schauspielerisch geschulten Lehrer festgestellt. Ziemlich albern, aber bestechend.

Und ich hatte es geschafft. Es war klar, daß sich irgend etwas ... getan hatte. Ich gehörte jetzt dazu, war zum Mitverschwörer avanciert. Ich war mir noch nicht sicher, ob diesen Leuten zu trauen war. Aber was sie vorhatten, war faszinierend; gegen ihren großen Wurf war das, was ich im Kongreß gelernt hatte, die reinste Fingerübung. Sie strahlten eine unumstößliche Gewißheit aus, das Gefühl, auserwählt zu sein. Das kehrten sie nicht etwa hervor, es teilte sich fast beiläufig mit; tatsächlich waren sie weniger eitel als die meisten Politiker. Sie konnten auf die üblichen leeren Zeremonien der Macht und die großen Töne verzichten, sie brauchten keine Bestätigung. Ihre ruhige, vollkommen unerschütterliche Selbstgewißheit ging in ihrer Kühnheit weit über alles hinaus, was die aufgeblasenen Ex-Studentensprecher, von denen der Kongreß nur so wimmelte, sich auch nur vorstellen konnten. Der Ehrgeiz der beiden zielte auf Höheres als auf öffentliche Ämter. Er war zu atemberaubend, um offen diskutiert zu werden; die Größe ihres Vorhabens wurde einfach vorausgesetzt. Es war gigantisch. Ich fand es beunruhigend, hochtrabend – und berauschend. Ich war mit einer Politik der Vernunft, der Kompromisse und der Details groß geworden. Ich war reif für ein Abenteuer.

Wir hielten vor einem Apartmentkomplex am Stadtrand von Manchester. Es war eine dieser nichtssagenden, prä-postmodernen Scheußlichkeiten, das bewohnbare Gegenstück eines Billigkaufhauses. Es war jetzt fast vier Uhr morgens. Der Tag erwachte, Arbeiter von der Frühschicht starteten ihre Autos.

»Das soll's sein?« fragte Stanton, deutlich verdrossen. »Wieso kein Hotel?«

»Das hier ist billiger und bequemer«, antwortete Mitch, der Fahrer. »Man kann seine Klamotten und alles mögliche hierlassen. Außerdem ist es privater.«

»Scheiß auf privat«, sagte Stanton. »Privat wird man nicht bekannt. Ich bin hier, um bekannt zu werden.«

Und dann war er auch schon die Treppe hoch, stöberte herum, ein gewaltiger Mann in einem kleinen, trostlosen Apartment. Im Wohnzimmer stand ein Kopierer. Überall türmten sich Flugblätter, Autoaufkleber, Sticker. »Das sieht mehr nach dem Ende als nach dem Anfang eines Wahlkampfs aus«, sagte er.

Susan packte meinen Arm und schob mich Richtung Küche. Onkel Charlie zwängte sich mit dem Gepäck vorbei. Der Gouverneur strich jetzt um den Fernseher herum. Er drückte auf die Fernbedienung und bekam Schnee. Dann ein Lokalsender, eine Wiederholung von *Wagen 54 bitte melden*, und noch mehr Schnee.

»Mitch! Verdammt. Kein Kabelanschluß? Das kann doch nicht Ihr Ernst sein, Mann. Man kann sich doch in diesem Land ohne CNN verdammt noch mal nicht um die Präsidentschaft bewerben! Mitch, sind Sie nicht mehr ganz bei Trost? Also, ich hau ab ... das hier ist das beschissenste, abgefuckteste, mieseste Loch ... hey!«

Mit einem eleganten Griff hatte Mrs. Stanton einen Schlüsselbund aus ihrer Handtasche gezogen und ihn ihrem Mann an den Kopf geworfen. »Darling«, meinte sie, »das ist nicht unbedingt die feine Art, sich bei den Nachbarn einzuführen. Schon gar nicht um vier Uhr morgens.«

Seine Reaktion war interessant. Er war nicht sauer. »Aber morgen sind wir hier raus«, sagte er und rieb sich die Wange. »Hier riecht's ja förmlich nach Niederlage.«

Mir wurde ganz schwach und flau und schwindelig. Das Ganze war einfach – völlig verrückt. Aber ich steckte bereits mittendrin, war längst dem Sog erlegen. Und sie schob mich, sanft nachhelfend, an den Schultern durch die Schwingtür in die Küche. »Tee?« fragte sie mich.

Die Küche war blendend weiß. Sie holte zwei Becher hervor. Auch die waren weiß. Dann sagte sie übergangslos: »Und, werden Sie es packen?«

»Was?«

»Ihm beizustehen.«

Darauf gab es keine Antwort. Aber immerhin: endlich eine Stellenbeschreibung.

»Wir werden siegen, das verspreche ich Ihnen.«

Ich hätte fragen können: Woher wollen Sie das wissen? Ihre Antwort wäre mit Sicherheit interessant gewesen. Heute frage ich mich manchmal, was sie wohl gesagt hätte. Aber ich gehörte sozusagen, im stillen Einverständnis, schon zum Team, deshalb brummte ich nur.

Sie machte den Küchenschrank auf. Ödnis, nichts, was Leib und Seele zusammenhalten konnte: Pulverkaffee, eine Schachtel mit White-Rose-Teebeuteln und eine Packung Feigenkekse, Fig Newtons. Hier lebte niemand. »Wie trinken Sie Ihren Tee?« wollte Sie wissen. »Honig?«

Sie öffnete den Kühlschrank. Er war grundlastig. Fast leere obere Fächer: ein Glas Honig, eine Tüte Milch. Darunter etwa fünfzig Cola und Cola light, ein paar einsame Sixpacks Gemüsesaft, Ginger Ale. Die deprimierende Sterilität gab Stanton im nachhinein recht. Das hier war ein Ort zum Arbeiten, nicht zum Schlafen.

Susan Stanton schien das nicht weiter zu stören. Sie griff nach dem Honig, schenkte uns Tee ein und nahm mir gegenüber Platz. Sie schleuderte ihre Schuhe – flache Pumps – von sich. Und dann, wieder übergangslos: »Also, warum haben Sie bei Larkin aufgehört?«

Mit Ausflüchten konnte ich ihr nicht kommen, ihr nicht. Aber es gab eine Vielzahl von Gründen. »An ihm lag es nicht«, sagte ich.

»Der Mann ist gut«, sagte sie, »hat den richtigen Instinkt, meistens jedenfalls. Vielleicht ein bißchen kühl. Zuckt er jemals mit der Wimper? Ich meine, buchstäblich?« Ein angenehmes tiefes Lachen. »Ich habe das jedenfalls nie bei ihm gesehen. Er hat diesen unglaublich kalten, starren Blick.«

»Wie ein Fels.«

»Wie eine Eidechse!« Sie prustete los.

»Stimmt«, sagte ich. »Ach, wissen Sie, mit der Zeit war es immer das gleiche. Ich habe viel von ihm gelernt, aber es kam nie was Überraschendes. Da war nichts mit Charisma. Und es wurde langweilig, alle immer auf Linie zu bringen.«

»Ohne Aussicht auf Erfolg.«

»Ach, viel schlimmer. Wir hatten immer Erfolg – nur daß es nie wirklich einer war. Jeder Sieg war mit tausend kleinen Gegenleistungen und Versprechungen erkauft. Und ich habe immer auf die eine Stimme gewartet, den einen Abgeordneten, der nicht zu den Berufshelden gehört – Sie wissen schon, diese selbstgefälligen Brüder, die immer wieder vom liberalen Establishment gewählt werden, weil sie so ungeheuer ›mutig‹ sind. Ich habe immer gehofft, daß einer aus der Herde ausscheren und sich widersetzen würde, um der Geschichte willen. Einer, der nicht nach Lulus schielt ...

»Lulus?«

»O-Ton New York. Süßstoff«, erklärte ich. »Mit Lulus kann man alles versüßen. Und manchmal hat es ja auch die eine oder andere Ausnahme gegeben. Manchmal hatte jemand seinen ehrenhaften Tag. Oder Schuldgefühle. Aber was sollte das schon bringen? Wozu sich Schwierigkeiten einhandeln? Jedenfalls war alles ziemlich berechenbar. Wir kriegten es durch. Und gingen im Senat baden, mußten den Schwanz einziehen. Wissen Sie, ich habe Donny O'Brien so oft mit erhobenen Handflächen gesehen, irgendwann reicht's einem. Am Schluß konnte ich ihm aus der Hand lesen. Und jedesmal, wenn Larkin und ich durch den Kuppelsaal in sein Büro gegangen sind, an den vor soviel Geschichtsträchtigkeit in Ehrfurcht erstarrten Touristen vorbei, mußte ich an die Kluft zwischen Politik und Geschichte denken. The Lark war ganz anders: Er hat es genossen, hat auf bürgernah gemacht und seine altbekannte Taktik durchgezogen: ›Schön, Sie zu sehen.‹«

Susan lachte. »Ja, das kenne ich. Wie Stantons Mom an den Automaten in Vegas. Völlig mechanisch. Wenn man dafür erst einen Blick entwickelt hat, kann man es kaum noch ertragen. Wissen Sie, als ich Larkin das erste Mal so erlebt habe, ich glaube, es war auf einer Gouverneurskonferenz, kam mir der ... hinterhältige Gedanke« – sie kicherte –, »daß er sich irgendwann ganz bewußt dazu entschieden haben muß, das ›Sie‹ zu betonen statt das ›sehen‹, um ... ja was? natürlicher? zu wirken.« Sie schlug sich an die Stirn. »Gott. Der arme Irre.«

»So arm nun auch wieder nicht«, meinte ich. »Immerhin ist er Mehrheitsführer.«

»Aber das reicht ihm nicht, und er wird nie begreifen, warum er es zu mehr nicht bringen wird«, sagte sie. »Korrigieren Sie mich, wenn ich falsch liege, aber ich denke, Donny O'Brien ist das genaue Gegenteil: überrascht, überhaupt so weit gekommen zu sein. Als irischer Underdog in den Senat einziehen und dann auch noch Mehrheitsführer werden? Wow. Muß ein irres Gefühl gewesen sein, stimmt's?«

»Ein feiner Kerl«, stimmte ich zu. »Und clever. Jedesmal, wenn wir zu ihm ins Büro gekommen sind, hat er Larkin sein irisches Harp-Bier angeboten. Woraufhin Larkin grundsätzlich Mineralwasser verlangte. Das Wort Perrier hätte er bei Donny niemals über die Lippen gebracht. Und das hat Donny natürlich ausgenutzt. Wir waren im Laufe der Jahre sicher ein Dutzendmal bei ihm, und der Witz war, daß Donny Larkin immer das Harp angeboten hat – einfach, um ihn in die Defensive zu drängen.«

»Und Ihr Boss hat kein einziges Mal das Bier genommen, um zu sehen, ob er damit nicht vielleicht besser fährt?« fragte Susan.

»Das ist ja das Irre«, sagte ich. »Ich hab's nie ganz begriffen. Es hätte ja nicht mal das Bier sein müssen.«

»Genau!« Sie kam richtig in Fahrt. »Er hätte nach einer Cola light, einem 7UP ... einem Club-Sandwich fragen können, und schon wäre Donnys Weltbild aus den Fugen geraten.« Es war spät, aber mit dieser Respektlosigkeit, diesem Humor, diesem Spaß an der Sache hatte ich nicht gerechnet. Susan war atemberaubend. »Und dann? Wie hat Donny ihn fertiggemacht?«

»Na wie schon? Er hat wieder mal die Handflächen erhoben, und dann hieß es: ›Lark, das war's, mehr ist nicht drin. Sie haben bei mir einen gut. Was soll ich sagen?‹« Ich beließ es dabei. Ich hatte Donnys irischen Ganovencharme nicht ganz getroffen – er hatte Ausstrahlung, wie alle, die ihren Job beherrschen. »Letztlich hatte es sowieso nicht viel zu sagen. Das Ganze landete wieder bei uns, die Lulus wurden neu verteilt, und das verdammte Ding wurde verabschiedet. Und dann kam, wie zu erwarten, das Veto aus dem Weißen Haus. Und wir durften uns wieder mal als die moralischen Sieger fühlen: Schließlich hatten wir ein Veto erzwungen.«

»Das ist doch schon was«, meinte sie.

»Nicht genug. Noch schlimmer war es bei dem, was durch mußte – beim Haushalt.«

»Also sind Sie ausgestiegen«, sagte sie. »Steigen Sie bei uns auch aus?«

Sehr elegant. Sie kam zur Sache.

Na gut. »Bin ich denn schon drin?«

»Nehmen wir es mal an.«

»Wissen Sie«, begann ich, »ich wollte schon immer wissen, wie es sein würde, wie der Apparat – na ja, eigentlich das ganze Land – aussehen würde, wenn da jemand wäre, dem es wirklich drauf ankommt ... verstehen Sie? Ich meine, es kann doch nicht immer so gewesen sein wie jetzt, so ... gar nichts. Stagnation. Der reinste Sumpf. Es muß doch bessere Zeiten gegeben haben. Die Gegenseite hatte ihre Glanzzeit vielleicht mit Reagan. Aber für mich ist der Mann einfach mit dem Strom geschwommen. Er hat nie wirklich was bewegen wollen ...«

»Zum Glück«, sagte sie.

»Da könnten Sie recht haben. Jedenfalls würde ich gern mal erleben, wie es ist, wenn man um ... Dinge von historischer Bedeutung kämpft. Für mich ist es anders als für Sie. Ich hatte keinen Kennedy. Ich kenne ihn nur aus Büchern, aus dem Fernsehen. Dabei kann ich von Kennedy gar nicht genug kriegen. Immer wieder sehe ich mir Fotos von ihm an, höre seine Reden. Ich habe nie einen Präsidenten von ›historischem Auftrag‹ oder ›Opfern‹ reden hören, ohne mich verschaukelt zu fühlen. Kurz gesagt: Ich würde gern Teil von so etwas sein, einem großen Moment. Ich würde gern dabei sein, wenn Geschichte gemacht wird. Ich ...« Die Sache drohte mir zu entgleiten. Das war nicht gut. Immerhin handelte es sich hier um das Bewerbungsgespräch für einen Job, bei dem meine erste Pflicht darin bestünde, mir nichts entgleiten zu lassen.

»Herrgott«, sagte ich, »hm, hm«, sagte ich – genau wie mein Vater und genau wie dessen Vater, jener Reverend Harvey Burton, den Susan Stanton so gepriesen hatte. Peinlich, hier meinen eigenen kleinen Black History Month zu veranstalten; unprofessionell. Aber ich spürte, sie ging mit. Es war in Ordnung. Trotzdem, ich mußte es zum Abschluß bringen. »Ich komme mir vor wie der letzte Idiot, so etwas auch nur auszusprechen«, sagte ich. »Vielleicht leben wir nicht in Zeiten, in denen solche Träume möglich oder überhaupt angebracht sind. Aber es ist spät, und Sie haben gefragt, und so sieht's nun mal aus.«

»Aber Sie haben ja recht«, sagte sie. »Vollkommen recht. Uns geht es doch auch um die Geschichte. Um was sonst?« Dann: »Müde?«

Sie führte mich ins Wohnzimmer. Auf dem Sofa lagen ein Kissen und eine zusammengelegte Wolldecke. »Ihr Quartier«, meinte sie, klopfte mir auf den Rücken, drückte kurz meinen Arm und verschwand in ihrem Schlafzimmer. Ich breitete die Decke aus, legte den Kopf aufs Kissen. Draußen war es mittlerweile hell, Vögel zwitscherten, und durch das Fliegengitter wehte harziger Kieferndurft herein. Sommercamp. Onkel Charlie tappte vorbei, drahtig und durchtrainiert. Er trug ein ärmelloses T-Shirt und Boxershorts – und war tätowiert. Auf dem einen Arm »Momma« samt Herz, auf dem anderen ein hinterhältiger Teufel mit einem strichdünnen Schnurrbart wie dem seinen und die Worte »Made Me Do It«.

»Hey«, sagte er. »Kaffee?«

II

»Henri, was meinst du, können auch schwarze Frauen aussehen wie Winona?« fragte Richard Jemmons:

»Idiot.«

»Ach so, ja, du stehst ja nicht so auf schwarze Frauen.«

»Wichser.«

»Obwohl, da gibts doch diese kleine Mexikanerin in der Terminplanung, Maria Soundso; die hat die Haare und den Mund. Wenn also eine Mexikanerin aussehen kann wie Winona, dann könnte doch ...«

»Richard, du bist krank.« Und das war er. Manisch, besessen, seltsam anzusehen, dürr wie ein Windhund – Körper und Gesichtszüge schmal, schmale Lippen, schmale Nase, dunkles, sich lichtendes Haar, das seine dicke, schwarzgerahmte Brille riesig wirken ließ; alles an ihm war scharf bis auf die Augen, die waren undurchdringlich. Er schien einen nie direkt anzusehen, nie ganz wahrzunehmen – und diese Eigenart, diese vehemente Undurchdringlichkeit, war für sein ganzes Wesen bestimmend. Jede Unterhaltung lief quasi auf einen Monolog hinaus. Er war ein eruptiver Redner, wenn auch nicht immer verständlich – ein einziges Geblöke und Gemeckere, Maulen und halblautes Fluchen. Zugleich galt er als der beste Politstratege der gesamten Partei. Davon hatten wir noch nicht viel gemerkt. Er hatte sich noch nicht eingeschossen. Aber der Typ war ein Erlebnis. Die exzentrische Seite des Wahlkampfs hatte er jedenfalls drauf. Seitdem er irgendwo in einem Hotelzimmer Heathers gesehen hatte, war er voll auf dem Winona-Ryder-Trip. Sämtliche Frauen im Team hießen fortan Winona.

Von allen, die im Laufe des Herbsts angeheuert hatten – und sie waren Legion (es ist erstaunlich, wie viele Leute plötzlich auftauchen, wenn so eine Sache in Schwung kommt) –, gefiel mir Richard am besten. Er war Anfang Oktober in Mammoth Falls aufgekreuzt und hatte das ganze Wochenende mit Stanton im Bronco verbracht, das Ohr meist am Handy, weil er in Ohio mitten in einer brandheißen Nachwahl für den Senat steckte. Auch ihm bot Stanton nicht etwa einen Job an. Sie kurvten einfach herum, der Gouverneur hörte Countrymusik – und darauf, wie Richard aus der Ferne den Wahlkampf organisierte. Sie klapperten sämtliche Geheimtips ab. Fat Willie's Barbecue. The Misty Hill Lounge. Uncle Slim's. Aunt Bertha's Soul Shack. Dann besuchten sie Momma in Grace Junction. Momma war von Richard natürlich hingerissen. Er sagte gar nicht erst guten Tag, er schwang sie einfach hoch und sagte: »Verdammt, wie kommt so eine kleine, zarte Frau bloß dazu, so nen Brocken von Redneck zur Welt zu bringen?«

Am Abend, nach Hähnchen vom Heimservice – Momma kochte nicht; sie ließ kommen –, und nachdem Richard sein Handy weggelegt hatte, hockten er und der Gouverneur bis morgens um drei auf der Veranda und veranstalteten, was Richard später den »Mommathon« nannte. Sie sprachen über Familie. Familie war für den Gouverneur natürlich größtenteils Momma. Richards Familie hingegen war so groß, daß er kaum noch den Überblick hatte: sieben Geschwister, unzählige Cousins und Cousinen, Onkel und Tanten; er vergötterte sie alle. Sein verstorbener Daddy war Friedensrichter, Postmeister und Ladenhilfe in einem gewesen. »Daddy hat nie viel geredet«, sagte Richard gern, »aber er hat alles gesagt.« Seine Mom – nun, der hatte Gott eine schwere Prüfung auferlegt. Sie war blind. Sie war bildschön. Sie hatte durch Diabetes ein Bein verloren, und das gleiche drohte ihr mit dem anderen. »Und dabei eine absolut nicht totzukriegende, knochenharte Seele von Frau«, meinte Richard. Von seiner Mom konnte er nicht sprechen, ohne feuchte Augen zu kriegen. Er und der Gouverneur hatten sich während des Mommathons ein paarmal ordentlich ausgeweint; an einem Punkt hatte Richard aus Verzweiflung über das Los seiner Mutter einen Gartentisch zertrümmert, der Gouverneur hatte ihn daraufhin in den Arm genommen und *You Are My Sunshine* gesungen, ein Lied, das, wie er – natürlich – betonte, von einem Südstaatengouverneur stammte und wahrscheinlich das »verdammt amerikanischste Lied ist, das ich kenne«. Damit war eine Freundschaft fürs Leben besiegelt.

Was mir an Richard so gefiel, war, daß er Rassenunterschiede offen benannte. Ich betrachtete es als ein Stück Performancekunst, als fortlaufenden Kommentar zu dem entsetzlichen Getue der meisten Weißen.

Die meisten tun gönnerhaft: Sie würden dir um keinen Preis widersprechen, und wenn du den größten Müll redest. Es ist nahezu unmöglich, mit ihnen ein stinknormales, anständiges Gespräch zu führen. Sie sind so damit beschäftigt, auch ja nichts Verkehrtes zu sagen, so sehr um den Beweis ihrer Vorurteilslosigkeit bemüht, daß sie sich vor lauter Korrektheit kaum noch rühren können. Sie sind außerstande, einfach mit dir zu reden. Das mag in politischen Kreisen, wo jeder sehr genau vermeintliche Affronts und ihre möglichen Folgen registriert, verschärft der Fall sein, mehr als im wirklichen Leben. Aber es ist schwer, als Schwarzer in der Politik zu sein und diese Volltrottel nicht zu verachten.

Allerdings gibt es zwei Untergruppen, die erträglich sind: Die, die wirklich farbenblind sind – wie Jack und, mit Einschränkungen, Susan. Sie streiten sich mit dir, brüllen dich an und behandeln dich wie jeden anderen auch. Und dann gibt es gelegentlich Ausnahmeerscheinungen wie Richard Jemmons, die sich keinerlei Zwang antun und die Sache zur Sprache bringen.

»Lacoste, gibs zu, du bist ein Bleichgesicht, ein Honky«, konnte er beispielsweise sagen. Er nannte mich Henri Lacoste, weil ich Hotchkiss-Absolvent war, ein elitärer Preppy also. »Du bist doch nur halbschwarz – und das ist die bessere Hälfte. Jagst den weißen Ärschen Angst ein, vor allem den liberalen Phrasendreschern, und kannst bei weißen Frauen trotzdem die Voodoo-Masche abziehen. Wahrscheinlich bin ich schwärzer, als du je warst. Ich habe Sklavenblut in mir, ich spürs.«

»Richard, du bist der weißeste Weiße in ganz Amerika.«

»Richard Nixon ist der weißeste Weiße Amerikas. Na ja, vielleicht auch nicht. So wie der tobt, stimmts? Außerdem isser arbeitslos, stimmts? Mann, es muß doch jemand geben, der weißer ist als Nixon! Ahhhh, wie wärs mit Mondale? Walter Mondale – der Albino des Menschlichen Geistes. Issdochso. Viel weißer als norwegisch geht nicht. Obwohl: Französisch ist auch nah dran, Lacoste. Verdammt nah. Issdochso, oder? Hey, hörst du mir überhaupt zu? Issdochso, oder?«

In den ersten Monaten kam und ging Richard, wie er wollte. Er schneite immer mal für ein, zwei Tage rein und verschwand wieder. In dieser Zeit erreichte der Winona-Wahn seinen Höhepunkt und hätte Richard um ein Haar in ernstliche Schwierigkeiten gebracht. Besonders besessen war er von Jennifer Winona alias Jennifer Rogers – eine von den Presse-Kulis –, die wirklich etwas Winonahaftes hatte. Er baggerte sie pausenlos an, aber sie blieb cool; sie wußte ihn zu nehmen. Was ihn um so verrückter machte – schließlich wußte die Winona seiner Träume ihn auch zu nehmen.

An dem Tag, als die Geschichte mit Ozio losging, hockten er und ich in meinem kleinen Büro. Es war unsere erste Wahlkampfzentrale: ein ehemaliger Oldsmobilesalon unweit des Kapitols mit viel freier Fläche, einer riesigen Glasfront, kleinen Büros im hinteren Teil, inklusive meiner Bude. Richard saß in dem abgewetzten Sessel, wippte nervös und starrte in den großen vorderen Raum, den Big Room, ohne mich weiter zu beachten – ich war mit der Spendenbeschaffung im Mittleren Westen, dem Auftreiben von Geldern in Ohio oder dergleichen beschäftigt –, als er Jennifer drüben am Kopiergerät erspähte.

Er schoß in ihre Richtung, und ich sah ihn um sie herumtänzeln, brabbelnd, mit rudernden Armen, ein spastischer Valentino. *Alle* sahen es, taten aber so, als würden sie nichts merken: War ja nur Richard, und Richard war nicht ganz dicht. Aber er bedrängte sie ziemlich, und ich überlegte allmählich, ob ich ihn nicht vielleicht ablenken oder zurückhalten sollte. Er schwärmte ihr gerade von seinem Hotelzimmer vor: »Alles da, Winona. Videos. Zimmerservice. Das reinste Paradies, verstehste? Wir könnten zu mir gehen, eine Nummer schieben, die Schlange regt sich.«

»Schlange?« Sie schnaubte verächtlich. »Ist wohl eher 'ne Blindschleiche! Es ist mir sowieso ein Rätsel: Seit wann hat ein Arschloch einen Pimmel?«

»Pimmel? Blindschleiche? Von wegen, es iss eine verdammte Python!« rief er. »Du glaubst mir nicht?« Er zerrte an seinem Reißverschluß. Ich eilte zu ihm hin, murmelte: »Hey, hey.«

Aber es war zu spät. Er hatte ihn schon draußen.

»Hm«, meinte Jennifer und besah sich sein Ding vollkommen

ungerührt. »Ich glaube, ich habe noch nie einen gesehen, der so ... alt aussah.«

Richard wurde feuerrot. Er zog den Reißverschluß hoch, und weg war er. Bravorufe, Applaus. Jennifer knickste. Ich nahm ihren Arm, geleitete sie in mein Büro und schloß die Tür. »Alles okay?« fragte ich.

Sie nickte.

»Sein Leben liegt jetzt in Ihrer Hand, das ist Ihnen doch klar?« sagte ich.

»Keine Angst«, sagte sie. »Ich hoffe bloß, er ist es wert.«

»Da sind Sie nicht die einzige«, sagte ich. »Geht's wieder?«

Sie beugte sich vor, packte mein Kinn und drückte mir einen Kuß auf die Wange. »Danke der Nachfrage«, sagte sie. Jesus.

Ausgerechnet in diesem Moment klopfte es an der Tür. »Henry, Besuch für Sie«, sagte Eric, ein weiterer Kuli.

»Wer denn?«

»Sie werden es nicht glauben ...«

»Was soll der Scheiß? Wer ist –« Aber da hatte ich die Tür schon aufgestoßen und sah es mit eigenen Augen: Mitten im Big Room hockte Jimmy Ozio auf einer Schreibtischkante und sah sich sehr genau um. Jimmy war ein ziemlicher Brocken, lockiges Haar, auf etwas finstere Art gutaussehend. Er trug einen schwarzen Anzug, weißes Hemd, graue Krawatte. Er gab mir die Hand. Die Knochenbrechervariante.

»Und was führt Sie nach Mammoth Falls?«

»Geschäftliches«, sagte er. »Ich dachte, ich schau mal vorbei und sag guten Tag. Nette kleine Truppe, die Sie hier haben. Fünfzehn Leute?«

»Dreiundzwanzig«, sagte ich. »Und acht Freiwillige. Außerdem noch ein paar in New Hampshire.«

»Die Freiwilligen ... Kids oder Muttis?«

Ausgeschlafener Junge. »Sowohl als auch«, sagte ich. (Hauptsächlich Muttis, Frauen aus Mammoth Falls mit viel Zeit; die Kids fanden unsere Kampagne noch nicht spannend genug, um dafür ihr Studium zu unterbrechen.)

»Der Boss da?«

»Da muß ich fragen«, sagte ich. Es hatte keinen Zweck, ihm etwas vorzumachen. »Bin gleich wieder da.«

Ich rief drüben im State House an. »Wie wichtig?« fragte Annie Marie.

»Dringlichkeitsstufe eins.«

»Ich finde ihn schon, bleiben Sie dran. Er ist nicht gerade *unabkömmlich.* Irgendwo im Bronco unterwegs. Hat wohl mal wieder ein bißchen Cash gebraucht...«

Es dauerte ein paar Minuten. Dann das vertraute Knacken, und der Gouverneur war dran: »Was'n los?«

Ich kannte den Tonfall. Ich störte. »Tut mir leid, Governor, aber Jimmy Ozio ist gerade zur Tür reinspaziert und möchte Sie gern sprechen.«

»Sieh an. Hmm. Was kann da wohl im Busch sein, was meinen Sie?«

»Keine Ahnung. Kleine Inspektionsrunde, vielleicht. Wenn Orlando wirklich was auf dem Herzen hätte, würde er anrufen, oder? Sagt man ihm jedenfalls nach. Was schlagen Sie vor? Büro oder Villa?«.

»Abendessen, keine Frage. Kleine Stadtrundfahrt. Um sechs in der Villa. Sie auch. Sagen Sie ihm: nichts Formelles. Übrigens, haben Sie in letzter Zeit von Jerry Rosen gehört?«

Rosen war politischer Redakteur beim *Manhattan*-Magazin, uns wohlgesonnen – und wichtig. Wenn er einen mochte und das auch schrieb, bedeutete das Geld aus New York ... meistens zumindest. In diesem Jahr nicht. Er mochte den Gouverneur und hatte das auch geschrieben. Aber das New Yorker Geld war in New York geblieben – und zwar wegen Ozio. Die Wall-Street-Demokraten würden keinen Finger rühren, bevor Double O seine Absichten kundtat.

»Ich könnte eine Nachricht von ihm auf dem Schreibtisch haben.«

»Dann wäre es nicht schlecht, wenn Sie zurückrufen würden«, sagte Stanton. Rosen galt als Intimus von Ozio. »Sagen Sie ihm nicht, daß Jimmy hier ist, horchen Sie ihn ein bißchen aus.«

Ich gab die Einladung zum Abendessen an Jimmy weiter und rief dann sofort Jerry Rosen an.

Jerry meinte, er wüßte von nichts. Aber das war nur die halbe Wahrheit. »Grundregel bei Double O: Alle Gerüchte sind falsch«, sagte er. »Es gibt keine Insiderinformationen. Nicht einmal Jimmy weiß, was sein alter Herr vorhat. Ich habe erst kürzlich mit Orlando gesprochen –«

»Und?«

»Stanton bringt ihn auf hundertachtzig. Grundtenor: Was hat dieser Nobody schon vorzuweisen? Sein Bundesstaat hinkt in allem hinterher. Ich sag: Aber in der Bildungspolitik kennt er sich aus. Orlando rastet aus: ›Einen Scheißdreck versteht der von Bildungspolitik! Und mit seinem Sozialprogramm versucht er nur, die Schwarzen zu ködern!‹«

»Ist das amtlich?«

»Wer weiß das schon bei ihm? Heute so, morgen so, bevor der Satz zu Ende ist, hat er seine Meinung schon dreimal geändert«, sagte Jerry. »Ich werd's trotzdem verwenden. Wahrscheinlich wird er anrufen, mich zusammenscheißen und ein opportunistisches Arschloch nennen, aber es wird ihm ganz recht sein, daß ich's bringe.«

»Wieso?«

»Da bleibt er im Gespräch.«

»Heißt das, er kandidiert?«

»Wer weiß? Da meint man immer, der Kerl kann doch nicht ewig so weitermachen, ständig diesen Eiertanz aufführen – er macht sich ja lächerlich, macht seinem schlimmsten Spitznamen Ehre: Ozio Ohnemut. Aber er kann nicht anders. Sein Traum wäre ein Wahlkampf, bei dem er nicht antreten muß und den kein anderer gewinnt. Ich persönlich glaube, daß er diesmal vielleicht Nägel mit Köpfen macht.«

»Weswegen?« fragte ich. »Irgendwas Konkretes?«

Rosen schnaubte. »Reine Gefühlssache. Der Mann hat Stolz. Und es wäre einfach peinlich, wieder Anlauf genommen zu haben und dann abgesprungen zu sein – würde nur wieder die alten Mafiagerüchte beleben und den Late-Night-Fritzen einen Jahresvorrat an Pointen liefern. O hat es nicht gerne, wenn über ihn gelacht wird ... was auch der Grund ist, weshalb er letzten Endes doch immer kneift. Nur diesmal sitzt er so oder so in der Scheiße. Wenn er kneift, wird er ausgelacht; und wenn er antritt – na, dann wird er Nachhilfe in Dingen brauchen wie ›Was ist eine Landjugendorganisation – und was hat sie mit den zukünftigen Farmern von Amerika zu tun?‹ Denn bevor der sich eine Blöße gibt, erschießt er sich lieber. Der Kerl macht sich selbst verrückt, dreht durch, läßt es an der Presse aus. Wie auch immer; meinen Sie, Stanton will zu dem, was Ozio über ihn gesagt hat und was ich zitieren werde, Stellung nehmen? Deswegen hatte ich bei Ihnen angerufen.«

»Ich geb Ihnen Bescheid«, sagte ich. Klar. Nichts wünschte er sich sehnlicher als eine Schlammschlacht mit Orlando Ozio.

»Hören Sie, selbst wenn Orlando noch einsteigen sollte, glaube ich, daß Sie ihn schlagen«, sagte Jerry – und es klang tatsächlich so, als meinte er es ernst. »Ich war letzte Woche mit Stanton in Derry, irgend so eine High-School-Versammlung. Es hat mich umgehauen.«

»Haben Sie Orlando schon bei solchen Veranstaltungen erlebt?« fragte ich.

»Ja, sicher, er ist große Klasse. Das ist nicht das Problem«, meinte Rosen. »*Wir* sind das Problem. Mich kann er ruhig anbrüllen; ich bin aus Brooklyn. Ich kenn das nicht anders. Aber was glauben Sie, was los ist, wenn es Orlando erst mit den aufrechten Presse-Amerikanern zu tun kriegt. Was glauben Sie, was los ist, wenn der Typ vom *Monitor* in Concord zum erstenmal um sechs Uhr morgens von einer kreischenden Stimme am Telefon geweckt wird: ›Das ist Mord, Mann! Glatter Rufmord!‹ Ich würde mal tippen, binnen zweiundsiebzig Stunden platzt ihm der Kragen. Am ersten Wahlkampftag schnellen die Prozentpunkte rauf. Dann schmiert er ab. Mit Problemen wird er einfach nicht fertig. Es könnte sehr häßlich werden.«

»Wir werden sehen«, sagte ich.

»Oder auch nicht.«

Ich erschien zehn Minuten früher in der Villa, nur für den Fall, daß der Gouverneur noch irgend etwas wollte. Susan rief vom oberen Treppenabsatz herunter: »Henry? Sie werden ein Wörtchen mit *The Human Torch* reden müssen. Unsere ›Flamme‹ hat sich in der Bibliothek verschanzt.«

Richard Jemmons lag zusammengerollt auf der Couch, die Hände zwischen die Beine gepreßt, als wären sie mit seinen Schenkeln verwachsen, und sah sich eine der alten *Honeymooners*-Folgen auf dem Großbildschirm an. Ich schaltete aus und sagte: »*To the moon, Alice* ...«

»An.«

»Nein.«

»Wichser.«

»Ich? Du mit deinem verdammten Machogehabe. Du tickst wohl nicht richtig. Noch nie was von Anita Hill gehört? Mann, hast du Schwein, daß die Frau so cool ist.«

»Meinst du, sonst hätt ichs getan?« höhnte er.

»Richard, so etwas kommt nie wieder vor, ist das klar?« Das kam von Susan, die mittlerweile in der Tür stand. »Sie werden in Zukunft keinem Kuli auch nur zuzwinkern. Und unterstehen Sie sich, irgendeine unserer Mitarbeiterinnen Winona zu nennen – selbst wenn sie Winona *heißt*. Sollten Sie es doch tun, können Sie *bestenfalls* hoffen, daß wir Sie rauswerfen. Viel wahrscheinlicher ist allerdings, daß ich Ihrem armseligen kleinen Schniedel mit der Gartenschere Manieren beibringe.«

Jetzt erschien auch der Gouverneur. Er sagte gar nichts; er überließ die Sache Susan. Er trug ein kurzärmeliges Freizeithemd in den Modefarben der neunziger Jahre – lila und petrol –, dazu Jeans und Cowboystiefel. Tatsächlich trugen beide Stantons Jeans. Der Effekt war nicht gerade überwältigend, bei beiden nicht. Die Kläglichkeit ihres Bemühens um legere Kleidung wurde aber erst richtig deutlich, als Jimmy Ozio den Raum betrat – nach wie vor in schwarzem Anzug, weißem Hemd und grauer Krawatte.

»Hey«, begrüßte ihn Stanton. Seiner Südstaatenversion von Hi war allerdings, wenn mich nicht alles täuschte, ein leichtes Ächzen beigemischt, als ihm Ozio die Hand zermalmte. Überstrapaziert, wie sie ist, ist die Hand eines Wahlkämpfers notgedrungen empfindlich. Jimmy nickte einmal in die Runde und machte bei der Gelegenheit erneut Bestandsaufnahme. Auf der Couch entdeckte er Richard. »Sind Sie Dick Jemmons?« fragte er.

»Richard«, betonte dieser, zog eine seiner Hände zwischen den Beinen hervor, verharrte aber in seiner Embryonalstellung. »Yeah.«

»Verdammt gute Arbeit letztes Jahr in Jersey«, sagte Jimmy. »Orlando hält Sie für fast so schlau wie sich selbst.«

Nicht übel: so ganz nebenbei den alten Herrn auf die Schippe genommen. Jimmy war Profi. Es würde kein Zuckerschlecken werden.

»Mögen Sie Barbecue?« fragte der Gouverneur.

»Sie meinen Hamburger und Hot dogs?« Jimmy beherrschte das Spiel: Wenn Sie auf Südstaaten machen, mach ich halt auf Norden. Wollen doch mal sehen, wer länger durchhält.

»Sie müssen nämlich zu einem waschechten Holzkohlen-Barbecue nach Südstaatenart mit, führt kein Weg dran vorbei. Was meinen Sie, Richard: trocken oder nicht?«

»Wenn der Bursche den Schlips abnimmt, können wir mit ihm zu Fat Willie's«, sagte Richard. »Schon mal Sau mit den Fingern gegessen, Ozio?«

»Roh oder gebraten?«

Wir kutschierten durch die Gegend, mit dem Gouverneur als Fremdenführer. Es gibt in Mammoth Falls nicht viel zu sehen, aber Jack Stanton pries auch noch den hinterletzten Winkel großartig an. Er und Susan hatten Jimmy im Bronco mitgenommen, ich folgte mit Richard in meinem alten Honda. »Und du lebst jetzt hier?« fragte er.

Ich lebte eigentlich nirgends groß. Die ersten paar Monate war ich mit dem Gouverneur im ganzen Land herumgereist, oft nur wir beide. Es war sozusagen meine Lehrzeit gewesen. Ich lernte seinen Arbeitsstil kennen, seine Art zu denken. Im September waren wir offiziell ins Rennen gegangen, aber am Ablauf hatte sich deswegen nicht viel geändert. Wir rührten vorerst noch die Spendentrommel. Dabei kroch er allerdings weder, wie andere Politnasen, vor den Reichen zu Kreuze, noch zog er hinter ihrem Rücken über sie her. Geld hatte keinerlei Reiz für ihn, Menschen hingegen schon. Mit den Leuten war er phantastisch: Er bedachte sie mit seinem verbindlichen Händedruck und hörte sich ihre Geschichten an. Er hatte den Dreh raus – nein, es war mehr als ein Dreh, es ging tiefer, war grundlegender, voll Respekt –, rüberzubringen, daß er sie gehört und verstanden hatte und daß es ihn berührte. Er verließ niemals einen Raum – in diesen ersten Monaten waren es meist kleine Räume –, ohne sich alle Namen eingeprägt zu haben, und er *behielt* sie. Selbst in New Hampshire, einem Bundesstaat, der unterkühlte, bleiche, spitzfindige Skeptiker geradezu magisch anzuziehen schien. Nicht unbedingt sein Publikum, würde man meinen. Und doch zogen wir von Wohnzimmer zu Wohnzimmer, von einer Tasse Kaffee zur nächsten. Der Gouverneur hegte die zarte Pflanze der Wählergunst mit Bedacht, mit Liebe, er ließ ihnen ihre Skepsis, bestärkte sie eher noch, zog sie mit ihrer Zurückhaltung auf: »Auf keinen Fall möchte ich, daß Sie sich *vorschnell* entscheiden«, sagte er dann. »Prüfen Sie das Feld, überlegen Sie in Ruhe. Sie haben noch einhundertunddreiundzwanzig Tage« – je nach aktuellem Stand (den er stets im Kopf hatte) – »Zeit, um über das Schicksal der Nation zu entscheiden.«

Er genoß es, und er genoß sie. Mehr noch, er ging darin auf, liebte das, worum es sich letztlich drehte. Regieren – vor allem die Amtsgewalt. (Abgeordnete waren eine andere, etwas weniger interessante Spezies.) In zwei Monaten lernte ich von ihm mehr über den öffentlichen Sektor, über Bürgerbelange, als bei Larkin in fünf Jahren. Welchen Bundesstaat wir auch bereisten, wir ließen keinen einzigen Amtssitz aus – und er mußte nie nach dem Weg fragen. Immer wußte er, wo die Büroräume des Gouverneurs, und manchmal auch die anderer Amtsinhaber, zu finden waren. Er hielt es ganz ökumenisch; er mochte sie alle, ob Demokraten oder Republikaner. Er konnte die politische Vita jedes Gouverneurs herunterrasseln, wußte, wo ihre Stärken und wo ihre Schwächen lagen. Die schiere Menge an Faktenwissen war als solche schon beeindruckend, noch erstaunlicher aber war das Maß an Energie und Interesse, das er investierte. Wenn ihm ein Bürokrat irgendwo – sei es in Lansing oder Austin – Wege aufzeigte, Bundesmittel für den Umweltschutz lockerzumachen, machte er seine berühmten großen Ohren und blieb endlos sitzen, auch wenn das den Zeitplan völlig umwarf. Er ging nicht, bevor er nicht alles aus dem Betreffenden herausgeholt hatte.

Die Mühe lohnte. Stanton war eine wandelnde Clearingstelle. Er praktizierte eine Art wahltaktischer Fremdbestäubung. Als wir in Montgomery durch die Gänge des Kapitols wandelten, eines für mich von alten Schrecken durchdrungenen Baus, Wiege der Konföderation und George Wallace' Korridore der Macht, sagte er: »Henry, Sie sind ja völlig fertig, das spüre ich. Kommen Sie, ich weiß, wie wir das ändern.«

Er schleifte mich einen Gang hinunter zum Büro des Justizministers. »Hier regiert Jim Bob Simmons«, erklärte er, »und er macht seine Sache nicht schlecht. Aber ich stelle Ihnen jetzt den eigentlichen Kopf des ganzen Unternehmens vor. Hey Betty«, begrüßte er die Sekretärin, eine unscheinbare weiße Frau, die viel zu schnell verblüht war. Sie trug eine Schmetterlingsbrille. »Ist Ihre Mutter wieder auf den Beinen?«

»Aber ja, Governor«, antwortete sie so geschäftsmäßig, als kämen jeden Tag Gouverneure vorbei und erkundigten sich nach dem Wohl ihrer Mutter. »Aber die Chemotherapie war die Hölle.«

Stanton blieb stehen, ging neben der Frau in die Hocke, nahm ihre Hand. »Und hat sie's damit überstanden?«

»Angeblich ja.«

»Man muß das Beste hoffen«, meinte er und griff sich ein paar Fig Newtons aus ihrer halboffenen Schublade. »Aber wer weiß? Ist sie denn gläubig?«

»Geht jeden Sonntag in die Kirche.«

»Und Sie gehen mit?«

Betty zögerte. Stanton drückte ihre Hand. »Hören Sie, Betty, vielleicht sollten Sie sie begleiten. Gerade jetzt. Ihr Mann – Ray heißt er, oder? – kann in der Zeit doch sicher die Kinder nehmen.«

Jetzt traten ihr Tränen in die Augen. »Er hat doch selbst soviel um die Ohren, Governor. Wenn er Samstagnacht heimkommt, ist er völlig kaputt.«

»Ja, sicher«, sagte Stanton, zog sie an sich und drückte ihr sanft einen Kuß auf die Schläfe. »Aber denken Sie drüber nach. Würde Ihrer Mom bestimmt viel bedeuten. Vielleicht können Sie die Kinder in die Sonntagsschule geben, oder eine Freundin nimmt sie Ihnen mal ab. So, und wo steckt der Bursche? Er ist doch da, oder? Sagen Sie bloß nicht, daß er wieder auf Taubenjagd ist.«

»Ich hab gerade den Summer gedrückt«, sagte Betty, und im selben Moment erschien auch schon ein großer, hagerer Schwarzer in der Tür. Stanton richtete sich auf, seine Miene hellte sich auf, er umarmte den Mann.

»Hättest ruhig anrufen können«, sagte der Schwarze.

»Hätte, hätte – wir sind auf der Durchreise, Billy«, antwortete er. »Darf ich dir Henry Burton vorstellen, meine neue Drohne. Henry: William J. Johnson, stellvertretender Justizminister von Alabama, ein großer Amerikaner, früher aber eine Niete in Deliktsrecht.«

»Freut mich«, sagte Johnson und begrub meine Hand in seiner gewaltigen Pranke. »Was der Governor allerdings unterschlägt, ist, daß er ohne meine Mitschriften die Klausur in Vertragsrecht niemals bestanden hätte, damals – als er hier bei einer Senatswahl unbedingt einem Hippie den Wahlkampf managen mußte, statt sich ins Studium reinzuhängen, wie es sich gehört hätte.«

»Er war kein Hippie«, protestierte Stanton. »Nur Vietnamgegner.«

»Also mein letzter Stand ist, daß er irgendwo auf einer Farm in Kalifornien lebt und *Möbel* baut.«

»Hast du die Sachen schon mal gesehen?« fragte Stanton. »Einfach begnadet. Er hat das Kopfteil für unser Bett in der Villa gemacht.«

»Komm mit nach hinten, du Spinner«, sagte Johnson und warf Stanton einen Arm um die Schulter.

Es war ein kleines Büro, voll mit Gerichtsentscheidungen und Gesetzbüchern. An den Wänden hingen Urkunden und Fotos – ein elegant zum Korb hochschnellender Bill Johnson beim College-Basketballmatch gegen Michigan, daneben ein zweites Foto von Johnson, diesmal mit einer gewaltigen Afrofrisur, auf einer Couch sitzend und in ein offenbar sehr ernstes Gespräch mit einem Jack Stanton vertieft, dessen Gesicht durch etwas entstellt war, das wie ein aufgeklebter Schnurrbart aussah. Es war ein überraschend persönliches Foto für das Büro eines Politikers – wo doch alles, was über das Colgate-Lächeln der Kinder und den Händedruck mit noch bedeutenderen Leuten als man selbst hinausgeht, normalerweise als zu gewagt gilt –, und es rührte mich an. »Collegezeit«, erklärte Johnson, als er mein Interesse bemerkte. »Worum ging's noch, Jack? Ob man den Nordvietnamesen lieber Waffen oder Verbandsmaterial schicken sollte?«

»Quatsch, du warst sauer, weil ich mich mit deiner Schwester verabredet hatte«, entgegnete Stanton.

»Da war höchstens Susan sauer«, sagte Johnson. »Ich hatte eigentlich gehofft, Cyrilla würde dir vielleicht noch Manieren beibringen – zum Beispiel, daß man nicht von anderer Leute Teller essen soll. Sag schon, weißt du noch, worüber wir geredet haben?«

Stanton nickte. »Unser Dauerthema: die Weißen. Dr. King war gerade ermordet worden, und –«

»Nein, das Foto wurde Monate später gemacht. Es ging um Bobby«, sagte Johnson. »Wir waren gerade im Examen. Du hattest gleich danach aufbrechen und für ihn arbeiten wollen. Weißt du noch? Du wolltest unseren Schreihals, Professor ... wie hieß er noch gleich?«

»Markowitz.«

»Genau. Du wolltest Markowitz überreden, die Klausur in Deliktsrecht entweder zu verlegen oder dir zu gestatten, sie extern zu machen, weil du am Abend der Vorwahl unbedingt dabeisein wolltest.«

»Ja, ich erinnere mich«, sagte Stanton leise.

»Du warst fest davon überzeugt, daß du Sirhan rechtzeitig gesehen hättest.«

»Und *du* warst drauf und dran, den bewaffneten Kampf aufzunehmen.«

»Stimmt«, sagte Johnson und wandte sich mir zu. »Und dieser Armleuchter hat es mir ausgeredet. Ich wollte den ganzen Krempel hinschmeißen. Wozu Jura studieren? Wen interessierten schon Gesetze, wo unsere Leute der Reihe nach umgelegt wurden? Aber er meinte, wir müßten dranbleiben, das Studium durchziehen. Ich müßte an meine Verantwortung für die Jüngeren denken, daran, was ich denen signalisieren würde, wenn ich das Handtuch warf. ›Die Leute warten doch bloß auf die Bestätigung, daß ein schwarzer Basketballspieler das Jurastudium in Harvard nicht durchsteht‹, hat er gesagt. ›Wenn du aufgibst, ist das nur Wasser auf ihre Mühlen.‹ War's nicht so, Jack? Und was hat es mir gebracht?« fragte er und breitete demonstrativ die Arme aus, daß er fast die Wände seines kleinen Büros berührte. »Ein Leben im Luxus.«

»Erzähl mir nicht, du könntest das hier gegen ein gutgehendes

Anwaltsbüro mit Harvard-Partnern tauschen. Das würdest du doch nie im Leben aushalten«, spottete Stanton.

»Aushalten oder aushalten lassen, das ist hier die Frage.« Johnson lachte. »Zum Glück ist meine Frau auf meine paar Mäuse nicht angewiesen. Sie verdient ein Vermögen ...« Er warf mir einen spöttischen Blick zu. »Als Grundschullehrerin.« Er öffnete einen kleinen Kühlschrank und warf dem Gouverneur ein Dr. Pepper light zu. Er sah mich fragend an, ich hob den Daumen, und er warf mir ebenfalls eins zu. Sie redeten über ihre Frauen. Dann übers Geschäft.

»Und? Kandidierst du, jetzt wo Jim Bob nach Höherem strebt?« fragte Stanton.

»Wo denkst du hin? Schließlich sind wir hier in Alabama«, sagte Johnson. »Ich würd's ja versuchen, wenn Jim Bob oder der Gouverneur mich unterstützen würden. Aber die werden sich hüten. Wozu eine einzige verlogene Redneck-Stimme riskieren?«

»Aha, daher weht der Wind.« Stanton nickte und wurde dann ernst. »Hör mal, Billy. Ich weiß, ihr habt Familie, also ist es im Moment nicht drin, aber bitte denk wenigstens darüber nach, ob du nicht bei mir einsteigen willst, ja? Ich brauch dich, Mann. Wenn ich's schaffe, kannst du anfangen, dich nach einem Haus in Arlington umzusehen, okay?«

»Beim Vizepräsidenten verdient man nicht so gut, habe ich gehört«, sagte Johnson.

»O, ihr Kleingläubigen«, sagte Stanton. »Aber du wolltest ja auch nicht glauben, daß ich Vertragsrecht bestehe.«

»Nicht ohne die Seminare zu besuchen.«

»Und trotzdem hat's geklappt, wenn ich mich recht entsinne«, sagte Stanton. »So, und jetzt erzähl mir, wie's um mein Lieblingsprojekt steht. Wenn ich es übernehmen soll, will ich gefälligst Erfolge sehen.« Er wandte sich mir zu: »Dr. Johnson nimmt seit einem Jahr in drei Bezirken den Kids die Führerscheine ab, wenn sie die Schule schwänzen.«

»Schulpräsenz um zwanzig Prozent rauf«, sagte Johnson. »Vorzeitige Schulabgänge um zehn Prozent runter.«

Stanton pfiff durch die Zähne. »Und da beschwerst du dich noch, daß ich dir den bewaffneten Kampf ausgeredet habe?«

Der Witz war der: Als wir eine Woche später in New Hampshire im kahlen, kümmerlichen Konferenzraum einer Anwaltskanzlei in Concord mit einer Handvoll Abgeordneter zusammensaßen und eine Frau aus North Conway Jugendprobleme zur Sprache brachte – frankokanadische Kids, die die High-School abbrechen –, sagte Stanton: »Ich schlage vor, Sie setzen sich einfach mal mit William Johnson, dem stellvertretenden Justizminister von Alabama, in Verbindung. Er ist ein Freund von mir und hat da ein hochinteressantes Pilotprojekt laufen.« Hinterher kam Delia Schubert, eine Ostküstenabgeordnete mittleren Alters und typische Ökovertreterin, ganz aufgeregt angeflattert und schwärmte: »Ich habe Ihren Boss jetzt zweimal erlebt, und beide Male habe ich was dazugelernt. Ist der immer so?«

Das konnte ich nur bestätigen, und wieder war uns eine Stimme sicher. Auf diese Weise hatten wir bald – in mühsamer Kleinarbeit – eine beachtliche Anzahl von Ortsansässigen auf unsere Seite gezogen. Stanton legte dank dieser Fähigkeit gerade bei denen zu, die es besser wissen mußten, die wußten, daß es klüger wäre, sich nicht festzulegen, abzuwarten, auf Ozio zu warten – sie würden ja immer noch auf uns zurückgreifen können, wenn Orlando doch nicht an den Start ging oder scheiterte. Aber sie gerieten in seinen Bann. Er war so gut, daß sie einfach nicht warten konnten. Ich war stolz, für ihn arbeiten zu dürfen.

So tingelten wir durch die Lande. Vom eigentlichen Ziel war nur selten die Rede – manchmal schien es eher, als wollten wir für das Amt des Gouverneurs von Amerika kandidieren –, vor allem wohl deshalb, weil die eigentliche Show noch gar nicht begonnen hatte. Stanton war davon überzeugt (zu Recht, wie sich herausstellte), daß der Wahlkampf erst nach Ozios endgültiger Entscheidung oder nach Silvester – je nachdem, was zuerst käme – richtig in Schwung kommen würde. Alles Weitere war nicht absehbar, weder der Verlauf noch die Intensität des Ganzen oder die Themen, die im Vordergrund stehen würden. Das wußte er. Er beobachtete die erklärten und potentiellen Herausforderer sehr genau. Er war nicht sonderlich beeindruckt. Drei Senatoren – nur zwei davon noch aktiv – hatten ihre Bewerbungen in den Ring geworfen. Der Aussichtsreichste war

Charlie Martin, Vietnamveteran und ebenfalls ein Baby-Boomer. Stanton konnte ihn gut leiden, nahm ihn aber nicht besonders ernst; Charlie hatte sich spontan zur Kandidatur entschlossen, ohne die Sache zu durchdenken. »Eine Bewerbung auf der Suche nach ihrem Beweggrund«, resümierte Stanton. Ein paar Wochen nach Bekanntgabe seiner Kandidatur rief Martin beim Gouverneur an. »Hey, Jack, ist das nicht abgefahren? Ich kann's kaum glauben, daß wir im Rennen sind.« Stanton hatte zurückhaltend reagiert und irgendwas gemurmelt wie »Ja, verrückt, für das höchste Amt zu kandidieren«, aber als er auflegte, meinte er verächtlich: »Kriegsheld, und bringt nicht mal die Disziplin auf, sich dahinterzuklemmen. Kein Format, Henry. Keiner dieser Burschen hinterläßt irgendwelche Spuren.«

Das galt in gewisser Weise auch für ihn. Er zeigte mir alles, gab nichts preis. Ich sah, wie er jeden Aspekt des öffentlichen Lebens begierig in sich aufnahm – jede Nuance, jede noch so winzige Andeutung, die nur jemand wie er überhaupt mitbekam. Es war, denke ich, vergleichbar mit der Art, wie ein Habicht die Erde unter sich wahrnimmt: Jedes Insekt, jeder Grashalm tritt deutlich hervor und fügt sich zugleich ins Gesamtbild. Ich lernte vorauszusehen, wie er auf neue Situationen reagieren würde; ich lernte, seine Stimmungen zu erspüren, wann er ansprechbar war, wann nicht. Bestimmte Begleiterscheinungen konnten mich nicht mehr erschüttern: sein chronisches Sodbrennen, seine Allergien. Ich wurde sein Maalox-Träger. Ich erlebte ihn zornig, begeistert, frustriert und niedergeschlagen. Ich lernte zu unterscheiden, welche Informationen er sofort brauchte – wir hatten kleine Kärtchen, die ich ihm vorlegte – und welche ich zurückhalten konnte, bis wieder Luft war. Es entstand eine ungeheure Vertrautheit, aber keine Nähe. Er redete nie über persönliche Dinge, über Susan, über ihren Sohn Jackie, über seine Ausflüge im Bronco, über seine Kindheit, nicht *wirklich*, er erzählte nichts, was über den Fundus an allgemein bekannten, oft wiederholten und gern zitierten Anekdoten hinausging. Er war unglaublich undiszipliniert, was Termine, Entscheidungen und die Frage anging, wer im Stab welche Aufgaben übernehmen sollte, aber in puncto Selbstoffenbarung war er penibel: Er hatte sich stets im Griff.

Als sich das Wahlkampfteam zu formieren begann, ließ er mich immer öfter in der Wahlkampfzentrale zurück. Meine Lehrzeit war beendet. Er traute mir jetzt offenbar zu, die Dinge aus seiner Sicht zu sehen und alles für den großen Auftritt vorzubereiten. Ich verstand die Beweggründe und litt trotzdem unter Entzug: Wo er war, war das Zentrum des Geschehens. Ich wollte dabeisein.

Mammoth Falls machte es nicht gerade leichter. Der Ort kannte nur schwarz *oder* weiß, und ich – keines von beiden und doch beides zugleich – kam auf meinen Streifzügen weder mit den versteckten Botschaften noch mit den offenen Zuordnungen zurecht. Die Signale waren ruhiger, zurückhaltender und doch, auf gewisse Weise, deutlicher, als ich es vom Norden her kannte. Eines Abends aß ich in einem Yuppie-Bistro in einer Einkaufspassage im weißen Teil der Stadt einen Burger. Das dortige Multiplex war weit und breit das einzige Kino, das auch ausländische Filme zeigte, wenn auch nur die unvermeidlichen leichten französischen oder italienischen Unterhaltungsfilme (an dem Abend war es, glaube ich, *Cinema Paradiso* – nicht schlecht), nie etwas Schweres, Düsteres, Tiefsinniges oder Bedeutendes. Jedenfalls sah mich die Bedienung schief an und meinte: »Sind Sie hier aus der Gegend?« Klartext: Wohl kaum, sonst säßen Sie nicht hier. Normalerweise habe ich mit so etwas keine Probleme; dergleichen vergißt man am besten gleich wieder. Aber ich war allein, an einem fremden – sehr entlegenen – Ort, einem Ort, wo ich mir die *Washington Post* jeden Morgen zufaxen lassen mußte (und von der *Times* nur die dünne, unbefriedigende nationale Ausgabe bekam). Ich war mir ständig, akut meiner Haut bewußt, und zwar im doppelten Sinne: Zum einen so, wie sie von anderen gesehen wurde, zum anderen so, wie *sie* auf die Umgebung reagierte. Ich nahm alles intensiver wahr. Die Schwüle machte mich matschig und träge. Die Luft aus der Klimaanlage war unerträglich. Also konzentrierte ich mich im wesentlichen auf den Wahlkampf und blieb ansonsten für mich. Ich joggte jeden Abend drei Meilen das eine Flußufer entlang und am anderen wieder zurück. Ich wohnte in einem sterilen kleinen Apartment, nicht unähnlich dem, das wir ganz am Anfang in Manchester zunächst angemietet, dann aber schnell wieder aufgegeben hatten. Ich las Romane, die frühe Doris Lessing (damals in Afrika muß sie sehr sexy gewesen sein). Ich gab mich Phantasien von Wahlkampfmiezen hin.

»Was die wohl reden?« fragte Richard, während wir langsam dem Bronco mit dem Gouverneur und Ozio Junior folgten.

»Nichts, wofür Jimmy sich was kaufen könnte.«

Richard lachte. »Stanton ist einfach unglaublich, das steht fest.«

»Hast du je für einen Besseren gearbeitet?« fragte ich.

»Wie soll ich wissen, wie gut er wirklich ist?« meinte Richard. »Wo ers selbst nicht mal weiß.«

»Na ja, einen gewissen Verdacht hat er schon.«

»Wenn hier jemand einen Verdacht hegt, dann sie.«

Ich stellte mir vor, wie der Gouverneur einen seiner Lieblingssongs sang: »*We can't go on together, with suspicious mi-inds ...*«

Fat Willie's bestand aus einem Trailer mit einer Plastikmarkise an der Längsseite, ein paar Picknicktischen und einem Grill, aus dem krebserregender Rauch aufstieg. Fat Willie war ... wie der Name schon sagte: ein gewaltiger, schwitzender Schwarzer, einst staatlich ausgezeichneter Tackle im Footballteam der Mammoth Falls Central High-School, der jetzt in einer langen, weißen, mit Sauce beschmierten Schürze vor uns stand. Er strahlte, als er Stanton sah. »Hey, Gov! ... Hey, Amalee, der Gov ist da!« rief er seiner Frau zu, die auch nicht gerade schlank war. Stanton zog Willie ungeachtet der Sauce an seine Brust, drehte sich um und legte Amalee den anderen Arm um die Schulter. Da stand er dann zwischen den beiden und grinste sein »Ach, wie schön, ein einfacher Junge vom Lande zu sein«-Grinsen; er strahlte ungetrübte Freude aus. Die Szene hatte etwas Vertrautes: Jedesmal, wenn wir kamen, spielte sie sich wieder so ab. Vor einigen Monaten hatte ich hier – tief beeindruckt – gesessen und zugeschaut, wie der Gouverneur sich an einem der hinteren Tische eine Stunde Zeit nahm, um Willie nach dem Tod seiner Mutter Trost zu spenden. »Wie läuft's denn, Will?« fragte er jetzt und drückte den gewaltigen Mann noch einmal fest an sich. »Alles in Butter? *Got your mojo workin' tonight?*«

»Aber klar doch, Gov.« Willie wandte den Kopf. »Hey, Honey, wo steckt denn Loretta? Hey, Lo – der Gov ist da!«

Loretta, seine Tochter, gehörte zu den Mädchen, denen eine gewisse Fettleibigkeit vorherbestimmt ist – sie deutete sich bereits in der Rundung ihrer Oberarme und Schenkel an –, aber jetzt war sie noch ein knackiger, draller Teenager. Sie blickte verstohlen zu Stanton hin, sah aber gleich wieder weg. Susan umarmte sie. »Hi, Liebes, wie geht's denn so? In der Schule alles okay? Du fehlst uns – aber wahrscheinlich hast du bei deinen Eltern alle Hände voll zu tun, da bleibt wohl kaum Zeit, dich mal in Ruhe hinzusetzen?«

»Ja, Ma'am«, antwortete Loretta lustlos.

Der Gouverneur – bei dem Schweinefleisch Pawlowsche Reflexe auslöste – beriet sich mit Willie über das Essen. »Nur das Beste für meine Gäste, Will! Und für mich eine doppelte Portion.«

Wir setzten uns an einen der hinteren Tische, weit weg von den grellen Halogenscheinwerfern, mit denen Willie seinen Bestelltresen illuminierte. Die Abendluft war ein bißchen kühl, und Willie hatte die Plane für den Winter noch nicht montiert. Aber er holte einen Heizstrahler, schloß ihn gleich neben Susan an und sorgte für einen Wechsel von Novemberkälte und elektrisch erzeugter Hitze, in dem sich Viren besonders wohl fühlen mußten. Als das Essen kam, verschlang der Gouverneur seine Portion, um dann scheinbar entsetzt – aber keineswegs unerfreut – zu bemerken, daß wir anderen noch zugange waren. Die Chancen, daß für ihn noch etwas abfiel, standen gut. Er behielt Susans Teller im Auge, und kaum hatte sie ihre letzte Papierserviette zerknüllt, schnappte er sich die Reste. Als er sich unbeobachtet glaubte (worin er sich täuschte, Jimmy kriegte es mit), vertilgte er als nächstes meinen Texas-Toast. Ich war, ausnahmsweise, von ihm enttäuscht. Was machte das für einen Eindruck?

Als alle fertig waren, steckte sich Jimmy eine Zigarette an – Parliament, eine Marke, von der ich nicht gedacht hätte, daß es sie noch gab. Susan verzog das Gesicht (auch das kriegte Jimmy mit). Der Gouverneur hatte sich die ganze Zeit bestens unterhalten – über Schweinefleisch, Football, Mammoth Falls; nichts, was auch nur im entferntesten mit dem eigentlichen Anlaß des Essens zu tun hatte. Ozio war am Zug.

»Tja«, sagte Jimmy endlich, »Orlando hat Ihre bisherige Tour mit Interesse verfolgt. Ihm ist aufgefallen, daß Sie bei Ihren Besuchen in

New Hampshire immer über Chicago fliegen. Sie machen dort Zwischenstation, besuchen den Bürgermeister, lernen die Stadt kennen. Alles gut und schön, aber nicht für uns. Zu dumm, daß wir erst vier Wochen nach Illinois Vorwahlen haben. So lernt man sich nicht richtig kennen ... bis es womöglich zu spät ist. Das sollte sich ändern. Der Gouverneur ist ganz entschieden dieser Meinung. Er hofft, daß Sie bei uns vorbeischauen, wenn Sie das nächste Mal auf der Durchreise sind, und sich ein bißchen Zeit nehmen, uns näher kennenzulernen.«

Wir hatten in New York ebenso oft Zwischenstation gemacht wie in Chicago – und uns an der Wall Street die Zähne ausgebissen, aber das behielt Stanton für sich. Er war so beflissen, daß einem übel werden konnte. »Wäre mir ein Vergnügen«, sagte er. »Jederzeit. Wissen Sie, ich möchte mich schon seit langem mit Ihrem ... mit Governor Ozio zusammensetzen.«

»Er hat große Erfahrung«, sagte Jimmy.

Richard verdrehte die Augen. (Das entging Jimmy allerdings.)

»Henry, haben Sie den Kalender dabei?« fragte der Gouverneur. Der Kalender. Der Kalender lag im Auto. Ich holte ihn.

»Kommenden Dienstag sind wir in New York«, sagte ich.

»Normalerweise ist Orlando nur montags und donnerstags in der Stadt«, sagte Jimmy.

»Albany liegt auch auf dem Weg nach New Hampshire«, meinte der Gouverneur. Sauber.

»Ich kann ja mal fragen«, sagte Jimmy. »Hat jemand ein Handy dabei?«

Richard und ich hatten eins dabei, ebenso Susan. Wir zückten sie gleichzeitig, ein bißchen zu eifrig. Ozio nahm das von Susan und tippte eine Nummer ein; sein Vater war sofort am Apparat. »Ja ... gerade eben ... Nein, wir sind essen gegangen«, sagte Jimmy. »Hör zu, Governor Stanton ist am Dienstag in der Stadt, aber er meint, er könnte auch in Albany vorbeikommen ... Mhm, mhm, mhm.« Jimmy sah zu mir rüber. »Er fragt, was Sie am Dienstag in New York vorhaben.«

Ich schielte zu Stanton hinüber. Wieviel sollten wir preisgeben? Sein Blick sagte: ein bißchen, aber nicht zuviel. Ich nannte Jimmy die offiziellen Termine. Mittagessen beim Council of Jewish Organizations. Nachmittags eine Rede vor dem Vorstand der Anwaltsvereinigung. Danach ein kurzer Zwischenstopp bei einem Cocktailempfang der Lehrergewerkschaft.

Jimmy gab sie seinem Vater durch. »Er fragt, wo der Empfang stattfindet«, sagte Jimmy.

»Sheraton City Center.«

»Mhm, mhm ... ist gut, ich frag ihn«, sagte Jimmy. »Er meint, er spricht später beim Bankett der Lehrergewerkschaft, wird also auch im Sheraton sein. Man könnte sich dort treffen. Jetzt würde er gern noch selbst mit Ihnen reden, Governor.« Er reichte das Handy an Stanton weiter.

»Ja ... bin ich ... nein, mittlerweile eher für die Bulls, bei denen spielen ein, zwei Jungs von uns mit ... schwer zu sagen ... beide ... Übrigens, Sie haben einen prachtvollen Sohn ... mach ich ... ich freue mich auf nächste Woche ... Genau. Danke. Wiederhören.«

Stanton gab mir das Handy. »Der Gouverneur wollte wissen, was mir besser gefällt – die Dreipunktlinie im College-Basketball oder die Profis.«

Offensichtlich war er megasauer. Mir blieb nur die Hoffnung, daß sein Zorn auf der Heimfahrt verpuffte. Ich hatte die Sache verbockt. Das war mir klar. Und mir war auch klar, daß eine prophylaktische Entschuldigung nichts nutzen würde. Er mußte Dampf ablassen.

»Scheiße, Henry! Scheiße!« ging es los, kaum waren wir in der Villa angelangt, nachdem wir Richard und Jimmy vor ihrem Hotel abgesetzt hatten. »Schon mal was von Briefing gehört?! Ihretwegen steh ich da wie ein gottverdammter Amateur, ein Hinterwäldler, wie irgend so ein beknackter, drittklassiger, bescheuerter Südstaatenpolitiker. Konnten Sie denn nicht den Mund aufmachen? Konnten Sie nicht mal einen Blick in den Terminkalender werfen, bevor wir mit dem Jungen essen gehen? Sie haben nicht *gewußt,* daß wir dieselbe Gewerkschaftsveranstaltung beackern wie Ozio? Was für ein Scheißladen ist das hier eigentlich, Henry? Und wie kommt es, daß wir nur die Vorspeise kriegen, während er sich den Hauptgang einverleibt? Bin ich denn Ozios Eintänzer? Und glauben Sie ja nicht, daß er nicht

Bescheid gewußt hätte! Nur *wir* haben es nicht mitgekriegt! Henry, so können wir es gleich vergessen, wir werden nie gewinnen – oder auch nur mithalten können –, wenn wir solchen Kleinkram nicht im Griff haben. Jetzt kommen wir da nicht mehr raus, wir müssen hin und ihn treffen – ein Heimspiel für ihn –, und er hat das Sagen! Soll das hier Karaoke sein, oder was? Wetten, Jimmy hängt in genau diesem Moment am Telefon und erzählt ihm, daß er sich wegen uns hier unten keine Sorgen zu machen braucht?«

»Na und? Was ist so schlimm daran?« sagte Susan.

»Das fragst du noch? Er kann in aller Ruhe seine Spielchen treiben«, sagte Stanton. »Wir machen ihm keinen Druck. Er ist nicht in Eile. Das ganze Geld bleibt eingefroren. Die Presse schnüffelt bei *ihm* rum. Er ist das Thema des Tages.«

»Das wäre auch dann der Fall«, sagte Susan und sah dabei zu mir hinüber, »wenn Henry das Ding nicht in den Sand gesetzt hätte.« Offensichtlich war auch sie sauer.

»Henry, Mann, Sie müssen einen Zahn zulegen«, sagte Stanton. Der Sturm war am Abklingen. »Bevor ich nächsten Dienstag bei ihm antanze, will ich verdammt noch mal genauer wissen, was mich erwartet, als heute abend, verstanden?«

Ich verstand sehr wohl, konnte aber nicht viel machen. Am nächsten Morgen rief ich Jerry Rosen an.

»Klingt gar nicht gut«, sagte er. »Orlando läßt eigentlich nur dann bitten, wenn er einem was will. Mit Leuten, die er mag, telefoniert er nur.«

»Was hat er vor?«

»Fragen Sie mich was Leichteres«, meinte Rosen. »Mit mir telefoniert er.«

Vielen Dank, das war mir bekannt. Ich rief Howard Ferguson III an, aber der war auch keine große Hilfe. Er lachte sein trockenes kleines Lachen. »Ach, Orlando will euch nur ein bißchen einheizen«, sagte er. »Er ist ein Großkotz. Er will sehen, wie weit ihr euch einschüchtern laßt. Gebt einfach nicht nach.«

»Sie haben leicht reden.«

»Wenn ihr mit Orlando nicht fertig werdet«, sagte Howard, »wie wollt ihr dann mit den Republikanern fertig werden?«

In Orlando Ozios Suite im Sheraton war keinerlei Wahlkampfhektik, kein Gefühl von Dringlichkeit zu spüren – nur ein überwältigender, urzeitlicher Revierinstinkt. Ozio war bekanntermaßen eine Ein-Mann-Show. Er hatte nichts übrig für einen großen Troß, deshalb war im Salon der Hotelsuite bis auf einen Pressefritzen und Armand Chirico, Ozios ehemaligem Anwaltspartner, auch niemand zu sehen. Von unserer Seite waren nur ich und der Gouverneur da. Onkel Charlie und Tommy, der Trooper, waren unten in der Hotelhalle zurückgeblieben.

Chirico klopfte leise an die Schlafzimmertür, öffnete sie einen Spaltbreit und nickte kurz. Dann drehte er sich nach uns um und winkte uns hinein, wie ein Oberkellner. Ozio hockte hemdsärmelig im Halbschatten. Der Raum war dunkel; es brannte nur eine Schreibtischlampe, und der Fernseher lief. Ozio hatte etwas von einem Nachttier, und er war mit seinen breiten Schultern, seinem Stiernacken und seinen riesigen Händen massiger, als ich ihn mir vorgestellt hatte. Er war ein ganz passables Mittelgewicht gewesen, bis ihm in seinem siebten Profikampf das Jochbein zerschmettert worden war. Er sah sich gerade die Lokalnachrichten an. Sport. Ozio fackelte nicht lange, ging sofort zum Angriff über auf das, was er für Stantons Schwachstelle hielt. »Haben Sie je Sport getrieben, Jack?«

»Golf«, sagte Stanton, wohl wissend, daß Ozio Wettkampfsport meinte.

»Mein Vater hat immer gesagt, Golf wäre die kapitalistischste Sportart überhaupt – braucht völlig grundlos mehr Land als jeder andere Sport«, sagte Ozio und lachte leise. »Ja, ja, mein Papa ... Aber der kam noch von der anderen Seite des Teichs. Sein großer Traum war nicht frei von Ressentiments. Kann ich Ihnen was anbieten: Obst, ein Sandwich, eine Cola light?« Stanton entschied sich für die Cola, das Essen lehnte er ab.

»Setzen Sie sich.«

Jetzt saßen sie sich in dem abgedunkelten Schlafzimmer gegenüber. Wir, die Adlaten, hatten uns abseits auf der anderen Seite des Bettes aufgestellt. Es war ein merkwürdiges und unangenehmes Gefühl; ich kam mir vor wie ein Dienstbote. Ozio hatte sich auf Familiengeschichten verlegt. Sein Vater, seine Mutter. Der Laden.

Brooklyn. Er spulte die Anekdoten mechanisch ab. Für mein Gefühl passierte nicht viel. Dann: »Wie viele Einwohner hat Ihr Bundesstaat, Jack?« fragte Ozio. »In Brooklyn allein leben zwei Komma drei Millionen.«

»Brooklyn ist wirklich ein Phänomen, dort findet man von allem etwas«, meinte Stanton vage. Dann begann er, in der Hoffnung, Ozio zu beeindrucken, von einem Arbeitsbeschaffungsprogramm zu schwärmen, das wir in Bedford-Stuyvesant besucht hatten.

»Sie waren vor Ort?« fragte Ozio erstaunt und ein wenig beunruhigt. »Sagen Sie doch in solchen Fällen Bescheid, wir arrangieren das gern für Sie.«

Stanton nickte, keineswegs darauf erpicht, seine Termine in New York von Ozio kontrollieren zu lassen, und hob zu einem kleinen Diskurs über Arbeitsbeschaffungsprogramme an. Er sprach über eines der von ihm angestrebten Ziele – ein landesweites Rechnersystem, eine Möglichkeit, alles miteinander zu vernetzen und festzustellen, wo es welche offenen Stellen gab und welche Ausbildungsprogramme Erfolg hatten.

»So was haben wir hier schon«, sagte Ozio barsch. »Armand, bringen Sie den Gouverneur doch mal mit Herman Gonzales zusammen; der kann Ihnen was darüber erzählen.«

»Sie haben den ganzen Bundesstaat vernetzt?« fragte Stanton. »Ich weiß nur von dem Pilotprojekt in Buffalo.«

»Genau das meine ich«, sagte Ozio. »Buffalo ...« Dann: »Und wie sehen Sie den kommenden Wahlkampf, Jack?«

Stanton begann sich sicherer zu fühlen. Er ließ sich über den Wahlkampf aus: Der Präsident sei jetzt noch obenauf, aber draußen im Lande sei einiges los – die Menschen würden sich mit ihren Sorgen allein gelassen fühlen. »Die Welt ist für viele ziemlich beängstigend geworden«, sagte er.

»Und man sollte es tunlichst unterlassen, diese Ängste zu schüren«, sagte Ozio. »Auch der dümmste Esel kann eine baufällige Scheune eintreten.«

»Aber wir müssen sie ernst nehmen«, entgegnete Stanton. »Ich denke, wir müssen endlich begreifen, warum wir die letzten Wahlen verloren haben.«

»Und warum bitte?« fragte Ozio. An diesem Punkt hätte er Stanton leicht in die Tasche stecken können, doch er wartete seine Antwort nicht ab. Statt dessen polterte er los: »Ich werde es Ihnen sagen. Weil wir uns in die Defensive drängen lassen. Wir schämen uns für das, was wir sind. Wir bemühen uns ständig, wie die anderen zu sein – und das merken die Leute. Wenn sie die Wahl haben zwischen dem Original und einem billigen Abklatsch, für was entscheiden sie sich dann wohl?«

Es war reine Phrasendrescherei. Und es nahm kein Ende. Ozio schwang eine Wahlrede. Er war ein mitreißender Saalredner; in einem kleinen Raum wie diesem verfehlte sein Pathos allerdings die Wirkung. Doch Stanton stand es mit höflicher Miene durch. Irgendwann kam Ozio zum Schluß. »Tja. So sieht's aus. Muß jetzt runter. Nett, daß Sie vorbeigekommen sind. Sie haben das gewisse Extra, Jack. Nette Ausstrahlung. Die Leute mögen Sie. Sie haben eine große Zukunft vor sich. Das habe ich mir neulich erst in mein Tagebuch notiert, nachdem ich Sie auf C-SPAN gesehen habe. Im Gespräch mit irgendwelchen Jugendlichen. Sie sind smart, Sie machen eine gute Figur. Ich kann Sie mir durchaus im Zweierpack vorstellen – vielleicht noch in diesem Jahr. Bleiben Sie in Verbindung. Ich kann viel für Sie tun. Manchmal denke ich, ich sollte die Politik an den Nagel hängen und mit Jimmy ein Consulting-Büro aufmachen – die meisten in dieser Branche sind doch ziemliche Windhunde, finden Sie nicht? Die knöpfen einem ein Vermögen ab, und dann sacken sie noch dreißig Prozent der Selbstkosten ein. Eine Frechheit. Die reinsten Halsabschneider.«

Er drängte uns unauffällig in das größere, hellere Zimmer hinaus. Im Licht wirkte er kleiner und älter. »Das nächste Mal zeige ich Ihnen unser altes Viertel. Wir könnten zu Gargiulo's auf Coney Island gehen. Rufen Sie rechtzeitig an, dann braten die uns ein ganzes Spanferkel. Wie ich höre, sind Sie kein Kostverächter.«

Und das sollte es gewesen sein? War überhaupt etwas passiert? Offenbar einiges. Wir erfuhren es zwei Tage später, am Donnerstag in New Hampshire. Wir waren im Stanton-Bus unterwegs von Lebanon nach Hanover; es war ein kühler, verhangener Tag, nasses Laub bedeckte den Highway. Mein Beeper ging los. Der Code bedeutete Dringlichkeitsstufe eins in Mammoth Falls. »Dick Lawrence vom *Wall Street Journal* bittet um sofortigen Rückruf«, sagte Jennifer Rogers. »Die wollen morgen irgendwas in ›Washington Wire‹ bringen.«

Ich rief Lawrence an. »Hi«, sagte ich.

»Sie waren bei Ozio?« fragte er.

»Wieso?«

Die Verbindung wurde unterbrochen. Bevor ich es erneut versuchte, informierte ich Stanton: »Governor, das *Journal.* Sie wissen Bescheid über das Treffen mit Ozio ...«

»Und?« meinte er irritiert. Er saß vorn und arbeitete sich durch einen Aktenstapel, während er mit Reba McEntire mitsang.

»Keine Ahnung.« Ich hatte sehr wohl eine Ahnung. Und die verhieß nichts Gutes. Ich rief wieder an. »Hi, Dick. Hier noch mal Henry Burton. Entschuldigen Sie die Unterbrechung; wir sind im Bus unterwegs.«

»Sie waren also bei Ozio?«

»Wieso?«

»Nach unseren Informationen haben die beiden sich in einem Hotelzimmer in New York getroffen und sich so blendend verstanden, daß Stanton sich bereit erklärt hat, für Ozio die Nummer zwei zu machen, falls der antreten sollte.«

»Das soll wohl ein Witz sein.«

»Ist das Ihre Stellungnahme?«

Es knisterte in der Leitung, und ich nutzte die Gelegenheit, um das Gespräch zu beenden. »Governor, wir haben ein Problem«, sagte ich in einem Tonfall, der Stanton sofort aufhorchen ließ. (Das war mehr als berechtigt; ich schwitzte bereits Blut und Wasser.) Er stellte die Musik ab. Drehte sich um und sah mir ins Gesicht.

»Schießen Sie los, Henry«, sagte er.

»Das *Wall Street Journal* weiß von dem Treffen mit Ozio. Sie sollen Ozio für den Fall einer Kandidatur angeblich angeboten haben, als Vize anzutreten.«

»Dieser ... Dreckskerl«, sagte Stanton langsam – und beeindruckt. Es war ein unglaublich dreister Schachzug. »Anhalten. Sofort *anhalten*!«

Mitch trat auf die Bremse, und wir kamen schlingernd auf dem Schotter des Seitenstreifens zum Stehen. »Verdammt, Mitch, wollten Sie uns umbringen? Sie sollten nur anhalten!« rief Stanton und sprang aus dem Wagen. Ich hinterher. »Wieviel Zeit bleibt uns?«

»Eine knappe Stunde, vielleicht weniger.«

»Natürlich, sie werden behaupten, sie hätten schon Redaktionsschluß. Meinen Sie, ein schlichtes Dementi reicht aus?« fragte er wider besseres Wissen. »Da hatte Ozio höchstpersönlich die Finger drin. Ich höre ihn förmlich schwärmen: ›Ein vielversprechender Bursche, dieser Jack Stanton, ein aufstrebendes Talent; wir hatten eine sehr konstruktive Begegnung.‹ *›So? Tatsächlich, Governor?‹* ›Nun ja, Dick, wenn Sie mich danach fragen.‹« Das war etwas ganz Neues, daß Stanton beide Parts des Gesprächs übernahm und dabei sogar eine recht passable – wenn auch gallige – Ozio-Imitation zustande brachte. »›Ich habe Gouverneur Stanton meine Vorstellung von einer Neuen Amerikanischen Gemeinschaft auseinandergesetzt, einer Politik, die unseren Bürgern wieder das Gefühl unbegrenzter Möglichkeiten geben soll, mit dem die Generation ihrer Eltern hier in dieses Land kam. Wir haben uns ausgetauscht. In einer sehr herzlichen, respektvollen Atmosphäre, einer sehr guten – sehr natürlichen – Arbeitsatmosphäre, und Governor Stanton meinte, wir würden ein gutes Team abgeben, unschlagbar bei den Wahlen. Und ich finde das gar keine so schlechte Idee. Norden und Süden vereint – das bietet sich geradezu an.‹ *›Governor Ozio, wollen Sie damit sagen, Sie könnten sich Stanton als Vize vorstellen?‹* ›Nun, Dick, Sie an meiner Stelle würden das doch sicherlich auch in Erwägung ziehen, oder?‹«

»Meinen Sie wirklich, so ist es gewesen?« fragte ich.

»Er dreht diesem Wahlkampf die Luft ab«, sagte Stanton. »Er will mich ersticken. Wissen Sie, wer das *Wall Street Journal* liest? Leute, die nie im Leben das Risiko eingehen würden, in einen abgehalfterten Provinzgouverneur zu investieren, der behauptet, sich um die Präsidentschaft zu bewerben, und in seiner Freizeit nichts Besseres zu tun hat, als Orlando Ozio in den Arsch zu kriechen. Rufen Sie den Typen vom *Journal* an, Henry, und geben Sie ihn mir.«

Das tat ich. »Hey, Dick, Stanton hier, wie geht's?« sagte Stanton. »Ja, wir haben kurz angehalten, damit die Verbindung nicht gleich wieder weg ist. Was diese Sache angeht ... Genau, Governor Ozio dürfte da ein paar Dinge mißverstanden haben ... Ja, wir haben uns getroffen. Haben zufällig beide eine Rede bei dieser Lehrerversammlung gehalten und die Gelegenheit genutzt. Es war wirklich ein gutes Gespräch. Wir haben uns darüber unterhalten, wie gut die Partei in diesem Jahr dasteht – gleich mehrere von uns, die dem Präsidenten einheizen können –, gerade in der Wirtschaftspolitik. Ich meine, wann hat der sich denn das letzte Mal zur Situation auf dem Arbeitsmarkt geäußert? Und genau darüber würden die Menschen hier oben in New Hampshire gern mal was Genaueres hören.« Stanton versuchte es mit einem Umweg über seine übliche Wahlrhetorik. Doch als guter Journalist ließ ihm Lawrence das nicht lange durchgehen. »Ja, na ja, nein, ganz so war es nicht ... Nein, ich habe gesagt, wie wichtig es wäre, einen fairen, an den Themen orientierten Wahlkampf zu führen – und uns dann geschlossen hinter den Präsidentschaftskandidaten zu stellen, ganz gleich, wer es sein mag.«

Stantons Augen wurden schmal, sein Gesicht lief rot an. Seine Stimme blieb jedoch ruhig. »Also Dick, ich kann mich beim besten Willen nicht entsinnen, daß darüber gesprochen worden wäre ... Wäre ja auch reichlich verfrüht, darüber überhaupt nachzudenken. Dazu müßte er erst mal antreten und beweisen, daß er der bessere Mann ist. Und ich bin überzeugt, daß es gut für die Partei wäre, wenn er ins Rennen ginge. Ich würde es sehr begrüßen. Wie Sie sehen, war es ein sehr anregendes Gespräch, aber alles, was darüber hinausgeht, ist reine Spekulation. Keine Ursache. Ja, gut. Danke. Bis bald. Wiederhören.«

Stanton klappte das Handy zu und schmiß es in hohem Bogen in den Wald. »Schaffen Sie Susan her«, sagte er. »Außerdem Richard, Arlen, Fergie, Leon, Arthur Kopp. Wen habe ich vergessen? Schaffen Sie sie alle her.«

Gern, nur brauchte ich dazu ein Telefon. Ich stapfte in den Wald. »Henry!« rief er entnervt. »Vergessen Sie das Scheißding. Mitch, fahren Sie uns zum nächsten Dunkin' Donuts.«

Wir kamen alle am Samstag um Mitternacht in der Suite der

Stantons im Holiday Inn in Manchester zusammen. Jack und Susan saßen nebeneinander auf der Couch, der Gouverneur in einer Position, in der er die Übertragung eines Footballmatches an der Westküste verfolgen konnte. »Wer spielt, Boss?« fragte Richard Jemmons. »Mormonen gegen Afrikaner?«

Nicht weit gefehlt. »Utah State University gegen San Diego State«, sagte Stanton. Er nahm College-Football sehr ernst. »Schon mal diesen Tailback gesehen, der für San Diego spielt?«

Richard streckte sich neben der Minibar auf dem Fußboden aus. Wir anderen hingen in diesen häßlichen, angeblich so »komfortablen« Holiday-Inn-Sesseln mit der niedrigen Rückenlehne – nur Howard Ferguson saß auf einem Stuhl, den er sich vom Schreibtisch herangezogen hatte, und beugte sich über die neuesten Ausgaben des *Manhattan*-Magazins und des *Wall Street Journal*, oder genauer gesagt Jerry Rosens Kolumne über Ozios Attacke auf Stanton und die ›Washington Wire‹-Story, die er auf dem Couchtisch ausgebreitet hatte. Howard hatte die Moderation übernommen. »So: Orlando Ozio«, begann er, mit der Alliteration spielend und das Ganze auf diese Weise ins Lächerliche ziehend. Unter seinem zerknitterten grauen Anzug trug er einen weinroten Pullover mit Zopfmuster und sein Markenzeichen: die geblümte Krawatte von Liberty, etwas gelockert, als käme er gerade aus dem Büro. Ganz der coole Macher. »Irgendwelche zündenden Ideen?«

»Da bleibt nur eins: gegenhalten«, sagte Arthur Kopp sofort, was niemanden überraschte. Arthur war Gründer und Vorsitzender der Moderate Democrats of America, ein untersetzter Mann mit breitem Brustkorb und Bürstenschnitt. Er hatte das Auftreten und das Feingefühl eines Unteroffiziers – vielleicht eines Corporal – aus dem tiefsten Süden, was eine beachtliche schauspielerische Leistung darstellte, denn in Wirklichkeit war er der Sohn eines Rabbiners aus Minneapolis. Keiner mochte ihn sonderlich, aber die MoDems boten dem Gouverneur ein nützliches Forum: Er hielt bei ihrer Jahrestagung immer brillante Reden, die landesweit Beachtung in den Medien fanden. Kopps Anwesenheit war ein subtiles, aber aufschlußreiches Signal: Er gehörte nicht zum engsten Kreis, er war nicht Stantons Typ, und die Chemie stimmte nicht (vor allem, was

Susan anging, die alles tat, um ihm aus dem Weg zu gehen), aber wenn wir Ozio den Krieg erklären wollten, mußten wir auch den gemäßigten Flügel mobilisieren. Sollte es nicht dazu kommen, würde man Kopp diskret wieder hinter die Kulissen verbannen.

Stanton schlug sich insgeheim schon länger mit der Frage herum, ob es auf lange Sicht besser oder schlechter wäre, sich gegen Ozio zu stellen. »Sehen wir es doch mal so«, hatte er im Herbst auf einem unserer Kurztrips in einem kleinen Flugzeug gesagt. »Wenn Ozio ins Rennen geht, besetzen wir die politische Mitte – was es uns im Hauptwahlkampf leichter machen wird, vorausgesetzt, wir schlagen ihn. Denn wenn uns das gelingt, machen wir jeden anderen mit links fertig, richtig Henry? Andererseits könnte es sein, daß wir ihn nicht schlagen. Aber auch dann haben wir die Mitte noch hinter uns, und er käme kaum drum herum, uns mit ins Boot zu nehmen. Wenn er uns allerdings je als Vizemannschaft an Bord nehmen sollte und wir das Pech hätten, die Wahl zu gewinnen, dann kann ich mir die nächsten vier Jahre jeden Abend die Stilette aus dem Rücken ziehen. Wie heißt das italienische Wort für Nadelkissen noch gleich?«

Entscheidend war die Feinabstimmung. Wie scharf mußte man sich gegen Ozio abgrenzen, wie hart ihn anpacken? Das waren Fragen, mit denen Arthur Kopp sich gar nicht erst belastete. »Dies ist ein Kampf zwischen Zukunft und Vergangenheit der Partei; und Ozio steht nicht für die Zukunft«, sagte er. »Wenn Sie jetzt gegenhalten, Governor, gewinnen Sie an Kontur, profilieren sich als anti-Ozio und setzen sich vom übrigen Feld ab.«

»Aber bitte nicht *zu* anti-Ozio«, warf Arlen Sporken, Kopps Gegenspieler, ein. Sporken – Richard nannte ihn Mr. Biskin – würde auch dann Vorbehalte gegen eine *zu* deutliche Abgrenzung gehabt haben, wenn seine Medienberatung nicht einige der eingefleischtesten, dogmatischsten Altlinken der Partei betreut hätte (die zweifellos darauf setzten, daß sein amerikanisch maisblondes Haar und sein weicher Mississippi-Akzent ihnen nach außen den Anstrich guter patriotischer Amerikaner verleihen würde). »Ich gebe nur zu bedenken, daß Sie bei diesen Vorwahlen auf die Stimmen aller Demokraten angewiesen sind. Sie wollen letztlich ja die gesamte Partei hinter sich bringen, nicht nur die Mo-Dems.«

»Aber Sie können doch nicht tatenlos zusehen, wie der Kerl Sie in der Luft zerreißt!« Kopp war wieder an der Reihe. »Erst nimmt er Sie in Rosens Kolumne auseinander. Dann tut er im *Journal* so, als hätten Sie auf allen vieren darum gebettelt, mit ihm kandidieren zu dürfen.«

»Er stempelt mich zum Versager«, stimmte Stanton zu. »Wie wirkt sich das auf die Geldgeber in New York aus, Fergie?«

»Möglicherweise pokert er zu hoch«, antwortete Howard Ferguson. »Nach dem Motto: Warum hat er es nötig, dich niederzumachen? Davon könntest du vielleicht profitieren.«

»Sie würden noch mehr davon profitieren, wenn Sie gegenhalten würden«, meinte Arthur Kopp, der hartnäckig und einfallslos auf seiner Position bestand. »Sie können das Rennen gleich jetzt zum Zweikampf machen. Sie gehen auf Gegenkurs zu Orlando Ozio, und die Welt liegt Ihnen zu Füßen – die Medien, das große Geld. Ich habe mit Bill Price in Chicago und Len Sewell in Kalifornien gesprochen: Dort hat man Sie und Charlie Martin im Auge, man ist gespannt, wer als der wahre neue Demokrat ins Rennen geht. Sie –«

»Nein, nein!« schrie der Gouverneur. »Gib ihn ab, verdammt, mach schon! Shit! Habt ihr das gesehen! ... Was habt ihr gerade gesagt?«

»Das große Geld geht bei den Vorwahlen nicht an die Urne«, sagte Sporken. Der Football-Einwurf des Gouverneurs hatte auf subtile Weise Kopp schachmatt gesetzt, dessen Leidenschaft für das MoDem-Geld spirituell mit den afroamerikanischen Tendenzen des Gouverneurs kollidierte. Das war eine von Stantons liebenswerteren Seiten: Er schlug sich, ganz selbstverständlich, auf die Seite der Schwarzen. »Governor«, fuhr Sporken fort, »Sie haben Ihre gesamte Energie bisher auf die Lehrer und die Alten gerichtet, die Parteibasis also – die ist zwar ganz angetan von Ihnen, schmilzt aber bei Ozio dahin. Sie würden also ein großes Risiko eingehen. Die Mods *haben* Sie schon auf Ihrer Seite, jetzt müssen Sie sich die Basis sichern. Und was ist, wenn Ozio doch nicht kandidiert? Wollen Sie ihm jetzt ans Bein pinkeln, wo Sie ihn später vielleicht noch brauchen?«

Kopp und Sporken ließen nicht voneinander ab. Zwei plumpe Schwergewichte, die aufeinander eindroschen, während alle ihrem

Kampf ähnlich interessiert folgten wie der Gouverneur der Sportsendung: zwar aufmerksam, aber nicht allzu intensiv, immer in Erwartung des nächsten Spielzugs. Sporken, stellte ich fest, zog den kürzeren, schadete sich allein dadurch, daß er auf Kopp einging, manövrierte sich selbst ins Aus, indem er – nicht anders als Kopp – als Sprachrohr nur eines Flügels der Partei fungierte. Dabei war unter den gegebenen Umständen ein Medienmann gefragt, der das große Ganze im Auge behielt, der eine Position vertreten konnte, ohne sie sich zu eigen zu machen. Schließlich hatte der innere Kreis über allen Flügelkämpfen zu stehen. In diesem Moment wurde mir – mit einer gewissen Erleichterung – klar, daß Sporken vielleicht nicht über alle Register verfügte, die für seine Rolle erforderlich waren. Er würde, bevor das hier vorbei war, vielleicht ... Verstärkung brauchen oder abserviert werden. (Mir lief ein leiser, nahezu lustvoller Schauder über den Rücken: Sah Stanton es auch so? Dachte ich wirklich schon wie er?)

Ich sah zu Richard hinüber. Er hatte sich ein paar Sofakissen geangelt und lag flach auf dem Rücken. Den Kopf auf den Kissen, die Arme im Nacken verschränkt und die Augen hinter der dicken Brille geschlossen, war er voll auf seinem Undurchdringlichkeitstrip. Natürlich konnte er die beiden nicht ausstehen – Sporken ebensowenig wie Kopp. An Sporken haßte er den heuchlerischen Überschwang, an Kopp die mangelnde Ironie und die Stillosigkeit. Im Augenblick haßte er Kopp wahrscheinlich etwas mehr, weil er wußte, daß er ihm würde beipflichten müssen, und weil er die Vorstellung kaum ertragen konnte, sich auf die Seite von jemandem schlagen zu müssen, dem jedes Raffinement abging.

Howard Ferguson lehnte sich zurück, lächelte in sich hinein und unternahm nichts, um die Situation unter Kontrolle zu bringen, vielleicht, weil er hoffte – bei ihm konnte man allerdings nie sicher sein –, daß wir Sporken wie auch Kopp los wären, wenn sie sich gegenseitig schlachteten. Der Gouverneur hatte sich bislang nicht eingeschaltet. (Es war ein ziemlich gutes Footballspiel.) Aber es wurde spät, und nichts tat sich. Schließlich nahm Susan die Dinge in die Hand. »Richard, sind Sie noch ansprechbar, oder sind Sie schon in süßen Träumen versunken?«

»Ma'am?« sagte Richard und zog eine Augenbraue hoch.

»Ihre Ansicht bitte, Richard.«

»Da ist die Meinungsforschung gefragt!« rief Richard, auf einen Ellbogen gestützt, Leon Birnbaum zu, der still mit seinem dicken Ringbuch auf dem Schoß dahockte. Birnbaum war ein kleiner Mann mit blonden Locken; er betreute Stantons Wahlkämpfe schon seit zehn Jahren, ein absolut unentbehrlicher Mann. Leon erschien von Zeit zu Zeit in der Villa, hockte dann bis spät in die Nacht beim Gouverneur und trug die Ergebnisse seiner Kreuztabellierungen vor, testete mit ihm die Wirksamkeit von Parolen (eher als Konzepte), erklärte, was zog und was nicht. Alles, was Leon in diesen nächtlichen Besprechungen sagte, hatte etwas Hinterlistiges, Konspiratives. Er sprach mit sehr leiser, kaum hörbarer Stimme, aber starkem Einschlag aus der Bronx. »Also: ›Verantwortung‹ kommt im Zusammenhang mit Sozialpolitik gut an. ›Seinen Teil beitragen‹ – phantastisch. Auch bei den Geldsäcken. Funktioniert für beide Seiten, arm und reich! ›Einsatz zeigen.‹ ›Geld abdrücken.‹ Es ist ein und dasselbe. Und austauschbar: Wir sind die Guten, sie sind die Schweine. Arm und reich, klar? Da muß man gar nicht deutlicher werden. Die Leute kommen schon von selbst drauf: ›Verantwortung‹ klingt nach hart und moralisch, aber nicht primitiv, klar?« Und dann kicherte er meist los: hi, hi, hi. »Man muß mit moralischen Begriffen arbeiten. Das Mittelhirn mit den subkortikalen Schichten kurzschließen – unter die Gürtellinie zielen, ihr Saurierhirn ansprechen, sie bei ihren guten alten Instinkten packen ... hi, hi, hi ... wo kein Verstand ist, nur noch Reflex ... Da schlägt das Moralische voll durch.« Stanton konnte nicht genug davon bekommen. Leon gehörte zu denen, die allein mit dem Gouverneur sehr viel gesprächiger waren als in Gruppen. Tatsächlich war es das erste Mal, daß ich ihn in einer Runde erlebte, und anders als in den nächtlichen Zwiegesprächen mit dem Gouverneur hatte er noch kein Wort gesagt.

»Und was meint unser Meinungsforscher?« fragte Richard.

»Wozu?«

»Wie ist der Stand in New Hampshire?«

»Vier Prozent.« Leon grinste diabolisch. Er ahnte, worauf Richard hinauswollte.

»Und Ozio?«

»Achtundzwanzig, hi, hi, hi.«

»Und da isser so gnädig, unsere Teilnahme am Rennen zur Kenntnis zu nehmen? Er muß der dämlichste Spaghetti sein, seit Richard Burton Kleopatra auf den Leim gegangen ist.« Richard verschränkte wieder die Arme hinter dem Kopf und schloß die Augen.

»Und was, bitte, soll das heißen, Richard?« fragte Susan.

»Das heißt, Sie sollten jetzt gegenhalten«, sagte Kopp. »Nägel mit Köpfen machen.«

»Aber Sie müssen behutsam vorgehen«, gab sich Sporken geschlagen.

»Den Senf können Sie sich sparen, Arlen«, sagte Richard.

»Und was schlagen Sie vor, Richard?« Susan ließ nicht locker.

»In einer Rede was fallenlassen. Rosen und ein paar andere – diese Giftspritze von der *Post*, diese Dingsda – vorwarnen. Keine Kriegserklärung, nur einen kleinen Schuß vor den Bug, damit Ozio aufwacht, damit er merkt, wir meinens ernst. Und die Skorps kapieren, daß auch der Governor ein dickes Fell hat.« Als Skorps – kurz für Skorpione – bezeichnete Richard die Journalisten. »Mal sehen, wie weit Ozio es treibt. Ich habs langsam satt, drauf zu warten, daß der müde Sack den Arsch hochkriegt.«

»Und wenn er in die vollen geht?« fragte Sporken.

»Dann ist er noch dämlicher, als ich dachte«, sagte Richard. »Dann weiß ganz Amerika, daß er sich wegen irgendeinem dahergelaufenen Gouverneur aus dem Süden mehr Sorgen macht als wegen dem Präsidenten der Vereinigten Staaten.«

»Henry?« Der Gouverneur schaltete sich ein. »Haben Sie Vorschläge zum Wo und Wann?«

Es war also beschlossene Sache.

Wir bemühten uns, es so stilvoll wie möglich zu machen. Die Universität von New Hampshire. Ein studentisches Forum zur Zukunft des Wohlfahrtsstaats. Der Seitenhieb sollte zwischen Punkt fünf und sechs erfolgen und direkt gegen Ozios Neue Amerikanische Gemeinschaft gerichtet sein. Der Gouverneur würde sagen: »Nicht wenige Politiker, einschließlich einiger, die immer noch erwägen, bei dieser Wahl anzutreten (wir stellten ihm frei, dieses »erwägen« beliebig in die Länge zu ziehen oder zu wiederholen), sind der Auffassung, es müsse ein neuer amerikanischer Gemeinsinn geweckt werden, allerdings ohne das entsprechende Verantwortungsbewußtsein an den Tag zu legen, ohne von den weniger Begünstigten die gleiche moralische Orientierung zu fordern, der wir uns selbst verpflichtet fühlen und die wir, das sei hier deutlich gesagt, ebenso von den Wohlhabendsten unter uns erwarten. Es ist einfach ein *Fehler*, nicht von allen zu verlangen, ihren Teil beizutragen. Es zeugt von der gleichen Herablassung, die unsere politischen Gegner zeigen, wenn sie meinen – die meisten haben natürlich nicht den Mut, es laut auszusprechen –, es habe keinen Zweck, den Armen zu helfen, weil ihnen doch nicht zu helfen sei.«

Kopp kochte. Sein Saurierhirn war offenbar noch weniger entwickelt als das der Probanden aus Leons Focusgruppen. »Ist das etwa alles?« Er tobte. »Warum werft ihr ihm nicht den Fehdehandschuh hin? Und warum stellt ihr nicht klar, daß diese Wahl ein Kampf zwischen Zukunft und Vergangenheit der Demokratischen –«

»Weil sie es nicht ist, Arthur«, sagte ich. »Für die Vorwahlen mag es zutreffen, aber die Präsidentschaftswahl wird zwischen uns und den Republikanern entschieden.«

»Sie hören sich schon an wie dieser beknackte Sporken.«

»Es ist beschlossene Sache, Arthur.«

Für alle, die mithören wollten, hatten wir eine Telefonleitung geschaltet, in die wir die Rede an der Universität von New Hampshire einspeisen wollten. Wir steckten Jerry Rosen und einigen anderen New Yorker Pressegurus, daß Stanton etwas Interessantes über Ozio zu sagen habe. Auch ein paar Skorps aus Washington empfahlen wir, reinzuhören – allerdings ohne Ozio groß zu erwähnen. »Sie meinen, ich soll mir am Telefon eine Rede über die Reform des Wohlfahrtsstaats anhören?« fragte A. P. Caulley von der *New York Times* ungläubig. Ein kluger Kopf, aber eher für seine Önophilie als für seine Initiative bekannt. »Sie glauben doch nicht im Ernst, daß es bei dieser Wahl um *Sozialreformen* gehen wird?«

»Auch«, sagte ich. »Scheint für die Leute ein Thema zu sein. Worum wird es denn Ihrer Meinung nach gehen?«

»Worum es immer geht«, sagte er. »Sex und Gewalt.«

Wie recht er doch hatte: In diesem Fall war es die Gewalt.

Im Bus auf dem Weg nach Durham war Stanton ungewöhnlich schweigsam. Er hörte nicht einmal Musik. Er ging seine Karteikarten für die Rede durch, strich und ergänzte, kritzelte hier und da mit einem Filzstift etwas hin. Ich konnte nicht sehen, was er, wenn überhaupt, mit der Ozio-Karte machte. Und dann tat er etwas Außergewöhnliches. Er stellte mir eine persönliche Frage: »Henry, was haben Sie an Thanksgiving vor?«

Thanksgiving war in zwei Tagen. Wir würden unmittelbar nach der Rede nach Mammoth Falls zurückkehren. Ich hatte mit dem Gedanken gespielt, Mutter und ihren zweiten Mann, Arnie Nadouyan, in Bel Air zu besuchen – Thanksgiving à la Hollywood: Truthahn und Rosenkohl am Swimmingpool, inmitten von Filmsternchen und futuristischer Technik. (Arnie hatte immer das Neueste an Klientel und Elektronik zu bieten.) Aber ich hatte mich nicht weiter darum gekümmert, und inzwischen war es zum Buchen zu spät. Ich wollte mich umhören, was unsere Kulis so vorhatten.

»Könnten Sie sich Thanksgiving freimachen und den Tag mit Susan, Jackie und mir in der Villa verbringen?« fragte er.

»Mit Vergnügen«, sagte ich.

»Wissen Sie«, fuhr er fort, senkte plötzlich die Stimme und schaute mir tief in die Augen, »für uns gehören Sie nämlich praktisch zur Familie.«

»Äh.« Ich schluckte, versuchte, meine Stimme zu kontrollieren. »Ich weiß es zu schätzen, Governor.«

Und dann waren wir da, in der Universität von New Hampshire.

Und er verbockte das Ganze.

Er ließ die Ozio-Karte weg. Er erwähnte Ozio mit keinem Wort. Er hielt seine Standardrede über Sozialreformen – und das auch noch schlecht. Die Studenten dösten vor sich hin. Ich tigerte hinten im Saal auf und ab, hundemüde und halb krank vor Übelkeit. Bei der anschließenden Diskussion war Stanton wieder in Form. Geradezu brillant war seine Antwort auf eine vollkommen unerwartete Frage zu den Parallelen zwischen der schwarzen Unterschicht von heute und der irischen des neunzehnten Jahrhunderts. Seine verspätete Virtuosität gab mir den Rest.

Ich war nicht direkt versessen darauf gewesen, es Ozio zu zeigen. Die Situation war lästig – was der Gouverneur sich auch anmerken ließ, und das galt es zu respektieren –, und sie hatte etwas von einer Aufwärmrunde, von einem unbedeutenden Scharmützel, auf das man sich vorzeitig einläßt, noch bevor der eigentliche Wahlkampf losgeht. Manche Kandidaten gehen auf diesen Nebenschauplätzen unter; andere nutzen sie als Testlauf, als Möglichkeit, alle auf Trab zu halten, zu sehen, wie das Team auf Streß reagiert und welche Hackordnung sich herausbildet. Wieder andere ignorieren sie einfach. In der Regel hatte diese Phase nicht viel zu bedeuten. Aber wir hatten nun mal beschlossen, den Konflikt öffentlich auszutragen. Die Entscheidung war gefallen, und wir hatten handverlesene Skorps auf die Sache angesetzt (wovon Ozio wiederum Wind bekommen würde, klar). Wir hatten einen Coup geplant – und in den Sand gesetzt. Das war nicht gut. Das roch nach Schwäche.

Stanton war sich dessen bewußt. Er stürmte aus dem Saal, verkürzte das übliche verbindliche Händeschütteln. Bei den Studenten gab er sich sonst immer besondere Mühe; die soziale und ideologische Dynamik des Eugene-McCarthy-Wahlkampfs war ihm in Fleisch und Blut übergegangen, und er versuchte verzweifelt, die Kids um sich zu scharen; seiner Kandidatur würde die Legitimation fehlen, wenn er sie nicht hinter sich wüßte. Aber an diesem Tag sah er sie nicht, waren sie nur eine gesichtslose Masse. Er stieg in den Bus. Er drehte sich nicht um. Er blickte starr geradeaus. »Ich wollte nicht, daß das erste, was sie über mich zu hören kriegen, etwas Negatives ist. Ich wollte Ozio nicht die Genugtuung verschaffen, *mich* zum Arschloch machen zu können.«

Er steckte *Ray Charles Sings Country and Western (Vol. One)* in den Kassettenrecorder. Dann arbeitete er sich durch einen Stapel Akten.

Zum Dinner an Thanksgiving kamen zweihundert Gäste, die meisten aus den Obdachlosenheimen und den Frauenhäusern von Mammoth Falls. Auf der Wiese hinter der Villa war ein Festzelt aufgebaut worden. Wir bedienten die Gäste. Schon am Morgen hatten der Gouverneur und Jackie im Bronco, einen Lieferwagen vom Großmarkt mit Onkel Charlie auf dem Beifahrersitz im Schlepptau, die Runde gemacht und Truthähne an Alte und Kranke verteilt. Der Gouverneur kehrte gegen Mittag zurück, strahlend wie nach einer Liebesnacht. Dann spielten er und Jackie bis zum Eintreffen der Gäste auf dem Rasen vor dem Haus mit einem Football – beide waren nicht sonderlich sportlich, aber mit Begeisterung dabei.

Jackie hatte es irgendwie geschafft, normal zu bleiben. Weder schmollte er, noch blies er sich auf wie die meisten Politikerkinder. Er ging auf eine staatliche Schule. Er stand auf Computer. Er schien völlig unberührt von den Leidenschaften und Ambitionen im Hause Stanton. Er war ein ruhender Pol – eine Ermahnung an beide Stantons, daß es auch noch eine normale Welt gab, in der die größte Herausforderung darin bestand, mit der Peinlichkeit von Zahnspangen fertig zu werden und beim Durchnehmen von Dickens' *Zwei Städte* wach zu bleiben. Das Verhältnis der Stantons zu ihrem Sohn hatte nichts Angestrengtes oder Aufgesetztes; die drei verband eine tiefe, selbstverständliche und natürliche Zuneigung. In den Momenten, in denen mich der Frust packte, in denen ich mich fragte, wie ich bloß in einen derartigen Schlamassel hatte geraten können, und mir die Gründe dafür ins Gedächtnis rufen mußte, stieg vor meinem inneren Auge als erstes immer ein Bild von den dreien auf: wie sie sich munter schwatzend mit einem Brettspiel vergnügten oder einfach nur friedlich zusammen auf der Couch saßen und sich ein Video ansahen. Das war der beste Beweis, den ich beibringen konnte, daß diese Leute auch Menschen waren. Daß das grenzenlose Einfühlungsvermögen des Gouverneurs nicht nur für die Öffentlichkeit bestimmt, sondern in seinem Privatleben verwurzelt war. Daß er auch ein Leben jenseits von Taktik und Politik führte.

Um ehrlich zu sein, überkamen mich an diesem Thanksgiving ernste Zweifel an dem ganzen Stanton-Unternehmen. Unmittelbar nach der Ozio-Pleite hatte ich den Gouverneur Richard gegenüber am Telefon noch heftig verteidigt. »Er hatte seine Gründe«, sagte ich. »Vielleicht hatte er sogar recht.«

»Oder er hat sich nur in die Hosen gemacht«, sagte Richard.

»Mein Traumkandidat, Ideal meiner feuchtesten Träume, ist warmherzig und stark, *warmherzig* verdammt, kein Weichei, kein Duckmäuser, und stark wie Clint Eastwood. Einfache Erfolgsformel, muß man wirklich kein Superhirn sein, um das zu kapieren. Wieso geht das diesen postpubertären Collegefuzzis aus der Politik eigentlich nicht in die Birne? Bei unserem Mann haut das mit der Warmherzigkeit ja gut hin, aber mir wäre ganz lieb, wenn wir auch mal die starke Seite zu sehen bekämen.«

»Ich habe ihn bei dem Gespräch mit Ozio erlebt«, sagte ich. »Er war gut drauf, hat sich nicht unterbuttern lassen.«

»Kann schon sein.« Richard wurde es langweilig. »Wo steckst du überhaupt? Bei den Hinterwäldlern in Mammoth? Hältst dir wohl die Kulis warm, was?« Dann: »Henri, mach dich nicht verrückt. Wir können jetzt nicht mehr zurück. Mitgefangen, mitgehangen. Und wenns danebengeht, steigst du bei mir ein. Bist ein wahrer Regenmacher – fährst mir die schwarzen Wähler ein. Und die Grünen Witwen schaffst du auch mit links.

Wir werden ein Vermögen machen. Aber tu mir einen Gefallen, Henry« – er wurde sehr ernst –, »hol dir ja keine TB, hörst du? Steht nicht dafür. Das Leben geht weiter.«

TB = Terminale Blindgläubigkeit. Teil des Codes, Beraterjargon. Das, was Männer von Knaben, Teamer von Politnasen, Zuarbeiter von Machern unterscheidet. Die Fähigkeit, das große Ganze im Blick zu behalten. Ein Pferd als Pferd zu sehen, und nicht als Pegasus. Aber das war mir nicht möglich. Ich sah Stanton vor mir, wie er strahlend vom Truthahnverteilen zurückkehrte, einen Arm um den kleinen Jackie gelegt, und mir war klar, es war aussichtslos. Ich steckte zu tief drin. Ich hatte keine Distanz. Ich war durch und durch ein Teamer. Gehorchte einem anderen Code.

Später, nachdem wir die wundersame Speisung der Menge hinter uns gebracht hatten – Jack, Susan, Momma, Onkel Charlie, etliche administrative Größen und ich hatten uns höchst medienwirksam selbst in die Schlange vor dem Buffet eingereiht (was sich in den Abendnachrichten sehr gut machte) –, nachdem der Gouverneur für die Elenden, Lahmen und Obdachlosen noch ein Lied zum Mitsingen angestimmt und sich anschließend mit Jackie in die Bibliothek zurückgezogen hatte, um Texas gegen A&M spielen zu sehen, fing mich Susan an der Tür ab.

»Irgend etwas bedrückt Sie«, sagte sie.

»Mir geht's gut.«

»Kommen Sie, lassen Sie uns reden.« Momma und Onkel Charlie saßen in Schaukelstühlen auf der großen Veranda; Momma klagte über dieses und jenes, rauchte eine ihrer überlangen Zigaretten; Charlie, der immer ein wenig abwesend war, tröstete sie hin und wieder mit einem »Umhm« oder »Sag bloß«. Als wir herauskamen, warf Momma einen kurzen Blick auf Susan, geriet dabei um ein Haar bei ihrer Grace-Junction-Elegie aus dem Takt und fuhr – sichtlich erleichtert – fort, als klar wurde, daß wir uns nicht zu ihnen setzen würden. Wir nahmen in zwei Schaukelstühlen am anderen Ende der Veranda Platz.

»Irgend etwas bedrückt Sie«, sagte Susan noch einmal. »Es muß an Ozio liegen.«

»Er hat uns ausgetrickst«, sagte ich. »Jetzt sieht es so aus, als würden wir hinterherhinken.«

»Das tun wir auch«, sagte sie. »Außerdem kann man für Ozio nicht schnell genug sein.«

»Halten Sie ihn denn für so gut?«

Sie lachte. »Ach was.« Dann beugte sie sich vor und fuhr mir übers Haar wie einem kleinen Kind. »Begreifen Sie denn nicht, Henry? Ozio bringt doch ständig diesen Spruch, den er übrigens Sam Rayburn geklaut hat: ›Auch der dümmste Esel kann eine baufällige Scheune eintreten.‹ Und das ist auch alles, was er tut, hockt da oben, spinnt Intrigen, wirft mit faulen Eiern. Jack ist für so etwas schon immer anfällig gewesen, weil er das, was er tut, aus Überzeugung tut.«

»Das könnte zum Problem werden«, sagte ich idiotischerweise.

Sie überging meinen Einwurf, redete weiter. »Sie hätten ihn zur Zeit der Proteste gegen den Vietnamkrieg erleben müssen. Der gute alte Jack galt damals als Weichei. Es gab massenhaft Leute, die sich hingestellt und den Präsidenten als Kindermörder bezeichnet haben – es war so einfach, radikal zu sein. Je radikaler, desto glaubwürdiger war man. Jack machte da nicht mit. Die Radikalen haben ihn ausgelacht. Für damalige Verhältnisse trug er das Haar ziemlich kurz. Er ist mit Jackett und Krawatte herumgelaufen. Während des Jurastudiums war er fast ständig in Washington, hat dort die Abgeordneten seines Bundesstaats bearbeitet und versucht, sie dazu zu bringen, sich gegen den Krieg auszusprechen.

Ich werde es nie vergessen. Es gab da einen Senator, einen richtigen Redneck, einen Hardliner: LaMott Dawson. Der geiferte ständig nur von ›Kommonisten‹, witterte sie überall: in Washington, aber vor allem zu Hause und da vor allem, wenn es um seine Wiederwahl ging. LaMott stammte aus einem kleinen Kaff nordwestlich von Grace Junction – aus Anderson oder Henderson oder wie auch immer. Und eines Tages ist ein Junge aus dem Ort in Vietnam gefallen. Jack hatte die Angewohnheit – es war fast wie eine grausame Art der Selbstbestrafung –, die Familien aus seinem Bundesstaat zu besuchen, deren Söhne in Vietnam umgekommen waren. Ich meine, stellen Sie sich das mal vor, schließlich stand der Kerl gerade mal am Anfang seines Studiums. Was maßte er sich eigentlich an? Nur jemand wie Jack konnte sich das erlauben. Natürlich bekam er immer wieder die Gretchenfrage gestellt: ›Warum sind Sie denn nicht drüben in Nam, junger Mann?‹ Und dann mußte Jack allen Ernstes sagen: ›Kaputtes Knie, Ma'am.‹ Er hat sich so geschämt. Er wußte nicht, was er mehr haßte, den Krieg oder seine Entschuldigung dafür, daß er nicht dabei war. Aber so oft wie möglich hat er die Familien besucht. Irgendwie hat er es immer geschafft, eine Beziehung herzustellen und sie zu trösten. Und irgendwann ist er auf eine Goldmine gestoßen. Ausgerechnet in Henderson, LaMotts Heimatstadt. Er lernte Mrs. Ida Willie West kennen, und die hat gesagt, sie würde am liebsten gleich nach Washington fahren und denen mal gehörig die Meinung sagen, ihnen klarmachen, was für ein Wahnsinn das Ganze wäre.

Jack half ihr, die Sache in die Tat umzusetzen. Er leierte Kriegsgegnern Geld aus dem Kreuz. Er brachte sie zu LaMott, der mit Jack nichts zu tun haben wollte, denn Jacks Position war ja bekannt. Aber Ida Willie weigerte sich, ohne Jack mit LaMott zu reden, und Jack gab Sherman Presley – stellen Sie sich vor, der Scheißkerl hat damals für LaMott gearbeitet – zu verstehen, daß es doch bedauerlich wäre, wenn der *News Tribune* in Mammoth Falls zu Ohren käme, daß Senator Dawson sich weigerte, die Mutter eines gefallenen Gold-Star-Helden zu empfangen. Also kam es doch zu dem Treffen. Und Ida Willie hat nicht lange gefackelt und geradeheraus gefragt: ›Warum hat mein Junge sterben müssen?‹ Und LaMott fällt nichts Besseres ein, als irgendwas von ›Kommonisten‹ zu schwafeln. Da sagt Ida Willie: ›Hören Sie mal, LaMott, haben wir uns nicht immer für Sie ins Zeug gelegt?‹ Und zählt alles auf, was die Stadt im Lauf der Jahre getan hatte, um LaMott zu fördern. Sie kennen das doch: Clevere Burschen wie Jack und LaMott fallen auf, und an vielen Orten kriegen sie nur deshalb die Chance, zu studieren – und zwar an den renommierten Universitäten im Osten –, weil die Rotarier Geld sammeln und das Ganze dann ein Stipendium nennen.

Na ja, zurück zu Ida Willie West. Sie rief LaMott jeden Kuchenbasar, jede Förderaktion in Erinnerung, die die Stadt je für ihn auf die Beine gestellt hatte, und sie sagte: ›Wir haben uns für Sie ins Zeug gelegt. Und jetzt sitze ich hier und frage Sie, warum mein Junge sterben mußte, und Sie kommen mir mit dem gleichen Mist über Kommunisten, den Sie bei jeder Wahl vom Stapel lassen. Hier geht's um mehr als eine Wahl, LaMott. Mein Junge ist tot. Warum?‹ LaMott wußte nichts mehr zu sagen. Und Jack – unser Jack – hat ihn einen Augenblick schmoren lassen und ihn dann *rausgepaukt*. Können Sie sich das vorstellen? Er hat gesagt: ›Aber schauen Sie, Mrs. West, Sie müssen auch verstehen, daß Volksvertreter wie Senator Dawson eine ganze Menge schwerwiegender Entscheidungen zu treffen haben. Sie versuchen, neben dem einzelnen Schicksal auch das große Ganze zu sehen. Und manchmal verlieren sie dabei die Bodenhaftung. Vielleicht ist es für den Senator jetzt an der Zeit, seine Haltung zum Krieg zu überdenken. Sie glauben doch nicht, daß er noch mehr junge Männer auf dem Gewissen haben will? Habe ich nicht recht, Senator?‹ Tja, natürlich war LaMott zu stolz, um seine Position auf der Stelle zu ändern. Er versprach, sie zu *überdenken*. Und eins muß man ihm lassen – binnen vier Wochen hat er sich vor den Senat gestellt und eine Rede gehalten. Damals gehörte Mut dazu, wenn man aus dem Süden kam und nicht gerade ein Intellektueller vom Schlage Fulbrights war. Und glauben Sie mir, LaMott Dawson war keine große Leuchte. Aber er ist umgeschwenkt. Wir hatten seine Stimme. Und das war Jack zu verdanken.«

Es war dunkel und kälter geworden. Ein Windstoß schüttelte das letzte braune Laub von den Bäumen. »Wie sind wir überhaupt darauf gekommen?« fragte sie.

»Ozio.«

»Ein Kindskopf«, sagte sie. »Ein Schwätzer. Er hat nicht annähernd Jacks Format. Also, seien Sie nicht albern, Henry. Jack hat schon gewußt, was er tut.«

»Warum hat er uns die ganze Sache dann erst anleiern lassen? Mit Presse und allem Drumherum?«

»Weil es manchmal« – sie lachte auf – »eine Weile dauert, bis Jack weiß, was er tut. Aber machen Sie sich deswegen keine Sorgen.«

»Mit den Skorps haben wir es uns verdorben.«

»Wenn es erst richtig losgeht, ist das vergessen.«

»Was meinen Sie denn, *wann* es richtig losgeht?«

»Sobald Ozio sich entschieden hat.«

»Und wie wird er sich Ihrer Meinung nach entscheiden?«

»Er wird nicht kandidieren«, sagte sie. »Und das ist schade.«

»Wieso?« fragte ich.

Susan stand auf, das Gespräch war beendet. »Weil ich nur zu gern die Gelegenheit gehabt hätte«, sagte sie, »diesen Drecksack nach Strich und Faden fertigzumachen.«

III

Nach der letzten Lagebesprechung vor dem Startschuß in New Hampshire, am letzten Wochenende des Jahres, saßen dreißig von uns im Hinterzimmer von Slim's. Der Wahlkampf ruhte, die Stantons waren nach Florida abgereist. »Tja«, sagte Richard, »dann hätten wir für die nächsten zwei Monate alles sauber unter Dach und Fach – bis auf die Frauenkiste.«

»Was für eine FRAUENKISTE?« fragte Lucille Kauffman viel zu laut, viel zu scharf; alle anderen Gespräche am Tisch verstummten. Lucille war eine alte Freundin von Susan, die auf unangenehme Weise dazu neigte, die Wahlkampagne komplett an sich zu reißen. Sie rechnete sich zum inneren Kreis, und da die Stantons dem nie widersprochen hatten, gehörte sie eben dazu – wenn sie da war. Meist war sie in ihrer Kanzlei in New York. Sie mischte sich übers Telefon ein. Es ging um kleine Dinge – ihr mißfielen Jacks Krawatten; ihr mißfielen die Farben der Wahlkampfplakate – und größere: Der Stab war inkompetent, illoyal, begriffsstutzig. Sie war eine aufdringliche Intrigantin; sie wollte Blut fließen sehen. Sie wollte uns ihre Freundin Laurene Robinson als Pressesprecherin aufdrücken. Sie wollte Sporken absägen. (Dagegen hätten wir nichts einzuwenden gehabt.) Sie drohte, sich beurlauben zu lassen und sich ganz dem Wahlkampf zu widmen. Ganz Mammoth Falls zitterte bei diesem Gedanken.

Richard hätte sie auch dann gehaßt, wenn sie nicht schlampig und geschmacklos gekleidet gewesen wäre, wenn sie nicht ständig in Powersuit und Joggingschuhen und mit einer Gloria-Steinem-Brille rumgelaufen wäre, wenn sie nicht permanent in ihrer Handtasche nach der Puderdose gekramt, ihre Frisur zurechtgezupft, ihren Lippenstift gezückt und lächerlich affektiert aufgetragen hätte, indem sie die Lippen um den Stift spitzte, ihn einmal, zweimal hin- und herrollte und dann – unweigerlich – mit einem »So!« wieder einsteckte. Nein, selbst wenn sie sympathisch gewesen wäre, Richard hätte sie schon deshalb gehaßt, weil sie ein Amateur war. »Verschone mich mit alten Freunden und Amateuren«, pflegte er zu sagen.

Es handelte sich um ein grundsätzliches Problem Stantons. Er hatte seit seinen Sandkastentagen Freunde gesammelt, und zwar ausdrücklich in der Absicht, sie zusammenzutrommeln, wenn die Show eines Tages beginnen sollte. Manche waren sehr gut, andere okay, aber es waren auch etliche gescheiterte Existenzen darunter: der lebende Beweis für die Unwägbarkeiten des Schicksals, denn Jack Stanton schon seit »Urzeiten« zu kennen war das einzige, was sie für sich verbuchen konnten. Lucille war eine Klasse für sich. Sie war unerträglich. Sie gehörte zu denen, die nicht das geringste Gespür für die räumliche Dynamik des Körpers haben – sie rückte einem immer zu dicht auf den Pelz –, und überhaupt keine Manieren. Sie sagte immer, was ihr gerade in den Sinn kam, als bürgte schon die Tatsache, daß sie es gedacht hatte, für Qualität. Und das Team hatte das Seine dazu beigetragen, dieses Verhalten noch zu verschlimmern: Da sie seit dem College Susans engste Freundin war, da sie mithin Susan besser kennen mußte als irgend jemand anders, *verhielten* sich die Leute tatsächlich so, als wäre das, was Lucille sagte, wichtig.

Sie war überaus gefährlich. Ich hatte eine Todesangst vor ihr. Sie warf Fragen über Susan auf, mit denen ich lieber nicht konfrontiert worden wäre.

»Was für eine Frauenkiste?« fragte sie Richard. »Mein Gott, Sie nehmen Ketchup zum Steak? Wie kann man nur?«

Sie stocherte in einem Salat. Alle anderen aßen Steak – viel mehr gab es bei Slim's eigentlich nicht. Auf unserem Tisch stand eine lange Reihe von Platten mit obszönen, dampfenden Fleischbergen, garniert mit gewaltigen Haufen gebratener Zwiebelringe und Kartoffeln. Sehr unmäßig, sehr animalisch. »Wir sind hier nicht in Noo Yawk, Süße«, tat Richard ihren Einwand ab. »Wenn Sie mit uns Politik spielen wollen, dürfen Sie sich nicht an den Gebräuchen der Eingeborenen stören. Amerikaner essen Steak nun mal mit Sauce.« Dann an mich gewandt: »Angenommen, es taucht eine Frau auf und behauptet–«

»Schwachsinn!« sagte Lucille. »Das wird nicht passieren.«

»Eine Klassefrau vielleicht«, fuhr Richard fort, »zum Beispiel eine Parteiaktivistin der Demokraten.«

»Nein!«

»Eine Frau, die er auf dem Parteitag 1984 vernascht hat.«

»Niemals!«

»Ist ja gut«, sagte Richard. »Ich glaubs eigentlich auch nicht. Ich spiel das nur mal durch. Er wird denen ja wohl kaum ins offene Messer laufen wie Gary Hart damals. Er kennt die Spielregeln. Da taucht also so eine Schnepfe aus einem früheren Leben auf, und wir stelln uns einfach hin und sagen: Schwachsinn.«

»Genau: Schwachsinn!« sagte Lucille. »Ich weiß überhaupt nicht, was das soll.«

Interessant. Lucille wirkte verängstigt. Als ich sie ansah, wich sie meinem Blick aus, statt wie sonst zurückzustarren und »Was denn? Was denn?« zu sagen. Warum? Wußte sie etwas? Oder fühlte sie sich im Rahmen der Kampagne vielleicht so sehr als Sprachrohr Susan Stantons, daß sie schlicht so reagierte, wie sie meinte, daß Susan reagieren würde?

Das Dumme war, daß es mir nicht anders erging. Über dergleichen wollte ich lieber gar nicht nachdenken. Doch das war, wie ich wußte, unprofessionell. Richard erledigte seinen Job – und wie üblich nannte er das Kind beim Namen, während wir anderen uns zwar insgeheim Gedanken machten, aber uns nichts zu sagen trauten. Wir hatten zwei Tage mit Besprechungen hinter uns, Abklärung von Terminen, Koordination – Sendezeit einkaufen, Spendenbeschaffung, Debattenplanung. Einen ganzen Nachmittag hatten wir darauf verwandt, bis ins kleinste unsere Gegner zu analysieren – nicht nur die drei innerparteilichen Herausforderer, sondern auch die Medien. Brad Lieberman, eine Leihgabe des Bürgermeisters von Chicago, hatte die Fäden zusammengehalten, hocheffizient Termine, Spendenbeschaffung, Werbung und Inhalte koordiniert. Dank Brad sah alles rational und machbar aus, nach einem überschaubaren Projekt, und wir waren ziemlich gut gelaunt.

Seit Ozio verzichtet hatte, rollten die Dollar. Ihm war bei voller Fahrt die Luft ausgegangen. Er hatte geschäumt, nach lächerlichen Rechtfertigungen gesucht und auf Zeit gespielt, bis die Frist für New

Hampshire verstrichen war, und dann erklärt, die Dauerkrise in New York City mache seine Kandidatur derzeit unmöglich – obwohl er sich's vielleicht noch anders überlegen werde, wenn keiner der Kandidaten sich im Wahlkampf der Fragen annähme, die er mit seiner Beschwörung einer Neuen Amerikanischen Gemeinschaft aufgeworfen hatte. Ein letztes Auflodern und aus. Das *Manhattan*-Magazin brachte auf dem Titelbild Ozio unter dem Aufmacher »O.O. – Null Punkte«. Wall Street spuckte Geld wie ein rasselnder Spielautomat, aus den oberen Finanzetagen regnete es satte Beträge, seit zwei Wochen täglich Zusagen in Höhe von durchschnittlich $ 175 000. Deshalb herrschte heute abend an den beiden langen Tischen im Hinterzimmer von Slim's eine gewisse Siegerlaune: Wir gingen gut gerüstet in die Schlacht, und wir hatten den heißesten Kandidaten. Die vergangenen Wochen in New Hampshire waren ermutigend gewesen. Als Wahlkampfredner hatte Stanton eine glänzende Figur gemacht; wir heimsten Zusagen von der Politprominenz ein. Es sprach sich herum. Diverse Starschreiber, darunter Kolumnisten der führenden Zeitungen, kamen aus der Reserve – Ozios Rückzieher bedeutete, daß sie sich jetzt um den Rest des Feldes kümmern mußten. Sie hatten sich von Stanton beeindruckt gezeigt, großenteils. Mit einemmal waren wir in New York und in Washington diskutabel; die Tage, als Jack Stanton als möglicher Vize gehandelt wurde, waren vorüber. Jetzt würden wir achtundvierzig Stunden frei haben – Silvester und Neujahr –, bevor wir den Kampf aufnahmen. Von uns aus konnte es losgehen.

»Ich hab ja bloß davon angefangen«, blieb Richard hartnäckig, »weil die schönsten Planspiele für den Arsch sind, wenns uns erwischt. Und weil wir nicht wissen, was kommt, müssen wir uns wenigstens überlegen, was kommen *könnte*. Denn *daß* was kommt, darauf können wir Gift nehmen. Issdochso, Henri, oder?«

Ich wußte es nicht. Ich war froh, daß sich das Gespräch nach Lucilles Ausbruch wieder auf einen kleinen Kreis begrenzt hatte. Am anderen Ende des Tisches wurde gelacht, Lieberman erzählte Schoten aus Chicago. Richard brummelte leise vor sich hin und verschluckte die Hälfte. Ich saß direkt neben ihm und konnte kaum folgen. Er spielte die Möglichkeiten durch.

»Mal angenommen, eine Frau geht an die Öffentlichkeit, eine von den Integren – obwohl, wenn sie integer ist, warum geht sie dann an die Öffentlichkeit? Damit rauszurücken macht sie nicht gerade überzeugender, issdochso, oder? Was ist das Motiv? Rache? Politik? Geld? Bei Geld ist alles in Butter. Damit ruiniert sie ihre Glaubwürdigkeit. Außer, sie versuchts hintenrum, haut Stanton ganz diskret an, und der Idiot zahlt.«

»*Richard!*« Lucille wieder.

»Aus schlechtem Gewissen oder so was. Na ja, das wär noch kein Beinbruch. Schwierig wirds bei einer von den Integren. Obwohl, die wirds gar nicht erst tun. Außer ... Meinst du, er könnt irgendwann mal ne Republikanerin gepimpert haben? Aber selbst dann, angenommen, er hätts mit ner gestandenen Republikanerin getrieben, und die fängt an zu plaudern.«

»Undenk-«

»Schnauze, Lucille«, sagte er. »Vielleicht geben wirs einfach zu – ich mein, wenns die Richtige ist? So à la: Passiert ist passiert, das Fleisch ist schwach, sexuelle Revolution und so. Hat nicht jeder im Lauf der letzten fünfundzwanzig Jahre mal Mist gebaut?«

»Richard, ich möchte nichts –«

»Lucille, *why can't you be true?*«

»Es heißt Maybelline.« Das kam aus einer unerwarteten Ecke: Daisy Green, Sporkens Juniorpartnerin. Sie saß neben Lucille (zweifellos auf Anweisung von Sporken; er wußte, daß Lucille an seinem Stuhlbein sägte.)

»Wie bitte?«

»*Maybelline, why can't you be true?* Du denkst an B.B. Kings Gitarre. Die heißt Lucille«, klärte ihn Daisy auf. Daisy war ein winziges, spindeldürres Persönchen. Sie hatte den ungesunden Teint derjenigen, die viel zuviel Zeit in stickigen Büros verbringen – was bei ihr tatsächlich der Fall war, weil sie ständig mit dem Schneiden und Abmischen der Werbespots für Sporken beschäftigt war. Sie trug ein Kapuzensweatshirt ohne Aufdruck und Jeans. Sie war typisch New York, wenn auch nicht Manhattan. Mutter wahrscheinlich Absolventin des City College of New York oder Hunter; politisch links. Daisy selbst hatte mehr Schliff – vermutlich von einer Ivy-League-

Uni –, und doch war da noch ein kleiner Akzent, ein Rest Schnoddrigkeit. Sie hatte keine Verrenkungen gemacht, um sich anzupassen. Sie rauchte. Zigaretten.

»Scheiß drauf«, sagte Richard.

»Ich meine ja nur. Wenn du schon zitierst, Richard.«

Ein langgezogenes Südstaaten-»Awww«. Aber sie hatte ihn mit Erfolg von der Frauenkiste abgelenkt – ein Erfolg, den sie womöglich schon im nächsten Moment bedauerte.

»Ach, apropos«, meinte nämlich jetzt Lucille an Daisy gewandt. »Sind Sie sich mit den Karos wirklich ganz sicher? Ich wär dafür. Schließlich sind wir in New Hampshire. Im Anzug wirkt er so steif.«

»Er will Präsidentschaftskandidat werden. Wir haben ja schon den Werbespot, wo er *auf* dem Schreibtisch sitzt statt dahinter. Das ist zwanglos genug.«

»Man muß doch Aufmerksamkeit erregen«, sagte Lucille. »Er soll ja nicht aussehen wie jeder x-beliebige Politiker. Wir brauchen so etwas Ähnliches wie Gary Hart mit der Axt.«

»Klar, das ist genau das, was wir brauchen«, schnaubte Daisy. »Ich hätte auch schon den passenden Slogan: Jack Stanton – der bessere Gary Hart.« Sauber. Sie ließ sich von Lucille nicht einschüchtern. »In diesem Wahlkampf rennt jeder zweite Politiker im Holzfällerhemd oder Skianzug oder irgendeiner anderen dämlichen Aufmachung rum. Allmählich durchschauen die Leute die Verarschung. Was wir rüberbringen müssen, ist: Keine Verarschung.«

»Harris ist Ski gefahren«, wandte Lucille ein. »Von dem fühlt sich offenbar keiner verarscht.«

»Der hatte einen Herzinfarkt. Der muß erst einmal rüberbringen, daß er noch lebt.«

»Müssen Sie eigentlich diese Dinger rauchen? Sie werden selbst noch einen Herzinfarkt kriegen.«

Das stopfte Daisy das Maul.

»Außerdem: In der Öffentlichkeit sollten Sie das lieber lassen«, sagte Lucille und nutzte ihren Vorteil. »Wir wollen doch nicht, daß man Jack Stanton mit *Rauchern* identifiziert, oder? Verstehen Sie, wenn sich jemand nicht einmal selbst im Griff hat, wie will er dann die Probleme der Nation in den Griff kriegen?«

»Na, halt wie diese verfluchten Fünfhundert-Dollar-die-Stunde-Anwälte aus New York«, warf Richard ein. »Was treiben Sie eigentlich für fünfhundert Dollar die Stunde, Lucille? Und mit wem?«

»Sehr witzig. Bei Ihnen frag ich mich auch, ob sich das gut macht, wenn die Wähler mitkriegen, daß ihm irgend so ein Hillbilly den Wahlkampf managt, der aussieht, als wäre er in der Liebesszene von *Beim Sterben ist jeder der erste* gezeugt worden.«

Daisy brach schier zusammen. »Nicht schlecht, Lucille!« Aber ich war beunruhigt. Lucille war so unmöglich, ein solcher Trampel – wieso hielt Susan an ihr fest?

Jemand schlug gegen ein Glas. Sporken. »Ich finde, wir sollten alle auf –«

»Ich kotz gleich«, murmelte Richard.

»– das neue Jahr anstoßen, das Jahr, in dem wir Amerika verändern werden«, sagte Sporken. »Und auf das Team, unser einmaliges, wunderbares Team, das den Traum wahr machen wird.«

Jubel und Klatschen. Ich sah mich um und machte mir über das wunderbare Team so meine Gedanken. Daisy ertappte mich dabei und sah, was ich sah.

In der Nacht fiel Regen, dann fror es. Mammoth Falls versank im Chaos: An Stromleitungen und Ästen hingen gezackte, bedrohliche Eiszapfen, die Straßen waren schreckliche Rutschbahnen. Die Morgennachrichten brachten als Aufmacher eine Massenkarambolage von acht Wagen auf der Interstate. Der Flughafen war geschlossen. Ich ging zu Fuß zur Wahlkampfzentrale; es war niemand da, und das Schloß war vereist. Es herrschte eine eigenartige Kälte, nicht wie der klirrende Frost im Norden, und zunächst war sie mir gar nicht so schlimm vorgekommen, aber jetzt brannten meine Ohren, und ich wußte nicht recht, was ich tun sollte. Oben im State House hatten zumindest ein Trooper und vielleicht Annie Marie Bereitschaft. Ich mußte die Stantons auf Marco Island anrufen, mal hören, was anstand, und von den New-Hampshire-Besprechungen berichten. Ich hatte zwar mein Handy dabei, aber keine Lust, in der Kälte von einem Fuß auf den anderen zu treten, mir mit der freien Hand Notizen zu machen und wer weiß was noch. Ich fühlte mich gelähmt, niedergeschlagen, blockiert. Außerdem mußte ich mal. Ich begann, den Hügel hinaufzustapfen, glitt aus, fiel – unsanft – auf den Hintern, und dann, beim Versuch aufzustehen, gleich noch einmal. Ich rollte mich auf den verharschten Streifen zwischen Fahrbahn und Bürgersteig. Der Boden dort war griffiger. Eigentlich war es ganz nett, den Hang hinaufzuknirschen, aber dann begann es wieder zu regnen, und zwar ziemlich stark. Ich spannte den Schirm auf, eine Bö riß ihn mir aus der Hand. Er hüpfte den Hang hinab, ich verzichtete darauf, ihm nachzujagen.

Der Trooper am Eingang war neu, kannte mich nicht und war argwöhnisch. »Klingeln Sie doch im Gouverneursbüro an, und sagen Sie, Henry Burton sei da«, schlug ich vor.

»Sie haben keinen Dienstausweis?«

»Ich gehöre nicht zum Innendienst«, sagte ich eine Spur überheblich. »Ich bin vom Wahlkampfteam. Bitte rufen Sie doch einfach im Gouverneursbüro an. Die Durchwahl ist 3258.«

»Immer mit der Ruhe, junger Mann«, meinte er. »Ich rufe im Gou-ver-neurs-büro an, verlassen Sie sich drauf.«

Im Gouverneursbüro herrschte reger Betrieb. Annie Marie hatte Stanton am Apparat, der Katastrophenanweisungen zum Eisregen durchgab. »Gerade kommt Henry rein«, sagte sie und hielt mir den Hörer hin. »Er möchte Sie sprechen.«

»Henry, alles klar?«

»Denke schon. Ich berichte gern über unsere letzten Aktivitäten.«

»Danke, bin schon im Bilde. Ich habe mit Richard und Lieberman gesprochen. Wir sind zu folgendem Schluß gekommen: Wir machen LA.«

»Sind Sie sicher, Sir? Dann müssen wir zwei Wochen vor den Vorwahlen aus New Hampshire weg.«

»Es bringt Geld, Henry. Außerdem ist es dort warm. Wir liegen gut im Rennen. Sieht jedenfalls so aus. Kennen Sie Leons neueste Zahlen? Sagenhaft. Aber es ist natürlich noch früh. Bis zur Wahl ist es noch eine Ewigkeit, mehr als genug Zeit, das Ganze zu verbocken. Glauben Sie, daß alles in Ordnung ist? Gibt es irgend etwas, was wir übersehen haben?«

»Nicht, daß ich –«

»Hören Sie, es geht um folgendes«, schnitt er mir das Wort ab. Daran hatte ich mich immer noch nicht ganz gewöhnt. Er wollte, wenn er sich nach dem Stand der Dinge erkundigte, eigentlich nichts hören, sondern einfach nur bestätigt werden – und da war ihm alles recht, selbst Sporkens ewig gleiches, durchsichtiges »Großartig, große Klasse, Governor«. Es war so banal, so würdelos; ich konnte mich nicht daran gewöhnen. »Ich möchte eine Konferenzschaltung mit der Fünferbande – sagen wir Mittwoch morgen irgendwann nach dem Frühstück, Zeitverschiebung eingerechnet.« Er lachte. »Haben Sie Richards neuen Spitznamen für die Bande schon gehört? Die Weisen von Zion. Also *das* darf auf keinen Fall durchsickern.« Er lachte wieder. Die Fünferbande waren seine Wirtschaftsberater. »Aber sagen Sie ihnen, wir müssen festlegen, wie weit wir in der Gesundheitspolitik gehen wollen. Charlie Martin wird uns in die Mangel nehmen. Und sagen Sie Rosenbaum, daß ich immer noch auf seine Zahlen zur Steuersenkung warte.« David Rosenbaum war der Rechen-Sherpa bei den Politstrategen. »Und noch etwas: Sagen Sie Annie M., daß ich die Namen und Privatnummern sämtlicher Familien brauche, die in die Karambolage auf der Interstate verwickelt waren, ja? Und was steht heute abend an, Henri? Ich meine bei Ihnen.« Jetzt kam er mit der Henri-Nummer. »Kulis vernaschen oder einfach nur zu Hause bleiben und eine Flasche Chablis köpfen?«

»Wahrscheinlich gehe ich zur Teamfete«, sagte ich, bewußt kühl. »Wir haben sie zur ›Nacht der offenen Tür‹ erklärt, damit die Kids Silvester von der Straße weg sind.«

»Großartig. Wessen Idee?«

»Jennifers oder Erics, ich weiß nicht genau. Gute Leute.«

»Sie auch, mein Lieber«, sagte er, auf meinen Ton eingehend. »Henry, jetzt hören Sie gut zu. Zwei Dinge. Zum einen möchte ich, daß Sie heute einen Bogen ums Büro machen und mal ausspannen, ja? Bißchen erholen, bißchen amüsieren. Tun Sie sich was Gutes, ja? Und am Dienstag fliegen Sie nach Manchester und treffen mich dort. Ich möchte Sie beim Auftakt dabeihaben. Zum anderen haben Susan und ich eben über Sie gesprochen. Sie sind das Beste, was uns dieses Jahr passiert ist. Ein gutes neues Jahr und – danke. Ich weiß, was Sie leisten, ich weiß, wie Ihnen zumute ist und wie hart Sie arbeiten. Ich fühl mich geehrt. Aufrichtig geehrt, hören Sie? Und noch etwas, was Wichtiges: Wie wär's mit ein bißchen Sex, Henri?« Er lachte. »Nein, im Ernst. Ich bin sicher, sonst sind Sie bald zu geil, um noch geradeaus denken zu können.«

»Ja, Sir«, sagte ich. »Ihnen auch ein gutes neues Jahr. Und danke.«

»Und sagen Sie Annie M. wegen der Telefonnummern Bescheid, ja? Henry, was meinen Sie? Ist alles in Butter, oder?«

»Bestens«, sagte ich.

Nachdem ich aufgelegt hatte, ging ich nach hinten ins Amtszimmer des Gouverneurs, um in Ruhe mit Mutter in LA zu telefonieren, und stieß dort unverhofft auf Daisy Green. Sie verschwand förmlich hinter Stantons gewaltigem Schreibtisch. Sie hatte eine riesige Hornbrille auf der Nase, rauchte eine Marlboro und studierte Leons Kreuztabellen. »Hey«, sagte sie, »die Werte sind unglaublich. Haben Sie gesehen, wie wir bei den Veteranen aus dem Zweiten Weltkrieg abschneiden? Die scheißen auf Vietnam. Die fahren total auf ihn ab.«

»Sie sollten hier nicht rauchen«, sagte ich. »Der kriegt noch drei Wochen später einen Erstickungsanfall.«

Daisy drückte ihre Zigarette aus. »Haben Sie sich die Focusgruppen angesehen?« fragte sie. »Ein bißchen mulmig ist mir noch bei den Steuersenkungen. Da haben sie mir ein bißchen zu spitze Ohren. Aber ich glaube, es wird ein supercooles Jahr. Die Leute denken *nach*, verstehen Sie? Sie sind voll dabei. Sie sind reif für uns. Erstaunlich, daß von den Parteigrößen noch keiner drauf gekommen ist, aber was kann man von Dems schon erwarten, stimmt's?«

»Was machen Sie überhaupt hier?« fragte ich, aber nicht unfreundlich.

»Eisregen«, sagte sie, klappte Leons Mappe zu und schob die Hornbrille hoch. »Wir hängen *alle* hier fest. Ich mußte raus aus dem Hotel. Da tigern sie unten in der Halle herum und hassen sich – Arlen, Jemmons, Lucille. Unglaublich peinlich. Hatte keine Lust, Seelsorgerin zu spielen, egal für wen. Richard scharwenzelt nervös durch die Gegend und setzt alles dran, mich noch mal rumzukriegen. ›Suite mit Minibar, Daisy Mae, Videos, was du willst ... ein Paaraadiies.‹ Ich habe ihm gesagt, er soll sein Glück bei Lucille versuchen. ›Du rettest ihr vielleicht das Leben‹, habe ich ihm gesagt. Und Richard« – sie mußte jetzt so lachen, daß sie es kaum rausbrachte – »Richard ... Richard sagt: ›Lucille? Bei der Frau könnte ich es weder bringen noch an mich halten.‹ Den Spruch kannte ich noch nicht. Unterdessen schleicht Arlen um Lucille rum. Er verfolgt sie regelrecht: Er sitzt beim Frühstück; sie kommt rein, setzt sich *demonstrativ* an einen anderen Tisch, und er hat nichts Eiligeres zu tun, als sich mit seinem Teller glibbriger, halb gegessener Spiegeleier an ihren Tisch zu setzen. ›Eier, Sporken?‹ sagt sie. ›Denken Sie an das Cholesterin.‹ Hilfe. Die Frau könnte George Romeros Phantasie entsprungen sein.«

»Wessen Phantasie?«

»Dieser Horrorfilmtyp. Genial, der Mann.«

»Aha.« Ich sah sie an und konnte nicht widerstehen – ihre direkte Art forderte dazu heraus. »Noch mal? Er wollte Sie noch mal rumkriegen?«

»Sie meinen Richard?« Sie lachte. »Letztes Jahr in Atlantic City. Am Wahltag war er so überdreht, daß ich unbedingt was tun mußte, um ihn zu beruhigen. Wir hatten uns irrsinnig ins Zeug gelegt. Richard hatte dieses Arschgesicht Jeff Millar – der war nun wirklich der Horror – phantastisch aufgebaut, und dann kriegt dieser Zombie in der letzten Fernsehdebatte einen Blackout. Aber die Debatte läuft gleichzeitig mit solchen Quotenrennern wie *Roseanne* und *Sex Lives of the Rich and Famous*, insofern besteht eine leise Hoffnung, daß es keiner sieht. Jedenfalls schwitzen wir die letzten vierundzwanzig Stunden Blut und Wasser. Um Mitternacht kriegen wir endlich die letzten Umfrageergebnisse, und wir haben uns gehalten. Wir waren beide einfach so erleichtert, daß – na ja, Sie wissen, wie das ist im Wahlkampf: mäßiger Sex, gute Kollegen.«

Ich hatte mich der Länge nach auf der Ledercouch unter dem riesigen Foto des Footballstadions der Universität ausgestreckt. Auf dem Bild waren in einem randvollen Stadion nur orangefarbene Pünktchen zu sehen, auf dem Spielfeld zwei stecknadelkopfgroße Mannschaften. Ein absolut absonderliches Artefakt, doch auch sonst enthielt das Büro des Gouverneurs nichts als niveauloses Kunsthandwerk – billige Südstaaten-Kattunnostalgie.

»Also hänge ich hier fest«, fuhr Daisy fort, »und ich denke nicht daran, zu diesen Irren ins Hotel zurückzugehen. Haben Sie nicht Lust auf Kino?«

»Wir sind in Amerika«, sagte ich. »Hier gibt's in der Innenstadt keine Kinos. Dazu müßte man in eine der Einkaufspassagen außerhalb fahren.«

»Aber Videotheken wird's doch geben.« Sie war schon auf den Beinen, wühlte im Schrank des Gouverneurs nach einem Telefonbuch, verschwand im Vorzimmer und kehrte, in den Gelben Seiten blätternd, zurück. »Hier stehen ein paar ganz in der Nähe. Vielleicht haben die auf. Sie haben doch ein Gerät bei sich zu Hause, oder? Wir machen es uns –«

»Es wartet ein Berg von –«

»Also *ehrlich*, Henry! Gönnen wir uns doch ein paar Stunden Auszeit! Es ist schließlich Silvester. Und wir hängen hier irgendwo am Arsch von Amerika. Oder haben Sie eine Verabredung?«

Unbedacht schüttelte ich den Kopf. Jetzt würde sie nicht lockerlassen. »Also schön«, sagte ich. »Ich muß vorher aber noch telefonieren.«

»Privat, wie?« Ihr entging nichts. »Tun Sie das. Ich gehe nach drüben und ruf in der Zwischenzeit diese Videoläden an, mal sehen, wer aufhat.«

Ich rief in LA an. Sagte Mutter, daß ich Anfang Februar mit dem Gouverneur käme und daß sie und Arnie sich Karten für die Spendengala besorgen sollten. Arnie kam an den Apparat. Wir hatten nie Stief-Probleme miteinander gehabt. Zum einen hatten wir nie unter einem Dach gelebt – ich war so gut wie erwachsen, als er auf der Bildfläche erschien –, zum anderen besaß er das Geschick eines geborenen Verkaufsgenies, oder eigentlich war es weniger Geschick als ein freundliches, umgängliches Naturell. »Also soll ich diesem Stanton Geld in den Rachen schieben, wie?« meinte er. »Es heißt, er treibt's mit jeder.«

»Er ist ein guter Mann, Arnie. Er wird dir gefallen.«

»Ich habe ja auch nicht behauptet, daß daran was auszusetzen wäre. Es ist okay. Elementar. Wie eure Position zur Abtreibung zum Beispiel. Wir wollen doch alle einen ganzen Kerl, nicht? Einen mit menschlichen Schwächen.« Der gute, alte Arnie; nie unfreundlich. »Du solltest nur für Typen arbeiten, die sich voll ausleben, Henry.«

Es hatte aufgehört zu regnen. Der Sturm begann sich zu verziehen: Zwischen schweren Wolken leuchteten tiefblaue Löcher. Die Sonne kam und ging. Daisy sah ausgesprochen unelegant aus. Die farblose Kapuze ihres Sweatshirts, die sie unter der blauen Daunenjacke hochgezogen hatte, bedeckte Mund und Augenbrauen und ließ nur ihre dunklen Augen und die sich in der Kälte rasch rötende Stupsnase frei. Sobald die Sonne hervorlugte, wurde es schlagartig wärmer. »Der Flughafen müßte bald wieder offen sein«, bemerkte ich hoffnungsvoll.

»Third Street«, sagte sie. »Man müßte doch davon ausgehen können, daß Third Street vom Kapitol drei Straßen weit entfernt ist, oder?«

Okay. »Den Laden kenne ich«, sagte ich. »Die haben nur Schrott.«

»Gut.«

»Gut?«

»Wieso, was haben Sie sich denn vorgestellt, Henry? *Boudu – aus den Wassern gerettet*? Wir brauchen was richtig schön Schlechtes mit viel Action.«

»Dann suchen Sie was aus«, sagte ich. Der Laden war Zeitungskiosk, Zigarettenladen und Videothek in einem. Ich prüfte das Zeitschriftenangebot, eine schrille und schmierige Vielfalt, in der kaum eine Ringer-, Bodybuilder-, Heavy-Metal- oder Motorrad-Zeitschrift fehlte. Daisy war blitzschnell wieder da. »Wir haben Glück – schauen Sie.«

»*Abyss – Abgrund des Todes*? Das ist nicht Ihr Ernst.«

»James Cameron«, erklärte sie. »Genialer Regisseur. Ich fiebere jedem neuen Film von ihm entgegen. Haben Sie *Aliens* gesehen? Haben Sie was zu essen im Haus?«

Wir kauften Sandwiches. Mein Apartment war nicht weit entfernt, ein kurzer Spaziergang am Fluß entlang. »Ich faß es nicht«, sagte sie, als wir die Treppen hinaufstiegen, an den Dreirädern,

Kinderfahrrädern und Kinderwagen im Eingang vorbei. »Wie exotisch, in Mammoth Falls in einem Apartmentblock mit Familien zu leben. Hey, das ist ja unglaublich«, kreischte sie, als ich die Tür aufschloß. Sie brach in Lachen aus. »Henry, das ist großartig, das ist ja phantastisch!«

»Normale funktionelle –«

»Funktionell ist gar kein Ausdruck. Haben Sie eine Putzfrau, Henry? Oder machen Sie das selbst?«

»Ich –«

»Entschuldigen Sie, aber ich *muß* einfach in den Kühlschrank sehen. Der Kühlschrank sagt alles.« Sie sauste durchs Zimmer, riß die Tür auf, juchzte und bog sich vor Lachen. »Henry, ich faß es nicht! Ich faß es nicht!« Ich warf einen Blick in den Kühlschrank und sah ihn mit ihren Augen: Joghurt, ordentlich im obersten Fach aufgereiht. Perrier ordentlich im unteren. In der Tür Paul Newmans Marinarasauce, eine Tüte Orangensaft und diverse Gewürze.

»Henry«, sagte sie und lachte, »keine kalten Pizzareste? Keine Cola light? Kein Bier?«

»Tut mir leid. In aller Regel frühstücke ich hier bloß.«

»Nur Joghurt? Keine heimlichen Laster: Coco Pops oder so?« Sie machte den Kühlschrank zu und wanderte hinüber zu den Fenstern, wo sie die Buchtitel auf dem Fensterbrett studierte. »Romane?« fragte sie.

»Realitätsflucht.«

»Mit Doris Lessing und Thomas Mann?«

»Atmosphärenwechsel«, sagte ich lahm.

Wir aßen die Sandwiches. Anschließend wollte sie rauchen; ich holte eine Untertasse aus dem Küchenschrank, wollte nicht kleinlich erscheinen. Dann gab es ein logistisches Problem: Der Fernseher stand am Fußende des Bettes; Couch und Sessel standen, wegen des Lichts und der hübschen Aussicht auf den Fluß, schräg versetzt am anderen Ende des Zimmers am Fenster. Ich spielte mit dem Gedanken, den Fernseher zur Couch umzudrehen, aber es kam mir – kleinlich – vor. Daisy, die auf unheimliche Weise abermals meine Gedanken las, meinte: »Auf dem Bett, Henry? Der Schauplatz der Verführung ist vorbereitet.« Sie zog sich mit einer flinken Bewegung das Sweatshirt über den Kopf. Darunter trug sie ein Princeton-T-Shirt und keinen BH – aber den brauchte sie auch nicht. Ohne das Sweatshirt wirkte sie noch kleiner, jünger und winzig. »Ja, ja, ich weiß. Obenrum bin ich fast ein Kerl«, sagte sie. Dafür hatte sie einen hübschen Hintern – keß und auf geschäftsmäßige Art sexy.

»Also gut«, sagte ich. »*Abyss*.«

Das Ganze spielte unter Wasser und war irgendwie leicht esoterisch. Ich schlief ein.

Als ich die Augen aufschlug, war es dunkel. Der Film war zu Ende, und ich vermutete, daß auch Daisy geschlafen hatte. Sie hatte den Kopf unter mein Kinn gebettet; eine warme, weiche Hand wanderte über meinen Bauch, knöpfte meine Hose auf und massierte sanft. Es war seltsam: Ihr Haar roch nach Zigaretten, aber ihr Mund schmeckte nicht danach, wie ich feststellte, als sie den Kopf zu mir hob. Es war ein bedächtiger Kuß, nicht fordernd, angenehm. Alles geschah gemächlich. Wir streiften mühelos die Kleider ab, ohne Zerren, ohne Ellbogen. Sie war gelenkig, spinnenhaft, gleichzeitig überall – aber es kam keine Verlegenheit auf, nichts Verkrampftes; sie war weder zu aktiv noch zu passiv, durch und durch einfühlsam. Es war, muß ich sagen, sehr … angenehm. Aufmerksam, intelligent. Bis es, eher zu plötzlich, vorüber war. Meine Schuld. »Tut mir leid«, sagte ich. »Wahlkampfsex.«

»Aber gute Kollegen«, sagte sie, küßte mich und schmiegte sich an meine Schulter. »Mensch, Henry«, sagte sie, »Leons Zahlen sind doch wirklich 'ne Wucht, nicht?«

Rückblickend erscheint es unglaublich, aber zwei Wochen lang waren wir die Helden. Unschlagbar. Das Wählerecho in New Hampshire war gut, das Geld war gut, die Presse war gut. Die Konkurrenten waren hinreißend. Charlie Martin, der Hippie-Vietnamveteran, konnte es immer noch nicht fassen, daß er für das Präsidentenamt kandidierte, und hatte Mühe, von einem Tag auf den anderen zu behalten, worin eigentlich seine Botschaft bestand; die dickste Meldung über Martin gab es, als er bei einer Schneeballschlacht vor dem Wayfarer versehentlich Barbara Walters am Hinterkopf traf, als sie gerade das Hotel verließ. Sie nahm es sehr gelassen. Sie drehte sich um, stemmte die Hände in die Hüften, schüttelte den

Kopf und wollte loslegen, als sich aller Ingrimm in einem wissenden, sarkastischen Grinsen auflöste. Er war ein Kind. Was sollte sie da noch groß sagen? Good bye, Charlie.

Barton Nilson, einer der dienstälteren Senatoren und früherer Gouverneur von Wisconsin, konnte als Präriepopulist nicht punkten. Statt ins Hotel zu gehen, tingelte er in einem Wohnmobil durch New Hampshire und versuchte arbeitslosen Computerfreaks Franklin Roosevelts Arbeitsförderungsprogramm (Forstwirtschaft, Straßenbau) schmackhaft zu machen. Mit zweiundsechzig wirkte er steinalt – bedächtiger, weniger gierig; er gab sozusagen einen Abschiedswahlkampf. Nilson hatte volles, silbergraues, in der Mitte gescheiteltes Haar, der perfekte Präriepopulistenschopf. Er hielt grandiose, knarzige Reden, die Stimme wie geschaffen für Großmutters Radioempfänger: eine trockene, knisternde, ferne, amerikanische Stimme. Uns war, als träten wir gegen ein Museum an. Wir ignorierten ihn weitgehend und hofften, er würde vor den stimmgewichtigen Vorwahlen im Mittleren Westen von der Bildfläche verschwinden. Nichts deutete darauf hin, daß er uns enttäuschen würde.

Und dann war da noch Lawrence Harris, dessen Kandidatur nach drei Herzoperationen nicht ganz ernst genommen wurde, obwohl er der interessanteste und gefährlichste Herausforderer war. Er besaß eine Farm in der Nähe von Lebanon, auf die er sich nach zwei verdienstvollen Legislaturperioden im Senat und zwei Infarkten zurückgezogen hatte. »Ich verstehe meine Kandidatur gewissermaßen als Anschauungsunterricht.« behauptete er, was insofern stimmte, als sein Wahlkampf von Teilnehmern seiner Seminare über politische Theorie und Praxis in Dartmouth organisiert wurde. Sie hatten zu allen Themenbereichen seriöse, idealistische Positionen formuliert. Die Studenten produzierten auch nette Werbespots – in einem, dem Ski-Spot, eierte der Kandidat über eine Buckelpiste, bremste knapp vor der Kamera ab und sagte: »Ah, die Schwerkraft! Eine äußerst nützliche natürliche Kraft! Die Welt ist voller Wunder. Voller Naturkräfte, die wir weit besser nutzen könnten. Wind- und Sonnenenergie sind sauber und sicher. Wir müssen die Verschmutzung besteuern, die Erde wieder ins Gleichgewicht und den Staatshaushalt ins Lot bringen. Wir müssen an unsere Enkel denken.« Bei diesem Stichwort stürzte eine Horde Kinder herbei und warf ihn von den Skiern. Nicht schlecht.

Richard nannte Harris einen Neo-Marsmenschen, weil keiner seiner Vorschläge in der Realität auch nur ansatzweise umsetzbar war, aber der Mann stellte dennoch ein Problem dar, ein mentales, besonders für Stanton, der bislang in allen Wahlkämpfen stets der Kandidat mit der größten politischen Substanz gewesen war. Der Gouverneur konnte den Gedanken schlecht ertragen, daß ein anderer ihn als Liebling der anspruchsvollen National-Public-Radio-Szene ausstechen könnte. »Wegen dem machen Sie sich fertig?« sagte Richard eines Tages, als wir über die Route 101 zu einer wahlwirksamen Runde Bingo in einem von Indianern betriebenen Lokal an der Küste kurvten. Der Gouverneur saß vorne, und Richard beugte sich auf dem Rücksitz so weit wie möglich vor, ganz dicht an Stantons Ohr. »Die Leute hier fackeln nicht lange. Sie halten es für ihre patriotische Pflicht, für uns arme umnachtete Redneck-Idioten nen Präsidenten zu wählen. Da werden sie doch ihre Stimme nicht an Mr. Naturkraft verschwenden! Die benutzen ihn einfach, um Ihnen Feuer unterm Arsch zu machen – was gar nicht so blöd ist. Durchhängen gibts jetzt nicht. Sie reiten auf einer Erfolgswelle.«

»Aber in der Steuerpolitik schadet er meinem Image«, sagte Stanton.

»Wo?« fragte Richard. »Ah! Ich weiß: Ta-ta-ta-tah, ta-ta-ta-tah«, sang er – eine bösartig entstellende Parodie der Erkennungsmelodie von National Public Radios Sendung *All Things Considered*. Er war vom Rücksitz gerutscht, kniete jetzt zwischen Stanton und Mitch, dem Fahrer. Ich griff nach ihm, kratzte am glatten, beigefarbenen Ärmel seiner ledernen Collegejacke, die Richard hartnäckig weiterhin trug, und wollte ihn zurückziehen. Nichts zu machen: Richard war in Hyper-Richard-Stimmung. »Nach Leons Kaffeesatz siehts gut für uns aus; in Hanover liegen Sie mit Harris Kopf an Kopf, verdammtnochmal, und da machen Sie sich wegen Nina Totenbergs paar Hörern ins Hemd? Wenn Sie sich Sorgen machen wollen, dann wegen was Ernstem. Wegen diesem Arschloch von der *Times* zum Beispiel – der findet Sie schon deshalb zum Kotzen, weil Sie im

Norden studieren durften, während ers nur auf die Universität von North Carolina geschafft hat. Meinetwegen auch wegen den Republikanern, die bald genau wissen werden, wann Sie wo die Hose runtergelassen haben. Machen Sie sich wegen dem Keller Sorgen und der Frage, welche Leiche da zuerst rausgekrochen kommt. Vergessen Sie Mr. Naturkraft. Ein Furz ist auch eine Naturkraft.«

Richard blieb von Leichen im Keller besessen, was seine Position bei Stanton etwas schwächte, weil er die Besessenheit bequem in eine seiner Schubladen packen konnte: sie war schlicht eine von Richards Manien. Für Schubladen hatte der Gouverneur eine Vorliebe. Für alle hatte er Schubladen, in denen er so manche Empfehlung einfach verschwinden ließ. Mir war ziemlich egal, ob Sporken und Kopp oder die Mitglieder der Fünferbande (von denen jedes ein eigenes brillantes, politisch inopportunes Patentrezept besaß) sich in ihren profilneurotischen Fallstricken verhedderten, aber Richard sah ich ungern in dieselbe Falle tappen. Richard mußte sich unbedingt seine Glaubwürdigkeit bei Stanton erhalten.

Zum Glück war er nicht oft dabei – zumindest nicht körperlich anwesend. Er reiste zweimal an, um Wahlkampfdebatten vorzubereiten. Aber mir lag er telefonisch permanent in den Ohren. Fünf-, sechsmal am Tag. Immer hieß es: »Irgendwas läuten hören?« Nein. Du? »Happy Davis behauptet, die LA *Times* würde graben. Sie meint, nach Drogengeschichten. Was meinst du, obs nicht doch ne Frau ist?«

»Happy Davis ist Klatschkolumnistin.«

»Na und? Hör mal, Henri, das hier ist der reinste Blindflug. Wir wissen einen Scheißdreck über den Kerl. Wir müssen jemand anheuern. Der der Sache auf den Grund geht. Völlig bescheuert, einfach rumzusitzen und uns am Sack zu kratzen, wo soviel aufm Spiel steht.«

Das war ein Argument. Aber niemand hatte den Mumm, Stanton darauf anzusprechen – am wenigsten Richard. Richard rief mich im Büro an, piepste mich unterwegs an. Beim ungefähr achtzigsten Mal rief ich ihn aus einer High-School-Turnhalle in Nashua zurück. Stanton wickelte gerade eine Bürgerversammlung ab, war wie immer in der Diskussion zu Hochform aufgelaufen, bewegte sich jetzt strahlend den Mittelgang entlang und bedachte die Menge mit seinem verbindlichen Händeschütteln, da sagte ich zu Richard: »Herrgott noch mal, red selbst mit ihm.« Und reichte dem Gouverneur das Handy.

»Ach was, Richard!« Stanton lachte. »Die Cowboys stecken sie alle in die Tasche.« Er gab mir das Handy zurück.

»Wir bedanken uns wie immer«, sagte ich zu Richard, »bei den Mitwirkenden dieser Ausgabe von Zivilcourage im Wahlkampf.«

»Wir segeln in die Scheiße, Henry, und daran sind wir selber schuld.«

Auch ich machte mir Sorgen: Es lief alles zu schnell und zu gut. Auf den Tag genau vier Wochen vor den Vorwahlen am 17. Februar rauschten wir in unsere erste Wahlkampfdebatte. Sie wurde in einer ehemaligen Strickfabrik abgehalten, die zum Studio eines lokalen Fernsehsenders umfunktioniert worden war. Es war ein großer kahler, nach Spachtelmasse und Polyäthylen riechender Raum von der Behaglichkeit eines SoHo-Lofts. Publikum sollte dabeisein, zur Hälfte Normalbürger, zur Hälfte Politprominenz – und es war der erste Großeinsatz der Skorps in dieser Wahlkampfsaison, die erste Gelegenheit für die journalistischen Schwergewichte, uns in Aktion zu erleben.

Es war ein seltsamer Rahmen. Keine Einzelgarderoben für die Zeit vor der Sendung. Die vier Kandidaten wurden samt Frauen und Adlaten in einem kahlen Raum mit frischgestrichenen weißen Wänden, einer Kaffeemaschine und einem Teller mit Schokoladenkeksen untergebracht. Stanton beherrschte den Raum, so schien es jedenfalls. Er schuf sich sofort eine schräge Ersatzfamilie: Charlie Martin war der mißratene ausgeflippte jüngere Bruder, Bart Nilson war Dad. Nur Lawrence Harris spielte nicht mit; er saß mit seiner Ausgabe des *Scientific American* – Titelstory »Entsalzung als Zukunftschance« – etwas abseits und ging seine Spickzettel durch. Er machte Stanton mit seiner ruhigen Arroganz nervös; der Gouverneur schielte immer wieder zu ihm hinüber, und ich hätte schwören mögen, daß seine Bemühungen um die anderen immer leutseliger und lauter wurden. Er hatte sich voll auf Nilson eingeohrt, er fand den alten Kauz köstlich, hörte sich nur zu gern seine Anekdoten an. »Henry, kommen Sie mal«, rief er. »Senator Nilson hat mir gerade noch mal beschrieben, wie Hubert Humphrey in den Fünfzigern versucht hat, Eisenhower für die Bürgerrechte zu mobilisieren. Senator, darf ich Ihnen Henry Burton vorstellen? Sie wissen schon, Reverend Harvey Burtons Enkel.« Wenn es ihm in den Kram paßte, konnte er wirklich ein absolut schamloses Arschloch sein.

»Tatsächlich?« meinte Nilson erschüttert, plötzlich aschfahl. »Ich habe mit Ihrem Großvater an Protestmärschen teilgenommen. Ich war dabei, als er ...«

Erschossen wurde. Aber Bart Nilson war zu anständig, um es auszusprechen. Seine Augen wurden feucht – Stantons sicher auch, das wußte ich, ohne hinsehen zu müssen. »Wir müssen die Fackel weitertragen, nicht wahr?« sagte Nilson und berührte sachte meinen Arm. »Wir waren dicht dran, Henry. Eine Zeitlang waren wir fast am Ziel.«

»Ja, Sir«, sagte ich.

»Wir ziehen den Karren wieder aus dem Dreck, Senator«, versicherte Stanton und sah ihm fest in die Augen. »Einem von uns wird es gelingen«, sagte er mit einer Gewißheit, die Bart Nilson, dem klar sein mußte, daß er nicht der Glückliche sein würde, zusammenzucken ließ. »Man merkt es den Menschen doch an, nicht wahr? Man spürt es. Sie sind besorgt, sie lechzen geradezu danach, daß was passiert. Ich glaube nicht, daß die Republikaner das begriffen haben.«

»Das haben sie noch nie«, schaltete Charlie Martin sich mit einem Lachen ein. »Die arbeiten doch am liebsten mit Panikmache. Aber Mann, Jack, wenn Sie von den Sechzigern erzählen! Da geht mir das Herz auf. Der Idealismus! Die Aufbruchsstimmung! Der *Sex*. Ich wette, Sie haben vierhundert Frauen flachgelegt, während ich als Zielscheibe in Nam rumlief.« Stanton warf rasch einen Blick auf die unscheinbare, biedere Elizabeth Nilson, die ein Stück links von uns in der Nähe der Kaffeemaschine stand. Charlie sah den Blick, hob die Schultern und formte mit den Lippen lautlos ein »Sor-ry«. (Susan unterhielt sich am anderen Ende des Raumes höchst angeregt mit Martha Harris, die immer und überall unschwer als die

Professorin für feministische Studien erkennbar sein würde, die sie war; Susan hatte, wie es schien, mit der Durchdringung des eisernen Harris-Vorhangs mehr Erfolg als der Gouverneur, aber schließlich stammte sie aus derselben Schicht.)

»Jack, ich habe eine tolle Idee – wollen wir Harris nicht ein bißchen aus dem Konzept bringen?« schlug Martin jetzt vor. »Wenn sie uns Fragen zu den Steuern stellen und er mit seiner Naturstoffsteuer kommt oder wie er das Ding nennt, dann könnten wir sagen, das reicht nicht. Ich könnte sagen: ›Sie muß doppelt so hoch sein.‹ Sie sagen: ›Das ist immer noch zuwenig!‹ Und Bart setzt noch einen drauf und fragt, ob man nicht auch übernatürliche Kräfte besteuern könnte.«

»Mann, Charlie«, meinte Stanton. »Das wäre wirklich zum Schreien, was? Die Republikaner würden sich totlachen.«

»Ja, wahrscheinlich«, stimmte ihm Martin bedauernd zu. »Und bei uns gibt's auch genug Hundertprozentige, die nicht kapieren würden, daß wir nur Spaß machen. Aber es wäre zu schön, Larrys Ballon ein bißchen anzupiksen. Damals, als wir zusammen studierten, war er noch kein Heiliger. Ich wußte gar nicht, daß sie einem bei einer Herzoperation gleich den Hintern zukorken.« Dann: »Hey, Jack, apropos hundertprozentig, was hat Harriet Evergreen Ihnen eigentlich für ein Wahlversprechen abgeluchst? Von mir wollte sie die Zusage, daß wir für amtliche Zwecke künftig nur noch recyceltes Papier benutzen.«

Harriet Everton war die führende Umweltirre in New Hampshire. Sie hatte Stanton mit den riesigen Schweinemastbetrieben in seinem Bundesstaat und dem Kahlschlag der Kiefernwälder in den Ohren gelegen. Um sie sich vom Hals zu schaffen, hatte er ihrem Vorschlag zugestimmt und wurde daher jetzt ein klein wenig rot (was Charlie Martin nicht entging).

»Mir wollte sie wegen einer alten Abstimmung zum sauren Regen von vor achtzehn Jahren an den Kragen«, sagte Bart Nilson.

»Sie sind also umgefallen, Jack?« Charlie Martin ließ nicht locker. Zum Glück sagte in diesem Augenblick jemand: »Meine Herren?« Und es ging los.

Die Debatte ließ sich wunderbar an. Stanton wirkte sehr souverän, sehr »präsidentiell« und blieb – zur allgemeinen Überraschung – aus der Schußlinie. Das war kein Kunststück: Die anderen metzelten sich gegenseitig nieder. Charlie Martin unternahm den Versuch, sein sehr komplexes Gesundheitsreformpaket vorzustellen, und verhedderte sich dermaßen, daß er schließlich die Hände hochwarf und rief: »Also auf dem Papier macht sich das alles viel besser, als wenn man darüber *redet*. Aber verstehen Sie, wenn wir die Reform verwirklichen, würde unser nationales Energiepotential einfach, einfach ... explodieren!«

Dann gerieten sich Nilson und Harris in die Haare. Nilson tischte seine Standardforderung auf, man müsse die Menschen durch gezieltere Förderung von der Sozialhilfe unabhängig machen. »Was sie brauchen, ist eine Leiter, kein Sicherheitsnetz.«

Und Harris stieg, zum Erstaunen aller, in die Auseinandersetzung ein. »Wie können wir es unseren Enkeln gegenüber verantworten, Unsummen dafür auszugeben, Spitzhacken an Leute zu verteilen, die lernen sollten, Computer zu bedienen?«

»Ja, glauben Sie denn, die Leute sind bereit, Ihre Benzinsteuer von fünfundzwanzig Cent pro Liter Benzin zu zahlen und davon nichts weiter zu haben als einen verringerten Pro-Kopf-Anteil an der Staatsverschuldung?« Nilson war richtig sauer. Harris' blutleere Überheblichkeit versprach eine Demokratische Partei, die sich gründlich von der unterschied, deren Arbeiter- und Werktätigenbasis Bart Nilson sich einst verschrieben hatte.

»Es handelt sich nicht um eine Benzinsteuer«, wandte Harris so verächtlich ein, daß Charlie Martin kicherte. »Es ist vielmehr eine Abgabe auf den Verbrauch natürlicher Ressourcen. Und eine Verringerung des Haushaltsdefizits bedeutet immerhin –«

»Goldene Zeiten für Ihre Großaktionäre«, schoß Nilson zurück.

Stanton hätte natürlich am besten daran getan, sich herauszuhalten und sie sich gegenseitig fertigmachen zu lassen. Aber er stieg ebenfalls in den Ring (»Nein! Nein!« stöhnte Daisy Green und zerquetschte mir fast die Hand). Er ließ sich von einem tieferen Bedürfnis leiten als von politischer Zweckdienlichkeit, nämlich von dem Wunsch, zu schlichten – und sich bei Lawrence Harris einzuschmeicheln. »Nicht nur die Aktionäre, Governor Nilson«, sagte er.

»Die Menschen mit mittlerem Einkommen müßten weniger Zinsen zahlen, kleine Betriebe würden zu günstigeren Bedingungen Geld aufnehmen können und wären somit wettbewerbsfähiger. Und eine maßvolle, aber stetige Verringerung des Defizits kann doch nur in unser aller Interesse sein.«

Okay. So weit, so gut. Aber jetzt halt den Mund. Doch nein: »Natürlich hat Governor Nilson seinerseits auch nicht ganz unrecht. Wir müssen tatsächlich dringend Arbeitsmöglichkeiten für die schaffen, die –«

»Hey, Jack.« Das war Charlie Martin. »Gibt es überhaupt etwas, wogegen Sie sind?«

Ein paar Lacher im Saal. Nicht viele. Aber Lacher.

»Ich bin dagegen, gar nichts zu unternehmen, während Menschen leiden.« Stanton kochte. »Ich bin gegen eine Regierungspolitik, die darauf hinausläuft, daß man den Leuten sagt: Geduld, es wird schon wieder besser werden. Ich bin gegen diese Art von Geduld. Ich werde *ungeduldig*, wenn es um Menschen geht, wie wir alle sie hier erlebt haben, Menschen, die ihr Leben lang hart gearbeitet und ihre Pflicht erfüllt haben und die plötzlich vor dem Nichts stehen. Sie haben ihre Augen gesehen, Senator Martin, Sie haben ihre Geschichten gehört. Wollen Sie etwa behaupten, es bestünde kein Handlungsbedarf?«

»Nein, natürlich nicht«, setzte Martin an und hangelte sich durch eine umständliche Beipflichtung. Er hatte sich die Finger verbrannt.

Wir rasten in den Presseraum, eine weitere loftähnliche Räumlichkeit einen Stock tiefer, mit langen Tischreihen und einem Pressepodium. Sporken, Laurene Robinson und ich verteilten uns auf den Raum und machten uns an die Arbeit. (Lucille Kauffman hatte sich durchgesetzt: Laurene, eine hochgewachsene, schlanke, lässige Schwarze, war jetzt unsere Pressesprecherin – und sie machte ihren Job nicht schlecht, wie ich zugeben mußte.) Wir waren schwer in Form. Es war ein guter Abend. Alles in Butter. Rundum eine gute, ergiebige Wahlkampfdebatte. Wir waren zufrieden. Selbst Sporken war so klug, sich mit seinem ewigen »Großartig! Große Klasse!« zurückzuhalten. Verlierer labern, Gewinner lachen.

»Aber hat nicht Senator Martin in gewisser Weise recht?« fragte

Felicia Aulder, eine richtige Nervensäge von der New York *Daily News*. Aus irgendwelchen Gründen hatte sie uns auf dem Kieker, während sie Charlie Martin natürlich hinreißend fand – oder vielmehr seinen Demoskopen Bentley Benson, der sie ständig mit Nachschub für ihre »D.C. Wash«-Kolumne versorgte und sie heimlich, still und leise, wie wir wußten, mit Gerüchten über Frauengeschichten impfte. »*Wogegen* ist Governor Stanton denn nun eigentlich?«

»Ich denke, dazu hat sich der Governor deutlich geäußert«, sagte ich.

»Man hat ihn ausgelacht«, beharrte sie.

Ich sah weg und fing einen Blick von Laurene auf. Irgend etwas stimmte nicht. Sie brauchte Hilfe. Die Frage war bloß, wie ich zu ihr kommen sollte, ohne meinen Schwarm Skorps mitzuschleppen – vor allem nicht Felicia. »Hören Sie«, sagte ich, »ich muß los ...« Ich ging zügig Richtung Tür. Jerry Rosen heftete sich an meine Fersen, übermütig wie ein tapsiger Welpe, legte mir einen Arm um die Schulter, flüsterte mir ins Ohr: »Gigantisch. Gigantisch. Wenn Sie so weitermachen, haben Sie die Nominierung schon am Valentinstag in der Tasche.«

Ich ging zur Tür hinaus. Zählte: eins, zwei, drei, vier, fünf. Dann wieder zurück, in Laurenes Ecke. Zunächst schien alles in Ordnung. Bis mich ein großer, hagerer, pockennarbiger Typ ansprach: »Mr. Burton, vielleicht können *Sie* mir helfen.«

Ich schielte kurz zu Laurene hinüber und begriff, daß er das Problem war.

»Ich kann es versuchen«, sagte ich. Die anderen Skorps quetschten Laurene nach wie vor zu Taktik, Werbung, Terminplan, Spenden und ähnlichem Mist aus. Niemand schien diesen Typen zu kennen. Er gehörte nicht zu den regelmäßigen Berichterstattern.

»Ist Governor Stanton während des Vietnamkriegs jemals verhaftet worden?« fragte er.

»Das weiß ich nicht«, sagte ich. »Ich kann ihn fragen und mich dann wieder melden.«

»In Ordnung«, sagte er, seiner Sache verdammt sicher. Er wußte, was er tat; er hatte irgend etwas in der Hinterhand. Er reichte mir seine Karte: Marcus Silver, *Los Angeles Times*.

»Sie berichten über den Wahlkampf?« fragte ich widerstrebend, weil ich weder Interesse noch Besorgnis signalisieren wollte, aber ich mußte es wissen.

»Eigentlich nicht«, sagte er. »Sonderauftrag.«

Das hatte ich befürchtet.

»Gut, ich melde mich bei Ihnen.«

Aber er kam mir zuvor. Es war keine Viertelstunde später. Ich war hinausgegangen, um den Gouverneur im Vorraum abzufangen. Er stand mit Susan und Onkel Charlie herum – und er war in schlechter Stimmung. »Los, los, raus hier.«

»Was ist mit Laurene und Sporken?«

»Was soll mit ihnen sein? Los.«

Und wir brachen auf, fuhren in dem engen, stickigen Fahrstuhl nach unten und traten in die klirrende, klare, sehr kalte Abendluft hinaus, erst Schweiß, dann Frösteln und Durcheinander, Scheinwerferlicht und »Governor! Governor!«-Rufe.

Wir schoben uns Richtung Bus, an Scheinwerfern vorbei, ins bitterkalte Dunkel der Nacht. Es war glatt. Wir hatten den Bus fast erreicht, als plötzlich Marcus Silver vor uns stand. »Governor«, sagte er vollkommen unaufgeregt, und wieder durchschnitt seine Ruhe die Hysterie wie ein Messer. Stanton blieb stehen.

»Governor«, sagte ich eindringlich und versuchte, ihn weiterzudrängen.

»Governor«, sagte Marcus Silver und hielt ihn zurück.

»Ja?«

»Sind Sie jemals bei einer Antivietnamkundgebung verhaftet worden?«

»Nein«, sagte Stanton.

»Sind Sie sich da ganz sicher?« Er *hatte* etwas.

»Ich habe an Protestkundgebungen teilgenommen. Das ist allgemein bekannt.«

»Dann wurden Sie also nicht am 16. August 1968 in Chicago am Vorabend des Parteikonvents der Demokraten verhaftet? Bei den Ausschreitungen am Rande einer von Abbie Hoffman geführten Kundgebung, die unter dem Motto stand: ›Schließt Eure Töchter ein – wir kommen‹?«

»Ich wurde vorläufig festgenommen und wieder freigelassen«, sagte Stanton. Er blieb cool. Er wirkte vollkommen gelassen. »Ein Mißverständnis. Die Akte hätte eigentlich vernichtet werden müssen.«

»Das heißt, es gab keine Festnahme wegen Störung der öffentlichen Sicherheit und Ordnung und wegen vorsätzlicher Sachbeschädigung?«

»Nein. Ich war schon ein paar Tage vor dem Konvent in Chicago. Bei Freunden. Ich dachte damals daran, mich an der Universität von Chicago für Jura einzuschreiben. Ich war zufällig auf die Kundgebung geraten. Es war ein Versehen. Man ließ mich gehen. Mehr war nicht.« Er stieg in den Bus.

»Können Sie sich an die genauen Umstände der Freilassung erinnern?« fragte Silver.

»Nein«, sagte Stanton wegwerfend. »Es wurden etliche Leute wieder freigelassen. Offenbar hat man erkannt, daß es ein Irrtum war. Es ist lange her.«

Ich war völlig durch den Wind. Stanton wirkte gelassen. Susan wirkte gelassen. Eben noch stinksauer, jetzt die Ruhe in Person. Dann saßen wir im Bus, und es war wieder brutwarm, und ich schwitzte. Ich hatte eiskalte Füße und schwitzte. »Governor«, sagte ich, als der Wagen anfuhr, »gibt es irgend etwas über Chicago, was wir wissen müssen?«

»Nein«, sagte er. Dann zu Susan: »Dieser Martin ist das Letzte, was?«

»Du bist gut mit ihm fertiggeworden«, sagte sie.

»Aber sie haben mich ausgelacht«, sagte er, und er klang ... erschrocken. »Es ist doch einigermaßen gelaufen, oder? Ich war doch nicht schlecht?«

»Du warst gut«, sagte sie und beendete damit das Gespräch.

Ich klopfte an Daisys Tür. Sie öffnete, lächelte angenehm überrascht – und begriff. »Was ist passiert?«

»Ich muß sofort Richard anrufen.«

»Was ist los?« Ich antwortete nicht. Im Zimmer war gedämpftes Licht, nur die Nachttischlampe brannte, es wirkte fast gemütlich. Ich ging schnurstracks zum Telefon auf dem Schreibtisch und wählte. Sie trat hinter mich und legte mir die Arme um die Brust – und es tat gut, so gut. Ich vergaß zu wählen. »Henry«, sagte sie, »du bist ja klatschnaß. Was ist denn los?«

Ich löste mich sanft aus ihren Armen. Ich knipste die Schreibtischlampe an, wählte erneut. »Hör am anderen Apparat mit«, sagte ich. Sie ging zum Bett hinüber, setzte sich. Es klingelte ewig. Einen Augenblick schweifte ich ab, träumte, studierte die Karte des Pizza-Lieferservice, vergaß, wen ich anrufen wollte. Erstaunlich, wie schnell man ganz woanders sein kann.

»Yeah?« meldete sich Richard.

»Richard«, sagte ich, »wir sind erledigt.«

»Yeah?«

»Oder auch nur vielleicht, ich bin mir nicht sicher. Stanton scheint nicht beunruhigt, und Susan ist ganz cool geblieben, aber es sieht nicht –«

»Henry«, unterbrach er mich, »laß das Geschwafel und komm zur Sache.«

»Ein Typ von der LA *Times*, einer von diesen investigativen Schnüfflern –«

»Drogen? Scheiße.«

»*Nein, verdammt, nicht Drogen, der Scheißvietnamkrieg!*« schrie ich. Ich merkte, daß ich völlig die Kontrolle verlor. Ich mußte mich zusammenreißen. Das hier war nichts, das war erst der Anfang. Ich mußte mich unbedingt zusammenreißen.

Ich erzählte ihm die Geschichte.

»Und er will sie bringen?« fragte Richard.

»Klang so«, sagte ich. »Was haben wir heute? Freitag. Dann wohl am Sonntag, schätze ich.«

»Mehr war nicht?«

»Ich weiß es nicht. Ich weiß es nicht. Ich glaub nicht – ich hab nur ein ungutes Gefühl, verstehst du? Ich glaub, da steckt noch mehr dahinter.«

»Und wir wissens nicht«, meinte Richard. »Wir wissen rein gar nichts. Siehst du? Siehst du? Hab ichs dir nicht gesagt? Ich hab dich gewarnt, Henri, ich reite – seit wann? –, seit Joschaphat von den

Bäumen geklettert ist, darauf rum. Wir brauchen jemand, der solchen Scheiß nachprüft. Wir müssen ihm das klarmachen. Wir können verdammtnochmal nicht blindfliegen. Jetzt haben wir die Meute am Hals. Oder hast du heute abend da oben auf dem Podium etwa *sonst* einen Präsidenten gesehen? Wir sind die Zugnummer. Wir sind die Hauptattraktion. Und alle wollen Blut sehen. Jeder Floh, der ihm je über den Arsch gehüpft ist, will Blut sehen, issdochso, oder? Wir müssen mit ihm reden. Wir brauchen einen Kammerjäger, issdochso, oder? Und zwar, Herrgottnochmal, sofort, am besten vorgestern. Wir haben keine Wahl.«

»Und wer macht ihm das klar?«

»Du. Du bist schließlich das Kindermädchen, verantwortlich für Leib und Seele, du mußt ihm den Kopf waschen. Du mußt ran.«

Ich konnte nicht. »Ich kann nicht«, sagte ich.

»Dann wird dir der Arsch die nächsten vier Wochen auf Grundeis gehen, während du unsern Mann absaufen siehst wie die Titanic. Und dann bist du deinen Job los, ein Paria, und nicht mal ich kann dich mehr anheuern, für die Neee-ger und die Grünen Witwen. Du mußt ran. Wir haben keine andere Wahl.«

»Oh doch«, sagte Daisy. »Wir könnten mit *ihr* reden.«

»Wir können *nicht* mit ihr reden! Bist du nicht mehr ganz dicht? Was willst du ihr denn sagen? Vielleicht: ›Hören Sie, Mrs. Stanton, wir müssen einen von diesen miesen, hinterfotzigen Scheißschnüfflern engagieren, damit wir wissen, wen der Gouverneur alles gevögelt hat?‹ Also bitte, ja. Komm runter, Daisy.«

»Bei ihr haben wir bessere Chancen als bei ihm«, sagte Daisy. »Überleg doch mal. Und so würden wir es ihr auch nicht sagen. So was würdest nur *du* bringen. Vergiß nicht, hier geht's nicht um Bettgeschichten, es geht um Vietnam. Das macht die Sache einfacher. Unverfänglicher.«

»Das ist ein Argument«, sagte ich.

»Ahhh. Mein Gott, sich vorzustellen, daß er ausgerechnet bei einer ›Schließt Eure Töchter ein‹-Demo verhaftet worden ist!« Er lachte. »Volltreffer, was?«

»Richard, steig sofort in den Flieger«, sagte ich. »Du und ich ... und Daisy übernehmen das.« Ich sah rasch zu ihr hinüber. Sie grinste. »Wir müssen morgen mit Susan reden. Ach, und Richard, deine Klatschkolumnistin bei der LA *Times* – wie heißt sie noch… Honey?«

»Happy. Happy Davis.«

»Ruf sie an.«

»Nein. Würd nach Panik riechen.«

»Hast wahrscheinlich recht«, sagte ich.

»Henri, glaubs mir. Wir fliegen verdammtnochmal blind.«

Wir legten auf. Daisy kam zu mir, nahm mich in die Arme, schmiegte sich an mich. Sie hob mir das Gesicht entgegen, drückte mir ihre Lippen auf den Mund. In der Bewegung lag eine große Zärtlichkeit, eine eigenartige Vertrautheit. Ich hielt sie von mir weg, sah sie an, ließ den Blick durchs Zimmer schweifen – und mußte lachen. Plötzlich war ich wie berauscht.

»Was denn?« fragte sie. »Was ist denn?«

»Guck dich doch mal um«, sagte ich. »Du bist ja genauso ordentlich wie ich.«

»Wichser. Ich bin gerade erst gekommen.«

»Nein, nein«, sagte ich. »Du hast deinen Mantel weggehängt. In den Schrank. Stimmt's? Natürlich. Ich wette, du hast sogar *ausgepackt.*« Ich ging an die Kommode, zog die Schubladen auf. »Aha, aha.« T-Shirts links, ordentlich gestapelt. Sweatshirts rechts, ordentlich gestapelt. In der Schublade darunter die Unterwäsche. Bei der Unterwäsche fiel es mir wieder ein, und ich drehte mich nach ihr um. Sie war noch da, wich aber zurück, als ich näher kam.

»Das eigentliche Problem ist das viele Papier«, sagte sie. »Kleidung ist einfach. Aber Papier. Faxe.« Ich knabberte an ihrem Hals, wanderte mit den Lippen daran hoch. »Ehrlich, wo soll man bloß mit den ganzen Faxen hin?«

Es klopfte an der Tür. Jack Stanton. Er ließ mir keine Zeit, darüber nachzudenken, weshalb er um ein Uhr morgens bei Daisy anklopfte, schien sich seinerseits aber auch nicht zu fragen, was ich dort zu suchen hatte. Er redete einfach drauflos. »Das mit Martin gefällt mir nicht«, sagte er. »Der wird uns noch Ärger machen. Dieser Idiot hat nicht eine brauchbare Idee im Kopf, aber jede Menge Wortgranaten. Er ist ein Kamikaze, er kann mir nur schaden. Was wirklich weh tut, ist Vietnam, findet ihr nicht? Wie weh, darauf war ich nicht gefaßt. Diese Idioten! Nein: *ich* Idiot! Charlie kann sich Dinge leisten, die ich mir nie erlauben könnte, nur wegen Vietnam. Ich kann nicht so lässig und selbstsicher auftreten wie er. Ich muß ständig auf der Hut sein, es ständig im Kopf behalten – ständig auf eine Breitseite gefaßt sein. Eine falsche Bewegung, und er stellt mich als Drückeberger hin.« Er setzte sich aufs Bett. Er schien uns gar nicht zu bemerken. Er trug einen Jogginganzug aus Synthetik.

»Ihnen hat man den Präsidenten abgenommen«, sagte Daisy. »Ihm nicht.«

»Finden Sie? Wirklich?« Er richtete seinen bohrenden Blick auf Daisy, schien die Luft aus dem Raum zu saugen. Sie nickte, und er ließ von ihr ab. »Aber verstehen Sie«, sagte er zu ihr, »es ist ja nicht nur Martin, auch die verdammten Steuersenkungen können mir das Genick brechen.« Ich hatte es schon hundertmal gehört. »Das mit Martin ist Schattenboxen. Der eigentliche Herausforderer ist Harris. Harris, die Rechtschaffenheit in Person. Meinen Sie, wir sollten die Steuersenkungen fallenlassen?« Es war keine Frage. »Ich war sowieso von Anfang an dagegen. Kinderfreibetrag hätte es auch getan.«

Ich wagte nicht, Daisy anzusehen. Ich sah auch den Gouverneur nicht an. Ich sah auf den Boden.

Er machte weiter. Er kaute die gesamte Debatte durch. Er sezierte jeden einzelnen seiner Redebeiträge. Und dann: »Es ist so ungerecht. So verdammt ungerecht, findet ihr nicht? Da schuftet man sich ab ... Ich hatte mir das alles genau zurechtgelegt. Ich wußte, was gehen würde, was ich sagen konnte, wie weit ich gehen konnte – und dann kommt dieser verdammte ... Hochschulprofessor daher. Neben dem sehe ich aus wie eine Pappfigur. Ein Politiker. Er hat nichts zu verlieren, er hat kein Ziel. Er strengt sich noch nicht einmal sonderlich an. Er ist nur dazu da, mir zu schaden. Haben Sie mitgekriegt, was er mir bei der Sache mit der Ökosteuer eingebrockt hat? Hat mich als Bürokraten hingestellt, als Befürworter staatlicher Lenkung. Ist doch klar, worauf er hinauswill, oder? Als ob er im Senat für seine bescheuerten Steuervorschläge auch nur acht Stimmen zusammenkriegen würde. Was sollen wir bloß dagegen tun?«

Er hielt inne. Wollte er strategische Argumente hören? Ich setzte an: »Vielleicht könnten wir ja –«

»Das Problem ist, wenn man die Steuer nicht einführen will, muß man die CAFE-Vorgaben zur Senkung des Benzinverbrauchs befürworten.« Er vertiefte sich in die Geschichte und die komplizierten Details der Festsetzung von Grenzwerten für Automobilabgase. Er schien jedes Zeitgefühl, allen Sinn für das rechte Maß und die Kunst der Gesprächsführung verloren zu haben. »Und mit den CAFE-Vorgaben darf man schon wegen Michigan nicht zu weit gehen. Wir müssen an Michigan denken – während ihm das vollkommen egal ist. Er wird sich mit Michigan nicht mehr plagen müssen. Sein Semester endet mit New Hampshire.«

Und so ging es in einem fort. Es war mir nicht neu, daß er eine vertrackte Situation aufzurollen versuchte, indem er stundenlang redete und redete. Aber ich hatte es bisher nur erlebt, wenn wir zu zweit waren, unterwegs, und ich hatte angenommen, daß ich daraus lernen sollte, daß es seine Art war, mich mit seiner Denkweise vertraut zu machen. Eine Marotte, kurios, zwanghaft vielleicht, sicherlich anstrengend, aber keineswegs *peinlich*. Doch in gewisser Weise war es jetzt genau das. Es wirkte erschreckend bedürftig. Unheimlich. Daisy schlief auf dem Bett ein, und Jack Stanton redete weiter. Aber er redete ja nicht mit ihr, er redete auch nicht mit mir – und während er sehr wohl über den Krieg redete, erwähnte er Chicago mit keinem Wort.

Es war Samstag, und es schien, als hätte es den seltsamen Spuk in Daisys Zimmer nie gegeben. Wir ritten noch auf der Erfolgswelle. Die Sonne schien. Alle Zeitungen feierten *uns* als Sieger der Debatte. Er habe eine »präsidentielle Ausstrahlung«, hieß es. Von Charlie Martins Spitze profitierten wir letztlich: Schwarz auf weiß nahm sich Stantons Replik überzeugend aus. Niemand – mit Ausnahme der *Washington Post* – erwähnte die Lacher, die ihr vorausgegangen waren (was Stanton Bauchschmerzen machte, denn die *Post* war immer ein klein wenig schneller, wenn es um Nuancen und Zwischentöne ging). Jetzt fuhren wir von Concord mitten durch New Hampshire nach Norden, Richtung Conway, und alles wirkte strahlend und rein: gleißende Sonne auf Schnee, schneidende Kälte, in leichten Böen wirbelten glitzernde Eiskristalle durch die Luft. Vor uns lag ein Mittagstermin mit der Freiwilligen Feuerwehr von Franklin in einer Kirche, und als wir dort ankamen, fiel mir auf, daß hinter uns in der Skorp-Zone mittlerweile ein ziemliches Gedränge herrschte. Die Reporter machten einen etwas angeschlagenen Eindruck. In ihren dicken Daunenjacken sahen sie aus wie Michelinmännchen, Mitglieder einer obskuren Sekte von Kopfarbeitern – in Washington waren die Skorps immer geschniegelt, aber für den Wahlkampf galten weniger strenge Kleidervorschriften. Beladen mit dicken Mappen und Laptops, wirkten sie überfordert, zerstreut und ungelenk. Sie waren problemlos zu identifizieren.

»Wie viele sind es?« fragte ich Laurene.

»Zwanzig«, antwortete sie. »Und die Kleinbusse platzen förmlich aus den Nähten. Ich mußte dieser Frau aus Phoenix absagen und ein paar anderen auch, die sich erst nach der Debatte gemeldet haben.«

»Meinen Sie, wir brauchen einen großen Bus?«

»Könnte sein. Aber im Moment ist das eigentliche Problem, daß die meisten im Anschluß an Laconia wieder nach Manchester zurückwollen. Sie haben keine Lust, bis nach Conway mitzufahren. Der Typ von der *Chicago Trib* ist stocksauer, weil ihm niemand gesagt hat, daß Stanton nach Manchester zurück*fliegt*. Keiner ist besonders begeistert, am Samstag abend drei Stunden Rückfahrt in Kauf nehmen zu müssen. Wir haben nicht zufällig noch Plätze im Flugzeug?«

»Auf keinen Fall«, sagte ich. »Aber wir sollten für die, die nicht nach Conway mitwollen, einen der Busse abzweigen. Und Sie bleiben bei den anderen und halten sie bei Laune.«

»Vielen Dank«, meinte sie. Laurene war cool, absolut professionell. Sie fühlte sich offenbar nicht bemüßigt, mir mit der »Yo, Brother, was sind diese Weißen kaputt«-Nummer zu kommen. Wir – Laurene und ich – hatten diesen ganzen Selbstvergewisserungsscheiß nicht nötig. Wir waren sehr *uptown*.

»Kennt sich hier jemand aus?« fragte Laurene. »Vielleicht gibt es ein nettes, rustikales Landhaus oder so, wo wir sie auf dem Rückweg zum Abendessen parken können. Aber wir müssen uns mal grundsätzlich Gedanken machen, Henry. Wir brauchen dringend jemanden, der die Skorp-Logistik immer für ein paar Tage im voraus plant, verstehen Sie?«

Es ging weiter Richtung Norden, und der ganze Tag verlief so. Normal eben. Im Stanton-Bus fuhren etappenweise regionale Größen aus dem Lager der Demokraten mit. Barry Gaultier, Minderheitsführer im Staatsparlament und ein wichtiger Mann, sollte uns auf der ganzen Strecke begleiten. Barry war im Begriff, uns seine Unterstützung zuzusagen, erwartete dafür aber im Gegenzug nach der New-Hampshire-Vorwahl einen Posten im Wahlkampfteam. Wir lagen allerdings so gut im Rennen, daß wir Versprechungen nicht nötig hatten. Das wollten wir Barry auf dieser Fahrt demonstrieren. Er war früher einmal Versicherungsagent gewesen und wirkte entsprechend grau. Und man konnte förmlich zuschauen, wie er Stanton bei jedem Halt dichter auf die Pelle rückte. Mir war diese Seite der Sache verhaßt. Ich fühlte mich an die Sklavenarbeit erinnert, die ich für Larkin hatte machen müssen: Streicheleinheiten verteilen, Versprechungen machen, schmeicheln. Aber Barry Gaultier war eben Abgeordneter. Da mußte man Stanton recht geben: Sie hatten keine Klasse.

Laconia: Bürgerversammlung in der Turnhalle der High-School. Zum erstenmal seit einer Woche waren ein paar Plätze unbesetzt – der Voraustrupp hatte sich verkalkuliert. In dem schmalen Fensterband über den Rängen zog sich das kalte blaugraue Tageslicht zurück. Ein paar Skorps blieben im hallenden, erbsengrün gekachelten Foyer mit den Glasvitrinen voll angelaufener Pokale und verschossener Schleifen zurück und quatschten in ihre Handys: fragten in den Redaktionen an, ob sie Conway nicht kippen könnten – der Termin falle mit Redaktionsschluß zusammen. Die Agenturleute wirkten besonders lustlos, denn sie konnten auf keinen Fall abspringen. Sie würden bis zum bitteren Ende durchhalten und dann die lange Rückfahrt auf sich nehmen müssen, während wir flogen. Minuspunkte für das Team wegen schlechter Organisation.

»Henry, so 'ne Scheiße darf nicht passieren«, maulte Tommy Aldrenio von der Zeitung in Philadelphia. »Sie lassen sich die Termine entgleiten, Sie haben den Redaktionsschluß nicht im Kopf. Das hier ist der große Sprung, Mann: Wollt ihr jetzt loslegen und euch endlich ernst nehmen, oder wollt ihr euren Wahlkampf weiter als Überlebenstraining aufziehen?«

»Wir sind ernst zu nehmen, Tommy«, sagte ich. »Sie haben es heute selbst geschrieben.«

»Aber doch nur mangels Masse«, entgegnete er. »Ihr kandidiert gegen Pappfiguren. Wenn ihr richtig in den Ring geht, wird mit härteren Bandagen gekämpft. Freut euch nicht zu früh.«

»Wir werden tun, was wir können, Tommy«, sagte ich. »Was schreiben die Kollegen denn so?«

»Es gibt nur eine Story: Ihr Mann«, sagte er. »Es geht das Gerücht, daß *Time* Stanton am Montag als Titelgeschichte bringt. Dem wollen alle zuvorkommen.«

»Ist ja interessant.« Ich hatte *Time* vollkommen vergessen. Deren Leute waren irgendwann Anfang der Woche aufgetaucht. Zwei Redakteure, der Wahlkampfberichterstatter und ein Chefreporter hatten Stanton am Dienstag in einem schäbigen Motelzimmer in Concord interviewt. Am Mittwoch hatten sie Fotos geschossen – die uns volle fünfundvierzig Minuten gekostet hatten. Sie hatten etwas davon gemurmelt, daß es »vielleicht« eine Titelstory geben würde. Entweder ein neues Buch über Haustierpsychologie oder wir. Ich war von ersterem ausgegangen, wie die *Time*-Leute anscheinend auch, und dann war es mir einfach entfallen – wegen der Debatte, des Typen von der LA *Times* und tausend anderen Sorgen. Gute Nachrichten dringen bei mir offenbar schlecht durch.

»Entschuldigen Sie mich«, sagte ich zu Tommy, lief ins Büro des Schuldirektors und rief von dort aus Brad Lieberman an, der in Manchester ein Ladenlokal angemietet hatte.

»Was wißt ihr von *Time*?«

»Was wissen wir von *Time*?« rief Brad hinter sich in den Raum. Dann: »Richard ist gerade gekommen. Moment. Spork? Ach ja? Echt? Spork kennt dort jemanden, der für ihn recherchiert – hat im Sommer was für ihn gemacht. Den ruft er gerade an. Warten Sie.«

»Wo wir schon dabei sind, Brad, wir müssen dringend unsere Skorp-Logistik verbessern. Im Moment machen sie noch mit, weil wir eine heiße Story sind und weil noch nicht viel los ist. Aber wir müssen unbedingt einen Strategen ransetzen. Wir müssen an Busse denken und Flugzeuge – wie viele Skorps müssen es sein, bevor wir ein Flugzeug einsetzen?«

»Henry, das hatten wir bei der Lagebesprechung«, sagte er. »Flugzeug erst nach New Hampshire. Ein großer Flieger ist erst drin, wenn die Secret-Service-Leute mit von der Partie sind. Außerdem braucht man in New Hampshire kein Flugzeug, verdammt noch mal.«

»Aber übernächste Woche steht die Sache im Süden an, und –«

»Ja?« sagte er offenbar vom Telefon abgewandt. »*Time* hat schon dicht? Echt? Muß doch irgend jemand zu erreichen sein.« Dann wieder zu mir. »Spork versucht es bei dem Typen zu Hause.«

Wir redeten noch ein bißchen über Logistik. Über Logistik kann man ewig und drei Tage und überhaupt nie genug reden. Schließlich sagte Brad: »Moment«, dann, ganz aufgeregt: »Spork hat ihn zu Hause erwischt. Ich sehe einen erhobenen Daumen. Ich sehe ihn mit seinem fetten Arsch auf- und abhopsen. Wir sind dabei, Henry! Die Story läuft!«

Ich rannte los. Zügelte mich. Ging gemessen an den Skorps im Foyer vorbei in die Turnhalle, wo Stanton sich über Schuhimporte ausließ und die Atmosphäre etwas schläfrig war. Ich baute mich auf, wo er mich sehen mußte, lenkte seine Aufmerksamkeit auf mich, machte das Zeichen: Schluß. Er sprach weiter. Er nahm noch eine Frage an – zur Vorschulerziehung. Mist. Das würde bestimmt noch mal zehn Minuten dauern, und so war es auch. Nach dem letzten Satz sagte ich laut und vernehmlich: »Letzte Frage, Governor.«

»Ach, ich denke, zwei, drei Fragen sind noch drin«, sagte er. Ich verdrehte die Augen, aber so, daß nur er es sah. Er grinste kurz: Lassen Sie mich machen, hieß das. Er hatte ein untrügliches Gespür für diese Dinge. Er wußte genau, wie und wann seine Zuhörer sich ernst genommen fühlten.

Ich kehrte ins Foyer zurück. Ich rief Manchester an, verlangte Richard.

»Toll, was?« meinte ich.

»Du vergißt wohl, was ich hier mache, Henri.«

»Wir sind auf dem Cover vom *Time*-Magazin, Mann.«

»Weiß ers schon?«

»Nein, der ist ganz in seinem Element. Jetzt quatscht er über Schuhimporte. Ich kann ihn einfach nicht abstellen.«

»Henri, wir dürfen die andere Sache nicht vergeigen. Das *werden* wir zwar – aber verdammt, es darf nicht sein. Verstehst du? Wir müssen Susan anbaggern. Ich gebs ungern zu, aber die alte Daisy Mae hat recht.«

Jetzt kam Stanton. Ein Rumoren in der Turnhalle, dann gingen die Türen auf, von drinnen kam Turnhallenmief, von draußen kalte Luft. Ich drängelte mich zu Stanton durch, sicherte mir einen Platz an seinem Ellbogen, sah ihm beim Händeschütteln zu. Eine ältere Frau umarmte ihn. »Sie erinnern mich an Kennedy«, beteuerte sie atemlos. »Er war hier. Ich habe ihn gesehen. Er war schlanker als Sie, aber Sie sind genauso süß.«

Wir bugsierten ihn zum Bus. Barry Gaultier war immer noch mit von der Partie – um so besser. Die Neuigkeit würde ihm den Wind aus den Segeln nehmen. Irgend jemand klopfte an die Scheibe. Bob O'Connell von der *Washington Post*. Er hatte eine Frage, lief noch ein Stück mit, als wir anfuhren. »Halt!« rief ich, aber Mitch trat aufs Gas, O'Connell gab auf und blieb verärgert zurück. Was war da los?

Sei's drum. »Governor, Sie sind diesen Montag die Titel-Story bei *Time*.«

Stanton drehte sich um, sah mich und dann Barry Gaultier an. »Überschrift?«

Mist. Ich wußte es nicht. Er war eindeutig sauer. Aber dies war, Barry Gaultier sei Dank, nicht der geeignete Augenblick für einen cholerischen Anfall. »Na, was sagen Sie dazu, Barry?« sagte Stanton. »Nicht schlecht, was? Jetzt kommt die Sache ins Rollen.«

»Alle Achtung«, sagte Barry etwas zögernd. Wie sollte er weiter vorgehen?

»Also, ich weiß, daß Sie sich die Sache gründlich überlegt haben«, sagte Stanton und musterte Gaultier mit einer Intensität, die der arme Mann sein Lebtag vermutlich noch nicht erlebt hatte. Stanton schien sich im Bus auszudehnen – es wirkte, als hätte er sich auf dem Beifahrersitz halb um die eigene Achse gedreht und würde Gaultier frontal gegenübersitzen. Es war unglaublich. Es war mir ein Rätsel, was er mit seinem Körper angestellt hatte. Die Luft stand. Von draußen drang kein Geräusch herein. Nicht einmal der Fahrtwind war zu hören. »Und ich weiß«, fuhr Stanton fort, »was Ihre Unterstützung wert ist – Ihr Ehrenwort, Ihre Garantie. Wenn Sie uns hier in New Hampshire Ihre Unterstützung geben, ist das für mich von unschätzbarem Wert. Sie haben die Macht, den nächsten Präsidenten der Vereinigten Staaten zu machen, und ich weiß, Sie nehmen das nicht auf die leichte Schulter. Ich auch nicht. Wir alle wissen, wieviel die Menschen hier auf Ihr Wort geben. Aber Barry: Wir haben Großes vor, wir werden Geschichte machen. Sie wollen dabeisein. Sie wollen jetzt dabeisein – und nächstes Jahr in Washington, wenn wir die Wahl gewonnen haben. Wir werden dafür sorgen, daß Sie mit von der Partie sind – an wichtiger Stelle. Ich gehöre nicht zu denen, die vergessen, wer sie auf den Weg gebracht hat. Wir vergessen unsere Freunde nicht, Barry. Sie verstehen, was ich damit sagen will?«

»Natürlich, aber –«

»Ein Posten. Es war doch die Rede von einem Posten. Wie klingt strategischer Koordinator?«

»Gut, gut. Ausgezeichnet. Für die gesamte Kampagne?« fragte Gaultier.

»Strategischer Koordinator für die Neuenglandstaaten.«

»Aha.« Barry mußte schlucken. Mehrmals.

»Sie würden mit zur Führungsspitze gehören«, sagte Jack Stanton. »Zum Kernteam.«

Ich hatte die Luft angehalten, merkte ich. Ich atmete aus.

Und schnappte gleich wieder nach Luft, als wir Conway erreichten. Rob Quinston von Associated Press, ein reeller Typ – geradeheraus, kein Gelaber, keine Spielchen –, hielt Stanton die Wagentür auf und sagte: »Governor, wir hätten von Ihnen gern eine Stellungnahme.«

Ich sprang gleich nach Stanton aus dem Wagen, Barry Gaultier hinter mir.

»Die *Los Angeles Times* berichtet, Sie seien 1968 in Chicago während einer gewalttätigen Kundgebung im Vorfeld des Nominierungsparteitags der Demokraten verhaftet worden.«

»Ja, ich weiß«, sagte Stanton. »Es handelt sich um ein Mißverständnis. Ich wurde vorläufig festgenommen, aber nicht verhaftet.«

»Es heißt weiter, Sie hätten zu Ihrer Freilassung einen Senator in Washington bemüht.«

»Dazu ... dazu habe ich ...«

»Er soll den Bürgermeister von Chicago überredet haben, die Akte zu vernichten –«

»Davon weiß ich nichts.«

Hinter mir war alles zum Stillstand gekommen. Barry Gaultier stieg nicht aus.

»Das ist doch Schwachsinn«, sagte Susan. »Der reinste Schwachsinn. Jack war kein Extremist.«

»Sieht nicht gut aus, Ma'am«, sagte Richard.

»Mag sein, aber es ist unwichtig. So was interessiert die Leute nicht.«

Es war Sonntag, später Vormittag. Brunch in der Suite der Stantons im Holiday Inn in Manchester. Die Suite verfügte über einen stattlichen Eßtisch. Wir hatten Berge von Zeitungen und Unterlagen ans untere Ende geschoben. Es gab Bagels und Plundergebäck und eine Platte, auf der das Rührei etwas müde wirkte und der Bacon wie Pappe und von der keiner nahm außer Daisy, die Bacon-Stückchen abbrach und knabberte. Lucille Kauffman, die – zu unserem Entsetzen – bereits anwesend war, als wir eintrafen, überwachte mit Argusaugen, was jeder aß. Der Gouverneur klapperte Kirchen ab.

»Vielleicht interessiert es sie doch«, gab ich zu bedenken. »Es ist noch früh. Wir wissen noch nicht, was die Leute interessiert. Nicht mit Sicherheit.«

»Dieser Quatsch interessiert außer der Presse kein Aas«, meinte Lucille. »Die Sache ist eine Lappalie, absolut bedeutungslos. Die von der Presse sind eine Schweinebande, das dürfen wir nicht vergessen. Wir sollten sie auch entsprechend behandeln. Ich weiß, daß Sie die Leute mögen, Henry, und Sie, Richard, für Sie sind sie – mythische Gestalten. In Wirklichkeit sind sie der Abschaum. Sie sind der Feind, sie sind das, was zwischen uns und dem Einzug ins Weiße Haus steht.«

War das wirklich nötig? Wir alle wußten, wer die Skorps waren und wie sie vorgingen. Lucille schien Susan beeindrucken zu wollen. Mich drängte es, Daisy anzusehen, an ihren Augen abzulesen, was sie dachte, aber sie saß links neben mir, während Susan rechts weiter oben am Kopfende des Tisches präsidierte und Richard und Lucille uns gegenüber vor dem großen Balkonfenster Platz genommen hatten. Hinter und unter ihnen erstreckte sich das kalte, windige Manchester. Ich wäre gern aufgestanden, um hinauszusehen, nach hilfreichen Hinweisen Ausschau zu halten.

»Also gut, Lucille. Tun wir mal so, als hätten Sie recht«, sagte Richard, seine Augen undurchdringlich hinter dicken Brillengläsern. Er war deutlich um Diplomatie bemüht. »Gut: Sie sind der Abschaum. Sie sind Aasgeier.« Dann hatte er einen Einfall und wurde wieder zu Richard, fuhr blitzschnell vom Stuhl auf und begann, um den Tisch zu tigern: »Angenommen, du bist im Wald und hast dich zum Kacken hingehockt, und plötzlich kommt ein Wildschwein und greift dich an. Ziehst du dir die Hose hoch und rennst los? Oder versuchst du dir mit der einen Hand die Hose hochzuziehen, mit der anderen nach den Tauben zu greifen, die du geschossen hast, und gleichzeitig noch loszulaufen? Du scheißt auf die verfluchten Tauben, stimmts?« Er kicherte und verschluckte ganze Silben. Dann verhedderte er sich vollends, ließ aber verrückterweise trotzdem nicht locker ... Er war ein sturer Bock, es wurde immer schlimmer. Es schien fast, als würde er Susan anflehen. »Du ziehst dir die Hose hoch und rennst los. Stimmts? Du schnappst dir doch lieber dein Gewehr als die verdammten Tauben, stimmts? Und du ziehst dir lieber die Hose hoch, als daß du auf das Wildschwein schießt, weil du gar nicht die Zeit hast, zu zielen *und* den verdammten Hosenstall zuzuknöpfen. Und weil du, wenn du danebenschießt, nicht mit raushängendem Schwanz sterben willst. Also ... ha ha ... ja, klar, natürlich. Wahrscheinlich würdest du sogar das Gewehr liegenlassen, wenn das Wildschwein schnell genug ist. Issdochso, oder? Würdest sogar noch dein Gewehr opfern, um deinen Arsch zu retten.«

»Richard«, sagte Lucille. »Seien Sie versichert, daß kein Mensch weiß, wovon Sie reden.«

»Die Tauben läßt du dem Wildschwein«, sagte er. »Du mußt dem Vieh was zu fressen geben.«

»Ich vermute, was Richard meint, ist, daß hier ein Spiel läuft, bei dem wir mitspielen müssen«, sagte Daisy. »Es ist das einzige Spiel, das gespielt wird, und wir können die Regeln nicht allein bestimmen. Es gibt Mitspieler. Wir müssen sie im Auge behalten und auf ihre Züge reagieren.«

»Das sage ich doch«, sagte Lucille. »Während er hier Tauben schlachtet und –«

»Daisy«. Susan würgte Lucille kurzerhand ab. »Was heißt das? Wie würden Sie sie behandeln?«

»Ich geh mal wohin«, verkündete Lucille spitz.

Richard setzte zu einer Antwort an, besann sich aber eines Besseren. Er überließ Daisy das Feld. Er spürte, daß sie eher mit Susan reden konnte als er oder ich – und das tat sie auch, sehr ruhig, sehr vernünftig.

»Wir müssen sie mit ihren eigenen Waffen schlagen«, sagte Daisy. »Wir müssen mehr wissen als sie, um im voraus zu ahnen, was sie tun werden. Wir müssen vorbereitet sein, wenn so etwas kommt, wir müssen zurückschlagen können – mit der Wahrheit.«

»Und woher sollen wir wissen, welchen Müll sie uns als nächstes auftischen werden?« fragte Susan, offenbar bereit, die Sache ins Auge zu fassen.

»Na ja«, sagte Daisy, »wir müssen ... wir brauchen ein Team, das Nachforschungen anstellt. Verstehen Sie? Wir brauchen jemanden, der –«

»Uns durchleuchtet?« fragte Susan. Sie schien sich zurückzulehnen. Jetzt hatte sie begriffen. »Unser *Privat*leben?«

Lucille kam wieder. Sie spazierte mitten ins betretene Schweigen, ohne das geringste zu merken – erstaunlich: eine Frau ohne Intuition, ohne Antennen. »Das Ganze ist einfach lächerlich«, sagte sie. »Wir steigen doch nicht auf deren Spiel ein. Wir spielen das Spiel der *Bürger*. Und denen sagen wir klipp und klar: Die Medien und die Republikaner würden aus dieser Wahl gern eine Schlammschlacht machen. Uns geht es um eure Zukunft. Das ist eine Sprache, die die Leute verstehen. Sie werden diesen Blödsinn nicht schlucken. Wir schießen in diesem Wahlkampf nicht auf Tauben, Richard. Wir schützen sie.«

Wir befanden uns in einer Sackgasse. Ich schielte zu Richard hinüber. Er sah aus, als wollte er sich aus dem Fenster stürzen. Daisy konnte ich nicht sehen, Susan wollte ich nicht in die Augen blicken. Das wußte sie. »Henry«, sagte sie, »teilen Sie Daisys Ansicht?«

Ich nickte. »Wir können nicht davon ausgehen –«, begann ich und wurde angepiepst. Ich sah nach: Laurene, Dringlichkeitsstufe eins. »Den muß ich leider annehmen«, entschuldigte ich mich.

Für den Bruchteil einer Sekunde verriet Susans Haltung Angst. Mir wurde klar, daß sie sich längst die schlimmstmöglichen Schlagzeilen über ihren Mann ausgemalt hatte und ständig damit lebte. Es war einleuchtend und doch furchtbar. Sie tat mir richtig leid. Aber sie überspielte ihre Angst rasch mit einer weniger heftigen Regung: Besorgnis. »Nehmen Sie den Anruf entgegen. Wer ist es?«

»Laurene«, sagte ich.

»Ist die nicht spitze?« meinte Lucille, als ich wählte.

»Henry«, sagte Laurene, »ich werde wahnsinnig. Wir haben zwanzig Kamerateams hier, einen ganzen Heuschreckenschwarm von Skorps. Sie lauern ihm hier vor der Kirche auf. Was sollen wir machen?«

»Moment«, sagte ich und setzte Susan und die anderen kurz ins Bild.

»Aasgeier!« schimpfte Lucille. »Es ist *Sonntag*.«

»Pscht«, machte Susan. »Also, Henry?«

»Laurene, ist Mitch bei Ihnen?« fragte ich. Sie bejahte. »Hat er eine Krawatte um?« Mhm, ja. »Schicken Sie ihn mit einer Nachricht zum Gouverneur rein. Schreiben Sie folgendes auf einen Zettel: ›Schwarm draußen. Reaktion auf Story LA *Times* unumgänglich. Nicht vergessen: Es ist Sonntag.‹ Haben Sie das? Und hören Sie – bleiben Sie ganz cool, freundlich und unbekümmert. Bedauern Sie die armen Schweine dafür, daß sie an einem Sonntag über ein dermaßen armseliges Stück Scheiße berichten müssen. Tun Sie so, als wäre nichts weiter, okay? Und rufen Sie mich an, sobald es überstanden ist.«

Ich klappte das Handy zu. Susan wirkte erschüttert, Lucille unbeeindruckt. »Sehen Sie, Henry«, sagte sie. »Im Grunde denken Sie über diese Schweine genauso wie wir alle.«

»Ach, Lucille«, sagte ich und dachte dabei: Was soll's. »Sie vergleichen Äpfel mit Birnen. Man muß sie nicht lieben, um zu wissen, wie sie denken, was sie brauchen. Es geht nicht darum, Tauben zu schützen, sondern darum, was die Raubtiere zu fressen kriegen. Wir müssen in der Lage sein, zu bestimmen, wann Fütterungszeit ist und was wir ihnen vorwerfen.«

»Das ist hier der reinste *Blindflug*«, platzte Richard heraus. »Wir müssen Bescheid wissen. Wir müssen *alles* –«

Susan zuckte zusammen. Alle sahen es.

»Also gut«, sagte sie langsam. »Wir machen es. Ich werde es dem Governor erklären. Aber wir müssen die Kontrolle darüber behalten. Ich bestehe darauf, daß Libby Holden die Sache übernimmt. Es muß jemand sein, der uns kennt, und ihr können wir *blind* vertrauen.«

»Ist sie aus der Klinik raus?« fragte Lucille. Susan nickte.

»Und ist sie … wiederhergestellt?« fragte Lucille. Susan nickte.

Richard sah mich an. Ich zuckte die Achseln. Ich hatte von Olivia Holden gehört. Sie war Stabschefin bei Jack Stanton gewesen, bis sie vor ein paar Jahren auf einer dramatischen, tränenreichen – und vollkommen chaotischen – Pressekonferenz plötzlich das Handtuch geworfen hatte und spurlos verschwunden war.

Soeben hatten wir erfahren, wohin sie verschwunden war. Und Susan hatte ihr gerade die Verantwortung für die Kampagne übertragen.

IV

Olivia Holden trug – ungelogen – eine hellbraune Daunenweste, ein bodenlanges zeltartiges Kleid mit orange-grünem Batikmuster und einen australischen Buschhut. Sie war groß und dick, hatte stechende blaue Augen, ergrauendes Haar und einen ungesunden wächsernen Teint. Sie schleppte einen großen Lederbeutel. Als sie zwei Tage nach dem Kirchendebakel von New Hampshire in die Wahlkampfzentrale in Mammoth Falls marschierte, wurde es schlagartig still – sogar die Telefone schienen zu verstummen. Die Besetzung war ziemlich reduziert, der größte Teil der Truppe war in Manchester. Neben ein paar freiwilligen Helfern, die die Telefonarbeit übernommen hatten, waren nur ein paar neue Teamer da, die ich nicht kannte – Brad Lieberman hatte sie angeheuert –, und ein paar von den alten Kulis. Der Oldsmobilesalon kam mir offen und luftig vor; aber das galt nach New Hampshire für Mammoth Falls insgesamt. Die Welt war ein ruhiger Fluß. Bis Olivia erschien.

»HIER bin ich«, verkündete sie. »Ansprechpartner?«

Das war ich. Außerdem Lucille, mit der wir inzwischen regelmäßig das Vergnügen hatten, und Brad Lieberman.

»Henry Burton«, stellte ich mich vor.

»A-HA«, sagte sie, ohne ihren Namen zu nennen.

»Brad Lieberman.«

»A-HA.«

»Tag, Lib«, sagte Lucille.

»Zu dumm zum Scheißen!« wurde sie von Libby begrüßt. »Hast du inzwischen wenigstens gelernt, erst das Hirn einzuschalten, bevor du den Mund aufmachst? Denk an die Senioren, sage ich nur. Aber diesen Wahlkampf vermasselst du mir nicht wie damals in Florida, kapiert? DAS LASSE ICH NICHT ZU!«

»Das ist zwanzig Jahre her«, murmelte Lucille – eine neue, kleinlaute Lucille. Olivia Holden hatte ihre erste gute Tat vollbracht.

»Damals war ich schlanker«, sagte Libby, drehte sich plötzlich um und schob ihr Gesicht mit den leuchtenden blauen Augen zu dicht vor meines. »Ich hatte eine Taille. Wirklich, das können Sie mir glauben. ALSO: WO BEREDEN WIR DIE SACHE?«

In meinem Büro, auch wenn es zu klein schien für diese ... was immer sie sein mochte. Brad schleppte ein paar Stühle an. Libby verschmähte sie; statt dessen hievte sie sich halb auf meinen Schreibtisch – ganz kam sie nicht rauf –, und zwar mit dem Gesicht zur Tür. Was bedeutete, daß sie mir den Rücken zukehrte. Was wiederum bedeutete, daß ich den Platz wechseln mußte. Also ging ich um den Schreibtisch herum. Jetzt saßen wir drei in einem Halbkreis vor ihr. Keine Frage, wer diese Sitzung leitete.

»WELCHE Mittel bekomme ich?«

»Was brauchen Sie denn?«

»Was brauch ich denn, was brauch ich denn! DAS HIER BESTIMMT NICHT. Wir müssen woandershin. Ich werde ein Haus anmieten. Ich weiß auch schon, welches. Hübsches kleines Häuschen nördlich vom Kapitol. Mit einem netten kleinen Rosengarten - *rufen Sie Becky Raymond an*, 673482, und sagen Sie ihr, der Gouverneur benötigt ihr Haus für seinen Präsidentschaftswahlkampf. Sie wird schon verstehen, wovon Sie sprechen. Das Haus gehört ihr. Und jetzt zum Team: DIE da. Die, die aussieht wie Winona Ryder – mmm, hinreißend.« Sie deutete auf Jennifer von der Presse, die gerade telefonierte, das dunkle Haar in der Stirn. »Hat sie was auf dem Kasten?«

»Unbedingt«, sagte ich und fürchtete – einen Augenblick lang – um Jennifers Sicherheit (bis mir einfiel, wie locker sie mit Richard während seiner Winona-Phase fertig geworden war).

»Hat sie BISS?« »Haare auf den Zähnen«, sagte Brad.

»HAARE? HA! Gut, noch jemand. Einen stillen, braven, charmanten Knaben. Einen, der alles sieht. Der Augen im Kopf hat. Mal sehen.« Sie ging an die Tür, sichtete die Kulis. »DER DA.« Sie zeigte auf Terry Hickman, einen sensiblen, hageren Jungen aus den Bergen, der uns von der Universität zugelaufen war. »Muß mal verschnaufen«, hatte er gemeint. Er koordinierte Termine, spielte Gitarre und Banjo, hielt die Truppe bei Laune. Ich zog ihn nur ungern ab. Er war gut für die Moral.

»Wenn es Ihnen nichts ausmacht, würde ich ihn gern behalten.«

»So NICHT«, sagte Libby – wieder dicht vor meinem Gesicht. »Entweder GANZ oder gar nicht, kapiert? Legen Sie sich nicht mit mir an, Henry.«

»Keineswegs. Wir wollen, daß es klappt, aber es gibt noch anderes zu tun.«

»Ist ja gut, ist ja gut, *ist ja guuut!*« sagte sie. Puh. »Dann eben DEN da.« Sie deutete auf einen jungen Typen aus der Spendenbeschaffung, den ich nicht näher kannte. Ich sah Brad an, der alle kannte.

»Peter Goldsmith«, sagte er. »Guter Griff. Ruhig, fleißig.«

»Aber kann er auch *zwischen den Zeilen lesen?*« fragte Libby.

»In drei Sprachen«, sagte Brad.

»Okay, die können gleich mitkommen, wenn wir hier fertig sind«, sagte Libby. »Und jetzt zu Chicago. Wie sieht's dort aus?«

»Brad hat früher für den Bürgermeister gearbeitet«, sagte ich. »Er hat die Sache übernommen.«

»Den BÜRGERMEISTER? DIESES SACKGESICHT? Wir HASSEN den Bürgermeister – den anderen, den richtigen. Seinen Vater. Wegen Leuten wie dem steckt dieses Land bis zum Hals in der Scheiße. Wegen Leuten wie dem ... Und? Wie ist der Stand der Dinge?«

»Der Bürgermeister tut, was er kann«, sagte Brad. »Es liegen siebzehn Anfragen von seiten der Medien vor, sie wollen Einsicht in die Festnahmeprotokolle sämtlicher Beteiligter nehmen. Wir haben den Prozeß, so gut es ging, verzögert, aber wir werden ihn nicht stoppen können.«

»Wozu *stoppen?*« meinte Libby. »IHR BLICKT ABER AUCH ÜBERHAUPT NICHT DURCH, wie?«

»Was soll das heißen?« fragte ich.

»Es war so, wie Jack gesagt hat«, antwortete sie. »Es handelt sich um ein Mißverständnis. Es ging um DEINEN BETTGENOSSEN«, sagte sie und richtete einen anklagenden Finger auf Lucille.

»Das war erst später«, sagte Lucille. »Ich war nicht dabei.«

»Aber du weißt davon, oder nicht? Oder nicht?« Libbys Stimme war nur noch ein leises Knurren. »Sag bloß, in den verschwitzten heißen Nächten, in denen du Mr. Howard Ferguson deinen kleinen, knackigen Arsch hingestreckt hast, hätte es kein Gesäusel gegeben? Kein Bettgeflüster? Keine postkoitale Manöverkritik? Kein einziges Mal?«

»Libby, du hast sie nicht mehr alle«, sagte Lucille.

»STIMMT! WISSEN WIR!« meinte Libby. »Was wir hingegen nicht wissen, ist, was du von Chicago weißt.«

»Nichts.«

»Wie du meinst. Gut, daß *ich* es weiß.«

»Was wissen Sie?« fragte ich.

»Jack ist mitgegangen, um den guten alten Firefly davon abzuhalten, Dummheiten zu machen, *das* weiß ich! Der liebe Firefly ist gar nicht dazu gekommen, Dummheiten zu machen – nehme ich zumindest an. Die Bullen haben sie schon hopsgenommen« – sie wandte sich Brad zu –, »bevor der Sturmtrupp, den der Vater Ihres verdammten Exarbeitgebers losgeschickt hatte, zuschlagen konnte. Wer das erlebt hat, wird nie – nie im Leben – vergessen können, wie es sich ANHÖRTE.«

»Aber Senator Dawson hat er doch angerufen?«

»NATÜRLICH HAT ER DAS! Was hätten Sie denn an seiner Stelle getan? Aber nur, weil er seinen Freund, seinen guten alten Collegekumpel Pinky Penis Ferguson vor einer Dummheit bewahren wollte. Er hat FÜR EINEN FREUND seine Zukunft aufs Spiel gesetzt! Würden Sie das auch tun, Henry Burton? Na? Natürlich hat er LaMott Dawson angerufen, und natürlich war abzusehen, daß Sherman Presley, dieser kleine Wichser, sein Wissen jetzt benutzt, um unserem Jackie Knüppel zwischen die Beine zu werfen.«

»Sherman Presley?« fragte ich. Aber natürlich: Unglaublich, daß wir nicht darauf gekommen waren.

»Mann, sind Sie SCHWER VON BEGRIFF! Jeder, der auch nur ein Fünkchen Verstand hat, wird automatisch auf den Schmierigen Sherman kommen. Susan hat es sofort kapiert.«

Aber nichts gesagt. »Warum hat Sherman Presley es auf den Gouverneur abgesehen?« fragte ich.

»Warum? Warum? Das alte Lied natürlich«, sagte Libby, nahezu normal. »Eifersucht. Jackie hat ihm seinen wunderbaren Senator weggenommen. Liebe auf den ersten Blick: LaMott ist Jack glatt verfallen. Und dann ist die Sache mit Beasley Arnold passiert. Aber das wissen Sie bestimmt.«

Keineswegs. »Erzählen Sie«, sagte ich.

»Das Leben ist zu kurz, und zu viele Leute haben zuviel Dreck am Stecken«, sagte sie. »Wie zum Beispiel diese Schlampe Cashmere McLeod.« Libby sah es mir am Gesicht an. »Mann, Sie haben wirklich keine Ahnung, was?«

»Meinst du etwa Susans Friseuse?« fragte Lucille.

»Und Jacks Flittchen«, sagte Libby. Mir wurde schwindelig. »Aufwachen, Henry. Haben Sie Tommy den Trooper etwa nie sagen hören, daß der Gouverneur mal wieder 'n bißchen Cash braucht? Was hat Jack Stanton schon je mit Geld am Hut gehabt?«

Cash. Ich kannte Jack Stanton erst seit seinem Einstieg in die große Politik; Libby Holden kannte ihn schon von den Anfängen in Mammoth Falls an. Es war befremdlich, schwindelerregend – derselbe Jack Stanton, aber eine andere Welt, eine Welt, über die ich mir kaum Gedanken gemacht hatte. Ich kannte ein paar seiner alten Freunde und Förderer aus Mammoth Falls. Ich hatte sie als die typischen Königsmacher eingeschätzt – einige wenige, wie Dwayne Forrest, der Viehfutterhersteller, waren über die Grenzen des Bundesstaats hinaus von Bedeutung. Ansonsten waren es Anwälte, scheeläugige Adepten aus Mammoth Falls. Ich wußte, daß Sherman Presley einer der führenden Anwälte am Ort war, ehemals Geschäftsführer des örtlichen Stromkonzerns und natürlich, früher einmal, einer der wichtigsten Mitarbeiter von Senator LaMott Dawson. Ich wußte, daß er für Jack Stanton nicht sonderlich viel übrig hatte. Na und? Das war Mammoth Falls gewesen, und wir würden Mammoth Falls schon bald hinter uns lassen. Ich hatte nie darüber nachgedacht, daß und wie Mammoth Falls uns einholen könnte. Und dann so etwas wie Cashmere McLeod. Nach all den Szenarien, die er durchgespielt hat, würde Richard seine helle Freude daran haben. Susans Friseuse. Mir fiel auf, daß Lucille Kauffman bisher keinen Ton gesagt hatte. Ich versuchte, die Sache mit Richards Augen zu sehen: »Und was ist mit Cashmere McLeod? Wie kann sie uns schaden?«

»Sie kann ihre Geschichte zum Beispiel für einhundertfünfundsiebzigtausend an den *National Flash* verkaufen – abzüglich der zehn Prozent, die sie diesem schmierigen, schleimigen, abgefuckten und runtergekommenen Möchtegern-Anwalt – *Anwalt*, PA! – Randy Culligan zahlt, der den Deal für sie abwickelt«, sagte Libby. Die Frau war unglaublich.

»Sind Sie sicher?« fragte ich.

»Nein, DAS HAT SICH MEIN KRANKES HIRN IN DER KLAPSE AUSGEDACHT!« sagte Libby.

»Seit wann, wie eng?« fragte ich.

»Mal sehen«, sagte Libby Holden, fiel plötzlich mit einem Plumps auf die Knie – was bei Lucille, und ich fürchte auch bei mir, einen erstickten Schrei auslöste –, machte sich über ihren Lederbeutel her und wühlte darin herum. »Wie war das noch gleich ... 1989? Oder 1988. A-HA! Da haben wir's.« Sie zog ein billiges schwarzes Notizbuch aus Kunstleder heraus und blätterte. »Am 12. April 1989 hat er sie von der Villa nach Hause gebracht. Er hat vor ihrem Haus geparkt. Ist eine Stunde geblieben. Und ZACK! Glaubt ihr etwa, die haben Trivial Pursuit gespielt?«

»Alles Schwachsinn«, schaltete Lucille sich wieder ein.

»Träum weiter, Herzchen.«

»Sie kann uns nichts anhaben«, sagte Lucille. »Sie *verkauft* eine Geschichte. Sie hat keine Beweise. Sie ist nicht glaubwürdig. Alles Schwachsinn.«

»Von wegen, das ist eine von Jacks Spezialitäten«, sagte Libby, die immer noch auf dem Boden kniete. »Unser Jackie hat in seinem Leben schon ein paar Riesendummheiten begangen. Er hat seinen Schniedel schon in weiß Gott nicht was gesteckt. Wir müssen SIE stoppen, bevor sie UNS stoppen. Sie kurz und klein schlagen und die Reste zusammenkehren. Von jetzt an bin ich für euch Libby DUSTBUSTER!« Sie verzog das Gesicht zu einem bösen, irren Grinsen, dann beugte sie sich vor, packte mein Kinn und blickte mir tief in die Augen. »Verstehen Sie, Süßer, Libby DUSTBUSTER schafft auch den stärksten Schmutz.«

Das glaubte ich ihr aufs Wort. Aber ich war wie gelähmt. Form, Struktur und Dimensionen der Kampagne hatten sich plötzlich verändert. Vor mir lag eine fremde und doch vertraute Landschaft, und gerade das war das Unheimliche. Die Chicago-Geschichte klang plausibel – die Sache mit Cashmere McLeod ebenfalls (das mußte ich zugeben). Am liebsten hätte ich Libby jetzt in ein nettes, ruhiges Zimmer – vielleicht eine Gummizelle – verfrachtet, ihr Berge ihres Leibgerichts (Spareribs mit Barbecuesauce, wie ich später erfuhr) vorgesetzt und mir von ihr die ganze Geschichte erzählen lassen, von Anfang an. In Ruhe, schön langsam, der Reihe nach. Richard hatte es wieder und wieder gesagt: Es war der reinste Blindflug. Aber ich hatte es nie recht geglaubt. Ich hatte mir eingebildet, Jack Stanton zu kennen, oder zumindest alles Wichtige über ihn zu wissen. Ich wußte, was für ein Mensch er war. Ich kannte seine Schwächen. Ich war mit der Art – wenn auch nicht mit den Ausmaßen – seines Problems seit dem Tag unserer ersten Begegnung vertraut. Ich hatte mein Wissen allerdings meiner verzweifelten Hoffnung untergeordnet: Er war nicht vollkommen, aber er war das größte politische Naturtalent, das ich je erlebt hatte – und er hatte das Herz auf dem rechten Fleck. Mich seiner Sache zu verschreiben war ein Risiko gewesen, aber keine schwere Entscheidung. Die Stärken hatten die Schwächen so eindeutig überwogen. Ich hatte nicht anders gekonnt.

Insofern wirkte Libby geradezu beruhigend auf mich. Sie war zu einem ähnlichen Schluß gelangt wie ich, und das, obwohl sie viel mehr wußte. Sie kannte die ganzen Geschichten, sie war die wandelnde Familienchronik der Stantons, aber das war, wie ich bald merkte, auch schon alles. Die Analyse war ihre Sache nicht. Sie konnte mir nicht sagen, *warum*. (Da würden wir alle unsere eigenen Schlußfolgerungen ziehen müssen.) Sie hatte sich schon früh, einem blinden Instinkt folgend, an die Stantons gehängt. Und zwar keineswegs aus Berechnung. Es erinnerte mich an das, was Hector Alvarado, ein Hinterbänkler aus Los Angeles, damals, als ich noch Stimmen zählte, gern über Louis Parsons sagte, einen unsäglichen, chronisch mit den Republikanern liebäugelnden Redneck-Demokraten aus Mississippi. Die beiden hatten nichts gemein, waren aber sehr enge Telefonfreunde geworden. »Das Tier in mir«, sagte Hector dazu, »fährt auf das Tier in ihm ab.« Gab dieser Trieb nicht letztlich bei uns allen den Ausschlag für oder gegen diese seltsamen Gestalten des öffentlichen Lebens? War die Leidenschaft eines Teams nicht schon immer mehr eine Sache des »Bauches« als der politischen Überzeugung gewesen? Libbys Wahnsinn, so wurde mir klar, war ein gesteigerter Ausdruck meiner eigenen Neigungen. Diese Einsicht behagte mir nicht, aber ich konnte – vorerst – mit ihr leben.

Gegen Mitternacht konferierten Richard, Daisy und ich per Telefon. Ich war zu Hause – inzwischen war es tatsächlich eine Art Zuhause geworden; mehr jedenfalls als New Hampshire. Ich lag auf dem Bett und hatte CNN ohne Ton laufen. »Richard, ich habe den Traum deiner schlaflosen Nächte kennengelernt«, sagte ich.

»Die Matratze? Wer ist es?«

»Ach, das weiß ich jetzt auch«, sagte ich, »aber ich meinte unseren *Dustbuster*!«

Ich erzählte den beiden von Libby. Ich erzählte ihnen, das Wahlkampfteam sei nunmehr um eine völlig durchgedrehte, ein Meter achtzig große und zwei Zentner schwere Lesbe bereichert, die wüßte, wo sämtliche Leichen lägen, und Lucille zum Schweigen zu bringen verstünde.

»Wie? Lucille und Howard?« sagte Daisy. »Wow! Das muß ja sein, als würden Pinguine vögeln. Kannst du dir vorstellen, wie –«

»Aber es geht auf. Howard als der Radikale, Jack, der brav mit zur Kundgebung dackelt und versucht, ihn zurückzuhalten«, sagte ich.

»*Wen interessiert, was vor zwanzig Jahren war? Wer war denn nun seine verdammte Matratze?*« drängte Richard.

»Sie heißt – Cashmere McLeod. Sie ist Susans Friseuse.«

Ich hörte Daisy lauthals lachen. Richard blieb still. »Wie sieht sie aus? Nuttig oder ernstzunehmend?«

»Keine Ahnung«, sagte ich. Sobald ich den Namen gehört hatte, hatte ich mir den Rest sofort und so restlos vorgestellt, daß ich nicht einmal neugierig war.

»Farrah Fawcett in *Drei Engel für Charlie*«, sagte Daisy. »Wetten wir? Farrah Fawcett mit etwas blöderem Blick und um die zehn, fünfzehn Kilo mehr auf den Rippen.«

»Kein Scheiß? Susans Friseuse?« fragte Richard. »Und sie packt aus?«

»Für einhundertfünfundsiebzigtausend Dollar. Bei einer dieser Supermarktpostillen«, sagte ich.

»Und wenn wir sie überbieten?« fragte Richard.

»Wollen wir das denn?«

»Gar nicht nötig«, meinte Daisy. »Das Ganze ist ein Witz. Über so was kann man doch nur lachen.«

»Warts ab. Wenn erst der Rest der Welt – die vereinigten Matratzen dieser Erde, die oberschlauen Zehntausend – Wind davon kriegt, daß Jack Stanton gut zu melken ist, vergeht dir das Lachen«, sagte Richard. »Und wann steigt die Sache?«

»Keine Ahnung«, sagte ich. »Bald, nehme ich an. Der Deal ist perfekt.«

»Die Stantons wissen Bescheid?«

»Keine Ahnung.«

»Und wer bringts ihnen bei?« fragte Richard. »Sollen wir damit etwa auch zu Susan gehen, Daisy?«

»Die weiß es schon«, sagte Daisy leise – in einem Ton, der keinen Zweifel daran ließ, daß sie es aus erster Hand hatte.

»Und?« fragte ich.

»Was und?« fragte Daisy.

»Ist sie sauer? Packt sie die Koffer? Reicht sie die Scheidung ein?« Richard kam auf Touren. »Seit wann weiß sies? Hat sies gerade erst erfahren? Hast du es ihr gesagt? Hat sies immer schon gewußt? Hat sies die ganze Zeit geschluckt? Sieht sie ihnen gern zu? Verstehste mich? Hat Cashmere beide gleichzeitig bedient? Nacheinander? Einmal fönen und ficken? Womit haben wirs hier verdammtnochmal zu tun?«

»Ich weiß es nicht«, sagte Daisy.

»Aber du weißt, daß sie Bescheid weiß?«

»Ja.«

Auch das war neu: Daisy, allseits für ihre Transparenz und Ehrlichkeit geschätzt, hielt sich bedeckt.

Das wollte erst einmal verdaut sein, deshalb gingen wir zum Ablauf der letzten zwei Tage über. Bei ABC waren wir der Aufmacher gewesen, mit dem Titelfoto von *Time* – gut – und der tumultartigen Szene vor der Kirche in New Hampshire – weniger gut. Die beiden anderen großen Sender hatten als Aufmacher irgend etwas über Cholesterin oder Krebs gebracht: Meldungen aus einer fremden Welt.

»Ich habe mir den New-Hampshire-Beitrag angesehen«, sagte Daisy. »Schlimm. Das Schlimmste daran ist er selbst. Wenn Libby recht hat, dann braucht er sich doch gar nicht in die Defensive drängen zu lassen. Höchstens wegen des Anrufs beim Senator, der macht sich wirklich nicht so gut.«

»Schon dabeigewesen zu sein macht keinen guten Eindruck, verdammt«, sagte Richard. »Besonders nach den neuesten Enthüllungen: *Schließt eure Friseusen ein – wir kommen!*«

»Richtig«, sagte Daisy, »trotzdem, er macht es nur noch schlimmer, wenn er so schuldbewußt auftritt. Man braucht sich doch bloß seine Körpersprache anzusehen. Das Kinn gesenkt, als würde er jeden Moment verhaftet werden.«

»Kann auch noch passieren«, sagte Richard.

»Jetzt hör mir mal zu, Richard«, sagte Daisy, plötzlich scharf. »Niemand hat dich zu dieser Kampagne verdonnert, okay? Du hältst ihn für schuldig? Dann steig aus. Du hältst das Ganze für aussichtslos? Dann zieh Leine.«

»Ich wüßte nur gern, was zum Teufel auf uns zukommt, verdammt!«

»Daisy hat recht«, sagte ich. »Wir wissen immerhin, was morgen auf uns zukommt. Wir müssen zurück nach New Hampshire. Wir landen wahrscheinlich mitten in der Cashmere-McLeod-Geschichte. Oberstes Gebot ist, dafür zu sorgen, daß er aufhört, sich wie ein Schwerverbrecher zu benehmen. Er hat in Chicago kein Unrecht begangen. Cashmere McLeod versilbert eine Geschichte. Wenn Susan die Ruhe bewahrt – Daisy? –, dann sollte es der Gouverneur erst recht.«

»Sie hat sich im Griff«, sagte Daisy.

»Dann sollte er den Genervten raushängen lassen«, sagte Richard.

»Aber nicht zu sehr«, sagte ich. »Immerhin bewirbt er sich um das höchste Amt im Staat. Am besten wäre so was wie: ›Wir haben damit gerechnet, daß man mir so einen Unsinn auftischt. Das ist zwar unerfreulich, aber wir nehmen es nicht ernst.‹«

»Ja, aber so, daß er es gar nicht erst laut sagen muß«, ergänzte Daisy. »Es versteht sich von selbst. Stimmt's, Henry?«

»Genau.«

»Und du begleitest ihn? Du steckst ihm das auf dem Flug?«

»Ich werd's versuchen«, sagte ich.

Wir legten auf. Ich rief Daisy sofort wieder an. »Hat sie dich angerufen?« fragte ich. »Was läuft hier eigentlich?«

Im selben Moment signalisierte ein Klicken in der Leitung ein zweites Gespräch. »Das ist bestimmt Richard«, sagte Daisy. »Red erst mit ihm.«

Okay. »Hey, Mann, was ist mit Daisy los?« wollte er wissen. »Gibts in dieser Kampagne neuerdings zwei Teams – schön nach Männlein und Weiblein getrennt?«

»Keine Ahnung«, sagte ich. »Mich hat die Geschichte erst mal umgehauen, und in drei Stunden muß ich aufstehen, wenn ich nach Manchester will. Laß uns einfach abwarten.«

»Hör zu«, sagte Richard. »Irgendwie muß ers schaffen, rüberzubringen, daß das eine Lappalie ist – 'n Fliegenschiß gegen den Horror, mit dem sich normale Leute herumschlagen müssen: Arbeitslosigkeit, Zwangsvollstreckungen, und, und, und. Wir können das Ganze zu unserem Vorteil wenden, issdochklar, oder? Jeder baut mal Scheiße. Die Kacke dampft, und er bewahrt nen kühlen Kopf. Damit sollten wir werben, was? Jack Stanton: Der Mann, auf den Sie bauen können, wenn die Kacke am Dampfen ist.« Er kicherte. »Verstehste?«

Am liebsten hätte ich gesagt: Aber was, wenn niemand einen Kandidaten will, der sich immer wieder in die eigene gequirlte Scheiße setzt? Andererseits wollte ich Richards Stimmung nicht verderben: Offensichtlich hatte er gerade seine »Bauch«-Entscheidung getroffen. Er sprang nicht ab. Er war dabei. Mitgefangen, mitgehangen.

»Henry, die machen mich fertig mit diesen Geschichten«, sagte Stanton am nächsten Morgen zu mir, das Gesicht voll roter Flecken, kurz vorm Durchdrehen. »Das muß ein Ende haben.«

Er sah mich an, als wäre es ein Befehl: Unterbinden Sie das gefälligst. Ziehen Sie die Karre aus dem Dreck. Er sah furchtbar aus, als hätte er die ganze Nacht nicht geschlafen. In der einen Hand hielt er eine Kaffeetasse, in der anderen einen Donut. Er schlang ihn hinunter. Mit zwei Bissen. Langte erneut in die Schachtel, die auf dem Klapptisch zwischen uns vibrierte, während das Flugzeug über die Landebahn donnerte. Und weg damit. Ein dritter.

»Sir, wir haben uns überlegt...« Er sah mich an, als wollte er sich auf mich stürzen, mich wie einen Donut verschlingen, aber er sagte nichts. »Daisy hat sich die Aufzeichnung von dem Tumult vor der Kirche angesehen.«

»An einem Sonntag. Vor der Kirche. Können Sie es fassen? Ich versuche, was zu bewegen, und alles, was die interessiert, ist dieser Mist.«

»Jedenfalls hatte Daisy das Gefühl, daß Sie, nun ja, einen etwas schuldbewußten Eindruck machten«, sagte ich und fügte, weil ich merkte, daß ich alles auf Daisy abwälzte, rasch hinzu: »Richard und ich finden, sie hat recht. Und Libby meint, Sie hätten gar keinen Grund dazu.«

Er senkte den Kopf. »Doch, ich bin schuld. Es war mein Fehler. Mein gottverdammter Fehler.«

Was sollte das heißen? Egal. »Hören Sie, Sir. Wir werden gewinnen. Wir müssen diese Klippe umschiffen. Sie dürfen sich nicht in die Defensive drängen lassen. Sie haben sich nichts vorzuwerfen. Richard meint, Sie sollten gelegentlich vielleicht darauf hinweisen, daß das, womit Sie zu kämpfen haben, nichts ist, verglichen mit dem, was andere Menschen durchmachen müssen.« Er blickte auf. Ich hatte ihn gepackt. »Es muß nur der richtige Moment sein. Nicht gleich, wenn wir aus dem Flieger steigen. Aber behalten Sie es im Hinterkopf. Denken Sie an die Menschen in diesem Land.«

»Um die geht es doch eigentlich, nicht?« sagte er, schon munterer. »Sie sind ein guter Mann, Henry. Übrigens, haben Sie schon gelesen, was Charlie Martin zu Chicago gesagt hat?«

»Nein, was denn?«

»Er hat gesagt, das einzige, was er den Antivietnamdemonstranten vorwerfe, sei der Spaß, den sie gehabt hätten.« Stanton lachte. »Er sagte, wir hätten recht gehabt mit dem verdammten Krieg. Können

Sie sich das vorstellen? Charlie Martin wächst mir noch richtig ans Herz.«

Was New Hampshire anging, hatten wir uns allerdings getäuscht. Es ging nicht mehr um die Menschen, es ging jetzt um die Skorps. Das war die neue Realität, mit der wir zu rechnen hatten – beschissen, aber so war es. Wir machten weiter, klapperten dieselben Stationen ab, von einer Tasse Kaffee zur nächsten, von Versammlung zu Versammlung, bis an die Küste und bis in den südlichen Zipfel, den äußersten Vorstadtgürtel von Boston hinein. Überall wurden die gleichen Fragen gestellt, und im Umgang mit den Menschen war er nach wie vor brillant, er schien es immer noch zu verstehen, sie zu fesseln und für sich einzunehmen. Aber der eigentliche Wahlkampf spielte sich jetzt *zwischen* den öffentlichen Auftritten ab. Alles drehte sich nur noch darum, wie Jack Stanton auf das Kreuzfeuer von Fragen reagierte, mit denen die verdrießliche Journaille ihn bombardierte. Vordringlich wurde die Logistik des Transports dieser Leute – die plötzlich aus dem Nichts auftauchten wie Möwen hinter einem Müllkahn – von einem Ort zum nächsten. Wir mußten die erforderliche Technik bereitstellen, AV-Verteiler, Kamerapodeste und das ganze Drumherum, das es ihnen ermöglichte, uns zu hetzen und zu zerreißen und die Botschaft zu verkünden: Der unerwartete Spitzenreiter hat plötzlich »Probleme«. Waren wir zuvor als mutmaßliche Wahlsieger gehandelt worden, so galten wir jetzt, noch bevor die meisten Amerikaner überhaupt von uns gehört hatten, als komatös.

Intern war der Wahlkampf zu einer nicht enden wollenden Serie von hektischen Telefonaten geworden. Wir hatten erfahren, daß die Cashmere-Bombe am Donnerstag hochgehen sollte, und wir mußten unbedingt entscheiden, wie wir zu reagieren gedachten. Die Geschichte in Chicago rückte plötzlich in den Hintergrund – es gab nichts Greifbares, nichts schwarz auf weiß, keine Beweise dafür, daß Stanton Senator Dawson wirklich zu dem Anruf bewegt hatte –, der Stoff gab für die Presse nicht genug her. Natürlich war das Thema damit nicht vom Tisch: Es wurde Teil einer wiederkehrenden Litanei, Teil der gequirlten Scheiße, in die Stanton sich gesetzt hatte.

Ich selbst hatte gar nicht mehr die Zeit, mir Jack Stantons Auftritte anzuhören – keiner von uns hatte das. Ich hängte mich im Hinterzimmer ans Telefon, bearbeitete die hochkarätigen Skorps in Washington und New York und beschwor sie: »Es geht in diesem Wahlkampf nicht um dieses hochgekochte Zeug. Sie sollten herkommen und sich anhören, was die Menschen wirklich bewegt.« (In der Hoffnung, sie würden mich nicht beim Wort nehmen.) Die verwickelte Kette von Telefonaten – ich rief Richard an, der Leon anrief, der wiederum Daisy anrief (sie hatte Arlen als Ansprechpartnerin in Medienfragen sehr bald ersetzt), die letztendlich wieder bei mir landete – zog sich bis in die späten Abendstunden und kulminierte in einer mehrstündigen Telefonkonferenz um Mitternacht. Nach dieser Konferenz, zwischen zwei und drei, kümmerte ich mich um den Gouverneur, der rastlos durch die Gänge des Hampton Inn, unseres Standorts in Manchester tigerte.

Oft fand ich ihn gegenüber im Dunkin' Donuts hinter dem gefrorenen und zerfurchten Parkplatz. Ein verkrüppelter Junge, den Stanton bereits Anfang des Monats für sich entdeckt hatte, arbeitete dort in der Nachtschicht. Nun saß der Gouverneur fast jeden Abend dort – die Kombination aus Zucker und Mitgefühl war unwiderstehlich. Stanton hatte Danny Scanlon zu seinem Leitstern erkoren. Letztlich war es Danny, um den sich dieser Wahlkampf drehte. Er hatte ein verkrüppeltes Bein, einen Sprachfehler und wer weiß was noch, aber er war stets gut aufgelegt, hatte immer ein schiefes Grinsen für den Gouverneur parat. Er arbeitete hart und beklagte sich nie; er servierte Apfelkrapfen, frisch ausgebacken, und verdiente ein besseres Land – genau darum *mußte* dieser Wahlkampf sich drehen. Er und der Gouverneur redeten über Sport, das letzte College-Basketballspiel (es war gerade Saison). Stanton erprobte an Danny seine politischen Parolen. Was bei Danny gut ankam, war gut. Manchmal, wenn wir uns nach einem Auftritt gegen den bevorstehenden Ansturm der Skorps wappneten, sagte der Gouverneur zu mir: »Jetzt heißt es die Zähne zusammenbeißen – für Danny. Denn um den geht es letztlich.«

Für Henry Burton allerdings ging es darum, Jack Stanton um zwei Uhr früh aus dem Dunkin' Donuts loszueisen, ihn eine Stunde lang müde zu reden, sich selbst ein paar Stunden im Bett zu wälzen und um sechs wieder aufzustehen. Und jeden Tag die Skorps. Wir hatten – unmittelbar nach dem Kirchendebakel – neben Laurene einen zweiten Pressesprecher engagiert: Marty Muscavich, einen alten Hasen, der diverse Kennedys bei den Vorwahlen in New Hampshire betreut hatte, das Terrain kannte und so abgebrüht war, daß ihn nichts mehr erschüttern konnte – nicht einmal die verheerende Medienschlacht, die bald um uns toben sollte. Die Festnahme in Chicago hatte aus unserem Kandidaten eine landesweit beachtete Meldung gemacht; Cashmere machte ihn landesweit zum Skandal. Die anderen Kandidaten tingelten noch in ein, zwei Mini-Vans durch New Hampshire. Wir hatten jetzt Pressebusse. Es hatte sich einiges geändert. In dieser Woche tauchte ein neuer Schlag von Journalisten auf: Bluthunde, die nur gekommen waren, um uns qualvoll verrecken zu sehen. Leute, die keinen blassen Schimmer hatten, wer Jack Stanton war oder wofür er stand, und die nur eine einzige Aufgabe verfolgten: Draufzuhalten, wenn er zusammenklappte, dabeizusein, wenn er die Beherrschung verlor oder in Tränen ausbrach.

Es ging alles so schnell, daß wir es kaum begreifen konnten. Es war, als würden wir von einer aberwitzigen Flutwelle durch unsere Termine getragen oder vielmehr gespült – wir wurden aus High-School-Aulen und Clubräumen und allen anderen Leidensstationen dieses Kreuzwegs in einen beklemmenden Strudel hineingesogen: eine Mischung aus Malstrom und Spießrutenlauf. Stanton lächelte, winkte und dementierte, doch er bewegte sich schneller als in den Tagen, als er noch die Muße zu einem verbindlichen Händeschütteln gehabt hatte. Sobald er jetzt stehenblieb, fielen sie über ihn her. Wir schossen, von diesem Medienschub getrieben, wie in einer Vakuumröhre durch den Wahlkampf, ohne selbst noch das Tempo bestimmen zu können.

Ich fühlte mich an einen Strandbesuch in früher Kindheit erinnert. Mein Vater war dabei, deshalb muß es an der dem Atlantik zugewandten Seite von Martha's Vineyard gewesen sein. Er nahm mich mit in die Brandung; er stand hinter mir, hielt mich an den Schultern, lief mit mir – oder schubste mich vielmehr – ins Meer hinein, immer tiefer, und sagte mit einem leisen Lachen: »Komm schon, Junge, du wirst doch keine Angst haben.« Ruhig, beiläufig, ein bißchen spöttisch – als wäre meine Angst albern, kindisch. Aber die Wellen, die ihm nur bis zum Knie reichten, schlugen mir gegen den Brustkorb; für mich waren es bedrohliche Ausbrüche von Gewalt, Geschosse aus Sand und Muschelsplittern. Und dann rollte aus dem Nichts eine noch viel größere Welle heran, ich wurde gepackt und zurückgeschleudert, begraben unter der Wucht von grünem Wasser und brandender Stille. Es geschah plötzlich, wie von Geisterhand, lautlos. Ich wurde herumgewirbelt, schluckte Wasser und kam im seichten Wasser, hinter meinem Vater, wieder auf die Beine. Er jedoch glaubte, ich wäre ins Meer hinausgespült worden, und stürzte sich verzweifelt in die Wellen, suchte vornübergebeugt nach mir, von Entsetzen gepackt. Er blickte hilfesuchend zum Strand zurück, mit weit aufgerissenen Augen und offenem Mund – da sah er mich; er stürzte zu mir und schloß mich in seine Arme. Angesichts seiner Panik begann ich zu weinen – zuvor hatte der Schock mich gelähmt. »O Gott, Henry, es tut mir leid, es tut mir ja so leid!« Er hielt mich von sich weg und musterte mich ängstlich. »Ist alles in Ordnung? Verzeih mir. Ja? Verzeihst du mir? Ist ja alles wieder gut.« Und dann, als ich mich etwas beruhigt hatte, hatte er gesagt: »Ein Glück, daß du das Kind deiner Mutter bist. Ein richtiger Nigger wäre wahrscheinlich ertrunken.«

Jetzt kam ich mir wieder vor wie damals in dieser Welle, überrollt, zurückgeschleudert, ohne Orientierung, und das in einer lautlosen Welt: Die Bombe war geplatzt, die Geschichte war Wirklichkeit – es gab eine Frau –, und doch war es noch nicht ganz real. Wir hatten die Frau bisher nicht gesehen, kannten nur Fotos von ihr, die eher komisch wirkten, wie Fernfahrer-Pin-ups. Daisy hatte danebengetippt. Diese Frau hätte alles darum gegeben, auszusehen wie Farrah Fawcett mit dreißig Pfund zuviel. Sie hatte dunkles, lockiges Haar – ein bißchen wie Loretta Lynn –, eine Stupsnase und Lippen wie aus einem Comic. Gekräuselte, schnutige Lippen, als hätte sie während des Orgasmus in eine Zitrone gebissen. Sie hatte einen Busen, ohne Frage. Aber der Rest ihres Körpers blieb ebenso ein Geheimnis wie die Antwort auf die Frage nach ihrem geistigen Niveau. Am

Donnerstag informierte der *National Flash* die Presse und stellte Vorabdrucke zur Verfügung; am Montag würde das Ding an allen Supermarktkassen des Landes ausliegen. Am Freitag waren wir bei sämtlichen New Yorker Boulevardblättern das Thema Nummer eins – Schlagzeile bei der *Post*: BEZAHLT WIRD CASH, bei der *Daily News*: FROHLOCKENDE FRISEUSE. Das hieß, wir würden bald landesweit Stoff für Nachrichten vom Typ »Blinde Augenzeugen berichten« bieten. Die seriösen Blätter allerdings, die renommierten Zeitungen in den Metropolen, hielten sich ebenso zurück wie die großen Fernsehsender. Ihr Schweigen machte die Sache nur noch unheimlicher; wir wußten nicht, wohin es führen würde.

Am Freitagmorgen betrieb Stanton Wahlkampf. Wir – Susan, Richard, Daisy, Sporken, Howard Ferguson, Lucille, Leon und Marty Muscavich, den wir gebeten hatten, zum harten Kern dazuzustoßen, weil er so erwachsen wirkte und wir Leute wie ihn brauchten – waren im Hotel. Es gab viel zu tun. Für den Abend war eine Debatte angesetzt. Und Koppel wollte jemanden für *Nightline* haben. Außerdem mußten wir endlich entscheiden, wie wir mit der Cashmere-McLeod-Sache verfahren wollten. Brinkley wollte uns am Sonntagmorgen haben, *60 Minutes* am Sonntagabend nach dem Super Bowl. Die Frage, ob wir uns für die eine oder andere, für beide oder für keine der Sendungen entscheiden sollten, hatte die Lager gespalten. Jeder hatte eine andere Theorie. (Außer mir: Ich hatte nicht nur keine Ahnung, sondern war auch schwer auf dem Verweigerungstrip; ich wollte das Ganze einfach nicht wahrhaben.)

Die Suite der Stantons, wo wir uns trafen, war mittlerweile ein ziemlicher Saustall. Der gesamte sechste Stock des Hampton Inn, in dem wir uns einquartiert hatten, nahm langsam, aber sicher den muffigen Geruch eines Collegewohnheims an: kalte Pizza, Schweiß und dreckige Wäsche. Jeder hatte ein eigenes Zimmer. Überall türmte sich der Müll – Zeitungen, Faxe, Wahlkampfbroschüren, Wahlplakate, leere Cola-light-Dosen, Sandwichreste, leere Dunkin'-Donuts-Schachteln, verfaultes Obst. Zwar gab es ein offizielles Wahlkampfbüro in der Innenstadt, aber der sechste Stock wurde immer eindeutiger zur Schaltzentrale der Kampagne, je mehr wir zu tun hatten. Brad hatte Computer, Kopier- und Faxgeräte installiert. Wir hatten eine Pressestelle, wir hatten unsere Kulis – und Hektik. Mich beruhigte die Hektik, weil sie uns den Anschein verlieh, noch eine normal funktionierende Wahlkampagne zu führen.

Susan schwebte über dem Chaos. Als wir an diesem Freitagmorgen in der Suite zusammentrafen, saß sie, angetan mit einem sorgfältig aufeinander abgestimmten Ensemble aus blauem Armani-Blazer, grauer Hose und einer äußerst eleganten limonengrünen Seidenbluse, bereits am Kopfende des Tisches und trank Tee. Ihr Haar steckte, streng zurückgekämmt, unter einem Haarband. Ihre Augen waren klar, nicht annähernd so blutunterlaufen wie unsere. Sie hatte sich die Wimpern getuscht und – Lippenstift aufgetragen. Es war ein Statement. Wir sahen verboten aus. »Leon, was meinen Sie, wann können wir absehen, worauf das Ganze hinausläuft?« fragte sie.

»Also, soviel läßt sich jetzt schon sagen: Wir hatten kontinuierlich zugelegt, dann hat uns Chicago gebremst. Wir haben bislang keine Einbußen, aber wir stagnieren. Bei fünfunddreißig Prozent. Bei den anderen rührt sich auch nichts.« Leon saß, konnte aber nicht still halten. Er wippte nervös mit dem Fuß, und seine dichten blonden Locken zitterten mit – ein menschlicher Kolibri. »Als stünden alle unter Schock. Die Leute warten ab, was passiert. Die Kollegen von der Konkurrenz schwärmen heute abend bestimmt aus, aber ich laß es lieber. Freitagabend bringt nie was.«

»Auch in der jetzigen Situation?« fragte Susan. »Trotz der Debatte und allem?«

»Lassen wir die Debatte erst mal wirken«, meinte Leon. »Spontane Reaktionen sagen da ohnehin nicht viel aus.«

»Aber wir müssen doch ne Ahnung haben, in welche Richtung es geht«, protestierte Richard. Auch er wippte mit dem Fuß. Dann sprang er auf und lief hin und her. »Und wir müssen überlegen, was wir machen, wenn wir anfangen, Boden zu verlieren. Zum Beispiel: Womit gehen wir an die Öffentlichkeit? Reagieren wir direkt auf die Vorwürfe? Mensch, Chicago mag ja noch durchgehen – das war vor fünfundzwanzig Jahren, alles ewig her – und Cashmere vielleicht auch – die will doch bloß ne Geschichte verkaufen. Aber beides direkt hintereinander, Schlag auf Schlag? Ist ein bißchen viel, stimmts? Also, ein Exrevoluzzer, der mit ner Friseu-...«

Richard erstarrte. Alle Augen richteten sich auf Susan, die rot anlief und außer sich war. Sie sprang Richard ins Gesicht. »*Er hat Cashmere McLeod nicht gebumst!*« schleuderte sie ihm mit einer Vehemenz entgegen, die keinen Widerspruch duldete. Totenstille. Susan erhob sich, beugte sich vor, stützte die Hände auf den Tisch, sah uns herausfordernd an. Soweit ich feststellen konnte, wagte es niemand, ihren Blick zu erwidern. »Wer mit dieser schlichten Tatsache nicht fertig wird, der kann jetzt gleich aufstehen und gehen«, sagte sie.

Keiner wußte etwas zu sagen. Ich wußte nicht, was ich glauben sollte, und wagte nicht, in die Runde zu blicken – nicht einmal direkt über den Tisch zu Daisy –, weil ich fürchtete, daß sich darin etwas anderes als absolute Ergebenheit ausdrücken könnte.

»Also gut«, sagte Susan. »Dann spielen wir das Ganze mal durch.«

Das war's dann wohl. Es würde keine Diskussion darüber geben, wie wir mit Cashmere McLeod »umgehen« sollten. Was den Wahlkampf betraf, würden wir weiterhin so tun, als ob die Geschichte erstunken und erlogen wäre. Die offizielle Haltung würde Entrüstung sein, denn wer konnte solchen Schund, eine Story, die für Geld an eine Supermarktpostille verhökert worden war, schon ernst nehmen?

»Wer hat Vorschläge für Sonntag?« fragte Susan.

»*60 Minutes* wird landesweit ausgestrahlt«, sagte Arlen. Jetzt schielte ich zu Daisy hinüber: Sie beugte sich ihrem Boss, hatte aber ihre Zweifel. Sie erwiderte meinen Blick, und der Ausdruck in ihren Augen besagte: Ich will in den Arm genommen werden. Sie hielt einen Wust zerknüllter Papiertaschentücher in der Hand, ihre Nase war rot und lief, ihre Augen glänzten fiebrig und tränten, sie hustete. Sporken fuhr hastig fort: »Sie und der Gouverneur hätten die Chance, das ganze Gerede im Keim zu ersticken, sich darzustellen, klarzumachen, worum es in diesem Wahlkampf geht, und das vor dem größtmöglichen Publikum.«

»Und die werden Sie tatsächlich drüber reden lassen, worums in diesem Wahlkampf geht?« fragte Richard. »Wer hat mit den Typen verhandelt?«

»Howard?« fragte Susan.

»Sie geben euch zwanzig Minuten, unmittelbar nach dem Super-

Bowl-Abschlußspektakel«, sagte Howard trocken, präzise. »Interviewer wahrscheinlich Lesley Stahl oder Steve Kroft. Wallace haben sie gar nicht erst vorgeschlagen – vermutlich, weil sie wußten, daß wir gleich abwinken würden. Ich habe darauf bestanden, daß ihr Gelegenheit bekommt, über die wirklichen Themen des Wahlkampfs zu reden, darüber, weshalb ihr angetreten seid. An einer aufpolierten TV-Version vom *National Flash* hätten wir kein Interesse. Damit waren sie einverstanden.«

»Soll live gesendet werden?« fragte Marty Muscavich.

»Keine Ahnung«, sagte Howard.

»Ist das wichtig?« fragte Susan.

»Aber sicher«, antwortete Muscavich. Der Mann hatte ein sympathisches Gummigesicht, das von einem breiten Mund mit wulstigen Lippen beherrscht wurde. Er hatte weißes Haar, sofern überhaupt noch etwas da war. Ich konnte mich noch an Aufnahmen von ihm aus den sechziger Jahren erinnern, Schwarzweißfotos, offizielle Bilder aus dem Weißen Haus. Er hatte zwar nie zur Oval-Office-Elite gehört, tauchte aber auf zahlreichen Wahlkampffotos auf – als einer der aufgeweckten jungen Männer in den klassischen, schlecht sitzenden Ivy-League-Anzügen, mit schmalen, dunklen, leicht gelockerten Schlipsen, die den jungen Präsidenten umgaben, während er sich einen Weg durch die Menge bahnte. Er war nie einer der wirklichen Macher, aber immer dabei gewesen. Und jetzt saß er hier mitten unter uns mit einer langweiligen Krawatte mit Paisley-Muster und der JFK-Marine-Krawattennadel. (Er war der einzige in der Runde mit Krawatte, stellte ich fest.) »Bei einer Live-Sendung haben Sie die bessere Kontrolle«, sagte er. »Sie können Ihre Sicht der Dinge vorbringen und den Moment nutzen, um Ihr Gegenüber in Verlegenheit zu bringen. Nach dem Motto: Wie um Himmels willen kommt ein sympathischer Bursche wie Sie eigentlich dazu, sich in solche Niederungen zu begeben? Wieso wollen Sie bei einer so billigen Schmutzkampagne noch Schützenhilfe leisten? Wir führen einen Präsidentschaftswahlkampf; lassen Sie uns doch lieber über die Wirtschaftslage sprechen. Bei einer Aufzeichnung liegt die Kontrolle beim Sender. Selbst wenn Sie im Interview die Oberhand gewinnen, bekommen die Zuschauer das unter Umständen nie zu sehen.

Ihre glorreichen Momente landen auf dem Fußboden des Schneideraums.«

»Ich verstehe nicht, warum wir überhaupt auf Sendung gehen müssen«, sagte Lucille.

Marty ignorierte sie und fuhr fort: »Es gibt eine berühmte Anekdote über Menachem Begin und *60 Minutes*. Wer weiß, vielleicht ist sie sogar wahr. Mike Wallace – ich glaube, es war Wallace – will Begin interviewen. Er ruft an, seift ihn ordentlich ein und meint, er würde für das Interview zwei Stunden brauchen. ›Zwei Stunden, Mr. Wallace?‹ fragt Begin. ›Sie wollen zwei Stunden Menachem Begin im amerikanischen Fernsehen zeigen?‹ Wallace daraufhin: ›Nein, wir würden das Material auf achtzehn Minuten kürzen.‹ ›Wenn das so ist, mein lieber Mr. Wallace‹, sagt Begin, ›bekommen Sie achtzehn Minuten.‹«

»Howard, geh doch nach nebenan und ruf sie noch mal an«, sagte Susan. »Wir reden inzwischen über *Nightline*.«

»Muß das sein?« fragte Lucille. »Und wieso noch heute abend? Warum kann Koppel nicht bis Montag warten? Das killt nur die Debatte.«

»Wir haben uns *red-lich be-müht*, für die heutige Sendung jemanden aus dem Stanton-Lager zu gewinnen«, sagte Richard in einer ziemlich mißlungenen Imitation von Ted Koppel, »aber man hat abgelehnt. Das heißt, sie müssen einiges auf dem Kerbholz haben.«

»Wir sollen es also einfach schlucken?« Lucille blieb hartnäckig. »Die werten diesen Mist auf, behandeln ihn wie eine seriöse Nachricht, und wir machen das einfach mit?«

»Die behaupten, es wäre eine Sendung darüber, *wie* die Medien mit solchen Geschichten umgehen«, sagte ich.

Schallendes Gelächter. »Hey, wieso rufen wir Koppel nicht einfach an« – Richard kicherte – »und sagen ihm, klar doch, bei einer Sendung, in der es drum geht, wie dieses beschissene *Nightline* Sexgeschichten herbeiredet, die es offiziell nicht zur Kenntnis nimmt, sind wir sofort dabei. Das würd ich glatt selbst übernehmen.«

»Klar, damit wäre unsere Glaubwürdigkeit endgültig untermauert, wie?« höhnte Lucille. »Heute abend dürfen wir Ihnen einen hyperaktiven Redneck vom Mond vorstellen, der die Stanton-Kampagne vertritt.«

»Sie selbst wären auch keine schlechte Wahl«, begann Richard. Er wollte ein Loblied auf Lucille und den Sex anstimmen, besann sich aber noch rechtzeitig, daß Susan im Raum war, und verstummte.

»Und, wer macht es?« fragte Susan.

»Wie wär's mit Henry?« fragte Lucille.

»Nicht schlecht«, meinte Richard. »Mit seinem Black-Muslim-Voodoo und seiner Elitebildung steckt er Ted glatt in die Tasche.«

»Henry ist zu jung«, sagte Susan. Ich war wie vor den Kopf gestoßen und zugleich erleichtert. Da wurde über mich geredet wie über einen Gebrauchsgegenstand, so als wäre ich gar nicht da – aber ich war heilfroh, für diesen speziellen Auftrag abgelehnt zu werden. »Wir brauchen jemand mit mehr Autorität. Marty?« sagte Susan. Sie hatte seit neuestem an Marty einen Narren gefressen.

»Wer bin ich denn schon?« fragte er zurück. »Sie sollten jemanden nehmen, der seit längerem mit der Kampagne identifiziert wird.«

»Und wer zum Teufel weiß, wer mit der Kampagne identifiziert wird?« fragte Richard.

»Die Leute, die sich *Nightline* ansehen«, sagte Marty. »Also vor allem in New York und Washington. Die wollen sehen, wen Sie vorschicken, wenn es brenzlig wird, und außerdem erwarten sie ein bißchen Kontinuität. Wenn da plötzlich ein neues Gesicht auftaucht, wird man glauben, wir wären in Panik geraten.«

»Machen wir uns da nicht zu viele Gedanken?« fragte Leon.

»Nein«, sagte Daisy. »Das Gesicht ist das wichtigste, gerade jetzt. Wir brauchen jemand mit einem ruhigen und sicheren Auftreten – und er muß wie der Vorzeigeamerikaner aussehen. Ich plädiere für Arlen.«

Oh Daisy, dem Boss in den Arsch kriechen! Aber sie hatte nicht unrecht. Ich blickte in die Runde und stellte fest, daß wir als Wahlkampfteam in puncto Vorzeigeamerikaner unterbesetzt waren. Wie zur Bestätigung kehrte in diesem Moment der habichtgleiche, stets unter Strom stehende Howard zurück. Nähme man ihn oder Richard oder Lucille oder Libby oder besser noch alle zusammen, hätte man das College-Bowl-Footballteam der Irrenhaus-Liga. Ich stellte mir die vier live auf Sendung vor und mußte schmunzeln: die Elektroschocktruppe aus dem Stanton-Lager. Dann merkte ich, daß Daisy glaubte, ich würde über sie lachen. Sie strafte mich mit einem vernichtenden Blick und wurde prompt von einem langen heftigen Hustenanfall geschüttelt. Die Ärmste.

»Ich finde, Daisy hat nicht un –«, setzte ich an, aber Susan wollte hören, was mit *60 Minutes* war. (Daisy quittierte meine Wiedergutmachungsgeste mit einem Nicken und wischte sich eine dem Hustenanfall geschuldete Träne aus dem Augenwinkel.)

»Aufzeichnung«, sagte Howard.

»Hast du auf live bestanden?« fragte Susan.

»Klar, aber sie haben mich mit einem vollkommen unverständlichen technischen Kauderwelsch abgespeist.«

»Hast du gesagt, live oder gar nicht?« fragte Susan.

»Ich habe es angedeutet. Aber ich wollte die Tür nicht endgültig zuschlagen.«

»Muß das denn wirklich sein?« fragte Lucille. »Ist das die Art und Weise, in der ihr euch der amerikanischen Öffentlichkeit präsentieren wollt? Schließlich werden nicht nur Vorwahlenwähler vor dem Bildschirm sitzen, sondern auch richtige Menschen, stinknormale Amerikaner. Die haben noch keinen einzigen Gedanken an den Wahlkampf verschwendet, und da erscheint auf der Mattscheibe plötzlich so ein Gouverneur aus einem Bundesstaat, von dem kein Schwein gehört hat, und dementiert gleich nach dem Super Bowl in *60 Minutes* eine Geschichte aus einem Supermarkt-Revolverblatt. Ob das nicht ein klein bißchen defensiv wirken könnte? Mal angenommen, Leon hat recht, und die Reaktion der Leute ist noch vollkommen offen, wieso sollten wir dann das Risiko eingehen? Wer weiß, vielleicht reagieren die Leute ja sogar *vernünftig*? Vielleicht ignorieren sie den Mist. Man kann nie wissen.«

Ein einleuchtendes Argument aus Lucilles Mund. Es geschahen noch Zeichen und Wunder. »Aber irgend etwas müssen wir unternehmen«, sagte ich, »sonst heißt es, wir würden kneifen. Wir sollten in irgendeiner Form Stellung beziehen. Vielleicht in der *Times* oder der *Post*?«

»Auf die Wichser haben wir genausowenig Einfluß wie auf CBS«, sagte Richard. »Ich sage nur: Brinkley.«

»Was ist mit Brinkley?« fragte Susan.

»Der Hauptbeitrag ist über den Besuch des Präsidenten in Japan«, erklärte ich, »aber sie haben uns zwanzig Minuten angeboten, bevor Jack Smith dazu überleitet. Wir könnten es von hier aus machen. Aber ich weiß nicht so recht. Ob es so klug ist, unsere momentane Situation einem Präsidenten gegenüberzustellen, der ausnahmsweise mal wirklich wie ein Präsident wirkt?«

»Sie werden wohl kaum den Präsidenten selbst zugeschaltet haben«, meinte Arlen.

Nein. Natürlich nicht. Eher den Außenminister. »Dann machts nichts«, sagte Richard. »Kaum sind wir weg vom Bildschirm, greift garantiert halb Washington zum Hörer und hechelt uns mit der anderen Hälfte durch: ›Und? Wie fandste ihn?‹ Issdochso, oder?« Nur zu wahr. Ich hatte eindeutig keinen besonders guten Tag.

»Wer interviewt?« fragte Susan.

»Einer von den üblichen«, sagte ich.

»Cokie?«

»Vermutlich«, sagte ich.

»Dann müssen wir zusammen auftreten.«

Lucille musterte Susan scharf. »Du meinst ...«

Susan hielt ihrem Blick stand – ruhig, sicher und völlig unter Kontrolle. Natürlich mußten sie zusammen auftreten. Ich war selbstverständlich davon ausgegangen, daß sie zusammen auftreten würden. Aber bis zu diesem Augenblick war mir nicht klar gewesen, wie unerläßlich Susans Anwesenheit war. Sie würde ebenso scharf beobachtet werden wie der Gouverneur. Sie würde den richtigen Ton treffen müssen: energisch, aber nicht zu defensiv. Ich fragte mich, wie sie *wirklich* über die Geschichte dachte, und stellte fest, daß ich nicht den blassesten Schimmer, auch nicht den leisesten Hauch einer Ahnung hatte. Ich fühlte mich außen vor, zum erstenmal seit meinem Einstieg.

Eins war klar. Susan hatte – schlagartig, und keineswegs subtil – das Kommando übernommen. *Sie* hatte entschieden, wie unsere offizielle Haltung zu Cashmere aussah (und daß es dazu intern keine weitere Diskussion geben würde). *Sie* würde letztlich entscheiden, wer *Nightline* übernehmen sollte. *Sie* tendierte offenbar mehr zu Brinkley als zu *60 Minutes*. Sie hatte immer schon eine zentrale Rolle im Wahlkampf gespielt, aber Cashmere machte sie unentbehrlich. »Henry, wo steckt Jack?« fragte sie emotionslos. »Vielleicht legen Sie es ihm vor, bevor wir es festklopfen? Und jetzt zu der Debatte.«

Die Debatte war merkwürdig, geradezu unwirklich. Charlie Martin drosch wegen der Verwaschenheit unserer Vorstellungen zur Gesundheitspolitik auf uns ein, Lawrence Harris, weil wir angesichts des enormen Haushaltsdefizits Steuersenkungen vorzuschlagen wagten, und Bart Nilson deswegen, weil wir *nicht* vorgeschlagen hatten, den öffentlichen Sektor auszubauen, um die Arbeitslosigkeit zu senken. Keiner erwähnte Chicago oder Cashmere mit nur einem Wort. Es war, als liefen zwei verschiedene Wahlkämpfe gleichzeitig ab: einerseits der offizielle, über den die seriösen Zeitungen und großen Fernsehsender berichteten (die Cashmere bisher nicht zur Kenntnis genommen hatten) und den unsere Herausforderer noch respektierten, und andererseits der schmutzige, der Boulevardsumpf, der für *uns* zum Alltag geworden war. Es gab Berührungspunkte, aber nur unterschwellig: Der Adrenalinspiegel der anderen Kandidaten war einen Tick gestiegen, ihre Aufregung angesichts unserer Probleme war mit Händen zu greifen, blieb aber diskret. Das war taktisch klug. (Es war interessant zu beobachten, wie sich sogar mittelmäßige Politiker instinktiv an die elementaren Spielregeln hielten – in diesem Falle nach dem Motto: Greif nie einen Gegner an, der im Begriff ist, politischen Selbstmord zu begehen.) Sie gaben sich alle betont vornehm. Umschifften die Kloake, um ja selbst keinen Spritzer abzukriegen. Gleichzeitig war die Atmosphäre erfüllt von einem gesteigerten Ehrgeiz, aufdringlich und ostentativ, wie der Duft von English Leather, und man sah förmlich, wie die drei sich aufplusterten, sich um präsidentenhafte Ausstrahlung bemühten, dafür probten, an unsere Stelle zu treten – wenn und falls wir untergingen.

Nicht einmal Harris, der Professor unter den Kandidaten, war dagegen gefeit. Laut Umfrage war seine Beliebtheit in dem Maß gesunken, wie unsere gestiegen war, aber er hielt sich bei respektablen zwanzig Prozent. Wir gingen davon aus, daß er als der klassische Platzhalter diente, während die Demokraten in New Hampshire das Spiel nach bewährter Methode beobachteten und abwarteten, ob wir uns ihrer als würdig erwiesen. Doch jetzt machten sich die ersten leisen Anzeichen höherer Ambitionen bemerkbar. Ich stellte mir vor, wie er sich am Morgen vor der Debatte rasierte und wie der Gedanke sich träge aus den Tiefen seiner Gehirnwindungen ins Wachbewußtsein drängte: Hm. Wenn Stanton zu Fall käme, wer bliebe dann noch übrig? Bislang hatte er gekonnt, aber eher spielerisch die Klingen gekreuzt. Doch jetzt, in der Debatte, schlug er einen neuen, schärferen Ton an. Und brachte interessanterweise die Moral ins Spiel. »Es ist schlicht unmoralisch, mit der Zukunft unserer Kinder zu spielen«, sagte er. Er ließ den Begriff beiläufig fallen, ohne ihn sonderlich hervorzuheben, aber ich sah, wie Jack Stanton zusammenzuckte. Er hatte den Kopf gesenkt – er machte sich gerade Notizen –, hielt aber kurz die Luft an und zog die Schultern zusammen. Ob es außer mir noch jemandem aufgefallen war?

Wir waren nie davon ausgegangen, daß Harris aus reinem Vergnügen angetreten war. Er war auf der Suche nach einem Job. Der Wahlkampf war seine Bewerbung um die Position eines Nestors der Politik. Er würde uns unter Druck setzen, sich mit seinen Ideen spreizen, bei der Intelligenz Pluspunkte sammeln und uns dann, wenn alles vorbei wäre, warmherzig unterstützen. In der Hoffnung auf – was? Den Posten des Finanzministers? Etwas in der Art. Das mochte zwar immer noch seine Taktik sein, aber das kleine Wörtchen »unmoralisch« wirkte wie ein Kundschafter – vorgeschickt, die nächsthöhere Ebene zu sondieren. Der Zweck der Übung, vermutete ich, war vor allem *Selbst*erforschung. Er wollte wissen, was für ein Gefühl es wäre, uns zuzusetzen und ein ernst zu nehmender Gegenspieler zu sein. Er wollte den Adrenalinschub spüren, er wollte ihn – buchstäblich – bis in sein angeknackstes Herz hinein spüren und sehen, ob er es verkraften würde. Der Augenblick war zu schnell vorbei, und ich war zu sehr auf meinen Kandidaten fixiert, um Harris' Reaktion zu erfassen. Aber ich zog eine gewisse Befriedigung aus der Tatsache, daß mir diese Nuance nicht entgangen war. Von außen betrachtet, war das ein wunderbar komplexes Spiel.

Im Presseraum herrschte eine gespenstische Atmosphäre. Man bedachte uns nicht mehr mit soviel Aufmerksamkeit wie bisher. Der Rückgang war kaum spürbar, aber mein Gefühl war, daß die Skorps – vor allem die großen Kaliber – sich zuerst auf die anderen Kandidaten stürzten. Das war naheliegend. Unsere Rivalen waren in den letzten achtundvierzig Stunden vernachlässigt worden. Die Skorps hatten sich auf unseren Fall konzentriert, und jetzt bot sich die erste Gelegenheit, in den anderen Lagern die »Reaktion« auf Cashmere zu sondieren. Die Wahlkampfdebatte selbst war offenbar kaum von Interesse. Man roch es förmlich. Unsere Reaktion hatten sie den ganzen Tag über gehört – entrüstetes Mauern –, und nun rechneten sie sich aus, daß die Nachrichten, so es denn welche gab, bei den anderen zu holen wären. Da war selbst ich irgendwie neugierig: Hatte irgendeiner von den anderen beschlossen, einen Sprecher eine Bemerkung machen zu lassen und so die Geschichte ein bißchen stärker ins Zentrum der Kampagne zu rücken? Und wieder einmal schlug das merkwürdige Klima von New Hampshire zu: Ich fror und erstickte fast vor Hitze. Ich hatte mich wohl mit dem gleichen Erreger infiziert wie Daisy. Ein besorgter Jerry Rosen gesellte sich zu mir. »Wie läuft's?«

»Gut. Er war richtig in Form heute abend, finden Sie nicht?«

»Eigentlich war er ganz okay.«

»Eigentlich?«

»Na ja, er hat immer noch kein klares *Profil*«, sagte Rosen.

Das fehlte mir gerade noch. »Also ehrlich, Jerry.«

»Nein, im Ernst, was vertritt der Mann eigentlich? Was sind seine Überzeugungen?«

»Herrgott, Jerry, Sie haben ihn bestimmt fünfzigmal auftreten sehen. Sie wissen, wofür er *steht*.«

»Sagen Sie's mir.«

Aber es blieb keine Zeit. Die zweite Welle von Skorps rollte auf mich zu. Sie würden eine Reaktion auf das hören wollen, was immer die Wortverdreher aus dem gegnerischen Lager behauptet hatten. Im nächsten Moment wurde ich auch schon belagert, und – was verrückt war – die Fragen bezogen sich auf das *Verfahren*: Wie würden wir weitermachen können, wenn uns die Presse ständig Cashmere um die Ohren schlug? Wie würden wir unsere eigentliche Botschaft rüberbringen können? Waren wir jetzt nicht völlig in die Defensive gedrängt? Und diese Fragen kamen von der Presse! Es war grotesk. Ich weiß nicht mehr, was ich geantwortet habe – auf jeden Fall nicht viel. Ich hielt unauffällig danach Ausschau, wie es Laurene und Richard erging, die ebenfalls dem Presseraum zugeteilt waren. (Spork bereitete sich auf *Nightline* vor.) Aber ich konnte sie nirgends entdecken, und ich durfte mich nicht allzu auffällig umsehen. Ich gab irgend etwas von mir – hohle Phrasen, leeres Geschwätz. Gleichzeitig dachte ich fieberhaft nach. Die gegnerischen Wortverdreher hatten zu Cashmere wahrscheinlich gar nichts gesagt. Sie hatten vermutlich von der Sensationsgier der Presse gesprochen. »Die Frage ist doch, wie Jack noch was rüberbringen will, wenn ihr Aasgeier über ihn herfallt.« So in der Art. Also geben die Skorps, diese Idioten, das prompt weiter: Wie wollt ihr noch was rüberbringen, wenn wir über euch herfallen? War absolut einleuchtend. Nur zu einleuchtend. Alle blieben sauber (außer uns). Alle würden morgen früh mit ruhigem Gewissen in den Spiegel sehen können. Sie waren keine miesen Klatschreporter, nein, sie waren Medienexperten. Die Skorps berichteten nicht über den Schmutz, sondern darüber, wie wir mit dem Schmutz *umgingen*. Die Geschichte selbst war noch gar nicht bekannt – und doch war das Ganze schon eine Stufe weiter: Die Presse berichtete darüber, wie der Kandidat damit umgehen würde, wie die Presse über den Skandal berichten würde.

Und in *Nightline* ging es weiter. Die Talk-Show begann mit Aufnahmen von 1987, einem von Reportern umzingelten Gary Hart. Darauf folgte eine sehr präzise und effektvolle Frage, die Koppel in seiner gewohnt nüchternen und konzisen Art vorbrachte: Ist das die Art von Sensationsgier, auf die sich auch Jack Stanton gefaßt machen muß? Kann ein Kandidat eine solche Medienhatz überleben? Ist sie vertretbar? »Unsere Gäste heute abend im Studio: Einer der engsten Berater von Governor Stanton, außerdem ein Wissenschaftler, der sich mit dem Phänomen des Sensationsjournalismus eingehend befaßt und dazu ein Buch mit dem Titel *Feeding Frenzy* geschrieben hat, sowie der Medienredakteur des *New Yorker*.«

Armer Arlen. Er geriet ins Schwitzen, stolperte und stürzte. Er mochte zwar der fleischgewordene Durchschnittsamerikaner sein, aber er war viel zu gutartig und bei weitem nicht wendig genug für diese undankbare Aufgabe. Mit wachsendem Entsetzen verfolgten ein paar von uns in Richards Hotelzimmer, wie er tatsächlich die Unterschiede zwischen dem Fall Hart und dem unseren zu erörtern begann: »Nun Ted, Hart wurde 1987 ja sozusagen in flagranti ertappt, während es in diesem Fall keinerlei Hinweise darauf gibt, daß ...« Blablabla.

»DU SOLLST FÜR UND NICHT GEGEN UNS ARBEITEN, IDIOT!« schrie Richard.

»Er müßte sich entrüsten«, flüsterte Daisy entsetzt, als sie sah, wie ihr Boss sich den Ast absägte. »Er müßte Koppel als Heuchler entlarven. Der Kerl sanktioniert doch den ganzen Scheiß – die gekaufte Sensationsstory einer Supermarktpostille –, und Arlen läßt ihn einfach machen.«

Das Schlimmste kam aber erst am Schluß, als Koppel den Professor fragte, ob er Jack Stanton noch eine Chance geben würde: »Kann man eine solche Medienhatz überhaupt überstehen?«

»Nun, Clarence Thomas wäre ein Beispiel, aber in einem Fall von solcher Tragweite ...«

Das Arschloch vom *New Yorker* – arrogant und ganz in Tweed – nutzte die Gelegenheit: »Ted, wäre Jack Stanton schon seit zwanzig Jahren dabei, wäre er eine bekannte politische Figur in diesem Land, ein Mann wie Orlando Ozio oder Donald O'Brien, der demokratische Mehrheitsführer im Senat, und irgendein ... Flittchen käme mit so einer Geschichte daher, nun, dann würde man nicht viel darauf geben. Die Beweislast läge bei ihr. Doch die meisten Leute wissen nicht, wer Jack Stanton ist. Dies ist das erste, was sie von ihm hören. Man muß davon ausgehen, daß es sich hier um einen vernichtenden Schlag handelt. Man muß davon ausgehen, daß Jack Stanton bereits Geschichte ist.«

Niemand sagte ein Wort. Richard trat einen Stuhl um. Eine von den Kulis, eine Collegestudentin namens Alicia, brach in Tränen aus.

Ich schleppte mich den Flur hinunter zur Stanton-Suite. Onkel Charlie öffnete die Tür. »Er ist drüben im Dunkin' Donuts.«

»Wann ist er rübergegangen?«

»Als Arlen ins Schwitzen kam.«

»Hat er irgendwas gesagt?«

»Ein paar Sachen zerschlagen.«

»Charlie, tun Sie mir einen Gefallen? Holen Sie ihn heute abend ab? Ich bin völlig erledigt. Ich brauche ein paar Stunden Schlaf.«

Es war 2:28 digitale Zeit, ein rötliches Schimmern am schmerzenden nächtlichen Tiefpunkt meiner Erschöpfung, als Daisy klopfte. »Willst du dir meinen Schnupfen holen?« fragte sie.

Wir liebten uns ohne Hast, behutsam, waren uns deutlich der Flüchtigkeit des Moments bewußt, darauf bedacht, einander keinerlei Unbehagen zu bereiten. Es war nicht sonderlich leidenschaftlich oder erhebend, aber es war auch kein Wahlkampfsex. Die Freundlichkeit hatte etwas Besonderes, etwas Rührendes. Danach schniefte sie und hustete etwas. Ich spürte etwas Feuchtes auf meiner Brust: Tränen.

»Sind wir erledigt, Henry?«

»Ich weiß es nicht«, sagte ich. »Aber wir haben uns mit Cashmere geirrt. Nicht sie ist der springende Punkt, *wir* sind es. Niemand kennt ihn. Die Leute sehen ihn und denken: noch so ein ehrgeiziger, aalglatter Politiker, der meint, er kann sich alles erlauben. Sie wissen nicht, wie gescheit er ist. Sie wissen nicht, daß er sich für sie einsetzt. Das müssen wir irgendwie rüberbringen.«

Sie lag auf mir, glühend vor Fieber. Sie zitterte – Schüttelfrost. Ich drückte sie an mich. »Hast du vielleicht was gegen Grippe da?« fragte sie.

Vom Samstag habe ich kaum noch etwas in Erinnerung. Ein weiterer Schreckenstag. Die Sensationswut steigerte sich. Ich sah es abends in den Nachrichten – inzwischen war der Skandal doch auf die Wochenend-Nachrichten der großen Fernsehanstalten übergeschwappt. (Es war sonst nicht viel los in der Welt, und da die Wochenend-Moderatoren, anders als die regulären, keinen Ruf zu verlieren hatten, konnten sie sich hemmungslos in dem suhlen, wovor Dan und Tom und Peter zurückschreckten.) Ich sah es in Jack Stantons Augen, als er abends zurückkehrte: Er konnte kaum glauben, was mit ihm geschah, konnte kaum glauben, daß sein Lebenstraum sich aufgelöst hatte in ... so etwas. Er wirkte gebrochen, sein Blick war leer. Er wollte niemanden sehen, er hockte allein vor der Kiste und verfolgte ein Basketballmatch. (Susan war der Einladung eines Frauencollege gefolgt – ein phantastischer Abend, hörte ich später, bei dem sie wunderbar spritzig, geistreich und bissig gewesen war. Die Stärke, die sie angesichts der peinlichen Enthüllungen bewies, war merkwürdig. Sie lenkte die Aufmerksamkeit auf ihre eigene Vollkommenheit, was nur dazu diente, die Leute an die Unvollkommenheit ihres Mannes zu erinnern. Es war, wie mir klar wurde, ein Racheakt.)

Ich schleppte mich auf mein Zimmer, warf mich aufs Bett, starrte an die Decke. Richard, der mir wie ein Schatten gefolgt war, legte sich neben mich und starrte ebenfalls an die Decke. »Ha!« meinte er. »Da hat er also gedacht, er wär Gott. Da hat er gedacht, Cashmere McLeod würd sich dermaßen geehrt fühlen, so verdammt stolz darauf sein, dem Gouverneur einen blasen zu dürfen, daß sies nie ausplaudern würde, das süße Geheimnis. Es in ihrem Herzen bewahren würde bis ins Grab, in der Hoffnung, daß er ab und zu heimlich ne Rose drauflegt oder wenigstens Tommy im Bronco vorbeischickt, damit ers in Ordnung hält und den Rasen mäht.«

»Nein, das ist es nicht«, sagte ich. »Er hat kein Gespür für Tricksereien.«

»Henry, der Mann ist Politiker, verdammt!«

»Das ist was anderes – das ist die politische Bühne«, sagte ich. »Da entgeht ihm nichts. Hast du ihn gestern gesehen, als Harris das Wörtchen ›unmoralisch‹ fallengelassen hat? Ich habe es gar nicht mehr angesprochen – war überflüssig. Ich wußte genau, daß ihm diese neue Nuance nicht entgangen ist.«

»Yeah, Mr. Naturkraft testet öffentlich seinen Ehrgeiz.«

»Und wo stehen wir jetzt?« fragte ich.

»An einem Punkt, wo ich noch nie gewesen bin.«

»Ich kann einfach nicht glauben, daß es vorbei sein soll«, sagte ich.

»Es kommt mir vor wie eine Fata Morgana. Als würde es nicht wirklich geschehen, verstehst du?«

»Schön wärs.«

»Aber irgendwie habe ich das Gefühl, wir fangen uns wieder«, sagte ich. »Frag mich nicht, wie.«

»Wie meinst du das eigentlich, daß ihm das Gespür für Tricksereien fehlt?«

»Von seinen Freunden will er immer nur das Beste glauben«, sagte ich. »Daran hält er verzweifelt fest. Du weißt doch, was Momma sagt. Er war immer schon so. Der Sonnenschein – The Sunshine Kid.«

»Ha! Und die Gewitter?«

»Die gehen vorüber«, sagte ich.

»Mann, wir haben nicht mal Zeit gehabt, sie für Brinkley zu briefen«, sagte er. »Ich kanns kaum erwarten, daß George Will die Worte ›Cashmere McLeod‹ in den Mund nimmt. Kostet uns gleich Prozentpunkte.«

»Wird er nicht tun. Ist nicht sein Stil. Er stürzt sich auf Chicago.«

»Und wer übernimmt Cashmere?«

»Cokie – oder Sam Donaldson. Susan tippt auf Cokie. Gestern bei der Besprechung hat sie nach ihr gefragt.«

Wir spielten es durch. Wir spielten das gesamte Interview durch. Es war beruhigend. In unserer Version von Brinkley kamen wir mit einem blauen Auge davon. »Issn Witz«, sagte Richard schließlich, »wir nehmen solche Sachen einfach her und reden drüber und gehen sie durch wie das normale Zeug: Debatte, Wahlkampfthema, Wochenplan. Wir bringen es glatt fertig, uns einzureden, daß wirs hier mit nem stinknormalen Wahlkampf zu tun haben.«

»Stell dir vor, du gehst in den Wald und mußt kacken«, sagte ich, »und plötzlich kommt dieses Wildschwein auf dich zu ...«

»Wichser. Dein verkniffner kleiner schwarzer Hintern weiß nich mal, wien Wald aussieht. Gibs zu, Henry, für dich ist die größte Härte bei dieser Kampagne doch, daß es in New Hampshire keine Au-Bon-Pain-Bäckereien gibt.«

Wir lagen da und schwiegen eine Weile. »Cashmere McLeod«, sinnierte Richard. »Cashmere Fucking McLeod. Nicht zu fassen.

Eins muß man Jack Stanton lassen: Wählerisch ist er nicht. Der gute Governor ist frei von der Sünde des Hochmuts, aber echt. Issdochso.«

»AAAANGESCHISSEN! AAANGESCHISSEN!«

»Guten Morgen, Libby«, sagte ich. Es war kurz nach sechs am Sonntagmorgen. »Soll das ein Weckruf sein?«

»Wir sind AAANGESCHISSEN, verdammt!«

»Was ist los, Libby?«

»Sie hat Tonbandaufnahmen.«

»Wer hat –«

»Cashmere, die Haarschlampe. Die Fotze hat Bänder.«

»Wovon?«

»Wovon wohl? Von Mario Lanza? Wohl kaum. Von unserem guten, alten Jackie. Liiiiebesgeflüster am laufenden Band.«

»Wie ist das möglich?«

»Was weiß ich. Libby Dustbuster hat so ihre VERMUTUNGEN, aber wissen ...?«

»Vermutungen?«

»Ja. Henry, bewegen Sie Ihren Arsch so schnell wie möglich hier runter. Sagen Sie Jackie und Susan Bescheid und setzen Sie sich in Bewegung. Ich zeige Ihnen die Schattenseite von Mammoth Falls.«

»Was hat sie mit den Bändern vor?«

»Sie will sie bei der morgigen Pressekonferenz vorspielen, IDIOT! Ich habe einfach keine Zeit für INKOMPETENZ! Ich sag Ihnen jetzt genau, was Sie tun werden. Erstens: Aus dem Bett steigen. Zweitens: Auf den Topf gehen. Drittens: Sich waschen. Viertens: Den Flur runtergehen und die Stantons wecken. Fünftens: Ihnen sagen, daß die Fotze Tonbandaufnahmen hat.«

»Meinen Sie, sie sollten es vor der Brinkley-Sendung erfahren?« fragte ich, obwohl ich die Antwort kannte.

»JESUS H. PENNYPACKER, man bekommt heutzutage einfach kein VERNÜNFTIGES Personal mehr. Henry, wollen Sie es vielleicht Sam Donaldson überlassen? Raus aus dem Bett. Pinkeln. Waschen. Bescheid sagen. Rein in den Flieger. Heim zu Mama – ich werd Ihnen was zeigen.«

Es war sieben, als ich bei den Stantons klopfte. Sie hatten bereits ihre publikumswirksamen Gesichter aufgesetzt. Susan trug ein Tweedkostüm mit Chanel-Tuch; Schuhe hatte sie noch keine an. Sie saß mit der *Times* am Tisch, las den Wochenrückblick und trank Tee. Der Gouverneur stand mit drei Krawatten in der Hand da und versuchte sich zu entscheiden. Er ging einen Schritt auf sie zu und sagte: »Honey, was meinst du?« Sie stand auf, inspizierte die Krawatten. Es war wie eine dieser stillen Szenen im Film, kurz bevor das Monster auftritt.

Ich versuchte gar nicht erst, es geschickt zu verpacken. »Governor«, sagte ich. »Ich habe gerade mit Libby gesprochen. Sie hat erfahren, daß Cashmere McLeod Mitschnitte von Telefongesprächen mit Ihnen hat, die sie morgen bei einer Pressekonferenz vorspielen will.«

Susan holte zu einer Ohrfeige aus und schlug ihm direkt ins Gesicht. Es war ein absoluter Volltreffer, ein sattes Klatschen – Himmel, sogar das beherrschte sie perfekt. Seine Wange wurde schlagartig rot, das Kinn fiel ihm runter, er hob die Hand – nicht gegen sie, sondern um sich die Stelle zu reiben. Zunächst blieben beide stumm. Sie wandte sich ab, sah aus dem großen Fenster, durch das die Sonne hereinbrach.

Dann sagte er: »Es tut mir leid.«

»Was heißt das?« fragte sie. Ihn? Mich? Ich war mir nicht sicher.

»Frag mich nicht«, sagte er.

»Hast du ihr gesagt, daß du ...« Sie sah mich an. »Henry, würden Sie uns einen Augenblick entschuldigen?«

Aber gern.

Der kurze Weg in den Sender war ein Spießrutenlauf zwischen johlenden, gegen die Absperrseile drängenden Skorps hindurch. Alles war gestochen scharf: grelles, gleißendes, vom Schnee reflektiertes Sonnenlicht, Dunkelheit und schneidender Wind im Schatten der Gebäude. Unser Gang durch die johlende Menge glich dem Einzug eines Boxers samt Gefolge – der Gouverneur und Susan, lächelnd und winkend, gefolgt von Teamern und Presse. Ich war so besorgt um sie, daß ich mich an ihrer Seite hielt, so dicht wie möglich, an ihnen *klebte*, durch die Garderobe hindurch und bis ins Studio hinein, wo man sie mit Knöpfen im Ohr versah und sie Seite an Seite vor einem von Topfpalmen flankierten Bild vom verschneiten Manchester plazierte – schiefe Metapher, dachte ich. (Es war, soweit ich mich erinnere, der einzige müßige Gedanke, den ich mir an diesem Vormittag erlaubte.) Ich war so sehr auf die beiden fixiert, daß ich zu spät erkannte, wie weit ich mitgelaufen war. Jetzt saß ich im Studio fest und konnte deshalb die Fragen nicht hören, die ihnen aus Washington gestellt wurden. Ich nahm hinter einer Kamera Platz und versuchte, Frage und Fragensteller aus der Mimik und den Antworten der beiden zu erschließen. Surreal.

Das ging dann etwa so: »Guten Abend, David ... ja, es ist kalt, aber bei der Freundlichkeit der Menschen fühle ich mich an zu Hause erinnert ... Nein, keinen großen Einfluß. Wenn Sie hier wären und uns einen Tag begleiten könnten, würden Sie sehen, daß die Menschen andere Dinge bewegen, nämlich die Zukunft unseres Landes, unsere Vorschläge zum Arbeitsmarkt, zur Ausbildung und ...«

Ein Lächeln – ein grauenhaft leeres, totes Lächeln. »Nein, George, solche Dinge interessieren nicht so sehr. Die Menschen hier sehen das offenbar anders. Sie machen sich Sorgen um dieses Land, um ihre Kinder. Das Thema dieses Wahlkampfs ist die Zukunft.

Ja, ich war gegen den Krieg. Aber ich habe nie gegen das Gesetz verstoßen. Ich wurde nicht einmal offiziell verhaftet ... Ganz und gar nicht. Kein bißchen. Da, wo ich herkomme, genießt das Militär hohes Ansehen ... Nur im äußersten Notfall, hoffe ich. Aber unter dieser Voraussetzung würde ich nicht zögern, es einzusetzen.«

Wieder ein Lächeln – breiter, viel zu unbeholfen. »Also Sam, Sie werden diesem Gewäsch doch nicht im Ernst Nachrichtenwert zusprechen wollen? Man braucht sich das Blatt doch nur anzusehen: ›Kreditkarte von Außerirdischem verschluckt.‹« (Wo hatte er den Spruch bloß her? Klang nach Richard.)

Sein Blick wurde härter. »Ich denke gar nicht daran, dazu Stellung zu nehmen – und ich muß sagen, es wäre schon eine große Enttäuschung, wenn wir uns zu einer Zeit, da die amerikanischen Bürger weiß Gott genug Probleme haben, ablenken ließen, und das auch noch von ... Sam, wissen Sie eigentlich, wie viele Hypotheken derzeit in New Hampshire ungedeckt sind? Fünfundzwanzig Prozent!«

Ein noch härterer Blick, ein leichtes Erröten. »Nein, hat es nicht gegeben. Da ist nichts dran. Ja, das wohl. Tatsächlich hat es in unserer Ehe auch schwierige Zeiten gegeben, aber wir haben sie durchgestanden.« Danach sahen sie allerdings nicht aus. Sie berührten sich nicht. In diesem Moment schob Susan unauffällig ihre Hand in die seine.

Er nickte. Er lauschte. »Nun, Cokie, das halte ich für nicht besonders fair.«

Und dann plötzlich schaltete sich Susan ein: »Das sind schlicht Unterstellungen. Was wissen Sie denn schon? Im Ernst, Cokie, wo *waren* Sie eigentlich in den letzten fünfundzwanzig Jahren? Die Menschen haben gelitten und geschuftet, haben die verrücktesten Dinge durchgemacht. Sicher, wir hatten auch unsere Krisen. Aber wir sind noch zusammen. Und wenn Sie daraus politische Rückschlüsse auf Jack Stantons Charakter ziehen wollen, dann ist Unbeständigkeit das letzte, worauf Sie stoßen werden – oder wie haben Sie es noch gleich formuliert?« Sie lachte beinahe. »Unzuverlässigkeit. Er ist das genaue Gegenteil: Dieser Mann gibt nie auf. Dieser Mann stellt sich Problemen. Dieser Mann steht morgens auf der Matte und reißt sich für seine Landsleute den *Arsch* auf.« Das war ein interessanter Schachzug. Ein gut Teil der medialen Nachbereitung würde jetzt von Cashmere McLeod auf die Frage umgelenkt werden, ob eine potentielle First Lady sich an der Grenze des guten Geschmacks bewegen dürfe. (Natürlich durfte, ja sollte sie, sofern sie eine Demokratin war.)

Außerdem wurde mir klar, daß ihr Beitrag die schärfste Antwort der gesamten Sendung gewesen war. Das waren die dreißig Sekunden, die als O-Ton in den Nachrichten auftauchen würden. Sie kam glänzend weg, während man ihn höchstens als Anwärter für die beste Nebenrolle bezeichnen konnte. Als die Scheinwerfer ausgingen, ließ sie seine Hand fallen wie eine tote Ratte. Er schlenderte zum Ausgang, stimmte – erst summend, dann laut – einen Countrysong an:

Please, Mr. please
Don't play B-17
It was our song, it was her song,
But it's o-o-ver ...

Ich flog mit dreimaligem Umsteigen durch das flirrende sonntägliche Licht nach Mammoth Falls. Zunächst nahm ich einen Shuttle nach New York, vollgepackt mit Skorps, die alle versuchten, mich anzuquatschen, und dann, als sie begriffen, daß nichts lief, in der Sonntagsausgabe der *Times* blätterten oder dösten. Danach hatte ich meine Ruhe. Ich war anonym, blieb zum erstenmal seit einem Monat unerkannt. In La Guardia schlenderte ich durch die Flughafenhalle, schmökerte im Buchladen, kaufte einen Band Erzählungen von Alice Munro. Bis Cincinnati hatte ich einen Fensterplatz. Das Flugzeug war halb leer, es war licht und hell und luftig. Ich hatte das Gefühl, endlich wieder frei atmen zu können. Ich las Alice Munro, Satz für Satz – las mehr um der Sprachkunst als der Geschichten willen, las mit ein wenig Abstand statt einzutauchen, wollte die rechte Distanz wahren, wollte etwas Makelloses, Ausgereiftes, sorgfältig Durchdachtes genießen.

Im Flughafenterminal von Cincinnati fühlte ich mich schon weniger frei und eher leer. Familien, Eltern und Kinder, standen am Schalter; ich beobachtete die Kinder. Mein Blick fiel auf einen Sohn mittleren Alters, einen gepflegten Herrn, der eine ältere Frau – seine Mutter – in einem Rollstuhl zum Flugsteig schob. Auf zwei lachende Priester. Auf einen Pulk hochaufgeschossener schwarzer Jugendlicher – College-Kids, das sah man sofort, die trotz ihrer Street-Klamotten nicht feindselig, sondern ausgelassen wirkten und lärmend in einem großen Bogen durch die Halle zogen. (So vielversprechend wir auch sein mochten, so wirkten wir auf viele Weiße doch irritierend, fehl am Platz und viel zu überschwenglich, fürchtete ich.) Doch alles in allem wirkte die Welt in Amerika heil – und völlig unberührt von den heillosen Verwicklungen, die mit der Wahl ihres nächsten Präsidenten einhergingen. Das erschien mir erstaunlich – und vernünftig. In den Fernsehern der Flughafenbars lief die Übertragung von Basketballspielen, zwischen Reisetaschen und sich bauschenden Bergen von Daunenjacken saßen lachende, biertrinkende Menschen. Bald würde das Auftaktspektakel zum Super Bowl beginnen. Es war nämlich, wie mir plötzlich einfiel, Super Sunday. Von mir nahm keiner Notiz; ich war unsichtbar. Oder nein, nicht ganz: Da war diese junge Frau, Asiatin (Filipina?) vielleicht oder Latina – wir wechselten einen Blick, nickten uns zu und gingen unserer Wege.

Während ich auf meinen Anschlußflug wartete, versuchte ich zu telefonieren. Ich erreichte aber weder Richard noch Daisy. Ich rief in der Suite an und hatte Lucille am Apparat. »War Susan nicht phantastisch?« schwärmte sie. »Das sagen *alle*.«

Am späten Nachmittag flog ich in einer fast leeren Maschine nach Mammoth Falls weiter. Als wir landeten, war es schon dunkel, aber es wehte eine warme Brise vom Golf her.

Olivia Holden hatte sich in einem reizenden weißen Holzhäuschen in einer ruhigen Straße nördlich vom Kapitol einquartiert. Im Wohnzimmer standen eine Couch und ein großer Einbaufernseher, zugleich war es vollgestellt mit Akten sowie einem L-förmigen Tisch mit Computer, Drucker und Faxgerät an der Wand gegenüber dem Panoramafenster. An einem Mikrofichelesegerät saß Peter Goldsmith, ließ alte Ausgaben der *Mammoth Falls Gazette* durchlaufen, hielt den Film an und machte sich Notizen. Er blickte hoch, begrüßte mich. Jennifer lugte um die Küchentür. »Hey!« rief sie. »Trinken Sie einen Tee mit?«

»HENREEEE.« Olivia tauchte aus einem zum Büro umfunktionierten Schlafzimmer auf. »Na endlich. Dann laß uns mal – wie es neuerdings heißt, seit Susie das Wort in Mode gebracht hat – unsere *Ärsche* in Bewegung setzen. Auf nach Süden, zu Sailor, um zu sehen, wie die liebe gute Cashmere an der Seite eines Experten tränenreich ihr Herz ausschüttet.« Sie setzte ihren Buschhut auf, zog ihre Weste über, warf den Arm um Jennifer und gab ihr – es hätte mich fast umgeworfen – einen langen, innigen Kuß. Jennifer grinste mich, leicht errötend, an und zuckte mit den Achseln. »Paß auf dich auf, Liebes«, sagte Libby zärtlich, in einem Ton, den ich noch nie bei ihr gehört hatte. »Zum Abendessen bin ich wieder da.«

Olivia saß am Steuer des Wagens, eines roten Jeep Cherokee, und fuhr, ohne zu reden. Auf Public Radio, lief Brahms' Vierte Sinfonie. Ich bemühte mich, eine Unterhaltung in Gang zu bringen. »Sie haben Jack und Susan also in Florida kennengelernt, beim Wahlkampf für McGovern?«

»Yep.«

»Wie waren sie damals?«

»Strahlende Sieger. Goldjunge. Goldmädchen.«

»Sind sie zusammen aufgekreuzt?«

»Henry, haben Sie denn gar keinen Respekt vor der Musik?«

Wir nahmen die Schnellstraße nach Süden, ließen die Stadt hinter uns, bogen auf eine Landstraße nach Westen ab, fuhren in die Berge, durch Kiefernwälder und landeten schließlich auf einer unbefestigten Straße. Die Sinfonie war zu Ende. Libby briefte mich: »Salem ›Sailorman‹ Shoreson. Alter Freund der Familie. Hat sich nach Kanada abgesetzt, kaum daß er gegen Kaution auf freiem Fuß war. Keine große Sache – Ordnungswidrigkeit, vorsätzliche Sachbeschädigung, die Wilden Sechziger eben. In Wirklichkeit wollte er seiner Einberufung entgehen. Kehrte 77 als Carter-Anhänger zurück. Weil er untergetaucht war, mußte er irgendwo im Norden noch Zeit absitzen, es war aber wohl mehr wie ein bezahlter Aufenthalt im Country Club.«

»Freund der Familie?«

»Grace Junction. Kennt Jackie seit der Grundschule, würde für ihn durchs Feuer gehen – und mehr als das.«

»Und was macht er jetzt?«

»Elektronik, was sonst. Henry, muß ich dir wirklich alles erklären?«

Mitten im Wald stand eine weiß getünchte Betonwand mit Stacheldraht und kleinen Videokameras obendrauf und einem prunkvollen schmiedeeisernen Tor. Libby hielt an und kurbelte das Fenster herunter: Eine Säule mit Gegensprechanlage tauchte aus der Erde auf. »*Whut you mean, Miss Scarlett?*« fragte der Kasten – Butterfly McQueen, *Vom Winde verweht.*

»Telegramm für Leon Trotzkij, du SCHWACHKOPF«, antwortete Libby.

Die Torflügel schwangen auf, und es erklang Musik, ein phantastischer Sound, der gleichzeitig von überall zu kommen schien – die Stones, *Let's Spend the Night Together.* Wir fuhren die geschwungene Auffahrt hinauf zu einer großen Blockhütte im Jagdhausstil. Dort wurden wir von Sailorman erwartet – einem rundlichen großen Typ mit Glatze, langem ungepflegtem Bart und gutmütigem Gesicht. Er trug Jeans und Drillichhemd.

»Sei gegrüßt, Olivia«, sagte er. Die piepsige Stimme paßte so gar nicht zum Rest der Erscheinung.

»Sailorman, dein Land braucht dich.«

»Zu Befehl«, sagte er. »Wie war's in der Klapse?«

»Eindeutig bessere Drogen als in den alten Zeiten«, sagte Olivia. »Nicht mehr himmelhoch jauchzend und zu Tode betrübt. Heutzutage wird ruhiggestellt. Ich bin jetzt *gaaaaanz ruhig.*«

»Klar doch.« Er lachte. Sie wieherte, schlug ihm auf den Rücken.

Sailor war voll ausgerüstet. Rundum Schalter und Monitore und sonstiger technischer Schickschnack. Der Raum sah aus wie eine Mischung aus Radiostation und Tonstudio – er produzierte hier ein paar Bluegrass-Bands, nur so zum Spaß, wie er meinte. Zwischen diversen Monitoren gab es auch einen Großbildschirm, und vor dem machten wir es uns bequem, um uns die Cashmere-McLeod-Show auf CNN anzusehen.

Erste Einstellung: Medienzirkus. Zur Pressekonferenz hatten sie in den Ballsaal eines New Yorker Hotels geladen, und es mußten so an die zweihundert Reporter dasein. Vierzig Kamerateams. Während ich mich in Libbys Gesellschaft frei – wenn auch etwas seltsam – gefühlt hatte, holte mich jetzt die New-Hampshire-Klaustrophobie wieder ein.

Dann: Cashmere. Eine aufgeschwemmte, stämmige Bulldogge von Frau: schwarzes, gelocktes Haar, nicht lang; Busen, aber keine Taille; Beine, die gut geformt, aber äußerst kurz waren. Sie wirkte hie und da verführerisch, in einzelnen Abschnitten sogar sexy. Manchmal braucht man einen Menschen nur anzusehen, um zu wissen, wie er aussah, als er noch jung war, man sieht sozusagen sein Pausenhof-Ich. Andere wiederum umgibt eine Vorahnung des Alters. Cashmere gehörte zu letzteren: Es war unverkennbar, worauf es hinauslaufen würde. Es war kein hübscher Anblick. Sie trug ein schwarzes

Kostüm, eine weiße Bluse, viel zuviel Schminke. Ihr zur Seite stand ein bärtiger Anwalt im Zweireiher, der in früheren Zeiten Mitglied des örtlichen Playboy Clubs gewesen sein mochte. Sie hatte ein ganz zartes Stimmchen.

»Governor Jack Stanton hat mich verführt«, piepste sie ins Blitzlichtgewitter.

Libby wieherte.

»Judy Holliday«, sagte Sailorman.

»Und das kann ich beweisen«, sagte Cashmere. »Ich habe Tonbandaufnahmen.«

Ein Raunen, dann brach die Hölle los. Der Anwalt stieg aufs Podium. »Miss McLeod steht für Fragen nicht zur Verfügung«, sagte er. »Es wird hier keine Inquisition geben.«

»Natürlich«, sagte ich. »Die Inquisition kriegen wir.«

Sehr bald war klar, daß sich Cashmeres Rolle darauf beschränkte, dazustehen und an ihrer Mascara zu tupfen. Der Anwalt führte Regie. »Über einen Zeitraum von achtzehn Monaten wurden an Miss McLeods Anlage Telefongespräche mitgeschnitten«, erklärte er. »Die letzte Aufnahme stammt vom November, kurz vor Thanksgiving. Daraus spiele ich Ihnen jetzt einen Ausschnitt vor.«

Und dann hörte man einen fernen, knisternden Jack Stanton – und eine sehr klare Cashmere McLeod.

JACK: Wir müssen Schluß machen [ein Knacken, Nuscheln]... jetzt beenden.

CASH: Aber ich dachte, du liebst mich.

JACK: Ich muß ein bißchen vorsichtig sein, Honey. Außerdem bin ich jetzt fast die ganze Zeit in New Hampshire.

CASH: Aber du hast doch gesagt, niemand würde solche Dinge tun wie ich. Ich könnte doch zu dir kommen.

»Gott, was für ein Gewinsel«, sagte Libby.

»Psst«, meinte Sailorman.

JACK: Wenn das hier vorbei ist, sehen wir uns wieder.

CASH: Weißt du noch damals, als du mich nach Dallas hast

kommen lassen? Huch, mir wird ganz heiß, wenn ich nur dran denke.

JACK: Ich muß jetzt aufhören.

Es *war* schockierend. Ich war geschockt. Es war eindeutig seine Stimme. Libby wandte sich Sailorman zu. »Und?«

»Kann es nicht mit Sicherheit sagen. Dazu müßte ich die Bänder sehen. Aber es klingt authentisch. Vielleicht der eine oder andere Schnitt. Aber wer weiß? Immerhin hören wir es jetzt aus dritter Hand.«

»Ich bringe ihn um«, sagte Libby. »Wie kann der Kerl nur so BLÖD sein?«

Der Anwalt hielt ein weiteres Band hoch. »Hier haben wir eines vom vergangenen Sommer.«

JACK: Und was steht heute abend an [Rauschen]?

CASH: Ich hoffe und bete, daß du noch vorbeikommst, Darling.

JACK: ... einfach nur zu Hause bleiben und eine Flasche Chablis köpfen?

CASH: Oh, da könnt ich mir noch ganz anderes vorstellen.

JACK: Wie wär's mit ein bißchen Sex [Knistern]?

CASH: Klingt guuut.

JACK: Ich bin ... zu geil, um noch geradeaus denken zu können.

CASH: Da wüßte ich Abhilfe. Aber was ist mit deiner Frau, Darling?

JACK: Ist alles in Butter [Rauschen]

»JESUS H. PENNYPACKER!« sagte Libby. »Wie konnte der Scheißkerl bloß so hirnlos sein?«

»Bei diesem hat er mit einem Handy telefoniert«, sagte Sailor. »Was die Sache sofort verdächtiger macht. Da waren ziemlich abrupte Störungen zu hören. Warte, ich laß es noch mal durchlaufen.«

Der Anwalt ließ jetzt Fragen zu, aber weder er noch Cashmere beantworteten sie. Sailor hatte den Ton abgedreht. Dann trat Cashmere ab. Ich wurde angepiepst. Richard. Ich rief ihn an.

»Na, was hältste davon?«

Mich beschäftigte etwas anderes ... da war doch was. Es lag knapp am Rande meines Bewußtseins. Es war eine Tortur, schlimmer als Jucken, etwas Rotes, Entzündetes, Unerreichbares, wie Ausschlag im Hirn. »Hey, Sailor, könnten Sie das noch mal abspielen?« bat ich.

»Sailor?«

»Ja. Hör mal, Richard, ich muß aufhören.«

»Was heißt hier aufhören! Wir stecken bis zum Hals in der Scheiße, und du mußt aufhören? Bist du nicht ganz dicht?«

»Ich erzähl's dir später. Ich ruf gleich zurück. Hab jetzt keine Zeit.«

»Henri, mein Gott, ist das ne Schlampe, was?«

»Keine Frage.«

»Aber diese Scheißbänder sind 'n Hammer. Könnten uns den Kopf kosten.«

»Hör mal, Richard, ich hab da so ein .... Hey, Sailor, das *zweite* bitte, ja? Richard, wo steckst du?«

»Bei ihm. In Mississippi. Hältst du nicht aus: volles Haus. Als würden sie hier kein CNN reinkriegen. Wie in alten Zeiten.«

»Ich ruf dich gleich wieder an. Aber laß uns jetzt bitte aufhören.«

Okay.

JACK: Und was steht heute abend an [Rauschen]?

CASH: Ich hoffe und bete, daß du noch vorbeikommst, Darling.

JACK: ... einfach nur zu Hause bleiben und eine Flasche Chablis köpfen?

CASH: Oh, da könnt ich mir noch ganz anderes vorstellen.

JACK: Wie wär's mit ein bißchen Sex [Knistern]?

CASH: Klingt guuut.

JACK: Ich bin ... zu geil, um noch geradeaus denken zu können.

CASH: Da wüßte ich Abhilfe. Aber was ist mit deiner Frau, Darling?

JACK: Ist alles in Butter [Rauschen]

»Noch mal«, sagte ich.

»Bitte?« meinte Libby.

»Noch mal«, sagte ich. Er spielte es noch einmal ab. Es war eine Tortur. Es war ein Déjà-vu.

»Lassen Sie es uns Satz für Satz durchgehen«, sagte ich. »Sailor, können Sie ungefähr sagen, wo geschnitten wurde?«

»Ungefähr schon. Mit Sicherheit? Kaum. Aber, okay, probieren wir's. Erster Satz.«

Und was steht heute abend an [Rauschen]?

»Da ist auf jeden Fall was rausgeschnitten worden.«

... einfach nur zu Hause bleiben und eine Flasche Chablis köpfen?

»Mitten im Satz eingestiegen, würde ich sagen. Ist zumindest denkbar.«

Wie wär's mit ein bißchen Sex [Knistern]?

»Das Unsaubere am Ende könnten Funkstörungen sein, oder sie wollten eine Schnittstelle kaschieren.«

»Moment mal«, sagte ich. Ich war ganz nah dran. »Verdammt, warten Sie doch mal 'ne Sekunde! Spielen Sie mir das noch mal vor.«

Wie wär's mit ein bißchen Sex [Knistern]?

»Noch mal.«

»Bitte?!« meinte Libby.

»NOCH MAL, verdammt!«

Wie wär's mit ein bißchen Sex [Knistern]?

»Henri! Henri!« rief ich. »Nicht zu fassen. Verdammt, das ist es! ›Wie wär's mit ein bißchen Sex, HENRI?‹! Ich war gemeint! Er hat mit mir gesprochen! Am Silvesterabend. Noch mal, noch mal – ganz von vorn.«

Und was steht heute abend an [Rauschen]?

»Was rausgeschnitten, sagten Sie doch?« fragte ich. »Es hieß nämlich: ›Und was steht heute abend an, Henri?‹ Ich weiß noch genau, daß er Henri sagte.«

... einfach nur zu Hause bleiben und eine Flasche Chablis köpfen?

»Er hatte mich gefragt, ob ich an dem Abend irgendwo einen draufmachen oder einfach zu Hause bleiben würde. Ha! Wir haben sie!«

»Sie vielleicht«, sagte Libby. »WIR nicht.«

Sie hatte recht. Es gab keine Möglichkeit, es zu beweisen.

»Jedenfalls jetzt noch nicht«, sagte Libby. »ABER WIR KRIE-

GEN SIE SCHON. Henry, rufen Sie den Boss an und sagen Sie ihm, wenn ihm sein verdammtes Leben lieb ist, darf er nie, nie wieder ein Handy benutzen. Ich und Sailor lassen uns währenddessen was einfallen.«

Ich piepste Laurene an. »Henry«, sagte sie, »es ist unfaßbar. Hier geht die Post ab. Wir bringen einen ganzen Flieger voll Leute hierher, und wissen Sie, was die zu sehen kriegen? Einen komplett ausverkauften Ballsaal in Baton Rouge, hundert Dollar pro Nase. Das war das Frühstück. Jetzt sind wir in Jackson. Ein ausverkaufter Ballsaal zum Lunch. Stehende Ovationen. Kongreßabgeordneter Mobley stellt ihn mit den Worten vor: ›Diese Angriffe auf Jack Stanton sind Angriffe auf unsere Integrität, auf die Ehre unserer Region. Wir wissen, wer Jack Stanton ist, wir wissen, was er als Gouverneur geleistet hat – und wir lassen unseren Jungen nicht im Stich, wenn er in Schwierigkeiten ist!‹ Henry, wer hätte gedacht, daß wir eines Tages noch froh sein würden über die weißen Südstaaten-Jungs hier, die immer noch gegen die verfluchten Yankees kämpfen?«

Laurene! Wir drehten allmählich wohl alle ab. »Bevor es nach Birmingham geht, müssen Sie ihn mir ans Telefon holen«, sagte ich. »Wie lange wird das wohl dauern?«

»Zehn Minuten. Und wie war sie?«

»Lächerlich, und trotzdem verdammt *heiß*. Aber ich glaube, wir haben sie.«

»Wie das?«

»Kann ich jetzt nicht sagen. Hören Sie, Sie müssen dafür sorgen, daß er mich unbedingt als ersten anruft. Keine weiteren Telefonate. Es ist absolut dringend.«

Wir waren bereits auf der Rückfahrt nach Mammoth Falls, als er mich anpiepste. »Henry?« sagte er mit heiserer Stimme. Er klang furchtbar. Er hustete. »War schlimm, was?«

»Na ja, nicht gerade erfreulich«, sagte ich. »Sagen Sie, Governor: Als Sie mich Silvesterabend von Marco Island aus angerufen haben, haben Sie da Ihr Handy benutzt?«

»Müßte ich nachdenken. Wieso?«

»Weil sie es abgehört und mitgeschnitten haben. Wissen Sie noch, an dem Abend haben Sie mir doch empfohlen, mich, äh, zu amüsieren? Das haben sie sich beschafft und verwendet. Und jetzt unterhalten Sie sich mit Cashmere über ›ein bißchen Sex‹ und darüber, wie ›geil‹ Sie sind.«

»Das haben sie vorgespielt?«

»Ich fürchte ja.«

»Das ist ja unglaublich! Damit kann sie unmöglich –«

»Sir, wir haben keine Möglichkeit zu beweisen, daß das Gespräch so nie stattgefunden hat. Obwohl – Libby hat eine Idee. Aber Sie müssen vorsichtiger sein am Telefon. Sie müssen davon ausgehen, daß jedes einzelne Gespräch, das Sie mit dem Handy führen, abgehört wird.«

»Geben Sie her«, sagte Libby und riß mir das Handy aus der Hand.

»Du ARSCH!« fauchte sie. »Du brauchst gar nicht erst die entrüstete Unschuld zu spielen! Sailor meint, das Zeug, das sie vorgespielt hat, wäre zum Teil echt. Mein Gott, ich wünschte, wir hätten dich kastriert, als wir die Gelegenheit dazu hatten.«

»Libby!« zischte ich. »Sie sprechen auf einem *Handy*.«

»ACH, DU SCHEISSE«, meinte sie und riß sich am Riemen. »... hm, hm. Einiges habe ich schon in die Wege geleitet. Ich habe eidesstattliche Versicherungen von ihrem ersten Mann und ihrer Schwester. Aber es bringt uns nicht allzuviel, wenn wir beweisen können, daß sie eine verlogene Schlampe ist, die es mit jedem getrieben hat. Das liegt sozusagen auf ... der Hand. Das ist nicht gerade eine GEISTIGE HERAUSFORDERUNG, du haltloses Schwein. Upps! Ja, wird erledigt. In Ordnung. Bye.«

Wir fuhren. Der Himmel zog sich zu. Hinter einer Biegung in der Nähe des Flughafens tauchten die bescheidenen Kirchtürme von Mammoth Falls auf. »Henry«, sagte sie leise, mit einem bedrohlichen Unterton, »eines könnten wir natürlich schon tun, etwas, womit wir den Fall – vielleicht – ad acta legen können. Es wäre allerdings mit einem gewissen Risiko verbunden.«

Sie verließ den Highway über die Cranford-Ausfahrt etwas südlich der Innenstadt. Cranford war früher einmal eine vornehme Gegend gewesen mit unbebauten Grundstücken und großen alten Häusern, die jetzt Pensionen beherbergten. Wir hielten vor einer kitschigen Herrenhaus-Imitation im Plantagenstil mit abgeblättertem weißem Anstrich. »Die Anwaltskanzlei eines gewissen Randolph Martin Culligan«, erklärte sie. »Henry, ich werde jetzt etwas vollkommen Verrücktes tun. Wenn der Schuß nach hinten losgeht, kann ich immer noch auf Unzurechnungsfähigkeit plädieren. Und du kannst mit Recht behaupten, du hättest keine Ahnung gehabt, weil ich dir nämlich nicht sagen werde, was ich vorhabe.« Sie wandte sich mir zu. Ihre blauen Augen waren jetzt weich – kein bißchen verrückt. Sie war so vernünftig, wie ich sie selten erlebt hatte. »Aber vielleicht wirst du dich dabei nicht wohl fühlen. Also, du kannst mich entweder allein reingehen lassen – ich hätte volles Verständnis, ich würde es dir nicht krummnehmen – oder mitkommen. Mitzukommen hat für dich keinerlei Vorteile. Höchstens Nachteile. Trotzdem kannst du mitkommen, wenn du willst.«

»Aber was –«

»Keine FRAGEN, Henry«, sagte sie. »Vertrau mir, oder es wird nichts draus.«

Dann eben Vertrauen. Sie tippte eine Nummer ein. Am anderen Ende wurde abgehoben. Sie klappte ihr Handy zu. »Kann losgehen«, sagte sie. Sie schnappte sich ihren Beutel, setzte ihren Buschhut auf. Wir stiegen aus.

Wir gingen eine Treppe auf der Rückseite des Hauses hinauf. Auf dem Türschild stand: RANDOLPH, MARTIN & CULLIGAN – RECHTSANWÄLTE. Sie lachte. »Nun sehen Sie sich das an. Randy hat sich in drei Partner aufgespalten.« Sie klopfte. Nichts. Sie hob einen beturnschuhten Fuß und trat die Tür ein.

»Was zum –« Randy Culligan sprang hinter seinem Schreibtisch auf, Telefonhörer in der Hand. Er hatte strähniges braunes Haar, trug eine Hornbrille, ein braunes, langärmeliges Polohemd mit einem gelben Rautenmuster quer über der Brust, eine graue Hose. Ein durch und durch unauffälliger Zeitgenosse – der typische Kleinkarrierist.

»Ein großer Tag!« rief Libby. »Vielleicht sogar der beste deines Lebens. Hast du gerade Cashmere dran? Ach, laß mich doch eben guten Tag sagen.«

»Nein, habe ich nicht. Es ist nicht ...«

»Dann verabschiede dich jetzt von Sherman. Wir haben etwas zu besprechen.« Sie setzte sich auf einen der beiden Klappstühle vor Culligans Schreibtisch; ich nahm den anderen. Wir befanden uns in einem kleinen Vorzimmer, früher vielleicht ein Wartezimmer (einer Arztpraxis, vermutete ich). Dahinter lagen weitere Räume. Dort wohnte Randy wahrscheinlich. Das Büro war eine Katastrophe: der Schreibtisch das reinste Durcheinander, die Wände mit Billigfurnier verkleidet, Neonlicht. An den Wänden hingen Urkunden und Fotos von Randy Culligan, wie er diversen Lokalpolitikern die Hände schüttelte – darunter Jack Stanton. Der Ausdruck auf seinem Gesicht, als er Randy Culligan einen verbindlichen Händedruck zukommen ließ – beide Hände um seine eine gelegt –, war von bedrückender Wärme und Herzlichkeit. Keine Spur von einem Vorbehalt.

»Es ist auch nicht Sherman«, sagte Culligan und legte auf. Er hatte eine satte, sonore Stimme. Aber er war ein miserabler Lügner; natürlich war es Sherman Presley gewesen.

»Tja, Randy«, meinte Libby leutselig, »hast deinen Tätigkeitsbereich wohl erweitert. Machst neuerdings auch in Elektronik, was?«

»Ich weiß nicht, wovon –«

»Du hast fleißig die Privatgespräche von deinem Freund, dem Gouverneur, mitgeschnitten, nicht wahr?«

»Hör zu, Olivia«, sagte er, »warum in aller Welt sollte ich so was tun? Ich bin ein großer Bewunderer Stantons. Immer schon gewesen. Er hat aus diesem Bundesstaat was gemacht.«

»Tja, Randy, da bin ich erst eine Minute hier, und schon ist meine Geduld erschöpft«, sagte Libby, griff in ihren Beutel und zog einen sehr langen, schwarzmetallenen Revolver von grotesker Bedrohlichkeit hervor. Sie richtete die Waffe nicht auf ihn, legte sie sich einfach nur in den Schoß. Ich kenne mich in diesen Dingen nicht sonderlich gut aus, aber wenn es keine .357Magnum war, dann etwas ähnlich Schreckliches. Sie wirkte fast wie die Parodie einer Waffe – so albern, so extrem war sie. Ich konnte sie nicht ernst nehmen. Das hier fand einfach nicht statt.

»Randy, ich werde ein schriftliches Geständnis brauchen«, sagte Libby.

»Libby, steck das Ding weg, bevor du Dummheiten machst und in Schwierigkeiten kommst«, sagte Randy.

Jetzt richtete sie die Waffe auf ihn. Sie erhob sich, packte den Revolver mit beiden Händen, streckte die Arme und zielte direkt auf sein Gesicht. »Randy, du stinkendes Stück Scheiße, du hast Jack Stanton reingelegt, und entweder du gibst es zu oder du stirbst.«

»Libby, du bist verrückt!«

»Genau. Das habe ich, verdammt noch mal, SCHRIFTLICH«, sagte sie. »Und ich gehe gern schnurstracks in die Klapse zurück, aber vorher kommst du in den Himmel.«

Plötzlich bemerkte Randy mich. »Sie werden ebenfalls im Gefängnis landen.«

»Ich weiß von nichts«, sagte ich zu meiner eigenen Überraschung. Ich war nur deshalb imstande, etwas zu sagen, also die Lippen zu bewegen und so fort, weil ich das, was sich vor meinen Augen abspielte, einfach nicht für möglich hielt.

»Er steht unter Schock«, erklärte Libby Culligan. »Er hatte keine Ahnung. Also, Randy, kriege ich es in Schönschrift?«

»Ich weiß nicht, wovon du redest.«

»UND OB, DU ARSCHLOCH«, sagte Libby, ging behende – unglaublich flink – um den Schreibtisch herum, baute sich hinter Randy Culligan auf, nahm ihn mit dem linken Arm in den Würgegriff und richtete die Mündung der Pistole direkt auf seinen Schritt. »Mir ist gerade was viel Besseres eingefallen. Ich schieße dir die EIER weg.«

Sein mittlerweile hochroter Kopf klebte zwischen ihren gigantischen Brüsten, die sein Gesicht wie Ohrenwärmer umrahmten. »Ich bin von der *schwul-lesbischen Front*«, verkündete sie. »Ich kenne keine falsche Ehrfurcht vor dem männlichen Sexualorgan«, fuhr sie fort und stieß ihm den Revolver zwischen die Beine. Er schreckte zusammen und jaulte auf. »Ts, ts«, meinte sie. Ihr Gesicht war entflammt, ihr Blick wild, der Hut fiel ihr vom Kopf auf den Schreibtisch. »Du warst es, DU DRECKIGE KLEINE WANZE, ich *weiß*, daß du es warst. Du stehst auf der Honorarliste vom *Flash*, das WEISS ICH, aber du Mistkerl konntest dich mit den Anrufen, die du schon hattest, nicht begnügen, was? Du hattest Jack Stanton in der Hand, aber du hast gemeint, der Rest der Menschheit ist genauso blöd wie du, und mußtest das Ganze noch AUSSCHMÜCKEN. Tja, mein Lieber, JETZT BIST DU DRAN.«

»Ich ... ich ...«

Ich muß sagen, ich fand sie sehr überzeugend. Wenn sie allerdings weitergegangen wäre, hätte ich wohl irgend etwas unternommen, um sie aufzuhalten. Ich wagte mir nicht auszudenken, was ich tun würde, wenn sie tatsächlich abdrücken sollte.

»Du wirst dich entscheiden müssen, und zwar SCHNELL«, sagte Libby und zerrte an seinem Kopf. »Du kennst mich, Randy. Für Jack und Susan, besonders für Susan, würde ich alles tun, sogar Gebärmutterkrebs auf mich nehmen, und du schadest ihrem Ansehen. Du verdirbst ihnen den *Spaß*. Und mir wird SPEIÜBEL bei der Vorstellung, daß du ihnen den Wahlkampf versaust. Lieber STERBE ich. Deswegen wirst du dich entscheiden müssen: *Wie verrückt ist sie wirklich?* Und zwar jetzt. Eins ... zwei ...«

»Okay. Okay, okayokay!« rief er.

»Na also. Seeehr klug von dir«, sagte sie, lockerte ihren Griff und verlagerte die Mündung des Revolvers von seinem Schritt an seine Schläfe. »Der Brief, den du jetzt schreiben wirst, hat gefälligst eloquent und reumütig zu sein. Ich erwarte tiefe Zerknirschung über deinen Neid und deine Gier. Dein Leben wäre zerstört, wenn du Amerika dieses Mannes berauben würdest.«

»Die Bereitschaft zur Gewalt stärkt die Schlagkraft«, sagte Libby hinterher. »Das ist auch der Grund für den anhaltenden Erfolg der Mafia. Die Kerle sind nicht anders als du und ich, außer daß sie bereit sind, Gewalt anzuwenden.«

Mir dämmerte, daß die stille Libby verrückter war als die überdrehte. Und sie war überaus gründlich. Sie würde sich mit dem Erreichten nicht zufriedengeben. Das Geständnis allein würde nicht reichen, da machte sie sich keine Illusionen. Die Perfidie des Unternehmens mußte deutlich gemacht, mußte offengelegt werden. Deshalb schickte sie Sailorman nach Washington, wo er Ted Koppel in einem unauffälligen Van folgte und seine Autotelefongespräche mitschnitt. Diese Idee erwies sich als Geniestreich. Am Dienstag rief

Koppel auf dem Weg zur Arbeit seinen Produzenten an, und es kam zu folgendem Austausch:

»Was haben Sie für heute abend vorgesehen?«

»Wie wär's mit der Stanton-Nummer?«

»Hat auf jeden Fall mehr Sex als Bosnien.«

»Ja, könnte eine heiße Sache werden.«

Die Sätze wurden mit passenden Äußerungen aus den Cashmere-Bändern zusammengeschnitten – und am Mittwoch bei *Nightline* von Daisy vorgespielt, die nach Arlens trauriger Darbietung zur Scharfmacherin der Woche erkoren worden war (Marty Muscavich hatte abermals abgewinkt, damit Susans Argwohn geweckt – stand er denn nicht hundertprozentig hinter ihnen? – und sich auf diese Weise letztlich eine einfache Fahrt nach Palookaville eingehandelt).

Daisy war absolut unwiderstehlich. Sie wirkte winzig, witzig, mitreißend – sie hatte alle Vorzüge einer frühreifen Göre. Nur sie konnte es sich leisten, das Koppel-Cashmere-Band tatsächlich live abzuspielen und Koppel damit zu überrumpeln. Nur sie konnte es schaffen, daß er am Ende des Mitschnitts in ihr Lachen einstimmte.

TED: ... könnte eine heiße Sache werden.

CASHMERE: [Rauschen] Was ist mit deiner Frau, Darling?

»Nun, die Aufnahme wurde ... ganz unverkennbar ... manipuliert«, sagte Koppel und kicherte etwas nervös – jeder Mann schreckt davor zurück, auch nur den Anschein von Lüsternheit zu erwecken, wie schnell dieser Anschein aber entstehen konnte, das hatte Libby – dieser Schatz – bewiesen. »Ihre kleine Demonstration dient natürlich einem bestimmten Zweck, nicht wahr?«

»Klar. Ist doch zum Schreien, oder?« Daisy plapperte drauflos. »Ich meine, können Sie sich vorstellen, daß irgend jemand so einen Mist ernst nimmt?« Und dann holte sie zum K.-o.-Schlag aus: »Und doch könnte der Ausgang eines Präsidentschaftswahlkampfs in diesem Lande von so einem Schrott beeinflußt werden. Müßtet ihr Typen von den Medien euch nicht schämen? Schuldet ihr Governor Stanton nicht eine Entschuldigung?«

Im sechsten Stock des Hampton Inn waren die Leute aus dem

Häuschen. Richard war geradezu sprachlos: »Ist das die ... ist das die ... hättichnie ... issdoch ... issdochnich«

Jack und Susan kamen aus ihrer Suite, fielen auf ihrem Weg den Flur entlang etlichen Leuten strahlend um den Hals. Vor dem Fahrstuhl, wo mehr Platz war, versammelten wir uns, und Stanton hielt eine kleine Ansprache: »Ich danke euch allen, daß ihr zu uns gehalten und so hart für uns gearbeitet habt.« Er war heiser, sein Gesicht glühte, die Augen tränten. Er trug einen grauen Jogginganzug aus Synthetik mit blauen Streifen und grüner Paspelierung und hatte keine Schuhe an. Er setzte, das fiel mir bei dieser Gelegenheit auf, allmählich Fett an – die vielen Nächte bei Danny Scanlon forderten ihren Tribut. Er hatte Susan den Arm um die Schulter gelegt. (Sie strahlte und hielt ihn ebenfalls umschlungen.) »Leute, es sind keine zwei Wochen mehr bis zu den Vorwahlen, und wir werden uns ordentlich ins Zeug legen müssen – um die Kiste wieder flottzukriegen. Aber ich weiß, daß wir es mit eurer und Gottes Hilfe schaffen können. Das alles ist für uns« – er sah Susan an – »nicht leicht gewesen, es hat uns einiges abverlangt.« Er schwieg einen Augenblick, sein Blick verklärte sich. »Aber ... wir sind noch ... *da*!«

»Wie wär's mit der Stanton-Nummer?« fragte Daisy später am Abend und versuchte ihre Stimme auf Koppel-Niveau zu senken.

»Hat auf jeden Fall mehr Sex als Bosnien«, antwortete ich und nahm sie in die Arme.

Aber nicht viel mehr. Daisy war lebhaft und überschwenglich, aber zerstreut. Sie war nicht wirklich bei mir. Sie war irgendwo da draußen in der großen Welt. Wir waren wieder zu Wahlkampfsex zurückgekehrt.

Die Frage, die George Will den Stantons beim Brinkley-Interview gestellt hatte – ich hatte sie natürlich nicht gehört, mich auch gar nicht danach erkundigt und erst davon erfahren, als ich die Abschrift der Sendung las –, erwies sich als nahezu hellsichtig: »Steht unabhängig vom Wahrheitsgehalt dieser Vorwürfe, also Ihrer Festnahme in Chicago und dieser ... bedauerlichen Sache mit Miss ... McLeod, nicht doch zu befürchten, daß die amerikanischen Bürger zu dem Schluß kommen, mit Ihnen handelten sie sich nur unnötigen Ärger ein? In aller Regel wird von einem Präsidenten doch etwas mehr Beständigkeit und Würde erwartet.«

Tja. Schon bald fragte ich mich, ob der gute alte George nicht vielleicht recht gehabt hatte. Wir waren schwer angeschlagen. Wir hatten uns so weit von der Realität entfernt, waren so weltfremd geworden, daß wir tatsächlich geglaubt hatten, mit unserer spektakulären Widerlegung des Cashmere-Skandals wäre die Sache definitiv vom Tisch. Wäre das Leben ein Kinofilm, dann wäre es so gewesen. Wir taten so, als könnten Libbys ausgesprochen schamlose und heroische Bemühungen das Blatt tatsächlich wenden; als wäre Sailormans elektronischer Taschenspielertrick – die Koppel-Cashmere-Bänder – wirklich von Bedeutung; als könnte das »Geständnis« eines schmierigen Winkeladvokaten das Bild und besonders den Namen dieser gräßlichen Frau auslöschen oder dem Eindruck entgegenwirken, den die Mitschnitte erweckt hatten – und die waren ja, das hatte ich praktischerweise vergessen, zum Teil sogar *echt*. Sie hatten tatsächlich eine Affäre gehabt. (Und auch wenn das nicht der Fall gewesen wäre, wäre der Verdacht geblieben; schließlich war er Politiker.) Aber wir hatten uns überzeugen lassen, daß nichts stimmte, weil einiges nicht stimmte. Wir hatten uns von Susan davon überzeugen lassen. Es war ein Griff in die juristische Trickkiste gewesen, und Susan war eine hervorragende Anwältin.

Aber diese Überzeugung hielt jenseits der Grenzen unserer kleinen Kampagne, unserer eigenen kleinen Welt, nicht stand. Ich hatte wahrhaftig erwartet, daß die sensationswütige Meute nun, da wir Cashmeres Glaubwürdigkeit untergraben hatten, abziehen würde. Ich wollte glauben, daß wir das Spiel, in dem Jack Stanton so gut war, erneut würden aufnehmen können, jenes Spiel, das wir so erfolgreich gespielt hatten, bevor der ganze Wahnsinn begann. Aber dem war nicht so, im Gegenteil, es kam noch schlimmer.

Die wenigsten Amerikaner sahen Brinkleys Show oder *Nightline* (was im übrigen auch für die Abendnachrichten galt). Die meisten hörten gerade erst von uns, und das auf Wegen, die wir nicht vorhersehen, geschweige denn steuern konnten – durch einen Witz bei

Jay Leno oder, wahrscheinlicher noch, morgens auf dem Weg zur Arbeit im Autoradio, vielleicht auch durch einen geifernden Höreranruf im Radio; außerdem lag die Geschichte jetzt an den Kassen aller Supermärkte des Landes aus (wo einem die Schlagzeile des *National Flash* – VON STANTON VERFÜHRT UND VERRATEN – in ihrer ganzen Dummheit und grellen Monstrosität entgegensprang). Ob Cashmere glaubwürdig war oder nicht, interessierte keinen; daß sie eine Schlampe war, setzte man voraus. Aber Jack Stanton wollte sich um das Amt des Präsidenten bewerben. Er hatte mehr als glaubwürdig, er hatte über jeden Verdacht erhaben zu sein. Wir konnten Cashmere vernichten und trotzdem von ihr vernichtet werden.

Darüber machte ich mir meine Gedanken, allerdings nicht sehr lange. Im Moment lief in New Hampshire alles auf Hochtouren, und dort – jedenfalls glaubten wir das – galten andere Spielregeln als im Rest des Landes. In New Hampshire kannte man uns. Noch vor wenigen Wochen hatten wir dort brilliert, hatten die Vorwahlen praktisch in der Tasche gehabt. Etliche Leute – politisch entscheidende Leute – hatten sich für uns ausgesprochen, das Gewicht ihrer Stimme geltend gemacht und uns finanziell unterstützt; sie hielten uns die Stange. Doch selbst in New Hampshire verloren wir an Boden. Abend für Abend führte Leon seine Befragungen durch, und wir fielen zurück: Von satten 37 Prozent nach der zweiten Fernsehdebatte sackten wir am Montag abend, nach Cashmeres Pressekonferenz auf 34, am Dienstag dann auf 32, am Mittwoch auf 31 und am Donnerstag auf 29 Prozent ab. Die Sache glitt uns aus den Händen.

Und Jack Stanton war krank. Es war ein bißchen wärmer geworden. Am Donnerstag war es grau und regnerisch – wir fühlten uns alle wie durch die Mangel gedreht. Das ständige Rein und Raus, die überheizten Gebäude, der ewige Wechsel von heiß und verschwitzt zu kalt und klamm machten uns zu schaffen. Stantons Augen waren glasig, sein Gesicht fiebrig gerötet. Wir flößten ihm Hustensaft und heiße Zitrone ein, aber er kam nicht richtig auf die Beine. Er trat bei einem Mittagessen in Manchester auf und konnte nicht punkten. Anschließend sackte er in unserem Bus zusammen und schlief, während wir zum nächsten Termin rasten: einer nach Schulschluß angesetzten Kundgebung für ein »drogenfreies Amerika« in Nashua. Wir kriegten ihn kaum wach. Er blinzelte mich an und krächzte: »Können Sie mir irgendwo einen Grog besorgen, Henry? Wie lange geht das denn heute noch?«

Bei der Kundgebung, zu der Schüler aus dem ganzen Umkreis in die größte Aula des Bezirks gekarrt worden waren, fing er an zu husten und konnte nicht mehr aufhören. »Entschuldigt einen Augenblick«, japste er. »Könnte mir jemand ein Glas Wasser bringen?« Das Wasser half auch nicht; es war zu kalt, und er begann, zu zittern und zu frösteln. Er brachte seine Rede kaum zu Ende; das Publikum stellte anschließend keine Fragen – aus reinem Mitgefühl, wie es schien. Bart Nilson, der als nächster Redner vorgesehen war, fing Jack hinter der Bühne ab. »Hören Sie, Jack«, sagte er und schlang Stanton besorgt den Arm um die Taille. »Lassen Sie sich von einem, der ein Leben lang im hohen Norden Wahlkampf geführt hat, einen Rat geben: Setzen Sie ein paar Tage aus. Kommen Sie wieder zu Kräften. Sonst enden Sie noch im Krankenhaus.«

Es lag ein warmer, feuchter Nebel in der Abendluft, als wir die Schule verließen. Er fühlte sich an wie ein feiner Schweißfilm und umwaberte die lachhaft hohen Bogenlampen des Parkplatzes. Stanton lehnte sich, den Kopf in der Armbeuge, gegen den Bus. Plötzlich krümmte er sich und würgte. »Mitch – übernehmen Sie den Gouverneur!« sagte ich und drehte mich rasch um, um mich zu vergewissern, daß keiner der Skorps in der Nähe war. Rob Quiston von Associated Press steuerte in etwa zwanzig Meter Entfernung gerade auf den Pressebus zu. Der Großteil der Skorps harrte noch in der Aula aus, da alle Kandidaten bei diesem Antidrogen-Flohzirkus auftreten würden. »Hey, Henry«, rief er, »was ist los? Klingt, als wäre jemandem das Mittagessen wieder hochgekommen.«

»Ray Lefebre«, rief ich, nannte einen unserer Begleiter aus New Hampshire. »Grippe.«

»Und wie geht's dem Governor?« fragte Quiston.

»Den hat's auch erwischt«, sagte ich, »aber er ist okay.«

Er war bewußtlos. Laurene hatte bereits Richard am Handy. »Er will Sie sprechen«, sagte sie.

»Wie schlimm?« fragte Richard.

»Ziemlich«, sagte ich. »Ehrlich gesagt, mach ich mir Sorgen. Er braucht einen Arzt. Bart Nilson hat ihm eben geraten, ein paar Tage auszusetzen.«

»Klar, wenns nach dem ginge, könnte er aussetzen, bis der verdammte Wahlkampf vorbei ist«, sagte Richard.

»Nein, so war es nicht«, sagte ich und merkte selbst, wie naiv ich klang. (Obwohl Barts Mitgefühl aufrichtig gewirkt hatte.) »Egal. Hör zu, Richard, wir sollten das ernsthaft überlegen. Unter Umständen müssen wir ihn ein paar Tage aus dem Verkehr ziehen.«

»Uns bleiben nicht mal mehr zwei Wochen«, schimpfte Richard. »Am Montag ist dieses beknackte Spendendinner in LA. Was hat dich bloß dazu *getrieben*, so nen blöden Termin anzusetzen? Laß sehen: Wenn wir ihn dies Wochenende rausziehen, ist er Montag in Los Angeles und vor Dienstag nicht zurück. Wir sacken ab, wir haben noch zwölf Tage, und du willst glatt ein Drittel davon opfern?«

»Vermutlich wird uns nichts anderes übrigbleiben«, sagte ich. »Kannst du dafür sorgen, daß ein Arzt da ist, wenn wir kommen?«

»Wie lange braucht ihr?«

»Halbe Stunde.«

»Hey«, schrie er ins Wahlkampfbüro, »haben wir hier Ärzte, denen wir vertrauen können?«

Der Arzt, der Myron Milburn hieß und tatsächlich wie ein Arzt aussah, stellte bei Governor Stanton eine schwere Bronchitis fest und verordnete strikte Bettruhe. »Ich habe dem Gouverneur ganz klar gesagt – und ich denke, er versteht, was das heißt –, daß er eine Lungenentzündung riskiert, wenn er sich nicht hinlegt und ein paar Tage ausruht. Sie hätten ohnehin nicht viel von ihm.« Das sagte er mir, Richard, Brad Lieberman und Lucille in einem Tonfall, als würden wir Jack Stanton zu irgend etwas zwingen, als würden wir ihn irgendwie *benutzen*. »Seine Stimme ist weg. Er darf die nächsten achtundvierzig Stunden nicht sprechen. Das ist eine ärztliche Anordnung.«

Susan beschloß, daß wir abreisen würden. Und so brachen wir am nächsten Morgen in aller Frühe auf. Das Team zerstreute sich in alle

Winde: Howard und Lucille kehrten nach New York zurück, Richard, Arlen und Daisy nach Washington. Brad Lieberman blieb in Manchester und schickte Wahlkampfhelfer aus, die Stanton-Videos verteilten. Ich kehrte mit den Stantons und Onkel Charlie nach Mammoth Falls zurück. Es war wie in alten Zeiten – und die Erinnerung an die gemeinsamen Anfänge, die Aufbruchsstimmung und an das wärmere Wetter war zutiefst deprimierend.

Wir kamen am Freitag mittag in Mammoth Falls an. Es war, als wäre der Wahlkampf vorbei, als hätten wir verloren. Normalerweise würden wir um diese Tageszeit auf Hochtouren arbeiten, würden wir von Lunch zu Lunch hasten – inzwischen erledigten wir täglich drei Lunchtermine, gaben zwischen den Terminen Interviews, trafen zwischen den Interviews Entscheidungen, lebten zu schnell, um noch irgend etwas mitzukriegen außer dem Augenblick, dem Fluß, der Geschwindigkeit. Aber an diesem Freitag war der Flughafen grau und verwaist. Auf dem Rollfeld wartete ein Wagen – eine Limousine, nicht der Bronco.

Stanton stieg in seinem Jogginganzug mit einer um die Schultern geschlungenen Wolldecke zwischen Susan und Onkel Charlie aus dem Flugzeug. Er strahlte nicht wie üblich übers ganze Gesicht: »Hi! Da *bin* ich wieder! Gerade aus der großen, weiten Welt zurück!« Er war außer Dienst. Seine Miene war ausdruckslos. Er wartete nicht einmal, bis ich mich verabschiedet hatte – als wäre ich nicht mehr Teil seines Lebens.

»Tja, dann werde ich wohl mal in der Zentrale vorbeischauen«, sagte ich.

Susan blickte über die Schulter zurück, zuckte die Achseln, lächelte. »Wir melden uns«, sagte sie.

Es verging eine Ewigkeit, ein ganzer Tag. Das Team redete miteinander, blieb in Kontakt. Wir redeten darüber, mehr Sendezeit einzukaufen. Wir redeten über unsere aktuellen Spots. Wir redeten über Umstrukturierungen, über die Notwendigkeit, nach New Hampshire unnötigen Ballast abzuwerfen, sofern es uns nach New Hampshire überhaupt noch geben sollte. Wir redeten davon, Arlen durch Daisy zu ersetzen. Das Tempo mußte anders werden.

Am Samstag rief Susan spätabends an. »Sagen Sie allen Bescheid: Wir treffen uns morgen nachmittag um fünf in der Villa.«

»Wie geht es dem Gouverneur?«

»Besser. Nicht blendend, aber besser. Henry, wir müssen zusehen, daß wir das Ganze wieder in den Griff kriegen.«

Und so verlegten wir unsere fruchtlosen, frustrierenden Gespräche am nächsten Nachmittag in die Villa. Stanton saß in gestreiftem Pyjama und hellblauem Frotteebademantel in der Bibliothek. Er hustete immer noch, seine Augen waren glasig und rotgerändert, seine Haut fleckig. Aber er konnte wieder einigermaßen sprechen. »Wir können nichts anderes tun, als zu arbeiten«, sagte er und schlug mit der Faust auf die Armlehne des Sessels. »Arbeiten, arbeiten und noch mal arbeiten.«

»Das Problem ist«, sagte Richard, »wir müssen jetzt auch noch hinkriegen, daß wir weniger ... politisch wirken. Ich hab nämlich den Verdacht, daß die, die im Moment bei Harris parken, dort *bleiben* und ein paar nachziehen könnten. Das Problem ist – nachdem die Kacke so am Dampfen war, haben die Leute die Schnauze endgültig gestrichen voll von Politik – und dieses Arschloch profitiert davon. Politikverdrossen? Mr. Naturkraft ist die Verdrossenheit in Person.«

»Bißchen mehr als nur ein Furz, wie, Richard?« sagte Lucille. »Ich habe ja gleich gemeint, wir sollten ihn kaltstellen.«

»Zu spät«, sagte Richard.

»Wieso?«

»Weil die Leute dummerweise anfangen, *uns* mit ›Politik wie gehabt‹ gleichzusetzen«, sagte Daisy. »Wenn wir jetzt auch noch ihrem Heimathelden ans Bein pinkeln, dann jagen sie uns endgültig zur Stadt hinaus. Wir müssen es irgendwie schaffen, wieder an die positiven Ideen anzuschließen, mit denen wir angefangen haben.«

Irgendwo klingelte ein Telefon. Brad Lieberman sagte: »Richard, für Sie: Leon.«

»Zahlen«, murmelte Richard. »Riecht verdächtig nach Zahlen.«

Er ging in den Raum zwischen Bibliothek und Küche. Da stand er dann, zwirbelte die Telefonschnur und machte: »Mhm, mhm, umha ... Und noch kein Ende in Sicht? ... Okay, Champ. Bis dann.«

Richard kam zurück und zuckte die Schultern. »Absoluter Einbruch«, sagte er. »Vierzehn Prozentpunkte Verlust an den letzten beiden Abenden. Leon weiß nicht, obs nicht noch weiter in den Keller geht.«

Ich war starr vor Entsetzen, geschockt. Das durfte nicht wahr sein. Das war das Ende.

»Wer liegt vorn?« fragte der Gouverneur – völlig gefaßt, wie es schien.

»Der große Zauderer macht alle fertig, ist fast so stark, wie wir mal waren, Governor, rund dreiunddreißig Prozent. Harris hat fünfundzwanzig. Sie liegen bei knapp fünfzehn. Die anderen beiden haben ungefähr je zehn. Die ›Unter-ferner-liefen‹-Fraktion verbucht den Rest.«

»Sie laufen also nicht zu Harris über«, sagte Stanton. »Sie warten ab. Wir können sie zurückgewinnen.«

»Gov'nor«, sagte Richard. »Wir alle haben solche Situationen schon durchgemacht, issdochso, ist verdammt hart, und, na ja, wir haben nur noch eine gute Woche, und ob das schon der Tiefpunkt ist, ist auch noch nicht raus.«

»Sie meinen also, wir sollten aufgeben?« fragte Susan.

»Na ja, das nicht, ich –«

»Gut. Alle mal herhören«, sagte sie. »Gibt es hier irgend jemanden, der nicht davon überzeugt ist, daß wir den besten Kandidaten haben? Und gibt es hier irgend jemanden, dem nicht klar ist, daß diese Angriffe auf uns *bewußt* geplant waren mit dem Ziel, den stärksten demokratischen Kandidaten aus dem Rennen zu werfen, bevor er richtig loslegen kann? Wir werden ihnen nicht den Gefallen tun, einfach das Feld zu räumen und mit eingekniffenem Schwanz abzuziehen. In den nächsten zehn Tagen werden wir kämpfen. Wir werden bis zum Umfallen schuften. Wir werden keinen Negativwahlkampf führen – nicht in den Medien. Aber wir werden Mr. Exsenator Lawrence Harris in den Debatten hart rannehmen. Möglicherweise werden wir nicht siegen, aber sie sollen wissen, daß wir da waren – und daß wir wiederkommen.«

Dann war der Gouverneur an der Reihe. »Ich muß oft an Danny Scanlon denken«, sagte er.

Richard unterdrückte ein Stöhnen. »Wenn man sich Harris' Wahlprogramm ansieht, dreht sich alles um Opfer, die zu bringen sind – Benzinsteuer, Kürzungen hier, Kürzungen da. Er behauptet, wir müßten an unsere Enkel denken, und da hat er nicht unrecht. Natürlich müssen wir für sie vorsorgen. Aber für jemanden wie Danny fällt dabei nichts ab, nicht das kleinste bißchen. Nicht für Danny und viele andere seinesgleichen, und auch nicht für die Menschen, die zwar besser dran sind, die nicht behindert sind, die aber tagein, tagaus schuften wie die Tiere, ohne daß die Regierung ihnen das irgendwie danken würde. Das sind unsere Leute. Ihretwegen sind wir angetreten. Irgend jemand muß sich für sie einsetzen ... Im Moment sind sie verunsichert. Kann ich ihnen nicht verdenken. Sie etwa? Nach dem ganzen Mist, den sie in den letzten Wochen über uns gehört haben? Ist doch nur vernünftig, eine ziemlich weise Entscheidung. Das waren unsere Wähler. Jetzt sind sie weg, und wir müssen sie zurückgewinnen. Die Frage ist, wie machen wir das? Wir müssen auf die Straße gehen und so viele wie möglich von ihnen erreichen, sie wissen lassen, daß wir uns Tag und Nacht für sie einsetzen werden. Wenn wir sie überzeugen können, daß wir auf ihrer Seite stehen, daß wir mit aller Macht für sie kämpfen werden, dann wird sie der Dreck, mit dem man uns beworfen hat, nicht mehr interessieren. Ihnen werden die Augen aufgehen, und sie werden zu uns zurückkehren.«

Da war ich mir nicht so sicher. Keiner von uns war es. Aber *Stanton* war sich sicher, und wir brachten es nicht übers Herz, ihm zu widersprechen. Wir umarmten ihn (sogar Richard überwand sich). Wir klopften ihm auf die Schulter – und marschierten raus wie Kamikaze-Flieger.

Am nächsten Morgen ging ich ins Büro, um ein paar Dinge zu erledigen. Daisy, Richard und ich waren fast die halbe Nacht wach gewesen, hatten Werbestrategien durchgesprochen, uns überlegt, wie wir Stantons Danny-Scanlon-Argument verstärkt einsetzen und Harris packen könnten, ohne allzu radikal zu wirken. Jetzt wollte ich einen Rundruf unter unseren Leuten in New Hampshire starten, um sie wissen zu lassen, daß wir an einem einzigen Abend in Los Angeles 850 000 Dollar einfahren und in alter Stärke zurückkehren würden. Am frühen Nachmittag würden wir nach Los Angeles fliegen.

Gegen elf entstand Unruhe im Vorraum. Terry Hickman, der gitarrespielende Kuli, kam zu mir und sagte: »Henry, da draußen steht ein ziemlich kräftiger schwarzer Gentleman, ein gewisser Mr. McCollister, der Sie unbedingt sprechen will.«

»Worum geht es?«

»Sagt er nicht. Er meint, er hätte schon mehrfach angerufen und wäre letzte Woche auch schon mal hiergewesen.«

»Sagen Sie ihm, er soll nächste Woche wiederkommen.«

»Er hat gedroht, Ihnen die Tür einzutreten, wenn Sie nicht auf der Stelle mit ihm reden.«

Und da stand er auch schon. Er trug einen dunklen Sonntagsanzug und hielt einen ebenfalls dunklen Sonntagshut in der Hand. Ich tippte zunächst auf Prediger. »Erkennen Sie mich denn nicht, Mr. Burton?« fragte er. »Die andern hier kennen mich wahrscheinlich nich von ner alten Schrotkugel weg, aber Sie als ...«

Natürlich, ich als Schwarzer. Es war ...

William McCollister. Fat Willie, der Barbecue-Mann. Und kaum hatte ich ihn erkannt, wollte ich gar nicht erst hören, was er zu sagen hatte. Nach der Sitzung in der Villa hatte ich mich dazu durchgerungen, bis zum bitteren Ende für die Stantons zu kämpfen – und ehrenhaft mit ihnen unterzugehen. William McCollister war im Begriff, diese stille Abmachung zu unterminieren. Das hatte ich im Gefühl.

»Sie hören Ihren Anrufbeantworter nicht ab?« sagte er.

»Ich gebe mir Mühe«, sagte ich. »Aber ich bekomme dermaßen viele Anrufe.« Er zögerte. Ich half ein bißchen nach: »Was kann ich für Sie tun, Mr. McCollister?«

»Ich war letzte Woche schon mal da«, sagte er.

Ich schwieg, so daß er gezwungen war, fortzufahren – es widerstrebte ihm sichtlich. »Meine kleine Loretta ...«

Ich nickte.

»Kriegt ein Kind.« Er seufzte. »Und sie sagt, daß Governor Jack Stanton der Daddy ist.«

V

Wir flogen in einer Gulfstream nach Kalifornien und hattten keine Gelegenheit zum Reden. Ein bekannter Homosexueller aus der Musikindustrie hatte uns die Maschine vor mehreren Wochen, als unsere Aussichten noch etwas vielversprechender schienen, zur Verfügung gestellt. (Die »Mietkosten« waren lächerlich gering, die politischen Implikationen dagegen beunruhigend.) Aber es war ein hübsches Ding – ganz Nußbaum, Leder und Kristall. Es klapperte nicht über die Startbahn wie unsere übliche Kiste, sondern schoß dahin und erhob sich mühelos in die Lüfte. Ich starrte zum Fenster hinaus; die Flügelspitzen waren rechtwinklig hochgeklappt, wie bei einem Papierflugzeug. Gab es dafür eine aerodynamische Erklärung, oder war es nur ein Gag, der Einfall eines spleenigen reichen Mannes? Der Prunk wirkte einschüchternd und völlig unangemessen, vor allem an diesem Tag. In New Hampshire waren wir vom Untergang bedroht; in Mammoth Falls erwartete uns eventuell ein Vaterschaftsprozeß.

Wir saßen zu sechst im Flugzeug, in passende Pärchen aufgeteilt: der Gouverneur und Susan, Lucille und ich, Onkel Charlie und Momma – Stanton hatte sich gedacht, daß Momma am Starrummel von Los Angeles Spaß haben würde; sie wollte von dort aus für einen Tag nach Las Vegas und uns dann in New Hampshire zum großen Finale treffen. Susan las, der Rest spielte Karten, und ich blies Trübsal. Der Gouverneur war gut gelaunt und redselig, er knallte die Karten auf den Tisch, erzählte allen, wer welches Blatt hatte, ging sinnlose Risiken ein – und sang. Er sang *Red River Valley*. Er sang *Blue Eyes Crying in the Rain*. Er strahlte jetzt eine grimmige Entschlossenheit aus. In diesem Wahlkampf ging es nicht mehr um den Sieg, sondern um sein persönliches Überleben. Darum, ob er zu demütigen war. Daß das passieren sollte, war dem Gouverneur allerdings unvorstellbar – es konnte einfach nicht sein; seine nationale Karriere *durfte* nicht vorüber sein, bevor sie überhaupt begonnen hatte –, und diese Überzeugung verlieh ihm eine rauschhafte, fiebrige Kraft.

Ich war verärgert und frustriert – es gab zu viele Gegenströmungen, zu viele ungeklärte private Komplikationen. Soeben hatte ich William McCollister betrübt und betreten zurückgelassen; in Santa Monica würden mich meine Mutter und Arnie am Flughafen erwarten. Willies würdevolle Ratlosigkeit hatte mir die Sprache verschlagen. Er konnte sich nicht vorstellen, daß ihn sein Freund, der Gouverneur, auf diese Weise hinterging. Er war fassungslos und wollte, daß ich ihm dabei half, aus dem Chaos schlau zu werden. Er war nicht gekommen, um Forderungen zu stellen. Seine offenkundige Anständigkeit hatte mich zutiefst getroffen – der erlebte Schmerz und der Gedanke an den noch bevorstehenden Schmerz waren überwältigend. Diese Situation war real, nicht vom Tisch zu wischen, nicht hinzubiegen. Es war anders als bei Cashmere. Es war kein Fall für Libbys Dustbusting. Es mußte dem Gouverneur direkt vorgetragen werden. Doch wir hatten noch keine Gelegenheit zum Reden gehabt. Ich versuchte mir vorzustellen, wie ich ihm *das* nun wieder beibringen würde. Ich versuchte, mir die richtigen Worte zurechtzulegen, aber es gelang mir nicht. Mein Kopf war leer.

Irgendwo über der Wüste vollzog ich den Übergang von Willies Gefühl der Verlorenheit und Verwirrung zu meinem eigenen: Mutter, die am anderen Ende des Bogens wartete. Unsere Beziehung war herzlich, aber ohne jede Spannung – an irgendeinem Punkt war auf beiden Seiten die Entscheidung gefallen, es dabei zu belassen. Mutter hielt viel von stiller Liebe. Selbst Vaters Abgang war merkwürdig unstürmisch verlaufen. Es gab keine Szenen, er verließ sie einfach. Er ging als Gast-Irgendwas an die amerikanische Universität in Beirut. Er hatte Mutter nie von der Bewerbung erzählt, sie mußte monatelang in der Mache gewesen sein. Er sagte ihr nie, daß er fortgehen wollte, daß ihre Ehe vorbei sei; er packte einfach eine Tasche und verschwand. Ich war zehn. Sie schrieben sich Briefe: »Was hat das zu bedeuten?« fragte sie ihn. »Was immer du willst«, entgegnete er. Später, in einem Brief an mich – er kam aus heiterem Himmel, ungebeten, als ich schon studierte – , schrieb er: »Du fragst dich vielleicht, was zwischen deiner Mutter und mir vorgefallen ist. Die Situation wurde unhaltbar, ohne daß ich ihr die Schuld geben konnte. Ich konnte ihre mangelnde Bereitschaft, die Unterschiede zwischen uns wahrzunehmen, nicht akzeptieren. Sie wollte nicht wahrhaben, daß diese Unterschiede uns zum Problem werden könnten. In ihren Augen ging es nur darum, daß zwei Menschen zueinander finden, aber ich mußte wissen, warum – oder vielleicht eher, wie: Wie konnte sie sich so mühelos über einen Bereich hinwegsetzen, der normalerweise so voll Gefahr und Melodramatik steckte? Wie konnte sie so tun, als würde dieser Bereich nicht einmal existieren? Ihr Gleichmut, die fehlende Spannung, hat mich zermürbt. Ihre Unfähigkeit, meine Farbe *wahrzunehmen* – eine Eigenschaft, die ich anfangs so bezaubernd, so erfrischend und bestärkend fand –, entpuppte sich letzten Endes als eine Einstellung, die ich nicht zu akzeptieren vermochte: daß nämlich meine Hautfarbe nicht wichtig ist. Ich hatte den Eindruck, sie kannte mich nicht. Und das war unerträglich.«

Mutters Selbstbeherrschung war tatsächlich zermürbend. Sie trauerte ihm nach. Sie hoffte, die Phase würde vorübergehen und er würde zurückkehren. Dann ging er von Beirut nach Kuala Lumpur und schließlich nach Kairo. Nach drei oder vier Jahren – es war ein fließender, unauffälliger, erschreckend rationaler Prozeß – beschloß sie, daß es sich nicht um eine Phase handelte und er nicht zurückkehren würde, und stellte sich darauf ein. Ich wurde in ein Internat geschickt. Sie signalisierte – diskret –, daß sie wieder frei war. Sie verschonte mich mit halbherzigen Experimenten und Fehlversuchen, doch eines Tages gab es dann Arnie, der über alle Kritik erhaben war. Er war Armenier, immerhin, dachte ich, nicht ganz weiß – wenn der Neue aus Missouri oder Montana gewesen wäre, hätte man das als ein indirektes Eingeständnis werten können, daß sie in der Ehe mit meinem Vater einen Schritt zu weit gegangen war. Arnie dagegen war ein Schritt in Richtung Sicherheit, zumindest aus meiner Sicht. Aus ihrer bestimmt nicht. Ihre lapidare Menschlichkeit war durch nichts zu erschüttern. Jetzt, in dieser Gulfstream, wurde ich plötzlich von Wut und Ekel gepackt: Das Blut meines Vaters, seine Verwirrung und sein Groll, pulsierte in meinen Adern.

Wir rauschten durch verdreckte Luft nach unten, wir waren in Los Angeles.

Der Gouverneur und Susan wurden sofort von dem Musikfritzen in Beschlag genommen. Er war klein und gepflegt, trug ein silbernes Seidenhemd – die oberen Knöpfe offen –, Jeans und Turnschuhe. Er war als erster bei Stanton, noch bevor wir überhaupt ausgestiegen waren – er sprang regelrecht an Bord. »Grüß dich, Fritz«, sagte er zu dem Piloten. »Ich hoffe, du hast den Governor nicht zu sehr durchgeschüttelt?« Dann hockte er sich neben Stanton und raunte: »Willkommen in LA, Governor. Wir haben im Haus ein Treffen in kleiner Runde für Sie organisiert. Warren ist da. Barry glaubt, daß er kommen kann. Außerdem Tim und Susan. Danach geht's zur Wahlveranstaltung.«

Er folgte den Stantons aus der Maschine und legte tröstend einen Arm um Susan. Seine Aufmerksamkeiten, fiel mir auf, waren weder kriecherisch noch respektvoll, sondern ein Akt der Barmherzigkeit. Daher überraschte es mich auch nicht, als John Conroy, unser liebenswürdiger Koordinator aus Kalifornien, auf dem Weg zum Terminal einen Arm um *meine* Schulter legte und sagte: »Wie geht's?« Ich nickte. Dann: »Henry, gleich werden Sie die feudalste Sekretärinnengala in der Geschichte von Los Angeles erleben. Alle glauben, wir sind erledigt. Sie halten es für ehrenhafter, die Leiche nicht anzustarren, und geben ihre Eintrittskarten deshalb an die Tippsenzentrale weiter. Wir füttern heute abend die Poststelle durch. Sollen wir es dem Governor sagen?«

»Nein«, erwiderte ich. Was würde das schon ändern? Er würde es früh genug merken, sofern es ihm das bestattungsunternehmerhafte Gehabe seines Gönners nicht ohnehin schon verraten hatte. Ich konnte seine Reaktion vorhersagen: Zunächst einmal Wut. Er würde sauer sein auf die Bonzen, dann aber würde er seinen Blick auf das Publikum richten und denken: Hey, wenn schon so viele andere Leute hier sind, überzeuge ich eben *die*. Als nächstes wachsendes Selbstvertrauen und ein wiedererwachtes Gefühl der Stärke, wenn er sie wirklich überzeugte. Und zum Schluß heiterer Optimismus: Noch bin ich nicht erledigt.

Ich wollte ihm diese Erfahrung nicht nehmen. Es war eine gute Vorbereitung auf New Hampshire. Mit meinen Gedanken vollkommen in die Stabsarbeit versunken, hätte ich Mutter beinahe übersehen.

»Henry!« sagte sie. Sie war bezaubernd, leicht gebräunt. Arnie, der sehr nach LA aussah – zweireihiger blauer Blazer, hellgraue Hose, dunkelblaues Hemd mit offenem weißem Kragen, Goldkettchen –, stand, eine Hand auf ihrer Schulter, direkt hinter ihr am Eingang des Terminals. Ich küßte sie aufs Haar, sie umarmte mich, Arnie klopfte mir auf den Rücken.

»Governor!« sagte ich, einen Tick zu scharf. Susan, auf schlechte Nachrichten gefaßt, drehte sich abrupt um. Höfliches Lächeln von beiden Seiten. Der Gouverneur und Susan wandten sich uns zu. Ich sah, wie er Mutter begutachtete – es war ein unwillkürlicher Reflex, vor allem bei besonders attraktiven Frauen –, dann bemühte er sich übertrieben um Wiedergutmachung, indem er Arnie verbindlichst die Hand schüttelte, diesmal als Zwei-Akter: erst ein Beidhänder, dann das Drapieren des einen Arms um Arnies Schulter. »Wir sitzen im selben Boot, was, Arnie?« sagte er mit einem Blick auf mich. »Ersatzväter für einen, der eigentlich schon viel erwachsener ist als wir.«

Arnie lachte. »Wenn wir Henry früher in der Schule besucht haben und zusammen ausgegangen sind, hatte ich immer das Gefühl, daß er den Anstandswauwau spielt«, sagte er.

»Er ist der Beste«, sagte Stanton. »Master of the Universe.«

»Jetzt mal halblang«, sagte ich, etwas zu jovial, verwirrt von meinen vielen Rollen und Pflichten, von der sanften Brise und dem grellen Licht – wie verlockend es doch wäre, einfach in LA zu bleiben und es sich gutgehen zu lassen –, und leicht benommen von den Abgasen der Flugzeuge.

Wir setzten uns in Bewegung, marschierten durch den kleinen Terminal, überall Glasfronten, Topfpalmen und Flugpersonal. Der Gouverneur blickte sich suchend um, entdeckte die Herrentoilette – und ich mußte eine Entscheidung treffen. Ich folgte ihm hinein. Es gab nur zwei Becken. Eigentlich mußte ich auch, aber ich hielt mich zurück. Ich stellte mich ans Waschbecken, während er sich erleichterte. »Governor«, sagte ich.

»Nette Leute«, sagte er. »Ihre Familie. Wirklich großartig – ich wünschte, wir könnten einfach hier draußen bleiben und ...«

»Governor.«

Jetzt merkte er auf. Er schaute mir fest ins Gesicht.

»Was ist los?« fragte er.

»Fat Willie vom Barbecue war heute morgen in der Zentrale«, sagte ich, um Ruhe bemüht, aber doch leicht zittrig. »Seine Tochter ist schwanger. Sie behauptet, Sie wären der Vater.«

Er ließ sich nichts anmerken. »Wer weiß noch davon?«

Ich zuckte die Schultern.

»Was will er?«

»Er wollte es Ihnen nur sagen. Ich glaube, es war ihm peinlich.«

Der Gouverneur drehte sich blitzschnell um und schlug mit der flachen Hand auf die Kacheln, daß es klatschte. »Ich komm einfach nicht zum Luftholen«, sagte er. Dann ging er an mir vorbei zum Waschbecken, stützte sich ab, starrte in den Spiegel, drehte das Wasser auf. »Ich möchte, daß Sie ihn anrufen ... Nein. Das mach ich lieber selbst. Ich muß ihm klarmachen, daß es sich hier um ein Mißverständnis handelt«, sagte er mit einer Intensität, die ziemlich überzeugend wirkte. »Ich muß ... Wie weit ist sie denn?«

»Hat er nicht gesagt«, antwortete ich. »Ich glaube nicht, daß er das weiß.«

»Es können doch bloß ein paar Monate sein. Vier, maximal fünf. Und das Mädchen?«

Mir war nicht klar, worauf er hinauswollte.

»Tja«, sagte er. »Woher sollen wir das wissen? Aber er gibt uns doch hoffentlich eine Woche, oder?«

»Ich denke schon«, sagte ich.

Er war jetzt ruhig, emotionslos; ich hatte ihn noch nie so kalt gesehen. Hier war wirklich etwas faul. »Die Sache bleibt unter uns, okay? Kein Wort zu Daisy.«

Er wußte also über Daisy Bescheid. Es war schon erstaunlich, was bekannt war und was nicht. Alle wußten scheinbar alles, nur die elementarsten Dinge nicht.

»Und Libby?«

»*Nein*!«

Er drehte sich vom Spiegel weg und lehnte sich gegen das Waschbecken. »Alle glauben, ich wäre erledigt«, sagte er. »Sie werden mich ansehen, ohne mir in die Augen zu schauen. Es wird zum Kotzen sein. Am schlimmsten werden die sein, die mir mit Mitleid kommen, die Pißköpfe, die selber Ärger hatten und beim Crackrauchen erwischt wurden oder dabei, wie sie an Teenagern rumgetatscht haben. Alle, die auch schon von der Presse bombardiert und angeschossen worden sind. Die glauben, ich wäre jetzt einer von ihnen. Eines Tages, Henry – das sehe ich schon kommen, wird es eine Notgemeinschaft der Opfer medialer Hetzkampagnen geben. Wir werden unser eigenes Altersheim haben, wie das Will Rogers Institute oder wie dieses Heim für schlechte Schauspieler sonst heißt. Wir gründen das Mike-Milken-Heim für gebrandmarkte Sünder.« Er verstummte, verschränkte die Arme über der Brust, starrte zu Boden. Ich wandte mich zum Gehen, aber er war noch nicht soweit. »Heute abend werden sich viele nicht blicken lassen. Das ist mir egal. Die Befriedigung werde ich ihnen nicht verschaffen. Henry ...« Er sah mich scharf an, die blauen Augen wäßrig, rotgerändert und dennoch bohrend. »Henry. Sie werden nie bereuen, was Sie hier tun. Verstehen Sie? Es wird nichts passieren, woran Sie sich verschlucken könnten, wovor Sie davonlaufen oder wofür Sie sich entschuldigen müßten. Ich werde nicht zulassen, daß es soweit kommt.«

Die Tür wurde aufgestoßen. Es war Conroy. »Jungs?« sagte er.

Ich ging mit Mutter und Arnie zu einem frühen Abendessen in ein luftiges Restaurant in der Melrose Avenue; es hatte Backsteinwände und eine hohe Decke, die mit bauschigen Stoffbahnen behängt war – knallige, atemberaubende Farbblöcke in Königsblau, Weinrot, Hellgrün. Diese Zeit hatten wir für uns, schon zum Dessert würden wir im Beverly Hilton sein und uns die Rede des Gouverneurs anhören. Es war fast ein Schock, unter normalen Menschen zu sein, Menschen, die nicht alles wußten, Menschen, die nicht Gedanken lesen konnten. Es ging mir aufs Gemüt. Und das war, wie mir plötzlich bewußt wurde, die andere Seite von Mutters Gleichmut: ihr mangelndes Einfühlungsvermögen. Sie merkte mir weder meine Verwirrung noch mein Unbehagen an, und sie spürte auch nicht, daß die schwüle Leichtlebigkeit von Los Angeles mir zusätzlich auf die Stimmung drückte. Sie freute sich, mich zu sehen. Sie war stolz auf mich. Sie machte sich Sorgen, weil der Wahlkampf nicht so gut lief. »Er scheint ein wunderbarer Mann zu sein«, sagte sie.

»Und sie sieht klasse aus«, fügte Arnie hinzu. »Ich frage mich, woran es bloß liegt, daß ... Und was steht als nächstes an, Henry?«

»Ich gehe wieder nach New Hampshire«, sagte ich, wobei ich Arnies eigentliche Frage bewußt ignorierte: Was würde ich machen, wenn wir den Wahlkampf abbrechen sollten? Plötzlich wurde mir klar, daß Mutter und Arnie die Peinlichkeiten der letzten Wochen ebenfalls durchlebten. Aber es ging ihnen gut dabei; sie durchlebten sie in sonniger LA-Manier. Es spielte keine Rolle, daß man mich mit einem Wahlkampf in Verbindung brachte, der inzwischen landesweit als ziemlicher Witz galt. Es war eine Empfehlung. Es steigerte meinen Marktwert. Arnie würde sagen können: »Henry hat früher für Jack Stanton gearbeitet«, und in Los Angeles, im Showbusiness, würde man wissen, was das bedeutete. Man würde mich für einen Veteranen halten, für einen Gladiator, für jemanden, der genau weiß, wie hell Scheinwerferlicht sein kann, der im mobilen Einsatzkommando zur Medienbeschwichtigung tätig war, und diese Erfahrung würde meinen Wert steigern – bei anderen Anwärtern für das Milken-Heim. Ich merkte, daß Arnie kurz davor stand, mir einen Job anzubieten, und zwar nicht aus Barmherzigkeit.

»Ist schon in Ordnung«, sagte ich. »Es ist eine harte Zeit. Hört zu: Unter normalen Umständen wären wir erledigt. Und sicher, ich weiß, es sieht so aus, als wäre es schon soweit – und vielleicht ist es das auch –, aber andererseits: Wer soll uns denn schlagen? Ich kann mir einfach nicht vorstellen, daß es einer von den anderen schafft. Ich meine, seht sie euch doch an. Issdochso, oder?« Das alles rasselte ich in einem Affenzahn herunter. Ich klang wie Richard, wie ein Wahnsinniger. »Deshalb bringen wir die Sache zu Ende. Hangeln uns von Tag zu Tag. Bis zur Wahl ist es noch eine Woche hin. In einer Woche kann viel passieren. Selbst wenn uns Harris dort schlägt, woanders wird er's kaum schaffen. Also bin ich nicht ... Aber ihr wißt ja, es ist kein leichtes Geschäft.«

»Henry«, sagte Arnie. »Wenn es vorbei ist ... Deine Mutter und ich haben darüber geredet. Wenn es vorbei ist, hätte ich einen Job für dich – ich könnte wirklich jemanden wie dich gebrauchen. Es ist gar nicht so schlecht hier, weißt du? Du solltest dein Leben ein bißchen genießen, bevor dich die Arbeit umbringt.«

»Vielen Dank, Arnie«, sagte ich. »Aber im Moment kann ich mir ein Leben ohne diesen Job gar nicht vorstellen. Es ist komisch – du kommst dir vor wie ein Kumpel unter Tage. New Hampshire ist wie die Arbeit in einer Mine. Es hat was körperlich Befriedigendes, den Stein nach und nach abzutragen. Wenigstens ist es mir so ergangen, als wir noch von einer Tasse Kaffee zur nächsten gehastet sind und die Aktivisten einzeln gewonnen haben, bevor wir einen Namen hatten. Klingt verrückt, stimmt's? Aber hier in LA zu sein ist einfach seltsam. Es ist, als käme ich aus der Mine, geblendet von all dem Licht. Es ist fast wie ein körperlicher Schmerz.«

Mein Unbehagen beunruhigte Mutter. Sie hatte keine Ahnung, worauf ich hinauswollte, wahrscheinlich würde sie mich nie verstehen. Also tat ich das Naheliegendste: Ich beteuerte ihr, daß ich den Job nur vorübergehend machte. »Es gibt Leute – Richard Jemmons, Arlen Sporken –, die nicht davon loskommen, die ohne gar nicht leben können«, sagte ich. »Bei mir ist das anders. Bei mir bleibt es bei dem einen Mal. Ich habe mich Jack Stanton verpflichtet, und ich bringe die Sache zu Ende. Aber ich glaube, ich würde das alles gar nicht durchstehen, ich könnte die Intensität und die Hoffnungslosigkeit nicht ertragen, wenn bei mir kein echtes politisches Interesse dahinterstünde.«

»Na, wenn das so ist«, sagte Arnie und lachte schwach, »dann bist du vielleicht Mittwoch nächster Woche schon wieder hier.«

»Ja, kann sein, daß es nicht viel länger dauert«, stimmte ich zu. »Aber das wäre wirklich tragisch. Er mag ein paar Probleme, ein paar Schwächen haben – das läßt sich nicht abstreiten –, aber ich glaube, Jack Stanton könnte in diesem Land wirklich einiges bewegen.«

Seine Rede an diesem Abend war schrecklich, aber nicht hoffnungslos – immerhin ein Pluspunkt. Er behielt die Kontrolle. Er erfaßte sofort, womit er es zu tun hatte: einem Ersatzpublikum, das obendrein unerreichbar war. Der Ballsaal im Beverly Hilton wirkte übergroß und zu stark klimatisiert, die Zuhörer fröstelten und saßen weit vom Podest entfernt, am anderen Ende des Saals. Aber das war, ging mir auf, nur mein subjektives Empfinden. Das Publikum bestand aus Leuten, die still und konzentriert miteinander beschäftigt waren, die verzweifelt Aussehen und Garderobe taxierten und die komplizierte physiognomische Berechnungen anstellten: Wessen Backenknochen oder Brüste, wessen Hintern könnte sie vielleicht aus der Poststelle oder vom Empfangstisch erlösen und die Leiter nach oben befördern? Wer war mit dem leisesten Hauch eines neuen Looks aufgetaucht; wer hatte die Tagesformel zur Berechnung von Hollywood-Flair und Sinnlichkeit gefunden? Wenn es um diese Art von Kalkulationen ging, waren sie genial, sie waren ihr Einmaleins. Sie machten sie so selbstverständlich, wie Leon seine Umfragen auswertete oder Daisy einen Werbespot schnitt. Und so schenkten sie Jack Stanton nicht die geringste Aufmerksamkeit. Und er tat etwas, was ich bisher selten bei ihm erlebt hatte: Er ließ sie gewähren. Er versuchte nicht einmal, ihre Aufmerksamkeit auf sich zu ziehen. Es war ein unglaublicher Beweis von Disziplin, eine Energiesparmaßnahme – ein Zeichen dafür, daß es ihm wirklich ernst war.

Mutter fand ihn natürlich höchst inspirierend. Arnie nuschelte etwas Aufmunterndes, war aber eindeutig der Meinung, daß Stanton aufgegeben hatte, daß er erledigt war. Mich überkam plötzlich ein Hochgefühl: Stanton war konzentriert. Er war bereit, nach New Hampshire zurückzukehren.

Ich kann im Flugzeug problemlos schlafen. Doch normalerweise ist mein Schlaf so leicht, daß ich es spüre und aufwache, wenn die Motoren gedrosselt werden und der Landeanflug beginnt. An diesem Abend – vielleicht lag es an der Gulfstream – schlief ich tief und fest, als wir zum Anflug ansetzten. Wir schienen hart zu landen. Ich schreckte aus dem Schlaf hoch. Die Kälte war zu spüren, bevor wir ausstiegen; sie schien ins Flugzeug zu dringen. Es war noch dunkel, aber es zog bereits ein Hauch von Grau herauf. Ein paar in Daunenjacken eingemummte Leute standen neben drei Kleinbussen und schwenkten unverdrossen die vertrauten rot-weiß-blauen

STANTON FÜR AMERIKA-Schilder. Wir waren so weit gereist – und doch nicht vom Fleck gekommen. Wir traten immer noch auf der Stelle, es war wie das Lustige Leiterspiel: die Leiter hochgeklettert und wieder runtergerutscht. Wir landeten immer auf dem gleichen Flughafen, zur gleichen Tageszeit, wurden von der gleichen Karawane erwartet, die uns an Orte brachte, an denen wir alle inzwischen zigmal gewesen waren.

Nach Los Angeles tat die Kälte fast weh. Wir zögerten, ins Freie zu treten. Der Gouverneur schaute mich an – es war das erste Mal, daß ich ihn nicht voll Enthusiasmus den Kampf aufnehmen sah – und zuckte die Achseln: Da wären wir wieder. Mitch war da, um die Koffer zu tragen und Susan die rutschigen Stufen hinunterzuhelfen. Und dann, als wir aus dem Flugzeug kamen, stiegen die Leute aus den Bussen aus – und begannen zu klatschen, es war ein Ausdruck tiefer, echter, behandschuhter Zuneigung. Stanton lief sie der Reihe nach ab, umarmte sie – und seine Augen tränten vor Kälte, vielleicht auch nur so. Als letzter tauchte Danny Scanlon auf – mit einer Schachtel Apfelkrapfen. »Hab Ihnen w-was mitgebracht, Governor«, sagte er.

Stanton drehte sich zu uns um, glühend, ein dümmliches Grinsen im Gesicht. »Mein Gott, wie schön, dich zu sehen, Danny! Warum bist du nicht bei der Arbeit?«

»Hab die Woche freigenommen. Ich arbeite jetzt für Sie.«

»Also, na, das ist ja ... Hört mal: kommt alle mal her.« Und das taten wir, dicht zusammengedrängt, die Arme untergehakt, oben warm, nur um die Beine peitschte ein bitterkalter Wind. »Ich werde nie vergessen, wie ihr uns hier empfangen habt, niemals«, sagte Stanton. »Wir haben eine harte Woche vor uns. Vielleicht werden wir nicht gewinnen. Aber eins kann ich euch versprechen: Kein Kandidat wird in den nächsten sieben Tagen härter arbeiten als ich. Und ihr werdet es nicht bereuen. Und ich werde es nicht vergessen ... Also, was steht als erstes an? Mitch?«

»Das Werkstor der McLaughy Factory, aber erst in einer Stunde.«

»Kann doch nicht sein. Die Zeit werden wir ja wohl nutzen können«, sagte der Gouverneur. »Ein Diner oder ... Danny? Wer ist deine Konkurrenz so früh am Morgen?«

»Im Silver Moon dürften schon ’n paar Leute sein«, sagte Danny.

Ab ins Silver Moon. Stanton ging den Tresen entlang, dann rüber zu den Sitznischen und schüttelte Hände. LKW-Fahrer, Malocher mit dunklen Brauen, faltigen Gesichtern, Strickmützen, die ihn anstarrten, den Kopf schüttelten, vielsagend lächelten: »Schon so früh auf den Beinen, Governor? Fängt Ihr Tag jetzt an oder geht er gerade erst zu Ende?«

»Es ist die letzte Woche, Jungs«, sagte er. »Da werden Überstunden gemacht. Was kann ich für euch tun? Was wollt ihr wissen?«

Sie sahen einander an, hätten offenbar am liebsten gefragt: Na, was ist denn jetzt mit Cashmere? Aber keiner traute sich, deshalb fragte einer: »Sie wollen uns also unsere Schießeisen wegnehmen?«

»Nur wenn ihr Uzis oder Panzerfäuste habt.«

Weiter ging es, zum nächsten Lokal, und wieder zum nächsten. Er war jetzt in Fahrt, und wir ebenso. Irgendwann, an einer roten Ampel, sprang er aus dem Bus, klopfte an Autofenster, winkte, schüttelte Autofahrern die Hand. Als nach den Werkstoren die Supermärkte drankamen, setzte ich mich ab und fuhr ins Hotel, wo Arlen, Daisy, Lucille, Richard und Leon sich in der Stanton-Suite versammelt hatten – so, als wären sie nie weggewesen, als wären wir immer da – und sich über die eingekauften Sendezeiten der letzten Woche stritten.

»Wer guckt sich son Scheiß denn an?« fragte Richard gerade. »Die werden bloß stocksauer sein, weil sich unseretwegen die Ausstrahlung dieser wunderbaren Sendungen, wo Papa und Mama selbst zur Kamera greifen, um ein paar Minuten verschiebt.«

»Weißt du, was uns momentan ein Dreißig-Sekunden-Spot bringt?« sagte Daisy. Sie nippte an einer Cola light. »Nichts. Dreißig-Sekunden-Spots verstärken nur den negativen Eindruck – daß er ein Politiker wie jeder andere ist. Mit Musik und Flaggen haust du niemanden mehr vom Hocker und mit der Krankenversicherung erst recht nicht. Wir müssen die Leute dazu bringen, ihm zuzuhören, sich über ihn aufzuregen, ihn mit Fragen zu bombardieren – verstehst du? Wir müssen ihnen zeigen, daß er Substanz hat.« Sie sah Lucille an. »Holzfällerhemden, Axtwerfen und einen auf volksnah machen, das reicht jetzt nicht mehr.«

»Aber wenn wir vom Bildschirm verschwinden, denken sie, wir haben eingepackt«, sagte Arlen. Interessant: Er und Daisy nahmen gegensätzliche Positionen ein. Sie trat mit eigenen Vorschlägen hervor. Der Bruch, den wir gespürt und diskret gefördert hatten, lag jetzt offen zutage – vielleicht würde sie sich nach dem Wahlkampf einen neuen Job suchen müssen. Ich hatte keine Gelegenheit gehabt, über all das mit ihr zu sprechen; ich konnte mich nicht erinnern, wann wir das letzte Mal einen Augenblick für uns gehabt oder streßfrei miteinander telefoniert hatten. Samstag abend? Es kam mir wie eine Ewigkeiten vor.

»Da ist was dran«, sagte Daisy einlenkend – ein Zugeständnis an Arlen. »Vielleicht sollten wir die Printwerbung oder das Fernsehen reduzieren und mehr Radio machen? Mehr Krach für weniger Kröten?«

»Kommt drauf an – das müßt ihr Technokraten ausbaldowern«, sagte Richard. »Aber die große Frage ist das ›Jackathon‹. Was meinst du, Henri?« fragte Richard. »Ich finds reichlich pervers, wenn uns der Werbeguru plötzlich mit *Verantwortung* kommt. Und die gute alte Daisy Mae will uns von der Bildfläche verschwinden lassen – keine Spots mehr – und statt dessen alles in die Sendung am Samstag abend buttern.«

»Samstag abend?« fragte ich. »Wer sitzt denn da vorm Fernseher?«

»Alle, die einem Kandidaten, der Weiberaffären hat, nicht trauen«, sagte Daisy. »Leon, erzähl ihm von Cashmere.«

»Ihr Name ist bekannter als der von Bart Nilson«, sagte Leon.

»Na und?«

»Was soll ein Dreißig-Sekunden-Spot da noch bringen?« sagte Daisy. »Wir müssen uns etwas überlegen, damit er *nicht* wie der typische Politiker dasteht.«

»Wie liegen wir, Leon?« fragte ich.

»Stabil«, sagte er. »Endlich. Bei Harris hat sich ein bißchen was getan. Ist fast auf Gleichstand mit den Enthaltungen. Wir liegen bei halb soviel. Aber Charlie Martin macht mir Sorgen. Bei dem sehen die Leute vielleicht ein zweites Mal hin. Daß sie's bislang noch nicht getan haben, liegt daran, daß wir soviel Presse hatten. Da ist er einfach untergegangen.«

»Ach, noch was«, sagte Richard. »Willst du das Allerbeste hören? Ozio ist wieder da. Nähert sich zumindest wieder der Hundertmeilenzone. Morgen abend hält er ne Rede in Harvard. Tut so, als würde er die Kampagne für eine offiziell-inoffizielle Kandidatur nicht unterstützen, behauptet aber, und jetzt paß auf, daß es für ihn moralisch – moralisch, sagt er! – ein Ding der Unmöglichkeit ist, sich zwischen seine Wähler und Wählerinnen und deren Gewissen zu stellen, wenn sie den Namen Ozio oder sonstwen zusätzlich auf die Liste setzen möchten.«

»Na Klasse«, sagte ich.

»Vergeßt Ozio«, sagte Daisy. »Vielleicht ist es gar nicht schlecht, wenn er, sagen wir, zwei oder drei Prozent abfängt. Die würden wir sowieso nicht kriegen – stimmt's, Leon? Das sind Minuspunkte für Harris. Und jedes Minus für Harris kann uns doch nur recht sein.«

»Hört mal«, sagte Lucille, »wir müssen uns entscheiden.« Sie stand mit einem Textmarker in der Hand über den Eßzimmertisch gebeugt. Vor ihr lagen sieben große Bögen Papier. Einer für jeden Tag. »Für Samstag abend haben wir eine Wahlversammlung in Concord angesetzt. Sollen wir die kippen oder was? Wie sieht die Logistik aus? Wo ist Lieberman?«

Daisy rief ihn in der Zentrale in Manchester an. »Durham? ... Ja, aber wir wollen richtige Leute, nicht bloß Collegekids. Wenn wir das machen, soll wenigstens jemand Neutrales das Publikum aussuchen – sehen Sie zu, daß Sie irgendeinen Pressefritzen dransetzen, nicht vom *Union Leader*, sondern von einem richtigen Blatt. Die zweite Frage ist, kriegen wir Concord noch hin, wenn wir Durham machen? Wie weit müßten wir es dann nach hinten verschieben? ... Das ist zu spät? Okay. Wir reden drüber. Und bis wann müssen wir uns für die Sendezeiten entscheiden? ... Okay.«

Sie warf einen Blick in die Runde: »Wir können das Ganze vom Sender der Uni aus machen. Die Entscheidung hat bis Mittag Zeit. Wer ruft den Governor an?«

Er kam nachmittags für eine Stunde ins Hotel und hielt ein Nickerchen. Ich traf ihn, nachdem er gerade aufgestanden war: verschlafen, fiebrig, hustend, futternd – er hatte sich beim Zimmerservice eine dieser gräßlichen, aufgewärmten Gemüsesuppen von Campbell's bestellt. »Okay, Henry, rufen wir Willie an«, sagte er. »Sorgen Sie dafür, daß uns niemand stört. Wo ist Susan?«

»In Nashua«, sagte ich. »Altersheime.«

»Gut.« Er wählte selbst. »Willie? Hey, Mann – alles in Butter? ... Yeah, na, das wird schon wieder werden, wenn das Wetter besser ist. Hör mal, ich weiß, es muß entsetzlich für dich sein, das Schlimmste, was du je erlebt hast. Und ich tu auch alles, was in meinen Kräften steht, ganz bestimmt. Aber eins mußt du wissen: Ich hatte nichts damit zu tun. Verstehst du?« Er klang wirklich überzeugend. »Mein Gott, Willie. Du weißt doch, bei all dem Gerede über äh ... mich hat sie sich bestimmt gedacht – na, du weißt doch, wie Kinder sind, Teenager ... Ja, ich weiß. Ich weiß. Du und Amalee, ihr habt euch mit der Erziehung alle Mühe gegeben. Mein Gott, wie schrecklich das für euch sein muß! Aber das kannst du mir glauben, Willie, ich steh zu dir. Ich helfe, wo ich kann ... Ihr kümmert euch doch um sie, oder? Das ist jetzt wichtig. Nicht, daß sie auf dumme Gedanken kommt ... Hör zu, die nächsten Tage kann ich hier nicht weg. Das wird ein ganz schöner Schlauch bei dem ganzen Müll, mit dem sie mich bewerfen. Aber nächste Woche komme ich auf ein paar Stunden vorbei, und dann setzen wir uns zusammen und klären das Ganze ... Ganz ruhig, Willie. Gib mir eine Chance, du mußt mir einfach glauben ... Wir kriegen das schon hin. Ich weiß, im Moment sieht's düster aus, aber du kommst auf jeden Fall zu deinem Restaurant in Washington, wie ich's dir versprochen habe. Was sollte ich ohne deine phantastische Sauce – und deine Freundschaft – denn machen? ... Du kannst dich auf mich verlassen ... Alles, was du willst, mein Guter.«

Er legte den Hörer auf und starrte ins Leere.

Danny Scanlon empfing uns im Foyer mit weiteren Apfelkrapfen. Der Gouverneur wartete nicht ab, bis wir im Bus saßen, er schnappte sich an Ort und Stelle zwei Stück – kein gutes Zeichen. Im Foyer herrschte ziemlicher Trubel: Kamerateams aus Japan und irgendwo aus dem Norden Europas – Schweden vielleicht – packten gerade zusammen. Wahlhelfer. Skorps. Cal Allerad, ein unglaublich erfolgreicher Versandhauskönig, der, um sein Ego zu pflegen, bei den republikanischen Vorwahlen gegen den Präsidenten kandidierte und an die sechshunderttausend Dollar für Werbespots lockergemacht hatte, versuchte Skorps zu bequatschen, die nichts von ihm wissen wollten. In einer Ecke stand Geraldo, der in zwei Tagen die Shows für eine ganze Woche abdrehte – Sex und Politik, Streß und Politik, Mediengurus und so weiter und so fort – und Anweisungen an sein Team gab, das ausschließlich aus erstaunlich gutaussehenden Frauen zu bestehen schien. Als er Stanton entdeckte, kämpfte er sich sofort durch die Menge. »Er will Sie als Gast«, flüsterte ich dem Gouverneur zu. »Die Antwort lautet Nein.«

»Governor, Governor«, sagte Geraldo.

»Hallo, schön, Sie zu sehen, mein Guter«, sagte Stanton mit hocherfreuter Miene. »Was führt Sie denn in den kalten Norden?«

»*Sie*, Governor! Ganz Amerika will wissen, wie Sie das durchstehen. Sie haben jede Menge Sympathien im Land. Die Leute finden, daß Ihnen übel mitgespielt wird.«

»Ach, wirklich?« Stanton kaufte es ihm nicht ab. Er schielte zur Tür, setzte sich langsam in Bewegung.

Geraldo folgte ihm. »Hören Sie, Sie müssen Ihre Version der Geschichte publik machen. Ich kann Ihnen dabei helfen. Wir richten uns ganz nach Ihnen, Sie setzen die Bedingungen fest.«

Stanton blieb stehen, sah ihm direkt ins Gesicht: »Okay. Meine Bedingungen lauten: Erstens, ich bin der Gastgeber, und zweitens, ich suche mir selbst das Publikum aus. Wie wär das?«

»Na ja«, sagte Geraldo. »Und wo bleibe ich?«

»Sie können sich den Tag freinehmen.« Stanton lachte. »Gehen Sie Ski fahren. Hören Sie, es tut mir leid. Wir haben einen engen Terminkalender und ein sehr hartes Rennen.« Und damit schoben wir uns an ihm vorbei, Richtung Tür.

Jerry Rosen drängte sich mit uns durch den Ausgang. Zuerst erkannte ich ihn nicht, dick eingepackt, wie er war, und mit einer Strickmütze bis über die Augenbrauen. Er sah lächerlich aus, so als hätte seine Mutter ihn gerade für die Schule ausstaffiert. »Hey, Jerry, Sie sehen aus wie'n Eskimo«, sagte der Gouverneur.

»Ist kalt draußen, Governor«, sagte er. »Wie geht's?«

»Viel zu tun. Kommen Sie mit uns nach Portsmouth?«

»Nee – ich fahr nach Boston und seh mir Ozio an.« Er sagte

es fast entschuldigend. »Man muß dranbleiben.« Er zuckte die Achseln.

Stanton legte ihm versöhnlich den Arm um die Schulter. »Schon okay, Jerry. Tun Sie, was Sie tun müssen. Und wie sehen Sie die Lage?«

»Sieht nicht gut aus«, sagte er. »Hab gehört, daß Sie in der *Globe*-Umfrage unter zwanzig gefallen sind. Angeblich holt Martin auf.«

Das war nichts Neues – aber interessant. Wir wußten seit Sonntag, daß es steil bergab ging; die Skorps kamen erst jetzt dahinter. Rosen hielt uns für erledigt. Seine Gestik und sein Tonfall sprachen Bände.

»Jerry«, sagte Stanton und fixierte ihn auf seine altbekannte, absolut unwiderstehliche Art. »Hören Sie gut zu. Es ist noch nicht vorbei. Es ist noch nicht ...« – er wurde von einem Hustenanfall geschüttelt. Wir gingen zum Bus. Stanton stieg ein, drehte sich noch einmal zu Rosen um und lächelte. »Ich bin immer für eine Überraschung gut, Jerry.«

»Das *hoffe* ich, Governor«, sagte Rosen, ein bißchen zugänglicher – machte aber sofort wieder dicht und blickte sich um, ob einer der Kollegen seinen schwachen Moment mitbekommen hatte.

»Arschloch«, sagte Stanton, als wir losfuhren. »Für den bin ich Schnee von gestern, und er sucht den Stoff für morgen. Wenn der glaubt, daß er mit Ozio richtigliegt, hat er sich in den Finger geschnitten. Obwohl interessant ist, daß keiner Harris für die Schlagzeile der nächsten Woche hält. Der Idiot wird diese Vorwahlen gewinnen, und alle kriegen jetzt schon das große Gähnen. Die gieren nach einer neuen Story. Und wenn wir uns nicht abhängen lassen, wenn wir besser abschneiden als erwartet, dann sind *wir* die Story.«

»Meinen Sie?« fragte ich.

»Wer weiß?« sagte er. »Danny, wo sind die Krapfen?«

»Hier, G-governor.« Danny reichte sie nach vorn. »W-wissen Sie, f-für 'ne Leiche ssind Sie v-viel zu f-fett.«

»Sorg du dafür, daß ich beim großen Abschlachten was auf den Rippen hab«, sagte Stanton. »Dann muß ich wenigstens nicht hungrig sterben.«

Es bestand die Chance, daß die Beerdigung gut besucht sein würde. In Portsmouth zumindest hatte sich an diesem Abend eine erstaunliche Menge versammelt. Sie drängte sich in einen kleinen, kahlen Gewerkschaftssaal, der klassische Betonbau. Gastgeber war die namenlose Ortsgruppe einer sterbenden Zunft, ein Relikt des neunzehnten Jahrhunderts: Monteure, Schweißer, Stahlschlosser – irgendwas in der Richtung: ein Verein für längst Vergessene, für Werftarbeiter. Sie waren bleich, schamlos dick, Männer wie Frauen trugen Windjacken mit Gewerkschafts- oder Kneipenlogos, knappe Strickkäppchen, die Männer waren unrasiert, ein paar Frauen hatten Lockenwickler auf dem Kopf und rauchten lange Zigaretten. Hinten stand ein Tisch mit Kaffee, Plätzchen und kleinen durchweichten Thunfisch-Brötchen, und daneben ein Tisch mit Stanton-Broschüren, die genauso muffig und ausgebleicht wirkten wie der Thunfisch. Wir waren definitiv auf dem absteigenden Ast.

Wir kamen durch den Hintereingang, durch einen Schwall von Lärm – Terry O'Leary, ein steinalter, grauhaariger Mann, von oben bis unten in Polyester gekleidet (burgunderrotes Jackett, gelbliches Hemd, fleckige gestreifte Krawatte, graue Hose), spielte flotte Jigs auf dem Akkordeon und grinste breit durch ein paar vereinzelte Zähne. Als der Gouverneur erschien, brach er ab – und spielte die ersten berühmten Takte von *Hail to the Chief*, was wie eine miese Farce gewirkt hätte, wenn sich der Alte nicht mit zwar schattenhafter, aber durchaus soldatischer Würde aufgerichtet hätte, das Kinn gereckt, die Schultern durchgedrückt. Das Lied brachte den Saal zum Schweigen. Jerry Delmonico, der Ortsvorsitzende – ein alternder Elvis, dessen pomadisiertes Haar ergraut war und hinten licht wurde –, begrüßte den Gouverneur und sagte: »Na, Terry, denn laß jetzt mal die Nationalhymne hören.« Terry spielte auf, und alle sangen mit und sagten zum Abschluß den Fahneneid auf. Jack Stanton war unverkennbar gerührt: Das hier und Los Angeles war ein Unterschied wie Tag und Nacht. Auf mich machte es den Eindruck, als hätten diese Leute in den letzten paar Wochen die Nachrichten nicht verfolgt, als wären sie plötzlich aus einer von Klatschblättern und Skepsis noch nicht verdorbenen Vergangenheit aufgetaucht – doch das war Wunschdenken meinerseits. Mickey Flanagan, der junge, aber – wie bei Leuten aus Boston oft der Fall – gesetzt wirkende Wahlhelfer, der diesen Stopp vorbereitet hatte, stieß hinten im Saal zu mir, schnitt eine Grimasse und zuckte die Achseln. »Was ist?« fragte ich. »Läuft doch gut. Haben Sie toll gemacht.«

»Ich hab gar nichts gemacht«, sagte Mickey. »Er ist jetzt ein berühmter Mann. Er steht im *Flash*, und es gibt ihn wirklich, als Person – also muß es alles andere, was im *Flash* steht, auch in Wirklichkeit geben. Außerirdische. Wunderdiäten. Durch ihn wird aller Müll der Welt glaubhaft. Er ist der lebende Beweis für die Wahrheitsliebe der Regenbogenpresse. Sie können schon mal Kerzen für ihn anzünden.«

Ich fragte mich, ob Stanton sich darüber im klaren war. Natürlich war er das, aber es war ihm egal. Er würde sich alle nur greifbaren Instrumente zunutze machen. Er war mittlerweile vollkommen aufs Publikum eingestellt.

»Ich möchte euch danken, daß ihr heute abend gekommen seid«, begann der Gouverneur. »Ich weiß, eure Arbeit ist hart und ihr habt nicht viel Zeit zum Verschnaufen.«

»Ein paar von uns haben mehr Zeit, als uns lieb ist«, fiel ihm ein zorniger junger Mann ins Wort.

»Richtig, richtig. Ich weiß. Falls ihr nichts dagegen habt, würde ich gern eine kleine Umfrage machen. Wie viele von euch haben zur Zeit Arbeit?« Etwa die Hälfte hob die Hände. »Wie viele von euch sind im Moment auf Stellensuche?« Etwa ein Drittel. »Ich möchte denjenigen, die arbeiten, eine Frage stellen. Wenn ihr euch hier im Saal eure Brüder und Nachbarn und Verwandten anschaut, die nicht soviel Glück haben wie ihr – was seht ihr dann? Seht ihr Leute, die nicht arbeiten würden, wenn wir ihnen eine Chance gäben? Seht ihr Leute, die lieber zu Hause bleiben und sich Soap-operas ansehen würden?«

»*Ich* würde lieber zu Hause bleiben und Soap-operas gucken«, sagte eine dicke, ungepflegte Frau mit Lockenwicklern, und alle lachten. »Mir wäre alles andere lieber, als bei Rizzuto in der Reinigung die Stechuhr drücken ...«

»Kann ich mir vorstellen«, sagte Stanton und lachte mit ihnen. Er war jetzt vollends auf sie eingestimmt. »Meine Momma hat auch solche Jobs gehabt, als ich ein Kind war. Und wißt ihr was? Vor meiner Geburt war meine Momma Verkäuferin in Harry Trumans Herrenbekleidungsgeschäft in Kansas City – so demokratisch sind wir Stantons.«

Freundliches Gemurmel, eine fast schon intime Atmosphäre. (Die Truman-Nummer hatte ich noch nicht gehört.) Der Gouverneur versuchte sie zu packen. »Aber ich weiß noch, wie meine Momma nach dem Tod von meinem Daddy – damals war ich noch ein kleines Kind – immer von der Arbeit nach Hause kam, zum Umfallen müde – das kennt ihr, was?« Vereinzeltes Kopfnicken. »Natürlich hätte sie am liebsten mit mir geredet oder gespielt oder gewußt, wie es tagsüber in der Schule gewesen war – aber manchmal, ihr kennt das ja selber, ist man so kaputt, daß man's gerade noch schafft, das Essen in die Mikrowelle zu schieben – obwohl es die damals natürlich noch nicht gab – und sich vor die Glotze zu hängen.«

»Da können Sie Gift drauf nehmen«, sagte die Dicke.

»Daher weiß ich, daß es für die, die Arbeit *haben*, auch nicht einfach ist. Für die berufstätigen Mütter, die sich Sorgen machen müssen, was ihre Kinder nach der Schule draußen treiben. Und ich wette, es gibt jede Menge Dads, die ihre Jobs im Schiffsbau verloren haben und einfach ... nehmen mußten, was sie kriegen konnten.«

»Den letzten Scheiß«, rief einer.

»Hey, wißt ihr was?« sagte Jack Stanton plötzlich. »Ich werde jetzt etwas wirklich Unerhörtes tun. Herrje, die glauben doch sowieso alle, ich wäre abserviert, also hab ich nichts zu verlieren. Ich will etwas echt Unerhörtes tun: Ich werde euch die Wahrheit sagen.«

Beifallsrufe und Gelächter. »Ja, ich weiß, was ihr denkt. Der muß ja *total* verzweifelt sein, wenn er so was tut.« Noch mehr Gelächter. »Aber gut. Ihr habt genug Sch ... äh, Dreck schlucken müssen.«

»Sie können ruhig ›Scheiße‹ sagen, Governor«, meinte die Dicke. »Wir sind nicht mehr minderjährig.«

»Ich auch nicht, wenn man den Zeitungen glauben kann«, sagte er, und alle platzten fast vor Lachen. »Ruhe bitte. Jetzt hört mal zu. Laßt mich ein paar ernste Worte sagen. Die Wahrheit ist: Es gibt zwei Sorten von Politikern in dieser Welt. Diejenigen, die euch das erzählen, was ihr hören wollt – und diejenigen, die sich nie blicken lassen.« Wieder Beifall und Gelächter. »Die von der zweiten Sorte, also die, die sich *hier* bei euch nie blicken lassen, erzählen den Leuten in den Villenvierteln, was *die* hören wollen. Aber die Burschen bringen auch nicht viel.«

»Außer wenn's um die Steuern geht«, sagte die Dicke.

»Stimmt. Dann bringen sie was. Aber wann hat in letzter Zeit jemand was für *euch* getan?« Beifall. Jetzt waren sie neugierig. Sie wollten wissen, was als nächstes kam. (Ich auch.) »Schön, ich stehe jetzt hier und schaue euch an, und wenn ich euch erzählen würde, was ihr gern hören wollt, dann würdet ihr mir doch nicht glauben, stimmt's?« Nicken und Beifall. »Deshalb will ich euch folgendes sagen: Kein Politiker kann die Arbeitsplätze im Schiffsbau retten. Oder eure Gewerkschaft wieder stark machen. Kein Politiker kann dafür sorgen, daß es wieder wird so wie früher. Denn wir leben jetzt in einer neuen Welt, einer Welt ohne Grenzen – wirtschaftlich gesehen. Ein Typ in New York kann mit einem Knopfdruck eine Milliarde Dollar nach Tokio schaffen, bevor ihr einmal mit dem Auge zwinkert. Wir haben jetzt einen Weltmarkt. Und einigen bringt das Vorteile. Es ist sogar anzunehmen, daß es am Ende auch Amerika Vorteile bringt. Wir kommen von überall aus der Welt, das gibt uns eine günstige Position für den *Handel* mit der ganzen Welt. Das leuchtet doch ein, oder? Aber Schwerarbeit geht dorthin, wo Muskelkraft billig ist – und das ist bei uns nicht der Fall. Wenn ihr also im Rennen bleiben und euch besserstellen wollt, dann müßt ihr ein paar andere Muskeln trainieren, nämlich die zwischen euren Ohren.«

»Au weia«, sagte die Frau.

Und dann machte Stanton etwas wirklich Riskantes: Er ging nicht auf ihren humorvollen Ton ein. »Au weia ist genau richtig«, sagte er. »Und jeder, der sich hier vorne hinstellt und sagt, er könnte euch das abnehmen, ist nicht ehrlich zu euch. Ich habe nicht vor, euch zu beleidigen, deshalb werde ich genau das *nicht* tun. Aber laßt euch eins gesagt sein: Die ganze Nation wird wieder die Schulbank drücken müssen. Wir müssen einiges dazulernen, neue Fertigkeiten erwerben. Und ich werde Überstunden machen, um Mittel und Wege zu finden, damit ihr euch das Wissen aneignen könnt, das ihr braucht. Ich mache euch einen Vorschlag: Ich werde für euch arbeiten. Ich werde jeden Morgen aufstehen und über euch nachdenken. Ich werde kämpfen und grübeln und schwitzen und bluten, um das Geld aufzutreiben, das allen Menschen in diesem Land ein Leben lang die Möglichkeit gibt, sich weiterzubilden und die Qualifikationen zu erwerben, die sie zum Vorwärtskommen brauchen. Aber die Schwerarbeit müßt ihr selber leisten. Die kann ich euch nicht abnehmen, und ich weiß, es wird nicht leicht sein.« Er verstummte, machte eine Pause. Diesmal gab es keine klugscheißerischen Zwischenrufe.

»Ihr wißt, ich habe in diesem Wahlkampf einige Schläge einstecken müssen. Es war nicht leicht für mich oder für meine Familie. Es war nicht fair, aber es war *nichts* verglichen mit den Schlägen, die viele von euch täglich einstecken. Es gehört viel mehr Mut dazu, eine Familie zusammenzuhalten und eine harte Zeit durchzustehen, in der nichts sicher ist, in der man nicht weiß, ob der Lohnscheck nächste Woche kommt, wer die Arztrechnung bezahlen soll, wie die Hypothek aufzubringen ist – und so weiter und so fort.

Ich bin also ein paarmal angeschossen worden, aber damit kann ich leben. Darüber komm ich weg. Im Grunde kann ich mich sogar glücklich schätzen – mein Bild ist auf der Titelseite einer Zeitschrift gelandet, die im ganzen Land gelesen wird. Vielleicht nicht gerade auf der, die ich mir ausgesucht hätte ...« Es gab vereinzeltes Gelächter, doch dies war mittlerweile zu einer der ernstesten politischen Veranstaltungen geworden, die ich bisher erlebt hatte. »Und wißt ihr was? Mein Bild auf dieser Titelseite bedeutet, daß jemand – vielleicht eine bestimmte Gruppe von Leuten – der Meinung ist, ich sei es wert, daß man auf mich schießt. Und dann muß man sich fragen: Warum? Warum ist es Jack Stanton wert, daß man tonnenweise Dreck über ihm auskippt? Vielleicht ist das die Art, wie man in diesem Land zur Zeit mit Problemen umgeht – wenn der Dreck da ist oder man den Anschein erwecken kann, daß er da ist, dann kippt man ihn eben aus.

Es könnte allerdings auch sein, daß es zwei Sorten von Politikern gibt – diejenigen, die euch erzählen, was ihr hören wollt, und diejenigen, die sich gar nicht erst die Mühe machen, euch überhaupt etwas zu erzählen. Und vielleicht haben einige Leute schlicht kein *Interesse* daran, daß es noch eine dritte Sorte gibt. Daran solltet ihr denken, wenn ihr nächsten Dienstag eure Stimme abgebt.«

Absolute Stille. Als müßten alle zu angestrengt nachdenken, um applaudieren zu können.

»Henry?« sagte Daisy. »Warum komme ich eigentlich immer zu dir?«

»Vielleicht, weil es hier ordentlicher ist?«

»Nein, im Ernst.«

»Im Ernst? Hey, es ist drei Uhr morgens.«

»Nein, dreh dich um«, sagte sie. »Sieh mich an.«

Ich sah sie an. Ihr Haar war zerzaust und hing ihr in die Augen; die Schildplattspangen, mit denen sie es nach hinten gesteckt hatte, lagen auf dem Nachtkästchen. Sie war süß. Sie war nicht schön. Sie war, worauf es mehr ankam, präsent – direkt vor meiner Nase. Daisys Reiz war zugleich auch das Problem: Sie merkte alles. Ihr entging nichts. »Ich weiß, daß du mich magst«, sagte sie.

Was sollte ich sagen.

»Henry.«

Ich strich ihr das Haar aus der Stirn, zweimal.

»Was ich sagen will, ist, ich möchte dich gern mal in einer wahlkampffreien Umgebung erleben«, sagte sie.

»Die Gelegenheit kriegst du vielleicht schneller, als dir lieb ist«, sagte ich.

»Genau darum geht es. Nächste Woche. Falls wir uns nächste Woche in einem wahlkampffreien Milieu befinden, möchte ich, daß wir das zusammen genießen. Okay? Henry?« Sie sah mich an und fuhr fort. »Ich habe jede Menge Flugmeilen frei. Hunderte, Tausende. Wir könnten in die Karibik fliegen. Ich habe so viele Freiflüge bei American Airlines gut, daß wir bis zum Mond fliegen könnten. Wir könnten uns an den Strand legen. Wir könnten uns aufs Bett legen. Wir könnten uns aufeinanderlegen – es wäre das Paaaradiiieees, wir könnten ein Zimmer mit einer richtigen Bar, mit Roomservice nehmen, alles, was du willst, issdochso, oder?« sagte sie. »Wir könnten unsere Wunden lecken. Wir könnten uns gegenseitig lecken. Wir könnten Rumcocktails trinken – die mit den kleinen türkisfarbenen Fallschirmchen.«

»Sonnenschirmchen.«

»Du bist also dabei?« Sie kicherte. »Habichdicherwischt. *Genagelt.*«

Ich zog sie an mich, küßte sie aufs Haar. »Und was ist, wenn sich keine wahlkampffreie Umgebung auftut?« fragte ich. »Was ist, wenn wir noch am Leben sind?«

»Na ja«, sagte sie. »Um wirklich am Leben zu bleiben – ich meine richtig lebendig, und nicht nur eine Ausgeburt von Jacks und Susans lächerlichem Trotz –, um uns wieder lebensfähig zu machen, müßte Harris vermutlich Scheiße bauen, und wir müßten einen Spurt hinlegen, der so spektakulär wäre, so ein Kick, daß es wahrscheinlich noch besser wäre als wahlkampffreier Sex mit dir. Das wäre auch okay.«

»Woher willst du wissen, wie wahlkampffreier Sex mit mir ist?«

»Kombinationsgabe. Aber Henry – rational, vernünftig, wie du in deinem dunklen Herzen bist, glaubst du doch nicht im Ernst, daß wir heute in einer Woche noch am Leben sind. Ich weiß, es ist hundert Jahre her – gestern, glaub ich –, aber erinnerst du dich an *Newsweek*?«

Newsweek hatte uns in einem spöttischen Artikel mit der Überschrift »Die Anatomie eines Scheiterns« beerdigt. Irgendein Insider – ich tippte auf Sporken – hatte ein paar klassische Alles-am-Arsch-Zitate aus dem Team geliefert. Man hielt uns für erledigt. Für die Berater war es an der Zeit, sich abzusetzen, ihre Verluste zusammenzuzählen und die Skorps mit Stoff für die Nachrufe zu versorgen, damit sie ihnen den Boden für die nächsten Kampagnen bereiten konnten. Ich wartete voll Grauen auf das erste Anzeichen, daß Richard sein Blatt hinlegte und paßte. Und jetzt versuchte Daisy den typischen Profi zu spielen und auf Distanz zu gehen, jederzeit bereit, den Hut zu nehmen. »Hast du heute Nyhan im *Globe* gelesen?« fuhr sie fort: »›Ein synthetischer Kandidat und seine Polyesteroffenbarung?‹ Mein Gott.«

»Die Skorps in Boston lieben Charlie Martin«, sagte ich. »Er ist hip. Er hat Humor. Er ist ein halber Ire. Das Problem ist nur, daß normal sterbliche Menschen nicht verstehen, was er ihnen vormacht. Für die kleinen Leute hat eine Präsidentschaftskandidatur nichts mit Performancekunst zu tun.« Ich stützte mich auf einen Ellbogen. »Daisy, du hättest Jack heute abend sehen sollen – bei den Werftleuten. Hochkonzentriert, diszipliniert, mutig, einfach ein verdammt guter Kandidat. Er war voll da. Er hat mitten ins Schwarze getroffen.«

»Jetzt wird mit Dreck geschmissen – niemand spielt mehr den Verteidiger«, sagte sie. »Wer nichts mehr hat, hat auch nichts zu verlieren.«

»Ich weiß nicht«, sagte ich. »Eine Woche ist eine lange Zeit.«

»Nicht, wenn du tot bist.« Sie seufzte.

»Daisy, tu mir einen Gefallen«, sagte ich leiser, aber schärfer. »Zieh nicht die knallharte Profinummer ab, ja? Spiel nicht den bezahlten Killer, ja? Sie sind mir immer noch wichtig – Jack und Susan. Und ich denke, dir auch.«

»Nicht so wie ... dir«, sagte sie. »Verflucht noch mal – und auch nicht so wichtig wie du. Hör mal. Henry. Ich gebe ja zu: Ich habe Angst. Ich bin mir ziemlich sicher, daß ich es mir in den letzten paar Wochen mit Arlen verdorben habe. Er wirkt zwar ziemlich cool, aber wahrscheinlich denkt er – insgeheim –, daß ich mich in die Herzen der Stantons eingeschlichen habe. Kein weißer Junge aus Mississippi, und sei er noch so fortschrittlich, läßt sich gern von seiner Juniorpartnerin den Rang ablaufen. Ich weiß also nicht, welche Zukunft ich da habe. Ich weiß auch nicht, wie's mit dir weitergeht.« Sie ließ mir keine Gelegenheit, etwas zu sagen – denn sie wußte sehr genau, daß nichts, was ich sagen konnte, ihre Erwartungen erfüllen würde. Aber sie wollte die Erwartungen auf dem Tisch haben, weil sie mich für anständig genug hielt, ihr nicht grundlos einen reinzuwürgen, und deshalb fuhr sie hastig fort. »Ich gehe allerdings davon aus, daß ich, was die Cocktails mit den Sonnenschirmchen angeht, eine Zusage von dir habe. Ich glaube, es ist mir gelungen, dich zu überlisten und dir eine quasiverbindliche Zusage zu entlocken, indem ich dich, Herr Oberlehrer, dazu gebracht habe, mich zu korrigieren, als ich Fallschirm gesagt habe statt Sonnenschirm. Und wenn ich so clever bin, das zu schaffen, bin ich doch wohl einen Versuch wert.«

»Daise«, sagte ich und spürte – ich weiß nicht was. Jedenfalls spürte ich etwas. »Du bist mehr als einen Versuch wert. Aber du mußt unbedingt dran glauben, daß es noch ein paar Wochen dauern kann, bis wir unsere Flugmeilen zusammenzählen können. Und sei es nur mir zuliebe.«

»Okay, ich glaube daran. So gut es geht.«

Am nächsten Tag kam es zu einer interessanten Wendung. Es tauchten jede Menge Leute auf. Patsy McKinney, die dicke Neunmalkluge von der Werftarbeiterversammlung in Portsmouth, wartete um sechs Uhr morgens im Foyer des Hampton Inn auf uns. »Also, wo muß ich mich anmelden, wo wollt ihr mich einsetzen?« fragte sie. Wir schickten sie zu Brad Lieberman. Gegen Mittag trafen, nach einer langen zweitägigen Fahrt, drei Busladungen aus Grace Junction ein – Klassenkameraden des Gouverneurs aus der Grundschule, der Rektor der High-School, die halbe Lehrerschaft – und Beauregard Bryant Hastings, der Hausarzt der Stantons, ein fabelhaft aussehender Bursche, nahezu schwindsuchtdürr und irgendwie schief gebaut, ein bißchen wie der Turm von Pisa. Er trug ein Cape, einen Hut und eine Brille mit kleinen runden Gläsern wie James Joyce, hatte allerdings eine lange wilde weiße Haarmähne: »Johnny«, sagte er zum Gouverneur (es klang wie »Jawhneh«, so als wäre ihm eine Baumwollsamenkapsel im Hals steckengeblieben, vielleicht waren aber auch nur seine Stimmbänder von lebenslangem Bourbonkonsum rauhgeschmirgelt worden). »Jetzt wollen wir den Yawhnkehs mal ne Lektion über die Feinheiten genialer Regierungskunst erteilen, hörst du?«

Kommilitonen aus dem College strömten herbei; Jurastudenten von Susans Uni und Leute, die wir in den letzten Monaten kennen- und schätzengelernt hatten: Ms. Baum, die Dame, die das Alphabetisierungsprogramm in der Bibliothek in Harlem leitete; Russ Delson, der Finanzminister von Tennessee; Minnie Houston, eine Aktivistin aus Cleveland – Dutzende Menschen dieser Art, bereit, alles zu tun, Briefumschläge zuzukleben, von Tür zu Tür zu gehen. Das Hampton Inn war voll, jedes Zimmer in Manchester besetzt, deswegen buchte Lieberman ganze Motels überall in New Hampshire und schickte Gruppen nach Nashua, Portsmouth, Lebanon, Keene. Er wurde so spielend damit fertig, daß man meinen konnte, er hätte mit dem Andrang gerechnet. Unsere gesamte, noch wenige Tage zuvor völlig mutlose Kampagne lief wieder auf Hochtouren.

Als wir Donnerstag von der Mittagspause zurückkehrten, stand Bill Johnson, der stellvertretende Justizminister von Alabama, im Foyer des Hampton Inn und erwartete uns. »Billy, nanu? Machst du hier Skiurlaub? Verlängertes Wochenende zum President's Day, oder was?« fragte Stanton.

»Ich dachte mir, du kannst noch'n schwarzes Gesicht brauchen, wenn du diese verkniffenen Yankees hier aufmischen willst.«

»Billy ...«

»Halt die Klappe, Jack«, sagte Johnson und umarmte ihn. »Gib mir einfach was zu tun.«

»Billy – ich werd wahrscheinlich eins aufs Maul kriegen.«

»Deswegen bin ich ja hier«, sagte Billy. »Weißt du, ich glaub da keine Sekunde dran. Du wirst den Karren schon irgendwie aus dem Dreck ziehen, und das will ich mit eigenen Augen sehen, damit ich's eines Tages meinen Enkeln erzählen kann. Ich muß doch wissen, wie du die Sache schaukelst, falls ich eines Tages selber mal in Alabama kandidieren sollte.«

»In so ein tiefes Loch wie ich wirst du bestimmt nicht fallen.«

»Jack, erzähl du keinem Nigger nicht, wie tief die Löcher in Alabama sind. Gib mir einfach was zu tun.«

»Henry, sagen Sie Brad, er soll dem Justizminister eine verantwortungsvolle Aufgabe geben, und zwar eine, wo wir ihn beobachten und sehen können, ob er über die Jahre was dazu gelernt hat in der Politik.«

Und so ging es in einem fort, jedesmal, wenn wir das mit Palmen und Plastik dekorierte Hotelfoyer betraten, kam uns jemand Neues entgegen. Es war wie eine Zeitlupenversion von *This Is Your Life* – ein einziges Déjà-vu von Verwandten, Freunden, Bekannten und Gleichgesinnten –, und der gerührte Jack Stanton kam aus dem Umarmen gar nicht mehr heraus. Wir waren mittlerweile alle den Tränen, der Wut und der Erschöpfung nahe. Doch der Kandidat schien aufzublühen. Er nutzte die Erschöpfung und die Rührung, um über sich selbst hinauszuwachsen; er war ein wundervoller Wahlkämpfer. Was ihn jetzt antrieb, war allein sein Wille; er hatte auf Automatik geschaltet und zog die Wahlkampfroutine – Ankunft, Begrüßung, Rede, Abgang – reflexartig und rigoros durch. Er machte einen glänzenden Eindruck. Er war nicht imstande, strategische Entscheidungen zu treffen oder das Team vernünftig zu beschäftigen, aber er konnte sich auf jedes Publikum einstellen, jede Frage beantworten. Die Grippe meldete sich wieder: Sein Gesicht war gerötet, und er hustete – außerdem mußte ihm zu schaffen machen, wie die Skorps weiter auf ihn eindroschen.

Sie hatten nur noch Verachtung für ihn übrig. Der Pressemob verstand nicht, warum er nicht das Handtuch warf. Wußte er denn nicht, daß er Schnee von gestern war? Alle hatten es doch geschrieben. Eine ganze Industrie war nur dazu da, solche Dinge zu analysieren: ein ganzes Universum von Skorps, Mediengesichtern, Meinungsforschern, Beratern, freischaffenden Klugschwätzern und Gurus – und sie alle hatten sich jetzt in Manchester niedergelassen. Sie bevölkerten die Hotelhallen und Kneipen, mieteten sämtliche Autos, die aufzutreiben waren – überall waren Menschenmengen, zu jeder Tageszeit. Es lief alles wie aus Instinkt und Gewohnheit ab, wie ein alle vier Jahre wiederkehrendes Ritual. Es folgte einer Liturgie. Es gab Mythen, Regeln und zeremonielle Opfer. Und diesmal war Jack Stanton zum zeremoniellen Opfer bestimmt worden. Es war ein wohlvertrauter Part, der dem Stamm das Gefühl von Sicherheit vermittelte – Stanton war George Romney, Ed Muskie, Gary Hart, der Favorit, der sich als Humpty-Dumpty entpuppt. Sein Untergang würde den Experten Anlaß bieten, sich wichtigtuerisch in falscher Bescheidenheit zu üben, Grübeleien über die Vermessenheit voreilig hinausposaunter Gemeinplätze anzustellen; er würde zu einer moralisch ausschlachtbaren Figur werden, an die man sich über die Jahre feixend erinnern würde. *Wie hieß sie noch gleich? Cashmere McLeod!* Es würde ein rituelles Vergnügen sein, seinen Sturz zu beobachten; man würde analysieren, wie sein Blut spritzte. Wenn er es doch nur endlich hinter sich bringen würde.

Das spätabendliche Kneipengeplauder im Wayfarer war, wie Richard am Freitag morgen berichtete, bereits in die nächste Phase eingetreten: Es wurde spekuliert, wer in den Wahlkampf einsteigen würde, wenn Stanton ausschied. Ozio, Larkin (ja, mein alter Boss war, wie ich zu meinem Erstaunen und Entsetzen erfuhr, wieder im Gespräch) und noch irgend so ein Held waren die Objekte dieser Spekulationen. »Das ist verletzter Stolz«, sagte Richard. »Sie haben der Welt berichtet, daß er – erledigt ist, also soll er gefälligst so schnell wie möglich krepieren. Issdochso.«

»Und wie reagierst du darauf?« fragte ich. Wir saßen im Schlafzimmer von Brad Liebermans Suite und wollten die Debatte strategisch vorbereiten; im Vorzimmer waren die Kulis mit hektischen Telefonaten beschäftigt. Es klang wie ein echter, lebendiger Wahlkampf.

»Ich sag ihnen, daß die Talfahrt zu Ende ist. Ich sag ihnen, wir sind immer noch an zweiter Stelle. Ich sag ihnen, daß Lawrence Harris nur hier in seinem Heimatstaat der Spitzenkandidat ist. Im Süden machen wir ihn fertig.« Richard sah mir in die Augen. »Keine Sorge, Henri. Ich bin noch dabei. Irgendwo glaub ich sogar, daß der alte Fuchs noch'n Weg aus dem Schlamassel findet. Und wenn du mich fragst, dann hat sein Von-Tür-zu-Tür-Quatsch auf ne unterschwellige Art vielleicht doch funktioniert. Shit, von den andern rührt doch keiner einen Finger. Und ich hab noch *nie* jemand so hart arbeiten sehen. Hättest ihn gestern mal erleben sollen. Da stellt er sich ins Einkaufszentrum in Nashua, mitten am Nachmittag, einfach so, verstehst du? Steht geduldig da und beantwortet den Bürgern die hirnrissigsten Fragen, die ich je gehört hab. Zum Beispiel: Wie kriegen wir 'n Stoppschild drüben an der Ecke Forest Lane? Oder: Können Sie mir helfen, in ne niedrigere Steuerklasse zu kommen? Stockegoistische, saublöde Leute. Und er hat ne Engelsgeduld, erklärt dies und jenes, die reinste Antwortmaschine. Hey, wenn wir dieses Ding vergeigen, dann machen wir ne Kette auf: Friendly Government Centers, nen Beraterdienst für Konsumratten im Einkaufszentrum. ›Gegen ein geringes Entgelt löst Governor Stanton Ihre Probleme.‹«

»Idiot.«

»Yeah, Idiot ist genau richtig«, sagte Richard. »Aber eins sag ich dir. Der Typ is'n richtiger Gaul. Hat zwei kaputte Beine, und eigentlich sollte ihm jemand den Gnadenschuß geben – aber er galoppiert durch. Man kann nur ahnen, was er gebracht hätte, wenn er kerngesund gelaufen wäre. Er wär das berühmteste Rennpferd des Jahrhunderts. Wir würden jetzt schon den Parteitag planen. Aber so ... Hey, Henri, was machen wir eigentlich nächsten Dienstag abend?«

»Was machen wir heute abend?«

»Wir gehen zu Lawrence Harris und vergewaltigen ihn mit dem gesamten *Stab*«, dröhnte eine unverwechselbare – und erstaunlich willkommene – Stimme. »Und zwar REKTAL, bis es ihm oben wieder rauskommt.«

»Oh hi, Libby«, sagte Richard. Sie stand in der Tür und blendete die Sonne aus. »Haben Sie nen Passierschein fürs Wochenende? Arbeitsurlaub oder so?«

»DRECKSACK«, sagte sie. »Sei'n Sie froh, daß Sie noch am LEBEN sind. Einfach Ihr jämmerliches schrumpliges Würstchen vor meiner Jenny rauszuholen! Hätten Sie das bei mir gemacht, wären Sie jetzt Mitglied im Wiener Knabenchor. Was zum Teufel haben Sie der Kampagne bisher überhaupt gebracht? Haben Sie dies Wochenende vielleicht vor, Jackies Arsch mit Ihrem unvergleichlichen Grips zu retten? Oh«, sagte sie, als sie mich entdeckte, und tauchte eine Oktave tiefer: »Hal-lo Hunn-rah.«

»Hallo, Big Bopper«, sagte ich.

»Entschuuuldige, Henri«, säuselte sie. »Aber Eleganz wird uns *leider* nicht retten können. Wir stehen mit dem Rücken zur Wand. Wir sitzen in der Scheiße.«

»Okay, Libby«, sagte ich. »Was würdest *du* heute abend tun?«

»Meinen Arsch retten«, sagte sie. »Und diesen hinterfotzigen Charlie Martin im Auge behalten. Gegen Harris können wir nicht viel machen, aber der hinterfotzige Martin will uns an den Kragen.«

»Nicht schlecht für ne Irre«, sagte Richard. »Apropos ...« Lucille kam herein, gefolgt von Howard Ferguson und Leon Birnbaum.

»Die Meinungsforscher!« grüßte Richard. »Was habt ihr für uns?«

»Nix.« Leon kicherte. »Stillstand.«

»Verstopfung«, sagte Libby. »Irgendwie müssen wir's wieder zum Laufen bringen.«

»Das wird uns aber nicht gelingen, wenn wir bloß unsern Arsch retten wollen«, sagte Richard. »Moment, Momentmal, Olivia

Holden – da *schwant* mir doch was –, ist es vielleicht Arschophilie? Sie kommen rein und wünschen Lawrence Harris nen Arschfick an den Hals. Ihre Diskussionsstrategie lautet: den eigenen Arsch retten. Sie reden von Verstopfung. Liegt da irgendwo ne Botschaft? Haben Sie Bauchschmerzen? Sind Sie krank oder was?«

»Jemmons, es reicht!« sagte Lucille. »Wir haben zu tun. Wo ist Daisy?«

»Schneidet Radiospots«, sagte ich.

»Wie bitte?« fragte Lucille. »Waswas?«

»Das haben Sie doch mitgekriegt«, sagte Richard. »Das, worauf wir uns geeinigt haben – den Vietnamveteranen und diesen Chirurgen aus Laconia über das Gesundheitswesen.«

»Und was ist mit dem Ökofritzen?«

»Den Ökofritzen wollen wir nicht«, sagte Richard.

»Ist nicht *wahr*«, beharrte Lucille. »In diesem Staat ist die Umwelt ein großes Thema.«

»Daß ich nicht lache.«

»Jedenfalls in der Partei.«

»Die hat Larry Harris mit seinem Naturscheiß sowieso schon im Sack.« Richard sprang brüllend auf, ließ alles an ihr aus. »Lucille, Sie sind die blödeste ...«

»SCHON GUT. DAS WISSEN WIR«, fuhr Libby dazwischen. »Was wir rausfinden müssen, ist, was wir NICHT wissen.«

»Wir wissen nicht, wie wir dieses Ding gewinnen können«, sagte Richard. »Irgendwelche Ideen, Honey?«

Ein Kuli an der Tür: »Henry! Könnten Sie schnell mal rüberkommen? Ich hab den Chefredakteur von der Nashua-Zeitung am Apparat. Klingt ernst.«

Es klang tatsächlich ernst, bei aller Lächerlichkeit. Die Zeitung in Nashua hatte eine »Exklusivstory«. Einer unserer Ersatzfahrer, ein Emigrant aus Litauen, der ein paar Tage für Mitch eingesprungen war, wollte unbedingt berühmt werden: Er hatte Jack Stanton rassistisch und sexistisch gefärbte Äußerungen von sich geben hören, behauptete er jedenfalls. Jetzt war er fest entschlossen, mit dieser Information – ausgerechnet am Wochenende vor den Vorwahlen – an die Öffentlichkeit zu treten, weil der Gouverneur versprochen hatte, den Abzug der russischen Truppen aus Litauen zu einem wichtigen außenpolitischen Thema zu machen, das Versprechen aber nicht eingelöst hatte.

»Ich bitte Sie«, sagte ich. »Das ist doch wohl ein Witz, oder?«

»Nein, ich habe selbst mit dem Mann gesprochen«, sagte der Chefredakteur.

»Hört sich für mich wie ein vergrätzter ehemaliger Mitarbeiter an«, sagte ich und steckte mir einen Finger ins freie Ohr, um den Lärm im Raum abzublocken und mich konzentrieren zu können.

»Manchmal haben vergrätzte ehemalige Mitarbeiter gute Geschichten auf Lager«, sagte der Chefredakteur.

»Na, hören Sie«, sagte ich. »Auf so was steigen Sie doch nicht ein, oder? Das ist barer Unsinn. Weder beweisbar noch widerlegbar. Was soll der Governor denn gesagt haben?«

»Er soll Luther Charles einen häßlichen hinterhältigen Nigger genannt haben. Und Harriet Everton ist nach seiner Aussage angeblich eine dumme Pute mit tollen Titten. Es waren noch ein paar andere Leckerbissen dabei, aber das sind die Schlagzeilen.«

Es klang fast wahr, zumindest das über Harriet Evergreen. Deshalb sagte ich: »Das ist doch absolut hirnrissig. Haben Sie denn gar keine Maßstäbe? Ich meine, hat Ihnen der Fahrer auch nur einen einzigen stichhaltigen Beweis geliefert? Hatte er ein Band?«

»Nein, das nicht. Aber er hat eine Vorgeschichte.«

»Der Fahrer?«

»Nein, Ihr Boss.«

»Nun machen Sie mal halblang«, sagte ich. Ich hatte mich in den vergangenen Wochen oft gefragt, wie sich der absolute Tiefpunkt wohl anfühlen würde. Dies hier kam ungefähr hin. »Nehmen wir mal einen Moment, rein theoretisch, an, daß alles stimmt, was Sie über ihn gehört haben. Tut es zwar nicht, aber nehmen wir's einfach mal an. Gehen wir davon aus, daß er vor fünfundzwanzig Jahren an einer gewalttätigen Anti-Vietnam-Demonstration teilgenommen hat und dann Verbindungen spielen ließ, um freizukommen.« Ich begann zu zögern, denn das Argument, das ich eigentlich vorbringen wollte, klang plötzlich schwach, defensiv – einfach dumm. Ich hatte mich reingeritten und steckte fest. Na schön. »Nehmen wir an, er hatte eine Affäre. Macht ihn diese Vorgeschichte gleich zum Rassisten oder zu jemandem, der sexistische Äußerungen über Ihre führende Umweltaktivistin macht? Oder ist er jetzt einfach Freiwild – und jede Anschuldigung gegen ihn wird fraglos für bare Münze genommen?«

Schweigen. Vielleicht war meine Argumentation doch nicht so dumm – nein, er machte sich Notizen und ließ mich reden. »Das ist blanker Unsinn, und das wissen Sie, Mr. Breen. Wir wissen nicht einmal, ob dieser angeblich vergrätzte ehemalige Fahrer überhaupt für uns gearbeitet hat. Im Wahlkampf hat er bestimmt keine wesentliche Rolle gespielt. Sie haben mir nicht einmal seinen Namen genannt.«

»Tibor Lizickis.«

»Wer?« Aber ich erinnerte mich vage an den Namen. Er hatte ein paar Tage im Januar für uns als Fahrer gearbeitet, als Mitch Grippe hatte.

»Tibor Lizickis. Wohnt in Derry. Ist Ingenieursstudent am College in Merrimack.«

»Hören Sie, Sie werden uns etwas Zeit geben müssen, um das nachzuprüfen. Wer weiß denn, ob dieser Junge tatsächlich die Wahrheit sagt?«

»Mein Mitarbeiter sagt, er hat die Bestätigung, daß ...«

»Können Sie uns nicht einen Tag geben?«

Er gab uns einen Tag, was mich wiederum *meinen* Tag kostete. Ich verbrachte den restlichen Freitag mit dieser Angelegenheit, telefonierte, machte Tibor Lizickis ausfindig, ließ ihn holen. Es war nicht unbedingt meine Aufgabe – ich hätte die Sache zum Dustbusten an Libby weitergeben können –, aber ich glaube, es war mir ganz recht, mich nicht an der Vorbereitung der Debatte oder sonstwie an der Planung der Kampagne beteiligen zu müssen. Es gab nichts mehr zu planen. Es würde keine strategischen Durchbrüche mehr geben. Es gab nur noch den Kandidaten, und der ließ sich von der Laune des Augenblicks leiten und machte das, was ihm richtig schien. Er hörte nicht mehr auf uns.

Also verbrachte ich den Tag mit Tibor Lizickis, was teilweise wohl auch dadurch motiviert war, daß irgend jemand sich präventiv mit Reverend Luther Charles würde auseinandersetzen müssen – und für diese spezielle Aufgabe war ich am besten geeignet. Sie hatte für mich sogar eine gewisse makabre Faszination. In meiner Kindheit hatte ich die Erwachsenen oft genug darüber reden hören, wie schrecklich *sie* es fanden, sich mit Luther auseinandersetzen zu müssen, den sie den Gefallenen Engel nannten, das in Ungnade gefallene Mitglied aus dem Erlauchten Kreis um Reverend Harvey Burton. Ich hinterließ Luther eine Nachricht im Büro der People's Empowerment Party (PEP) in Washington; am Spätnachmittag rief er zurück.

»So, so«, sagte er. »Ist das *der* Henry Burton? Henry Burton, der Freund der Witwen und Weißen? Was gibt's, Brother? Suchst du Arbeit?«

»Noch nicht, Reverend«, sagte ich. »Aber ich brauche Ihre Hilfe bei einer Sache.«

»*Du* brauchst *meine* Hilfe, Brother?« Natürlich würde mir Luther Charles als erstes mit der Rassenkiste kommen. Er hatte es weit gebracht in seiner Rolle als King of the Negroes – aber er wußte, daß sein Ruf bei denen, die damals dabeigewesen waren, nie so gut sein würde wie bei denen, die erst später dazugestoßen waren. Die Altgedienten hüllten sich in diskretes Schweigen, wenn sie nach ihm gefragt wurden, vor allem dann, wenn weiße Journalisten fragten.

»Wenn du *meine* Hilfe brauchst«, fuhr er fort, »muß es ja ganz was Schlimmes sein, ganz was Schlimmes. Ich kann mir gar nicht vorstellen, daß du da oben meine Unterstützung brauchst. Gibt nicht viele Brothers da oben in den *White* Mountains, Henry – was kannst du von mir wollen?«

Ich erklärte es ihm. »Ahhh«, sagte er. »Außenpolitik. Litauen.« Er knetete jedes Wort genüßlich durch. »Henry, jetzt sag mal: Sind denn die Bleichgesichter alle komplett verrückt geworden? Machen deinen Jungen wegen ner *Tussi* fertig?« Er sprach das Wort »Tussi« mit der gleichen klangvollen Schwere aus wie das Wort »Brother« – er hatte zwar keine gute Predigerstimme, sie war eher hoch und krächzend, aber davon mal abgesehen beherrschte er das Handwerk des Predigers perfekt. »Stell dir vor: Diese blassen, mickrigen, wahnsinnigen Scheißer regieren die Welt, und wir dürfen ihre dreckige Wäsche waschen – das gibt doch keinen Sinn. Warum waschen die nicht *unsere* Wäsche? Die Wissenschaft ist schuld, Henry. Technologie ist ihr Ding. Das ist ihr Voodoo. Und das ist auch schon fast *alles*, was sie zu bieten haben. Wenn du was erfinden willst, ruf einen Europäer an. Wenn du jemand zum Führen oder zum Lieben oder zum Mutmachen brauchst, ruf einen Brother an. Obwohl ich annehmen möchte, daß Mr. Stanton in der Liebe keine Not leidet. Genau wie dein Opa, Henry. Sogar ganz genau wie dein Opa. Wie ich höre, mag der Governor seine Damen ... mit nem Schuß Melanin.«

Das verschlug mir die Sprache. Er konnte unmöglich etwas von dem McCollister-Mädchen wissen. Ich mußte etwas sagen – und zwar schnell, bevor er mein Zögern bemerkte. »Lieber vollblütig«, sagte ich, »als ganz ohne Melanin. Mein Daddy hat immer gesagt, wenn Blondinen mehr Spaß haben, dann sei das Ihnen ganz persönlich zu verdanken.«

»Hatter das gesagt, dein Daddy? Der muß grad den Mund aufreißen. Deine kränkliche Blässe zeugt doch von seinen eigenen Vorlieben. Hörst du denn von ihm, Henry?«

»Ja. Er schreibt.«

»Der alte Haudegen fehlt mir – ich hab mich deinem Alten immer verbunden gefühlt. Verlorener Sohn und so«, sagte er. »Ich hab ne Schwäche für Ausreißer, mein Junge. Solltest du je über eine Rückkehr in den Schoß der Gemeinde nachdenken, für ein Stabsmitglied deiner Couleur könnte unter meinem Regenbogen schon Platz sein.«

Hilfe, nur das nicht. Einen Augenblick lang überlegte ich, ob man zur Strafe dafür, daß man sich für einen entehrten Kandidaten entschied, wohl lebenslänglich in der Hölle der Interessengruppen und Minderheitenvertreter schmoren mußte. Mir wurde schlecht vor Angst. »Reverend, reden wir lieber über Litauen.«

»Er hat mich einen hinterhältigen Nigger genannt?«

»Ein vergrätzter Aushilfsfahrer, der dem Governor was anhaben will, behauptet, der Governor hätte Sie so genannt.«

»Du arbeitest für einen Typen, der rumrennt und Leute als hinterhältige Nigger beschimpft? Wie nennt er denn dich?«

»Reverend, glauben Sie wirklich, ich würde für so jemanden arbeiten?« Eigentor: Was war ich bloß für ein Idiot.

»Klar, solange du dir nur vormachen kannst, du wärst was Besseres.«

»Herrgott, Luther. Kommen Sie auf'n Teppich. Wollen Sie sich wieder mal lächerlich machen, indem Sie diesen Pups zum rassistischen Eklat aufblasen? Da ist nichts für Sie zu holen. Wir verlieren eh. Sie könnten ausnahmsweise mal das Richtige tun. Tragen Sie's auf Ihr Konto ein. Dann hätten Sie ein Quentchen Anstand auf der Habenseite zu verbuchen und könnten das nächste Mal, wenn Sie wieder das Arschloch spielen müssen, was abheben.«

»Na gut, Henry«, sagte er. Einfach so. »Ich mach dir das Leben nicht länger schwer. Aber das ist ein Minus bei deiner Bank, eine Abbuchung von deinem Luther-Konto. Wirst du irgendwann zurückzahlen müssen, mit Zinsen.«

Stanton kam gegen fünf und schäumte vor Wut. Ich erzählte ihm, daß ich die Sache mit Luther geklärt hatte. Er stöhnte. »Wo ist der Mistkerl?« fragte er.

»In Ihrer Suite.«

Wir gingen den Flur entlang. Leute kamen uns entgegen und grüßten, doch der Gouverneur reagierte nicht. Er hatte jede Maske fallen lassen. »Ich kann es verdammt noch mal nicht glauben, daß ich diesem Mistkerl mitten im größten Chaos Honig ums Maul schmieren soll. Wer hat ihn überhaupt engagiert? Wer hat ihn empfohlen? Ich dreh Lieberman den Hals um, ich bring ihn um.«

Wir betraten die Suite. Susan saß da und unterhielt sich ruhig mit Tibor Lizickis. Er war blaß und zittrig, hatte hellbraunes Haar und einen dünnen Schnurrbart; ein erbärmliches Würstchen. »Jack«, sagte Susan, die auf Anhieb seine Stimmung erfaßt hatte und wußte, was zu tun war. »Tibor hat mir gerade erzählt, wie die Russen seinen Vater abgeholt haben. Er war Busfahrer. Er hatte einen Unfall, und sie haben ihn einfach ... abgeholt.«

Stanton zog den Mantel aus. Ich sah, daß sein Hemd durchgeschwitzt war. Seine Augen wurden sanfter. »Und Sie haben ihn nie wiedergesehen?« fragte er.

»Nein, Goverrnorr«, sagte er. »Sie bringen ihn Sibirien.«

»Und wie alt waren Sie da?«

»Sechs Jahr.«

Stanton bewegte sich auf ihn zu. Es gab allerdings ein logistisches Problem. Lizickis und Susan saßen einander zugewandt auf der Couch. Der Gouverneur wollte so nahe wie möglich an ihn heran – Tuchfühlung aufnehmen –, aber er konnte Susan schlecht zur Seite drängen, und konnte sich auch nicht neben Lizickis hinkauern, weil ein wackliger kleiner Glastisch im Weg stand. Den Tisch konnte er nicht beiseite schieben, er stand eingeklemmt zwischen schweren Sesseln und der Wand. Er wägte dies alles ab, während er auf Lizickis zusteuerte, und stellte blitzschnelle geo-emotionale Berechnungen an. Dies war Jack Stantons Vision der Hölle: dringend eine Verbindung herstellen zu müssen, aber in einer nontaktilen Zone gefangen zu sein. Er näherte sich Lizickis von hinten, ging in die Hocke und stützte sich auf die Sofalehne; der Litauer, nun wie bei einem Sandwich zwischen den Stantons eingezwängt, drehte sich halb dem Gouverneur zu, halb von Susan weg. »Das muß schrecklich für Sie gewesen sein«, sagte Jack Stanton. »Einfach schrecklich. Und ich kann gut verstehen, warum Ihnen so sehr daran liegt, daß dieses Thema angeschnitten wird.«

»Russen sind Schweinä, viel Greuel«, sagte Lizickis und wurde rot. »Viel, viel Greuel.«

Stanton langte – ich weiß nicht wie – mit der rechten Hand um die Sofalehne und klopfte Lizickis auf die Schulter. »Ich weiß, ich weiß. Und ich *werde* etwas in dieser Sache unternehmen. Ich hatte bloß noch keine Gelegenheit. Sie wissen ja, in diesem Wahlkampf ist die Hölle los.«

»Oh, ja, Cashmere – schon gehöärt.«

Susan verdrehte die Augen.

»Aber ich verspreche Ihnen, Tibor«, fuhr Stanton fort, »und das ist ein feierliches Versprechen, daß Ihr Vater nicht vergessen wird. Wenn die Wähler von New Hampshire es mir ermöglichen, im Rennen zu bleiben, und falls mich das amerikanische Volk in seiner Weisheit zum Präsidenten wählt, werde ich Litauen *befreien.*«

»Aber Sie nicht erwähnen jätzt?«

»Ich werde es jetzt erwähnen. Heute abend. Ich verspreche es. Aber wenn ich das tue, werden Sie dann dem Chefredakteur der

Zeitung sagen, daß Sie sich geirrt haben, daß Sie verärgert waren und aus Groll gehandelt haben?«

»Was? Greuel?«

»Sie waren sehr verärgert.«

»Oh ja, viel Ärger.«

Er hatte Tibor bereits zum Aufstehen veranlaßt und lenkte ihn zur Tür, eine Hand tröstend auf seinem Arm. »Ich weiß selbst, wie es ist, einen Vater zu verlieren, Tibor, wenn auch nicht so, wie Sie es erlebt haben. Ich kann mir Ihren Verlust gar nicht vorstellen, Ihre Wut. Sie müssen verstehen, daß wir Amerikaner das nur schwer nachvollziehen können – wir haben soviel Glück gehabt. Wir haben soviel von euch zu lernen. Ich bin wirklich sehr dankbar, daß Sie gekommen sind. Ich bin sehr dankbar, daß Sie diese Angelegenheit zur ... Henry, sorgen Sie bitte dafür, daß Mr. Lizickis gut nach Hause kommt. Bye ...«

Er knallte die Tür zu.

Die letzte Debatte vor den Vorwahlen von New Hampshire fand in einer katholischen Mädchenschule statt. Es war eine Fernsehdebatte mit Publikum – günstig für uns. Vor Leuten war Stanton immer besser als nur vor der Kamera. Diesmal gab es Garderoben, aber niemand benutzte sie. Die Kandidaten zog es in den hell erleuchteten Korridor des Betonblocks. Dies sollte ihr letzter gemeinsamer Auftritt sein. Sie kannten sich mittlerweile, waren voller Bewunderung und Abscheu füreinander; irgendwann würden sie auf diese Zeit der Intensität und Absurditäten zurückblicken wie auf eine kurze katastrophale Ehe. New Hampshire würde ihnen für den Rest ihres Lebens in Erinnerung bleiben. Es würde sie miteinander verbinden.

»Na, Jack«, sagte Bart Nilson. »Das war's dann wohl.« Stanton nickte. Charlie Martin gesellte sich zu ihnen, er trug eine mit kleinen Heißluftballons gemusterte Krawatte. »Irgendwie hab ich mich richtig an die Leute hier oben gewöhnt.«

»Sie sind großartig«, stimmte Stanton zu. »Sogar nach dem ganzen Scheißtheater waren sie einfach großartig. Sie haben wirklich zugehört. Sie haben sich für die Themen interessiert. Ich war gerade in

LA, das war wie auf einem anderen Kontinent. Da hat es den Anschein, als fände diese Wahl gar nicht statt.«

In diesem Moment – eine Premiere! – näherte sich Lawrence Harris, der geradezu beängstigend professoral aussah. Er trug ein braunes Jackett mit Fischgrätmuster, ein kariertes Hemd und eine waldgrüne Strickkrawatte; seine Lesebrille baumelte an einer Kordel um seinen Hals. »Nun, Freunde«, sagte er. »Auf zum letzten Tango.«

Ich sah, wie Stanton die Zähne zusammenbiß. Harris hob die Hand und klopfte ihm auf den Rücken. »Ich wollte euch allen nur sagen, was für eine denkwürdige Erfahrung das für mich war.«

»Yeah«, sagte Charlie Martin. »Als ob wir uns in den Anden oder sonstwo verirrt hätten – als ob unser Flugzeug in dieser seltsamen Stammeskultur notgelandet wäre, wo sich alle nur für Politik interessieren.«

»Vielleicht«, sagte Stanton und beobachtete Martin aufmerksam, »sind wir ja auch auf dem Treck über den Donnerpaß.«

»Tja«, sagte Harris und wandte sich bereits zum Gehen. Er hatte seinen Teil gesagt. »Ich hoffe nur, wir werden es schaffen, wieder an einem Strang zu ziehen, wenn das alles vorbei ist. Ich glaube, wir haben nur Chancen, die Wahl im Herbst zu gewinnen und die schwierige finanzpolitische Situation unter Kontrolle zu bringen, wenn wir geeint hinter dem endgültigen Kandidaten stehen.«

»Larry, ich bin sicher, wer immer von uns die Nominierung gewinnen sollte, wird sich durch Ihre Unterstützung geehrt fühlen«, sagte Bart Nilson mit einer Schlagfertigkeit, die ich ihm nicht zugetraut hätte. Harris schniefte, grinste unsicher, zog sich zurück.

Stanton und Nilson marschierten gemeinsam den Korridor entlang. »Bart«, sagte Stanton, einen Arm freundschaftlich um die Schulter des älteren Mannes gelegt. »Egal, wie die Sache ausgeht – ich stehe zu Ihnen. Was mich betrifft, arbeiten wir als Team.«

Nilson blieb stehen und sah Stanton an. »Jack«, sagte er. »Ich war mein Leben lang ein loyaler Demokrat, hab mich immer an die Parteilinie gehalten – aber wenn dieser blutleere Arsch die Nominierung gewinnt, bleib ich im November zu Hause.«

»Dies ist ein großartiges Land, Bart«, sagte Stanton lächelnd, »und wenn ich nicht völlig danebenliege, wird *dieser* Bursche, falls er die Nominierung *dieser* Partei gewinnt, noch ein paar Dinge über das Volk lernen müssen.«

»Würd' einiges dafür geben, das mitzuerleben«, sagte Nilson.

»Vielleicht kriegen wir's auch gratis«, sagte Stanton.

Die Kandidaten standen an Nußbaumpulten vor einem Vorhang aus tiefem sattem burgunderrotem Samt. Es war hübscher als das übliche banale Fernsehblau. Das – und das Publikum und die Tatsache, daß es die letzte ihrer Art war – verliehen der Veranstaltung Würde und Pathos; alle vier Kandidaten wirkten größer als sonst, fast wie Präsidenten. Vor allem Jack Stanton, der an diesem Abend eine Mission zu erfüllen hatte. Tibor Lizickis handelte er in den ersten zehn Minuten ab. Die Eröffnungsfrage lautete: Welches sind die drei wichtigsten Herausforderungen, denen sich der nächste Präsident gegenübersehen wird? Die Wirtschaft, natürlich; Kriminalität, gewiß. Doch statt der Gesundheitsfürsorge, die er normalerweise als dritten Punkt angeführt hätte, ging Stanton zu Amerikas Stellung in der Welt über. »Wir müssen Führungsqualitäten beweisen. Der kalte Krieg mag vorbei sein, doch wir sind weiterhin mit großen Herausforderungen konfrontiert. Wir müssen Rußland ermuntern, den Weg zu einer Partnerschaft innerhalb der westlichen Allianz fortzusetzen – und wir müssen den Russen mit aller Deutlichkeit zu verstehen geben, daß die Partnerschaft erst vollständig sein kann, wenn sie sich endgültig aus ihren früheren Republiken zurückgezogen haben, insbesondere aus dem Baltikum. Wir müssen dafür sorgen, daß keine russischen Truppen mehr in Lettland, Estland und Litauen stationiert sind. Und natürlich gibt es auch in unserem eigenen Land dringende Angelegenheiten, um die wir uns kümmern müssen – die Gesundheitsfürsorge zum Beispiel ...«

»Hey, Jack«, fiel ihm Charlie Martin ins Wort. »Wollen Sie den ganzen Abend in Beschlag nehmen?« Kichern aus dem Publikum.

»Jack, Jack – *komm auf den Punkt*«, flüsterte Susan. Wir, Susan, Danny Scanlon und ich, saßen in einer Garderobe direkt hinter der Bühne. »Alles immer schön der Reihe nach«, sagte Susan. »Du kannst nicht alles in einem Aufwasch erledigen.«

Er schien sie zu hören, denn er zog sich zurück. Er ließ Charlie Martin über die Neuordnung des Gesundheitswesens fabulieren und Bart Nilson ein letztes trauriges Mal seinen New-Deal-Sermon herunterbeten. Nilson wiederum münzte seine Rede auf Lawrence Harris, griff ihn an und betonte die Notwendigkeit einer mitfühlenden Regierung, einer Regierung, die auf die Bedürfnisse des Volkes einging. Harris, am Pult links neben ihm, zappelte ungeduldig und spitzte die Lippen. Das klügste wäre gewesen, den alten Nilson in Ruhe seine Abschiedsrede halten zu lassen.

»Senator, erlauben Sie«, unterbrach Harris.

Susan packte meine Hand. »*Gut*!« sagte sie.

»Senator«, intonierte Lawrence Harris, das Kinn gereckt, die Augen nahezu geschlossen. »Wir alle haben unsere Träume. Ich zum Beispiel hätte zu gern als Shortstop bei den Red Sox gespielt. Aber das war kein realistischer Wunsch – ich bin Linkshänder. Und was will man mit einem linkshändigen Shortstop?« Der Witz kam nicht an. Harris schien es nicht zu merken. Gleich würde er uns belehren, uns über die Realität aufklären. »Die Realität zwingt uns, weniger mitfühlend zu sein, als wir gerne möchten. Realität ist, daß wir viel zu lange viel zuviel ausgegeben haben. Realität ist, daß das amerikanische Volk einige Entbehrungen wird in Kauf nehmen müssen, wenn wir unseren Enkelkindern eine bessere Welt hinterlassen wollen. Alle werden Opfer bringen müssen.«

»Larry, das soll wohl ein Witz sein«, sagte eine vertraute Stimme.

»Wie bitte, Governor Stanton?«

»Ich meine, mir ist klar, daß Sie von hier kommen und beliebter sind als der Truthahn an Weihnachten und so weiter und so fort, aber ich frage mich doch, in welchem Staat Sie eigentlich leben. Der Staat, durch den ich gereist bin – und wir haben in den letzten paar Monaten praktisch hier gelebt –, in diesem Staat trifft man auf Schritt und Tritt Menschen, die jede Menge Entbehrungen auf sich genommen haben, persönliche Entbehrungen, und zwar hier und heute. Vielleicht hat es sich noch nicht bis zu Ihnen nach Dartmouth herumgesprochen, aber wir haben hier in New Hampshire eine Rezession. Die Leute leiden. Sie verlieren ihre Jobs, sie verlieren ihre Häuser. Senator, sind *das* die Leute, die Ihrer Meinung nach lernen müssen, Opfer zu bringen? Was sollen sie denn noch alles aufgeben?«

»Governor –«

»Larry, lassen Sie mich nur noch eines sagen. Dann können Sie mit Ihrem Grundkurs in VWL weitermachen.« Gelächter. Das Publikum – Harris' Publikum – war jetzt auf unserer Seite. »Ich möchte das, was Sie sagen, gar nicht beiseite wischen. Sie haben da etwas sehr Wichtiges angesprochen. Die Republikaner machen seit zehn Jahren Schulden wie ein Haufen betrunkener Matrosen. Daran müssen wir mit Sicherheit etwas ändern. Aber zuerst müssen wir die Wirtschaft stabilisieren. Sie reden immer von unseren Enkelkindern – und natürlich sind wir alle um sie besorgt. Aber was ist mit den *Eltern* unserer Enkelkinder? Lassen wir die einfach fallen, geben wir sie verloren? Larry, erzählen Sie uns, was Sie für diese Leute im Sinn haben.«

Kein Beifall, aber zustimmendes Gemurmel. »Ich glaube, die Leute wünschen sich jemanden, der sie führen kann«, sagte Harris und schaute Stanton dabei direkt an. »Ich glaube, sie wünschen sich einen anständigen, ehrenhaften Mann, dem sie *vertrauen* können.« Vereinzeltes Klatschen, allerdings auch ein paar Pfiffe.

»Billig«, sagte Susan. Aber nicht ohne Wirkung. Ich empfand es als Punktsieg für unseren Jungen, aber wer konnte das schon wirklich sagen? Susan kam zum gleichen Ergebnis. »Im Saal und beim Fernsehpublikum haben wir gewonnen«, flüsterte sie, »aber Harris kommt in den Nachrichten.«

Richtig. Stantons Argumente gegen Harris, so stringent und tödlich sie im richtigen Leben sein mochten, waren zu lang, zu kompliziert, um in einem Zwei-Minuten-Beitrag in den Abendnachrichten adäquat vermittelt zu werden, vor allem in der üblichen »Unter den Kandidaten flogen die Fetzen«-Verpackung, die die TV-Skorps bei solchen Debatten bevorzugten. In einem solchen Beitrag würde Stanton unter Umständen bloß kleinkariert und stur wirken: Sie würden ihn sicher mit dem »Grundkurs in VWL« zitieren – und Harris mit seiner Replik vom »anständigen, ehrenhaften« Kandidaten. Damit würde Harris als solide und aufrichtig dastehen und gleichzeitig die Zweifel an unserer Anständigkeit verstärken.

»Scheißtaktik«, sagte Susan.

»Meinen Sie, er hätte sich unsere Taktik aufzwingen lassen?« verteidigte ich mich.

»J-jeder Sch-schlag...« stotterte Danny.

»Pssst!« sagte Susan und funkelte ihn streng an. Danny zuckte zusammen wie von einer Kugel getroffen, und Susan lenkte beschämt ein. »Danny, tut mir leid ... sag schon.«

»J-jeder Sch-schlag von i-ihm wäre p-pariert worden«, sagte Danny; er setzte anscheinend voraus, daß Susan die gleiche Schwäche für nächtliche Sportdiskussionen hatte wie der Gouverneur. »Ich g-geb ihm die bessere Punktzahl, w-weil sein Schlag f-für die L-leute war. W-wir dürfen j-jetzt nicht mehr sch-schattenboxen.«

Susan holte scharf Luft, umarmte Danny und vergrub ihren Kopf in seinem Nacken. »Nein. Du hast recht, Danny«, sagte sie, richtete sich auf und legte ihm die flache Hand auf die Wange. »Du hast recht, mein Kleiner. Wir dürfen jetzt nicht mehr schattenboxen.«

Inzwischen hatte sich der Sturm auf der Bühne gelegt. Jeder spulte sein übliches Programm ab. Die Abschlußstatements fielen aus wie erwartet – bis Charlie Martin als letzter an die Reihe kam: »Unsere Partei hat eine großartige Tradition«, sagte er mit einer sonoren Ernsthaftigkeit, die nicht ganz überzeugend wirkte. »Eine Tradition der Kraft, des Mitgefühls und der Ehre. Wir brauchen einen Kandidaten, einen Bannerträger, der diese Eigenschaften – Kraft, Mitgefühl und Ehre – in sich vereinigt. Ich bitte Sie, liebe Landsleute, folgende Entscheidung zu treffen: Wer von uns besitzt die Kraft, das Mitgefühl und die Ehre, um an der Spitze dieser Nation zu stehen und ihr zu dienen?«

Ich wußte, worauf das hinauslief. Susan ebenfalls. »Oje!« sagte sie.

»Senator Nilson ist ein hervorragender Demokrat. Ich bin stolz, ihn meinen Freund nennen zu dürfen.« Martin legte eine Pause ein, und ich hoffte einen Augenblick lang, er würde den Schuß nicht loslassen. Fehlanzeige. »Er hat eine lange und glänzende Karriere hinter sich – aber hat er auch die *Kraft*, die Schlacht gegen die Republikaner zu schlagen? Was Senator Harris betrifft, ich weiß, als Bürger dieses Staates ist er Ihnen nachbarschaftlich verbunden. Wir haben zusammen im Senat gesessen. Ich kenne seine geistigen Qualitäten.

Und als Präsident würde ich ihn gern zu meinem engsten Kreis zählen können; auf seinen Rat könnte ich mich verlassen. Aber seine Fähigkeiten sind in erster Linie akademischer Natur. Sie bedürfen der Auflockerung durch die Praxis. Und Jack Stanton.« Wieder legte er eine Pause ein – und wieder hegte ich eine schwache Hoffnung: Er hatte Harris' mangelndes Einfühlungsvermögen nur *angedeutet.* Es bestand die Chance, daß er uns mit der gleichen Rücksicht behandelte. Er würde sicher darauf verzichten, zu sehr ins Detail zu gehen – und das tat er auch, was die Sache allerdings nur brutaler machte. »Nun, Governor Stanton besitzt, wie wir alle wissen, Kraft und Mitgefühl und Intelligenz – und er ist in diesem Wahlkampf das Opfer einiger zweifelhafter Anschuldigungen geworden, *äußerst* zweifelhafter Anschuldigungen. Doch selbst wenn Sie glauben, daß er zu Unrecht verleumdet wurde, selbst wenn Sie glauben, daß er ein ehrenwerter Mann ist, müssen wir, als Demokraten, eine praktische Entscheidung treffen. Ist er nicht nur noch dritte Wahl?« Mir blieb, glaube ich, die Luft weg: Das war dermaßen kraß formuliert. »Wäre er imstande, unsere Sache optimal gegen die Republikaner zu vertreten, oder wäre er zu sehr damit beschäftigt, sich und seine Person gegen einen Präsidenten – und gegen eine Partei – zu verteidigen, die in der Vergangenheit keine Hemmungen hatten, zu jeder verfügbaren Waffe zu greifen?«

»Tiefsch-schlag«, sagte Danny.

Susan schüttelte den Kopf, zuckte die Achseln und wanderte langsam in den Korridor hinaus, um Jack zu empfangen, wenn er herauskäme. Wie der Zufall es wollte, verließ Charlie Martin als erster den Saal – Jack Stanton blieb noch, wie immer, beugte sich ins Publikum, schüttelte Hände –, und Susan packte den Senator zuckersüß lächelnd am Arm. »Hey, Charrlie«, sagte sie. Er blieb stehen, gab ihr ein Küßchen auf die Wange. »Auf *die Tour* haben Sie sich also Ihre Orden in Vietnam verdient«, sagte sie. »Was kriegt man dafür, wenn man jemanden von hinten mit dem Bajonett aufspießt? Das Doppelte Verräterkreuz mit Eichenlaub?«

»Susan, das gehört zum Spiel.«

»Charlie, dies ist kein verdammtes Spiel.«

Stanton kam als letzter. Er schob Susan in unsere Garderobe

zurück und schloß die Tür. Dann schlug er mit der Faust auf eine Stuhllehne. »Man gibt mir einfach keine faire Chance«, sagte er.

»Sie waren g-gut, G-governor«, sagte Danny. »Sie h-haben's ihm g-gegeben.«

»Ja, aber ich habe auch einiges abgekriegt.« Er drehte sich zu Susan um. »War es das Risiko wert?«

»Was hast du denn zu verlieren?« erwiderte sie kühl. Aber sie spürte seine Verzweiflung und fügte hinzu: »Du hättest es nicht besser sagen können. Irgend jemand mußte es ihm mal zeigen. Und ich bin froh, daß du es warst.«

Jetzt war ich an der Reihe. »Martin hatte es auf Sie abgesehen, komme, was da wolle. Wahrscheinlich war es ganz gut, daß Sie Harris einen Schlag versetzt haben – das zeigt, daß Sie immer noch austeilen können. Vielleicht bringt das die Skorps dazu, noch mal über die Frage Ihrer Eignung nachzudenken.«

Wenn ich nur selbst davon überzeugt gewesen wäre. An diesem Samstag war ich erschöpft, völlig geschlaucht. Es war ein wunderschöner Tag, Tauwetter hatte plötzlich eingesetzt. Eine sanfte Brise wehte, überall tropfte und schmolz es. Aber Charlie Martin hatte mir den Rest gegeben. Seine Argumente klangen zu plausibel, als daß ich sie einfach hätte beiseite schieben können. »Verfluchter Mist, Henri – du nimmst alles so verdammt persönlich«, sagte Richard, während wir im Eilschritt – anders ging es bei ihm nicht – vom Hotel zur Wahlkampfzentrale in der Main Street hasteten. Wir mußten eine gute Meile laufen, doch irgendwie hatten wir das Gefühl, als wäre unsere Arbeit im wesentlichen erledigt; es gab nichts mehr zu tun. Wir schlugen die Zeit tot. Wir kamen an einer Reihe schmuddeliger Autowerkstätten und Ersatzteillager vorbei. »Keiner schert sich einen Dreck um Abschlußstatements, Henri«, sagte Richard. »Als dieser dumme Hippie, dieser Kamikaze-Arsch, seine Ladung abgeschossen hat, hat sowieso bloß noch der liebe Gott zugeguckt. Die Leute zuhaus vor der Glotze sind längst von Kanal zu Kanal gezappt. Der halbe Saal war schon dabei, Schals und Galoschen zusammenzuklauben – issdochso, oder? Und erzähl mir bloß nicht, du hättest den Spruch noch nie gehört? Nen Abschußkandidaten als

›dritte Wahl‹ zu bezeichnen, das hat so nen langen Bart, daß nicht mal mehr Kleinstadtskorps den Ausdruck verwenden würden.«

»Es ist doch was anderes, ob es die Skorps schreiben oder ob Charlie Martin der Welt das schönste, einprägsamste TV-Zitat präsentiert, das man sich vorstellen kann«, sagte ich. »Stimmt's, Richard? *Issdochso, oder?*«

»Was soll denn das sein?« fragte Richard. Wir hatten inzwischen fast das Stadtzentrum erreicht und schoben uns durch Gruppen von freiwilligen Wahlhelfern. Einige standen mit Schildern an Straßenecken; andere arbeiteten an Tischen auf dem Gehsteig. »Haste auch den Eindruck, daß sich heutzutage nur noch *häßliche* Hühner für Politik interessieren?« fragte Richard. »Hier siehts aus wie bei der umgekehrten Miss-America-Wahl. Da müssen die Republikaner doch mehr zu bieten haben, oder? Die haben Cheerleader und Ballköniginnen. Wir haben Umwelttussis und feministische Zicken. Wir haben ganze Heerscharen von Frauen, die wie Lucille aussehn.« Richard hatte einen ziemlich durchschnittlichen Frauengeschmack und einen ziemlich konstanten Frustrationspegel.

»Richard, halt die Klappe und sieh dir das an«, sagte ich. Es war in der Tat eine bemerkenswerte Szene. Im Zentrum von Manchester fand ein politisches Straßenfest statt. Clowns und Pantomimen traten auf. Der Rotary Club spendierte Hot dogs. Der millionenschwere Kandidat mit der Egokampagne verteilte lila Luftballons mit seinem Namen; ein Lyndon-Larouche-Lautsprecherwagen drehte seine Runden und spielte Beethovens Neunte; fanatische Lebensschützer schwenkten Poster von toten Föten. Freiwillige aus dem Harris-Lager verschenkten grün-weiße Quasten. Im Park gegenüber vom Holiday Inn spielte eine Dixieland-Band für Nilson auf.

»Wie im Märchen«, sagte ich. »Mitte nächster Woche ist der Spuk vorbei. Dann sind bloß noch ein paar Techniker da, die zusammenpacken. Nächstes Wochenende steht die Hälfte der Läden wieder leer.«

»Mensch«, sagte Richard selbstvergessen. »Henri – guck dir bloß die Miezen an. Ist ja gräßlich. Hallo, Tom.«

Tom Brokaw kam aus der Gegenrichtung – zusammen mit

Richard Cohen, dem Kolumnisten der *Washington Post,* und noch ein paar anderen Skorps. »Hey, Jemmons, schon neue Zahlen?« fragte Brokaw.

»Alles stabil«, sagte Richard. »Und Sie?«

»Die *Globe*-Analyse hat euch wieder bei knapp zwanzig...«

»Und Harris?«

»So um die fünfunddreißig...«

»Der Junge kriegt nur jeden dritten Wähler in seinem Heimatstaat, und das, obwohl man uns ne halbe Tonne Dreck übern Kopf gekippt hat. Der soll bloß warten, bis wir bei uns im Süden sind.«

»Werden Sie's denn packen?« fragte Cohen.

»Na, wer zum Teufel denn sonst?« schnauzte Richard.

»Ozio?«

»Im Süden, im *Süden*?« kreischte Richard. »Wenn du da über *Orlando* redest, denken die Leute, du meinst Disney World. Noch'n paar heiße Tips auf Lager?«

Cohen zuckte die Achseln, lächelte und hob ratlos die Hände. Wir gingen weiter. »Mann«, sagte Richard. »Verdammte Plackerei. Als ob man mit Libby aufm Buckel durchs Leben zieht. Und die denken immer, wir hätten unser Geld nicht *verdient.*«

»Die *Globe*-Zahlen – laut Leon liegen wir höher«, sagte ich. Nach Leons Analysen ging es mit uns seit der Debatte tatsächlich wieder aufwärts.

»Huckel, Buckel, ein sta-ti-sti-scher Schluckauf: Wir sind trotzdem im Arsch, Henri.«

»Wieviel brauchen wir?« fragte ich, als wir an Martins Wahlkampfzentrale vorbeigingen; sie platzte schier vor studentischen Wahlhelfern. Auf dem Gehsteig drängte sich ein Haufen Collegekids um eine überaus attraktive Blondine mit Stadtplan und Megaphon. Sie verteilte Aufgaben. Richard gaffte die Blondine an. Sie lächelte zurück. »Hör mal, Süße, wie wärs mit ner kleinen Lektion über die Finessen des Politgeschäfts?« fragte er. Sie schüttelte den Kopf, langsam, sehr sexy, und warf Richard eine Kußhand zu.

»Wieviel brauchen wir?« fragte ich noch einmal.

»Ich bin völlig platt«, sagte er. »Der Scheißhippie hat die tollsten Bräute – wen wunderts? Mit dem Mädchen würd ich auf der Stelle von Tür zu Tür tingeln, wir würden jede Klingel in der Stadt polieren.«

»Herrgott, Richard.« Wir standen an einer roten Ampel; ein Kombi mit Harris-Leuten preschte vorbei und spritzte uns ziemlich naß.

»Blödes Arschloch!« brüllte Richard, dann sagte er zu mir: »Wir müssen fünfundzwanzig Prozent machen, solange Mr. Naturkraft unter vierzig Prozent bleibt und von den andern keiner an uns rankommt. Mit fünfundzwanzig würden wir mit einem blauen Auge davonkommen – aber die sind nirgends in Sicht.«

»Leon hat uns bei den Stichproben über die letzten drei Tage im Schnitt auf einundzwanzig berechnet«, sagte ich und versuchte mich an einer Argumentation, an die ich selber nicht recht glaubte, »das heißt, daß wir gestern abend und heute morgen bei knapp fünfundzwanzig gelegen haben müssen.«

»Und was für Stichproben waren das?« fragte Richard. »Ruf vier Leute an. Einer davon kichert blöde und sagt: ›Also, dieser Scheißredneck hats dem ollen Professor Superschlau gestern abend aber ganz schön gegeben. V'leicht wähl ich den.‹ Denkst du, das hat was zu sagen? Dann ruf meinen Makler an. Der dreht dir auch jeden Scheiß an.«

Unsere Zentrale, einen halben Block weiter, war nicht annähernd so schwach besetzt, wie ich befürchtet hatte. Es herrschte Trubel, kein bißchen weniger als eben bei Martin. Und die Leute wirkten sympathischer: Studenten in karierten Hemden und Jeans mischten sich mit älteren Leuten, die Windjacken mit Gewerkschafts- und Kneipenlogos trugen. »Mischung aus Nirvana-Konzert und Bowlingverein«, sagte Richard. »Nicht schlecht. Gar nicht mal so übel fürn Krüppel.«

Brad Lieberman saß vorn an einem Schreibtisch, telefonierte, verteilte stapelweise Broschüren und kopierte gleichzeitig Straßenpläne für eine Reihe von Koordinatoren. Er winkte uns zu, hielt den Daumen nach oben. Wir zwängten uns an der Trennwand hinter Brad vorbei, nach hinten in den größeren Raum, in dem an drei langen Tischreihen dreißig Leute die Telefone bedienten. An der Seite stand ein weiterer Tisch mit zwei Riesenkannen Kaffee und jeder

Menge Schachteln mit Donuts, die, halb offen, halb leergegessen, wild gestapelt waren. An den Telefonen saßen interessante Leute, unter anderem Bill Johnson und ein paar von der Fünferbande. Und Momma: Sie saß in der Mitte einer Reihe, paffte eine ihrer überlangen Zigaretten und verströmte billiges Parfum, ihre rabenschwarze Hochfrisur stach heraus wie eine dicke Garnspule aus der Textilfabrik. Alle telefonierten Listen von Leuten durch, die im vergangenen Monat mindestens einmal angerufen worden waren. Als Johnson den Hörer auflegte, ging ich zu ihm. »Wie läuft's?«

»Mittelprächtig«, sagte er schulterzuckend. »Im wesentlichen Leute, die ihn an zweiter oder dritter Stelle sehen.«

»Keine, die meinen, er wird Vierter?«

»Doch, jede Menge sogar. Aber damit muß man rechnen. Alle, die gleich wieder auflegen, sind so zu werten. Wo ist der Kandidat jetzt?«

»Im Einkaufszentrum«, sagte ich. »Dort wird er den lieben langen Tag stehen und mit den Leuten quatschen, auch wenn man es kaum für möglich hält.«

»Keine Rundfahrt?«

»Er ist der Meinung, jede Minute im Bus wäre Zeitverschwendung. Während dort den ganzen Tag über jede Menge Leute sind.«

»Er ist'n verdammter Gaul«, sagte Johnson. »Schon immer gewesen.«

Richard gesellte sich zu uns. »Henri, so was wie Mommas Telefonate hast du noch nicht erlebt. ›Hier ist Mary-Pat Stanton, die Momma des Kandidaten. Na, und wählen Sie jetzt meinen Jungen oder nich?‹ Zum Schießen!«

»Richard«, sagte ich. Langsam kam ich in Schwung. »Komm, wir holen Ken Spiegelman vom Telefon und fragen ihn, ob er eine Idee hat, was der Kandidat heute abend im Telethon über das Gesundheitswesen sagen könnte.« Spiegelman gehörte zur Fünferbande und war Professor an der University of Chicago. Er war jung, glatt, aufgeschlossen – zu jung für den Posten des Finanzministers, aber durchaus auf dem richtigen Weg.

»Mal wieder eine deiner *brillanten* Ideen, Henri«, sagte Richard, stürzte sich in die Mitte von Mommas Reihe und kam mit ihr im Schlepptau zurück. »Wir sagen heute abend exakt die fünfundzwanzig richtigen Worte zum Gesundheitswesen, und damit ... haben wir die Wahl in der Tasche. Stimmts? Ich weiß was Besseres.«

Er schlang einen Arm um Momma, hielt die Hände an den Mund: »HEY, ALLE mal HERhören! Die schönste Frau im Saal will was sagen. Auf gehts, Momma. Stell dich mal auf den Stuhl da.«

Nichts tat Momma lieber. Sie hatte einen knallorange-weißen Trainingsanzug an. »Geht's euch allen gut?« krächzte sie und lächelte, daß ihr großes breites Lippenstift-und-Mascara-Gesicht förmlich überging vor Wonne. »Hört alle mal her. Ich *weiß*, wie ihr euch für meinen Jackie abrackert, und er ist das Beste, was eine Momma sich nur wünschen kann, und bessere Freunde als euch finden wir nie wieder, und ich kann nun mal nich so geschwollen daherreden wie Mr. Senator Lawrence Harris.« Die Menge pfiff und johlte. »Aber was mich angeht, seid ihr alle was ganz BESONDERES. Mit so 'ner Mannschaft könnte man 'ne ganze Kneipe auseinandernehmen – verstehste, Jemmons? Wir könnten den Laden kurz und klein schlagen.«

»Momma, wenn ich dreißig Jahre älter wär, würd ich dich am Ohr lecken!« sagte Richard, um das Publikum anzuheizen – und es tobte.

»Und ich würd quieken wie'n Schwein«, sagte Momma und beugte sich, die Hände auf die Knie gestützt, vor. Ich mußte zugeben: Bis zu diesem Augenblick hatte ich Momma nicht richtig zu schätzen gewußt. Sie war in meinen Augen eine eher peinliche Figur gewesen, ein Witz. Aber jetzt hatte sie die ganze Bande auf die Beine gebracht und in Topstimmung versetzt. Alle Gesichter strahlten. Sie war die Mutter ihres Sohnes.

»Jetzt hört mal gut zu. Ich setz mich mal lieber wieder hin, bevor ich hier runterfalle. Aber ich liebe euch und werd euch nie vergessen. Ob wir gewinnen oder verlieren, ob es regnet oder die Sonne scheint, das hier ist einfach GROSSE KLASSE!« Unter johlendem Applaus kletterte sie vom Stuhl, überlegte es sich anders und stieg wieder hinauf. »Kleinen Augenblick noch, Augenblickchen. Hab gerade gedacht: Was hab ich eben gesagt? Und würd gern noch 'ne Kleinigkeit *ergänzen* – okay, Jemmons?«

»Nur zu, Momma«, sagte er.

»Das mit dem Verlieren«, sagte sie, »das hab ich nie gesagt – ob wir gewinnen oder verlieren. Mein Junge verliert nie im Leben nich. Und ihr auch nich. Hier sieht mir keiner wie'n Verlierer aus. Und ich hab in meinem armen langen Leben schon'n Haufen Verlierer gesehen.« Der Laden stand kopf. Die Menge brüllte und pfiff. »Aber mein Jackie, der is kein Verlierer, und ihr seid seine Freunde und seid auch keine Verlierer. Also hört zu: Wir werden dieses Ding *gewinnen*. Wir werden Mr. Senator Lawrence Harris dies Ding unter seiner langen Nase wegklauen. Und unten bei uns zu Hause, da *versohlen* wir ihm seinen schlaffen Arsch. Und das is alles, was ich zu sagen hab.«

VI

Wir verloren New Hampshire, aber es war kein Fiasko. Am Wahltag regnete es, und das war gut für uns. Die Stanton-Wähler erwiesen sich als dem Kandidaten ebenso treu ergeben wie er ihnen – tatsächlich gab in den ersten Umfragen nach der Wahl eine fast schon unwahrscheinlich hohe Zahl von Befragten an, der entscheidende Faktor sei für sie die persönliche Begegnung mit dem Gouverneur gewesen. Und so bekamen wir etwas mehr als das von Richard prophezeite Viertel der Stimmen; mit 29 Prozent hatten wir mehr als Nilson und Martin zusammengenommen. Harris gewann natürlich; aber er brachte es, obwohl es sein Heimatstaat war, auf nicht mehr als 38 Prozent, was uns Hoffnung gab.

Der Wahltag an sich verlief seltsam, trist. Wir schliefen aus. Wir packten unsere Koffer. Wir gingen ins Kino und sahen uns *Wayne's World* an. Daisy und ich hielten Händchen; Richard kicherte; und Lucille lachte – welch unerwarteter Lichtblick – ein lautes und ansteckendes Lachen. Nach der Hälfte des Films ging ich ins Foyer und rief Brad Lieberman an. Die ersten Ergebnisse der Wählerbefragungen trafen ein. »Wir leben noch«, sagte er.

Ich ging zurück, flüsterte die Ergebnisse Daisy zu meiner Linken und Richard zu meiner Rechten zu. Daisy drückte meine Hand und kam dicht an mein Ohr.

»Nichts mit Karibik diese Woche«, flüsterte sie.

»Enttäuscht?«

»Ja – und nein.«

Daisy und ich gingen gemeinsam unter einem Schirm über die riesige Asphaltfläche ins Hampton Inn zurück. Wir hatten die Arme umeinander geschlungen, waren uns nah und vertraut. Richard und Lucille marschierten, jeder für sich, vorneweg, ihre schwarzen Regenschirme hüpften im Wind auf und ab. Um die Lichtmasten türmten sich Schneeberge, alles war grau und weiß. »Ich werde schon richtig wehmütig«, sagte ich. »Unser ganzes Leben hat sich in letzter Zeit um diesen Parkplatz herum abgespielt. Ich weiß gar nicht, wie oft ich zu dem Multiplex rübergeschaut und mir gewünscht habe, ich wäre im Kino.«

»Und ich kann mich nicht entsinnen, daß sie jemals einen Werner Herzog gezeigt hätten«, flachste Daisy.

»Und die vielen Nächte, in denen ich dort rübertrotten mußte, um den Kandidaten von Dannys Dunkin' Donuts loszueisen. Fragt sich, was Danny ohne ihn machen wird.«

»Fragt sich, was der Kandidat ohne Dannys Dunkin' Donuts machen wird«, sagte sie.

Vor dem Eingang zum Hotel blieben wir stehen, unter dem Vordach, aber noch immer mit Regenschirm, Wir wandten uns einander zu und küßten uns. Es war ein richtiger Kuß, das erste Mal, daß wir unsere Zuneigung öffentlich zeigten.

»Henry?« sagte sie und meinte damit: Hat das eben bedeutet, was ich glaube, daß es bedeutet?

»Ja«, sagte ich. Genau so war es gemeint gewesen.

Sie sah mich an, ihre Augen wurden groß; dann legte sie mir die Hand auf die Wange. »Was lassen wir ihn heute abend sagen?« fragte sie.

»Daß es ein moralischer Sieg war.«

»Henry?«

Ich sah sie an.

»Glaubst du, der Telethon hat was genutzt?«

»Nein«, sagte ich. »Er hat es durch pure Willenskraft geschafft. Er hat es am Samstag geschafft, als er sich den ganzen Tag ins Einkaufszentrum gestellt hat. Er hat es am Sonntag und Montag geschafft. Ich meine, hast du schon mal jemanden diese Art von Kontaktarbeit betreiben sehen? Aber das Telethon war keine schlechte Idee«, fügte ich schnell hinzu, als mir einfiel, daß es ihre gewesen war.

»Henry?« sagte sie. »Heißt das ...«

»Ich denke schon.«

»... oder sind wir bloß erleichtert, daß wir gewonnen haben?«

»Wir haben nicht gewonnen.«

»Immerhin sind wir nicht abgestürzt«, sagte sie. »Das ist auch ein Sieg.«

»Laß uns reingehen.«

Sie küßte mich noch einmal, schnell und mit leicht geöffneten Lippen, auf den Mund.

Jack und Susan waren beide oben in der Suite mit Telefonaten beschäftigt, sie dankten den Parteigängern vor Ort. »Das werde ich Ihnen nie vergessen«, sagte Jack wieder und wieder. »Ich werde nie vergessen, was Sie hier für uns getan haben.«

Susan umarmte mich. Es war der große Tag der Umarmungen.

Jack legte den Hörer hin. Er kam herüber und schüttelte mir die Hand. Er trug ein weißes Hemd, Anzughosen, keine Schuhe. »Henry, ich muß gestehen: Gestern abend habe ich noch gedacht, wir sind erledigt.«

»Tja, Leons letzte Analyse war nicht gerade ermutigend«, sagte ich.

»Die Intensität konnte er nicht mitberechnen«, sagte er. »Unseren Anhängern hat diese Wahl einfach am Herzen gelegen.«

»Das ist Ihr Verdienst, Sir.«

Der Gouverneur schlenderte zum Tisch hinüber, auf dem neben einer Obstschale auch ein paar Sandwiches lagen. »*Finger weg!*« sagte Susan. »Du bist tief gefallen, bist nicht kaputt – aber du siehst immer noch aus wie Humpty-Dumpty.«

Sie sagte das leichthin, aber durchaus gereizt. Er machte schmale Augen und nahm ein paar Weintrauben.

»Henry, wann können wir zusammenpacken und nach Hause fahren?« fragte er.

»Die Wahllokale schließen um acht«, sagte ich. »Sie müssen hierbleiben und sich fürs Fernsehen bereithalten. Möchten Sie in *Nightline* auftreten?«

»Nein!« sagte Susan. »Und keine Pressekonferenz. Diese Idioten hatten uns schon begraben, alle zusammen. Jetzt lassen wir sie schmoren.«

»Ganz werden wir sie wohl kaum loswerden«, sagte Stanton.

»*Dich* sind sie auch nicht losgeworden«, sagte sie. »Damit werden sie sich abfinden müssen. Von jetzt an gestalten wir die Sache etwas effektiver, Henry. Wir setzen neue Prioritäten. Zuerst die lokalen

Fernsehstationen, dann die großen Sender, als drittes die lokale Journaille und zum Schluß die nationale.«

»Und die großen Kaliber?« Stanton lachte. »Komm schon, es gibt sie nun mal. Wir haben freie Auswahl. Henry, sagen Sie Richard und Daisy und den anderen Bescheid – sie sollen gegen sechs hier sein. Große Besprechung. Außerdem soll Laurene die Termine mit den großen Sendern abklären. Die haken wir heute abend alle ab. Das Frühstücksfernsehen bedienen wir morgen von Mammoth Falls aus, okay?« Er schaute zu Susan hinüber. Sie nickte. »Und genehmigt, Mrs. Stanton – keine Pressekonferenz. Henry, Sie fliegen mit uns. Sagen Sie Richard, Arlen und Leon und allem, was Beine hat, sie sollen dableiben und die Presse füttern. Morgen abend sollen sie ihre werten Hintern dann nach Mammoth Falls bewegen. Ich glaube, dieser Ort wird mir richtig fehlen.«

»Hat deinem Ruf ja auch unendlich gutgetan«, sagte sie.

»Nein, im Ernst«, sagte er. »Es war okay. Es war eine Feuertaufe. Ist euch klar, wie *unglaublich* die Leute hier sind, daß sie mich nach dem ganzen Mist noch wählen? Gestern abend hat es einen Punkt gegeben, es war so gegen zehn, ich war gerade dabei, mich durch mein – na? – vielleicht achtes Restaurant zu kämpfen, von Tisch zu Tisch. Und ich wußte, die meisten dieser verdammten Leute würden mich nicht wählen – ach was, die Hälfte davon würde gar nicht erst zur Urne gehen, und damit basta. Na ja, jedenfalls komme ich an diesen Tisch, an dem zwei Pärchen sitzen, etwa in unserem Alter – Lehrer, Anwälte, irgendwas in der Richtung –, sie waren beim Nachtisch und gerade dabei, die Rechnung aufzuteilen. Die Art von Leuten, mit denen wir bei uns zu Hause bestimmt befreundet wären. Hier oben wählen sie Harris, ohne groß darüber nachzudenken. Eine der Frauen ist Vorschullehrerin. Sie fragt mich nach Head Start und danach, was das Programm den sozial benachteiligten Kindern im Vorschulalter bringen soll. Und wir fangen einfach an, darüber zu *reden*. Ich hab völlig vergessen, daß wir im Wahlkampf sind, war kurz davor, mich einfach dazuzusetzen und 'ne Tasse Kaffee mit ihnen zu trinken. Sie hatte was auf dem Kasten. Man merkte, daß sie in ihrem Job fit war. Und ich hab ihr ein bißchen was von den Projekten erzählt, an denen wir bei uns zu Hause herumbasteln.«

»Die Tish-Miller-Geschichte«, sagte Susan.

»Genau«, sagte Stanton und ging zu dem Sessel, in dem Susan saß, beugte sich vor, legte ihr die Hände auf die Schultern und schaute ihr fest in die Augen. »Tish Miller ist eine von *meiner* Sorte – das Charismatikermodell, nicht wahr, mein Schatz?«

»Schon gut, schon gut.«

»Jedenfalls sagt diese Frau zu mir: ›Governor, nach allem, was ich in diesem Wahlkampf von Ihnen gehört und gelesen habe, hätte ich nie gedacht, daß Sie von dieser Sache Ahnung hätten oder sich auch nur dafür interessieren würden.‹«

»Warum wohl«, sagte Susan.

»Nein, es liegt nicht nur an ihnen – an den Skorps«, sagte er. »Es liegt auch an uns. An mir. Wir müssen uns überlegen, wie wir den Leuten vermitteln, was wir an unserer Arbeit *lieben*. Wir müssen ihnen zeigen, daß wir das alles nicht aus Ehrgeiz oder um des Ruhmes willen tun.«

»Nicht *nur*«, sagte Susan. Sie war jetzt milder gestimmt. In diesem Punkt war sie seiner Meinung.

»Nicht nur, nicht allein deswegen – sondern weil es uns *Spaß* macht, für die Leute zu schuften, Lösungen zu finden, die funktionieren. Dafür müssen wir uns was einfallen lassen, stimmt's, Henry? Weil – wißt ihr was? Ich gehe jede Wette ein, daß *ich* heute die Stimme dieser Frau gekriegt habe.«

»Na dann«, sagte Susan, »mußt du dich ja nur noch mit den übrigen zweihundertfünfzig Millionen Amerikanern bekannt machen.«

»Spricht nichts dagegen«, sagte Jack Stanton. »Aber erst mal will ich nach Hause.«

Zu Hause. Wir kamen mitten in der Nacht an. Es war kein Mond am Himmel. Dafür wehte eine sanfte Brise vom Golf und brachte einen feuchten, warmen Hauch von Frühling mit. Ich stand eine Weile am Wasser, bevor ich nach oben in mein Apartment ging. Der Fluß wirkte vertraut, wie ein alter Bekannter; er floß schnell und lautlos dahin, wie eine gut geölte Maschine, die ihre Arbeit tut. Meine Wohnung war mir weniger vertraut. Ich hatte seit einer Woche nicht mehr hier geschlafen, aber es kam mir wie eine Ewigkeit vor. Der Raum wirkte staubig, modrig. Einige Pflanzen, die an der Fensterfront zum Fluß hin standen, waren eingegangen. Ich schaltete den Fernseher ein. Der CNN-Bericht entsprach ganz unseren Vorstellungen. Wir waren noch am Leben, und Lawrence Harris hauchte uns gleich noch mehr ein: Sein Statement klang aufgeblasen, nichtssagend. »Die Menschen in New Hampshire haben signalisiert, daß sie eine finanzpolitisch verantwortungsvolle Regierung wünschen«, sagte er ohne einen Anflug von Lächeln. »Ich gehe davon aus, daß das amerikanische Volk dieses Signal im Fortgang der Wahlen positiv aufgreifen wird.« Dann der Hammer: »Ich glaube, unsere Nation wird langsam erwachsen.«

Herrlich. Ich öffnete den Kühlschrank und zuckte zusammen; irgendwas war vergammelt. Das stellte mich vor mehrere Entscheidungen. Kühlschrank saubermachen oder ihn weiter vor sich hin schimmeln lassen? Ein Perrier oder die einsame Flasche Heineken? Schimmeln lassen. Heineken. Meine ganz private Siegesfeier. Ich legte mich aufs Bett, guckte noch eine Weile CNN. Die großen Experten waren am Zug. Mehrere Skorps aus Washington diskutierten über das »schwache« Feld der Demokraten und darüber, wer es noch retten könnte. Ozios offiziell-inoffizielle Kandidatur war in New Hampshire im Sande verlaufen. Es wurde ein Ausschnitt gezeigt, in dem der Gouverneur von New York in ein Gebäude hinein- beziehungsweise herauseilte. Er machte einen verstörten Eindruck. »Ich habe nie darum gebeten, ich habe es nie forciert«, sagte er, »warum also sollte ich einen Kommentar dazu abgeben?« Und so fragte der Moderator: »Wenn nicht Ozio, wer dann? Larkin?« Darauf meinte jemand *sehr* überzeugt, Larkin würde bald einsteigen. »Du hast doch keine Ahnung«, sagte ich zum Fernseher und schaltete ab.

Plötzlich entdeckte ich den Band mit Kurzgeschichten von Alice Munro, den ich vor einem Monat gekauft hatte; er lag aufgeschlagen und mit dem Buchrücken nach oben auf dem Couchtisch am anderen Ende des Zimmers. Hatte ich ihn so liegenlassen? Eine grausame Strafe für ein Buch, die sonst nicht meine Art war (ich haßte gebrochene Buchrücken; ich war sogar bereit, persönliche Unannehmlichkeiten auf mich zu nehmen, nur damit ein Buchrücken unversehrt blieb). Obwohl es mir unendlich weit vorkam, stand ich auf und ging durchs Zimmer. Das Buch war bei einer Kurzgeschichte mit dem Titel »Der Bus nach Bardon« aufgeschlagen. Im Halbdunkel begann ich den ersten Absatz zu lesen; der Anfang war kühn, aber schwermütig – einfach perfekt. Ich knipste die Leselampe an, legte mich der Länge nach auf die Couch am Fenster zum Fluß und las mich dort in den Schlaf.

Jack Stanton weckte mich am Morgen mit einem Hämmern gegen die Tür. »Henry! Henry! Raus aus den Federn!« Er trug ein gelbes Polohemd, Lederjacke, Jeans und Cowboystiefel. Es war acht Uhr. »Mann, sehen Sie fertig aus«, sagte er. »In Klamotten eingeschlafen, wie? Meinen Auftritt im Frühstücksfernsehen, spritzig und selbstbewußt wie noch nie, haben Sie vermutlich verpaßt. Aber jetzt nichts wie los. Wir machen einen kleinen Ausflug nach Grace Junction. Hey, übrigens – ich hab Ihnen sogar was zum Frühstück mitgebracht: Banane, Apfel, schwarzer Kaffee – alles, worauf Sie stehen.«

»Warum Grace Junction?«

»Einfach so. Eine Spritztour. Bißchen Landschaft sehen. Momma besuchen. Los, Henry. Gehen Sie unter die Dusche und rasieren Sie sich. Ich bleibe solange hier sitzen, lese Zeitung und erledige ein paar Anrufe.«

Der Bronco stand unten vor der Tür, Onkel Charlie lümmelte sich auf dem Rücksitz. Ich nahm auf dem Beifahrersitz Platz, der Gouverneur setzte sich ans Steuer – und begann zu singen. Er hatte das Radio auf volle Lautstärke gedreht. Bei den neuen Stücken sang er zögernd mit, bei den Oldies etwas forscher. Als *Achy Breaky Heart* gespielt wurde (das damals gerade im Kommen war), drehte er leiser. »Ich kann das verdammte Lied nicht ausstehen«, sagte er. »Ich habe dieses alberne Geträller schon immer gehaßt, schon als Kind – »*Purple People Eater*«, »*How Much Is That Doggie in the Window*«, die Singende Nonne. Die Leute sollten etwas mehr Respekt vor Musik haben. Wissen Sie, das ist wie mit der Politik. Man sollte immer Respekt vor dem haben, was man tut, Respekt vor den Zeremonien und Ritualen, Respekt vor dem Publikum.«

Der Gouverneur war sichtlich guter Dinge. Er fuhr auf der

Interstate ungefähr dreißig Meilen in Richtung Süden, hielt sich beständig ans Tempolimit und bog schließlich nach Westen auf eine zweispurige Bundesstraße in Richtung Grace Junction ab. Es war ein ziemlich unangenehmer Tag. In der Sonne war es zwar warm, ansonsten aber kalt – der Wind hatte gedreht, er wehte jetzt von Norden und brachte Einnerungen an New Hampshire mit. Der Gouverneur fand nicht die richtige Frischluftmischung. Er ließ die Scheiben herunter, und es wurde kalt. Er machte sie wieder zu, und es wurde stickig. Wenn er das Fenster nur einen Spaltbreit öffnete, war die Musik wegen der Pfeifgeräusche schlecht zu hören. »Henry«, sagte er, schaltete das Radio aus und ließ, etwa zehn Meilen vor Grace Junction, die Scheiben wieder herunter. »Ich schaue kurz bei Doc Hastings vorbei und laß mir Blut abnehmen. Ich glaube, es wird Zeit, daß wir uns mit der McCollister-Sache befassen.«

Vor diesem Augenblick hatte ich mich gefürchtet. Fat Willie hatte mir in New Hampshire ständig im Kopf herumgespukt. Sobald sich leiser Optimismus in mir regte, drängte er sich mir wieder auf (wenn es keinen Grund zum Optimismus gab, schien mir McCollisters Behauptung fragwürdig – eine von Pragmatismus geleitete Herzlosigkeit, auf die ich nicht gerade stolz war). Doch ich hatte die Angelegenheit nie gründlich durchdacht. Sie war zu entsetzlich. Irgendwie hatte ich es nie geschafft, mich hinzusetzen, das Ganze zu analysieren und zu einem Urteil zu kommen. Und während ich jetzt, leicht fröstelnd, im Bronco saß, wurde mir schlagartig klar, warum: Ich konnte die Vorstellung, daß Jack Stanton Fat Willies halbwüchsige Tochter mißbraucht hatte, nicht zulassen; andererseits konnte ich nicht glauben, daß er es nicht getan hatte.

»Damit befassen?« fragte ich.

»Ich möchte, daß Sie und Howard morgen zu Fat Willie gehen und ihm ein bißchen Druck machen«, sagte der Gouverneur. »Nein, Druck ist falsch – ihm klarmachen, daß wir diese Sache bereinigen und die Vaterschaft nachweisen müssen. Sagen Sie ihm, wir möchten, daß man bei dem Mädchen eine Amniozentese durchführt. Erklären Sie ihm ganz genau, was das heißt. Sagen Sie ihm, da wird eine lange Nadel durch die Bauchdecke eingeführt. Er soll es dann Loretta erklären. Henry, das sind keine gebildeten Leute. Sie sind anständig, aber nicht gebildet. Ich denke, Sie legen ihnen die Sache dar und sagen, daß ich darauf bestehe und mir schon Blut habe abnehmen lassen. Wahrscheinlich wird das Mädchen seine Behauptung unter diesen Umständen zurücknehmen.«

»Warum ich?« sagte ich fröstelnd. »Ist es, weil ...«

»Weil Willie sich für Sie entschieden hat«, sagte er. »Nicht *ich*. Ich kann nichts dafür, wenn er nicht über die Hautfarbe hinwegsehen kann.«

»Vielleicht hat er einfach nur gedacht, ich würde ihn verstehen«, sagte ich, wohl wissend, daß das nur die halbe Wahrheit war.

»Hören Sie, Sie müssen gar nichts sagen. Howard weiß, was zu tun ist. Aber weil er zu Ihnen gekommen ist, sollten Sie dabeisein.«

Ich wandte mich dem offenen Fenster zu. Die Luft war eisig, aber würzig; es roch nach frisch gepflügter Erde. Wir fuhren durch rauhes Ackerland mit lehmigem rotem Boden. Es war eine exotische Landschaft; die Seitenstreifen hatten die Farbe einer gequetschten Fingerkuppe. Ich entsinne mich noch, wie ich dachte, daß es ziemlich hart sein müßte, solches Land zu bestellen. »Governor«, sagte ich. »Wenn ich das übernehme, muß ich eins unbedingt wissen.«

»*Ich bin nicht der Vater dieses Kindes*«, sagte er.

Grace Junction war die Bezirkshauptstadt von Onawachee County. Am Marktplatz standen das obligatorische kuppelförmige, zweistöckige Gerichtsgebäude und ein besonders gräßliches Kriegerdenkmal der Konföderierten aus grauem Granit: »Unseren Söhnen. Sie gaben ihr Leben auf dem Feld der Ehre.« Daneben war eine Gedenktafel für die Toten des Bürgerkriegs angebracht, zwei weitere für die des Ersten und des Zweiten Weltkriegs und eine vierte für Vietnam, die praktisch leer war – und jede Menge Platz für den nächsten Krieg bot. Der Vater des Gouverneurs, William H. Stanton, war unter den Toten des Zweiten Weltkriegs aufgeführt, obwohl er nie in Grace Junction gelebt hatte.

Der Platz um das Gerichtsgebäude war nur zur Hälfte genutzt – Anwaltsbüros und ein Bestattungsunternehmen, Willows Funeral House, an der Nordseite; Presley Drugs und das Florida (das beliebteste – und politischste – Café der Stadt) an der Westseite. An der Südseite waren nur ein paar Secondhandläden und eine klaffende Lücke, wo früher das Möbelhaus Zucker gestanden hatte; an der Ostseite gab es Meyer's Stride-Rite Shoes, eine Modest-Value-Billigboutique und etliche leere Schaufenster. Trotz des überwältigenden Eindrucks, daß die Zeit spurlos an ihm vorübergegangen war, wirkte der Platz vergleichsweise ansprechend: Die Gehsteige waren mit roten Backsteinen im Fischgrätmuster gepflastert; das Gerichtsgebäude war von Immergrünen Eichen umgeben. Die Narzissen blühten gerade, der Frühling hielt Einzug. Die Stadt wirkte grün, bewohnt – nicht trist und öde wie so viele Städte auf dem Land.

Wir kamen von Osten in den Ort, über Black Town, das Schwarzenviertel, das hauptsächlich aus notdürftig zusammengezimmerten Holzhäusern und kleinen Supermärkten in Leichtbetonbauweise bestand und in einem Netz aus Bahngleisen, baufälligen Garagen und Autowerkstätten lag. Die Sägemühlen – mittlerweile fast alle geschlossen – waren im Süden der Stadt. Die Weißen lebten im Norden und Westen – die Reichen im Norden, die Rednecks im Westen. Momma bewohnte ein hellbraun gestrichenes Holzhaus auf einem Doppelgrundstück im Westen. Der Gouverneur hatte ihr ein neues Haus in Mammoth Falls angeboten, dann ein Backsteinhaus im Norden von Grace Junction – was immer sie wollte –, doch sie war in ihrem Heim verwurzelt und wollte nicht fort. »Wo sollen die Mädels denn Mittwoch abends zum Pokern hin, wenn ich einfach abhaue?« sagte sie.

Als wir ankamen, saß Momma auf der Veranda, eingemummt in einen dicken Pullover, den sie über ihren gewohnten orange-weißen Trainingsanzug gezogen hatte. »Huuuurra, huu-rraa, jiii – hah!« sagte sie, zog ihn am Nacken zu sich herunter und drückte ihm ein halbes Pfund Lippenstift auf die Wange. »Du hast's geschafft, Honey.«

»Na ja, überlebt«, sagte der Gouverneur. »Übrigens, was zum Teufel war eigentlich los mit dir? Bist einfach abgehauen, ohne auf Wiedersehen zu sagen. Wann bist du nach Hause gekommen, Momma?«

»Am Montag bin ich los. Ich hätt bleiben sollen, ich weiß. Aber ich war viel zu nervös, hab nur noch auf den Nägeln gekaut, bin auf und ab getigert, hab mir praktisch in die Hosen gemacht. Ich wollt ja bleiben, aber dann hab ich gehört, daß am Montag 'n ganzer Haufen von Leuten aus Grace Junction abfährt, und mit denen, Doc Hastings und den anderen, bin ich mit.«

»Zum Doc muß ich jetzt mal kurz rüber«, sagte der Gouverneur. »Henry, Charlie – ihr leistet Momma Gesellschaft. Wir treffen uns dann alle oben im Florida zum Mittagessen.«

»Ich komm gleich mit«, sagte Charlie. »Hab was mit Jerry Conway drüben im County Barn zu erledigen. Der hat aus New Hampshire noch Schulden bei mir.«

»Platz oder Sieg?« fragte Momma.

»Nee, einfach auf Sieg – fünfzig Dollar auf fünfundzwanzig Prozent.«

»Da hab ich aber mehr rausgeholt«, sagte Momma. »Jackie, du machst aus deiner Momma noch 'ne richtig reiche Lady.«

»Und wo bleibt mein Anteil?« fragte der Gouverneur.

»Im November kriegst du zehn Prozent von meinen Einnahmen ab«, sagte sie. »Und jetzt raus mit dir. Henry, was darf ich Ihnen anbieten? Tasse Kaffee gefällig?«

Es war ein altmodisches Haus, das Haus eines ganz normalen Menschen. Wahrscheinlich hatte sich seit der Kindheit des Gouverneurs nicht viel geändert. Das Wohnzimmer lag zur Linken, das Eßzimmer zur Rechten, dahinter die Küche. Im Eßzimmer standen ein Tisch und Stühle aus solidem, altem Mahagoni und ein dazu passendes Buffet – gute Qualität: Momma stammte vom Kolonialadel ab. Im Wohnzimmer stand an der einen Wand ein dunkelgrünes Chesterfield-Roßhaar-Sofa, flankiert von einem verstellbaren Fernsehsessel und einem Schaukelstuhl aus Ahorn mit gehäkeltem Sitzkissen – diesen Sitzgelegenheiten gegenüber prangte eine gewaltige Fernsehkonsole, das vermutlich einzig neue Stück im Haus. Hinzu kamen mehrere kleine Beistelltische aus Eiche mit Spitzendeckchen obendrauf, ein Zeitungsständer neben dem Fernsehsessel (Momma war Abonnentin von *Time*, *Good Housekeeping*, *Sports Illustrated* und vom *Smithsonian*) sowie ein zotteliger schokoladenbrauner Teppichboden. An der rückwärtigen Wand hingen ein paar Fotos von Mommas Eltern, über dem Sofa ein Spiegel und über dem Fernseher ein großes Wahlplakat von ihrem Sohn, auf dem er strahlend, und ganz im Stil der siebziger Jahre, für das Amt des Justizministers kandidierte. Wir gingen nach hinten in die Küche, die hell und groß war und noch mehr Fotos aufzuweisen hatte – Jack als Junge, Jack als Teenager, Onkel Charlie und Leute, die ich nicht kannte.

»Haben Sie auch ein Foto von Jacks Vater?« fragte ich.

»Da drüben«, sagte sie. »Das sind wir zwei in Kansas City.«

Es war eine Studioaufnahme. Sie hielten Händchen, steckten die Köpfe zusammen – Turteltauben. Momma war auch damals schon stark geschminkt; er machte auf Ronald Colman, schwarzes, glänzendes, nach hinten gekämmtes Haar, dünner Schnurrbart. Er trug Uniform – die eines Obergefreiten. Der Gouverneur, das war unverkennbar, schlug eher seiner Mutter nach; er hatte ihre Nase und ihren Mund.

»Also: Ham Sie Kaffee gesagt?« fragte sie und goß mir eine Tasse ein. »Gedächtnis wie'n Sieb. Milch und Zucker?«

»Nein danke, schwarz«, sagte ich. »Wie war er eigentlich?«

»Oh, einfach umwerfend«, sagte sie und ließ sich an einem grauen Resopaltisch mit verchromten Beinen nieder. »Aber die Geschichte ham Sie bestimmt schon gehört.«

Das hatte ich zwar, aber ich wollte sie von ihr hören. »Sie haben sich bei einem Fest der United Service Organizations kennengelernt?« fragte ich.

»Genau, Sir«, sagte sie. »Er war ein Freund von Charlie. Ich war oben und hab Charlie besucht – sein Schiff war kurz vorm Auslaufen. Kansas City war *die* Stadt damals, keine Ahnung, warum. Lauter Kerle auf den Straßen, unglaublich. Da war ich also, und Charlie stellt mich Will Stanton vor – und der will gleich mit mir tanzen. Sie ham grade Glenn Miller gespielt, *Gettin' Sentimental Over You* – oder war das von Dorsey? Na ja, jedenfalls hat's geklickt, und zwar richtig, wie wenn was eingerastet wär. Ich glaub, jeder hat nur ein paar magische Momente im Leben, und das war einer davon. Er hat's gewußt. Ich hab's gewußt. Wir ham gar nicht erst die Formalitäten abgewartet, Sie wissen schon. Aber wir sind noch vor den Altar, bevor er weg ist. Charlie war Trauzeuge. Wir hatten ein paar Wochen, lange genug, um Jackie anzusetzen.« Sie verstummte.

»War das die Zeit, als Sie in Harry Trumans Herrenbekleidungsgeschäft gearbeitet haben?«

»Oh, Mann, von wem ham Sie das? Von Jackie? Ach herrje, Henry – lassen Sie sich eins gesagt sein: Kinder glauben einfach alles. Als ich die Stadt erobert hab, war Truman längst pleite. Da war er schon Vizepräsident dieses Landes und auf'm Sprung nach ganz oben. Die Leute ham mir die Stelle gezeigt, wo sein Laden gewesen ist, aber der war schon längst nicht mehr da. Wahrscheinlich hab ich es Jackie mal erzählt, einfach, um überhaupt was zu erzählen. Er wollte immer alles über seinen Daddy wissen, aber da *gab* es nicht viel zu wissen. Ich hab ihn grad mal zwei Wochen für mich gehabt, und das war die schönste Zeit in meinem ganzen Leben – und dann ist er weg und auf Iwo Jima gefallen. Da liegt er jetzt irgendwo begraben. Und sein Sohn wird eines Tages Präsident der Vereinigten Staaten sein.«

»Und Onkel Charlie, hat man ihm wirklich die Tapferkeitsmedaille verliehen?«

»Irgend so 'nen Orden hat er gekriegt. Der ist völlig kaputt nach Hause gekommen. Hat nur noch auf der verdammten Couch im Wohnzimmer gelegen, am ganzen Leib geschlottert und nachts geschrien. Ich glaub, es war Jackie, der ihn da rausgerissen hat – um den hat er sich gekümmert, als wär's sein eigener Sohn.« Sie hielt inne. »Wissen Sie, Onkel Charlie ist gar nicht sein richtiger Onkel. Er ist nicht mein Bruder – wenigstens nicht mein leiblicher. Momma und Pops haben ihn von Daddys bestem Freund, von Treadwell Junior, geerbt – Junior war Holzfäller, damals, als sie hier die Wälder abgeholzt haben, und ist von einem Baum erschlagen worden. Dann hat Johnetta, seine Frau, Gebärmutterkrebs gekriegt und ist dran gestorben. Meine Leute haben ihn bei sich aufgenommen, da war ich noch ein kleines Mädchen. Charlies richtiger Name ist Treadwell, nicht Malone. Aber wir sind wie Bruder und Schwester groß geworden, und meine Leute haben ihn adoptiert.«

»Hartes Leben«, sagte ich.

»Tja, das waren noch Zeiten«, sagte Momma. »Nicht so wie heute. Wissen Sie, in New Hampshire sind doch alle mit diesen Daunenjacken rumgerannt – und da hab ich so bei mir gedacht: So was ham wir nicht gekannt. Es hat keine *Isolierung* gegeben, verstehn Sie? Es war die nackte Existenz. Ich weiß noch genau die Parole: Halt dich ans Positive, vergiß das Negative und laß dich nicht mit dem Dazwischen ein. Heutzutage scheinen die Leute aktiver zu sein, aber weniger Risiko einzugehen. Was dagegen, wenn ich mir eine anzünde?«

»Überhaupt nicht. Sie waren fabelhaft in New Hampshire«, sagte ich. »Sie haben die Leute richtig angefeuert – und glauben Sie mir, ohne Ihre flammende Rede hätte das nicht geklappt.«

»Oooch, ich hab nur mein ungewaschenes Maul aufgemacht. Wissen Sie, Henry«, sagte sie und senkte die Stimme, »wir hatten früher mal getrennte Trinkbrunnen hier in Grace Junction, für schwarz und weiß. Viele von uns waren da nicht grade stolz drauf, aber wir haben kein Wort dagegen gesagt – bis Jackie dann angefangen hat, drüben im Florida zu essen.«

»Im Florida?«

»Ja, wirklich. Das war damals der Laden von Mabel Brockett drüben in Black Town. Erst als er richtig gebrummt hat, hat sie ihn in die Innenstadt verlegt, und das war Jackies Werk, um ehrlich zu sein. Er war noch in der High-School, als er zum erstenmal hingegangen ist. Damals gab es in Nashville diese Sit-ins, wissen Sie, und Jackie wollte *unbedingt* was machen, also hat er sich bei Mabel reingesetzt, obwohl es keiner bemerkt hat und kein Hahn danach krähte, daß ein weißer Junge ein Sit-in in Black Town veranstaltet. Können Sie sich das vorstellen? Aber er hat gewußt, was er tut. Mabel war die beste Köchin in diesem verdammten Kaff, und Jackie hat angefangen, sie in der Schule anzupreisen. Hat sogar eine Art Lieferservice aufgemacht und Bestellungen von seinen Klassenkameraden entgegengenommen, weil sich keiner nach Black Town getraut hat. Na, jedenfalls ist Jackie dann auf die verrückte Idee gekommen, daß Mabel den Abschlußball der Schule beliefern soll. Und das wurde *die* große Sache: Sie haben sogar drüber abgestimmt – und daran hat sich in Grace Junction auch die Frage der Rassenintegration entzündet.«

Das Telefon klingelte. »Ja, ja, wir sind schon auf dem Weg«, sagte Momma. »Henry redet mir'n Loch in den Bauch.« Sie legte den

Hörer auf. »Auf, auf, mein Sohn, sind Sie schon mal bei 'ner blinden alten Lady im Auto mitgefahren?«

Wir fuhren die Sightseeing-Strecke in die Stadt. Sie zeigte mir die Häuser von all ihren Freunden, die Baptistenkirche, in die sie früher gegangen waren, die Methodistenkirche, in der ihre Anonymen-Alkoholiker-Treffen stattfanden, die Assembly-of-God-Kirche, in die sie jetzt immer ging.

»Ich bin so was wie 'ne gläubige Christin«, sagte sie. »Ich trinke nicht mehr, rauche nur noch manchmal – wenn ich nervös bin oder das Gefühl hab, ich werd gleich nervös. Aber ich hab zum Herrn gebetet, daß er mir das Spielen vergibt, und er drückt gern mal ein Auge zu. Er läßt mich bei allem schummeln, bloß beim Trinken nicht.« Wir parkten ein kleines Stück vom Florida entfernt vor Presley's Drugs.

»Schon mal was von Sherman Presley gehört?« fragte Momma. »Die Apotheke da hat Al Presley, seinem Daddy, gehört. Er war der größte Rassist in der Stadt.«

»Und betreibt er sie noch?« fragte ich.

»Nein, er ist an 'nem Herzinfarkt gestorben«, sagte Momma. »Sherm war längst auf und davon, der hatte viel zuviel auf dem Kasten, um hier hängenzubleiben – genau wie Jackie, nur daß der nicht so hinterhältig war. Und so hat Ruth Ann, die Tochter von Al, die Apotheke geerbt. Jetzt wird sie von Ralph Winter, ihrem Mann, geführt.«

»Und wie ist das Florida schließlich in die Innenstadt gekommen?«

»Na ja, das hier war auch nicht mehr die beste Lage, nachdem dieser Billigmarkt aufgemacht hat, und Mabel hatte inzwischen ihre feste Kundschaft, mit all den Kids, die ihre Hühnchen und Rippchen noch von der High-School kannten – und da hat sie den Sprung gewagt. Ob Sie's glauben oder nicht, es war das einzige Mal, daß Jackie und Sherman Presley zusammen gearbeitet haben. Beide haben sich für Mabel eingesetzt – Sherm, glaub ich, weil er nicht wollte, daß die Leute ihn mit seinem rassistischen Daddy in einen Topf werfen. Und Jackie, weil er halt Jackie ist.«

Es war noch nicht ganz Mittag, aber das Florida war nahezu voll.

Der Gouverneur hielt an einem runden Tisch gleich neben dem Eingang hof. Oberhalb des Tisches war ein Schild mit der Aufschrift JACK STANTONS TISCH angebracht. Daneben hingen ein großes, merkwürdiges, handkoloriertes Foto vom Gouverneur, auf dem er aussah wie eine Leiche, und ein paar kleinere Fotos – von Jack und Susan beim Essen im Florida, von Jack und Momma und Onkel Charlie, von Jack und der geisterhaften Erscheinung einer schwarzen Frau, die Mabel Brockett sein mußte.

»Gibt es Mabel noch?« fragte ich Momma, als wir eintraten.

»Nee, ihre Tochter Peetsy-Mae hat den Laden übernommen. HEY, Honey, alles okay, meine Süße, was iss los, schöner Mann?« Momma arbeitete sich zu Jacks Tisch vor, schüttelte Hände, warf Kußhände in alle Richtungen. Die Gäste waren eine Mischung aus Gerichtsvolk und Futtermittelvertretern. Momma kannte natürlich jeden. »Das Essen geht aufs Haus!« rief sie. »*Jack* zahlt. War bloß Spaß! War bloß Spaß! Eigentlich seid ihr dran, wenn man bedenkt, wie die Touristenwelle hier rollen wird, wenn Jack erst Präsident der Vereinigten Staaten ist.«

»Setz dich, Momma«, sagte Jack und stand auf. »Die Hälfte der Leute hier werden nicht mal für mich stimmen.«

»Ich schluck meinen Stolz runter und wähl dich – falls das mehr Geschäft bedeutet«, sagte ein Mann mittleren Alters, der Vertreter für Versicherungen oder Landwirtschaftsmaschinen sein mußte – er trug ein weißes, kurzärmeliges Hemd mit Klappen an den Brusttaschen.

»Komm schon, Joe Bob«, sagte Jack. »Hast doch seit Roosevelt keinen Demokraten mehr gewählt. Und die haben schon *immer* mehr Geschäft bedeutet, egal was die Republikaner behaupten.«

Es wurde applaudiert und gelacht, und wir setzten uns hin. Doc Hastings war da, Charlie fehlte. »Wo ist dein Onkel?« fragte Momma.

»Verliert seine fünfzig Dollar wieder an Jerry und die Jungs«, sagte der Gouverneur. »Wir nehmen ihn auf dem Rückweg mit. Doc und ich reden grad drüber, wie's weitergeht. Doc meint, es wird ein Kinderspiel. Ich bin mir da nicht so sicher.«

»Du bist den anderen um Längen voraus, mein Sohn«, sagte Doc Hastings. »Nenn mir den Mann, der dich schlagen kann.«

»Keine Ahnung«, sagte der Gouverneur. »Aber die Leute kennen mich nicht. Sie wissen nicht, wer ich bin, und ich weiß nicht, wie ich es rüberbringen soll.«

Doc Hastings schüttelte seine weiße Mähne, legte dem Gouverneur die Hand auf den Unterarm. »Dir ist immer noch was dazu eingefallen, wie man die Dinge rüberbringt, mein Sohn.« Plötzlich standen ihm die Tränen in den Augen. Er steckte einen seiner langen schlanken Finger hinter seine kleine runde Brille und wischte sich eine Träne weg. Der Gouverneur legte dem alten Mann einen Arm um die Schulter. »Tschuldigung«, sagte Doc Hastings zu mir. »Aber ich kenne diesen Jungen schon zu lange.«

Momma schaute in die andere Richtung. »Hey, *Peetsy*«, rief sie. »Gibt's hier keine *Bedienung,* oder sind wir Kunden zweiter Klasse?«

Es roch nach Popcorn, als ich an diesem Abend in der Villa eintraf. Ich ging in die Küche, wo Susan und Klein Jackie gerade eine Tüte leerten und die nächste in die Mikrowelle steckten. Susan trug ein Yale-Sweatshirt und Jeans; sie hatte die Brille mit den colaflaschendicken Gläsern auf. Sie sah irgendwie groggy und müde aus, aber nicht schlecht, angesichts dessen, was sie durchgemacht hatte. »Jetzt ist Schluß mit Donuts«, sagte sie und trug eine Schale mit bleichem weißem Popcorn zur Anrichte hinüber. »Ab sofort ist das hier der offizielle Wahlkampf-Snack. Kaum hat man es im Mund, Henry, nimmt man auch schon ab. Das Zeug hat negative Kalorien.« Sie legte mir die Hand auf den Unterarm, gab mir einen Kuß auf die Wange. »Probieren Sie mal.«

Es roch zwar wie Popcorn, schmeckte aber wie durchgekautes Papier. »Meinen Sie, darauf wird er sich stürzen?« fragte ich.

»Er stürzt sich auf alles«, sagte sie, »solange es in ausreichenden Mengen geboten wird.«

Wir trafen uns in der Bibliothek. Das letzte Mal – und es schien Jahre herzusein –, war ich an dem Sonntagabend vor unserem Trip nach Los Angeles hier gewesen, an dem Abend, an dem wir von unserem brutalen Einbruch in New Hampshire erfahren hatten. Diesmal war die Stimmung anders, der Raum ebenfalls – die Möbel waren zu einem Kreis angeordnet, der Ohrensessel des Gouverneurs war vor den Kamin gerückt. Wie der Rest der Villa hatte auch dieser Raum etwas Unbewohntes an sich, wirkte eher wie der Ausstellungsraum eines Kolonialmöbelgeschäfts – dezente, aber völlig durchschnittliche Möbel und Farben, sehr helle gelbe Wände und babyblauer Teppichboden, Schrankwand und Beistelltischchen aus dunklem Holz, ein eckiges limonengrünes Sofa, Ledersessel, Messinglampen mit dunkelgrünen Schirmen. Richard war bereits da, Lucille und Howard Ferguson kamen zusammen herein. Ebenfalls dabei waren Dwayne Forrest – der Kumpel des Gouverneurs aus der Agrarindustrie –, Brad Lieberman, Arlen Sporken, Leon Birnbaum, Laurene Robinson und Ken Spiegelman.

»Okay«, sagte der Gouverneur, der noch immer das gelbe Hemd und die Jeans trug, die er in Grace Junction angehabt hatte. »Dann mal los. Ich habe ein paar Neuigkeiten, dann übergebe ich an Howard. Womit wir schon bei der ersten Neuigkeit wären – Howard ist jetzt unser offizieller Wahlkampfmanager; Henry Burton ist sein Stellvertreter.« Das hörte ich zum ersten Mal. »Wir befinden uns in einer neuen Phase. Einiges muß neu durchdacht, überarbeitet und organisiert werden. Dwayne Forrest übernimmt die Geschäftsführung, sprich, er holt das Geld rein. Und Ken Spiegelman – Ken ist Ihnen bekannt, oder? – hat die Neokonservativen an der University of Chicago irgendwie überredet, ihn zu beurlauben, um für uns die Themen zu bearbeiten. Und jetzt du, Howard.«

»Also gut«, sagte Howard. »Das Wichtigste zuerst. Wo stehen wir, Dwayne?«

Dwayne Forrest war ein großer dünner Mann, abgesehen von seinem monströs dicken Bauch. Er hatte einen graumelierten Bürstenschnitt, stechend blaue Augen und einen Bart. Er trug eine Tweedjacke, ein aquamarinblaues Hemd aus Chamoisleder (ohne Krawatte), Khakihose und Timberland-Stiefel. Er wirkte wie ein Mann, der sich kleidete und verhielt, wie es ihm paßte. »Tja, im Moment sind wir völlig abgebrannt, aber wir haben einiges in der Mache. Jetzt, wo der Wahlkampf wieder hier, in der Heimat stattfindet, werden wir eine Reihe von Cocktailpartys für fünfundzwanzig Dollar und Dinner für fünfzig Dollar pro Person veranstalten: Diesen Monat werden Sie sich abends meist mit Hühnchen und Erbsen begnügen müssen, Governor. Wir haben für jede Hauptstadt im Süden was organisiert. In Atlanta ein Fünfhundert-Dollar-Galadinner, in Houston ebenfalls, und ein weiteres hier in Mammoth Falls. Für New York haben wir ein paar richtig heiße Geschichten in Arbeit. Bis dahin werden wir ab und zu knapp bei Kasse sein – aber das kriegen wir hin. Unsere Freunde bei der Briggs County Bank gleichen die Lücken aus.«

»Okay«, sagte Howard. »Brad?«

»Dorsey Maxwell hat ein Flugzeug organisiert, eine Sieben-zwei-sieben – eine alte Kiste von Southern Airways, vorn und hinten auf erste Klasse umgerüstet«, sagte Brad Lieberman. »Bleibt nur die große logistische Frage, ob Sie die Jungs vom Geheimdienst dabeihaben wollen.«

Meine Gedanken schweiften ab, während darüber diskutiert wurde, ob man den Secret Service hinzuziehen sollte oder nicht. Termine, Geld, der ganze Kram – nichts interessierte mich weniger. An diesem Abend fiel es mir sogar schwer, mich auf die Dinge zu konzentrieren, über die ich normalerweise gern nachdachte – der nächste taktische und strategische Schachzug, das weitere Vorgehen nach New Hampshire. Ich war völlig erledigt; ausgebrannt. Als ich in die Runde blickte, merkte ich, daß es allen, die in New Hampshire dabeigewesen waren, ähnlich erging – sie hatten sich zurückgelehnt, starrten an die Decke, malten Strichmännchen, gähnten. Mit Ausnahme von Howard Ferguson, der cool, unermüdlich, undurchschaubar, unwandelbar wirkte. Ich fragte mich, ob er den morgigen Auftrag – den Besuch bei Fat Willie – genauso fürchtete wie ich. Ich fragte mich, wie er das Ganze handhaben würde. Ich kannte ihn jetzt seit sechs Monaten und hatte keine Ahnung, wer er war. Insgeheim wünschte ich mir, mit Daisy darüber sprechen, sie um Rat fragen zu können. Ich wußte, sie wäre entsetzt. Ich selbst war entsetzt. Ich merkte, wie ich mich – zum erstenmal, seit ich bei Jack Stanton eingestiegen war – danach sehnte, woanders zu sein: irgendwo weit weg in der Karibik, zusammen mit Daisy.

Dann, endlich, machte der Gouverneur dem Gerede ein Ende. »Richard, haben Sie heute was Brauchbares rausgekriegt?«

»In der Hotline vom Weißen Haus heißt es, Mr. Naturkraft ist auf der Suche nach nem Guru. Vielleicht nimmt er Strunk und Wilson, vielleicht David Adler. Jedenfalls ist es jetzt wohl aus mit dem ›Anschauungsunterricht‹.«

»David Adler?« sagte der Gouverneur. »Ist der überhaupt noch im Geschäft?«

»Er betreut ein oder zwei Kandidaten pro Runde – geht nicht nach Parteilinie, nimmt nur Jungs, die er mag, Gemäßigte. Es könnte 'n Job nach seinem Geschmack sein, verdammt renommiert und trotzdem abgedreht. Aber egal, New Hampshire liegt hinter uns. Wir können Harris jetzt zur Sau machen, ihm seine eigenen Argumente um die Ohren hauen – Arlen und Daisy haben schon ein paar Spots in der Mache.«

»Governor, hier geht es nicht um hohe Wissenschaft«, sagte Arlen Sporken. »Der Mann hat ein paar völlig verrückte Dinge vorgeschlagen.«

»Grundregel der Politik«, sagte Richard. »Es gibt Themen, die sind so kompliziert, daß man besser nicht darüber spricht – weil der Gegner deine Position mühelos verdrehen kann. Ich hab das Gefühl, Lawrence Harris hat fast alle diese Themen auf den Tisch gebracht. Er serviert seinen Kopf auf dem silbernen Tablett.«

»Angenommen, Adler würde bei Harris einsteigen, wie wird er ihn verkaufen?« fragte der Gouverneur. Ihn faszinierte diese unerwartete Wendung.

»Die seriöse Schiene – der übliche akademische Mist«, sagte Richard. »Land in der Krise sucht neue Art von Politiker. David hat sein Geld gemacht. Der will sich zum Schluß noch nen Heiligenschein verdienen. Er braucht sowieso nicht die Billigschiene zu fahren – nicht solange Harris gegen, äh, *Sie* antritt. Stimmts, Leon?«

Leon zuckte verlegen die Schultern.

»Leon?« fragte Susan.

»Sie hören es sicher nicht gern«, sagte Leon. »Okay – zwei Zahlen, landesweit. Gefragt wurden nur Demokraten. Auf die Frage: ›Ist Jack Stanton vertrauenswürdig genug, um Präsident zu werden?‹ antworten achtunddreißig Prozent mit Nein.«

»Na, das geht doch noch«, sagte Lucille.

»Dreizehn Prozent meinen ja«, fuhr Leon fort. »Der Rest ist unentschieden.«

Rot angelaufen, versuchte der Gouverneur, mit seinem Cowboystiefel eine Schüssel Popcorn auf dem Fußboden zu sich heranzuziehen, warf sie aber um. Er schaute auf den Boden, überlegte, ob er sich bücken und sie aufheben sollte. »Erstaunlich, daß die verdammten Dinger nicht einfach davonfliegen, wo so wenig an ihnen dran ist.« Er blickte auf. »Okay, Leon, spannen Sie uns nicht auf die Folter – was ist mit der anderen Zahl?«

»Sie betrifft eine Reihe persönlicher Eigenschaften, im direkten Vergleich mit Harris. Bei ›Hat Sachfragen besser durchdacht‹ haben zwei Drittel keine Meinung, aber was das letzte Drittel betrifft, schießt er Sie ab – vierundzwanzig zu acht.«

»Nur acht Prozent der amerikanischen Öffentlichkeit glauben, daß ich Sachfragen gut durchdenke?« fragte Stanton, inzwischen tiefrot.

»Nur acht Prozent der Demokraten«, sagte Leon. »Aber Ihr Comeback in New Hampshire hat sich noch nicht niedergeschlagen, und auch Harris hat Probleme: Hier im Süden ist er so gut wie unbekannt. In Georgia hat er drei Prozent, in North Carolina sechs, in Florida dreizehn – Zustimmung, also Leute, die ihn wählen würden. Seinen Namen kennt kaum mehr als ein Drittel.«

»Also, Richard, was würden Sie an seiner Stelle tun?« fragte Susan.

»Regionale Schwerpunkte setzen. Maine hat er dieses Wochenende wahrscheinlich in der Tasche. Massachusetts gewinnen, versuchen, mich im Westen zu etablieren – Colorado wäre nicht schlecht für ihn. Hoffen, den Super-Dienstag im Süden zu überleben und wie Dukakis 1988 einen Coup zu landen: Genug Stimmen im Süden von Florida holen, um als Kandidat noch plausibel zu sein. Beten, daß sich das Feld in Illinois und Michigan aufspaltet. Und uns dann in den großen Staaten im Osten – in New York und Pennsylvania – eins überziehen.«

»In Illinois oder Michigan wird er gar nicht erst antreten«, sagte Brad Lieberman. »Oder könnt ihr euch vorstellen, wie er den Arbeitern in der Autoindustrie eine Benzinsteuer schmackhaft macht oder daß er jemals einem Schwarzen die Hand geschüttelt hat?«

»Wir müssen ihn schon vorher aufhalten, hier im Süden«, sagte Richard.

»Es geht nicht darum, ihn aufzuhalten«, sagte der Gouverneur. »Es geht darum, daß *wir* endlich durchstarten. Ich meine, vorausgesetzt, es ist ein fairer Kampf, ein ganz normaler Wahlkampf, dann schalten wir ihn mit links aus. Arlen und Daisy haben den goldenen Schuß wahrscheinlich schon im Kasten – hab ich recht?« Arlen nickte, wollte etwas sagen, doch Stanton hob die Hand. »Aber das ist nicht unser Problem. Unser Problem ist, daß mich das amerikanische Volk für einen Hohlkopf hält. Also los, Arlen, erzählen Sie mir, wie wir das in dreißig Sekunden korrigieren?«

»Themenspots?«

»Spots sind *Spots*«, sagte der Gouverneur. »Sie sind wie dieses verfluchte Popcorn. Man wird davon nicht satt. Wir brauchen was Gehaltvolles, um die Wähler anzusprechen.«

»Sie könnten es mit ein paar Reden probieren«, sagte Ken Spiegelman. Es war sein erster Vorstoß auf unserem Terrain. »Sie könnten eine Reihe von Reden halten, gut durchdachte Reden, und darin die Differenzen zu Harris in puncto Steuern, Außenpolitik und ...«

»Darüber berichtet doch keiner«, sagte ich, vielleicht etwas zu schroff. »Und was noch schlimmer wäre: Die Skorps würden den Inhalt ignorieren und die bloße *Tatsache*, daß wir mit Reden kommen, gegen uns verwenden, als mißglücktes Manöver, als Kopf-an-Kopf-Rennen – Stanton versucht mit dem intellektuellen Professor Harris zu konkurrieren.«

»Gleich wie, diese Kohorten, diese intellektuelle MacNeil-Lehrer-Sippschaft, ziehen Sie sowieso nicht auf Ihre Seite«, sagte Leon so sachlich, daß es fast schon grausam war. Jack und Susan warfen sich einen kurzen Blick zu, starrten dann beide gleichzeitig auf ihre Hände. »Ein Stück weiter die Ausbildungs- und Einkommensskala runter winkt fettes Weideland – und diese Leute reagieren nicht auf elegant formulierte Grundsatzerklärungen.«

»Dann sagen Sie mir«, bat der Gouverneur, »wie wir das Ganze vom Eckladen zum Großhandel bringen sollen. Wie schaffen wir das, was uns in den letzten paar Wochen in den Einkaufszentren und Gewerkschaftssälen gelungen ist, wie sollen wir es schaffen, wenn wir uns in einem großen Flugzeug von Rollfeld zu Rollfeld bewegen und dazu noch durch den Secret Service von den Menschen abgeschottet werden? Außer natürlich von denen, mit denen wir beim Spendeneinholen in Berührung kommen? Wie erreichen wir die Leute am Ende der Ausbildungs- und Einkommensskala, von denen mich die Hälfte ohnehin bloß für den Clown aus dem *National Flash* hält? ... Wie *macht* man Politik in einem Land, das Politiker haßt? Wie zeigen wir ihnen, wer ich wirklich bin?«

Keiner hatte eine Ahnung.

»Bin ich jetzt die Pechmarie?« fragte Daisy. Es war ein Uhr morgens. Ich war bereits eingeschlafen. »Schläfst du schon?«

»Hm.«

»Tut mir leid.«

»Schon gut ...«

»Ich kann nicht glauben, daß du im Süden bist – und ich hier oben im Norden rumhänge«, sagte sie. »Mir geht es wie Lloyd Bridges in *Sea Hunt,* als er zu schnell aus dem Meer auftaucht: Mein Magen fühlt sich an wie durch die Mangel gedreht. Meine Arme und Beine tun weh – und du schläfst und bist jetzt sauer auf mich, weil, na ja, schließlich hast du auch mal ein Recht auf Schlaf.«

»Mach dir darüber keine Gedanken. Wie geht's dir? Gibt's was Neues?«

»Das müßtest du mir eigentlich sagen. Bin ich die Pechmarie?«

»Hä?«

»Also, da findet in der Villa das erste große Treffen nach New Hampshire statt, und Gott und die Welt sind dabei. Arlen ist dabei. Lucille ist dabei. Nur ich bin nicht eingeladen. Was ist los, Henry?«

»Nichts. Das hat wahrscheinlich gar nichts zu bedeuten.« Aber natürlich hatte auch ich mich darüber gewundert. »Alle sind noch ein bißchen durch den Wind. Bei dem Treffen war nichts los, außer daß Howard jetzt Wahlkampfmanager ist ...«

»Howard, der Graue Schatten? Na, der bringt bestimmt alles auf Vordermann. Was war sonst noch?«

»Richard hat gemeint, Harris würde vermutlich David Adler engagieren.«

»Alte Kamellen – war heute morgen schon in der Hotline. Ich hab gehört, Paul Shaplen sei der Glückliche.«

»Wer?«

»Alter Gewerkschaftskumpel – war früher bei den Mine Workers, hat da ein paar Reformkampagnen angeschoben. Ich glaube, er war sogar bei der Kampagne dabei, bei der dieser eine Typ ums Leben gekommen ist. Sitzt in Louisville. Wahrscheinlich hat Harris sich gedacht, der Junge könnte gleich zwei Farben abdecken – Blaumänner und Rednecks. Kein schlechter Schachzug, wenn er was auf dem Kasten hat. Aber es ist kein leichtes Spiel.«

»Was du nicht sagst.« Ich gähnte.

»Tut mir leid, Henry«, sagte sie. »Daß ich dich geweckt habe und daß ich auch nach Feierabend noch an Verfolgungswahn leide.«

»Ist schon okay. Ich wünschte, du wärst hier.«

»Ich denke die ganze Zeit daran, stelle mir vor, wie es bei dir jetzt wohl sein mag – die Stille, der Fluß, dein aufgeräumter Kühlschrank, dein warmer kleiner Körper.«

»Könnte wärmer sein«, sagte ich.

»Das ist noch erbärmlicher als Wahlkampfsex«, sagte sie. »Telefonsex.«

»Machst du womöglich gerade etwas, was ich wissen sollte?«

»Nein, aber vielleicht, wenn ich aufgelegt habe«, sagte sie. »Nacht, mein Süßer.«

Ich traf unseren Grauen Schatten am späten Vormittag in der Wahlkampfzentrale. Er trug die übliche Kluft – zerknitterter grauer Nadelstreifenanzug, geblümte Krawatte. Er begrüßte mich mit einem dünnen ironischen Lächeln. »Sie sind nicht wirklich mein Stellvertreter«, sagte er sofort. »Und ich bin nicht wirklich der Wahlkampfmanager. Wir tun, was wir die ganze Zeit schon getan haben.«

»Mitten im größten Chaos die Ruhe bewahren?« fragte ich.

Wieder ein dünnes Lächeln. »Was immer man von uns verlangt«, sagte er. »Gehen wir. Sie kennen den Weg. Sie fahren.«

Wir gingen zu seinem gemieteten weißen Taurus. Auf dem Weg zum Auto überlegte ich, ob ich ihn in ein Gespräch verwickeln sollte, aber ich war zu nervös. Howard war wie immer – ruhig, bleich, das reinste Energiesparprogramm. Er verstaute eine ramponierte braunlederne Aktenmappe auf dem Rücksitz. Dann setzte er sich neben mich, starrte geradeaus. Er war ein Mann, der anscheinend nie neugierig, nie nervös war.

Es war ein schöner, sonniger Tag, und Fat Willie arbeitete draußen. Er baute gerade den schweren Windschutz aus Plastik ab, bereitete sein Lokal für den Frühling vor. Er trug ein frisches weißes Hemd, eine saubere Hose und eine rote »M.F. Boosters«-Baseballmütze. Als er mich entdeckte, setzte er zu einem Lächeln an, das aber sofort erlosch, als er sah, daß der Weiße, der aus dem Auto stieg, nicht Governor Stanton war. »Morgen«, sagte er zögernd.

Howard stellte sich nicht vor. Er stand einfach da. »Willie«, sagte ich, »das ist Howard Ferguson. Er arbeitet ebenfalls für den Gouverneur.«

Willie beäugte Howard. Howard nickte, streckte seine Hand aus, sagte hallo.

»Also«, meinte Willie schließlich. »Was kann ich für Sie tun?«

Howard schwieg. Das Ganze würde entsetzlich werden. »Willie, könnten wir uns einen Augenblick zusammensetzen und reden?« fragte ich.

»Klar doch«, sagte er. »Kann ich Ihnen was bringen? Kaffee?«

»Nein, danke«, sagte ich. Howard schwieg, schüttelte aber den Kopf – nein.

Willie führte uns zu den Picknicktischen direkt neben der Küchenecke seines Trailers, wo der Windschutz noch stand. Er nahm uns gegenüber Platz. Howard legte seinen Aktenkoffer flach auf den Tisch, öffnete das Schloß mit einem Klicken, holte einen Block mit gelbem Papier und etwas heraus, das wie Gerichtsakten aussah, ließ das Schloß wieder zuschnappen und verstaute den Koffer. Willie beobachtete alles sehr aufmerksam – was natürlich Howards Absicht gewesen war: Einschüchterung. Willie sah mich an. Ich zeigte keine Reaktion.

»Mr. McCollister, der Gouverneur ist sehr besorgt, was die Sache mit Ihrer Tochter und die möglichen Konsequenzen für sein Ansehen betrifft«, begann Howard Ferguson; seine Stimme hart und präzise wie ein Geschoß. Willie sah mich an. Ich zeigte, Gott möge mir verzeihen, keine Reaktion.

»Er möchte die Angelegenheit geregelt wissen. Er möchte,

daß die Vaterschaft festgestellt wird, definitiv und so bald wie möglich.«

Willie war verwirrt. Wollte dieser Mann damit sagen, daß der Gouverneur die Vaterschaft *zugeben* wollte? »Der Gouverneur ist ein ...«

»Er möchte, daß Ihre Tochter eine Amniozentese durchführen läßt, damit die Vaterschaft festgestellt werden kann«, fuhr Howard fort, völlig über alles hinweggehend, was Willie hätte sagen wollen. Hier war kein Wort, keine Bewegung zuviel. Genau so stellten sich die Schwarzen vor, daß Weiße Geschäfte machten – ohne Wärme, ohne Anmut, ohne Gefühl. Und Howard war, mit seiner Herkunft aus dem hartgesottenen Mittleren Westen der Inbegriff des lippenlosen weißen Mannes.

»Eine was?« fragte Willie. Er wischte sich über die Stirn. Er sah mich an. Ich starrte auf den Tisch.

»Das ist ein Eingriff, der im Krankenhaus durchgeführt wird. Der Gebärmutter Ihrer Tochter wird etwas Fruchtwasser entnommen. Das genetische Material wird untersucht. Man kann es mit dem Blut des Gouverneurs vergleichen, um festzustellen, ob er der Vater ist oder nicht.«

»Ich weiß nicht ...«, sagte Willie.

»Es ist ein ganz harmloser Eingriff«, sagte Howard, etwas zwangloser. Sein Ton wurde jetzt herablassend. »Normalerweise dient er dazu, die Gesundheit des Fötus festzustellen – und genau das werden Sie als Grund für den Eingriff angeben. Sie sagen, Sie wollen wissen, ob das Baby gesund ist.«

»Wie kommt man an das ... Wasser?«

»Man führt eine Nadel durch die Bauchdecke ein«, sagte Howard. Willie zuckte kurz zusammen; er rieb sich ein Auge. »Keine Sorge, Mr. McCollister – es ist ein ganz normaler Eingriff, und der Gouverneur besteht darauf, daß er von den besten Spezialisten durchgeführt wird. Ihre Tochter wird im Mercy Hospital behandelt, womit zugleich Diskretion gesichert ist.«

»Mercy, aha«, sagte Willie. Das Mercy Hospital galt als das Krankenhaus der Weißen. »Und der Governor will ...«

»Der Gouverneur *besteht darauf*«, sagte Howard. »Es gibt Leute, Mr.

McCollister, die Governor Stanton zugrunde richten wollen. Er glaubt nicht, daß Sie dazugehören. Er glaubt, daß Sie sein Freund sind. Aber er darf das nicht zulassen. Und *Sie* dürfen das nicht zulassen. Ich bin sicher, Ihre Tochter ist ein gutes Mädchen, aber sie ist noch ein Kind, und Kinder sind für Eindrücke empfänglich – und in den letzten Wochen hat es viele Schlagzeilen über den Gouverneur gegeben. Sie hat doch mit niemandem darüber gesprochen, oder?«

Willie schüttelte den Kopf. »Ich hab's ihr gesagt«, meinte er. »Sie ist ein gutes Mädchen.«

»Na, das will ich hoffen«, sagte Howard. »Sie möchten doch sicher nicht Ihr gutes Verhältnis zum Gouverneur und zu Mrs. Stanton gefährden. Der Gouverneur wird alles Erdenkliche tun, um Ihnen durch diese Zeit zu helfen. Die Stantons sind bereit, sich als großzügig zu erweisen. Der Eingriff kostet Sie nichts. Der Gouverneur ist bereit, für alle Kosten vor und nach der Geburt aufzukommen. Er tut das nur, weil er Sie für seinen Freund hält. Aber Sie müssen mit uns zusammenarbeiten. Wir müssen – zur Zufriedenheit aller – feststellen, daß er nicht der Vater des Kindes ist. Ich bin sicher, Sie verstehen seine Position.«

Ohne eine Antwort abzuwarten, holte Howard seinen Aktenkoffer hervor und verstaute seine fingierten Papiere darin. Er stand auf, reichte William McCollister seine Visitenkarte. »Bitte rufen Sie mich unter dieser Nummer an, dann treffen wir alle notwendigen Vorkehrungen.«

Willie nickte. Er schüttelte Howard die Hand. Meine schüttelte er nicht; er sah mich nicht mal an.

Als wir losfuhren, war mir schwindlig. Howard seufzte. »Was meinen Sie?« fragte er.

»Ich weiß nicht.«

»Ich kann mir nicht vorstellen, daß sie es für sich behält, es nicht irgendeiner Freundin erzählt, und wenn sie das tut, sind wir geliefert«, sagte Howard. »Na ja, vielleicht auch nicht. Angenommen, sie erzählt es ein paar Freundinnen und es macht die Runde – dann behaupten wir einfach, es würde sich um eine Trittbrettfahrerin handeln, eine zweite Cashmere.« Er lachte – ein dünnes, rauhes He-he-he. Der blutleere Wichser. »Es könnte sogar ins Gegenteil umschlagen, eine Sympathiereaktion auslösen, die zu unseren Gunsten arbeitet.«

»Das sind anständige Leute«, sagte ich. »Und wenn sie es *nicht* weitererzählt, deutet das nicht darauf hin, daß sie die Geschichte nur erfunden hat?«

»Das mit der Schwangerschaft?«

»Nein, das mit dem Governor.«

»Und das glauben Sie?« fragte Howard.

Ich übersah eine rote Ampel und wurde fast von einem Lastwagen erwischt, der aus der Gegenrichtung kam. Ich fuhr an den Straßenrand und hielt an, mir war kotzübel. Ich beugte mich zur Tür hinaus und übergab mich.

Howard schüttelte nur den Kopf.

Die nächsten Wochen waren seltsam, strukturlos. Der Metabolismus des Wahlkampfs veränderte sich. Es fehlte die Intensität von New Hampshire. Unsere politische Familie war in alle Winde zerstreut. Richard, Arlen und Daisy waren wieder in Washington. Brad, Howard, Lucille und ich in Mammoth Falls. Susan folgte ihrem eigenen Terminplan. Und der Kandidat flog von Termin zu Termin. Er gab jede Menge Interviews via Satellit. Meist fanden sie gegen Mittag in einem Fernsehstudio statt – zwangsläufig in einem dieser stets flachen, unauffälligen Gebäude mit Schüsseln auf dem Dach, angesiedelt in einem Industriegebiet. Er saß allein in einem Raum mit blau ausgeleuchtetem Hintergrund. Er trug einen Knopf im Ohr und hatte ein Glas Wasser vor sich. Vor ihm lag eine Liste mit den Namen von Sendern und Moderatoren:

WHRC – Charlotte, North Carolina - Richard und Cheryl.
WGUL – Charleston, South Carolina - Brody und Kelly
WANB – Amniston, Alabama - Kelly und Chuck.

Und so fort.

Er erledigte zehn, zwölf, siebzehn Interviews in einem Durchgang. Jedes fünf Minuten lang. Immer das gleiche. Immer die gleiche erste Frage – und die gleiche ausweichende Antwort: »Ach, Kelly – ich glaube, das interessiert die Leute nicht wirklich. Sie machen sich Sorgen um die Wirtschaft. Darüber, was passieren wird, wenn der Stützpunkt in Charleston schließt.« Außerdem machten die Leute sich Sorgen über die wachsende Kriminalität und die Gegenmaßnahmen der Regierung, über die Ausbildung, über ... Es war entsetzlich. Hinterher, wenn alles vorbei war, riß er sich immer den Knopf aus dem Ohr und stapfte auf und ab. »Sagen Sie mal, Laurene«, meinte er eines Tages, »was war eigentlich vor zwanzig Jahren in Amerika los, daß jede dritte Frau, ob schwarz oder weiß, ihre Tochter Kelly genannt hat?«

»Keine Ahnung«, sagte Laurene. »*Drei Engel für Charlie?*«

Der Gouverneur litt an schweren Entzugserscheinungen, es fehlten ihm die vielen Menschen. Er stürzte sich in jedem Fernsehsender auf die Angestellten, sog ihre persönlichen Geschichten und Probleme in sich auf, begierig nach der Art von Wahlkampf, den er in New Hampshire geführt hatte. Aber davon war jetzt nicht mehr viel übrig. Er deckte drei Staaten pro Tag ab, mit Ausnahme von Florida und Texas, wo er jedes Sendegebiet einzeln bereisen mußte. Das Wetter war inzwischen besser – es war Frühling –, doch davon bekam er nicht viel mit. Das einzige, was er mitbekam, waren Flughäfen, Hotelsäle, Hotelzimmer und das Flugzeug.

Das Flugzeug war eine ebenso hermetische Erfahrung wie der Rest des Wahlkampfs, nur in noch intensiverer Form. Er spürte die Anwesenheit der mitreisenden Skorps in den hinteren Sitzreihen. Er wahrte den *Anschein* von Kommunikation – einmal am Tag, kurz vor dem Start, ging er nach hinten, hielt im Mittelgang einen Plausch, gab Belanglosigkeiten von sich. Laurene und ihre Leute versuchten, die Skorps zu beschäftigen – eine verlorene Schlacht, da an den meisten Tagen *nichts* passierte, zumindest nichts, was vorweisbar oder berichtenswert gewesen wäre. Letztlich lief es auf Spendeneintreiben, organisatorische Kleinarbeit und fünfminütige Pseudointerviews in Lokalsendern hinaus. Ausnahmsweise war ich mal froh, nicht zu sehr involviert zu sein. Ich begleitete den Kandidaten mehrere Tage in der Woche, meist an den Wochenenden, zu den größeren öffentlichen Veranstaltungen – Debatten, Kundgebungen; die restliche Zeit verbrachte ich in Mammoth Falls mit Tefonaten und sonstigem Alltagskram.

Ich hörte weder von Howard noch von sonst jemandem etwas über die McCollister-Sache und fragte auch nicht nach. Ich ließ sie in jenem schwarzen Loch verschwinden, das in Howard Fergusons Zuständigkeitsbereich fiel: Es war der Job des Wahlkampfmanagers, sich über das Unaussprechliche Sorgen zu machen. Doch das Ganze verfolgte mich, quälte mich. Ich bin mir ziemlich sicher, daß ich davon träumte – entsetzliche Träume, die knapp unter der Schwelle meines Bewußtseins blieben. Ich war angewidert von dem, was ich getan hatte. Ich schämte mich. Ich wollte nicht daran denken, was als nächstes kommen würde. Ich fing wieder an zu laufen. Daisy und ich verabredeten, uns gleichzeitig, jeder in seiner Stadt, *Terminator 2* anzusehen – für sie war es schon das dritte Mal – und uns hinterher am Telefon darüber zu unterhalten. Allmählich fand ich Geschmack an Actionfilmen.

Der Wahlkampf verlief im großen und ganzen, wie wir es erwartet hatten. Wir verloren Maine. Wir verloren South Dakota – wo Bart Nilson gewann, obwohl er bereits aus dem Rennen ausgestiegen war. Am folgenden Tag sicherte er uns seine Unterstützung zu, und wir setzten ihn mit Stanton ins Flugzeug, in der Hoffnung, sein bodenständiges Prärie-Image würde uns in Colorado einen Schub geben. Den konnten wir nämlich brauchen. Harris war auf sämtlichen Kanälen mit einem Werbespot vertreten, den wir »Papi in den Rocky Mountains« tauften: Er stand im karierten Hemd auf einer Almwiese und sagte: »Hallo, Colorado, ich grüße Sie. Mein Name ist Lawrence Harris, und ich kandidiere für das Amt des Präsidenten. Ich unterrichte am College und war früher Senator in New Hampshire. Dieser wunderschöne Staat ist dem Ihren ganz ähnlich – es ist ein Ort, wo die Umwelt den Menschen wirklich am Herzen liegt, aber auch ein Ort, der wirtschaftlich eine schwere Zeit durchmacht, genau wie Colorado. Ich denke, daran sollte unsere Regierung etwas *ändern*. Unsere Investition in die Zukunft muß so aussehen, daß wir in Umwelttechnologien investieren, dabei neue Arbeitsplätze schaffen und auf diese Weise unseren Kindern eine saubere Zukunft sichern.« Und wieder, wie in New Hampshire, stürzte ihm ein Haufen Kinder in die Arme. »Das gilt natürlich auch für unsere« – jetzt lachte er – »Enkelkinder.«

»Verdammt, das issn echter Politiker«, sagte Richard am Telefon, nachdem er eine Kopie des »Papi«-Spots gesehen hatte. »Auf einmal will er *Moneten* für die verdammte *Umwelt lockermachen*! Seit wann ist Regierungsknete ein Naturprodukt?«

»Na ja, er hat nie behauptet, daß er kein Geld ausgeben will«, sagte ich. »Immerhin hat er davon geredet, bestimmte Steuern zu erhöhen.«

»Henri, ein paar Dinge an dem Spot geben mir zu denken«, sagte Richard. »Ist dir aufgefallen, wie sie ihn irgendwas vom Unterrichten sagen lassen, statt ihn Professor zu nennen? Und wie sein Gelaber über die Naturkräfte fließend und natürlich in sein Geschwafel übers Geldausgeben für die Umwelt übergeht? Dieser Shaplen ist gar nicht schlecht.«

»Aber es ist immer noch Lawrence Harris, den er verkaufen muß.«

»Keiner weiß, wer oder was Lawrence Harris ist«, sagte Richard. »Und daran wird sich auch nichts ändern. Nächsten Dienstag gibt er ne kurze Showeinlage in diesem Staat, und das wars. Die Leute wissen nur, was sie in der Glotze sehen. Er könnte auch ankommen und sagen: ›Ich bin Lawrence Harris und war früher Footballprofi‹, und sie würden es ihm genauso abnehmen, zumal *wir* ihnen ja nichts Gegenteiliges erzählen. Kannst du Jack nicht überreden, einen von unsern goldenen Schüssen abzufeuern?«

»Nein. Er ist sicher, daß Negativwerbung als Bumerang zurückkommt«, sagte ich.

»Und wie wärs mit nem Vergleich?« sagte Richard. »Hi, ich bin Jack Stanton, und ich bin ein Mensch. Mein Gegner ist Lawrence Harris und issn Kniffarsch.«

»Vergiß es.«

»Wir sitzen also bloß da und zeigen ›Beverly Hills für Arme‹?«

Was Richards Bezeichnung für unseren wichtigsten Spot in Colorado war, in dem Jack Stanton in einer High-School auftrat – und eine weit weniger überzeugende Version jener Rede lieferte, die ich ihn im Gewerkschaftssaal von Portsmouth hatte halten sehen:

»Kein Politiker kann euch eine sichere Zukunft versprechen.« Er saß im dunklen Anzug auf einem Pult und sprach zu einer demographisch korrekten Auswahl pickelloser Teenager. »In Zukunft werden wir mit dem Rest der Welt hart um die besten Arbeitsplätze konkurrieren müssen – und ich will, daß ihr in diesem Wettbewerb gute Startchancen habt. Deswegen werde ich Überstunden machen – um sicherzustellen, daß wir erstklassige Schulen und Colleges bekommen. Aber wir werden alle härter arbeiten müssen.«

»Aus Weiß mach Schwarz, mehr isses doch nicht«, sagte Richard. »Harris verspricht Regierungsknete. Wir versprechen harte Zeiten. Und weißt du was? Die Leute halten ihn immer noch für den Hohlkopf. Das bringts nicht, Henri.«

Das war mir auch klar. Und es wurde mir noch klarer, als Harris uns in der Colorado-Debatte in die Tasche steckte, am Samstag abend vor den Vorwahlen in Denver. Es war ein seltsamer Abend. Susan war nicht da. Ich flog in letzter Minute ein. Es hatte keine richtige Vorbereitung gegeben, Stanton und Bart Nilson hatten lediglich mit ihren beiden Begleitern aus dem Flugzeug kurz die Köpfe zusammengesteckt – mit Laurene und mit Ken Spiegelman, der den Kandidaten jetzt auf allen Flügen begleitete, ihn ablenkte und Wahlkampfthemen mit ihm besprach. Von den Politberatern war keiner dabei. Als ich eintraf, löste sich die Besprechung gerade auf, und der Kandidat war im Begriff, sich durch das postmoderne Labyrinth überdachter Passagen vom Hotel quer durch ein weiteres Gebäude in den Betonblock zu begeben, der das Kongreßzentrum darstellte. Die Debatte sollte in einem kargen, grell beleuchteten Winkel eines Saales stattfinden, der die Ausmaße und die hallende Akustik eines Lagerhauses hatte und bis auf zwei läppische Zuschauerreihen leer war.

Ich hatte kein gutes Gefühl. Und es war seltsam zu sehen, daß Charlie Martin, der bei unserem Eintreffen wartend herumstand, immer noch dabei war. Ich hatte ihn fast schon vergessen. Er war sein Geld und seinen Nachrichtenwert los, hatte sich aber weder vom Rennen noch von der Politbühne verabschiedet. Es muß schmerzlich für ihn gewesen sein: Er war überflüssig, das Geschehen war an ihm vorbeigegangen. Er versuchte, sowohl Harris als auch uns zu attackieren, aber niemand beachtete ihn, erst recht nicht mehr, seit Harris zum vernichtenden Schlag gegen uns angesetzt hatte.

Tatsächlich lief Stanton direkt ins offene Messer. Er griff Harris spielerisch an, als würde er ihn nicht ganz ernst nehmen.

»Sie behaupten, Sie wollen die Wirtschaft und die Umwelt sanieren *und* in die Zukunft investieren – und trotzdem schlagen Sie die höchste Benzinsteuererhöhung der Geschichte vor«, sagte der Gouverneur mit einem »Nicht-gerade-überzeugend«-Glucksen. »Wie wollen Sie denn die Wirtschaft sanieren, wenn Sie den Leuten das Geld aus der Tasche ziehen?«

»Nun, das ist der Unterschied zwischen uns beiden, Governor Stanton«, sagte Harris. Es war unerträglich, abstoßend. Und tödlich. »Ich *erkläre* den Leuten, wie ich das Geld für das, was ich vorhabe, zusammenbringen werde. Was man von Ihnen nicht behaupten kann.«

»Das ist nicht wahr, Larry, und das wissen Sie auch«, schrie Stanton – plötzlich, gegen jede Vernunft, völlig außer Kontrolle. »Ich habe eine Steuererhöhung für die höchste Einkommensklasse vorgeschlagen.«

»Was nicht ein Viertel von dem abdeckt, was Sie brauchen werden, um all Ihre übertriebenen Versprechen zu halten, Jack«, sagte Harris. »Also, ihr seht, Leute: Politik wie gehabt.«

»Was soll das, Larry?«

»Genau davon haben die Bürger dieses Landes die Nase voll. Dieser Mann wird alles mögliche behaupten, nur um gewählt zu werden.«

Der Gouverneur bewahrte nach der Debatte eine bewundernswerte Disziplin. Er plauderte sogar mit den Skorps. Er nahm nicht sein Zimmer auseinander. Er wütete in meinem. »Verfluchte Scheiße, Henry!« schrie er, als er gegen Mitternacht hereingestürmt kam, während Daisy und ich uns am Telefon gerade unser Leid klagten. (Die Debatte hatte in Washington ebenso schrecklich ausgesehen wie in Colorado.) »Verdammt noch mal. Kriegen wir denn nicht mal eine halbwegs anständige Vorbereitung auf die Reihe?« Er schlug mit der Faust auf meinen Schreibtisch. »Ich kann es – verdammt noch mal – nicht glauben!« Er fegte die Lampe vom Schreibtisch. Sie krachte gegen den Fernsehschrank, die Birne zerbrach. »Also, was zum Teufel hätte ich sagen sollen? Etwa so was wie: ›Nein, Larry, ich würde nicht alles mögliche behaupten, nur um gewählt zu werden – nur ein paar Dinge, an die ich selbst nicht ganz glaube?‹ Was hätte ich, verdammt noch mal, sagen sollen?«

»Ich weiß es nicht«, sagte ich.

Er hob den Schreibtischstuhl auf, schmetterte ihn zu Boden. Ein Bein zerbrach. »Henry, wir sitzen voll in der Scheiße.« Er setzte sich auf mein Bett. »Was sollen wir jetzt machen?«

»Uns an den Plan halten«, sagte ich. »Zu Hause werden wir gewinnen.«

»Für die Skorps spielt das schon keine Rolle mehr«, sagte er. »Das hat, abgesehen von den Delegiertenstimmen, nichts, aber auch gar nichts mehr zu bedeuten, vor allem nicht nach dem heutigen Abend. Sie wissen genau, daß halb Washington das Ding gesehen hat. Was machen die denn schon, außer C-SPAN zu glotzen. Dafür unterbrechen die doch jede Dinnerparty. Sogar der Nachtisch wird verschoben. Da sagt die Gastgeberin dann: ›In einer Stunde gibt's Eisbaiser, aber vorher schauen wir uns an, wie Stanton und Harris sich zerfleischen.‹ Und hinterher beteuern sie sich gegenseitig, wieviel besser sie sich geschlagen hätten. Was hat Daisy gesagt?«

»Ein paar ziemlich unfeine Dinge über Lawrence Harris.«

»Na großartig. Einfach fabelhaft.« Er beruhigte sich ein wenig. »Henry, ich glaube, das ist der absolute Tiefpunkt. New Hampshire war schlimm, ein paar Wochen lang, aber ich hatte immer das Gefühl, was dagegen *tun* zu können. Ich konnte mich in Arbeit stürzen, die Einkaufszentren abklappern, mich an eine Straßenecke stellen, was auch immer. Aber wissen Sie was? Dies hier ist ein verdammt großes, leeres Land. Man steht an einer Kreuzung, und die Autos rasen an einem vorbei. Ich weiß nicht, wie man Politik machen soll, wenn man die Menschen nicht *sieht*. Ich weiß nicht, ob ich überhaupt Politik machen *will*, wenn ich die Menschen nicht sehe. Ich bin zu spät geboren. Fackelzüge und politischer Wanderzirkus, das ist es, was mir gefallen hätte. Verstehen Sie?«

Er stand auf. Dachte einen Augenblick nach. Setzte sich wieder. »Meinen Sie, es wird einen Kandidaten aus Washington geben? Larkin vielleicht?«

»Ich glaube kaum«, sagte ich.

»Ein guter Mann«, sagte Stanton. »Der würde in den Ring steigen, hart arbeiten, auf Linie bleiben. Er ist sauber.«

»Er ist steril.«

»Henry, mein Guter«, sagte er und stand wieder auf. »Steril ist im Moment gefragt. Und Larry Harris entspricht dem ziemlich genau – er ist intelligent, riecht nach Schwamm und Kreide. Einer, dem man trauen kann. Ob man ihn wählt, ist eine andere Sache: Er könnte einem mit Hausaufgaben kommen. Aber er ist vertrauenswürdig. Nur gut, daß er die Stanton-Regel Nummer drei nicht beherrscht: Wenn du für ein Amt kandidierst und dich verkaufen willst, tu ja nicht zu intelligent. Und schon gar nicht gelehrt. Die einzige Art von Schläue, die die Leute in diesem Land tolerieren, ist *Bauern*schläue. Wenn nur Lawrence und ich übrigbleiben, könnte ich eine Chance haben – allerdings nur dann, wenn es mir gelingt, ihn als eingebildeten, humorlosen und kalten Eierkopf hinzustellen. Jeder Frontalangriff wäre fatal. Ich weiß, Richard und alle anderen brennen darauf, schweres Geschütz aufzufahren. Aber das ist zu riskant, angesichts dessen, wie die Leute über mich denken.«

»Aber dürfen Sie sich denn weiter so von ihm überfahren lassen wie heute abend?«

Er schüttelte den Kopf. »Das Verrückte ist«, sagte er. »Ich verfolge alle Wahlen, analysiere sie, laß mich begeistern. Normalerweise ist mir klar, was jeder Bewerber tun müßte, egal, ob er Demokrat oder Republikaner ist – ich hab immer eine Idee. Aber diesmal bin ich aufgeschmissen. Ich steig einfach nicht mehr durch. Wahrscheinlich bin ich nur zu nahe dran – aber ich schätze, genau deshalb heuert man Hilfstruppen an.« Er ging zur Tür, öffnete sie, drehte sich um: »Und genau deshalb, Henry, würde ich, wenn ich ein gottesfürchtiger Demokrat in Washington oder sonstwo wäre und es mich je gejuckt hätte, Präsident der Vereinigten Staaten zu werden, am heutigen Abend vielleicht ins Grübeln kommen.«

Am folgenden Montag passierten zwei Dinge, die Jack Stantons Einstellung zur Kritik am Gegner veränderten und uns auf seltsamen Bahnen zu dem dritten Kandidaten führten, den er fürchtete. Das erste war eine beängstigende Wählerumfrage von Leon aus Florida. Wir lagen vorn, aber nicht überzeugend – 35 zu 21. Viele waren unentschieden, 45 Prozent waren gegen Stanton, und 62 Prozent sagten, sie würden gern einen anderen Kandidaten im Rennen sehen. »Wissen Sie, wie das aussieht?« sagte der Gouverneur. »Es sieht aus wie New Hampshire, nur umgekehrt. Wenn wir in Florida nicht besser abschneiden als er in New Hampshire, sitzen wir endgültig in der Scheiße.«

Das zweite war, daß Lawrence Harris – oder wohl eher Paul Shaplen – einen Fehler machte. Sie eröffneten in Colorado die Schlammschlacht gegen uns. Es war ein merkwürdiger Spot. Er fing mit Trommelwirbel und Baßbläsern an, dazu Bilder aus dem Vietnamkrieg: die wehende amerikanische Flagge, dann ein Protestmarsch von schmuddeligen Demonstranten. »Als sich unser Land im Krieg befand, hat Jack Stanton sich nicht nur gedrückt – er hat auch seine Beziehungen spielen lassen, um dem Wehrdienst zu entgehen.« Die Tür einer Gefängniszelle öffnete sich mit einem rostigen Quietschen. »Jetzt sieht sich unser Land einer anderen Krise gegenüber.« Und da kam Lawrence Harris ins Bild, wieder auf dieser verdammten Wiese: »Es ist eine schleichende Krise. Eine Finanzkrise. Eine Wirtschaftskrise. Ich werde mich dieser Krise *stellen. Ich* laufe nicht davon.«

»Hast du das gesehen?« fragte ich Richard am Telefon. Stanton hatte mich nach der Debatte gebeten, bei ihm zu bleiben. Wir wollten versuchen, in Georgia, wo am selben Tag gewählt würde wie in Colorado, die Stellung zu halten. Wir waren in Macon, bei einer der seltenen Veranstaltungen, die der Gouverneur richtig genoß – einer Bürgerversammlung in der örtlichen High-School. Vermutlich war es vergeudete Zeit, aber ich hatte gegenüber Lucille, die jetzt die Termine organisierte, darauf bestanden: »Das ist wie ein Vitaminstoß«, sagte ich. »Es pumpt ihn für den Rest des Tages hoch.«

Aber an diesem Tag brauchte er kein zusätzliches Aufputschmittel. Er hatte schon vor der Versammlung von der Meinungsumfrage und dem Spot erfahren – und er hakte die Fragen aus dem Publikum ab, ungeduldig, als hätte er auf Autopilot geschaltet, leierte Standardantworten herunter, statt auf die Leute einzugehen. Das war, so wurde mir klar, genau die Art, wie Politiker, die nicht Jack Stanton hießen, solche Veranstaltungen absolvierten. Sobald ich merkte, daß nichts Großartiges mehr passieren würde, ging ich nach draußen – es war herrlich warm und sonnig, die Vögel zwitscherten – und rief Richard an.

»Klar hab ich den Spot gesehn«, sagte er. »Total absurd, als hätten sie erst mit ner brutalen Horrorgeschichte über uns angefangen und es sich dann doch anders überlegt. Ich meine, wen wollen sie damit ködern? Ökoveteranen? Iss doch völlig bescheuert. Wenn sie uns unbedingt an den Karren fahren wolln, warum haben sie nicht einfach den Clip von der Debatte neulich genommen, wo er uns vorgeführt hat?«

»Vielleicht, weil Jack mittendrin erwähnt hat, daß Harris die Steuern erhöhen will?«

»Kann sein«, sagte Richard. »Aber die ›Politik wie gehabt‹-Nummer war ein Knaller. Und dann das ›Er wird alles mögliche behaupten, nur um gewählt zu werden‹, und keine Reaktion von Jack: der volle Abschiffer. An deren Stelle würde ich das breittreten. Und das Tolle ist, es würd nich mal wie Negativwerbung aussehen: eher wie aus dem Leben gegriffen, issdochso. Das ist die Wirklichkeit. Er braucht bloß zu sagen: Sehen Sie her, was letzten Samstagabend passiert ist, issdochso, oder? Das kapiert auch der letzte Idiot. Aber weißt du, was noch komischer ist? Warum um alles in der Welt gehen sie jetzt auf uns los – und vor allem in *Colorado*? Sie hätten doch warten und uns in Florida damit ans Bein pinkeln müssen. Hast du nicht gesagt, Shaplen wäre so gut?«

»Nein, das warst du. Dir hat der ›Papi‹-Spot so gut gefallen.«

»Iss das 'n Gewerkschaftsjude?«

Ich wußte es nicht. Richard glaubte, es gäbe drei grundlegende Kategorien von Politikern bei den Demokraten: Bostoner, Südstaatler und Juden. Mit seiner Gewerkschaftsvergangenheit bei den Mine Workers und seiner Herkunft aus Louisville war Shaplen ein gefundenes Fressen. »Ich wette, er iss Jude«, sagte Richard. »Allein schon der Name. Shaplen könnte alles sein, richtig? Vielleicht ne Kurzform von Shapiro.«

»Und was will uns das sagen?«

»Erkenne deinen Feind«, sagte er.

»Der jüdische Schachzug würde also darin bestehen, die Schlammschlacht in Colorado zu beginnen?« frotzelte ich.

»Nein, das iss es ja. Typisch für die Juden wärs, sich von nem Cowboy ins Bockshorn jagen zu lassen. Deshalb: Vorsichtig sein. Die Bombe in Colorado hochgehen lassen, um sicherzustellen, daß Stanton nicht doch noch auf die Beine kommt und gewinnt – und nen patriotischen Spot mit wehenden Fahnen schalten. Das muß einfach gut ankommen. Verstehste, wahrscheinlich hats was damit zu tun, daß die Bergarbeiter sich drüben im Westen nie so richtig organisieren konnten – oder wenigstens nicht so gut wie im Osten. Die Gewerkschaftstypen im Westen sind doch fast alle finstere Anarchisten – Radikalinskis, Waffenfanatiker. Und wenn die Jungs aus Brooklyn drüben was organisieren, treten sie aus lauter Schiß erst mal wie unser guter alter Sheriff Wyatt Earp auf.«

»Richard, das ist zu achtundneunzig Prozent Unsinn«, sagte ich. »Du weißt nicht mal, ob Shaplen überhaupt Jude ist.«

»Und ob er das ist. Und er hat nen Riesenfehler gemacht. Er weiß, daß wir mit einem Arm kämpfen, er weiß, daß wir nicht als erste losschlagen. Deshalb hätt ich an seiner Stelle bis Florida gewartet und uns erst dort abgeräumt.«

»Vielleicht tut er das trotzdem noch«, sagte ich.

»Vielleicht«, sagte Richard. »Aber dann siehts nicht mehr so elegant aus. Ich hab null Achtung mehr vor ihm – und außerdem hat er uns die Gelegenheit gegeben, zurückzuschlagen. Ich hab schon gedacht, ich müßt mir den ollen Jackie mal richtig zur Brust nehmen und ihn dazu bringen, diesem Scheißer eins reinzuwürgen, bevor der uns eins reinwürgt. Ich war schon kurz davor, ihm damit zu drohen, entweder auszusteigen oder vor den Kulis mal wieder nen Striptease zu machen. Aber das hat sich jetzt vielleicht erledigt. Offenbar hat Shaplen uns die Arbeit abgenommen.«

»Shaplen nicht – wohl eher Leon«, sagte ich. »Stanton liegt mehr an der Meinungsumfrage als an diesem blöden Spot.«

»Schon möglich«, sagte Richard. »Wie auch immer: Ich tippe mal, daß unser Jackie jetzt bereit ist, in den Ring zu steigen.«

Es sah aus, als hätte er recht. Stanton raste von der Bürgerversammlung in Macon zum Flughafen, von wo aus wir einen kurzen Abstecher nach Atlanta machen wollten. Er wirkte entschlossen. »Rufen Sie alle an«, sagte er im Auto. »Geben Sie Richard, Leon und Libby Bescheid. Wir treffen uns heute abend im Hotel. Sagen Sie Libby, ich will für jede verdammte Abstimmung im Senat wissen, wie Harris gestimmt hat, vor allem bei außenpolitischen Fragen – sagen Sie ihr, sie soll daraufhin auch die Ausschüsse durchforsten. Internationale Beziehungen, da war er doch auch dabei, oder?« Ich nickte. »Und sagen Sie Lucille, sie soll bis auf die Spendengeschichten alles absagen, in jedem Staat, außer in Florida, dafür soll sie sich was Neues überlegen. Radiosendungen. Die alten Leute hören viel Radio. Und mal sehen, was Daisy hat. Rufen Sie sie an, sie soll auch kommen, ihre goldenen Schüsse sind gefragt – das müßte Sie eigentlich glücklich machen, Henri, oder? Sagen Sie ihr, sie soll packen. Wir richten ihr einen eigenen Schneideraum in Miami ein – vielleicht auch in Orlando, dort haben sie die gleichen Möglichkeiten, und es liegt zentraler. Brad soll sich darum kümmern.«

Er lehnte sich zurück, starrte aus dem Fenster. »Selbst wenn wir mich nicht mehr groß rausbringen können, dann werden wir eben diesen Wichser demontieren«, sagte er mit ruhiger Stimme. »Dem breche ich sein verdammtes Kreuz.«

Die Eröffnung des Wahlkampfs in Florida wies eine gewisse Symmetrie auf. Am Dienstag abend feierte Harris seinen Colorado-Sieg in Miami, wo er versuchte, sich in den Rentnersiedlungen eine Basis zu verschaffen – und wir feierten unseren Georgia-Sieg in Tampa und versuchten, unsere Stellung unter den tendenziell treulosen konservativen Demokraten im Norden Floridas zu stabilisieren. Am Mittwoch rückten beide Wahlkampfteams in Feindesland vor und offenbarten ihre Geheimwaffen.

Die von Harris hieß Freddy Picker und schien anfänglich keinen Grund zur Sorge zu geben. Ich hatte ihn vage, aber angenehm in Erinnerung. Er war einer der Neuen Südstaatler, die in den siebziger Jahren plötzlich aufgetaucht waren und als erste Politiker südlich der Mason-Dixon-Linie sowohl von Schwarzen als auch von Weißen gewählt wurden. Ich war damals ein Teenager. Mein Großvater war seit zehn Jahren tot, mein Vater seit mehreren Jahren verschwunden, doch diese blassen sanftmütigen Südstaaten-Demokraten schienen ein erster Schritt in Richtung auf die Erfüllung des Familientraums zu sein. Es war kaum mehr als die Ahnung einer Revolution; sie forderte weder Blut noch Leidenschaft, brachte nur die Verheißung von Geld aus dem Norden – neue Fabriken, neue Filialen – als Gegenleistung dafür, daß der Schein eines harmonischen Zusammenlebens der Rassen gewahrt wurde. Erstaunlicherweise fielen die Rednecks darauf herein. Es geschah so reibungslos, daß niemand es merkte. Bis auf mich. Ich sah Jimmy Carter kommen, noch bevor die *New York Times* 1976, zu Beginn des Wahlkampfs, eine Serie spekulativer Artikel brachte: Konnte ein nahezu unbekannter Südstaaten-Gouverneur sich in der nationalen Politik einen Namen machen? Was für eine dumme Frage! Natürlich konnte er. Wenn es ihm gelungen war, sich mit Hilfe von schwarzen und weißen Stimmen zum Gouverneur von Georgia wählen zu lassen, was sollte ihm dann nicht gelingen?

Fred Picker war ungefähr zur selben Zeit zum Gouverneur von Florida gewählt worden und ebenfalls als Kandidat im Gespräch gewesen. Es hatte eine kurze »Picker-for-President«-Phase gegeben, doch die war genauso schnell vorbei, wie er von der Bildfläche verschwand. Ich erinnerte mich nicht, daß er in Ungnade gefallen wäre oder eine Niederlage erlitten hätte, aber ... Hatte er eine oder zwei Amtszeiten absolviert? Sein Name tauchte nirgends mehr auf. Ich hatte seit Jahren nichts mehr von ihm gehört oder gesehen – bis zum Dienstag vor den Vorwahlen in Florida, wo er plötzlich zusammen mit Lawrence Harris bei einer Pressekonferenz in Tallahassee auftauchte.

»Ich bin sehr stolz, verkünden zu können«, sagte Harris, angetan mit einem Seersuckeranzug, der auf dem Bildschirm fürchterlich flimmerte, »daß der frühere Gouverneur Fred Picker nicht nur bereit ist, meine Kandidatur zu unterstützen, sondern meine Kampagne in Florida auch leiten will – und daß er mich nach dieser Vorwahl weiterhin in entscheidender Beraterfunktion begleiten wird. Ich denke, die meisten Bürger Floridas kennen Governor Picker als einen Mann, der für Politik wie gehabt nur wenig übrig hat. Sie wissen, was es heißt, wenn sich ein Mann von seiner Integrität zu einem solchen Schritt entschließt.«

Woraufhin Freddy Picker sich zu einem Schritt nach vorn entschloß. Er wirkte immer noch fit – sogar drahtiger und ernsthafter als der Gouverneur, als den ich ihn verschwommen in Erinnerung hatte. Er hatte eine große Adlernase und geschwungene Augenbrauen, die verschmitzt, ironisch wirkten. Er trug einen blauen Blazer und ein kariertes Hemd in gedeckten Farben; keine Krawatte. Er sah aus wie ein Mann, der nach einigem Ringen mit sich ins reine gekommen war – wenn auch vielleicht nur ansatzweise. Er hatte stechende, dunkle Augen; er ließ sie nicht, wie die meisten Politiker, über das Publikum schweifen, sondern sein Blick hüpfte von einem Gesicht zum nächsten, wie ein Vogel. In diesen Augen blitzte ein Hauch von Wildheit auf. Er schaute die versammelten Skorps an, blinzelte einmal und sagte: »Ihr Jungs seid *immer noch* häßlich.«

»Governor«, fragte eine Blondine vom Fernsehen, die ganz und gar nicht häßlich war, »was führt Sie nach so vielen Jahren zurück in die Politik?«

»Nun, eine Präsidentschaftswahl ist eine ernste Angelegenheit – doch bisher wurde dieser Wahlkampf nicht sehr seriös geführt, außer von Senator Harris. Und es ist an der Zeit, seriös zu werden. Ich glaube, dieses Land muß sich endlich zusammenreißen. Ich hatte sogar überlegt, meinen alten Besen mitzubringen.« Er schmunzelte. »Ihr Grünschnäbel erinnert euch wahrscheinlich nicht mehr, aber mit diesem Besen bin ich 74 in den Wahlkampf gezogen – es war Zeit, mal ordentlich durchzufegen. Das entspräche allerdings nicht mehr dem heutigen *technologischen* Stand. Man muß mit der Zeit gehen. Man braucht modernere Arbeitsmittel – zum Beispiel so etwas wie einen Dustbuster.«

Libby Holdens Aufschrei in Mammoth Falls war bis nach Florida zu hören. Es war, als hätte jemand unseren Code geknackt.

»Governor, was halten Sie von Jack Stanton? Sie sagen, es sei bisher kein seriöser Wahlkampf gewesen – ist das seine Schuld?« fragte Tom Rickman vom *Miami Herald*.

»Immerhin hat er eine einigermaßen seriöse Frisur.«

Als das Gelächter sich gelegt hatte, fuhr Fred Picker fort: »Sehen Sie, ich bin sicher, Governor Stanton ist ein guter Mann – aber neben mir steht ein außergewöhnlicher Mann, ein Mann, der bereit ist, dem amerikanischen Volk die Wahrheit ins Gesicht zu sagen.« Er legte einen Arm um Harris, der ein bißchen in den Hintergrund rückte – tatsächlich kam Harris eher schwarzweiß herüber, verglichen mit Picker, der reinstes Technicolor war.

»Senator Harris, würden Sie Governor Picker als Ihren Vizekandidaten bezeichnen?«

»Nun, für solche Spekulationen ist es noch ein bißchen früh«, bellte Harris mit geschwellter Brust. »Aber Governor Picker zählt zweifellos zu der Sorte von Menschen, die in einer Harris-Regierung vorstellbar wären.«

»Immer sachte, Senator – ich habe mich nur für eine Woche verpflichtet«, rügte Picker und zwickte den Kandidaten schelmisch in den Nacken. Dann, wieder ganz ernst: »Aber von heute bis nächsten Dienstag werde ich in diesem Staat unterwegs sein und diesem Mann zur Seite stehen, so gut ich kann.«

Laurene Robinson und ich hatten die Köpfe zusammengesteckt und verfolgten die Pressekonferenz im Foyer vor dem Speisesaal des Mogen David Senior Center in Pompano Beach auf ihrem tragbaren Fernseher. Als die Sendung vorbei war, ging mein Beeper los – es war Daisy.

»Hast du das *gesehen*?« fragte sie.

»Er ist gut«, sagte ich. »Picker.«

»Hat der Governor es gesehen?«

»Nein, er speist mit dem Alten Bund.«

»Der Spruch mit der Frisur wird ihn bestimmt begeistern«, sagte Daisy. »Meinst du, der Kerl wird für Florida von Bedeutung sein?«

»War die Unterstützung eines Kandidaten schon jemals von Bedeutung?« fragte ich.

»Es hat fast so ausgesehen, als würde Harris Picker unterstützen«, sagte Daisy. »Jemand sollte dem Professor mal sagen, daß Seersucker im Fernsehen tödlich ist. Der war doch die reinste Schießbudenfigur. Wahrscheinlich hat er in der Hälfte aller Altenheime in

Broward County eine Massenohnmacht ausgelöst. Und wenn Picker auch nach Florida eine ›entscheidende Beraterfunktion‹ einnehmen soll, wie kommt es dann, daß er sich angeblich nur für eine Woche verpflichtet hat?«

»Wer weiß«, sagte ich. »Macht dir *das* Kopfzerbrechen?«

»Sobald ein Kandidat, der nicht mein eigener ist, etwas halbwegs Gutes zu bieten hat, werde ich hellhörig«, sagte Daisy.

»Amüsierst du dich in Disney World?« fragte ich.

»Ich hänge nur rum, warte auf den Einsatz«, sagte sie. »Aber ich weiß nicht, was mit diesen Leuten los ist. Man hat den Eindruck, als hätten sie die Sache nicht durchdacht. Sie zeigen immer noch diesen beknackten Vietnamspot aus Colorado. Hier, in Orlando. Ich hab ihn gestern abend wieder gesehen, direkt vor Letterman. Klar, daß sie jetzt mit einem Picker-unterstützt-Harris-Spot kommen werden. Aber was noch? Warum bringen sie nicht mehr? Wo bleibt da die Strategie?«

»Na ja, sie wissen ja auch nicht, was wir vorhaben.«

»Tja, wir leider auch nicht. Glaubst du, *unser* Junge ist bereit loszulegen?«

»Wer weiß?« sagte ich. Schließlich hatte er den geplanten Angriff auf Ozio auch verpatzt. »Demnächst werden wir's wissen. Bis dann.«

Der Speisesaal des Mogen David Senior Center war ein zutiefst deprimierender Raum, eine Abstellkammer für menschliche Wesen: beige gestrichene Betonwände, oben eine Reihe schmaler Kippfenster, die harte Lichtschrägen auf den erbsensuppengrünen Linoleumboden warfen. Campingtische mit Metall- oder mit Resopalplatten waren in ordentlichen Reihen aufgestellt, jeder Tisch mit – israelischen und amerikanischen – Flaggen dekoriert. Vorn im Raum prangte an einer roten Backsteinwand die gräßliche Wiedergabe einer Menora – Türkis und Messing –, die von einem übergroßen Davidstern gekrönt war. An den anderen Wänden hingen hier und da verblichene Poster von Israel und traurige, mit Tatterhänden gemalte Laienkunst. Neben der Tür befand sich ein Schwarzes Brett mit Fotos von der jüngsten Exkursion zur Hunderennbahn sowie mit Ankündigungen von Canasta-Turnieren, Lesungen und Single-Abenden. Der Raum wirkte antiseptisch, lieblos, wie eine Verwahranstalt. Aber auch wir waren ja nicht gekommen, um Freude zu verbreiten. Es würde bestimmt keine Veranstaltung werden, an die ich gern zurückdenken würde.

Stanton saß an einem der Campingtische, umgeben von extrem alten Menschen, die matschige Weißbrotschnitten mit Thunfisch aßen. Ich fragte mich, ob er diesmal wohl mehr als die üblichen zwei Bissen gebraucht hatte, um sein Sandwich zu verschlingen, und hoffte inständig, daß er sich nicht an den Tellern seiner Tischnachbarn vergriff. (Ich fragte mich allerdings auch, und bei dem Gedanken mußte ich kichern, ob seine Essensgefährten vielleicht nicht viel zu benebelt waren, um überhaupt zu merken, wenn er ihre Portionen verschwinden ließ.) Ich beobachtete, wie er dasaß, eine blaue Jarmulke bedenklich schräg auf dem Hinterkopf – respektvoll nickend, ganz Ohr, der brave Sohn –, und plötzlich schien das Ganze absurd. Die Vorstellung, daß wir im Begriff waren, Lawrence Harris hier vor diesen halbweggedämmerten Leuten den vernichtenden Schlag zu versetzen, war grotesk.

Der Gouverneur wurde von einem rüstigen Burschen namens Mort Silberberg vorgestellt, der meinte, Jack Stanton würde ihn an Jack Kennedy erinnern. »Dieser Junge«, sagte er, »hat Charisma. Glaubt mir, er hat den richtigen Schwung. Governor Stanton ist der künftige Präsident der Vereinigten Staaten.«

Der Gouverneur stand auf, wackelte mit dem Kopf und breitete die Arme aus – eine gesteigerte Form der Braver-Sohn-Choreographie –, als wollte er sagen: Da bin ich also ... braucht jemand von Ihnen was aus dem Laden? Es wirkte herablassend, durchsichtig, seiner nicht würdig. Ich merkte, daß ich schlecht gelaunt war – ich hoffte zwar, diesmal würde er wirklich tun, was er vorhatte, wollte es aber nicht mit ansehen. *Das* nämlich wäre Politik wie gehabt, Stanton in der Rolle, die man ihm immer vorwarf.

Er schien zu zögern. Er quälte sich durch seine übliche Wahlkampfrede, als wäre er nicht ganz bei der Sache. Aber er bereitete sich auf den Todesstoß vor – und den führte er brillant, mit bedächtiger, kummervoller Miene aus. »Ich möchte jetzt kurz auf meinen Gegner, Senator Harris, zu sprechen kommen«, sagte er. »Ein hervorragender Mann. Ein gebildeter Mann.« Dann legte er eine Pause ein, schüttelte den Kopf. »Doch es gibt ein paar Differenzen zwischen uns. Ich glaube, die sollten Sie kennen – und ich muß Ihnen ganz offen sagen, ich war überrascht und enttäuscht, als ich auf einige seiner Positionen zu Themen stieß, die für Sie und für mich von großem Interesse sind. Ich stimme zum Beispiel völlig mit ihm darin überein, wie wichtig es ist, das Defizit zu reduzieren. Ich halte es sogar für ausgesprochen wichtig. Aber in seinem Eifer, die Ausgaben zu kürzen, hat Senator Harris ein paar fragwürdige Vorschläge unterbreitet. Die sind in seiner Broschüre *Die Zukunft retten* nachzulesen. Zum Beispiel Seite achtzehn, dritter Absatz von oben: Da will er einen Abbau – vielleicht sogar ein Einfrieren – der Rentenanpassung ›erwägen‹.«

Ein Raunen ging durch den Raum, wie eine Brise durch einen Baum weht, und man konnte die alten Leute einander, vielleicht aber auch nur sich selbst zuflüstern hören »Rentenanpassung, Anpassung, passung, sung ... ung ... ung ...«.

Stanton wägte das Ausmaß der Brise ab, wartete, bis sie sich gelegt hatte. »Yeah.« Er nickte traurig. »Ich weiß, und *Sie* wissen, wie wichtig es ist, daß Ihre Renten mit den Preisen in Ihrem Lebensmittelgeschäft Schritt halten. Und Sie wissen ja selbst, wie die Preise dauernd steigen! Ich habe hier eine Tabelle – ein paar von meinen jungen Leuten werden sie gleich an Sie verteilen –, die zeigt, wie die Preise im Süden von Florida in den letzten zehn Jahren gestiegen sind – und wie Ihre Renten *gerade mal* mitgehalten haben.«

»Ich widerspreche Senator Harris auch, was Medicare, die staatliche Krankenfürsorge für ältere Menschen, angeht«, sagte Stanton, und das löste die nächste Brise aus – diesmal eine etwas steifere. Er ließ den Leuten Zeit. »Senator Harris will, daß Sie mehr zahlen – Seite dreiundzwanzig in seiner Broschüre. Ich lese es Ihnen vor: ›Der laut Abschnitt B zu zahlende Eigenanteil sollte dem Einkommen angepaßt werden, um der ursprünglichen Absicht des Programms, daß Regierung und Empfänger jeweils die Hälfte der Kosten tragen, gerecht zu werden.‹ Er fügt allerdings, das soll hier fairerweise gesagt sein, hinzu: ›Die Armen sollten von diesen Veränderungen ausgenommen werden. Vielmehr sollten wir versuchen, ihre Beiträge, wo immer möglich, zu senken.‹ Nun, lassen Sie mich erläutern, was das bedeutet ...«

»Das bedeutet, daß wir mehr zahlen und die *Schwarzen* weniger«, sagte ein erbitterter aufbrausender kleiner Mann in kurzärmeligem weißem Hemd, großkarierten Bermuda-Shorts und Sandalen.

»Nein, das stimmt nicht«, widersprach Stanton, wenn auch für meinen Geschmack nicht heftig genug. »Und ich glaube, es ist sehr wichtig, daß jeder ältere Mensch die medizinische Versorgung erhält, die er oder sie benötigt, unabhängig von Rasse oder Glaube. Doch was Senator Harris hier macht, ist folgendes: Er *öffnet die Tür* für Veränderungen, die sich nachteilig auswirken könnten. Und ich glaube, das Risiko dürfen wir nicht eingehen.

Es gibt noch andere ähnliche Punkte in der Broschüre des Senators. Ich würde jedem von Ihnen empfehlen, sie aufmerksam zu lesen, bevor Sie diese sehr wichtige Entscheidung über die Zukunft unseres Landes treffen – was natürlich genauso für mein Informationsmaterial und meine Veröffentlichungen gilt«, sagte er, legte wieder eine Pause ein, machte ein paar Schritte und drehte sich halb um. »Doch es gibt noch einen anderen wichtigen Bereich, in dem Senator Harris und ich verschiedener Meinung sind – und das ist die Außenpolitik, genauer gesagt, der Nahe Osten.«

Im ganzen Raum waren Geflüster und Pst-Rufe zu hören. Stanton hob beschwichtigend die Hände. »Als er Mitglied im Senatsausschuß für internationale Beziehungen war, nahm mein Gegenspieler an einer ganzen Reihe von Abstimmungen bezüglich der Sicherheit und der Zukunft des Staates Israel teil.«

»Nein!« rief eine Frau mit Sonnenbrille und hochgespraytem Haar, dessen Farbe in der Natur unbekannt war.

»Moment – ich stimme mit vielen seiner Entscheidungen überein«, sagte Stanton. »Aber an ein paar Punkten ... Nun, ich halte es für wichtig, daß wir zu unseren Freunden stehen – und es gibt keine bessere Freundschaft als die zwischen unserem Land und dem Staat Israel. Und wenn es doch einmal eine Meinungsverschiedenheit gibt, sollte sie vertraulich beigelegt werden. Viele von uns standen dem Einmarsch in den Libanon vor zehn Jahren mit gemischten Gefühlen gegenüber, aber ich hätte Israel wohl nie, wie Senator Harris es damals gesagt hat, als den ›Aggressor‹ bezeichnet. Ich denke, wir wissen alle, wer in jener Region der eigentliche

Aggressor ist. Ich hätte sicherlich auch nicht für eine Resolution gestimmt, die den Bau neuer Siedlungen an der West Bank ablehnt. Wie viele von Ihnen mag ich mich fragen, ob es eine kluge Entscheidung war, diese Siedlungen zu bauen, aber ich lehne jede Einmischung in die inneren Angelegenheiten eines Verbündeten ab – was mein Gegenspieler offenbar anders sieht.«

In diesem Moment verteilten unsere Kulis eine Liste mit ausgewählten Harris-Äußerungen und Beispielen seines Abstimmungsverhaltens zum Thema Israel an die Handvoll Skorps, die an der Tür herumlungerten. Die Skorps warteten nicht einmal ab, bis Stanton zu Ende geredet hatte, sondern gingen sofort auf mich los, aufgescheucht und moralisch aufgerüstet durch die Aussicht, zur Abwechslung endlich mal eine echte *Nachricht* melden zu können: »Henry, wollt ihr wirklich behaupten, daß Harris anti-israelisch eingestellt ist?« fragte Bob O'Connell von der *Washington Post* völlig empört.

»Absolut nicht«, sagte ich. »Harris hat Israel unterstützt – aber es gab Zeiten, in denen er in seiner Haltung geschwankt hat.«

»Und Stanton würde *nie* in seiner Haltung schwanken?« fragte Tommy Preston, ein schwarzer Reporter von *The Dallas Morning News*.

»Hören Sie, darum geht es doch gar nicht«, sagte ich. »Es wird langsam Zeit, daß wir alle uns Senator Harris' Vorgeschichte einmal etwas genauer ansehen, finden Sie nicht?«

»Henry, was ihr da habt, ist ziemlich dürftig«, sagte O'Connell und blickte von dem Flugblatt auf. »Hat er jemals gegen die Hilfeleistungen für Israel gestimmt? Hat er jemals in irgendeiner Form eine Kürzung dieser Leistungen befürwortet?«

Ich ging über diese Fragen hinweg und widmete mich statt dessen der vipernhaften Felicia Aulder von der New York *Daily News*, die höhnte: »Ihr Jungs müßt ja ganz schön Schiß haben, daß Harris euch in Florida schlägt, wenn ihr mit so einem Quatsch daherkommt.«

»Das sind Fakten«, sagte ich. »Sie sind dokumentiert. In einer Reihe von Punkten gibt es Meinungsverschiedenheiten zwischen Senator Harris und uns. Wollen Sie etwa verlangen, daß wir diese Differenzen unterschlagen?«

»Aber, Henry, das ist ...«

»Und was ist mit den Spots, die Harris in Colorado gezeigt hat – die Antivietnamdemonstranten, die Gefängnistür. Hatte das etwa Stil?«

Die Skorps – zufrieden, daß sie alles aus mir herausgeholt hatten – stürzten ins Foyer, um ihre Redaktionen zu informieren. Ich wandte mich wieder dem Kandidaten zu, der seine Rede inzwischen beendet hatte und jetzt hemmungslos das Image des braven Sohns ausspielte: Unbeholfen umarmte er eine ältere Frau im Rollstuhl, während er gleichzeitig zu einem zerbrechlichen Herrn aufblickte und ihm die Hand schüttelte. Weitere Senioren drängten sich um ihn herum, und er ging gekonnt auf ihre Bedürfnisse ein, ließ sich Zeit, hörte zu, berührte sie, stellte eine Beziehung zu ihnen her. Als er sich umdrehte, um eine Frau im Laufgestell zu umarmen, verlor er seine Jarmulke. Er wollte sich gerade bücken, um sie aufzuheben, als ihm eine Frau mit orangegefärbtem Haar und absurden, aus einer Bauernbluse hervorquellenden Brüsten zuvorkam. Sie lächelte ihn verschmitzt an, faßte ihn am Arm und zog ihn zu sich heran, wobei sie ihm ihren Busen herausfordernd gegen die Rippen drückte. Er ließ es über sich ergehen, setzte ein dümmliches Grinsen auf, ging in die Knie, um sich die Jarmulke wieder aufsetzen zu lassen, und verharrte in dieser Position, als sie sein Gesicht in die Hände nahm, ihn verträumt ansah und ihm einen dicken Kuß auf die Lippen drückte, der einen gräßlichen orangefarbenen Fleck hinterließ. Überwältigt von all den Berührungen und Umarmungen, lächelte er sie an, dann sah er zu mir herüber – und schien zusammenzufahren. Mir wurde klar, daß ich die Stirn gerunzelt haben mußte.

Die nächsten paar Tage waren hart, aber sehr effektiv. Es lief fast zu glatt. Richard hatte recht gehabt: Lawrence Harris hatte uns seinen Kopf auf einem silbernen Tablett serviert. Noch am selben Abend belieferten wir jedes Sendegebiet in Florida mit »Tatsachen«-Spots über Harris' Absicht, die Benzinsteuer zu erhöhen, die Renten und die Zuschüsse bei der Krankenfürsorge zu kürzen, kurz und gut: den amerikanischen Traum zu zerstören. Es war ein Flächenbombardement – man konnte weder die Abendnachrichten noch eine der fünf bei den älteren Bürgern so beliebten Shows am Nachmittag ansehen, ohne mit einem Stanton-Spot konfrontiert zu werden. (Was den Nahen Osten anging, arbeiteten wir gezielter, mit Flugblättern in den Rentnerparadiesen und fingierten Anrufen bei Sendungen mit Hörerbeteiligung.)

In meinen Augen hatten Daisys Spots einfach Stil. Zumindest waren sie elegant – einige Klassen besser als das blutige Kettensägenmassaker, das Politiker sonst so lieben. Ein Sprecher verkündete: »Lawrence Harris behauptet, daß er als Präsident ein paar Dinge verändern würde. Hier sind sie.« Und dann las er in lockerem, leicht ironischem Ton einige Passagen aus *Die Zukunft retten* vor, jedesmal unter Angabe der Seitenzahl und des Absatzes. Während er las, wurden Textzeilen eingeblendet: »Wird Benzinsteuer auf 50 Cent erhöhen – *Die Zukunft retten*, Seite 7.« Und: »Wird Renten kürzen – *Die Zukunft retten*, Seite 18.« Mehr war auf dem Bildschirm nicht zu sehen. Am Ende wurde ein Bild von Lawrence Harris eingeblendet – es zeigte ihn nicht, wie üblich, als niederträchtig, häßlich oder verwirrt, sondern als einen netten Herrn in Tweed. Dazu sagte der Sprecher: »Das Harris-Programm. Fünfzig Cent Benzinsteuer. Angriff auf die Renten. Kürzungen bei Medicare. Können wir uns das leisten?« Dann eine Blende: »Stanton für Amerika«.

Harris reagierte schnell, wenn auch nicht sehr effektiv, mit einem Uralttrick der politischen Werbung. Er stand neben einem Fernseher, auf dem er unseren Spot ablaufen ließ, hielt das Bild dann mit seiner Fernbedienung an: »Jetzt sehen Sie sich das nur an«, sagte er, viel zu hitzig fürs Fernsehen. (Im Grunde gab es nicht viel zu sehen – lediglich das »Wird die Benzinsteuer erhöhen«-Bild.) »Haben wir nicht schon genug von diesem Mist?« Harris schnaufte und keuchte. »Jack Stanton will über diese Themen nicht sprechen. Er will Ihnen nur angst machen. Aber ich glaube nicht, daß die Bürger von Florida sich so schnell ins Bockshorn jagen lassen – und ich bin überzeugt, daß Sie von dieser althergebrachten Art der Politik die Nase voll haben.« Er artikulierte jede Silbe ganz bewußt, statt sie, wie sonst öfter, zu verschlucken. Er wirkte steif und verschroben. Er arbeitete uns in die Hände.

Dieser Spot ging am Freitag abend über den Sender. Wir erfuhren davon in Houston, wo Stanton bei einem Picknick für fünfhundert Dollar pro Person eintausend texanische Demokraten abfütterte. Wir eilten von dort los, flogen gegen 10:30 mittelamerikanischer Zeit zurück nach Orlando, eine Flugzeugladung von müden, mit Barbecuesauce bekleckerten Skorps im Gefolge. Kurz nach ein Uhr morgens landeten wir in Florida und platzten ins Chaos des Magic Kingdom West Motel, wo uns ein Komplex von miteinander verbundenen Suiten im zweiten Stock als vorübergehende Wahlkampfzentrale diente. Telefone klingelten, Kulis eilten durch das Gedränge, Kopierer und Faxgeräte liefen auf Hochtouren. Leon, Brad und Richard saßen im Vorraum der Stanton-Suite an den Telefonen, aßen Pizza und horchten auf einen erbitterten Streit im Schlafzimmer. Einen Streit zwischen zwei Frauen. Lucille und ... Daisy? Ich blickte zu Leon, der vielsagend die Achseln zuckte – er wußte nicht, was dort vor sich ging –, dann aber energisch den Daumen nach oben hielt und meinte: »Die Zahlen sind gut. Wir legen zu, er rutscht in den Keller.« Brad, der mit Howard Ferguson in Mammoth Falls telefonierte, reichte mir ein Flugblatt, das in den Rentnersiedlungen kursierte: »Lawrence Harris und Israel: Die Tatsachen.« Richard brüllte jemanden in Miami an: »Natürlich wollen wir die Unterstützung der Latinos. Moment mal.« Er legte die Hand über den Hörer: »Hey, Henri, dein Mädchen könnte da drin vielleicht 'n bißchen Beistand und Trost brauchen, Mann.«

Stanton schnappte sich ein kaltes, hartgewordenes Stück Pizza mit Salami, Peperoni und Zwiebeln, als er sich auf den Weg ins Schlafzimmer machte – wo Susan mit einem Finger im Ohr telefonierte und Lucille Daisy anbrüllte: »Wir müssen es ihm heimzahlen! Der darf nicht einfach so davonkommen.«

»Was wir haben, läuft bestens«, sagte Daisy. »Ich habe es Ihnen gesagt.« Sie wandte sich dem Kandidaten und mir zu. »Ich habe es ihr gesagt. Seitdem wir mit dem Spot rausgekommen sind, bewegen wir uns ständig nach oben.«

»Jack, du mußt diesem Arschloch was entgegensetzen«, sagte Lucille. Sie meinte Harris, blickte aber vielsagend zu Daisy hinüber. »Zeigen Sie's ihm.«

Daisy führte dem Gouverneur den Harris-Spot vor. Der Kandidat brummte nur. Richard kam herein. »Endlich kriegt Mr. Naturkraft auch mal mit, wies ist, in der Hölle zu schmoren. Sieht ziemlich verschwitzt aus, findet ihr nicht?«

»Was meinen Sie?« fragte Stanton ihn.

»Ich meine«, sagte Richard mit vorsichtigem Blick auf Daisy, »daß in einem so kurzen und intensiven Wahlkampf ein Werbespot nicht von Dauer ist. Wir brauchen bis Sonntag was Neues.«

»Wir *haben* ein paar hervorragende Positivspots im Kasten. Meines Erachtens sollten wir die seriöse Schiene bis zum Schluß durchziehen«, sagte Daisy.

»Ich bin mir nicht sicher, ob positive Werbung zu diesem Zeitpunkt sinnvoll ist«, sagte Susan, die inzwischen aufgelegt hatte.

»Die klassische Werbestrategie wäre folgende«, sagte Daisy, »wir haben Harris versenkt. Jetzt müssen wir den Wählern Gründe liefern, sich für uns zu entscheiden.«

»Was haben wir dafür vorgesehen?« fragte Stanton.

»Dich, wieder mal auf dem Schreibtisch«, höhnte Lucille. »Immer dieser verdammte Schreibtisch. Das Gesundheitswesen. Meinst du, das bringt's nach diesem Gewichse von Harris?«

»Es ist nicht bloß der Schreibtisch«, sagte Daisy, jetzt um einiges lauter und stinksauer. »Es sind Aufnahmen in der Menge, Begeisterung, Musik, Sie mit Kindern und Rentnern, mit Leuten, die zuhören und reagieren.«

»Henry?« sagte Susan, und ich fragte mich, warum sie ausgerechnet mich dazu bestimmte, Daisy abzuschießen.

»Schwer zu sagen«, meinte ich. »Hat jemand eine Idee, mit welcher *Art* von Negativspot wir gegen Harris zurückschießen könnten?«

Daisy hatte eine – ohne daß es ihr bewußt war. »Warum klicken wir nicht einfach *seinen* Spot aus?« spottete sie.

»Gar nicht schlecht!« sagte Richard. »Das könnt man ziemlich witzig machen – den Negativspot von diesem Knaben durch den Kakao ziehen. Wir kopieren einfach seine Masche: Am Anfang kommt unser Spot – das verstärkt ganz nebenbei unsere Botschaft. Aber dann geht die Kamera ein Stück zurück, und es stellt sich heraus, daß es eigentlich *sein* Spot ist: Wir zeigen, wie Harris unseren Spot ausklickt. Dann, Überraschung! Die Kamera geht noch ein Stück zurück, und jetzt ist es Stanton, der Harris wegklickt und sich darüber amüsiert, wie albern Politik sein kann, kapiert? Er sagt so was wie: ›Klar hab ich das blöde Ding gesehen. Ist Ihnen auch aufgefallen, daß dieser eingebildete kleinkarierte Kniffarsch immer noch nicht zugibt, daß er die Benzinsteuer erhöhen und die Renten kürzen will? Ich finde, es ist an der Zeit für eine neue Devise: Wählen Sie mit Verstand. Wählen Sie einen Mann aus Fleisch und Blut.‹ Issdochso, oder?«

»Was denn? Was denn?« fragte – beziehungsweise blaffte – Lucille.

»Mit Verstand wählen«, sagte Daisy. »Nicht *ganz* unplausibel.«

»Verstand läuft nicht«, sagte Leon Birnbaum, der sich jetzt ebenfalls einschaltete. »Das hab ich getestet. In allen möglichen Variationen. Nee. Geht nicht. Da denken die Leute gleich, wir gehen in die Defensive, weil Stanton nicht gerade als ein, äh, Verstandesmensch gilt.«

Alle blickten den Kandidaten an. Er tat ganz geschäftsmäßig. »Susan?« fragte er.

»Zu kompliziert?« fragte Susan Daisy. »Ein Tick zuviel?«

»Vielleicht«, sagte Daisy, aber dann: »Leon, wird in diesem Staat nicht dauernd Dame gespielt? Hast du das schon mal getestet?«

»Im Ernst?« fragte Leon. »Das noch nicht. Aber ich könnte mal prüfen, ob ...«

»Nein, nicht im Ernst.« Daisy lachte. »Aber ich dachte nur. Ihr wißt doch, es heißt immer, der Verlierer spielt Dame, der Sieger Schach. Na ja, vielleicht sollten wir das umkehren: Harris, der Intellektuelle, spielt Schach. Wir gehören zum Volk – und spielen Dame. Und der gute Mr. Jemmons hat vielleicht einen Doppelsprung entdeckt: Wir überspringen unseren Negativspot *und* seine Gegenattacke und landen auf der anderen Brettseite. Womit wir eine *Dame* haben, wir können vorwärts und rückwärts gehen. Dann brauchen wir nur noch ein bißchen über ihn herzuziehen und einen Spruch über seinen Kniffarsch zu machen.«

»Genau – das – isses!« sagte Richard, Feuer und Flamme. »Warum verdammtnochmal nicht?«

»Was ist denn los?« fragte Brad Lieberman, der sein Telefonat gerade beendet hatte. Daisy erklärte es ihm. »Tja, die Sache hat nur einen Haken«, sagte Brad. »Wenn ihr das machen wollt, müßt ihr sofort drehen. Anscheinend hat sich noch keiner Lucilles Plan für morgen angesehen, wir haben vier Sendegebiete plus ein Dinner in Nashville auf dem Programm.«

Er reichte den Plan herum. Etliche Leute pfiffen durch die Zähne.

»Moment mal«, sagte Daisy. »Lucille, Sie wollten doch unbedingt einen neuen Spot – was haben Sie sich denn verdammt noch mal gedacht, wann wir ihn drehen ...?«

»Können Sie Ihre Kapazitäten etwa nicht rund um die Uhr nutzen?« fragte Lucille.

»Oh doch, das können wir«, schnauzte Daisy zurück.

»Was spricht dann noch dagegen?«

»Die Vernunft«, sagte Susan. »Selbst Jack braucht alle paar Tage mal ein paar Stunden Schlaf. Also, Jack – was meinst du?«

»Wir machen es«, sagte er. »Die Idee gefällt mir. Was soll's.«

»Okay«, sagte Daisy. »Erst drehen, dann schlafen? Oder erst schlafen, dann drehen?«

»Erst drehen«, sagte er. »In diesem Irrenhaus kann ich sowieso kein Auge zumachen. Ich werde im Flieger schlafen.«

»Es dauert ein bis zwei Stunden, bis alles geschrieben, aufgebaut und die Crew zusammengetrommelt ist.«

»Okay. Viertel vor vier bei Universal«, sagte Brad.

»Abgemacht. Wer gibt?« sagte Stanton. »Herz ist Trumpf.«

Wir nannten den Spot »Klick-Klick«. Ich weiß nicht, ob er viele Wähler beeinflußte, aber ganz sicher trieb er Lawrence Harris in den Wahnsinn. Wir schalteten ihn ab Sonntag morgen. Jeder in Florida, der sich David Brinkleys *Meet the Press* oder *Sunday Morning* auf CBS anschaute, bekam ihn zu sehen. Jeder, der das NCAA-Basketball-Turnier am Nachmittag verfolgte, bekam ihn ebenfalls zu sehen. Der Spot wurde an diesem Abend in sämtlichen Nachrichtensendungen und Montag früh überall im Frühstücksfernsehen gezeigt. Harris, einen Tick zu langsam, blieb auf seiner ersten »Klick«-Werbung sitzen – sie wirkte vorsintflutlich und selbstgerecht auf jeden, der unsere Version gesehen hatte. Leons Nachbereitung zeigte, daß die Zahlen, die seit Donnerstag allmählich zu unseren Gunsten ausschlugen, sich am Wochenende weiter in die richtige Richtung bewegten – »Klick-Klick« setzte nichts in Gang und bremste nichts. Andererseits war schwer zu sagen, was, wenn überhaupt, in einem so kurzlebigen Wahlkampf funktionierte – vielleicht war schlicht und einfach entscheidend, daß wir selbstsicher und offensiv auftraten, während Harris unsicher und defensiv wirkte. Vielleicht lag es auch daran, daß ein steifer kühler Collegeprofessor aus New Hampshire sich im Süden einfach nicht verkaufte, basta.

Für Florida war kein Fernsehduell zwischen den Kandidaten vorgesehen, aber Harris drängte es zum Angriff. Er machte seinen Schachzug am Montag nachmittag – und es war ein ziemlich mißlungener Vorstoß. Gefolgt von zwei Busladungen mit Skorps, wollten wir in unserem Stanton-Bus von Palm Beach Richtung Süden nach Miami fahren, unterwegs zum üblichen Händeschütteln in Einkaufszentren anhalten und auf der Fahrt im Auto Telefoninterviews für den Hörfunk geben. Es war ein guter Tag, ein Aufwärtstag; wir waren auf dem Siegeszug. Die Sonne schien. Stanton war gut gelaunt. Die Skorps waren locker, zufrieden und ziemlich nachgiebig. Nach New Hampshire und dem wochenlangen Gehopse von Rollfeld zu Rollfeld waren die letzten paar Tage in Florida für sie ein unerwarteter Segen gewesen, fast wie Urlaub – und nebenbei fiel noch eine nette Geschichte ab, da Stanton Harris endlich die Faust zeigte und dieser zurückschlug. Es gab nicht mehr viel Neues aus Florida zu berichten, und jeder wußte, dies wäre für eine ganze Weile der letzte schöne Tag: Nach einer abendlichen Kundgebung in Miami Beach sollte es zurück nach Mammoth Falls gehen, dann weiter nach Chicago, zum Auftakt des Wahlkampfs in Illinois und Michigan.

Es sollte ein fauler Nachmittag werden. In Palm Beach absolvierten wir in einer Einkaufszeile bei Winn Dixie noch das obligate Händeschütteln, dann fuhren wir los Richtung Süden. Die erste für den Nachmittag geplante Radiosendung war die merkwürdigste, aber auch die amüsanteste von allen – es war die von Izzy Rosenblatt, der in West Palm aus einem Ministudio sendete.

Stanton saß mit dem Telefon vorn im Bus, die Schuhe ausgezogen, und nippte an einer Cola light; ich hörte auf meinem Walkman mit. Wir hatten dafür gesorgt, daß alle drei Sendungen über die Lautsprecheranlagen in den Pressebussen übertragen wurden, was Rosenblatts übliche Zuhörerquote wahrscheinlich verdoppelte.

Izzy war achtzig, hatte Sinn für Humor, aber keine sonderlich große Gefolgschaft. Seine Sendung hieß offiziell *Israel Rosenblatt Hour*, aber er nannte sie gern »Shmooze for Jews«. Er mochte es unterhaltsam, plauderte gern. Bei ihm gab es keine ernsten Debatten, sondern vor allem Nostalgie und Schwärmerei. Was ihn an Stanton *wirklich* interessierte, waren Momma und die Frage, wo sie in Las Vegas am liebsten hinging, was ihre Lieblingsshows waren und ob sie beim Black Jack bei 16 hart blieb oder noch eine Karte verlangte. Stanton erzählte gerade, daß ihr Lieblingssong *The Gambler* von Kenny Rogers sei, als Izzy ihn unterbrach und meinte: »Komischer Zufall, Governor, wir haben Senator Harris am Telefon ... Nun, das ist wirklich eine Ehre.«

Stanton drehte sich um und sah mich an.

»Senator«, sagte Izzy, »wir sprachen gerade über die Mutter von Governor Stanton und ihre Begeisterung für Vegas – hat Ihre Mutter auch einen Urlaubsfavoriten?«

»Meine Mutter ist tot.«

»Oh, das tut mir leid.«

»Und Jack Stanton sollte sich für die Art schämen, wie er vielen älteren Menschen hier im Süden Angst einjagt.«

»Angst einjagt?« sagte Izzy.

»Er erzählt ihnen, daß ich ihre Renten kürzen und ...«

»Na, hören Sie mal, Larry«, fiel Stanton ihm – ganz ruhig und wie beiläufig – ins Wort. »Das steht doch in Ihrer Broschüre. Es gehört zu dem ›Anschauungsunterricht‹, auf den Sie in New Hampshire noch so verdammt stolz waren.«

»Jack, jetzt lassen Sie mich ...«

»GENTLEMEN!« sagte Izzy. Dann lachte er: »Hey, Leute, es hat funktioniert.«

»Jack«, fuhr Harris fort, »alle wissen, welch schmierige Politik Sie hier betreiben.«

»Izzy«, sagte Stanton. »Darf ich? Ich würde Senator Harris gern eine Frage stellen.«

»Nur zu, Governor.«

»Na schön, Larry, ich schaue gerade in Ihre Wahlkampfbroschüre, Seite achtzehn, Absatz drei.« Er schaute keineswegs in die Broschüre. Er kannte die Stelle auswendig. Aber es klang gut. »Was bedeutet es genau, wenn Sie sagen, daß Sie ein Einfrieren der Rentenanpassung ›erwägen‹ wollen?«

»Das ist nur eine von vielen Möglichkeiten«, sagte Harris. »Die Berechnung der COLAs wäre durchaus neu zu überdenken.«

»Senator Harris redet hier nicht von Softdrinks, Izzy«, sagte Stanton. »COLA ist die Abkürzung für *cost-of-living adjustment* und bedeutet Anpassung der Renten an die Inflation. Das heißt, man erhöht die Renten, um die Inflationsrate auszugleichen. Senator Harris hält das für keine besonders gute Idee.«

»Einen Moment mal, das habe ich so nie behauptet«, sagte Harris.

»Aber was soll es denn sonst heißen, Larry? So steht es doch hier in Ihrer Broschüre.«

»Ich habe es lediglich in Erwägung gezogen«, sagte Harris. »Wer weiß? Vielleicht wollen wir die COLAs sogar erhöhen.«

»*Erhöhen*?« fragte Stanton mit gespieltem Erstaunen. »Aber da steht doch, daß Sie ein *Einfrieren* der Renten erwägen. Leute, ihr kennt meine Haltung zu diesem Thema: Ich würde mich nie an euren Renten vergreifen. Senator Harris allerdings scheint sich nicht entscheiden zu können.«

»Jack, das ist eine Unverschämtheit.«

»Larry, wenn Sie über Medicare oder den Nahen Osten sprechen möchten – ich rede liebend gern mit Ihnen über alle Ihre Probleme.«

Izzy war da anderer Ansicht. Er fürchtete um seine Sendung. »Senator Harris, haben Sie einen Lieblingskomiker?«

»Dieser ganze Wahlkampf ist ein einziger Witz«, schäumte Harris. »Er führt mal wieder in aller Deutlichkeit vor Augen, warum die Leute Politik und Politiker so satt haben, warum es so schwer ist, eine ehrliche Diskussion über Sachfragen zu führen.«

»Larry, *ich* teile den Leuten meine Standpunkte mit«, sagte

Stanton. »Sie sind derjenige, der ...«

»Sie *verdrehen* meine Standpunkte!«

»Nein«, sagte Stanton. »Sie wissen nur nicht, wie Sie sie rechtfertigen sollen ...«

»Nicht, wenn Sie solche Spielchen treiben ... Leute, wir können es uns einfach nicht leisten, weiterhin soviel Geld auszugeben.«

»Aber eben haben Sie noch gesagt, Sie würden eventuell mehr Geld für COLAs ausgeben wollen«, sagte Stanton. »Larry, ich glaube, Sie sind ein bißchen verwirrt.«

»Aber ich ... ich ...« Harris schien zweimal zu husten. »Entschuldigung«, sagte er. »Nnnh«, sagte er. »Hören Sie«, sagte er. »Entschuldigen Sie mich.« Und die Leitung war tot.

Als das Interview mit Izzy vorbei war, fragte Stanton: »Was ist passiert? Hat er aufgelegt oder was?«

Ich hatte keine Ahnung.

»Glauben Sie, er ist okay?«

Die Abendnachrichten berichteten über ihn. Wir sahen sie in der Hotelsuite, die wir für ein paar Stunden gemietet hatten, um uns für die letzte Wahlveranstaltung in Miami Beach frisch zu machen. Richard und Susan waren inzwischen zu uns gestoßen. Nach der Veranstaltung wollten wir zu viert in einer Beechcraft nach Mammoth Falls zurückfliegen; die Skorps würden noch eine Nacht in Miami bleiben und uns am Dienstag in Chicago treffen.

»Na, er sieht doch gut aus«, sagte ich.

»Das war bei einer Wahlrede heute mittag«, sagte Stanton. »Sehen Sie doch, da ist Picker.«

Freddy Picker, wie stets im karierten Hemd, hatte einen Arm um Harris gelegt, der sich sichtlich unwohl fühlte. Picker wirkte gebräunt, gesund, zuversichtlich – im Gegensatz zu dem armen Harris, der offenbar außer sich vor Wut war über das, was ihm geschah.

»Wenn das hier vorbei ist, sollten wir mal mit Picker reden«, sagte Stanton. »Ich habe Freddy schon immer gemocht. Schlauer Bursche.«

»Ich hab ihn Samstag abend gesehen«, sagte Richard. »Hat den Eintänzer für Harris gespielt. War ne große Wahlveranstaltung in

Disney World, und er war gar nicht mal so schlecht. Er hat die Leute wachgerüttelt. Harris hat sie wieder eingeschläfert. ›Anschauungsunterricht‹ ist halt nichts fürn Vergnügungspark.«

»Ist er über mich hergefallen? Picker?« fragte Stanton.

»Wie der Bock über die Ziege. Er hat sich ne nette Gemeinheit ausgedacht: ›Wofür läßt Stanton sich wählen?‹ Er sagt: ›Wissen Sie, Stanton behauptet, er würde dieses und jenes und überhaupt alles ändern wollen, nur daß nichts davon geht. Ohne Geld läuft nichts – daher muß man sich fragen: Wofür läßt Stanton sich wählen?‹ Und so weiter. War ne ziemlich gute Show, muß ich sagen.«

»Was hat er bislang gemacht?« fragte ich. »Aus welcher Ecke kommt er?«

»Er wurde im Watergate-Jahr gewählt«, sagte Stanton mit einiger Verachtung, »und hat nach einer Amtszeit aufgehört. Hat einfach das Handtuch geworfen.«

»Warum?« fragte ich. »Hat er Mist gebaut?«

»Nicht daß man wüßte«, sagte Richard. »Er hat nen merkwürdigen Auftritt bei ner Pressekonferenz hingelegt. Worum gings da noch mal – erinnern Sie sich, Governor?«

»Eigentlich hatte er seine Kandidatur für die zweite Amtszeit ankündigen wollen«, sagte Stanton. »Und dann hat er alle überrascht. ›Ich habe es mir anders überlegt‹, sagte er. ›Ich zieh mich zurück.‹ Es war wirklich seltsam. Ich habe die Sache damals nicht weiter verfolgt. Ich war mit den Vorbereitungen für meine eigene Kandidatur beschäftigt. Aber alle hielten Freddy für den richtigen Mann. Er hätte Carter leicht schlagen können: Immerhin war er Gouverneur von Florida. Sieht immer noch ziemlich gut aus, oder?«

»Sogar noch besser als damals, hat seinen Babyspeck verloren«, sagte Richard.

»Ich rufe ihn morgen an«, sagte Stanton. »Gratuliere ihm zum Wahlkampf und erkundige mich mal nach dem Stand der Dinge.«

Wir brachten die Kundgebung in Miami hinter uns. Sie lief wie geschmiert. Auf der Fahrt zum Flugzeug telefonierte Stanton mit Leon, der nur Gutes zu berichten hatte. Wir hielten im gesamten Süden unsere Position.

Ich übermittelte Daisy die freudige Nachricht am Telefon. »Wie sieht's bei Harris aus?« fragte sie sofort.

»Der dürfte nicht allzu glücklich sein«, sagte ich.

»Hast du's noch nicht gehört?«

»Was?«

»Er ist heute abend nicht zu seinem Auftritt in Lauderdale gekommen.«

»Im Ernst?« sagte ich. »Bleib am Apparat. Hey, Governor, Harris hat seine Veranstaltung in Lauderdale sausenlassen. Daisy, haben sie gesagt, warum?«

»Na ja, Picker tat ziemlich geheimnisvoll. Der wartenden Menge hat er erklärt, Harris wäre wetterfühlig – als ihn aber die Skorps hinterher festnageln wollten, hat er sich bedeckt gehalten. Er hätte Harris nicht gesehen. Aber Mrs. Harris meinte, es wäre entweder eine ernste Grippe oder eine Lebensmittelvergiftung.«

Es war ein schwerer Herzinfarkt, doch das erfuhren wir erst am nächsten Morgen gegen neun. CNN zeigte den Krankenwagen und wie Harris mit Sauerstoffmaske auf dem Gesicht hastig ins Krankenhaus gebracht wurde. Ich war zurück in unserer Zentrale in Mammoth Falls und gerade am Telefon, als die Nachricht eintraf. Ich rief Marty Rosales, unseren Mann in Miami, an.

»*Zwei* Herzinfarkte«, sagte er. »Ein leichter nach dem Schlagabtausch mit Jack in Izzys Sendung. Danach ist er ins Hotel zurück, hat einen Herzspezialisten kommen lassen – und dann, peng: Am Abend der schwere Infakt.«

»Wie schwer? Weiß das jemand?«

»Sie kennen doch Shirley Herrera – war hier bei der Vorbereitungsgruppe dabei. Deren Schwester arbeitet jedenfalls im Krankenhaus in Lauderdale, und die hat gehört, er liege im Koma.«

»Scheiße. CNN hat bloß was von ›ernstem‹ Zustand gesagt.«

»Na ja, ein Koma ist was ziemlich Ernstes«, sagte Marty.

»Bleiben Sie am Ball, Marty. Wenn Sie was Definitives hören, rufen Sie uns unter dieser Nummer an.« Ich gab ihm die Nummer der Villa, wo Richard und ich uns mit Stanton treffen sollten, um die Veranstaltung in Chicago zu planen. »Und heute abend sind wir im Palmer House zu erreichen, okay?«

Richard wippte mit den Füßen; ich war panisch. Das Ganze schien verheerend, unberechenbar. »Hast du so was schon mal erlebt?« fragte ich.

»Nee«, sagte er. »Das sind die Schattenseiten des Lebens.«

Wir waren unterwegs zur Villa. Es war frisch, ein typischer Märztag, die Sonne verschwand ständig hinter den schnell dahinziehenden Wolken. Richard saß auf dem Beifahrersitz, hatte die Hände zwischen die Oberschenkel gepreßt und wippte mit den Füßen – eine leicht obszöne Form der Meditation. Normalerweise dachte er laut vor sich hin. Doch im Augenblick sagte er nichts. Er starrte zum Fenster hinaus. Das war zweifellos das Seltsamste, was ich in diesem Wahlkampf bisher erlebt hatte: ein sprachloser Richard.

Und es kam noch schlimmer. Ich war derart in meine eigenen Gedanken vertieft und mit den möglichen Konsequenzen der Harris-Situation befaßt, daß ich die Bedeutung dessen, was sich uns darbot, als wir die geschwungene Auffahrt zur Villa nahmen, gar nicht richtig erfaßte. Susan war dort. Sie war in Begleitung und hatte den Arm um eine Frau gelegt, eine große Frau. Die beiden hatten die Köpfe zusammengesteckt und blickten zu Boden. Als wir neben ihnen anhielten, sah Susan mit rotgeränderten Augen auf. Die andere Frau ging mit gesenktem Blick weiter. Sie war groß und schwarz, trug einen guten Sonntagshut und ein marineblaues Matrosenkleid. Als ich aus dem Auto stieg, schaute sie in Tränen aufgelöst zu mir auf – Amalee McCollister. Ich starrte sie wie betäubt an. Sie gingen weiter, und Susan blickte über die Schulter zu mir zurück – voller Wut.

»Was zum Teufel hatte das zu bedeuten?« fragte Richard.

»Nichts«, sagte ich.

»Henri, ich *weiß*, was nichts ist. Und das war kein Nichts. Wer war die Dame – ich hab sie schon mal gesehn. Henri« – er packte mich an der Schulter – »was zum *Teufel* geht hier vor?«

»Nichts, Richard. Gar nichts. Das mußt du mir glauben. Bitte.«

Richard musterte mich. Seine gewohnte Undurchdringlichkeit war wie weggeblasen. Er setzte mir zu. »Leck mich doch«, sagte er und ging ins Haus. »Dieser Wahlkampf ist sowieso ein einziger verdammter Blindflug.«

Stanton wartete in der Bibliothek, den Kopf auf die Hände

gestützt. Als wir eintraten, blickte er auf. Auch seine Augen waren gerötet. Aber weswegen?

»Das habe ich nicht gewollt«, sagte er.

Was? Richard und ich sahen ihn bloß an. Er saß in seinem Ohrensessel. Er trug einen blauen Anzug und ein weißes Hemd; in der linken Hand hielt er eine rot-blau gestreifte Diplomatenkrawatte. Er hatte sie zweifellos in dem Gedanken ausgewählt, daß ihn die amerikanische Öffentlichkeit an diesem Abend zum erstenmal als den mutmaßlichen Präsidentschaftskandidaten der demokratischen Partei wahrnehmen würde. Die Art, wie er sie hielt, sagte mir, daß er sie ausgesucht haben mußte, *bevor* er von Lawrence Harris erfuhr. Unbewußt erwog er bereits, eine weniger aggressive Krawatte anzuziehen. Ich kannte ihn so gut – zumindest teilweise.

»Es ist meine Schuld«, sagte er.

Was? Richard und ich setzten uns auf das limonengrüne Sofa. Ich dachte an die vielen Treffen, die wir in diesem seltsam unpersönlichen Raum hinter uns gebracht hatten, die meisten entsetzlich, aber keines auch nur annähernd so betäubend und unheimlich wie dieses. Es war durchaus möglich, dachte ich, daß er von Amalees Besuch bei Susan noch gar nichts wußte. Im Grunde wäre das nicht einmal überraschend. Das würde der mysteriösen emotionalen Konkavität ihrer Beziehung absolut entsprechen: Gerade die eklatantesten Regelverletzungen mußten sie für gewöhnlich übersehen.

»Verdammt«, sagte er und schlug mit der Faust auf die Sessellehne. »Ich war so überheblich. Henry, Sie haben mich gestern gehört. Ich habe ihn so herablassend behandelt – ich hätte ihm mehr Respekt entgegenbringen können. Aber ich wollte ihm an die Gurgel. Ich *wollte* ihn demütigen. Sie haben es an meiner Stimme gemerkt, nicht wahr? So weit hätte ich nicht gehen müssen. Wir hätten ihm sowieso eine Abreibung verpaßt – ich hätte großzügiger mit ihm sein können, verstehen Sie? Das wäre klüger gewesen. Wir hätten ihn später noch gebraucht. Er ist ein kluger Bursche – und in den Sachfragen hatte er ja *recht* – das wissen Sie genau, oder?«

»Aber er war ein aufgeblasener Fatzke«, sagte Richard, »und das haben Sie ständig zu spüren bekommen.«

Ich war erleichtert, daß wir uns mit *dieser* Krise befaßten und nicht mit der anderen. Stanton stand auf, die Krawatte nach wie vor in der linken Hand. »Sicher, und das hab ich wiederum *ihn* spüren lassen – nur gewinnt man so nicht die großen Kämpfe. Um die großen Kämpfe zu gewinnen, muß man selbst Größe beweisen, und ich habe mich wie ein beschissener Bezirksbürokrat aufgespielt. *Verdammt*, ich wünschte, ich könnte nur einmal einen Volltreffer landen – verstehen Sie? Das hätte es sein können. Heute abend. Also, was tun wir – nein, ich *weiß*, was wir tun. Wir brechen alles ab, bis wir mehr über ihn wissen.«

»Abbrechen?« fragte ich.

»Ich habe versucht, seine Frau im Krankenhaus zu erreichen«, sagte er, ohne auf meinen Einwurf zu achten, »aber sie hat nicht zurückgerufen ... Kein Wunder, oder?«

»Was ist mit Paul Shaplen oder Picker?« fragte ich.

»Wollen Sie es mal versuchen?« fragte er.

Also versuchte ich es. Ich erreichte Shaplen gegen vier Uhr nachmittags, kurz vor unserem Abflug nach Chicago. »Die Sache geht dem Gouverneur wirklich sehr nahe«, sagte ich. »Er möchte Mrs. Harris sein Mitgefühl aussprechen.«

»Zur Hölle mit ihm.«

»So hören Sie doch, Paul.«

»Jetzt hören Sie erst mal zu, Sie Arschloch. Glauben Sie wirklich, sie hat dem Bastard, der ihren Mann ans Beatmungsgerät gebracht hat, auch nur ein verdammtes Wort zu sagen?«

»Beatmungsgerät?«

»Fuck, Burton. Manche Leute verkaufen ihre schwarze Seele an jeden, und wenn's der letzte Schweinepriester ist.«

An diesem Abend war er großartig. Er schickte mich vor, um die Musik zu stoppen und die Menge zu beruhigen. Ich entsinne mich nicht mehr, was ich sagte, aber es herrschte absolute Stille, als er mit Susan auf die Bühne trat. Sie sahen beide gräßlich aus. Wie ich später erfuhr, unterbrachen sämtliche Sender ihr Programm, um diesen Augenblick auszustrahlen.

»Dieser Abend verlangt ein Gebet, keine Politik«, sagte Stanton.

»Wir stehen hier, vom Schicksal geprüft, eingedenk der Macht Gottes, aber auch seiner Gnade. Heute abend sind unsere Gedanken und Gebete bei Lawrence Harris, seiner Frau Martha und ihren Kindern. Wir waren Gegner in diesem Wahlkampf und haben bisweilen im Zorn miteinander gesprochen, aber wir haben uns gegenseitig stets respektiert. Ich denke, die Menschen in Florida und überall im Süden werden verstehen, wenn ich heute abend darauf verzichte, ihnen für ihre Unterstützung zu danken, wenn ich darauf verzichte, von Sieg oder Niederlage zu sprechen, und sie bitte, einen Augenblick still mit uns zu beten.«

Er hielt seinen Kopf erheblich länger als einen Augenblick gesenkt. Als er ihn hob, kullerte ihm eine Träne über die linke Wange. Er wischte sie weg und sagte: »Ich streiche bis auf weiteres sämtliche Wahlkampfveranstaltungen. Ich hoffe, Sie haben dafür Verständnis. Und ich hoffe, daß Gott in seiner unendlichen Weisheit Lawrence Harris und seiner Familie Trost, Heilung und Stärke spenden wird.«

Es gab vereinzelten Applaus, doch Jack Stanton brachte ihn zum Verstummen, indem er beschwichtigend die Hände hob, dann den rechten Zeigefinger an die Lippen führte und »Pst« sagte. »Jetzt nicht.«

Gegen Mitternacht telefonierte ich mit Daisy.

»Ich wünschte, ich wäre bei dir«, sagte sie.

»Das wünschte ich auch. Ich fühle mich einfach, ich weiß auch nicht wie. Es ist, als würden wir abstürzen. Wir befinden uns immer noch im freien Fall.«

»Stell dir vor, wie es gewesen wäre, wenn wir verloren hätten«, sagte sie. »Was glaubst du, was jetzt passiert?«

»Keine Ahnung«, sagte ich. »Ich bin mit meinem Latein am Ende.«

Es klopfte. »Da ist jemand an der Tür«, sagte ich. »Das wird er sein. Ich mach lieber auf. Ich ruf später noch mal an.«

»Falls er es ist, könnte es sehr viel später werden«, sagte sie.

Aber es war nicht er. Es war sie. Sie stand barfuß in der Tür, wirkte kleiner als gewöhnlich. Sie trug immer noch das schlichte marineblaue Kleid und den Chanel-Schal vom abendlichen Auftritt. »Nun, wollen Sie mich nicht hereinbitten?« fragte sie knapp.

»Natürlich.«

Sie trat ein. Ich machte die Tür zu.

»Schwein«, sagte sie und schlug mich mitten ins Gesicht. »Mieses herzloses Schwein. Amniozentese, was?« Sie schlug ein zweites Mal zu. »Drecksack.« Plötzlich zitterte sie und schluchzte »Ohhhhhhhhhhhhh«. Sie hörte nicht auf zu zittern und zu schluchzen und schmiegte sich an mich, die Hände wie zum Schutz gegen meine Brust geballt, den Kopf an meiner linken Schulter. Ich legte zögernd einen Arm um sie, tätschelte ihr den Rücken. Sie hob ihr von Wimperntusche verschmiertes Gesicht, unsicher und ausnahmsweise einmal verloren. Sie zog die Hände weg und legte ihren Mund auf meinen. Dann öffnete sie die Lippen, und ich mußte eine Entscheidung treffen.

Oh, Scheiße.

VII

Nun, Governor Stanton«, fragte Don O'Brien mit seiner schweren Karamelstimme. »Darf ich Ihnen ein Harp anbieten?«

»Lieber eine Cola light«, sagte Stanton, »falls Sie eine dahaben.«

Da war ich wieder, zurückversetzt an den Anfang der Zeit. Senator O'Brien erhob sich – gewaltig, bärenhaft – von seinem messingbeschlagenen Nußbaumschreibtisch und trat an den offenen Wandschrank, in dem sein Minikühlschrank stand. Das kleine Büro war dunkel und höhlenartig. Gedämpftes Licht, schwere goldgelbe Vorhänge, kein Ausblick. O'Brien, der sich in großen, hellen Räumen nicht wohl fühlte, hatte sein offizielles Büro den Mitarbeitern überlassen und sich in ein Nebenzimmer zurückgezogen. Der Schreibtisch nahm ungefähr ein Drittel des Raums ein; Stanton und ich saßen auf zwei Stühlen vor dem Schreibtisch, Dov Mandelbaum, der junge Stratege des Senators – meine frühere Rolle bei Larkin –, saß hinter uns auf dem kleinen Sofa an der Wand. Ringsum an den Wänden hingen Fotos von Don O'Brien mit jedem Präsidenten seit Eisenhower und noch drei weitere: eine laminierte Titelseite von *Time* aus den frühen siebziger Jahren, darauf ein Don O'Brien, der dem heutigen sehr ähnlich sah – weißes Haar, großes rotes Gesicht, Knollennase und dicke Lippen, allerdings mit längeren Koteletten, sein einziges Zugeständnis an jene nicht eben eleganten Jahre. Dann hing da noch ein Foto von Senator O'Brien – dem Sohn eines Müllkutschers von der Southside – bei der Verleihung der Ehrendoktorwürde in »Hahvihd«. Beherrscht wurde der Raum allerdings von einem Bild über dem Sofa, auf dem Dov saß, einem Porträt von Fiona, der verstorbenen Frau des Senators: Sie lächelte mit leicht geneigtem Kopf, ein Ausdruck überwältigender Güte in ihren Augen. Don O'Brien saß jeden Tag da und starrte direkt auf dieses Bild.

»Was kann ich für Sie tun, Governor Stanton?« fragte Donny, als er mit einer Cola light für Stanton und einer Tasse Tee für sich zu seinem Platz zurückkehrte.

»Ich möchte Sie um Ihre Unterstützung bitten.«

Don O'Brien warf den Kopf zurück und lachte laut und anerkennend, denn Stanton hatte mit seiner Bitte auf die politische Lieblingsanekdote des Senators angespielt: Nach seiner ersten, verlorenen Kandidatur für den Kongreß war er nach Hause gekommen und hatte seiner Nachbarin Mrs. Aggie Murphy für ihre Unterstützung gedankt, worauf sie gesagt hatte: »Aber Donny, ich habe dich gar nicht gewählt.« O'Brien, am Boden zerstört, erinnerte sie daran, daß er zwanzig Jahre lang für sie eingekauft und unentgeltlich vor ihrem Haus Schnee geschippt hatte, warum um alles in der Welt hatte sie ihn also nicht gewählt? »Weil du mich nicht darum gebeten hast«, sagte sie (so behauptete er jedenfalls).

Stanton war sich natürlich darüber im klaren, daß O'Brien ihm an diesem Tag keine definitive Zusage geben würde. Dov und ich hatten die Logistik des Treffens sorgfältig ausgehandelt. Es würde kein Statement über eine Zusage geben, kein gemeinsames Foto. Aber Donny hatte immerhin eingewilligt, sich mit uns zu treffen, was an sich schon ein Sieg zu sein schien. Es bedeutete, daß Larkin sich ebenfalls mit uns treffen mußte – und das war meiner Überzeugung nach Donnys wichtigstes Motiv: Er tat alles, um Larkin das Leben schwerzumachen.

»Jack, ich beobachte Sie seit geraumer Zeit«, sagte O'Brien jetzt herzlich, »und Sie sind mir ein Rätsel. Ich verfolge Sie Sonntag abends immer auf C-SPAN – *Road to the White House* –, die Sendung ist in meinem Leben jetzt das, was Ed Sullivan früher war. Es ist verblüffend: Die zeigen Sie oder Larry oder Bart oder diesen Blindgänger Charlie Martin eine halbe Stunde beim Händeschütteln. Können Sie sich das vorstellen? Wer will so was sehen? Außer natürlich unsereins. Wir haben jetzt sozusagen unseren eigenen Privatsender.« Er lächelte und schüttelte mit einem Blick auf Fiona den Kopf. »So privat nun auch wieder nicht. Privat lassen sie uns nicht mehr viel durchgehen, hm, Jack?«

O'Brien nippte an seinem Tee, beugte sich vor, stützte die Ellbogen auf den Schreibtisch. »Ich will Ihnen sagen, was Sache ist: Sie sind sehr gut. Das ist nicht zu übersehen. Was Sie so gut macht, ist die Tatsache, daß Sie die Leute wirklich mögen, stimmt's? Sie scheinen sich unter ihnen wohl zu fühlen. Das ist wichtig – die Menschen sehen Ihnen einiges nach, wenn sie sich von Ihnen gemocht fühlen. Sie halten gute Reden. Aber ich bin noch nie einem Politiker begegnet, der soviel Ärger mit sich herumschleppt. Sie sind wie diese Comicfigur – wie heißt sie noch, Dov?«

»Pigpen.«

O'Brien lachte leise. »Pigpen. Er zieht eine permanente Schmutzwolke hinter sich her. Das macht mir Sorgen, Jack. Eine solche Wolke entsteht nicht von ungefähr. Ich weiß, diese letzte Sache – Larrys Herzinfarkt – ist eigentlich nicht Ihre Schuld, aber daß sie in den Nachrichten ständig dieses Izzy-Dingsda-Band abspielen, ist nicht gerade hilfreich. Und ich weiß, es ist nicht mehr so wie früher – heutzutage werden alle auseinandergenommen. Wir haben alle darunter zu leiden. In *Eye-to-Eye*, oder wie die Sendung heißt, zeigen sie einen achtzehnminütigen Beitrag über *mich*, wie ich auf den Bahamas mit der Versicherungsindustrie Golf spiele – das sieht nicht gut aus. Man ist nirgends mehr sicher. Es gibt keine Positionen mehr, die tabu sind. Es ist nicht einfach für uns, überzeugend im Senat aufzutreten, wenn wir alle auf Zehenspitzen gehen, das wissen Sie selbst. Alle spüren den Druck. Aber bei Ihnen frage ich mich, *brauchen* Sie diesen Druck? Sind Sie einer von den Burschen, die die Gefahr lieben – ein Fallschirmspringer? – oder ...«

Stanton setzte zu einer Antwort an, hielt sich jedoch – klugerweise – zurück, weil ihm bewußt wurde, daß es darauf nichts zu sagen gab. »Der andere Jack, Jack Kennedy, der war so einer«, fuhr O'Brien fort. »Ein Fallschirmspringer par excellence. Er war wie einer dieser griechischen Helden, die vergessen, daß sie keine Götter sind. Er war ein Ire, der vergessen hat, daß er kein netter weißer Protestant ist. Götter können es sich leisten, gefährlich zu leben. Sie können auf die Erde kommen, vergewaltigen und plündern, unsere Töchter rauben und unsere Söhne in Spatzen verwandeln. Aber wenn ein Mensch anfängt, sich für einen Gott zu halten, finden sie Mittel und Wege, ihn zu demütigen. Dann rächen sie sich. Unsere Verehrung für sie können wir nur durch Disziplin zum Ausdruck bringen. Aber Sie, Jack, scheinen Ihre Freude daran zu haben, sie herauszufordern.«

»Ich habe Fehler gemacht«, sagte Stanton.

»Vielleicht einen zuviel«, sagte O'Brien.

»Vielleicht«, sagte der Gouverneur. »Aber ich habe daraus gelernt. Und ich habe überlebt. Es gefällt Ihnen vielleicht nicht – aber noch bin ich da, und freiwillig werde ich nicht abtreten. Wenn jemand diese Nominierung will, muß er kommen und sie mir wegnehmen.«

»Ein dickes Wenn«, sagte O'Brien. »Sie haben den Aktienkurs gedrückt. Leider. Kann sein, daß keiner Sie mehr will. Jedenfalls keiner mehr aus Washington. Larkin – was der denkt, kann ich Ihnen sagen. Der hat seine Kalkulation abgeschlossen. Er ist für viele der Vorwahlen zu spät dran – mehr als zwei, drei sind für ihn nicht mehr drin.«

»Kalifornien«, sagte Dov.

»Er wird nicht allein Kaliforniens wegen antreten«, sagte O'Brien. »Er ist ein vorsichtiger Mensch – stimmt's, Henry? Er würde seine Chancen erst mal auf einer kleinen Bühne testen. Er geht gern auf Nummer Sicher. Henry hat ihm früher geholfen, seinen Mann zu stehen.« Er warf mir einen neugierigen Blick zu. »Aber *das* hat der Kerl da bestimmt nicht nötig«, sagte er und nickte Richtung Stanton. »Also was hat er an Ihnen, Henry? Leihen Sie ihm Ihr Gewissen?«

Stanton rutschte unruhig auf seinem Stuhl hin und her, hielt aber den Mund. »Wissen Sie, Jack, ich bin mir nicht sicher, ob William Larkin sich von uns zu diesem Zeitpunkt überhaupt als Präsidentschaftskandidat nominieren lassen würde«, sagte O'Brien. »Schließlich sieht es ganz so aus, als würde der Präsident wiedergewählt werden, egal, wer gegen ihn antritt. Dann müßte sich Larkin im kommenden Dezember nach einem Posten als Unipräsident umsehen. Lausiger Job. Noch mehr Fundraising als bei uns und nicht mal Mauscheleien möglich.« O'Brien wartete auf ein Lachen; Stanton zwang sich ein Schmunzeln ab. Donny runzelte die Stirn, machte eine wegwerfende Handbewegung. »Nein, das Risiko geht The Lark nicht ein. Er ist jetzt – wie lange im Geschäft, Henry? Zwanzig Jahre. Hat sich ziemlich elegant an die Spitze gesetzt – was *Sie* überrascht hat, nicht wahr?« sagte er, wieder an mich gewandt. »Jedenfalls leben wir alle schon sehr lange mit republikanischen Präsidenten – und es waren weiß Gott ein paar Stinkstiefel dabei. Da bringen uns weitere vier Jahre nicht um. Aber *blamieren* wollen wir uns auch nicht, verstehen Sie, Jack? Wenn Sie unsere Partei lächerlich machen, könnten wir im November ein paar Sitze verlieren – vielleicht sogar die Mehrheit im Senat. Das würde mir gar nicht gefallen. Das würde bedeuten, daß ich mit meinem Büro über die Flure ziehen darf.«

O'Brien lehnte sich in seinem Stuhl zurück, blickte hoch zu Fiona. Er hatte seinen Teil gesagt.

»Ich kann die Nominierung gewinnen und den Präsidenten schlagen«, sagte Stanton mit Nachdruck. Ich hatte mir etwas mehr Boshaftigkeit und Intelligenz erhofft – schließlich testete Donny ihn –, doch der Gouverneur hatte beschlossen, keinerlei Risiko einzugehen. Was hier zur Debatte stand, war sein Stehvermögen, also würde er sich so zäh wie nur möglich verkaufen.

O'Brien lachte. »Dov, welche amtierenden Präsidenten mußten in diesem Jahrhundert eine Niederlage hinnehmen?«

»Taft, Hoover, Carter.«

»Geschlagen von Wilson, Roosevelt und Reagan«, sagte O'Brien. »Sie wollen mir also erzählen, Jack, unser jetziger Präsident würde zur Klasse der ersteren und Sie zu den letzteren zählen?« Er lachte wieder und schüttelte den Kopf. »Haben Sie noch einen auf Lager?«

»Wenn Larkin mir die Nominierung nicht streitig macht, wer dann?« fragte Stanton.

»Keine Ahnung«, sagte O'Brien. »Aber wir können jederzeit was ... Anständiges auf die Beine stellen. Und das werden wir auch, wenn Sie die Sache nicht auf die Reihe kriegen. Darauf können Sie sich verlassen. Wenn Sie in Kalifornien auch nur eine Stimme unter der Mehrheit bleiben, dürfen Sie Ende Juli wieder nach Mammoth Falls zurück, rote Bänder durchschneiden und Aufträge an Straßenbaufirmen verteilen.«

»Und wenn ich es schaffe?«

»Dann werde ich Sie für Ihre Ausdauer bewundern«, sagte O'Brien. »Was ich eigentlich jetzt schon tue. Ausdauer ist nicht die schlechteste Eigenschaft bei einem Politiker.«

»Wenn ich es schaffe«, sagte Stanton, »werden Sie dann beim Parteitag den Nominierungsantrag für mich stellen?«

»Taktisch nicht gerade klug, Governor – das einem alten Knaben wie mir überlassen zu wollen. Ich spiele Golf mit der Versicherungsindustrie, in Amerika offenbar ein noch größeres Vergehen, als eine Friseuse zu pimpern – so Sie das getan haben sollten. Nein, ich werde nicht den Nominierungsantrag für Sie stellen«, sagte O'Brien und erhob sich. Für ihn war das Treffen beendet. »Aber ich werde etwas tun, wozu ich mich heute noch nicht durchringen konnte. Ich werde mich draußen auf der Treppe neben Sie stellen und mich mit Ihnen fotografieren lassen.«

Was so ungefähr das einzige war, was wir in dieser Woche erreichten. Aber es war besser als nichts: O'Briens Standpunkt war absolut einsichtig. Die wenigsten gestanden uns überhaupt so viel zu. Das Treffen mit Larkin, das gleich im Anschluß stattfand – ein Schwarm von Skorps folgte uns vom einen Ende des Kapitols zum anderen –, war vergleichsweise grotesk. The Lark mochte sich nicht zu einer Strategiediskussion mit Stanton herablassen. Er erging sich in Erinnerungen an den Abend, an dem er und Marianne zum letztenmal gemeinsam mit Jack und Susan gegessen hatten. Er erkundigte sich nach Klein Jackie; er erzählte von seinen eigenen Kindern. Er ließ sich hingebungsvoll und sehr detailliert über die Unnachgiebigkeit der Japaner in Handelsfragen aus. Stanton bewies, daß er bei diesem Thema mit ebensolcher Hingabe und noch mehr Details aufwarten konnte – und ließ im Verlauf des Gesprächs durchblicken, daß er, falls Larkin ihn herausfordern sollte, keine Rücksicht kennen würde. Es war ein ziemlich beeindruckender Auftritt. Larkin sah mich gelegentlich an, kühl, nicht unfreundlich, seine gleichgültigen, wimpernlosen Augen mit festem Blick auf mich gerichtet; ich sah ihm ebenso fest in die Augen. Stanton verließ den Raum wütend und voll Verachtung. »Lieber Gott, mach, daß ich diesen Kastraten erwische«, flüsterte er.

Danach widmeten wir uns in der Säulenhalle vor der Kammer des Repräsentantenhauses der Presse. Wir kamen nicht drum herum. »Governor Stanton, was, wenn überhaupt, haben Sie heute hier erreicht?« fragte eine unscheinbare Frau von Associated Press.

»Ich hatte Gelegenheit, mich mit den Mehrheitsführern unseres Kongresses zusammenzusetzen, damit wir uns besser kennenlernen«, sagte er unverbindlich.

»Hat einer von beiden Sie gebeten, Ihre Kandidatur zurückzuziehen?«

»Keineswegs.«

»Haben Sie A. P. Caulleys Bericht in der *Times* gelesen? Wollen Sie dazu Stellung nehmen?« Caulley, der immer die untadeligsten – wenn auch nicht gerade heißesten – Quellen der Meinungsbildung in Washington anzapfte, war bei drei ehemaligen Vorsitzenden der Demokraten vorstellig geworden, und die hatten, namentlich nicht genannt, ihrer Sorge darüber Ausdruck verliehen, daß ein Mann von Jack Stantons Charakter dazu ausersehen schien, zum Präsidentschaftskandidaten ihrer Partei nominiert zu werden.

»Ich kenne den Artikel nicht«, log Stanton. »Was wird dort denn behauptet?«

»Nun, etliche führende Demokraten sind offenbar der Meinung, daß Sie charakterlich nicht das Zeug zum Präsidenten haben.«

»Tja, sehen Sie«, sagte er. »Mich interessiert hauptsächlich, was das *Volk* denkt. Wenn die Leute meinen, ich sollte nach Hause gehen, finden sie bestimmt einen Weg, mir das mitzuteilen.«

»Wird Bill Larkin gegen Sie kandidieren?«

»Das sollten Sie lieber ihn fragen. Ich hätte nichts dagegen. Mir liegt daran, daß unsere Partei nächsten Herbst mit dem bestmöglichen Kandidaten ins Rennen geht. Sollte einer dieser Herren beweisen können, daß er stärker ist als ich, hat er meine Unterstützung.«

»Haben Sie schon mit Mrs. Harris gesprochen?« fragte eine junge Frau vom *Boston Globe*. »Haben Sie sich bei ihr entschuldigt?«

»*Wofür?*« Stanton starrte sie wütend an. Es war ein geschickt inszenierter, kontrollierter Zornesausbruch. Keiner der Reporter würde den Mut haben, ihm zu sagen: »Weil Sie ihn in einen schweren Herzinfarkt getrieben haben.«

»Hören Sie, wir haben es hier mit einer sehr ernsten Situation zu tun«, sagte Stanton, gleich wieder sachlich. »Ich habe meinen Wahlkampf bis auf weiteres unterbrochen. Ich weiß, wie schwer es ist, aber vielleicht sollten wir uns alle in den nächsten Tagen ein wenig zurückhalten – bis wir mehr über den Zustand von Senator Harris wissen. Vielen Dank.«

Dieser Tag in Washington, der Freitag nach den Vorwahlen in Florida, war in vielerlei Hinsicht seltsam und bemerkenswert, wirklich denkwürdig war er nur in einer: Ich sah Daisy zum erstenmal im Rock. Um genau zu sein, war es ein erikafarbener Kilt – und er war viel kürzer als die Kilts, die ich aus der Schulzeit in Erinnerung hatte. Dazu trug sie einen schwarzen Blazer, einen himmelblauen Rollkragenpullover, lange baumelnde Emailohrringe, schwarze Strümpfe – und hochhackige Schuhe. Sie sah umwerfend aus. Wir trafen uns in einem irrsinnig angesagten Restaurant in der Nähe des Weißen Hauses, das Washington erstmals mit den Genüssen der Tex-Mex-Küche bekannt machte, und zwar in einer erlesenen, durchkonzipierten, hypergestylten, wenn auch nicht gerade originellen Variante.

»Mein Gott, ich kann's kaum glauben«, sagte ich, als sie hereinkam. Ich stand an der Bar mit Blick auf die Tür und hatte sie zunächst überhaupt nicht erkannt. »Machst du das öfter?«

»Mich in Schale werfen?« fragte sie. »Nur wenn ich deprimiert bin. Gefällt es dir?«

»Phantastisch«, sagte ich. »Bist du deprimiert?«

»Du etwa nicht?« Sie schlängelte einen Arm um meine Hüfte und flüsterte mir ins Ohr. »Wir trinken ein paar Margaritas, dann will ich nach Hause und gevögelt werden.«

»Hört sich gut an«, sagte ich. Aber irgendwas stimmte nicht. So direkt war sie sonst nie. »Da kommt Richard.«

Er brauchte eine Weile, bis er sich zu uns durchgeschlagen hatte. Schließlich waren wir in Washington. Richard war bekannt wie ein bunter Hund – was mehr oder minder für uns alle galt –, und er ließ sich Zeit, arbeitete sich die Bar entlang, schüttelte Hände, klopfte auf Schultern, übertönte mit seinem Geblöke und Gemeckere sogar den unglaublichen Lärm in diesem Restaurant. Im Gegensatz zu Daisy präsentierte Richard sich hier genauso wie sonst: blaues Jackett, weißes Hemd, keine Krawatte und sein Markenzeichen: gebügelte, zu enge, zu kurze Jeans – plus weiße Socken und Turnschuhe. »Mein

Gott, diese Typen verhalten sich heute wie die Aasgeier, issdochso, oder?« begrüßte er uns. »Kommt, wir suchen uns einen Tisch.«

»Raucher, okay?« sagte Daisy.

»Komisch, Daisy Mae. Ich vergeß immer, daß du Raucherin bist. Früher hab ich auch mal geraucht – hast du das gewußt?«

»Würde gut zu dir passen«, sagte sie, während man uns an einen Ecktisch in einem nahezu menschenleeren Raum führte. »Man sollte den Pariafaktor nicht unterschätzen: Als Raucher kriegt man immer einen ruhigen Tisch, und das auch noch sofort.«

»Weißt du, wie ich aufgehört hab?« fragte Richard. »Ich hab zweihundert Zigaretten – zehn Schachteln – an einem Tag geraucht. Ich hab beschlossen, mich vollzuquarzen bis zum Anschlag. Mein Hals hat gekratzt, ich hab gedacht, bis Mittag bin ich tot. Und was hab ich gemacht? Bin erst auf Luckys umgestiegen, dann auf Pall-Scheiß-Mall, das stärkste, mieseste, beschissenste Kraut, das ich auftreiben konnte. Es war das Widerlichste, was ich je gemacht hab – abgesehen von Sex oder Politik. Gegen abend hätt ich ne eiserne Lunge gebraucht. Ausräuchern oder sterilisieren, was anderes war nicht mehr drin. Also hab ich das ganze Zimmer mit diesen ekelhaften Aschenbechern dekoriert, randvoll mit ausgedrückten Kippen – und bin dann ins Bett. Am nächsten Morgen wach ich auf, kotz erst mal das Essen aus, hab kaum noch ne Stimme – 'n mörderisches Krächzen im Hals –, aber danach hab ich nie wieder eins von den Dingern angerührt. Solltest du auch mal probieren, Daize.«

»Lieber nicht«, sagte sie. »Ich rauche nur vier oder fünf am Tag, kein Problem. Das erinnert meine Freunde daran, daß ich nicht vollkommen perfekt bin – stimmt's, Henry?«

»Das, und dein Filmgeschmack«, sagte ich.

»Interessant«, sagte sie. »Erzähl mir mehr darüber.«

»Mann, es ist *komisch*, wieder hier zu sein und den ganzen alten Mist zu machen«, sagte ich. »Bei Donny O'Brien als Bittsteller aufzutreten, sich von Larkin kühl anwehen zu lassen, überall Taktiker – das erinnert mich daran, warum ich damals von hier weg bin.«

»Aber ein bißchen genießt du es auch«, sagte Daisy, ganz der unerschütterliche Politjunkie (im Moment allerdings ein wenig besorgt, daß ich es nicht sein könnte). »Das ist doch dein Job.«

»Das *war* mein Job«, sagte ich. »Ich kann mich nicht entsinnen, wann ich das letzte Mal hier war. Aber es hat keine Hundertstelsekunde gedauert, und schon war das alte Gefühl wieder da: In dieser Stadt hat jeder die Nase vorneweg. Der Typ von der Reinigung hat seine Meinung zum Clean Air Act, den neuen Emissionsvorschriften. Der äthiopische Taxifahrer will wissen, ob Donny die Abstimmung über die Abschaffung der Kapitalertragssteuer verhindern wird. Es ist, als würde man in einer endlosen Radio-Live-Show festsitzen: eine Stadt voller Klugscheißer, die nichts Besseres zu tun haben, als ihre Meinung zu äußern. Deswegen hält uns der Rest des Landes für völlig verrückt.«

»Blablabla«, sagte Richard treffend. Über Washington herzuziehen ist die billigste Freizeitbeschäftigung der Welt. »Was ist heute im Kapitol passiert? Und wo bleibt die Bedienung? Oder iss der Laden hier etwa zu schick, um überhaupt eine Bedienung zu haben? Hey, Sie da!«

Eine junge Frau, ganz hip mit schwarzem Lippenstift und schwarzen Springerstiefeln, kam zu uns herübergeschlendert. Wir bestellten die Getränke. Daisy verlangte einen Frozen Margarita mit einem doppelten Schuß Tequila; ich schloß mich ihr an, Richard nahm eine Cola light.

»Es war kein Reinfall«, sagte ich, als die Bedienung davonschlurfte. »Stanton war gut. Ich glaube, Larkin hätte sich fast in die Hosen gemacht, als der Governor ihn beim Thema Handelsbeziehungen mit Japan an die Wand geredet hat. Aber es war irgendwie ... seltsam. Ich hab dauernd gedacht: Ist *das* der Lohn? Soll das etwa das Ziel dieses Wahlkampfes sein?«

»Wenn wir gewinnen, wird alles anders«, sagte Daisy.

»Kinder, ich würd mir nicht so viel Sorgen machen, ob wir diese Woche gewinnen«, sagte Richard. »Habt ihr gehört, was Marshall Gordon am Sonntag verkünden will? Wir sollten ›beiseite treten‹, weil wir zuviel Dreck am Stecken haben.«

Marshall Gordon, der seit Menschengedenken eine Kolumne in der *Post* hatte, war das über alle Kritik erhabene Sprachrohr der gemäßigten Vernunft in Washington.

»Beiseite treten für wen?« fragte Daisy.

»Für den Rat der Weeeiiisen, damit sie beim Parteitag den Geist aus der Flasche lassen können«, sagte Richard und verrenkte dabei seine Hände wie ein Voodoozauberer. »All die guten Geister, die der Partei treu gedient haben – treue Dienste zahlen sich aus, issdochso –, werden sich in ihren Zweitausend-Dollar-Anzügen in ein Hinterzimmer verziehen und mal wieder 'n bißchen Vernunft in das Ganze bringen.« Er zeigte einen Stinkefinger. »Zum Teufel mit ihnen! Und wenns dann soweit ist, wenn sie den Papst und seinen Vize auserkoren haben, werden sies unserem lieben alten Marshall Gordon stecken. Iss doch viel besser als ne Wahl. Die Preisfrage dieser Woche lautet: Wer ist der *eigentliche* Kandidat, und wer ist im Hinterzimmer dabei, wenns entschieden wird?«

»Mein Tip ist«, sagte Daisy, »daß *deren* Tip in Richtung Ozio-Larkin geht, richtig?«

»Die eigentliche Frage ist doch, wer von uns Montag früh in der *Today*-Show landet und auf Gordons Kolumne antwortet«, sagte ich, nicht bereit, mich auf das »Was wäre wenn«-Spiel einzulassen. »Wer tritt Montag abend in *Nightline* auf? Wie kommt es, daß wir jede zweite Woche durch eine neue Welle von seichtem Dreck waten müssen?«

»Wir schicken Libby«, sagte Daisy. »Zur Hölle mit den ganzen Arschlöchern.«

»Genau: Zur Hölle mit ihnen«, sagte ich. »Ist doch sowieso alles Käse. Niemand wird wirklich was unternehmen, niemand wird vorpreschen und uns stoppen. Jack hat das heute eindeutig gespürt – er hat seine Aufwartung gemacht, war ansonsten aber beinhart. Wenn du mit ihm und Larkin im gleichen Zimmer sitzt, merkst du, was für ein klägliches Wesen The Lark ist. Den würde es glatt umpusten, wenn er sich tatsächlich mal auf die Straße trauen und auf uns losgehen würde. Diese Typen sind Maulwürfe. Die leben in ihrem Bau und jagen sich gegenseitig durch Haufen von Maulwurfscheiße. An die Sonne trauen die sich nicht.«

»Im Moment iss auch nicht viel Sonne in Sicht, Henri«, sagte Richard, als die Drinks kamen. Er nahm einen großen, fast obszönen Schluck und sagte zu der Bedienung: »Honey, meinen Sie, Sie würden es schaffen, mir noch mal das gleiche zu bringen?« Er begegnete ihrem verächtlichen Blick mit einem Lächeln, dann wandte er sich uns wieder zu: »Stellt euch vor, wir hängen hoch oben in den Wolken fest und kreisen um die Landebahn. Wir sitzen da, kratzen uns am Sack und ...«

»Achtung! Schiefe Metapher«, sagte Daisy.

»Ach, Scheiße, Daisy Mae«, sagte Richard. »In Michigan und Illinois finden verdammte *Wahlen* statt – in Chicago sind mehr Delegierte zu holen als in ganz New Hampshire, wo wir uns ein Jahr lang den Arsch aufgerissen haben. Und wir sind nicht dort, um sie zu bearbeiten. Kein einziger von uns. Mensch, was soll die ganze Mitleidstour, unser Kandidat sollte lieber auf die Straße gehen. Ein paar Bürgerversammlungen, und er hat die Leute in der Tasche, und die Arschlöcher halten endlich die Schnauze.«

»Das wird er nicht tun«, sagte ich. »Noch nicht.«

»Lang kann er nicht mehr warten«, sagte Richard. »Wir sind hier in Amerika. Es muß ja nicht gerade die Snack-und-Snob-Mischpoke sein, aber irgend jemand hats auf uns abgesehen. Es macht mich wahnsinnig, daß ich nicht weiß, wer. Ich hab mich mal umgehört, ob Charlie Martin wieder ins Rennen geht, oder sogar Nilson.«

»Der nicht«, sagte ich. »Nilson ist bei uns im Boot.«

»Und wann hat er sich das letzte Mal bei uns blicken lassen?« fragte Richard, womit er mich zum Schweigen brachte. Richard spielte wie immer die schlimmstmöglichen Szenarien durch – die sich bislang alle bewahrheitet hatten, ohne daß wir deshalb besser darauf vorbereitet gewesen wären. »Henri, streng mal deinen verdammten Schädel an: Irgend jemand wird uns das Leben schwermachen. Demnächst sind wir in New York. Ozio? Könnte Ozio in Harris' Fußstapfen treten? Der bräuchte doch nur ne kleine Andeutung zu machen – wählt den Scheintoten, und ihr könnt Stanton immer noch aufhalten. Oder er steigt in Kalifornien ein, aber dann muß er langsam in die Gänge kommen.«

»Wird er nicht«, sagte Daisy. »Er wird 'ne kleine Show abziehen und alles daransetzen, uns in New York abzuservieren, aber er wird nicht offen gegen uns vorgehen. Offenheit ist in seinem kulturellen Register nicht vorgesehen.«

»Irgend jemand ist hinter uns her«, sagte Richard. Dann wandte er sich der Speisekarte zu. »Was'n das, iss das einer von den Läden, wo man sich sein Ananas-Guacamole-Chimichanga selber zusammenbasteln kann?«

Alles am Sex ist banal, außer der Vorfreude. Der Akt an sich, so befriedigend er zweifellos ist, nimmt im Laufe eines Lebens nur ein paarmal solche Formen an, daß er unvergeßlich bleibt – ansonsten ist er meistens unvollkommen. Ich erinnere mich an jedes Zucken, jeden Blick, jede Berührung, jede kleinste Regung – an die Art, wie mein *Haar* sich anfühlte – an jenem Nachmittag in Mammoth Falls, als Daisy und ich uns zum erstenmal liebten. Bei Susan Stanton hatte es keine Vorfreude, keine Erwartung gegeben. (Okay, hin und wieder einen flüchtigen Gedanken – aber schließlich war sie *Susan Stanton*, der uneinnehmbarste Bunker der Welt; das war nichts, woran man am hellichten Tag dachte.) Und doch passierte es. Es passierte in einem halb unbewußten Bereich körperlicher Erfahrung, gesteuert durch Reflexe von Hirn und Körper – es passierte zu schnell, um die Phantasie anzuregen. Sie *roch* sogar distanziert und förmlich, war ganz Seife und Haarspray. Mir wurde bewußt, daß ich noch nie mit einer Frau geschlafen hatte, die Haarspray benutzte. Es machte ihr Haar stumpf, und das lenkte mich ab. Ich merkte, daß ich an die Stumpfheit ihres Haars dachte statt an das, was unsere Körper taten. Als ihr Körper seinen Teil getan hatte, stieß sie ein kaum hörbares Ächzen aus, wie eine sich schließende Tür. Sie sammelte im Dunkeln ihre Kleider auf. Sie sagte nichts, tat nichts, berührte mich nicht, küßte mich nicht zum Abschied. Ich sah, wie ihr Schatten sich rasch durch den Streifen des bernsteinfarbenen Außenlichts bewegte, das durch den Spalt zwischen den Vorhängen in mein Hotelzimmer fiel; mehr sah ich nicht. Sie rief weder am nächsten Tag noch an den folgenden Tagen an, was mich erleichterte, aber auch enttäuschte und ein leises Gefühl der Schuld hinterließ.

Manchmal ist selbst die Vorfreude banal. Meine Reaktion auf Daisy an diesem Abend war absolut vorhersehbar, ein Paradebeispiel dafür, warum Bücher wie *Was ziehe ich an, um einem Mann zu gefallen* so erfolgreich sind. Ich war verrückt nach ihr. Kaum saßen wir im Taxi, steckte meine Hand unter ihrem kurzen Kilt; kaum hatte sie die Haustür geöffnet, fiel ich über sie her. Sie wohnte in einem kleinen Reihenhaus in der Nähe des Kapitols. Sie machte Licht; ich schaltete es wieder aus.

»Henry, und das nur wegen einem *Rock*?« Sie schaltete das Licht, eine Lichtschiene entlang der rechten Wand, wieder an. »Willst du dich nicht mal umschauen, damit du siehst, was für ein Mensch ich bin?«

»Ich weiß, was für ein Mensch du bist. Du bist intelligent und ehrlich und ordentlich. Dein Bücherregal ist mit Büchern über Politik und Thrillern vollgestopft. Du hast – was ist denn das?« Ich mußte lachen. Links neben dem Bücherregal hing eines von den Verkaufsgestellen, wie man sie in Postergalerien sieht, an der Wand, mit einer ganzen Auswahl an alten Filmplakaten.

»Ich konnte mich nicht entscheiden«, sagte sie. »Ich konnte mich nicht auf einen einzigen Film festlegen. Jemand kommt rein, sieht das Poster von *Du warst unser Kamerad* oder von *Casablanca* und denkt sofort: ›Aha, so eine ist das also.‹ Wenn du mich allerdings zwingen würdest, mich zu entscheiden, würde meine Wahl wohl auf *Sullivans Reisen* fallen, ich hab's gleich ... hier ist es.« Sie blätterte bis zu Veronica Lake und Joel McRea vor, einem Bild von unendlich unterkühlter Romantik, der Inbegriff amerikanischen Geschmacks.

»Toller Film, gute Wahl«, sagte ich. »Warum hängst du das nicht auf?«

»Weil alle gleich toll sind. Ich habe viel Geld dafür bezahlt. Es sind *Originale*. Ich wollte sie alle haben. Also, für welches würdest du dich entscheiden, Henry – *Rashomon*?« Ihre Stimme klang eine Spur ... ich weiß nicht wie. Ich ignorierte es. Und sie ließ zu, daß ich es ignorierte – bis wir uns geliebt hatten, oben, in ihrem Schlafzimmer mit den vier Fernsehern. Ich bemerkte die Fernseher erst hinterher, was einiges über meine geistige Verfassung und das Ausmaß meiner Vorfreude an diesem Abend aussagte. Das Schlafzimmer gefiel mir, trotz der Fernseher. Es war in einem dunklen Zinnoberrot gestrichen. An der Wand hingen vier goldgerahmte Zeichnungen von Thomas Nast. Auf dem Doppelbett lag eine marineblaue Tagesdecke, darunter frisches, lebhaft blau-weiß kariertes Bettzeug. Die Beleuchtung war gedämpft, obwohl das Licht einer geschwungenen Leselampe aus Messing aufs Bett fiel. Ich hatte sie nie danach gefragt, aber mir war klar, daß sie in diesem Haus noch nie mit einem Mann zusammengelebt hatte.

»Siehst du, das hier ist anders als Wahlkampfsex«, sagte sie, als ich mich von ihr löste. »Irgendwo da draußen tobt die Schlacht weiter, aber im Moment gehören wir nicht dazu.«

»Und ...?«

»Gar nicht so übel«, sagte sie und rieb ihre Nase an meinem Ohr. Aber ich konnte ihr nicht ganz glauben. Ich hatte ihre Zurückhaltung gespürt; vielleicht hatte sie mein Überschwang verstört, vielleicht aber auch etwas anderes.

»Willst du was von unten, eine Cola light?«

Als sie zurückkehrte, trug sie ein Mohairtuch und sonst nichts. Sie warf mir die Cola zu. Ihre zwanglose Nacktheit war ungewohnt – eine neue Stufe der Vertrautheit –, wir drangen ständig zu neuen Ebenen vor, langsam und vorsichtig, eine nach der anderen; bisher hatte es noch keine gegeben, die wir nicht bewältigt hätten.

»Warum hast du mir eigentlich nichts von dem McCollister-Mädchen erzählt?« fragte sie, bemüht beiläufig.

»Stanton hat mich gebeten, niemandem davon zu erzählen. Und das hat er ausdrücklich auch auf dich bezogen. Wahrscheinlich hat er gemeint, wenn du es weißt, erfährt es auch Susan.«

Sie nickte und schwieg.

»Hör zu«, sagte ich. Aber ich wußte nicht weiter.

»Du bist also los und hast Fat Willie einen solchen Schrecken eingejagt, daß er eingewilligt hat, bei seiner Tochter eine Amniozentese durchführen zu lassen. Ich kann es nicht fassen«, sagte sie schließlich.

»Stanton hat geglaubt, Howard würde sie so sehr einschüchtern, daß sie keine Amniozentese machen lassen würde – und damit wäre die Sache aus der Welt.«

»Na großartig«, sagte Daisy. »Hat er wirklich nicht gewußt, daß Fat Willie alles tun würde, worum sein Freund, der Governor, ihn bittet?«

»Dann hat sie es also machen lassen?« fragte ich.

»Hast du die Sache nicht weiterverfolgt?« fragte sie. »Es ist doch sozusagen *dein* Baby.«

»Willie ist damit zu *mir* gekommen«, sagte ich.

»Und deshalb ist es ...«

»Entsetzlich. Glaubst du, es hat mir Spaß gemacht? Ich wollte nichts damit zu tun haben. Ich wollte nicht darüber nachdenken. Ich *habe* nicht darüber nachgedacht – ich hab nicht mal gewußt, daß sie die Amniozentese hat machen lassen.«

»Die Schwangerschaft ist schon weit fortgeschritten, sehr weit«, sagte sie. »Es war zu spät für eine CZB, eine Chorion-Zotten-Biopsie. Das ist die neueste Methode, geht durch die Scheide, nicht durch die Bauchdecke. Sie entnehmen Gewebe, noch bevor sich der Mutterkuchen gebildet hat. Wäre für die Kleine vielleicht etwas angenehmer gewesen. Aber nun hat sie schon einen Mutterkuchen und füttert damit den kleinen Jackie McCollister oder wen auch immer durch. In ein paar Wochen kriegen wir das Ergebnis.«

»Woher weißt du das alles?«

»Susan hat Libby drauf angesetzt. Sie wohnt jetzt praktisch bei den McCollisters.«

»Natürlich«, sagte ich. »Hör mal. Dieser Tag mit Howard – das war das Schlimmste, was ich je getan habe.«

»Aber du hast es getan.«

»Er hat steif und fest behauptet, das Kind sei nicht von ihm.«

»Und du hast ihm geglaubt?«

Dies war ein entscheidender Moment für uns, für Daisy und für mich: »Nicht ganz«, sagte ich. »Wenn ich ihm geglaubt hätte, wäre es nur schrecklich gewesen – und nicht der absolut grauenvolle Horror, der es letztlich war. Er hat sich freiwillig Blut abnehmen lassen, also mußte ich davon ausgehen, daß er nichts zu verbergen hat, und du weißt, wie tödlich es sein kann, wenn so etwas nach außen dringt. Das Mädchen hätte es einer Freundin erzählen können, die erzählt es der nächsten ... und selbst wenn er völlig unschuldig gewesen wäre, hättest du den Wahlkampf vergessen können. Oder glaubst du etwa, daß wir einen weiteren Skandal verkraften könnten? Verflucht, es bräuchte nicht mal ein richtiger Skandal zu sein. Allein zu einem Dementi gezwungen zu sein würde uns schon Kopf und Kragen kosten. Trotzdem war – ist – da was, was mich stutzig macht. Reine Gefühlssache. Ich glaube einfach nicht, daß er völlig unschuldig ist, verstehst du? Und selbst wenn er es in diesem Fall wäre, würde ich es ihm durchaus zutrauen … dieses Mädchen zu mißbrauchen. Du kannst dir gar nicht vorstellen, wie ich mich geschämt habe. Die Drecksarbeit hat Howard übernommen – eiskalt. Aber ich war sein Komplize. Immerhin ist Willie zu mir gekommen. Er hat mir vertraut. Der springende Punkt war für mich, glaube ich, daß ich den Governor nicht vorverurteilen wollte. Wenn es nun wirklich nicht sein Kind ist, dann war es richtig, was ich getan habe, stimmt's?«

»Und was würdest du von ihm halten, wenn sich herausstellen sollte, daß es doch sein Kind ist?«

»Ich weiß es nicht. Sehr viel weniger als bisher, glaube ich. Daisy …« Ich setzte mich auf. »Ich weiß nicht, *wie* ich darüber denken soll. Ich habe keinen blassen Schimmer. Es ist, als hätte das eine mit dem anderen nichts zu tun. Da ist auf der einen Seite der Politiker, der Typ, in den wir alle investiert haben, und dann plötzlich diese Geschichte. Was hast *du* dir denn dazu gedacht?«

»Gar nichts, jedenfalls bis vor kurzem«, sagte sie. »Und dann bin ich wütend geworden.«

»Auf ihn?«

»Auf dich.«

»Tut mir leid«, sagte ich. Aber insgeheim fragte ich mich: War sie wütend, weil ich es ihr nicht erzählt hatte oder weil sie nicht gespürt hatte, daß es etwas Wichtiges gab, was ich ihr verschwieg? Letzteres, so wurde mir klar, mußte wesentlich bedrohlicher für sie sein. Es bedeutete, daß es Dinge an mir gab, über die sie vielleicht nie etwas wissen würde, Situationen, in denen sie mir nicht trauen, Situationen, in denen ich sie verletzen konnte.

Sie weinte leise. Ich legte meinen Arm um sie und zog sie an mich. Sie sträubte sich, gab dann aber doch nach.

Wir gewannen in Illinois und Michigan, was jedoch kaum jemand zur Kenntnis nahm. Auch uns interessierte es wenig. An diesem Tag standen andere Dinge im Vordergrund. Martha Harris – eine stämmige Frau von der Ausstrahlung eines Haferkleiebrötchens – gab in dem Krankenhaus in Fort Lauderdale, in dem ihr Mann nach wie vor im Koma lag, eine Pressekonferenz. Ich war wieder in Mammoth Falls, in unserer Zentrale. Als Mrs. Harris auf dem Bildschirm erschien, kam jegliche Aktivität zum Erliegen. Ihr wurde die Aufmerksamkeit des gesamten Stanton-Teams zuteil.

»Zunächst einmal möchte ich der amerikanischen Öffentlichkeit, möchte ich jedem einzelnen von Ihnen für Ihre überwältigende Anteilnahme danken«, sagte sie. »Mein besonderer Dank gilt den Kindern Amerikas – ihr wart es, für die sich mein Mann, Senator Harris, eingesetzt hat, und seine Botschaft hat euch offensichtlich erreicht. Ein großes Dankeschön für die vielen Briefe und Zeichnungen und sonstigen Dinge, die ihr uns in den letzten Wochen geschickt habt – ein paar von den Briefen habe ich meinem Mann vorgelesen. Ich glaube, er kann euch hören ...« Ihre Stimme versagte. »Ich bin sicher, daß er – so wie ich – zuversichtlicher denn je ist, was die Zukunft unseres Landes angeht. Aber Zuversicht ist nicht genug. Taten sind gefordert.«

In diesem Moment kam mir Richard in den Sinn: Er hatte wieder mal recht gehabt. Sie rüsteten zum Angriff. »Viele haben in ihren Briefen besorgt angefragt, wie es jetzt mit der Harris-Kampagne weitergehen wird«, sagte sie. »Ihnen allen dürfte klar sein, daß mein Mann zur Zeit nicht in der Lage ist, seinen Wahlkampf fortzusetzen. Aber jemand anders sollte es tun. Deshalb habe ich mich an Fred Picker, den früheren Gouverneur von Florida, gewandt. Er ist bereit, die Kandidatur zu übernehmen – und sich für unsere Anliegen einzusetzen.« In diesem Augenblick rückte Fred Picker ins Bild, kummervoll, mit leicht gesenktem Kopf, die Hände vor dem Körper gefaltet. Jetzt trug sogar er eine Krawatte – eine blau-golden gestreifte. »Er wird unsere Botschaft weitertragen«, fuhr Martha Harris fort, »bis in den Parteitag hinein – und, wenn möglich, noch darüber hinaus. Lawrence und ich haben Freddy Picker im Laufe der Jahre, und vor allem in den letzten Wochen, schätzen gelernt. Er war uns immer ein treuer Freund. Er ist ein Ehrenmann. Er weiß, was diesem Land fehlt, und er wird das, was wir begonnen haben, auf *ehrenhafte* Weise fortführen. Und jetzt«, sagte sie, plötzlich zu Tränen gerührt, »möchte ich diesen Wahlkampf Governor Picker übergeben.«

Picker weinte ebenfalls. Er wischte sich mit dem Handrücken eine Träne aus dem rechten Auge, küßte Martha Harris leicht auf die Wange, holte tief Luft, senkte den Kopf wie zum Gebet, und als er ihn wieder hob, waren seine sonst so wilden Augen ganz ruhig – wie verwandelt. Vereinzelter Applaus kam auf. CNN hatte nur eine Kamera vor Ort, so daß schwer zu sagen war, wie viele Journalisten anwesend waren, aber es sah ziemlich überfüllt aus. »Ich hoffe, Sie können mir verzeihen«, sagte er. »Aber dies ist eine sehr bewegende Zeit. Ich werde eine kurze Erklärung abgeben und danach für einige Fragen zur Verfügung stehen – einige wenige, denn offen gestanden hatte ich noch nicht die Gelegenheit, mich mit der neuen Situation wirklich vertraut zu machen. Erst gestern ist Mrs. Harris mit ihrem Vorschlag an mich herangetreten. Ich fühlte mich geehrt. Und es verstand sich von selbst, daß ich unmöglich nein sagen konnte.« Er starrte direkt in die CNN-Kamera. Ich stellte mir die Szene vor: Wahrscheinlich sah er sich zehn Kameras gegenüber – und er hatte sich ganz bewußt für die entschieden, die die Pressekonferenz live übertrug, landesweit. »Und ich werde alles daransetzen, die Themen, die Lawrence Harris der amerikanischen Öffentlichkeit ans Herz gelegt hat, ganz in seinem Sinne zu vertreten. Ich habe heute mit mehreren Spitzenvertretern unserer Partei gesprochen und ihnen mitgeteilt, worum Mrs. Harris mich gebeten hat ...«

»Haben Sie auch mit Governor Stanton gesprochen?« fiel ihm ein Reporter ins Wort.

»Nein«, sagte er. »Aber lassen Sie mich eins klarstellen: Ich kandidiere nicht gegen Jack Stanton. Ich kandidiere für Lawrence Harris.«

»Heißt das, Sie stimmen mit Harris in jedem Punkt überein?«

»In den meisten jedenfalls«, sagte er. »Es mag ein paar Unterschiede im persönlichen Stil, Unterschiede in der Gewichtung geben, aber ich glaube, Senator Harris hat in seinem Wahlkampf ein paar wichtige und herausfordernde Themen aufgeworfen, und ich habe vor, mich dieser Themen anzunehmen.«

»Glauben Sie, daß Sie die Nominierung gewinnen können?«

»Darum geht es mir nicht. Ich bin angetreten, um fortzusetzen, was

Senator Harris begonnen hat. Ich bin angetreten, um dem amerikanischen Volk eine echte Entscheidung zu ermöglichen.«

»Aber falls Sie die Nominierung gewinnen ...«

»Ich halte es für verfrüht, sich darüber Gedanken zu machen, zumal es mir nie in den Sinn gekommen ist. Daher wird es wohl auch das Beste sein, die Konferenz an diesem Punkt abzuschließen. Ich habe mir die ganze Nacht den Kopf darüber zerbrochen, was ein gebührender Auftakt für meine Kandidatur wäre«, sagte er, wieder zur CNN-Kamera gewandt, »welche Geste meinen ungeheuren Respekt für Senator Harris, die Demut, die ich in diesem Moment empfinde, aber auch die Notwendigkeit, daß wir alle in diesem Land an einem Strang ziehen und unseren Teil beitragen, angemessen zum Ausdruck bringen könnte. Ich habe beschlossen, daß ich, auch weil wir uns hier im Krankenhaus befinden, einen halben Liter Blut spenden werde.«

Ein Stöhnen ging durch die Stanton-Zentrale, in der bis zu diesem Augenblick angespannte Stille geherrscht hatte. Ich muß gestehen, auch ich schüttelte den Kopf – und dachte gleichzeitig darüber nach, wer wohl als erstes anrufen würde: Richard, Daisy oder der Gouverneur.

Es war der Gouverneur.

»Herrgott noch mal, Henry. Das hätte uns einfallen sollen«, sagte er. »Die Sache mit dem Blut ist einfach genial.«

An diesem Nachmittag hielt wir eine Telefonkonferenz ab. Es war eine mühselige Angelegenheit – der Gouverneur und Susan waren in der Villa; Howard, Lucille und ich in der Zentrale; Richard, Leon und Daisy in Washington.

»Na schön«, sagte Stanton. »Was jetzt?«

Schweigen.

»Wie schön, so viele Genies an Bord zu haben«, sagte er. »Okay, dann fang ich eben an: Wir nehmen den Wahlkampf sofort wieder auf, zuerst in Connecticut und New York. Howard, morgen um diese Zeit brauche ich einen Terminplan – und eine Strategie für New York. Ansonsten muß auch ich die Waffen strecken. Wie gehen wir mit diesem Burschen um? Ignorieren wir ihn? Lassen wir uns auf eine Diskussion mit ihm ein? Behandeln wir ihn wie jeden anderen Kandidaten? Ich nehme an, Harris tritt in jedem Staat an. Hat er in jedem Wahlkreis einen Delegierten auf der Liste oder nur in einigen?«

»Ich glaube, er hatte Schwierigkeiten, alle Wahlkreise abzudecken. Was New York angeht, hätten wir uns vor ihn setzen lassen können«, sagte Howard. »Aber das wolltest du ja nicht.«

»Richtig«, sagte Stanton. »Und eins steht absolut fest: In nächster Zeit werden wir *nichts* tun, was irgendwie nach Politik aussieht. Nichts, was die League of Women Voters nicht unterschreiben würde. Wir werden päpstlicher sein als der letzte Fernsehpapst. Aber innerhalb dieser Grenzen werden wir geschickt agieren müssen. Richard, wie treten wir gegen diesen Typen an, ohne wirklich gegen ihn anzutreten?«

»Tja, man muß wohl davon ausgehen«, sagte Richard, »daß Picker diese Woche der Liebling der Nation sein wird. Egal was – TV-Auftritte oder Porträts –, alles wird in rosa Watte getaucht sein. Die ganze Meute wird sich wegen Interviews auf ihn stürzen. Wir können nur abwarten und sehen, was passiert.«

»Irgendwelche Vermutungen?«

Schweigen. Dann Daisy: »Wir haben zwar keine Ahnung, wie er vorgehen wird und was dabei herauskommt, aber mein Gefühl sagt mir, daß er erst mal 'ne ganze Menge überflüssiges Gepäck von der Harris-Kampagne abwerfen wird. Das Thema Ressourcensteuer wird er zwar nicht ganz kippen können, aber er kann es abspecken, in den Hintergrund drängen. Bei den COLAs das gleiche. Er scheint ziemlich intelligent zu sein. Könnte ein härterer Brocken werden als Harris.«

»Was wissen wir über ihn?« fragte Susan. »Wo ist seine Familie? Warum hat er den Gouverneursposten aufgegeben? Wo ist er die ganzen Jahre gewesen?«

»Er ist doch geschieden, oder?« fragte Richard.

»Genaues wissen wir nicht«, sagte Susan. »Libby wird sich dahinterklemmen müssen.«

»Im Moment«, sagte Stanton, »interessiert mich viel mehr, was ich heute abend den Menschen aus Illinois und Michigan sagen soll. Ich danke Ihnen, daß sie diesen Sieg, nach dem sowieso kein Hahn mehr kräht, ermöglicht haben – und dann? Nein, wartet. Ich habe eine viel bessere Frage: Howard, wird er uns stoppen können? Mal angenommen, die Partei macht sich Donny O'Briens Position zu eigen – von ihr ist keine Hilfe zu erwarten, wir müssen aus eigener Kraft die absolute Mehrheit holen. Kann er uns unter diesen Voraussetzungen stoppen?«

»Ja«, sagte Howard.

»Mühelos?«

»Ja.«

»Haben wir denn nicht schon mehr als tausend Delegiertenstimmen zusammen?«

»Je nachdem, wie wir heute abend abschneiden, liegen wir bei etwa fünfundfünfzig Prozent«, sagte Howard. »Und wenn wir in dem Tempo weitermachen, liegen wir mehr als gut im Rennen – auch wenn wir davon ausgehen, daß die meisten Superdelegierten in aller Ruhe abwarten, bis sie eine endgültige Entscheidung treffen. Von insgesamt siebenhundertachtundsechzig Superdelegierten haben im Moment etwa zweihundertfünfzig zugesagt, uns zu unterstützen, die meisten aus dem Süden – aber kein Mensch weiß, wie zuverlässig die sind.«

»Herrje, dann find das gefälligst raus, Howard«, sagte Stanton. »Ich will eine Liste mit den Namen – nein, ich will jedes kleinste Detail über jeden einzelnen von ihnen wissen, was sie wünschen, was sie brauchen. Ich möchte, daß du ein Team zusammenstellst, das die Superdelegierten im Auge behält – und zusieht, welche Möglichkeiten es gibt, an sie heranzukommen. Im Lauf des nächsten Monats möchte ich mit jedem einzelnen von ihnen sprechen. Außerdem gilt ab jetzt die Parole, daß jeder dieser siebenhundertachtundsechzig Delegierten zur Familie gehört – und genauso wie Momma zu behandeln ist. Wenn sie auch nur den kleinsten Pups lassen, sind wir zur Stelle, verstanden? Aber Howard, was bringt dich eigentlich zu der Überzeugung, daß der Karren so tief im Dreck steckt?«

»Na jaaaa ...« sagte Howard.

»Na ja, was?«

»Ich weiß, wie es in New York läuft«, sagte Howard. »Die Boulevardpresse hat alles fest im Griff – selbst die Sender kupfern für die

Nachrichten bei denen ab –, deshalb war Cashmere dort *die* Sensation, viel mehr als irgendwo sonst im Land, und deshalb haben sie sich auf Izzy Rosenblatt gestürzt wie auf eine heiße Mafiageschichte. Ich denke, es wird in jedem Fall ein harter Kampf für uns, egal wer unser Gegner ist. Und wenn wir erst mal anfangen, Vorwahlen zu verlieren, dann gute Nacht.«

»Leon, haben wir Zahlen aus New York?« fragte Susan.

»Ich selbst habe keine«, sagte er. »Aber laut Marist liegen Sie um die zweiundzwanzig Prozent, ungefähr fünfzig Prozent sind unentschieden.«

»Und die anderen?«

»Nach dem Infarkt und bevor Picker übernommen hat, war Harris bei achtzehn Prozent.«

»Verfluchter Mist«, sagte Stanton. »Also, was soll ich heute abend sagen?«

Wieder Schweigen. Dann Daisy: »Zumindest müssen Sie sich darauf einstellen, daß man Sie auf Pickers heutige Blutspende ansprechen wird.«

»Warum?« explodierte Stanton. »Was um alles in der Welt soll ich dazu sagen?«

»Na ja, das heute war sein großer Augenblick. Es war ein ziemlich genialer Schachzug. Sie müssen damit rechnen, daß es auf den Tisch kommt. Man wird Sie danach fragen. Man wird wissen wollen, wann Sie zum letztenmal ... Blut gespendet haben.« Mitten im Satz wurde ihr bewußt, was sie da sagte.

Im Äther herrschte betretenes Schweigen. Stanton, Susan, Howard, Daisy und ich, wir alle wußten, wann und warum Jack Stanton das letzte Mal Blut gespendet hatte.

»Vielleicht solltest du morgen ins Mercy gehen und auch einen halben Liter spenden«, sagte Susan und setzte dem belastenden Schweigen ein Ende.

»Das wirkt nur nachgemacht – und billig«, sagte Lucille.

»Lieber billig als ne Horde Skorps am Hals, die wissen wollen, ob Sie mit Picker mithalten, und falls nicht, warum«, sagte Richard.

»Wie kommen Sie darauf, daß die Presse auf uns losgeht?« fragte Lucille. »Journalisten sind Zyniker. Die werden Pickers Blutspende als das erkennen, was sie in Wahrheit ist: ein billiger Trick. Oder willst du etwa den Eindruck erwecken, wir würden wegen diesem Typen in Panik geraten?«

»Und? Tun wir das nicht?« fragte Stanton.

Nach *Nightline* rief ich Daisy an – eine Reihe von Kommentatoren aus Washington hatte prophezeit, daß Fred Picker bloß den Strohmann für Larkin oder Ozio spielen sollte. Jeff Greenfield brachte den Aufmacher, der gespickt war mit Archivmaterial – prächtige Bilder von Picker im Wahlkampf um den Gouverneursposten 1974, besenschwingend, mit langen Koteletten und im mandarinengelben Freizeitanzug; etwas weniger prächtige Bilder von der seltsamen Pressekonferenz vier Jahre später, bei der er seinen Rücktritt bekanntgegeben hatte. »Eigentlich hatte ich ja gedacht, ich würde mich heute zur Wiederwahl stellen, aber ich habe es mir anders überlegt«, sagte er nervös, mit trübem, unstetem Blick. Picker habe seine Entscheidung nie näher begründet, erklärte Greenfield; er wohne seitdem zurückgezogen auf einer Plantage nördlich von Tallahassee, wo er sich das Sorgerecht für die beiden Söhne mit seiner Exfrau teile, mit Antonia Reyes Cardinale, Tochter eines prominenten, aus Kuba immigrierten Geschäftsmannes. Sie hatten sich kurz nach seinem Rückzug aus dem Amt scheiden lassen. »Wenn ein Politiker von heute auf morgen zurücktritt, tauchen immer Fragen auf«, schloß Greenfield. »Zweifellos wird sich der ehemalige Gouverneur Picker schon bald dazu äußern müssen. Für den Augenblick jedoch stellt sich Fred Picker als eine neue und nicht zu unterschätzende Größe in einem Präsidentschaftswahlkampf dar, der immer bizarrere Züge annimmt. Und ich muß sagen, Ted, dieser halbe Liter Blut heute war das einzig Reelle, was irgendeiner der Kandidaten in diesem Jahr von sich gegeben hat.«

Daisy war völlig aufgelöst. »Ich bin so ein Trampel, so ein hirnloser, dämlicher Trampel«, sagte sie. »Henry, ich schwör dir, ich hab erst kapiert, was ich da sage, als der Satz schon halb draußen war. Meinst du, ich bin geliefert?«

Einen Gefallen hatte sie sich mit Sicherheit nicht getan. Aber ich wußte nicht, was ich sagen sollte. Ich wußte nicht, was sie von mir erwartete, Trost oder die Wahrheit. »Nicht mehr und nicht weniger als wir anderen auch«, sagte ich nicht sonderlich überzeugend – und wütend auf mich selbst, daß ich so unbeholfen war, so hölzern, so stoffelig. »Im Vergleich zu den meisten anderen stehst du noch ziemlich gut da.«

»Henry.«

»Okay. Um ehrlich zu sein, ich hab keine Ahnung. Bei den beiden weiß man nie. Es klang genau so, wie du gerade gesagt hast – als hättest du es erst nach der Hälfte gemerkt. Schlimm gemacht hat es erst dieses Zögern.«

»Und dann das Schweigen«, sagte sie. »Konferenzschaltungen haben ohnehin was Perverses. Es ist immer, als hätte man eine Besprechung in einer Höhle.«

»Hör zu, Daisy. Ich sag jetzt nicht, mach dich deswegen nicht verrückt, weil ich genau weiß, daß du dich verrückt machst. Aber du hast in diesem Wahlkampf phantastische Arbeit geleistet. Das wissen die Stantons. Und sie brauchen jetzt alle Hilfe, die sie kriegen können.«

»Ich bin eine Vollidiotin«, sagte sie. »Ich fühl mich so furchtbar ...« Fast hätte sie gesagt: »Allein.«

»Jetzt komm«, sagte ich. »Ich bin doch da.«

»Du bist *dort*«, sagte sie, »du hockst im Dunkeln in Mammoth Falls, zwischen deinen dicken Klassikern und mit dem Fluß draußen vor dem Fenster.« Ihre Stimme schwankte. »Ich brauch dich aber hier.«

»Wir treffen uns doch Ende der Woche in New York«, sagte ich. »Und so wie's aussieht, bleiben wir da auch eine Weile.«

»Oh Gott, das bedeutet den Superhorror: Ich muß mich bei meiner Mutter melden«, sagte sie. »Henry, ich bitte dich jetzt um einen Gefallen. Einen mordsmäßigen, unverschämten Riesengefallen. Würdest du mit zu meiner Mutter zum Essen kommen?«

»Sicher«, sagte ich. »Warum nicht?«

»Das siehst du dann schon«, antwortete sie. »Und du mußt mir außerdem versprechen, daß nichts, was meine Mutter tut oder sagt oder auch nur andeutet, deine Gefühle für mich in irgendeiner Weise beeinflussen wird. Versprichst du das?«

Ich lachte. »Daisy«, sagte ich. »Mach dir keine Gedanken mehr wegen heute abend, okay?«

»Keine Spur«, sagte sie. »Wie kommst du denn darauf? Henry, ich ... ich hatte mir geschworen, daß ich nichts sage oder auch nur denke, bis der Wahlkampf vorbei ist und wir wieder ... normaler sind. Aber zwischen uns tut sich doch was, oder?«

»Ja«, sagte ich, ohne zu zögern.

»Wir brauchen jetzt auch gar nicht mehr drüber zu reden. Oder irgendwelche Formeln abzulassen. Warten wir einfach, bis das alles vorbei ist und wir wieder einen klaren Kopf haben. Bloß flattert und glibbert in mir alles, wenn ich an dich denke. Ach, und übrigens« – sie ging schnell wieder in Deckung –, »Freddy ist für niemand der Strohmann. Er ist besser als Ozio oder Larkin. Und das mit dem Blutspenden war einfach genial. Du hast ja gesehen, wie Greenfield darauf angesprungen ist. Mir war sowieso klar, daß Lucille sich mal wieder mit den Pressereaktionen verhaut. Schon, wie er es gesagt hat, so selbstverständlich, so bescheiden – das war doch grandios. Ich möchte echt gern wissen, warum er ausgestiegen ist.«

»Na denn, Governor«, sagte Bryant Gumbel am nächsten Morgen um 7:11. »Warum sind Sie 1978 aus der Politik ausgestiegen, und warum steigen Sie jetzt wieder ein?«

Die Kamera rückte Freddy Picker zu dicht auf den Leib. Er schien in die Ecke gedrängt, ein Blatt der unvermeidlichen Topfpalme wedelte über seine Schulter. Aber er blieb cool. Seine schwarzen Augen blitzten wach – er hatte einen extrem intensiven Blick, den er bei Bedarf jedoch aufs eindrucksvollste verschleiern konnte, was er jetzt mit großem Effekt tat. »Nun, Bryant, mir erschien es einfach wichtig, fortzuführen, was Senator Harris begonnen hat.«

»Und haben wir Sie jetzt als einen tatsächlichen Präsidentschaftskandidaten zu betrachten oder nur als Ersatzmann?«

»Das wird sich zeigen«, sagte Picker. »Fürs erste möchte ich den Wählern lediglich eine Alternative bieten. Ich bin ein bißchen aus der Übung – wer weiß, ob ich überhaupt noch für so was tauge.«

»Governor, warum sind Sie 1978 denn nun ausgestiegen?«

»Da gab es eine ganze Reihe von Gründen«, antwortete Picker

vorsichtig. »Ich war damals viel jünger als jetzt, viel ungeduldiger. Es hat mich einfach frustriert, wie lang und hart man arbeiten muß, um auch nur das Geringste zu erreichen.« Er hielt einen sorgfältig bemessenen Augenblick inne und setzte dann hinzu: »Und ein paar persönliche Probleme gab es auch.«

»Tja, ich nehme an, irgendwer wird Ihnen diese Frage stellen müssen, Governor«, sagte Gumbel mit schlecht gespieltem Bedauern. »Welcher Art waren die persönlichen Probleme?«

»Familienprobleme«, erwiderte Picker und schwieg dann. Er hatte sich perfekt im Griff. Er schien das ganze Gespräch unter Kontrolle zu haben.

»Es ist bestimmt nicht leicht für Sie, über diese Dinge zu sprechen.«

»Nein, es ist nicht leicht, Bryant. Aber das gehört jetzt ja wohl mit zum Spiel, deshalb will ich ganz offen sein und einfach darauf bauen, daß man die Privatsphäre meiner früheren Frau respektiert, die keine Person des öffentlichen Lebens ist.« Er sah direkt in die Kamera, mit klarem, ruhigem Blick. »Ich habe mich damals zu sehr in meine Aufgaben als Gouverneur hineingekniet und darüber meine Familie vernachlässigt. Meine Frau hat sich in einen anderen Mann verliebt.«

Ich glaubte fast, Gumbel nach Luft schnappen zu hören. Vielleicht hörte ich auch nur mich selbst nach Luft schnappen. Die Schlichtheit und Souveränität von Pickers Geständnis waren atemberaubend.

»Ich bin zum Teil deshalb zurückgetreten, weil ich dachte, ich könnte die Beziehung vielleicht doch noch kitten«, fuhr er fort. »Aber das war ein Irrtum. Und so beschloß ich, zu retten, was zu retten war, und wenigstens ein guter Vater zu werden – ich tat mein möglichstes, um meine Jungs spüren zu lassen, daß sie zwei Eltern haben, die sie lieben. Und ich denke, wenn Sie die beiden fragen, dann würden sie sagen, wir haben es ganz gut hingekriegt. Inzwischen studieren sie – sie waren übrigens große Harris-Anhänger, und als Mrs. Harris mich um meine Hilfe gebeten hat, waren sie Feuer und Flamme. Man könnte wohl sagen, ich tue das hier für meine Söhne.«

»Astrein«, sagte Richard. »Der Mann ist ab-so-lu-te Spitzenklasse.«

»Und was machen *wir* jetzt?« fragte ich.

»Uns ins Knie ficken und zum lieben Gott beten, daß es bloß ein böser Traum ist«, sagte Richard. »Was man halt macht, wenn man ner Flutwelle mit ner Güllepumpe zu Leibe rücken muß.«

Die Güllepumpe war der Bürgermeister von New York City und hieß Richmond Rucker. Er kam aus dem Harlem Clubhouse, ein förmlicher, distinguiert aussehender Mann, dem sowohl Freundlichkeit als auch bescheidene Intelligenz nachgesagt wurden, beides zu Unrecht: Er war ausgesprochen gerissen und mehr als hinterhältig. Er hatte uns seine Unterstützung zugesagt, weil er und Howard Ferguson langjährige Freunde waren – und weil Orlando Ozio uns nicht mochte. (Demokratische Gouverneure und der Bürgermeister von New York waren sich traditionsgemäß spinnefeind und spielten ihre Animositäten verdeckt, aber durchsichtig aus.) Ozio würde natürlich für keinen der Kandidaten offiziell Partei ergreifen. Für so etwas war er sich zu gut.

Nicht aber für Andeutungen.

Wir gingen davon aus, daß die Andeutungen nur verheerend für uns ausfallen konnten. Und richtig, einen Tag nach Pickers Bekanntmachung begab sich Ozio auf schnellstem Wege – und mit jeder Menge Presse – ins New York Hospital und spendete Blut.

Der Zeitplan, den Howard und Lucille mit Hilfe von Ruckers Leuten austüftelten, erinnerte mich an das Pensum, das Larkin und ich 1987 bei Larkins Besuch in der Sowjetunion durchlitten hatten, nur unter umgekehrten Vorzeichen: Statt glücklichem Landvolk und Potemkinschen Dörfern standen hier erbarmungslos unglückliche Interessengruppen und urbaner Verfall auf dem Programm. Nirgends ein Funke Spontaneität, keine einzige Begegnung mit Bürgern, die nicht im Rahmen einer Lobby anklagend auf irgendwelche Mißstände hinwiesen. Jedes einzelne Zusammentreffen wirkte künstlich, manipuliert: die Kreuzwegstationen des New Yorker Liberalismus.

»Und das soll uns weiterbringen?« fragte Stanton am Nachmittag, als Howard ihm seinen Plan auf dem Küchentisch in der Villa unterbreitete.

»Wir nehmen, was wir kriegen«, sagte Howard. »Und was anderes kriegen wir im Moment nicht. Hast du mit Rucker gesprochen?«

»Er freut sich, daß ich die UCSER unterstütze, meint er«, sagte Stanton. »Was immer das ist.«

»Urban Coalition Supporting Economic Recovery«, erklärte Howard. »Das ist diese Gruppe von Bürgermeistern, die Rucker jedes Jahr zusammentrommelt. Sie wollen Gelder für kommunale Aufgaben lockermachen.«

»Nämlich wie?« fragte Stanton.

»Weiß der Kuckuck«, sagte Howard. »Ihnen schwebt so ein neues Gesetz vor – direkte Zuwendungen an die Städte.«

»In Höhe von?«

»Vierzig Milliarden.«

»Jährlich?« fragte Stanton. Howard nickte. Der Gouverneur stieß einen Pfiff aus. »Das soll wohl 'n Witz sein.«

»Das war seine Bedingung«, sagte Howard.

»Howard«, setzte der Gouverneur halblaut an. »Wir zwei sind seit einer Ewigkeit Kumpel. Ich liebe dich wie einen Bruder. Ich traue keinem Menschen so wie dir. Aber ich *verbiete* dir ein für allemal, dich in meinem Namen auf *Geldsummen* einzulassen ...« Er donnerte die Faust so fest auf den Tisch, daß die Kaffeebecher hüpften. »Das gibt es nicht. Hast du mich verstanden?«

»Wir brauchen ihn«, sagte Howard ruhig.

»Es wird sich ja wohl noch eine Methode finden lassen, ihn auch ohne sein verdammtes Blutgeld zu kriegen!« brüllte Stanton. »So was ist absolut tödlich in diesem Land. Das bringt uns achtzehn Stimmen im restlichen Amerika, wenn's hochkommt – und ich darf morgen zusehen, wie ich mich da wieder rauslaviere.«

»Noch was«, sagte Howard.

»Was?«

»Luther Charles will bei der Veranstaltung in der City Hall dabeisein.«

Stanton sah mich an.

»Wozu?« fragte ich Howard.

»Er will ›die Kennenlernphase‹ einleiten, sagt er.«

»Und was zum Henker soll das sein?« wollte Stanton wissen.

»Das Paarungsritual«, sagte Howard.

»Henry?« sagte Stanton. Er wußte, wie ich zu Luther stand – aber das gesamte Gespräch verlief sowieso grauenhaft.

»Was meint Rucker dazu?« fragte ich, obwohl ich die Antwort schon kannte.

»Der macht alles, was Luther sagt.«

»Dann werde wohl ich das Vergnügen haben«, sagte ich. »Ich rufe Luther an und vereinbare ein gesondertes Treffen – ja, Governor? Im Hotel?«

»Nach den Abendnachrichten«, sagte Stanton.

Wieder in der Zentrale, hinterließ ich Luther Charles eine Nachricht und lehnte mich dann zurück, drehte mich auf meinem Stuhl hin und her und wartete auf seinen Rückruf. Es war ein eher düsterer Tag; die riesigen Fensterscheiben in unserem alten Oldsmobilesalon, die oft regelrecht blendeten – und unserem Team selbst in heikelsten Zeiten eine verbissene Sonnigkeit abnötigten –, wirkten naß und stumpf und drückten auf die Stimmung. (Daß die Telefone einfach nicht schrillten, daß sämtliche Politik auf Picker fixiert zu sein schien, machte die Sache nicht besser.) Ich mußte an Daisy denken, wie sie in diesem Kilt ausgesehen hatte. In den letzten Tagen, merkte ich, hatte ich mindestens soviel an Daisy gedacht wie an den Wahlkampf.

Überhaupt kam mir der Wahlkampf neuerdings richtig fremd vor, und das war eine Premiere. Das ganze New-York-Szenario haute für uns nicht hin. Gefragt war eine Politik der obligatorischen Gesten: Man besuchte die obligatorischen Gruppen, man gab die obligatorischen Versprechen – mehr Geld für die Städte, eine diplomatische Mission in Jerusalem für die Juden, die Freilassung eines IRA-Waffenschiebers für die Iren. Aber was für Jack Stanton funktionierte, war weniger vorhersehbar, spontaner. Vielleicht rührte mein Unmut auch nur daher, daß dies Howards großer Moment war und ich den Idioten nicht ausstehen konnte. Jedenfalls ließ ich meine schlechte Laune an Luther aus und gab mir dabei wahrscheinlich unnötige Blößen.

»*Lit-tle bro-ther*«, schnurrte Luther. »Wieso höre ich eigentlich von dir nur in Zeiten der Noh-hot? Manchmal hab ich den Verdacht, die weißen Politiker dieser Welt sehen den alten Luther als Heilsarmee, die in Katastrophenzeiten mit ihrem Einfluß auf die *community* bereitwillig einspringt. Aber da mach ich nicht mit. Ich bin nämlich die kombinierte Heils*befreiungs*armee. Ich zieh ihre Hintern bloß aus dem Dreck, wenn sie mein Volk befreien.«

»Luther, die Sache mit morgen ist keine gute Idee«, sagte ich, und im selben Moment merkte ich, daß mir eine Gedankenlosigkeit unterlaufen war. Ich hätte Bobby Tomkins anrufen sollen, Ruckers Mann, und ihn für uns einspannen. Wer demoralisiert ist, wird denkfaul, weshalb es auch so schwierig ist, einen Wahlkampf kurz vor dem Absaufen herumzureißen – und weshalb wiederum Jack Stantons Auftritt in New Hampshire so bemerkenswert gewesen war.

»Keine gute Idee?« wiederholte Luther. »Was denn?«

»Daß Sie bei der Rucker-für-Stanton-Veranstaltung auftauchen.«

»Hattass der Bürgermeister gesagt?«

»Nein, ich hab noch gar nicht mit Bobby gesprochen, aber überlegen Sie doch mal«, sagte ich. »Glauben Sie, der Bürgermeister wird sich von der Luther-Charles-Heilsbefreiungsarmee gern die Schau stehlen lassen? Sie haben das doch sicher mit Bobby ausgeklüngelt, der ist Ihr Kumpel, ich weiß – und *Sie* wissen, daß Richie Rucker ihn durch die Mangel dreht, wenn der Deal auffliegt, Sie sich plötzlich im Rampenlicht sonnen und der Bürgermeister mit seiner Stanton-Unterstützung im Regen steht. Warum wollen Sie Bobby solchen Kummer machen, Luther?«

»Henry, dein Junge braucht mich«, sagte er statt einer Antwort nüchtern. »Ich bin im Apple eine große Nummer – aber billig wird das nicht. Er wird um meine Dienste feilschen müssen. Die Heilsbefreiungsarmee hat hohe Personalkosten. Und ich werde ein Flugzeug und ein Budget brauchen.«

»Runter vom Gas, Luther«, sagte ich. »Der Gouverneur wird Sie morgen abend in seinem Hotel treffen. Er hat ein offenes Ohr. Aber stellen Sie keine unsinnigen Forderungen.«

»Nehm ich den Lieferanteneingang?« flötete er zurück. »Carter hat mir ein Flugzeug und ein Budget gestellt. Mondale hat mir ein

Flugzeug und ein Budget gestellt. Soll das heißen, Jack Stanton hat kein Interesse an Unterstützung aus der *community?*«

»Das soll heißen, daß Sie mit mir sprechen«, sagte ich. »Und ich weiß, daß Sie die *community* an die Wahlurnen kriegen – wenn's um *Sie* geht. Ich weiß dagegen nicht, wie sehr Sie uns nützen oder schaden können. Der Gouverneur mag Sie, Luther – er steht auf Mätzchen Marke Charles. Aber die Zeiten, wo Sie aus dem Stand eine 737 plus zehntausend Dollar die Woche verlangen konnten, sind vorbei – und wenn Sie ihm so kommen, wenn Sie auftauchen, wo Sie nicht hingehören, und morgen die Leute auf der Rucker-für-Stanton-Veranstaltung für sich vereinnahmen, dann hat Stanton Ihnen überhaupt nichts zu sagen.«

»Wenn ich auftauch, wo ich nicht hingehör«, äffte Luther mich nach. »Schwarze, verpißt euch.«

»Ach Luther, lassen Sie doch den Schwachsinn.«

»Möglicherweise muß ich mit Rucker ein Wort über Sinn und Zweck seiner Unterstützung sprechen.«

»Tun Sie, was Sie nicht lassen können.«

»Es wäre doch peinlich, wenn er sie jetzt zurückziehen würde.«

»Stimmt, das würde seinem Ruf als Schnellspanner ziemlich gerecht werden.«

»Oh, oh«, sagte er, »Henry Burton, die knallharte Politnase. Du müßtest mal deine Soul-Ader orten. Solltest vielleicht Blut spenden wie der gute Freddy Picker – da haben wir mal ein weißes Kerlchen mit Soul! Obwohl er wahrscheinlich einen klitzekleinen Johnson hat, sonst wär ihm die Frau nicht abgehauen. Sagt der Typ das doch glatt zu Bryant! ›Meine Frau hat sich in einen anderen Mann verliebt‹«, mokierte Luther sich mit verstellter Weißenstimme; dann wieder normal: »Himmelarsch, da schießt das Bleichgesichts-Vertrauensbarometer ab in die Ionosphäre. Die Weißen lieben son Quatsch. Die Schwarzen fragen sich sofort, was mit seinem Schniedel nicht stimmt.«

»Also Luther, geht mit morgen abend alles klar?«

»Du kannst mich mal. Ich muß deinen Master im Augenblick nicht treffen, wenn er sich so hat. Aber dir werde ich einen Gefallen tun, Henry. Ich möchte was für deine Bildung tun. Wohnst du hier bei dir?«

Das hatte ich mir noch gar nicht überlegt. Ich hatte in New York ja eine Wohnung. Auch wenn ich monatelang nicht drin gewesen war. »Weiß ich noch nicht.«

»Jaja, das Hotelleben ist ansteckend. Stimmt's oder hab ich recht, Brother? Und als Kindermädchen muß man immer nah bei seinem Schützling bleiben. Aber wir könnten uns trotzdem in deiner alten Gegend treffen, in der West End Bar zum Beispiel.«

An diesem Punkt traf mich ein heftiger Luftschwall.

»HEY, AMNIO MAN! HEY, AMNIO MAN!« Es war Libby, die hereingeplatzt kam, dabei eine Parodie auf die alte »Hey, Culligan Man«-Reklame ablieferte und mit einer Packpapierrolle herumfuchtelte. Ich gestikulierte wie wild, damit sie den Mund hielt. »HEY, AMNIO MAN!«

»Bist du noch da, *little brother*?« fragte Luther. »Ist irgendwas?«

»Nein. Okay, in der West End Bar. Worum geht's eigentlich?«

»Das siehst du dann. Sagen wir, elf?«

»Gut.« Ich legte auf.

»HEY, AMNIO MAN!« intonierte Libby. »AMNIO MAN, AMNIO MAN.«

Manchmal war Libby einfach völlig abgedreht, reif für die Wiedereinlieferung. Zum Beispiel jetzt. »Himmel, Libby«, sagte ich. »Soll die ganze Welt Bescheid wissen?«

»Henry, mein klitzekleines scheißebraunes Verräterarschlochschweinchen«, säuselte sie liebenswürdig. »Die Welt erfährt es sowieso. Denk ich mal. Nehm ich an. Vermute ich.«

Ich ließ den Kopf sinken. Mir kam es vor, als hätte mich zum achtenmal an diesem Tag ein Tieflader überfahren. »Okay, Libby, was gibt's?«

»DAS KRIEGEN WIR GLEICH«, sagte sie. »Zunächst noch ein Wort von unserem Sponsor. ›Hey, AMNIO MAN! Hey, AMNIO MAN!‹ Henry, Henry, Henry – das Mädelsteam fand dich *simpatico*, dachte, du wärst ein Typ, mit dem wir ins Geschäft kommen könnten. Und jetzt *machst du bei dieser* KACKE *mit*?«

»Libby, was sollte ich denn tun?«

»NICHT MITMACHEN.«

»Ich hatte die direkte Anweisung vom Gouverneur.«

»Sieg FUCKING Heil. Ab nach Nürnberg, Engelchen. Schau dir das an.« Sie rollte das Packpapier auf meinem Schreibtisch aus. Es waren lauter Felder mit Doppelkästchen darauf eingezeichnet – Klassen-Sitzpläne, wie ich nach und nach kapierte. »Das sind sämtliche Kurse von Loretta McCollister«, sagte Libby, »sie ist ein wahrer Stern am Schülerhimmel.« Sie zeigte auf die goldenen Sterne, die Lorettas Platz in jedem Kurs markierten. »Wär sie jedenfalls gerne. Aber wenn du jetzt bitte die *grünen* Sterne beachten möchtest.« In der zweiten und vierten Stunde klebten neben Lorettas Goldsternen grüne Sterne. »Die stehen für unsere herzallerliebste kleine Kendra Mason.«

Libby warf mir einen Blick zu, um sich zu vergewissern, daß ich wußte, was jetzt kam. Bedauerlicherweise tat ich das. »Roger Melville-Jones hat ihrer Familie vorgestern einen Besuch abgestattet. Dieser dämliche Engländerfatzke. Sie wohnt bei ihrer Mutter – zusammen mit drei Halb-Dingens von verschiedenen Vätern. Und weißt du was? Sie haben ausgesprochen großes Interesse AM SOZIALEN AUFSTIEG.«

»Nicht so laut, Libby, verdammt«, sagte ich. »Und was hast du gemacht, deine Knarre eingepackt, bist hingefahren und hast alle umgenietet?«

»SAUKOMISCH, ARSCHWITZIG«, schnaubte sie, beruhigte sich dann aber doch. »Er hat ihnen vom Fleck weg hunderttausend Dollar geboten, damit sie bei *Sex Lives of the Rich and Famous* plaudern, oder wie sich diese elende Anmache nennt.«

»Und die McCollisters?« fragte ich.

»Schämen sich in Grund und Boden«, sagte sie. »Fat Willie hat den Laden dichtgemacht, ›Urlaub‹ genommen und Loretta ein paar verpaßt, weil sie den Mund nicht gehalten hat. Das sind echt tolle Leute, Henry. Melville-Jones steht vor der Tür und fragt Willie: ›Ist Ihre Tochter schwanger?‹ Und er sagt: ›Das geht Sie einen Scheißdreck an – wenn Sie nicht sofort mein Grundstück verlassen, ruf ich die Polizei.‹ Das Arschgesicht fragt weiter: ›Ist der Gouverneur der Vater?‹ Und Willie sagt: ›Der Gouverneur ist mein Freund‹ und knallt die Tür zu. Also ehrlich, wie konntest du Howard Bleistiftpimmel das Willie neulich ANTUN lassen, ohne einzuschreiten?«

Die Bemerkung ließ ich unkommentiert. »Melville-Jones hat also nichts in der Hand außer einer Göre, die behauptet, eine andere Göre würde behaupten, der Gouverneur hätte sie geschwängert?«

»Henry, der Mann arbeitet verdammt noch mal nicht für die *New York TIMES*«, sagte Libby. »Außerdem hat er ein ausgesprochen laues Dementi vom Brautvater.«

»Vor laufender Kamera?«

»Der geht nicht ohne aus dem Haus«, sagte sie. »Ich tippe auf Anfang der Woche in *Sex Lives of the Rich and Famous.*«

»Das ist doch –«

»Ekliger als ein haariger Arsch«, sagte sie.

»Können wir von Willie nicht ein wasserdichtes Dementi kriegen?«

»Henry, du treibst es echt auf die Spitze«, sagte sie. »Er könnte sich auf unsere Kosten 'ne goldene Nase verdienen, er hält stoisch die Klappe – und du willst ihn bitten, für uns zu LÜGEN?«

»Nicht zu lügen«, sagte ich. »Ach, ich weiß nicht, es tut mir leid. Du hast recht. Alles, was er sagt, wird sowieso gegen uns verwendet. Wo sind sie eigentlich?«

»Weiß nicht, ob ich dir das verraten soll, Amnio Man.«

»Libby –«

»Sie sind in einem Anglerhäuschen in Montgomery County, das ich ihnen verschafft habe. Hübscher Fluß mit Forellen. Willie kann den ganzen Tag seine Fliegen baden und darüber nachdenken, wieviel Geld ihm gerade durch die Lappen geht«, sagte sie. »Wobei er natürlich ein Mordsgeschäft machen wird, wenn er zurückkommt. Die Sache ist doch Gold wert für seinen Laden. Die Leute werden nur so angepilgert kommen. Sie werden nie vergessen, wer er ist und was seine Tochter dem Gouverneur nachgesagt hat. Sie werden alle vorbeikommen, um zu sehen, ob Baby Jacks wellige Haare und sein dümmliches Grinsen hat. Er wird nie wieder einfach Fat Willie sein. Ach Mist, dafür könnte ich Jack wirklich UMBRINGEN.«

»Er behauptet, daß er nicht der Vater ist.«

»Ist er auch nicht.« Sie verschränkte die Arme und warf mir einen frechen Blick zu.

»Woher weißt du das?« Mein Adrenalinspiegel schoß in die Höhe. »Hast du schon die Ergebnisse?«

»Die kommen erst in ein paar Wochen, sagt Dr. med. Sharon Wilkinson, u.A.w.g., so bald wie möglich. Und zwar DALLI.« Libby drehte wieder ab.

»Woher weißt du's dann?«

»DUSTBUSTERLOGIK«, sagte sie. »›*It was just my woman's intuition, but I was into wishin' you were here.*‹ Kannst du dich noch an den Song erinnern? Oh, pardon, natürlich nicht. Zu billig. Henry, Henry, Henry, Henry – mein armer Kleiner: Es ist doch *wurscht*, ob er's war oder nicht, solang sie bloß EIN EINZIGES MAL behauptet hat, er wär' s gewesen. Und wir wissen, daß sie es mindestens zweimal gesagt hat: zu ihrem Vater und zu Kendra ›Ich-leb-bald-im-Disney-Land‹ MASON. Henry, werd endlich erwachsen: Mist erzeugt Mist. Durch Cashmere ist *alles* möglich geworden ... Abgesehen davon, glaubst du vielleicht, Jack Stanton wär nicht imstande, die kleine McCollister zu vögeln? Glaubst du, er hat *nicht*?«

»Libby, ich kapier das nicht. Wieso sollte ...?«

Sie schnitt mir das Wort ab. »Ach, halt die KLAPPE, Henry. Wozu willst du das wissen?«

»Weil's einfach zu blöde ist«, sagte ich.

»Blöde ist nicht das richtige Wort. Probier's mit *ekelhaft*.«

»Und was hast du dann hier verloren?«

»Aaaaach, Henry«, sagte sie und sah mich an, plötzlich wieder völlig normal. »Wir sind hier, weil wir hier gebraucht werden.«

Luther Charles war wie Jack Stanton ein Mann, der Schwingungen erzeugte, wenn er sich in einem Raum befand; die Moleküle bewegten sich anders, Spannung lag in der Luft. Vielleicht war es also dieses Knistern – statt einfach ein Aufblitzen seiner goldenen Manschettenknöpfe –, das meinen Blick sofort auf den Reverend lenkte, als ich am folgenden Abend kurz nach elf die West End Bar betrat.

Ich war ohnehin ziemlich aufgedreht. Das lag an New York. Es fühlte sich an wie ein umgekehrter Jetlag: Alles war schneller, lauter, lebendiger als in Mammoth Falls. Ich war in meiner alten Gegend herumgelaufen, ganz groggy von dem vielen Leben, von der schieren Menge der Menschen: Penner und Professoren schlurften herum, jeder auf seine Art zerstreut, käsige Upper-West-Side-Typen kauften an den koreanischen Obstständen ein, goldkettenbehangene Puertorikaner mit Ghettoblastern lungerten an den Ecken herum. Wenn man das vertrug, kam einem jeder andere Ort in Amerika zeitlupenartig und leer vor. Ich vertrug es nicht nur, es war eigentlich mein Zuhause. Ich kämpfte mit mir, ob ich einen Abstecher in meine alte Wohnung machen sollte. Ich stand schon unten im Gebäude, bekam aber kalte Füße, entmutigt von der Vorstellung, wie die Kakerlaken im Licht nach allen Seiten davonhuschen würden, entmutigt von der Aussicht, an die Überbleibsel meines Lebens nach William Larkin und vor Jack Stanton erinnert zu werden, an die Zäsur, für die dieses Gebäude stand. Immerhin schaute ich bei Mrs. Flores, der Hausmeisterin, vorbei, die mir meine Post minus Reklame nach Mammoth Falls nachgeschickt hatte. Sie war klein und drall und hatte ein Faible für wenig schmeichelhafte Tanktops. »Wieder da, Henry?« fragte sie. »Der Gouverneur macht ja ville Ärger...«

»Nein, ich schau nur vorbei«, sagte ich. »Ich war gerade in der Gegend, da dachte ich, ich nehm meine Post mit.«

»Gehn Sie rauf?«

»Nein.«

»Paß ich schon auf. Vor zwei Monaten hab ich ausgeräuchert *las cucarachas*. Jetzt ist in Ordnung, aber bald sind sie wieder da. Wann kommen Sie zurück, Enrico?«

»Keine Ahnung«, sagte ich. »Vielleicht schon bald. Ist Post da?«

»Hab ich erst letzte Woche geschickt, aber hier, ist schon paar Wochen vorher gekommen. War unter mein Glückszahlenbuch gerutscht.«

Der Brief war von meinem Vater. Er kam mir nicht nur vor wie von weit her, sondern wie aus einer anderen Zeit: aus meinen alten Brieffreundschaftszeiten, als die Briefe von Mohammed Siddiqi aus Lahore in ihren zarten himmelblauen Umschlägen kamen. Dieser Brief war gräßlich dünn. Er bestand aus einem einzelnen Blatt Luftpostpapier mit einem einzigen auf der Schreibmaschine getippten Satz:

Arbeitest Du tatsächlich für diesen Mann?

Kein »Lieber Henry« oder »Alles Liebe, Dein Vater«. Auf der Seite stand einzig und allein dieser eine Satz. Es war wie ein tätlicher Angriff, aber anders als Susans Ohrfeige – mehr wie ein gekonnt plazierter Magenschwinger. Mir blieb die Luft weg. Und dann wurde ich wütend: Dieser Mistkerl hatte kein Recht dazu. Er hatte sich nie genug für mich engagiert, um so in mein Leben einbrechen, mich so verletzen zu dürfen. Im Rückblick war es allerdings perfektes Timing, ein perfektes Vorspiel für den Abend in der West End Bar. Es war, als hätten Luther und mein Vater diese Attacke gemeinsam ausgeheckt, als letzten verzweifelten Versuch, Henry zu retten, bevor er unwiederbringlich ins Reich der Bleichgesichter abdriftete.

Aufgedreht und verletzt, im Grunde ziemlich kaputt, entdeckte ich Luther also sofort an dem Tisch in der West End Bar, verdächtig seriös herausgeputzt mit blauem Nadelstreifenanzug und einem weißen Hemd mit edlen Manschetten und einer goldenen Krawattennadel. (Sein rot-schwarz quergestreifter Schlips wirkte herausfordernd bodenständig, als wäre Luther mit einem Fuß in der Sonntagsmesse verankert.) Er hatte im Lauf der Jahre zugenommen und einiges an Haupthaar verloren; zu seinen Glanzzeiten hatte er mit einem buschigen Afro und bunten Afrikakutten brilliert – der revolutionäre Zorn gab ihm Konturen, und er stand ihm auch. Jetzt wirkte sein Aufzug etwas gewollt; Luther im Anzug war wie Dukakis in einem Panzer.

Neben ihm, mit dem Rücken zu mir, saß eine Frau. Er verzog keine Miene, als er mich kommen sah, kein freundliches Lächeln, lediglich ein Nicken, gefolgt von einem Händedruck – ein Gruß für einen Weißen. »Henry«, sagte er, »das ist Gail Powell, Jura-Kommilitonin deines derzeitigen Arbeitgebers und Mitglied der Band.«

»Der Band?« fragte ich und setzte mich neben sie. Sie war groß und sah auffallend gut aus, ihr klassisch afrikanisches Profil wurde durch das kurz geschnittene Haar betont, dessen erste graue Kringel ihre würdevolle Erscheinung noch unterstrichen. Sie trug eine perlgraue Seidenbluse zu einer dunklen Hose, eine schmale Goldkette um den Hals und schlichte Perlenohrringe.

»Partners Three.« Sie wies lächelnd mit dem Kopf zur Bühne. »Ein paar Kollegen aus der Firma – Jennings, Jenkins und Abercrombie. Wir nudeln ab und zu hier herum.«

»Diese Sister ...«, setzte Luther an, wurde jedoch von der Bedienung unterbrochen. Ich taxierte den Tisch: Luther trank Kaffee, Gail Powell etwas Braunes, das nach Bourbon aussah. Ich hatte mir angewöhnt, Margaritas mit einem doppelten Schuß Tequila zu trinken – Daisys Drink –, doch damit konnte man in dieser Gesellschaft keine Punkte machen. Ich bestellte ein Bier.

»Diese Sister kann dir einiges über Jack Stanton erzählen«, sagte Luther.

»Einiges?« fragte ich nach.

»Na ja, wir hatten mal was«, sagte sie, ultracool.

»Mehr als was«, sagte Luther. »Erzähl's ihm.«

»Jawohl, mehr als was. Wir waren ziemlich eng zusammen. Das waren die Zeiten, wo ... na, Sie kennen ja Jack.«

»Den jetzigen schon«, sagte ich. »Wie war er denn früher?«

»Ganz genauso, vielleicht noch ein bißchen strahlender«, sagte sie. »Er hat richtig geleuchtet.«

»Haben Sie auch Bill Johnson gekannt?« fragte ich.

»Natürlich«, sagte sie. »Auf dem Campus gab's nicht so viele von uns, daß wir uns nicht untereinander gekannt hätten. Wir sind uns jeden Tag über den Weg gelaufen und haben uns bedingungslos Rückendeckung gegeben, schließlich wollten wir uns alle nicht blamieren. Und ich muß sagen, Jack war ein echter Kumpel, im Gegensatz zu den meisten Weißen. Die haben uns vor lauter krankhaftem Ehrgeiz überhaupt nicht wahrgenommen, manche haben's mit wohlmeinenden Annäherungsversuchen probiert, aber Jack hatte den Bogen raus. Er konnte sich ganz natürlich unter uns bewegen, ohne irgendwelche Verrenkungen. Und er konnte einem die Sterne vom Himmel holen. Es gab Zeiten, da hab ich tatsächlich daran geglaubt, daß wir beide einfach zusammen die kleine Anwaltskanzlei jwd aufmachen, von der er immer geredet hat.«

»Ausgenützt hat er die Sister«, sagte Luther.

Sie lachte auf. »Öfter mal was Neues. Prima Schlagzeile: Schwarze Frau von weißem Mann ausgenutzt. Luther, da muß ich kurz die Juristin heraushängen lassen: Ausnützen heißt noch nicht mißbrauchen. Von Mißbrauch kann ich Ihnen ein Lied singen.«

»Dann haben Sie Susan sicher auch gekannt?« fragte ich.

»Klar«, sagte sie. »Allerdings nicht besonders gut. Sie sind zu jung, als daß Sie sich an die alte Zahnpastareklame erinnern könnten – Colgate mit Gardol, dem unsichtbaren Schutzschild. Bei Susan war nicht erst beim Mund Schluß.«

»Dann hat er sie nicht geliebt?«

Sie lachte wieder. »Ich denke, Sie arbeiten für den Mann! Natürlich hat Jack sie geliebt. Er hat sie geliebt, er hat mich geliebt, er hat jede herrenlose Katze in der Gegend geliebt. Der Junge leidet nicht an einem Mangel an Gefühlen – er hat mehr, als die Polizei erlaubt, und sie sind alle echt. Er spielt einem nichts vor. Garantiert hat er selber gedacht, daß wir beide uns häuslich niederlassen, die bescheidene Kanzlei aufmachen und kleine Schokosplit-Babys kriegen – wenn er denn mal dran gedacht hat. Dummerweise hat er noch an zu viele andere Dinge gedacht.«

»Er hat die Sister zum Narren gehalten«, sagte Luther, mittlerweile nur noch halbherzig. Die Sache lief nicht ganz, wie er geplant hatte. »Er hat sich die kleine Weiße geschnappt, weil die Heirat mit einer Schwarzen politisch nicht *vertretbar* gewesen wäre.«

»Das hat natürlich reingespielt«, sagte Gail. Sie trank einen Schluck Bourbon und drehte das Glas nachdenklich zwischen den Handflächen. »Aber bei Jack war man immer hin- und hergerissen zwischen Kopf und Herz. Mit dem Verstand wußte ich, daß ich ihn nie wirklich kriegen würde. Er war zu unersättlich, und dabei ging's nicht um den üblichen männlichen Hunger, nicht nur ums hopp und zack. Er hatte eher weibliche Bedürfnisse, er brauchte die körperliche Nähe mehr als alles andere. Sie verstehen davon natürlich nichts, Reverend«, sagte sie mit einem unschuldigen Augenaufschlag Richtung Luther. »Aber er war einfach ... ein Schatz.« Sie schien verblüfft von ihrer eigenen Wortwahl. »Er war richtig lieb. Bei ihm ging einem das Herz auf, irgendwie brachte er das immer fertig. Und nein, Luther« – sie drohte dem Reverend mit dem Finger – »mit Ausnützen hatte das nichts zu tun. Es ging bei ihm auch nie darum, seine Macht auszuspielen. Es ging um ein Bedürfnis nach Nähe und die Freude daran. Er hat es genossen, einfach dazusein, zu berühren und berührt zu werden, alles in sich aufzunehmen und sich Zeit zu lassen – mehr als jeder andere Mann, den ich kenne.«

Sie wandte sich mir zu. Ihr Blick war kristallscharf und verhangen zugleich. »Vom Kopf her wußte ich natürlich, daß Jack Stanton zu Höherem bestimmt war als zu einer popeligen Kanzlei – und so gesehen, war Susan die offensichtliche Kandidatin. Aber es war keine kaltblütige Entscheidung, es war nie eine Vernunftehe, wie es oft heißt. Er hat sie um den Finger gewickelt, genauso wie mich, genauso wie uns alle, da geh ich jede Wette ein. Er hat den unsichtbaren Panzer dieser kleinen Weißen garantiert geknackt, sonst hätte er sie nie heiraten können. Jack hält's nicht aus, wenn er nicht geliebt wird. Außerdem: Wenn sie ihn nicht lieben würde, dann hätte sie sich seine ganzen Eskapaden nicht jahrelang gefallen lassen. Dafür ist sie viel zu stolz. Tut mir leid, Jungs, aber jetzt muß ich wieder…«

Ich stand auf, um sie vorbeizulassen. Sie war ein ganzes Stück größer als ich. »Reverend.« Sie verbeugte sich. »Mr. Burton.« Sie küßte mir die Hand. Dann trat sie einen Schritt zurück und fügte noch an: »Wissen Sie, Henry, eigentlich wollte ich jetzt sagen, schade, er wär so ein toller Typ gewesen, wenn er nicht ein großer Mann hätte werden wollen. Aber das wär zu billig, oder? Jedenfalls geh ich jede Wette ein, daß er irgendwo unter dem ganzen Mist immer noch ein toller Typ ist.«

Das war's. Sie ließ uns stehen und verschwand in Richtung Bühne. »Das war also der Beitrag zu meiner Bildung?« fragte ich Luther, als sie endgültig verschwunden war.

»Schau sie dir an«, meinte Luther. »Die Sister ist doch fix und fertig. Sie hat diesen Scheißkerl immer noch nicht verwunden. Und das blüht dir auch, Henry. Er nützt deine Pigmentierung für seine Zwecke aus. Aber was springt für dich dabei raus? Was hast du schon für Macht? Du hast deine Herkunft und deinen Einfluß aufgegeben, um einem Weißen den Mantel nachzutragen.«

Ich konnte die Augen immer noch nicht von Gail Powell abwenden. Sie hatte etwas müde Abgeklärtes an sich, eine wissende, bluesige Ausstrahlung – ob sie wohl bei Jennings, Jenkins und Abercrombie eine andere, energischere Gail Powell war? Sie stieg auf die Bühne und gesellte sich zu einem weißen Pianisten und einem schwarzen Schlagzeuger; sie selber spielte Baß.

»Sie spielt Baß?«

»Yeah, sieht man nicht oft«, sagte Luther, »daß eine Sister Baß spielt. Eigentlich komisch, wo die Sisters doch so auf dieses Instrument stehen – zupft ja angeblich mächtig an ihrem Zauberding«, sagte er und beobachtete meine Reaktion. »Oh, oh, Henry Burton, jetzt hältst du mich für ordinär. Großpapis Enkel, wie er leibt und lebt! Sag mal, erinnerst du dich eigentlich noch an den großen Meister?«

»Nicht besonders gut«, erwiderte ich. Seine Hände waren mir noch gegenwärtig, ich hatte immer meine kleinen Finger durch seine großen, dicken gefädelt. Ich erinnerte mich auch an den Zigarrengeruch, der von ihm ausging. »Er hat mir öfters James Weldon Johnson vorgelesen ...«

Luther fing sofort an zu rezitieren:

»Wenn ich meinen letzten Sorgenbecher getrunken
Wenn sie mich alles Erdenkliche gerufen außer Kind Gottes
Wenn ich endlich emporgewandert die rauhe Seite des Gebirgs ...«

Er deklamierte donnernd, die Augen zum Himmel gerichtet, so daß sich in unserer schummerigen, alkoholdunstigen Bar die Köpfe drehten – eine leibhaftige Trompete von Jericho.

»Das war doch sein Lieblingsgedicht, oder?« sagte ich.

Luther nickte und sprang ans Ende: *»Laßt mich in Frieden in mein staubiges Grab hinab.«* Inzwischen stand er, fuchtelte mit seinem Kaffeelöffel und produzierte sich vor dem Publikum. *»Damit ich harre auf den großen Morgen der Auferstehung – Amen.«* Er schwelgte in dem »Amen« genauso – haargenau so – wie Großvater damals. Dann setzte er sich wieder. Er sah mich an. Wir musterten uns – zum erstenmal eigentlich. Wir hatten Verbindung aufgenommen. Jetzt konnten wir reden. Er blickte mich an, als würde er in meinem Gesicht nach Spuren von meinem Großvater, vielleicht auch von meinem Vater suchen.

»Hat er Ihnen das beigebracht?« fragte ich. Doch noch bevor er antworten konnte, rückte ich dem Kern meiner Frage näher: »Wie war er eigentlich?«

»Göttlich.« Luther lachte. »Er war göttlich, abgesehen von seinen

Fehlern, über die wir alle Bescheid wußten, aber trotzdem war er göttlich, trotzdem war er die Stimme vom Berg, derjenige, der auf uns niederblickte – auf mich ganz besonders. In seinem verdammten Erlauchten Kreis war ich immer der dumme Vorzeige-Straßennigger. Zu blöd, daß er dich nicht mehr mitgekriegt hat, dein verknöcherter Hintern hätt ihn glatt hingerissen. Du bist genau sein Typ. Nobel. Blaßgelb. Würdig. Selber war der Rev schwarz wie die Nacht, aber er hatte nen Narren gefressen an solchen Gelbnasen wie dir, vor allem wenn sie an der ›Univer-si-*tät*‹ studiert hatten«, sagte er bissig.

»Er hat doch selbst am Hampton Institute studiert«, warf ich ein.

»An der Univer-si-*tät*!« beharrte Luther. »Wo war dein Vater? Auf der University of Chicago? Schau dir die Liste an, den ganzen sogenannten Erlauchten Kreis. Wo war der Reverend Artemis Jackson? Gelbnase Arty ging nach Yale. Also. Der Rev liebte Brothers, die ihr Hähnchen mit Messer und Gabel statt mit den Fingern fraßen. Die richtige Hemdkragen trugen. Ich hatte so was noch nie gesehen. Ich komm von der Southside. Mein Daddy war ein Nobody. Das behagte ihm nicht, dem Reverend Mr. Burton. Außerdem war ihm nicht genehm, daß ich keine Geduld hatte und keine Manieren und keinen Anstand. Und genausowenig genehm war ihm, daß dein Vater ... so wenig Interesse zeigte.«

»Er hat sich eben für andere Dinge interessiert.«

»Er hat sich mit Vorliebe für Dinge interessiert, die den Rev nicht die Bohne interessierten, das allerdings.« Luther lachte. »Er wollte bei dem Kreuzzug nicht dabeisein. Und er ist ganz sicher nicht auf der Versöhnungsschiene gefahren. Das hat uns beide zu einem Paar gemacht, deinen Daddy und mich. Wir waren unter den ersten, die nicht mehr ›farbig‹ waren, sondern schwarz, schon Jahre, bevor Stokely und die anderen das richtige Wort dafür fanden. Farbig war nett – farbig hieß, man konnte mokkabraun, kamelienrot oder champagnergelb sein; man konnte so hübsch anzusehen sein wie eine Monetsche Seerose. Vornehme Brothers nannten wir *wasser*farbig, dein Daddy und ich. Weißt du, das Schöne am Schwarzsein war, daß es nicht nett war. Es stand für Widerstand, Dunkelheit. Es war ein riesiges IHR KÖNNT UNS MAL. Das war dem Rev zu hart: er war ein ›Farbiger‹.«

»Das klingt gar nicht nach meinem Vater – diese Wut«, sagte ich. »Ich kann mich nicht mal erinnern, daß er je laut geworden wäre. Er hat einfach immer Distanz gewahrt ... zu allem.«

»Ironisch«, sagte Luther. »Ironisch. Er kannte sich eben aus. Er wußte, daß der Quatsch vom Reverend, das Setzt-euch-mit-den-Bleichnasen-Zusammen, zu nichts führt. Und er wußte auch, daß mein Leckt-uns-alle-am-Arsch-Ansatz keine große Zukunft hatte. Er war mehr hinter der Vergangenheit her – aber das weißt du ja –, wollte näher unter die Lupe nehmen, wo wir armen Würstchen herkommen. Er wußte, daß das Setzt-Euch-mit-den Bleichnasen-Zusammen es nicht bringen würde, und zwar nicht nur, weil diese kranken Gestalten uns nach wie vor nicht mal in die Augen schauen können, sondern weil *wir* uns in unserer Haut so unwohl gefühlt haben, daß wir keine glaubwürdigen Verhandlungspartner waren – trotz all dem verdammten stolzen Gehabe von damals. Wir waren noch nicht reif für die Gleichberechtigung. Kann man uns wahrscheinlich nicht verdenken. Wir hatten eine gerechte Sache, und wir sind mit dem entsprechenden Tempo vorgegangen. Aber deshalb hab ich nie kapiert ...«

»Was?« fragte ich nach, obwohl ich genau wußte, was kam.

»Das mit deiner Mutter. Ich hab nie kapiert, was er an ihr gefunden hat, abgesehen vom Offensichtlichen. Aber na ja, schau dir die Sister an ...« Er nickte Richtung Bühne, wo Partners Three sich gerade in eine langsame, träumerische Version von *Time After Time* versenkte. Gail Powell streichelte mit geschlossenen Augen den Baß. »Sie hätt jeden Mann haben können, aber sie wollte keinen von uns. Die Liebe geht seltsame Wege, da kann einer dem andern nicht dreinreden. Ich hab keine Ahnung, mit was für nem Voodoozauber deine Mutter ihn belegt hat oder wie's in seinem Herzen ausgesehen hat.« Luther grinste. »Das Herz ist ein einsamer Gauner.«

Einen Augenblick lang waren wir still und lauschten nur der Musik.

»Henry«, meinte Luther schließlich, »dein Daddy ist nicht da, also bin ich das einzig verfügbare Mitglied des Rumpfkomitees des Rev, das ihm noch Ehre erweisen kann. Hör zu: Ich weiß, daß du dich meiner Sache nicht anschließen kannst, daß sie dir *peinlich* ist.

Wahrscheinlich werd ich sie selbst auch nicht mehr viel länger durchziehen. Aber wir haben irgendwie damit gerechnet, daß du die *nächste* Sache aufziehst. Begreifst du das? Booker T. Washington hatte doch keinen blassen Schimmer, oder? Wir können nicht mit ihnen zusammenleben wie die fünf Finger an einer Hand. Einen Finger kriegen wir immer in den Arsch. Wir können nicht mit ihnen leben, auch nicht ohne sie, wir können ihnen zum Teufel nicht mal ansatzweise trauen – und wer will das überhaupt? Im Grunde haben die meisten von ihnen uns schlicht und einfach dick. Also funktioniert der Ansatz des Rev nicht. Und mein Ansatz funktioniert auch nicht. Jetzt seid ihr dran, du und deinesgleichen, ihr müßt euch überlegen, was als nächstes ausprobiert wird.«

»*Ich*? Himmel, Luther, glauben Sie, ich hab eine Mission, bloß weil ich mit Nachnamen Burton heiße? Ich bin kein Prediger, ich bin Politjunkie. Ich tue, was ich tue, und das gut. Und meistens macht es mir auch Spaß.«

»Eben, *little brother*«, sagte er. »Du hättest Zahnarzt werden können oder Golfprofi oder dich nach Kairo abseilen wie dein Daddy, aber du hast es vorgezogen, in der Arena zu bleiben – also fällt dir die Aufgabe zu. Du bist doch bloß zu Stanton, weil du dir gedacht hast, wenn er gewinnt, dann wirst du der zweitwichtigste Mensch der Welt.«

»Keine Spur«, log ich.

»Richtig, es gibt ja noch die Zahnpastafrau, stimmts?« meinte Luther. »Die ist die Nummer zwei. Aber du hast gedacht, es ist deine Eintrittskarte in die Gemächer des Weißen Hauses. Und wer weiß, vielleicht hättest du's sogar dahin geschafft. Aber selbst wenn du's geschafft hättest, selbst wenn du's noch schaffst – du hast was Wichtigeres zu tun, du mußt die Sache des Reverend weiterführen. Ich hatte ja gehofft, daß mir das gelingt. *Ich* wollte derjenige sein, welcher, scheiß auf diese hochgestochenen Intellektuellen-Nigger. Ich war der rechtmäßige Erbe – Mann, sein Tod hat mich wirklich umgehauen. Ich hab mir die Augen ausgeheult, und, ja, ich hab meinen Zug gemacht. Und seitdem bin ich im Erlauchten Kreis unten durch. Luther, der gefallene Engel. Stellt euch doch hinter mich, ihr Idioten! Wer hat denn den Brothers mehr Selbstbewußtsein gegeben, ich oder die Gelbgesichter? Ich war schließlich Präsidentschaftskandidat, ich hab mir mit den weißen Fatzkes Debatten geliefert und sie um ein Haar erledigt. Draußen auf den Straßen haben sie diesen Debatten gelauscht wie in den Dreißigern Joe Louis.«

Er hielt inne. Offenbar hatte er gemerkt, daß er sich in fadenscheinige Rechtfertigungen verstrickt hatte, und das paßte ihm nicht. Mit einem leisen Lächeln fuhr er fort: »Henry, ich hab den Rev verdammt noch mal gehaßt. Aber so, wie ein Sohn seinen Vater haßt, weil ich wußte, daß er mich nie so sehen wird, wie ich gesehen werden möchte. Du bist sein Fleisch und Blut, und mir sind deine Gründe scheißegal, aber der Reverend Harvey Burton würde sich im Grabe umdrehen, wenn er wüßte, daß sein Enkel für einen dahergelaufenen Südstaaten-Gouverneur den Bediensteten spielt.«

»Ach kommen Sie, Luther«, sagte ich. »Sie wissen genau, daß er kein dahergelaufener Südstaaten-Gouverneur ist.«

»Darum geht's nicht, mein Junge«, sagte er, sein Blick wurde sanfter, und er legte mir eine große Hand auf den Arm. »Es geht nicht um die Qualität des Gouverneurs, es geht um die Qualität deiner Dienste.«

Der Samstag war eine Katastrophe. Wir sollten unseren New Yorker Wahlkampf mit einer Kundgebung auf der Restoration Plaza in Bedford-Stuyvesant beginnen, und anschließend sollte ein Hubschrauber Stanton zu einer kleinen Besuchsrunde nach Connecticut befördern. Ganz Bed-Stuy säße in den Startlöchern, hieß es. Tolle Fotos für die Sonntagsblätter, hieß es.

Die Gegend war wie ausgestorben. Keine Menschenseele. Man hätte meinen können, ein Sabotagetrupp hätte das Zentrum von Bedford-Stuyvesant geräumt. Auf dem leeren Platz spielte eine Band, eine Soul-Band mit einer Sängerin, die schauerlich falsch ein Chaka-Khan-Stück heruntersang. (Später stellte sich heraus, daß es sich bei der Frau um die Schwester des Pressesprechers des städtischen Wirtschaftsreferenten handelte, ihr Gesang kostete Stanton zweitausend Dollar.) Fünf oder sechs dick vermummte und ziemlich lustlos wirkende freiwillige Helfer (hundert Dollar pro Nase und Nachmittag) standen bereit, um Broschüren und Autoaufkleber und

Anstecker an alle zu verteilen, die zufällig des Weges kamen. Nur daß niemand des Weges kam.

Gut, es war ein unerfreulicher Märztag – wolkig, windig, mit Temperaturen um Null. Aber es war Samstag, das NCAA-Basketballhalbfinale fing erst am späten Nachmittag an, und Rucker hatte eine Menschenmenge versprochen. Wir fuhren in unserem Kleinbus vor, gefolgt von einem Pressebus mit dem üblichen überregionalen Troß. (Die New Yorker Skorps, ebenso unbestechlich wie verstockt, hatten sich natürlich nicht von uns mitnehmen lassen – sie kamen einzeln an, jeder im eigenen Auto, mit Presse-Nummernschildern, mit denen sie so ziemlich überall illegal parken konnten.)

»Henry, ich steig nicht aus, bevor wir nicht den Bürgermeister finden und jemand mir sagt, was hier verdammt noch mal gespielt wird«, erklärte Stanton.

Ich rief Bobby Tomkins an. »Wo seid ihr?« fragte ich.

»Hier«, sagte er. »Wir haben uns gleich gegenüber einquartiert. Ich kann euch sehen, ihr seid gerade gekommen. Dann wollen wir mal.«

»Und die Leute?« fragte ich. »Wo sind die Massen?«

»Totaler Reinfall«, sagte Bobby. »Alles im Arsch. Wir waren drauf angewiesen, daß unsere Leute in Brooklyn die Trommel rühren – aber Sie wissen ja, wie das manchmal ist mit den Parteiverbänden von Brooklyn und Harlem. Zwischen denen herrscht eine ziemliche Rivalität. Manchmal wollen sie nicht, daß wir zu gut dastehen. Und ich habe den starken Verdacht, daß Albany in diesem speziellen Fall hat durchblicken lassen, daß Harlem ruhig mal wieder eins auf den Deckel kriegen kann. Ich meine, wenn ihr nachfragt, werden sie euch natürlich eine haarsträubende Geschichte auftischen, von wegen furchtbares Mißverständnis und war nicht immer von morgen die Rede? Aber ich sag's euch, wie's ist: Sie haben uns auflaufen lassen.«

»Was *ist* denn jetzt«, knurrte Stanton und drehte sich auf seinem üblichen Platz auf dem Beifahrersitz zu mir um.

»Der Bürgermeister ...« begann Bobby.

»Moment«, sagte ich zu Bobby.

»Was heißt hier *Moment*?« schrie Stanton.

»Der Bürgermeister ...«, setzte Bobby erneut an.

Ich hielt die Sprechmuschel zu. »Sie haben's versiebt, irgendwas mit Ozio und dem Parteiverband in Brooklyn. Mehr Leute werden's jedenfalls nicht.«

»Und wie stellen sie sich das jetzt vor?« fragte Stanton.

»Wie soll's jetzt weitergehen?« fragte ich Tomkins.

»Der Bürgermeister will es durchziehen«, sagte Bobby.

»Der Bürgermeister will es durchziehen«, gab ich an Stanton weiter, worauf er mir das Telefon aus der Hand riß. Ich runzelte die Stirn – und bekam sogar einen kurzen, zerknirschten Blick von ihm zurück. Trotzdem ...

»Bobby, sagen Sie dem Bürgermeister 'nen schönen Gruß von mir, und wenn er denkt, ich stell mich hier hin und sprech zu drei streunenden Hunden und einem Penner, dann kann er lange warten«, blaffte Stanton. »Was? Machen Sie Witze? Bobby, geben Sie ihn mir, aber ein bißchen plötzlich. Er will nicht? Shit! Dann geht's jetzt wohl hart auf hart.«

Er legte auf. Ich fragte, was los war. »Ich krieg zuviel. Der Bürgermeister will seine Rede halten. Er will zu diesem leeren Platz sprechen. Der Platz ist nicht leer, sagt er, es sind Journalisten da. Er hat schon eine Presseerklärung abgegeben, der Text steht, also muß die Rede auch gehalten werden.« Stanton war völlig perplex, hin- und hergerissen zwischen Lachen und dem Drang, eine Fensterscheibe einzuschlagen. »Wenn die so einschläfernd ist wie die, mit der er mir in der City Hall seine Unterstützung zugesagt hat, sollte er sich das gut überlegen. Aber damit wär er wahrscheinlich hoffnungslos überfordert. Ach ja, und die andere frohe Botschaft ist, daß er sich weigert, mit mir zu telefonieren. Er findet es *unpassend*, wenn Vorgesetzte sich am Telefon unterhalten.«

»Da müssen wir uns wohl was einfallen lassen«, sagte ich. »Ich gehe am besten mal rüber und rede mit ihnen.«

»Am liebsten würde ich ja einfach wieder fahren. Aber klar, Sie haben wohl recht«, sagte er.

»Wie weit kann ich ihnen entgegenkommen?« fragte ich.

»*Entgegenkommen*?« wiederholte Stanton gereizt.

»Was wollen Sie?«

»Ein Publikum.«

»Jetzt mal realistisch.«

»Dem Scheißkerl den Hals umdrehen«, brüllte Stanton, dann riß er sich zusammen. »Was weiß ich – vielleicht einfach eine Runde durch die Straßen.«

»In Ordnung«, sagte ich. Ich ging, vorbei an kümmerlichen, eben erst eingesetzten Lindenbäumchen, quer über den Platz auf eine leere Ladenfront zu, deren Eingang von zwei bürgermeisterlichen Wachleuten flankiert wurde. Es herrschte die unverwechselbare, deprimierende Leere überoptimistischer moderner Ghetto-Erneuerungsprojekte, frisch aufgepeppt mit Ziegelwegen und afrikanischen Wandmalereien; die gesamte Umgebung schien erstarrt in sterilem Nichtverfall. Der Wind peitschte dicke Packen nicht verteilter »Ihre Stimme für Stanton«-Handzettel gegen steinerne Pflanzenkübel und in die weißgestrichenen Ecken der Plaza. Ein paar New Yorker Reporter lungerten vor dem Eingang herum, erkannten mich aber glücklicherweise nicht.

Anders der Bürgermeister. »Mr. Burton«, sagte er, ohne aufzustehen, fast ohne mich anzusehen. Er saß an einem Schreibtisch, der unter einer nackten Glühbirne in der Mitte des leeren Ladenlokals aufgestellt war, und hatte einen griechischen Salat auf einem Aluminiumtablett vor sich. »Ärgerlich das Ganze, was?«

Bobby Tomkins trat auf mich zu und schüttelte mir die Hand. »*Hey, man*«, sagte er. Er war ein massiger Mann mit einem dunkelbraunen, zerklüfteten Gesicht – ehemaliger Tackle im Footballteam der Kutztown State University. Seine Familie hatte eine Farm in Pennsylvania, was gut zu der ruhigen, verläßlichen Bodenständigkeit paßte, die er ausstrahlte. Die Situation war ihm sichtlich peinlich.

Dem Bürgermeister nicht. »Mr. Burton«, sagte er, »was meinen Sie, wann sich der Gouverneur dazu bequemen wird, aus dem Bus zu steigen, damit wir die Veranstaltung eröffnen können?«

Schwer zu sagen, ob seine eisige Förmlichkeit sarkastisch gemeint war oder ob er immer so redete. Er thronte majestätisch in diesen frisch renovierten, nie wieder vermieteten Geschäftsräumen, um ihn herum vereinzelte Leitern, nackte Rygips-Wände, Blaupausen – alles überzogen mit einer dünnen Staubschicht von den Bauarbeiten. Er trug eine glänzend schwarze Spike-Lee-Baseballjacke mit dem

Aufdruck »40 Acres and a Mule« und darunter ein weißes Hemd mit makellos gestärktem Kragen und eine elegante silberne Krawatte. Ein Stück abseits stand ein Assistent, der einen plastikumhüllten Blazer an einem Bügel hielt, einen beängstigend knitterfreien blauen Zweireiher. Auf dem Schreibtisch stand ein Ghettoblaster. Der Bürgermeister hörte Billie Holiday mit einem kummervollen, schleppenden *I Don't Know Why I Love You Like I Do*.

»Der Gouverneur«, sagte ich, »ist nicht bereit, vor einem leeren Platz zu sprechen.«

»Der Gouverneur mißbraucht meine Gastfreundschaft«, sagte der Bürgermeister, wieder ohne mich dabei richtig anzusehen. Ich existierte nicht; ich war ein Stück Dreck.

»Ich glaube, Sir, der Gouverneur versucht, Ihnen einen Gefallen zu tun«, sagte ich. »So wie die Dinge stehen, wird die nationale Presse morgen berichten, daß Richmond Rucker in Brooklyn keinen Hund hinterm Ofen hervorlocken kann. Das sollten wir vermeiden.«

»So wie die Dinge stehen, junger Mann«, erwiderte er, und dabei sah er mich endlich an, mit wasserhellen blaugrünen Augen und unverhohlener Verachtung, »wird die New Yorker Presse über die anhaltenden Reibungen zwischen den Parteiverbänden von Harlem und Brooklyn berichten – und zwar erst nach ein paar Absätzen. Der Aufmacher wird sein, daß Governor Stantons Wahlkampf hier in der Stadt einen verunglückten Auftakt hatte, daß er die Leute nicht gerade vom Hocker zu reißen scheint, und der Rest wird von meiner Rede handeln, in der ich die Gleichgültigkeit Washingtons gegenüber der Situation in den Städten anprangere und an die UCSER-Initiative erinnere.«

Klar, hätte ich am liebsten gesagt, wir brauchen die UCSER, um noch mehr Geisterstädte wie diese hier zu bauen – wie vielen von Ihren Kumpels haben Sie damit eigentlich Aufträge zugeschustert? Aber ich bin ein Profi, wie auch Bobby Tomkins, der mir einen Da-siehst-du-womit-ich-mich-rumschlagen-muß-ich – wette-du-hast's-auch-nicht-leicht-Blick zuwarf. »Herr Bürgermeister, ich sage das mit dem größten Respekt«, antwortete ich. »Aber Sie werden Jack Stanton nicht dazu bringen, sich mit Ihnen auf dieses leere Podium vor diesem leeren Platz zu stellen, wenn Sie nicht ein paar Zuhörer heranschaffen. Der Gouverneur würde das gerne mit Ihnen persönlich besprechen. Sie brauchen nur das Telefon in die Hand zu nehmen.«

»Das wäre unpassend«, sagte Rucker. Mehr war aus ihm nicht herauszukriegen.

Ich sah auf die Uhr. »Herr Bürgermeister, es ist dreizehn Uhr fünfzig. Ich gehe jetzt über diesen Platz zurück und erstatte dem Gouverneur Bericht, um vierzehn Uhr wird Governor Stanton dann in Begleitung der nationalen Presse einen Rundgang durch die Straßen beginnen.«

»Wag ja nicht, mir zu drohen, Bürschchen«, sagte er, indem er aufstand und sich über den Tisch nach vorne beugte. »Manieren scheint Ihnen offenbar niemand beigebracht zu haben. Man sieht in Gegenwart eines Ranghöheren nicht auf die Uhr, es sei denn, er fragt Sie nach der Zeit. Sie können dem Gouverneur ausrichten, daß ich um zwei meine Ansprache halten werde, hier auf der Plaza, mit ihm oder ohne ihn.«

»Also bin ich wieder über den Platz gedackelt und hab es Jack ausgerichtet«, erzählte ich Daisy, als wir am Abend mit dem E-Train nach Forest Hills hinausfuhren. »Und dann zogen wir los – und Rucker blieb und hielt seine Ansprache, und die Presse konnte sich gar nicht mehr einkriegen, und morgen werden sich alle die Mäuler zerreißen über den öffentlichen Bruch zwischen dem Gouverneur und dem Bürgermeister und den katastrophalen Auftakt der Stanton-Kampagne in New York.«

»Mist«, sagte sie. »Und der Graue Schatten, ist er zu Kreuze gekrochen?«

»Nein«, sagte ich. »Howard hat nur gemeint: ›Im Umgang mit dem Bürgermeister muß man sehr vorsichtig sein.‹ Worauf Jack sagte: ›Wie bei Giftmüll?‹ Das Perverseste von allem – obwohl, das hätte man wahrscheinlich vorher wissen können – war, daß Jack in ziemlicher Hochstimmung war nach seinem kleinen Ausflug. Er hat sich sauwohl gefühlt auf der Fulton Street. Und ich glaube, es sind ein paar klasse Fotos dabei rausgesprungen. Er muß jede dicke schwarze Mammi in Brooklyn umarmt haben.«

»Also hat er mal wieder überlebt?« fragte Daisy.

»Was weiß ich«, sagte ich. »Bis jetzt ist er nicht totzukriegen. Daisy…«

»Was ist?« fragte sie und nahm meine Hand. Wir hielten an der Queens Plaza; Fahrgäste stiegen ein und aus.

»Ich muß immer wieder an den Abend neulich mit Luther Charles denken. Es fing mit dem üblichen Gelaber an – ob er uns unterstützt oder nicht, die alte Erpressertour –, aber dann kamen wir irgendwie auf meinen Großvater zu sprechen. Er hat sehr viel über den Reverend geredet, und über meinen Vater auch. Es war das erste Mal, daß ich mit ihm über das alles gesprochen habe. Ich erinnere mich nur, daß die anderen immer über ihn herzogen, ihn abtaten. Alle meine ›Onkel‹ im Erlauchten Kreis hackten auf Luther herum, sie machten ihn ständig runter – und sie hatten sicher recht damit. Aber seine Sicht hat auch ihre Berechtigung. Das ist mir erst an dem Abend klargeworden. Er hat den Reverend genauso geliebt wie die anderen auch, und er hat meinen Vater gut gekannt – wahrscheinlich sogar besser als ich. Jedenfalls hat Luther zum Schluß gemeint, der Reverend Harvey Burton würde sich im Grabe umdrehen, wenn er wüßte, daß sein Enkel der Diener von einem dahergelaufenen Südstaaten-Gouverneur ist. Jack ist kein dahergelaufener Südstaaten-Gouverneur, habe ich gesagt, und seine Antwort war, das könnte schon sein, aber ich wäre trotzdem nur ein Diener.«

»Das war doch bloß eins von seinen Spielchen, Henry«, sagte Daisy aufgebracht. »Natürlich bist du kein Diener. Das weißt du genau. Du gibst den Ton an. Mehr als irgend jemand sonst. Merkst du denn nicht, wie die anderen – Jack, Susan – bei allen Besprechungen auf dich schauen? Irgendwer macht einen hirnrissigen Vorschlag, du ziehst eine Augenbraue hoch, und die Sache ist gegessen. Du bist als einziger noch normal. Sie wären aufgeschmissen ohne dich.«

»Sagt man das nicht auch immer über einen guten Butler?«

»Henry, du bist stellvertretender Manager in einem Präsidentschaftswahlkampf – und der Manager selbst ist ein Arschloch, und alle hören auf dich: Ist das deine Definition von *Diener*? Dann wären ja höchstens Generaldirektoren keine Diener!«

Na gut. Auch egal. Ich sah mich im U-Bahn-Abteil um. Das war eine alte Gewohnheit von mir: Umschau halten, überlegen, was für eine Gesellschaft die Passagiere wohl abgeben würden, wenn der Zug in einem Tunnel steckenbliebe oder wenn wir gesagt bekämen, daß Atomraketen im Anflug auf New York seien und wir nur noch zehn Minuten zu leben hätten – welche Frau ich mir schnappen würde vor dem »großen Morgen der Auferstehung«. Unser Abteil war ziemlich leer: ein paar Verkäuferinnen auf dem Heimweg nach einem langen Tag bei Macy's oder Bloomie's, sie waren Einwanderer – aus Indien, Pakistan, Lateinamerika –, erschöpft, aber froh, ja begeistert darüber, hier zu sein, in einer New Yorker U-Bahn, auf dem Weg nach Hause; ein paar ältere jüdische Männer und Frauen, die einen Samstagnachmittag im Konzert oder im Museum hinter sich hatten. Unter den Verkäuferinnen waren gleich mehrere Kandidatinnen für einen thermonuklearen Quickie: gutaussehende dunkelhäutige Mädchen, gekonnt gestylt, wie man sie in der Kosmetikabteilung antrifft. Sie hätten Latinas sein können, Südostasiatinnen, so ziemlich alles; in Queens vermischen sich die ethnischen Unterschiede. Unter normalen Umständen – genaugenommen mein ganzes Leben lang – hatte ich mit solchen Mädchen in der U-Bahn geflirtet, Blickkontakt aufgenommen, sie angelächelt, meiner Phantasie freien Lauf gelassen. Doch jetzt saß Daisy neben mir und hielt meine Hand umklammert, und ich taxierte sie, mit Abstand, wie eine Fremde. Aus einem vollen U-Bahn-Abteil hätte ich sie mir niemals herausgepickt. Dabei war sie nicht unattraktiv, aus der Nähe betrachtet sah sie sogar sehr passabel aus – aber für Männerphantasien war sie nichts. Ihr Haar, das ihr immer in die Augen hing, wenn wir uns liebten, war an beiden Seiten des Kopfes straff mit Spangen zurückgesteckt. Sie hatte sich ein bißchen zurechtgemacht für den Besuch bei Muttern; sie trug eine schlichte, elegante schwarze Jacke, einen weinroten Schal, eine weiße Seidenbluse und eine schwarze Hose.

Und je länger ich sie ansah, mit diesem Abstand, desto fremder erschien sie mir; ich fühlte mich weit weg von ihr, ich kannte sie nicht. Ein banaleres Klischee hätte ich in der Männer-Frauen-Kiste kaum finden können, das war mir schon klar. Aber das Gefühl war da, und sie spürte es.

»Henry, das heute war ein absoluter Scheißtag«, sagte sie. »Und jetzt auch noch meine Mutter.«

Ihre Mutter erinnerte mich im ersten Moment an eine Zigeunerin – und im zweiten an den Ständer mit den Sonderangeboten in einem Secondhand-Folkloreladen. Sie trug einen hochgeschlossenen Russenkittel mit roter und schwarzer Kreuzstickerei auf weißem Grund, einen bodenlangen indischen Rock (schwarz mit blumenbestickten Querstreifen), und ihr Haar war unter einem bunten südamerikanischen oder afrikanischen Tuch verborgen. Einen Augenblick fragte ich mich, ob sie womöglich gerade eine Chemotherapie hinter sich hatte, aber an den Ohren lugten vereinzelte graue Strähnen hervor, also fand sie sich offenbar schön so. Und dazu trug sie baumelnde mexikanische Ohrringe, Silber mit Türkisen. Der Effekt war – überwältigend.

Als sie uns die Tür aufmachte, stieß sie einen kleinen Japser aus: Du hast ihn wirklich und wahrhaftig mitgebracht, sollte das wohl heißen. »Ruth Green«, verkündete sie und streckte die Hand aus. »Ich freue mich *so*, Sie kennenzulernen.«

Ihre Wohnung war das reinste Volksfrontmuseum, karge, moderne skandinavische Holzmöbel, die sich in der Gewalt einer Brigade internationaler Arbeiterkunst befanden: Ben Shahns Sacco-und-Vanzetti-Poster, auf dem die italienischen Anarchisten aussahen wie zwei arme, verirrte Immigranten; das berühmte Foto von Martha Graham mit dem gesenkten Kopf und der Faust an der Stirn, Inbegriff heldenhafter Sprachlosigkeit; ein Fasanella-Poster; Wandteppiche aus Guatemala; Dagonskulpturen. Und genügend Zimmerpflanzen, um ein ganzes Klima zu verändern. Auf dem Couchtisch lag – Indiz eines fast schon grotesken Mangels an Feingefühl – *Den Acker pflügen und einen Traum säen: Die Predigten des Reverend Harvey Burton* aus.

»Gott, ich bin völlig *aufgelöst*«, sagte Ruth Green. Ich konnte Daisy in ihr sehen, eine ältere, einsamere, ein wenig gebeugte Daisy; es war kein verlockender Gedanke. »Ich muß ständig an dieses Gedicht von Langston Hughes denken, *Sie* kennen es ja sicher.« Und zu meinem Entsetzen begann sie zu deklamieren:

»Ich weiß, ich bin
das Neger-Problem,
werde vollgestopft
mit Wein und mit Braten,
den üblichen Fragen
aus weißem Mund,
der höflich gewunden
das Warum und das Was
auslotet vom Dunkel
Amerikas ...

Es geht natürlich noch weiter«, sprudelte sie, »noch etliche Zeilen, ich hab nicht alles parat, aber am Schluß sagt der weiße Gastgeber jedenfalls: ›Ich schäme mich so, ein Weißer zu sein.‹ Und ... ich weiß, daß das Unsinn ist, aber irgendwie empfinde ich es ganz genauso. Doch, wirklich. Wir leben in einem so furchtbar rassistischen Land. Wir haben uns so abscheulich zu ... zueinander benommen. Es ist so schwer, die Schranken zu durchbrechen und miteinander, na ja, zu reden. Ich meine, ich habe Ihren Großvater ja regelrecht angebetet. Ich kann es kaum glauben, daß Sie Daisys ... Gott, bin ich aufgeregt.« Sie hielt inne. Sah mich an. Blinzelte. »Das mußte ich einfach loswerden. Das Verhältnis zwischen den Rassen ist meistens so furchtbar angespannt – aber damit habt ihr zwei ja offenbar keine Probleme!«

Großer Gott. Daisy verdrehte die Augen, und ihr Blick sagte: Ich hab dich gewarnt. Der reinste Negerlyrik-Wettbewerb, in den ich da gestolpert war. Erst Luther, jetzt das. Die Symmetrie war frappierend. Bei Luther war es allerdings ein verbindender Moment gewesen, anrührend und nostalgisch; das hier war das genaue Gegenteil.

»Darf ich Ihnen etwas anbieten?« fuhr Ruth Green fort, nun sichtlich ruhiger. Sie hatte hart an ihrer Eröffnungsrede gearbeitet und war froh, sie hinter sich gebracht zu haben – ohne sich um deren Wirkung auf ihre Zuhörer zu kümmern. »Mineralwasser? Bier?«

»Ein Bier«, sagte ich.

»Für mich auch«, sagte Daisy, die nicht gefragt worden war – und auch ansonsten von ihrer Mutter, soweit ich das mitbekommen hatte, bisher keines Blickes gewürdigt worden war.

»Du weißt ja, wo das Bier ist«, sagte Ruth jetzt zu ihr. »Warum holst du nicht gleich drei?«

Sobald Daisy aus dem Zimmer war, legte sie wieder los: »Sind Sie nicht auch der Meinung, daß Daisy sich unter Wert verkauft? Sie hat schließlich über Sozialpolitik promoviert. Sie hat ihre Doktorarbeit über die strukturellen Mängel des kanadischen Krankenversicherungssystems geschrieben. Sie sollte politische Konzepte ausarbeiten, finden Sie nicht auch? Sie sollte am Urban Institute arbeiten oder so etwas. Ich kann diesen kommerziellen Rummel nicht ausstehen – Negativwerbung, immer nur Negativwerbung. Wie soll man die Leute aufrütteln, wenn man ihnen immer nur Negatives vorsetzt?«

»Sie leistet sehr gute Arbeit, Mrs. Green«, sagte ich.

»Hat sie Ihnen je erzählt, daß ich bei der UNO im Bereich Geburtenkontrolle tätig war, bevor ich mit dem Unterrichten angefangen habe?«

Daisy kam mit den Bieren zurück und hörte entsetzt zu. »Ach, Mama, du und dein Konzeptefimmel«, sagte sie betont munter und reichte mir eine Dose Budweiser Light. »Die Theoretiker arbeiten die Konzepte aus, und die Politiker setzen sie in den Sand. So was haut doch nie hin.«

»Daisy! Also wirklich. Du klingst ja wie eine Neokonservative. Henry, politische Konzepte spielen doch eine große Rolle, nicht? Sagen Sie es ihr. Daisy, hättest du keine Gläser mitbringen können?«

Ich warf Daisy einen Blick zu und setzte zu einer Antwort an, aber sie kam mir zuvor: »Natürlich spielen politische Konzepte eine Rolle, Mama. Es ist nur nicht das, womit ich mein Leben verbringen will. So, und jetzt hol ich die Gläser.«

»Also betreibst du lieber Schaumschlägerei.«

»Hör auf damit, Mama.«

»Hat Daisy Ihnen je von ihrem Vater erzählt, Gott hab ihn selig?« Ruth wandte sich mir erneut zu, als Daisy in die Küche zurückging. Sie hatte die Augen ihrer Tochter. Oder nein: Ihre Augen hatten die gleiche Form wie die ihrer Tochter. Sie hatte nicht Daisys Augen. Daisy sah alles, und sie begriff immer, was sie sah. Es war irritierend – in Daisys Augen zu schauen und sie blind zu sehen.

»Er war Gewerkschaftsfunktionär«, sagte ich.

»Er war ein *Arbeiterführer*«, sagte sie ehrfürchtig, mit einem vorwurfsvollen Blick in Richtung Küche, als hätte Daisy ihrem Vater unrecht getan. Sie stand auf, ging zu dem schmucklosen Sideboard aus Ahorn hinüber, zog die oberste Schublade auf und streckte mir ein Bild von Daisys Vater hin. Er hatte einen Schnurrbart, eine Nickelbrille und ein durchtriebenes, wissendes Lächeln: Er hatte wohl auch immer alles gesehen. »Das war Max«, sagte Ruth. »Max hat wahre Knochenarbeit geleistet, er hat die Textilarbeiter im Süden in die Gewerkschaft gebracht. In Greenville ist er sogar mal verprügelt worden, schwer verprügelt. Seinen Herzinfarkt hatte er dann in High Point, South Carolina.« Ich nickte, versuchte anzudeuten, daß ich das alles schon von Daisy wußte, aber ihre Mutter schien es nicht wahrzunehmen. »Na ja, jedenfalls hat er immer gesagt, schuld daran, daß die Gewerkschaften zum Ende hin so wenig Zulauf hatten, war das Fernsehen. Das wäre das eigentliche Opium fürs Volk, hat er gesagt, Marx hätte ja noch keine Ahnung gehabt. Und jetzt arbeitet seine eigene Tochter fürs Fernsehen!«

»Und noch dazu fürs kommerzielle«, sagte Daisy, die wieder ins Zimmer trat. Sie hatte sich diese Tirade offenbar schon x-mal anhören dürfen.

»Mach du nur deine Witze«, sagte Ruth Green, plötzlich verstimmt. »Dabei könntest du längst was für die Menschheit tun.«

»Was gibt's eigentlich zum Essen?« fragte Daisy, offensichtlich, um die Dinge etwas voranzutreiben.

»Hähnchenbrustfilets«, sagte Ruth. »Sie sind im Kühlschrank. Frischer Broccoli ist auch da. Daisy, bist du so lieb und kochst für uns? Du bist eine so viel bessere Köchin als ich. Henry und ich decken in der Zeit den Tisch. Ach, und machst du uns ein bißchen Reis dazu?«

Und noch mehr Symmetrie: Nachts im Hotel stürzte Daisy sich auf mich, wie ich mich an dem Kilt-Abend damals auf sie gestürzt hatte. Darin schwang etwas Verzweifeltes mit, ein »Bitte vergiß, was heute abend war, ich kann dich sehr, sehr glücklich machen«. Aber sie legte sich zu sehr ins Zeug, es war ein einziges Gezerre und Gerangel, und einmal biß sie mich so fest ins Ohrläppchen, daß mir ein »Aua« herausrutschte.

»Und?« fragte ich nachher. »Was sind jetzt die strukturellen Mängel des kanadischen Krankenversicherungssystems?«

»Oh Gott«, sagte sie. »Herrje, ich weiß doch, daß du nicht meine Mutter in mir siehst. Ich weiß es genau. Aber du erkennst Züge von ihr in mir wieder – wie jetzt, daß ich das überhaupt sage zum Beispiel. Das hätte sie auch gemacht. Und zu fest ins Ohrläppchen gebissen hätte sie dich auch. Scheiße, Scheiße, Scheiße.« Sie schlug mit der Faust auf das Kissen ein, setzte sich kerzengerade hin, sperrte den Mund ab und warf den Schlüssel weg. »Mmmmpf, mmmpf, mmmmpf«, machte sie.

Ich langte unters Bett und holte den Schlüssel wieder, steckte ihn in ihr linkes Grübchen und schloß ihren Mund wieder auf. »Es tut mir leid«, erklärte sie. »Echt, echt leid.«

»Quäl dich nicht«, sagte ich, aber das konnte sie natürlich nicht darüber hinwegtäuschen, was für einen Schock ihre Mutter mir versetzt hatte.

»Henry, ich mach dir ein Angebot. Wenn wir ... wenn wir tatsächlich richtig zusammen wären, ich meine, eine Zeitlang ...«, sagte sie. »Wenn es irgendwas nützt, dann bring ich meine Mutter um. Ganz im Ernst. Ich erwürge sie eigenhändig.«

»Wenn du ihr wirklich eins auswischen willst«, sagte ich, »solltest du dafür ein paar echte Proletarier anheuern.«

»Die könnten sie erst mal an einen Stuhl fesseln und sie ein paar Stunden Negativwerbung anschauen lassen«, fiel Daisy ein. »Und sie dann zwingen, für sie zu kochen. Und dann könnten sie sie erdrosseln und dazu Langston Hughes deklamieren.«

Sie stützte sich auf den Ellbogen und spielte mit meinen Haaren. Ich starrte an die Decke. »Henry, warum sind wir eigentlich hier?« fragte sie. »Warum sind wir nicht in deiner Wohnung?«

»Weiß nicht«, sagte ich. »Irgendwie kommt sie mir nicht mehr wie meine Wohnung vor. Ich bin nicht mehr der Typ, der da mal gewohnt hat. Vielleicht ist es auch so, wie Luther gesagt hat: Das Kindermädchen muß nah bei seinem Schützling bleiben. Oder es liegt einfach daran, daß Mrs. Flores keinen Zimmerservice macht.«

»Jetzt häng dich doch nicht an diesem Dienerscheiß auf«, sagte sie. »Das ist die alte Rassismuskiste. Luther spielt seine Spielchen mit dir.«

»Ich weiß nicht«, sagte ich. »Jack hat mir heute während dieser Rucker-Sache das Telefon einfach aus der Hand gerissen, und Rucker – der hat mich behandelt, als wär ich der letzte Dreck. Dank Luther fällt mir so was jetzt auf.«

»Das heißt bloß, daß sie Arschlöcher sind«, sagte sie. »Es heißt nicht, daß du ein Diener bist. Du darfst dich von so was nicht fertigmachen lassen, Henry.«

Aber sie wußte, daß es an mir nagte. Alles zusammen.

Der Wahlkampf ging weiter, auch wenn er herzlich wenig mit Jack Stanton zu tun hatte. Unser »Zwergenaufstand« (wie die *News* vom Sonntag es prompt nannte) machte in New York ein paar Schlagzeilen, aber im restlichen Amerika krähte kein Hahn danach.

Das restliche Amerika lag Freddy Picker zu Füßen. Es war eine jähe, hektische Leidenschaft. Noch in derselben Woche war er sowohl in der *Time* auf der Titelseite (»Picker-Fieber«) als auch in *Newsweek* (»Bahn frei für Freddy«) und in *People* (»Pickermania«). Für den Sonntag abend stand ein Interview mit Lesley Stahl in *60 Minutes* auf dem Programm; es war schon alles im Kasten: Picker und Lesley lustwandelnd auf den ökologisch korrekten Gefilden von Pickers Plantage in Florida, er in blauem Jeanshemd, Latzhose, hohen Reitstiefeln und mit Armee-Käppi. »Sie jagen, Governor Picker?« fragte Lesley ihn.

»Nicht zum Vergnügen.« Er lächelte. »Nur, wenn ich Hunger habe. Ich könnte Ihnen heute abend ein paar selbstgeschossene Wachteln vorsetzen, wenn Sie so lange bleiben wollen.«

Er war, wie Daisy gleich gespürt hatte, sehr, sehr gut. Er distanzierte sich unmerklich von Lawrence Harris' extremeren Standpunkten – kein Wort mehr über eine Ressourcensteuer oder einen Fünfzig-Cent-Aufschlag für irgendwas. »Daß etwas geschehen muß, wissen wir alle«, sagte er bei seinem ersten Auftritt in der Larry-King-Show. »Aber es wäre doch ein bißchen unseriös, wenn ich mich mitten im Wahlkampf hinstellen und sagen wollte: So und so wird's gemacht, Larry. Wir müssen das Defizit ausgleichen, und dafür brauchen wir Geld.« Womit er sich ganz beiläufig von King wegdrehte, um direkt in die Kamera zu sprechen. »Senator Harris war der Meinung, daß es Mittel und Wege gibt, Geld zu beschaffen, die zugleich dem Schutz der Umwelt dienen würden. Ich finde das eine verdammt gute Idee. Aber wir müssen warten, bis das Volk einen Präsidenten gewählt hat und er sich mit dem Repräsentantenhaus zusammensetzt und die genauen Details ausarbeitet.«

»Wollen Sie damit sagen, es war ein Fehler von Harris, konkrete Vorschläge zu machen?«

Picker lachte. »Kommen Sie, Larry, seien Sie nicht so ein Erbsenzähler. Das haben Sie doch nicht nötig. Die Leute haben mich schon richtig verstanden. Nächstes Thema.«

Wir wußten nach wie vor nicht allzuviel über ihn. Die ersten Porträts ließen ihn natürlich sehr gut aussehen. Vor seiner Wahl zum Gouverneur war er Geschäftsmann gewesen, war mit dem Familienunternehmen – einer Ölbohrgerätefirma in Pensacola – in die Ölpachtspekulation eingestiegen und hatte den Boom vor dem ersten arabischen Ölembargo für ein paar höchst lukrative Geschäfte genutzt, bevor er die Firma seinem jüngeren Bruder Arnie überlassen hatte, um in der Politik mitzumischen. Sein Gefühl für Timing war offenbar genial. Bei der Gouverneurswahl 1974 war er gegen einen erschöpften, zerfahrenen republikanischen Amtsinhaber angetreten. Seinen Wahlkampf hatte er besenschwingend und im Freizeitanzug bestritten – der Besen, der Anzug, die Koteletten, die Hakennase, die scharfen Augen und dazu das breite Grinsen hatten ihn unverzüglich zum Liebling der Karikaturisten und bald auch der Öffentlichkeit gemacht. Noch während des Wahlkampfs hatte er Antonia Reyes Cardinale geheiratet, die Tochter eines reichen kubanischen Möbelhändlers (und einer nicaraguanischen Erbin), was ihm Stimmen von den ansonsten eher republikanisch gesinnten Latinos eingebracht hatte. Er hatte die Wahl mühelos gewonnen, man sagte ihm eine große Zukunft voraus. Die Politkolumnisten in Washington, stets auf der Suche nach neuen Talenten, hatten ihn sofort unter die Lupe genommen. Bei einem charismatischen Gouverneur eines großen Staats lohnte es sich immer, auf den Busch zu klopfen.

Libbys Recherchen förderten eine ganze Flut von Leitartikeln zutage, in denen kurz nach Pickers Amtsantritt über seine weitere Karriere spekuliert wurde. Picker zeigte sich nicht abgeneigt. »Präsident zu sein wäre vielleicht gar nicht übel«, wurde er zitiert, »die in Washington könnten auch mal ein bißchen Reinemachen vertragen.« Aber er ließ den Worten wenig Taten folgen. Überhaupt hielt er sich als Gouverneur ziemlich bedeckt. Es gab keine großen Picker-Initiativen, keine großen Picker-Skandale, keine großen Picker-Steuererhöhungen oder -senkungen. Alles schien völlig glatt zu verlaufen. Er war allgemein beliebt. Zwei Söhne kamen zur Welt. 1976 spekulierte die Presse wieder, diesmal nicht ganz so heftig. Er würde einen guten Vizepräsidentschaftskandidaten abgeben, hieß es – aber als Jimmy Carter vorpreschte, war das Thema gleich wieder vom Tisch: Ein Georgia-Florida-Gespann würde das Rennen nie machen. Er unterstützte Carter. »Schließlich stammen wir praktisch aus demselben Stall«, sagte er. Und danach: nichts. Bis zu der seltsamen Pressekonferenz im März 78, einer Veranstaltung, die ganz klar als Ankündigung seiner Kandidatur für die nächste Amtszeit geplant gewesen war. Die Fotos zeigten Picker mit nackenlangem schwarzem Haar, Mittelscheitel und gequältem Blick; seine Frau, eine Schönheit mit dunklem Haarknoten, stand gleich rechts hinter ihm, einen der Söhne im Arm – und Tränen in den Augen. Nach dem berühmten Satz: »Eigentlich hatte ich ja gedacht, ich würde mich heute zur Wiederwahl stellen, aber ich habe es mir anders überlegt« hatte er angefügt: »Ich glaube, ich bin einfach nicht der richtige Mann für so einen Posten. Sie brauchen jemanden, der mehr Geduld hat als ich. Ich hoffe, Sie tun mir den Gefallen und ersparen mir zu viele Fragen zu diesem Thema.«

Die Überschrift eines Kommentars, der ein paar Tage später im *Miami Herald* erschien, brachte die Reaktion der Lokalpresse auf den Punkt: ER HATTE KEINE LUST MEHR. Über persönliche Probleme oder eine Ehekrise wurde nicht gemunkelt. Und als sechs Monate nach seinem Rückzug aus der Politik die Scheidung bekanntgegeben wurde, war Freddy Picker längst Schnee von gestern.

»Himmelarsch, was wollen sie denn *noch*«, wetterte Richard am Sonntag morgen im Coffee-Shop unseres Nullachtfünfzehn-Hotels in der Lexington Avenue, gleich bei der Grand Central Station. »ICH HAB DRECK AM STECKEN! steht da dick und fett in Gold. Aber vor lauter Begeisterung vergißt die Meute glatt das

Schnüffeln. Die kommen schon noch drauf, in ein paar Wochen – bloß sind *wir* bis dahin vielleicht so tot wie Eleanor Roosevelt. Verdammte Scheiße, Henry. ›Keine Lust mehr‹ – so ein Schwachsinn! Wer hat bitte schön keine Lust auf Macht, wenn tausend kleine Teeniebräute als Kulis um ihn rumwuseln und schmachten: ›Governor, kann ich Ihnen dies besorgen? Oder vielleicht *das*? Darf ich Ihnen die Zehennägel schneiden?‹«

»Vielleicht ist er ja eine Ausnahme«, sagte ich. »Vielleicht ist er ein *Ehrenmann*.«

»Ein Ehrenmann? Mach Witze, Henri. So was gibts nicht. Nicht in dieser Branche. Nicht in diesem Jahrhundert.«

»Roosevelt?«

»Okay, aber nur, weil er verkrüppelt war und ständig rasende Schmerzen hatte«, sagte er. »Roosevelt minus Kinderlähmung ist George Bush.«

»Ach komm.«

»Wohlbehüteter reicher Bengel, die ganzen Sommerferien in Maine, schreibt immer artig seine Dankeskärtchen. Henri, unterschätz mir nicht die läuternde Kraft von Schmerzen, von ganz ordinären Schmerzen.«

»Na gut, dann ist Picker vielleicht geläutert worden«, sagte ich.

»Dein Wort in Gottes Ohr.« Er trank einen Schluck Cola light – neben ein paar Bissen Pfannkuchen das einzige, was er als Frühstück zu sich nahm. »Aber komisch ist es doch, oddanich? Hat jedenfalls unsre Libby auf Trab gebracht. Ich hab heut früh Lucille getroffen, und die sagt, Libby hat sich total auf Picker eingeschossen. Sie hat scheints 1974 für ihn gearbeitet, na ja, was heißt gearbeitet, als freiwillige Helferin eben, hat nen Button getragen mit ›Ich bin Picker-Fan‹. Die ganze Mischpoke – Jack und Susan, Lucille, Libby –, die waren doch 1972 alle unten, haben für McGovern gearbeitet. Und Libby ist dann hinterher noch ne ganze Weile in Margaritaville versackt. Wenn da was zu finden ist, dann kriegt sie das garantiert raus.«

»Wenn da was ist«, sagte ich.

»Nenn mir einen Typ, der in letzter Zeit sauber war«, forderte Richard. »Irgendwas gibts immer bei den Politnasen. Guck ihn dir doch an. Denkst du, er wär so elegant von Harris' hohem Roß gestiegen, wenn er keine echte Politnase wäre?«

Aber das stimmte nicht ganz. Picker schlug nicht in die übliche Politikerkerbe. Er hatte keine Berater eingestellt; im Gegenteil, er hatte Paul Shaplen entlassen. Er hatte bei Larry King verkündet, daß er nichts mit Dreißig-Sekunden-Spots im Sinn hatte. Genausowenig wie mit Meinungsumfragen oder mit Focusgruppen. »Ich brauche keinen Haufen Leute anzuheuern, um zu wissen, wie Sie denken und wie ich Sie erreichen kann«, hatte er in die Kamera gesagt.

»Vielleicht hast du recht, Henri«, höhnte Richard. »Vielleicht ist er wirklich nicht die typische Politnase. Vielleicht ist er Jesus persönlich. Ist auch keine Kunst, in dieser Branche der Jeeesus der Woche zu sein – für eine Woche. Zwei Wochen hintereinander wär schon bißchen viel.«

»Das mit dem Blutspenden war jedenfalls schon mal jesusmäßig«, sagte ich.

»Die Blutspenderei war pure Politik, ein verdammter Geniestreich war das«, sagte Richard. »Ist dir klar, daß alle meine Kunden, jeder einzelne von diesen kleinen Korinthenkackern, diese Woche schon angerufen hat, ob er jetzt auch Blutspenden geben soll? Es ist wie bei diesem Kerl, der damals für den Supreme Court nominiert war, wie hieß er wieder – Ginsburg? Genau. Kaum hatte der zugegeben, daß er mal nen Joint geraucht hat, wollten innerhalb von vierundzwanzig Stunden alle meine kleinen Versagerlein wissen, was *sie* zum Thema Marihuana von sich geben sollen. Und recht hatten sie. Im ganzen Land hats keinen verdammten Stadtrat gegeben, der nicht in derselben Woche noch gefragt worden ist, ob er irgendwann mal high war. Und jetzt ist es eben Blut.«

Die Sonntagszeitungen berichteten über einen bundesweiten Anstieg der Blutspenden um zehn Prozent. Aber welche Ausmaße die Sache angenommen hatte, wurde uns erst klar, als Picker am Abend im Yale-Stadion seine erste und einzige Kundgebung in Connecticut abhielt. Mehr als zwanzigtausend Leute kamen – und irgendein geschäftstüchtiger Bursche (der, wie es am nächsten Tag hieß, nicht mal was mit Pickers Wahlkampagne zu tun hatte) stellte an sämtlichen Eingängen des Stadions Buden auf, in denen es allerlei Blut-Souvenirs zu kaufen gab – Blutstropfen zum Anstecken, Autoaufkleber, Poster, auf denen ein fröhlicher Freddy Picker mit hochgekrempeltem Ärmel und einem Lächeln im Gesicht auf einer Liege lag und Blut spendete. Auch ein Logo war plötzlich aus dem Boden gestampft worden: PICKER, mit dem »I« in Form eines Blutstropfens.

Die Bühne, auf der Picker seine Ansprache hielt, war kahl. Keine Spur von dem üblichen Wahlkampf-Schnickschnack, nur eine amerikanische Flagge. Er hatte fast die gesamte demokratische Führungsspitze von Connecticut um sich; Paul Newman und Joanne Woodward kündigten ihn an. Und er stand einfach nur wie angewurzelt da – vor Schreck, schien es –, während die Menge ausflippte. Richard, Daisy, Lucille und ich sahen es auf C-SPAN. Stanton war auf Tour in Brooklyn, wo er sich mit dem Lubavitcher Rebbe traf.

»Welcher Vollidiot hat denn *das* arrangiert?« stöhnte Richard. »Wir kriegen hier in Connecticut die Hucke voll, und Jack gondelt in einem anderen Staat rum und kriecht irgend so einem mittelalterlichen Juden in den Hintern?«

»Der Lubavitcher Rebbe gehört in New York nun mal dazu«, sagte Lucille.

»Ausgerechnet am Sonntag abend vor den Vorwahlen in Connecticut?«

»Er hatte nur heute Zeit«, sagte Lucille spitz.

»Oho, wir richten uns also nach *seinem* Zeitplan? Nach dem Zeitplan von diesem Arschgesicht Richie Rucker?« Richard brüllte, er war rot angelaufen. »Wer will denn hier Präsident werden, verdammt? So was Hirnverbranntes hab ich ja noch nie gehört.«

»Jemmons, mir reicht's jetzt langsam«, sagte Lucille.

»KLAPPE, Mensch – bitte«, sagte Daisy. Der Kandidat setzte zum Sprechen an.

»Okay, okay – Entschuldigung.« Picker zuckte vor dem Echo zurück, stellte das Mikrophon ein. Er trug einen dunklen Anzug, ein weißes Hemd und eine gestreifte Krawatte. Er sah wie ein Politiker aus, aber seine Körpersprache war irgendwie anders: scheu. »Mit so einem Empfang hatte ich nicht gerechnet.«

»WIR LIEBEN DICH, FREDDY«, rief ein Mädchen.

»Ihr kennt mich doch kaum«, sagte er. »Ich weiß nicht ... es ist wichtig, daß wir alle, äh, auf dem Boden der Tatsachen bleiben. Ich, äh ... ich bin irgendwie ein bißchen nervös hier oben.« Die Menge jubelte. Die Leute schwenkten selbstgemalte Plakate mit großen Blutstropfen darauf. Picker zog ein Taschentuch hervor und wischte sich über die Stirn. Er war offenbar nervös.

»Komisch, Henri«, sagte Richard. »Als ich ihn in Florida gesehen hab, schien er sich auf dem Podium wohl zu fühlen wie ein Fisch im Wasser. Aber es ist wahrscheinlich`was anderes, wenn du ganz oben bist.«

»Das wär doch mal ein Kandidat nach dem Herzen deiner Mutter«, flüsterte ich Daisy zu. »Bescheiden. Unpolitisch. Paul Newman mag ihn. Und keine Dreißig-Sekunden-Spots.«

Aber Daisy hörte mich gar nicht. Picker war völlig aus dem Tritt. Er wußte nicht, was er sagen sollte.

»Ich ... ich bin überwältigt«, stammelte er. »Und, äh, ich möchte all den Leuten danken, die in den Zelten draußen Blut spenden.« Das Publikum brach erneut in Jubel aus. Der Lärm war ohrenbetäubend. »Danke«, sagte Picker voll Unbehagen, »aber könntet ihr mir vielleicht einen Gefallen tun und ein bißchen leiser applaudieren?« Gelächter. »Nein«, sagte er, »es ist mein voller Ernst. Wir sollten alle miteinander ruhiger werden. Und damit meine ich wirklich alle. Ich meine die Presse und die Fernsehteams und meine Kollegen und die Leute, die ihren Lebensunterhalt damit verdienen, daß sie meine Kollegen beraten – ich glaube, wir alle müssen unbedingt ruhiger werden.«

Prompt wurde die Menge ruhiger. »Wir leben in einem wunderbaren Land, aber manchmal spielen wir ein bißchen verrückt«, fuhr er fort. »Vermutlich ist dieses Verrücktspielen Teil unserer Größe, ein Teil unserer Freiheit. Aber wir dürfen es nicht übertreiben. Wir müssen vorsichtig sein. Es gibt keine Garantie dafür, daß wir diesen – diesen Drahtseilakt durchziehen können, dieses Wagnis der Demokratie. Wenn wir nicht leisertreten, verlieren wir noch völlig die Kontrolle. Ich meine, die Welt wird täglich komplizierter, und wir müssen sie in unserer Darstellung immer mehr vereinfachen, um abends in den Nachrichten unsere kleinen, übersimplifizierten Erklärungen bringen zu können. Und schließlich geben wir die Erklärungsversuche ganz auf und bewerfen einander statt dessen mit Dreck – und es ist eine Show, es befriedigt die Sensationslust wie Autounfälle oder Ringkämpfe auch.« Er hielt inne, dieses letzte Bild gefiel ihm. »Doch, das ist ein guter Vergleich. Wenn wir uns in Dreißig-Sekunden-Werbespots und auf Podien wie diesem hier in Szene setzen und einander an die Gurgel gehen, ist das um kein Haar anders als beim professionellen Ringen: es ist gestellt, es ist Schau, es bedeutet gar nichts. Die wenigsten von uns hassen ihre Gegner; wie denn auch – wir kennen sie ja überhaupt nicht. Heutzutage prallen keine gegensätzlichen Ideologien mehr aufeinander wie damals während des Vietnamkriegs. Heutzutage ziehen wir nur noch eine Schau ab, weil wir nicht wissen, was wir sonst tun sollen. Wir kennen einfach keine andere Art, euch aufzurütteln, euch zum Wählen zu motivieren. Aber es gibt ein paar wichtige Dinge, über die wir reden müssen. Wir haben ein paar Entscheidungen zu treffen, zusammen, als ein Volk. Und es wird schwer sein, diese Entscheidungen zu treffen, wenn wir das Tempo nicht ein bißchen drosseln, wenn wir nicht Ruhe einkehren lassen, wenn wir uns nicht hinsetzen und miteinander reden.«

Er machte eine Pause. »Ich glaube sogar ... ich glaube – komisch, daran habe ich damals gar nicht gedacht«, sagte er. »Aber ich glaube, das ist auch der Grund, warum ich zum Einstieg erst einmal Blut gespendet habe.« Jubelrufe aus der Menge; er winkte ab. »Beim Blutspenden bleibt einem gar nichts anderes übrig, als zur Ruhe zu kommen. Man liegt einfach da und hängt seinen Gedanken nach, oder man hört Musik oder eine Literaturkassette. Es ist einem nicht danach, groß zu palavern. Und die ganze Zeit über *gibt* man etwas. Nicht viel. Nur einen halben Liter Blut. Aber wenn jeder von uns innehalten und sich das bewußtmachen würde, sich bewußtmachen würde, daß auch er eine Kleinigkeit zu geben hat – statt sich immer nur darum zu sorgen, was wir alles haben wollen oder was die Regierung uns abknöpft ... wenn wir uns das bewußtmachen würden, dann würden wir ganz von selber – ja, ruhiger werden. Meinen Sie nicht? Das ist es, glaube ich, was ich zu diesem Wahlkampf beitragen möchte: ein wenig Ruhe einkehren lassen, damit wir uns darüber unterhalten können, was für ein Amerika wir denn überhaupt wollen im kommenden Jahrhundert. Ich möchte Governor Stanton wissen lassen, daß er mir bei einer solchen Unterhaltung herzlich willkommen wäre – und der Präsident auch, wenn er die Zeit findet. Das ist ...« Er stockte, einen Moment lang aus dem Konzept gebracht. Er sah auf seine Zehenspitzen hinunter, blickte wieder auf. »Ja, das ist eigentlich alles, was ich erreichen möchte. Und – äh, nein. Mehr habe ich im Augenblick nicht zu sagen.«

Jetzt brandete Beifall auf, anhaltend, lautstark. Aber kein hysterisches Gejubel, keine Hektik. Er hatte sie gezähmt. Er hatte auch uns gezähmt. Wir standen stumm um den Fernseher und schauten.

Schließlich sprach Richard das aus, was wir alle dachten. »Jetzt stecken wir echt in der Scheiße.«

Und zwar bis über beide Ohren. Während Freddy Picker seinen Wahlkampf vom Olymp aus zu führen schien, aus luftiger Höhe und mit hehrer Gesinnung, krebsten wir im Augiasstall herum. Nichts, aber auch gar nichts klappte in dieser Woche. Der Dienstag war die Krönung – wir verloren die Vorwahl in Connecticut haushoch, und auf der Titelseite der *New York Post* stand: STANTONS SCHWARZES KIND DER LIEBE. Vor diesem Augenblick hatte ich mich einen geschlagenen Monat gefürchtet, aber jetzt, wo es soweit war, schien es auch schon egal. Es war ein Sargnagel zuviel; wir fühlten uns auch so schon tot und von Freddy Picker begraben. Viel gab die Geschichte ohnehin nicht her. Die Tatsachen beliefen sich mehr oder weniger auf das, was Melville-Jones schon in seiner Schundsendung gebracht hatte, und der Gouverneur bestritt die Vaterschaft vehement – aber seine Erklärungen wurden von niemandem mehr ernst genommen. Und daß Fat Willie untergetaucht war, half auch nicht gerade. Wir diskutierten den ganzen Vormittag, ob wir bekanntgeben sollten, daß ein Bluttest gemacht worden war, daß der Gouverneur sich freiwillig Blut hatte abnehmen lassen – und beschlossen zuletzt, es lieber geheimzuhalten. Je weniger Stanton damit zu tun hatte, desto besser – und nach Pickers Blutspende konnte der Vergleich nur verheerend ausfallen. Daß wir einen solchen Schritt überhaupt erörterten, kam einer Kapitulation gleich: In der New Yorker Presse galt seine Vaterschaft als Tatsache.

Stanton war wie betäubt. Jegliche Kommunikation schien ihn zu überfordern. Er schlafwandelte durch Howards idiotischen Zeitplan. Schon der winzigste öffentliche Akt – sich vor einer Veranstaltung den Weg durch die unvermeidlichen Trauben von Kameras und kreischenden Menschen zu bahnen zum Beispiel – war jetzt eine Qual für ihn, jede Bewegung verlangte ihm äußerste Disziplin und eine schier übermenschliche Kraftanstrengung ab. Die traditionelle New Yorker Politik der obligatorischen Gesten hatte sich vollends in ein Forum für Wahnwitz aller Art verkehrt; unsere vorprogrammierten Versprechungen wurden nicht mit der üblichen lustlosen, selbstgerechten Ergebenheit aufgenommen, sondern voller Zorn – die Schwarzen, die Juden, die Iren: alle waren sie unzufrieden. Ganz New York schien abgedreht, gebeutelt von urtümlichen, kathartischen Mächten. Kaum war die McCollister-Geschichte bekanntgeworden, da tauchten schon die ersten als Schweine verkleideten Feministinnen auf. Sie schwenkten OINK-OINK-Plakate, sie grunzten wie Schweine. Als Stanton am Dienstag abend, nachdem er Harris/Picker zu ihrem Sieg in Connecticut gratuliert hatte, in einer Disco in Downtown Manhattan eine Benefizveranstaltung zugunsten einer Frauen-Selbsthilfegruppe besuchte, konnte er seine Ansprache nicht halten, weil mitten auf der Tanzfläche eine Gruppe radikaler Lesben stand und »FUCK YOU, FUCK YOU, FUCK YOU, FUCK YOU« skandierte.

Als Protest war es ziemlich eigenartig. Es schien gar nichts mit Jack Stanton zu tun zu haben, es war einfach ein Gejohle. Eine Frau, irgendein mir unbekannter Broadwaystar im enganliegenden Glitzerkleid, versuchte Ruhe herzustellen und schaffte es schließlich auch – indem sie an Freddy Pickers Aufruf zur Besonnenheit erinnerte. Dann nahm Jack Stanton das Mikrophon und blickte einen Moment zu Boden. »Wenn ich nur das über mich wüßte, was die Presse schreibt«, begann er an die Demonstrantinnen gewandt, »dann würde ich auch dastehen und buhen. Und wenn ich, wie viele von Ihnen, mit einem Todesurteil leben müßte – und dazu das Gefühl hätte, daß mein Schicksal alle anderen kaltläßt, daß niemand versucht, mir zu helfen ...«

»STANTON, DU BIST EIN HEUCHLER«, schrie eine junge, sehr korrekt aussehende Frau mit langen pechschwarzen Haaren. Sie trug ein smaragdgrünes Satinabendkleid, und der Zorn verzerrte ihr Gesicht, ließ es rot anlaufen unter dem Make-up; sie krümmte sich förmlich, um auch noch das letzte bißchen Luft aus ihren Lungen zu pressen. »DU KINDERSCHÄNDER. DU PERVERSER HETERO-WICHSER.«

Stanton trat unwillkürlich einen halben Schritt zurück, hob wie im Schock beide Arme, als hätte er einen Hieb gegen die Brust bekommen. Er sackte in sich zusammen. »Zu so etwas kann ich mich nicht äußern«, sagte er leise.

Hinterher saß der Gouverneur im Bus neben mir auf der Rückbank – den Beifahrersitz hatte er aufgegeben. Wir fuhren durch trostlose Avenues ins Hotel zurück. »Henry«, flüsterte er schließlich und legte seine Pranke auf meine Schulter, »ich weiß nicht, wieviel ich noch einstecken kann.«

Aber er steckte weiterhin ein. Er steckte in frühmorgendlichen Radiosendungen ein. Er steckte in den Boulevardblättern ein. Er steckte auf den Straßen ein, wo jeder dritte New Yorker ihn lautstark zu beschimpfen schien. Nach einer Weile warfen wir Howards Programm über Bord und kehrten zum Altvertrauten zurück, zu kleinen Plauderstündchen in Altenheimen und Schulen und Supermärkten.

Selbst das stellte sich als zweischneidig heraus. In einem Seniorenheim in Brighton Beach brach eine alte Frau plötzlich in Tränen aus – sie hatte gerade erfahren, daß ihre Tochter mit Krebs im Sterben lag –, und Stanton umarmte sie und fing an, *You'll Never Walk Alone* zu singen. Es war ein merkwürdiger, kitschiger, aber absolut ehrlicher Moment – meines Wissens das erste Mal, daß er während des Wahlkampfs in der Öffentlichkeit sang. Kein Auge in dem Raum blieb trocken. Aber die *Daily News* textete am nächsten Morgen: DER SÜNDER MIT DER GOLDENEN KEHLE. Und am Abend eröffnete Jay Leno die *Tonight Show* mit dem Satz: »Jack

Stanton soll gestern in Brooklyn sogar gesungen haben. Nein, falsch geraten, es war nicht *Rock-a-Bye, Baby.*«

Wir ließen die Schmähungen über uns ergehen. Es kam mir wie Monate vor, dabei können es nur ein paar Tage gewesen sein. Als ich gegen Ende der Woche in die Suite der Stantons kam, saßen der Gouverneur und Susan zusammengekuschelt auf der Couch, hielten Händchen und parlierten eifrig mit einem Mann mittleren Alters mit beginnender Glatze, der wie ein israelischer Offizier aussah, vielleicht weil er ein Khakihemd mit Schulterklappen trug. Er löffelte eine halbe Honigmelone mit einem großen Klumpen Hüttenkäse darin, von dem ihm ein paar Krümel am Kinn klebten.

»Henry«, sagte der Gouverneur. »Das ist David Adler. David, das ist Henry Burton.«

Wir nickten einander mißtrauisch zu. »Henry, wir suchen gerade nach Wegen, um den Karren vielleicht doch noch aus dem Dreck zu ziehen«, sagte Stanton. »David hat ein paar ziemlich brauchbare Ideen.«

»Versprechen Sie sich da mal nicht zuviel«, sagte Adler. »Sie haben eine Flutwelle gegen sich. Im Prinzip können Sie einpacken.«

»Ich habe gerade zu David gesagt, daß wir vielleicht ein paar Werbespots bringen sollten, Positivwerbung – Leute von mir daheim, Leute, die mich kennen und den Wählern sagen, wie Jack Stanton wirklich ist ...«

»Henry, Sie sind doch von hier?« unterbrach Adler und wischte sich endlich das Kinn ab. »Glauben Sie mir, die New Yorker interessieren sich einen Dreck dafür, was irgend so ein Landei erzählt. Sorry, Governor, aber Hinterwäldlergegrinse hat hier noch nie gezogen. Strengen Sie mal bißchen Ihre kleinen grauen Zellen an, Governor. Sie müssen sich doch fragen: Was hab ich zu bieten, das hier im Apple punktet? Eins haben Sie drauf, Sie haben 'ne gute Art mit den kleinen Leuten. Ich scheiß drauf, was Leno sagt, ich fand's prima, wie Sie dieses alte Frauchen angegurrt haben. Klar war's schmalzig, aber es hat *gemenschelt.* Also müssen Sie ran an die ›Menschen‹ – hautnah.«

»Das versuchen wir doch schon die ganze Zeit«, sagte Susan.

»Nein, ich meine, in der Glotze«, sagte Adler. »Die gucken diese schwachsinnigen Talkshows. Die gucken Oprah und Crapola. Wenn

Sie Ihre Schau da abziehen, hängen die Leutchen an Ihren Lippen. Dann bringen Sie Ihr Ding rüber.«

»Das ist aber doch das Mieseste vom Miesen«, protestierte Susan. »Das werden sie ihm doch alle um die Ohren schlagen.«

»Klar.« Adler stand auf und fing an, auf und ab zu gehen. Er war kurz und gedrungen, mit breiten, muskulösen Schultern und fleischigen Unterarmen. »Klar wird das zunächst die reine Schlammschlacht, aber wenn er damit nicht fertig wird, dann kann er die Sache gleich vergessen – stimmt's, oder hab ich recht, Governor? Ihre klugen Ausführungen über die Staatsverschuldung können Sie sich schenken, solange die Leute Sie für einen – Sie wissen schon halten.«

»Jack, mach's nicht«, flehte Susan. »So etwas tut ein Präsident nicht. Wir dürfen nicht auch noch den letzten Rest Würde verlieren.«

»Entschuldigen Sie, Ma'am«, sagte Adler. »Aber ein Präsident macht heutzutage *alles*.«

Gegen soviel Dreistigkeit war nicht einmal Susan ganz gefeit. Unsere Blicke trafen sich. Meiner fragte: Sind wir wirklich auf dieses Arschloch angewiesen? Und ihrer antwortete: Weiß man's? Wir sind am Absaufen, Jack sucht verzweifelt nach einem Rettungsanker – warten wir's ab. »Könnten wir nicht ein bißchen weniger extrem anfangen?« fragte sie.

»Na ja, Regis Philbin kenn ich noch aus Europa«, sagte Adler. »Der schuldet mir im Zweifel noch einen Gefallen.«

Plötzlich schoß mir ein Gedanke durch den Kopf. »Wir haben Freddy Picker bis jetzt behandelt, als würde er in einem anderen Ring kämpfen – aber neulich hat er doch betont, daß er sich mit Ihnen unterhalten möchte, Governor. Warum laden Sie ihn nicht ein, mit Ihnen zusammen in einer Talkshow aufzutreten?«

»Warum sollte Picker sich darauf einlassen?« fragte Adler. »Er kann doch nur verlieren. Der ist schlau, der wird sagen, daß er sich liebend gern ›unterhalten‹ würde, und dann bis *Tisha Be-Aw* an den Einzelheiten herumfeilen.«

»Schon möglich, aber ich hab so ein Gefühl, daß er annimmt«, sagte Stanton. »Haben Sie ihn Sonntag abend gesehen? Spielchen sind nicht sein Ding. Und wenn er sich bei dieser Sache plötzlich doch querstellt, hätten wir ihn wenigstens in der Defensive. Was haben wir heute, Henry, Donnerstag? Freitag? Wieso haben wir die ganze Woche gebraucht, um darauf zu kommen?«

»Weil«, sagte ich, »es nicht ganz leicht ist, klar zu denken, wenn man gerade durch den Fleischwolf gedreht wird.«

Ich saß in meinem Zimmer vor den Sechs-Uhr-Nachrichten, als Daisy an die Tür hämmerte. Kaum hatte ich geöffnet, stürmte sie an mir vorbei und blieb nach zwei Schritten abrupt stehen – schäumend vor Wut. »Du kannst mir nicht sagen, daß ich gefeuert bin?« sagte sie. »Du kannst nicht mal dieses Scheißtelefon in die Hand nehmen?«

»Moment mal«, sagte ich. »Gefeuert? Davon weiß ich nichts.«

»Du hast Adler doch selber mitgekriegt. Tu nicht so.«

»Schon, aber was ...« Ich hatte überhaupt nicht daran gedacht, was für Konsequenzen Adler für Daisy haben könnte.

»Sie haben mir Ferguson als Henker geschickt. Sie wollen ›umstrukturieren‹, sagt er. Die Medienbetreuung aufteilen. Adler soll die positive Ecke übernehmen, ich die – die *vergleichende*, hat er's genannt.«

»Na ja, dann bist du doch nicht gefeuert«, sagte ich. Wir standen immer noch in dem kleinen Gang direkt vor der Badezimmertür. »Aber toll ist es natürlich auch nicht.«

»Nicht toll?« sagte sie. »Henry, was sind deiner Meinung nach die Chancen, daß wir in diesem Wahlkampf noch mal den winzigsten Negativspot senden? Und findest du nicht, daß es eine ziemliche Beleidigung ist, wenn sie sich einbilden, ich könnte nur Negativwerbung? Was soll ich denn jetzt bitte schön tun? Nach Washington zurückgehen und für Arlen irgendwelche Kongreßkandidaten betreuen – oder mich von ihm auch noch feuern lassen?«

»Er wird dich nicht feuern«, sagte ich.

»Klar, so ein Scheißliberaler wie der feuert keine Frau. Aber besonders angenehm wird er mir das Leben nicht machen. Im Gegenteil. Er wird mir sämtliche hoffnungslosen Fälle unterjubeln, und ich krieg eine Trefferquote von Null komma null. Ich kann es jetzt schon hören: ›Daisy – die Garantie für den Flop‹.«

»Hör mal, unser Wahlkampf pfeift doch sowieso auf dem letzten

Loch«, sagte ich. »Glaubst du, irgendeiner von uns hätte hier noch eine große Zukunft? Wie bist du mit Howard verblieben?«

»Ich hab ihm gesagt, er soll mich am Arsch lecken, und bin gegangen.«

»Im Ernst?«

»Was hättest du denn gemacht?«

»Ich weiß nicht«, antwortete ich. »Ich hätte mich wahrscheinlich drauf eingelassen – und mir gesagt, wenn die Adler-Geschichte vorbei ist, bin ich entweder wieder drin oder es ist eh alles im Arsch.«

»Für mich ist *mit* Adler schon alles im Arsch«, fauchte sie. »Das darf doch nicht wahr sein! Warum hast du dich nicht für mich eingesetzt? Der und Positivwerbung! Was kann er denn, was ich nicht kann?«

»Ich wußte nicht, daß er die Positivwerbung übernehmen soll.«

»Und wenn du's gewußt hättest?«

»Na ja, positiv ist nicht einfach«, sagte ich.

»Was soll denn das heißen? Hast du meine Positivspots überhaupt gesehen, die in Florida, die wir dann nicht gezeigt haben?«

»Ja.«

»Und?«

»Die waren ganz in Ordnung.«

»Henry!« Sie holte aus, aber sie hatte nicht Susans geübte Hand; der Schlag landete kraftlos halb auf meinem Arm und halb auf meiner Brust. Sie kam auf mich zu – damit ich sie umarmte, wie ich eine Sekunde zu spät begriff. Aber da hatte ich im Reflex bereits abwehrend die Hände ausgestreckt und sie an den Oberarmen gepackt.

Sie starrte mich an, fassungslos. Sie forschte in meinem Gesicht und sah – was? Nicht genug. »Verdammt, Henry«, sagte sie, schüttelte meine Hände ab und wischte sich über die Augen. »Vergiß es.«

»Daisy ...« Jetzt machte ich einen linkischen Umarmungsversuch, aber sie stieß mich zurück.

»Henry, du bist so was von eiskalt«, sagte sie, und weg war sie.

Ich stand einen Moment da, drehte mich dann um und sah mich in meinem Hotelzimmer um. Ich ging zum Fenster, zog zum erstenmal seit einer Woche die Gardinen zurück und schaute hinaus. Gleich gegenüber war ein modernes Bürogebäude. Männer in

Hemdsärmeln saßen an Schreibtischen, schick gekleidete Frauen liefen zwischen den Schreibtischen hin und her. Dazu Topfpflanzen.

Ich ging auf die Suche nach Daisy. Ich klopfte an ihre Tür. Nichts. Ich lief in die Zentrale hinüber; niemand hatte sie gesehen. Ich fuhr ins Foyer hinunter und fand Richard – mit gepackten Koffern.

»Ich mach mich nicht vom Acker, keine Angst«, sagte er. »Ich leg nur ne kleine Pause ein.«

»Richard«, sagte ich. Mir schwirrte der Kopf. »Warte – komm hier rüber.« Ich zog ihn von der Rezeption in eine ruhige Ecke. »Du darfst jetzt nicht abspringen.«

»Tu ich doch gar nicht«, sagte er. »Ich will bloß erst mal wieder in Washington arbeiten. Wenn Skorps anrufen, zieh ich die übliche Nummer ab und sag ihnen, daß Picker bloß der Tip der Woche ist und daß Jack wieder aufholen wird wie bis jetzt noch jedesmal. Wenn Jack oder Susan anrufen, kriegen sie die gleiche Nummer zu hören. Aber hierbleiben – vergiß es. Ich laß mich doch nicht von diesem verdammten *Muskelprotz* rumkommandieren. Issdochso! Sagt diese Arschgeige glatt zu mir: ›Ich mach jeden Tag zweihundert Liegestütze, und Sie?‹ Ich schau ihn an und sag: ›Zweihundertundeine‹. Ist wohl im falschen Film, der Mann. David Adler und ich, die Kombination ist absolut tödlich. Echt, Henri, soll er machen, was er will, solange es dauert. Die Sache ist sowieso gestorben.«

Was hätte ich dazu sagen sollen?

»Henri – Mann, ich hab diese Kacke schon x-mal miterlebt«, sagte Richard. »So sind die Typen eben. Sie lieben dich, sie lassen dich fallen. ›Ich zahl diesem Burschen zehntausend Mäuse im Monat, und er hat mich immer noch nicht zum lieben Gott gemacht‹, sagen sie, ›zum Teufel mit ihm.‹«

»Aber das hier war anders, oder?« fragte ich.

Richard lachte. »Anders ist schwer untertrieben«, sagte er. Dann seufzte er. »Yeah, Henri – es war anders. Er war es wert. Aber weißt du, ich bin immer heilfroh, wenn ich wieder nach Hause kann. Nichts gegen Zimmerservice, aber unterwegs auf Tour komm ich immer fast um vor Angst, vor allem, wenn aus ner Kampagne die Luft raus ist und man wieder zum Denken kommt. Verstehste, echt. Ich denk immer, irgendwann klapp ich zusammen, und dann finden sie mich mausetot und halbnackt im Hotelzimmer, während ich mir für irgendn Heini den Arsch aufreiß, der allein keinen zusammenhängenden Satz rausbringt. Ist ne geile Sache, was wir hier machen, aber letzten Endes – iss es 'n Scheißjob. Au revoir, Henri. *C'est la vie ... say the old folks.*«

»*It goes to show you never can tell*«, zitierte ich Chuck Berry zu Ende.

»Du bist cool, Mann«, sagte Richard. »Paß auf dich auf, okay?«

Ich lag ausgestreckt auf dem Rücken und starrte zur Decke hinauf, voll angezogen, wie gelähmt. Ich konnte es nicht fassen. Die Unsympathen hatten das Zepter an sich gerissen; nein, sie hatten nicht mal zu reißen brauchen, es war ihnen nachgeworfen worden. Richard und Daisy waren weg; Howard und Lucille waren noch da, aber sie würden immer dasein – und jetzt würde David Adler die Strategie bestimmen. Ich konnte mir nicht vorstellen, für diese Arschgesichter auch nur einen Finger krummzumachen. Ich konnte mir nicht vorstellen, je wieder vom Bett aufzustehen. Ich würde mutterseelenallein sterben, in einem Hotelzimmer keine sechzig Straßen entfernt von meiner eigenen Wohnung, die zu betreten ich zu feige war. Aber wenigstens würde ich nicht halbnackt sterben – ich fühlte mich zu schwach, um mich auszuziehen.

Spätabends kam Susan zu mir. Sie klopfte; ich ließ sie herein. Sie ging an mir vorbei ins Zimmer, drehte den Schreibtischstuhl zum Bett um und setzte sich. »Na, wie geht's?« fragte sie.

»Beschissen«, sagte ich.

»Ich weiß«, sagte sie. Dann sagte sie eine Weile nichts. Sie trug ein anthrazitfarbenes Kostüm. Mir wurde klar, daß sie direkt von irgendeiner Veranstaltung kam. »Im Moment passieren Sachen – ich kann immer noch nicht glauben, daß sie wirklich passieren, daß sie *uns* passieren«, sagte sie. »Ich lese die Zeitung. Ich sehe Jacks Namen. Ich sehe meinen eigenen Namen. Und ich kann mir nicht vorstellen, daß die Leute, von denen solche Sachen behauptet werden, Leute sind, die ich kenne – und schon gar nicht, daß wir selber es sind. Henry – Sie kennen uns doch. Das sind doch nicht wir.«

»Oh nein«, sagte ich. »*Wir* machen Geschichte.«

Die Tränen schossen ihr in die Augen, aber sie kämpfte sie nieder. »Ich kann mir vorstellen, wie elend Sie sich fühlen«, sagte sie. »Ich weiß, daß es hart für Sie ist – jetzt, wo Daisy geht, und Richard auch. Ich wollte wirklich nicht, daß sie gehen, das müssen Sie mir glauben.«

»Und der Gouverneur?«

»Er denkt, Adler kann uns vielleicht helfen ... in New York. Mir geht's wie Ihnen: ich bin mir da nicht so sicher. Aber Hilfe brauchen wir nun weiß Gott.« Sie sagte es ein wenig obenhin, sarkastisch. Dann brach sie ab und setzte neu an, ruhiger, ernsthafter. »Henry, wir brauchen Hilfe. Und ich muß Sie um einen persönlichen Gefallen bitten. Bitte, lassen Sie uns jetzt nicht im Stich. Ich weiß nicht, ob wir das überleben würden. Daisy, Richard – das ist schlimm genug. Aber wenn Sie gehen würden, dann hätte das eine verheerende Wirkung – auf das Team, die Kulis, auf alle. Für Jack wäre es – unausdenkbar. Und wieviel mir an Ihnen liegt, wissen Sie ja«, sagte sie mit einem Pokerface.

»Ach ja?« fragte ich, in Terra incognita vorstoßend. »Ich muß sagen, das hab ich mich manchmal gefragt nach dieser Nacht in Chicago. Ich meine, was sollte das? Mit mir hatte es ja wohl nicht sonderlich viel zu tun. Waren Sie einsam? Haben Sie einfach einen Mann gebraucht? Oder wollten Sie nur dem Gouverneur eins auswischen, nachdem Ihnen Amalee McCollister das von Loretta erzählt hatte?«

»Henry!« sagte sie. »Das ist zu grausam.« Aber sie lenkte gleich wieder ein. »Na ja, wahrscheinlich geschieht es mir recht. Es war falsch von mir. Ja, ich habe einen Mann gebraucht. Ich hab nicht nachgedacht.«

Ich auch nicht. Ich hatte nur reagiert. Ich sah sie wieder vor mir, wie sie in jener Nacht gegangen war, wie sie ihre Kleider zusammengesucht hatte und davongeschlüpft war durch den Lichtstreifen der Außenbeleuchtung, der durch den Spalt in meinem Vorhang fiel. Komisch, ich hatte seitdem keinerlei Restkitzel empfunden. Susan Stanton war schließlich nicht unattraktiv; das Verbotene an der Situation war sogar extrem aufreizend gewesen. Aber ich hatte mir jegliche dahingehende Regung untersagt. Es war eine Dienstleistung gewesen und nicht Sex – eine seltsam erniedrigende Dienstleistung,

Teil meines schändlichen Parts in der McCollister-Geschichte. Jetzt allerdings, während ich hier in meinem Zimmer zusah, wie Susan Stanton sich selbst spielte, wie sie sich abmühte, um etwas Intimeres, emotional Bezwingenderes hinzulegen, als ihrem üblichen Susan-Stanton-Stil entsprach, mußte ich plötzlich an ihre Zunge denken, an ihre Hände auf meiner Haut – und ich merkte, daß mein Körper ansprach.

»Henry«, begann sie wieder, ohne meine Erregung zu bemerken. »Jack liebt Sie. Er braucht Sie jetzt – nicht als stellvertretenden Wahlkampfmanager, sondern als Freund, als ein Familienmitglied. Es gibt nicht viele Menschen, denen er vertrauen kann. Ihnen vertraut er. Bitte lassen Sie ihn nicht im Stich – nicht jetzt, nicht so. Bleiben Sie noch ein bißchen bei uns, bis wir klarer sehen, wie es weitergeht. Allzulang« – ihre Stimme schwankte – »dauert es wahrscheinlich sowieso nicht mehr. Aber bitte, lassen Sie uns jetzt nicht allein.«

»Na gut«, sagte ich zu meiner eigenen Verblüffung, viel zu prompt, mitgerissen von ihrer Emotionalität.

Sie stand auf, drückte mir ein Küßchen auf die Stirn und ging.

Die Szene wollte mir nicht aus dem Kopf. Loyalität. Loyalität war die krönende Tugend des perfekten Dieners, und ich war loyal bis ins Mark – meinen Arbeitgebern gegenüber. Ich war den Stantons gegenüber loyaler als gegenüber Daisy. Ich hatte, während Adler seine Sprüche vom Stapel gelassen hatte, seelenruhig das Für und Wider abgewogen, mir alle Konsequenzen für Jack Stanton und den Wahlkampf vor Augen geführt. Aber was für Konsequenzen es für Daisy haben könnte, hatte ich mich keine Sekunde lang gefragt – und das wußte sie. Gut, ich hätte Stanton unter keinen Umständen davon abhalten können, dieses Arschloch anzuheuern. Aber ich hätte einwerfen können: »Was sagt Daisy denn dazu?« Wenigstens das hätte ich sagen können – ich hätte an sie denken können. Wenn die Sache zwischen uns beiden über eine Wahlkampfromanze hinausging, hätte ich dann nicht an sie denken *müssen*? Und wenn es nicht über eine Wahlkampfromanze hinausging, was für ein Spiel hatte ich dann gespielt, was für ein emotionaler Krüppel war ich dann?

Ich schaute in den Spiegel und sah – den Butler. Ich sei praktisch ein Familienmitglied, hatte Susan gesagt – das banalste Kompliment, das man einem Bediensteten machen kann. (Okay, sie hatte nicht »praktisch« gesagt. Sie hatte gar kein Attribut hinzugefügt.) Und dann, als ich mich gerade so richtig in Selbstmitleid suhlen wollte, ging mir plötzlich auf, daß die Dinge noch viel pikanter, komplexer lagen: Luther hatte genausowenig recht. Für ihn war meine Unterwürfigkeit ein Überbleibsel der Sklaverei, eine Folge von Selbsthaß, Mangel an Stolz – ein schwarzes Problem. Und ich hatte es ihm beinahe abgenommen. Aber sämtliche Eigenschaften, die mich zu einem so guten Lakaien machten, kamen von der anderen Seite, von meiner Mutter: die Ruhe, die geduldige Ergebenheit, die Loyalität. Das hatte ich alles von ihr. Das Burton-Blut, das Blut meines Vaters und des Reverend, war zu stolz und zu aggressiv. Es hätte mich nie dazu bringen können, einen halben Schritt hinter irgendwem herzugehen, im klassischen Stabsabstand, allzeit bereit – für mich der angenehmste Platz im Leben. Ich mußte laut lachen. Es war zu komisch. Ich war der beste Diener aller Zeiten, weil ich zur Hälfte weiß war.

Eine gute Tat vollbrachte David Adler doch, er organisierte einen Auftritt in Geraldos Talkshow – und zwar ohne Geraldo. (Wobei Geraldo eine nicht minder gute Tat vollbrachte, indem er dem geplanten Ablauf zustimmte.) Freddy Picker nahm die Einladung sofort an, ohne Bedingungen. Es sollte die einzige Debatte der New Yorker Vorwahlen sein. Natürlich war der Medienrummel entsprechend. Über 250 Reporter hatten sich angesagt. CNN hatte mehr Leute da als die beiden Kandidaten zusammen. »Wer von uns übernimmt nachher die Presse?« fragte Laurene.

»Bis jetzt niemand.«

»CNN will hinterher jemand für ein Interview haben.«

»Kümmern Sie sich darum«, sagte ich. »Aber ja kein Gequassel, okay? Wenn sie wissen wollen, was für ein Gefühl wir haben, sagen Sie ihnen entweder Ihre persönliche Meinung oder daß wir die Debatte für sich selber sprechen lassen. Wobei mir letzteres ehrlich gesagt lieber wäre.«

»Findet David Adler das auch?«

»Höchstwahrscheinlich nicht«, sagte ich. »Aber ich habe ein neues Sonderabkommen. Ich mach in diesem Zirkus hier nur, was ich vertreten kann.«

»Dann sollte ich vielleicht besser ihn fragen«, meinte sie.

»Tun Sie, was Sie nicht lassen können.«

»Verdammt, Henry, jetzt kommen Sie mir nicht so«, sagte Laurene. »Ich mach hier schließlich meinen Job. Wir sind in einem Wahlkampf, nicht auf Abenteuerurlaub.«

»Ich sage Ihnen in meiner Eigenschaft als stellvertretender Wahlkampfmanager, daß wir die Debatte für sich selbst sprechen lassen sollten. Wenn's Probleme damit gibt, nehm ich alles auf meine Kappe.«

Es zeigte sich, daß Picker mit noch weniger Leuten angerückt war als wir. Eine adrette junge Blondine namens Maura Donahue sprach mich im Gang vor dem Studio an und stellte sich vor. »Was für einen Kurs schlagt ihr bei CNN ein?« fragte sie.

»Gar keinen«, sagte ich. »Ich habe unsere Pressesprecherin angewiesen, zu sagen, daß der Debatte nichts hinzuzufügen ist. Für David Adler kann ich natürlich keine Garantie übernehmen. Der ist imstande und erklärt Syrien den Krieg.«

Sie lachte. »Aber ihr gebt keine Erklärung ab? Nicht das übliche Gelaber?« Ich nickte. »Gut«, sagte sie. »So halten wir's auch immer.«

»Ist mir schon aufgefallen«, sagte ich. »Wir lernen von euch. Wer ist übrigens *wir*? Zeigen Sie mir Ihre Truppen.«

»Das sind ich und Terry Fisk da drüben.« Sie deutete auf einen untersetzten Schwarzen, der einen Stoß Papiere in der Hand hielt. »Er macht die Organisation. Ich alles übrige. Und dann haben wir noch die beiden Picker-Söhne dabei – die legen sich ins Zeug, das ist der reine Wahnsinn.«

»Und das reicht?«

»Nein, es ist ein fürchterliches Chaos«, sagte sie. »Aber der Boss will nicht, daß es zum Raubtierzoo ausartet. Er hat eine richtige Zoophobie. Er fährt voll auf diese Ruhekiste ab. Kein großes Team, keine Reporter.«

»Keine Reporter?«

»Wir geben bloß unsere Termine bekannt – über Associated Press, dann finden sie schon alleine hin.«

»Wo hat er Sie her? Von Harris?«

»Ja. Terry auch. Wobei wir da nicht viel zu melden hatten. Der Gouverneur hat sämtliche Berater entlassen. Er hat nur die Themenküche behalten, sich ein paar von den Unterlingen ein bißchen genauer angeschaut – und da sind wir jetzt.«

Jawohl, da waren wir. Freddy Picker trat aus einer Tür, nickte mir zu – offenbar kam ich ihm vage bekannt vor – und ging in Richtung Studio. Er war nicht klein, aber im Vergleich mit Stanton wirkte er schmächtiger, gebeugt, nahezu mürrisch. Irgendwie kam er mir verloren vor, fehl am Platz in der gewollten Munterkeit der Geraldo-Clique. Er schwieg; er war kein Schwätzer. Stanton und er saßen an einem runden Tischchen vor einem Live-Publikum, nur sie beide. Jeder hatte einen Kaffeebecher vor sich stehen – Stanton trank Cola light, Picker Eistee. Geraldo sollte die Zuschauer begrüßen, die erste Frage stellen und dann das Feld den Kandidaten überlassen. Ohne einschränkende Spielregeln. Ich saß im Kontrollraum, zusammen mit Susan und den beiden Picker-Söhnen – große, hübsche Jungs, sehr wohlerzogen, sehr spanisch. Sie gaben uns die Hand und setzten sich, ohne sich mit irgendwelchen Höflichkeitsfloskeln aufzuhalten, ans andere Ende der Stuhlreihe hinter den Produzenten und seine Leute.

»O-kay«, sagte Geraldo, als die Scheinwerfer eingeschaltet wurden. »Meine Herren, Sie kennen die Regeln. Kein Stühlewerfen, kein Kratzen und Beißen, und beim dritten Foul gibt's die rote Karte.« Stanton lächelte und nickte; Picker nickte nur. Stanton wirkte entspannter, dominanter im Rampenlicht. »Und gleich die erste Frage – an Sie, Governor Stanton. Es hieß diese Woche, daß ein Teenager in Ihrer Heimatstadt Mammoth Falls möglicherweise ein Kind von Ihnen erwartet. Sie haben das abgestritten, aber das Mädchen und seine Familie sind seither verschwunden. Was in aller Welt geht da vor, Governor?«

»Nun, Geraldo, als erstes möchte ich Ihnen danken, daß Sie dieses Zusammentreffen ermöglicht haben – und ich hoffe sehr, daß wir im Lauf der Sendung auf Punkte von Belang zu sprechen kommen. Aber ich beantworte selbstverständlich Ihre Frage. Die Familie, um die es bei dieser unseligen Angelegenheit geht, ist mit mir befreundet, es sind ganz fabelhafte Menschen. Ich habe noch kurz mit dem Vater gesprochen, bevor sie die Flucht vor den Medien ergriffen haben – um mich zu erkundigen, ob ich irgendwie helfen könnte. Und wissen Sie, was er gesagt hat? Er hat sich entschuldigt, daß er mir solche Schwierigkeiten bereitet! Er sagte, er würde mit seiner Familie wegfahren, um diesem verrückten Rummel zu entgehen. Seine Tochter würde keine Sekunde in Frieden gelassen, er könne nicht einmal sein Lokal führen. Er wolle warten, bis die Aufregung sich legt. Und ich habe eine große Bitte: Wenn diese Leute wieder nach Hause kommen und ihr normales Leben aufnehmen, dann hoffe ich inständig, daß die Presse nicht gleich wieder über sie herfällt. Governor Picker hat das ja bereits sehr schön in Worte gefaßt. Wir müssen wirklich alle ruhiger werden. Wir haben hochbrisante Fragen zu erörtern, und wenn Sie nicht noch etwas hinzufügen wollen, Fred« – er nickte zu Picker hin, der verneinend den Kopf schüttelte –, »dann würde ich dieses Thema jetzt gerne abschließen und Sie etwas fragen. Ich weiß, daß Sie Senator Harris unterstützt haben und daß Sie eine modifizierte Form seiner Ressourcensteuer ...«

»Nicht Ressourcensteuer, sondern eine Art ...« setzte Picker an.

»Egal«, fiel Stanton ihm ins Wort. »Haben Sie sich schon Gedanken darüber gemacht, was für Auswirkungen das auf die arbeitende Bevölkerung in unserem Land haben wird, selbst wenn Sie nur eine niedrige Energiesteuer erheben – wie stellen wir es an, daß ihnen nicht auch noch das letzte Hemd ausgezogen wird?«

»Ich habe die Einzelheiten noch nicht ausgearbeitet«, sagte Picker. »Sie wissen ja, diese Sachen werden zum größten Teil mit dem Kongreß ausgehandelt.«

»Richtig, und es ist sehr vernünftig von Ihnen, die Wähler daran zu erinnern, daß die Vorschläge, die wir im Wahlkampf zur Debatte stellen, den günstigsten Fall voraussetzen und allen möglichen Änderungen unterworfen sein können«, sagte Stanton. »Schließlich sind ja sogar unsere eigenen Ideen im Lauf einer Kampagne bisweilen Änderungen unterworfen.« Die Zuschauer lachten. Die Kamera schwenkte zu Geraldo hinüber, der feixend in den Kulissen stand. Aber jetzt war Jack Stanton am Ball. »Ich will nur ein Beispiel nennen. Zu Beginn der Kampagne habe ich Steuersenkungen für den Mittelstand vorgeschlagen. Senator Harris sprach sich dagegen aus. Und im Rückblick meine ich, daß er wohl recht hatte. Ich habe über die Sache nachgedacht, und ich wüßte gern, was Sie dazu sagen, Governor Picker: Vielleicht sollten wir noch gezielter vorgehen. Angenommen, wir würden unsere Vorschläge kombinieren – eine wie auch immer geartete Energiesteuer einführen und die Steuern für die Durchschnittsverdiener senken, sagen wir, für Einkommen bis zu fünfzigtausend Dollar, mit einem zusätzlichen Bonus für jedes Familienmitglied.«

Picker dachte einen Augenblick nach. Taktisch wäre es das einzig richtige gewesen, den Vorschlag zu ignorieren oder abzutun, das Ruder irgendwie an sich zu bringen. Aber Picker sagte: »Tja, wahrscheinlich wird man um etwas in der Art nicht herumkommen, obwohl ich, wie schon gesagt, die Einzelheiten erst noch ausarbeiten müßte. Aber würde das nicht eine Vorzugsbehandlung für kinderreiche Familien bedeuten?«

»Doch, wohl schon«, sagte Stanton, völlig erstaunt, daß Picker seinen Vorschlag mehr oder weniger geschluckt hatte. »Wir könnten den Bonus auch einfach pro Familie ansetzen, wenn Ihnen das lieber wäre.«

»Aber was wäre dann die Untergrenze?« fragte Picker. »In welchem Maß würde die Staatskasse davon profitieren? Schließlich müssen wir das Haushaltsdefizit verringern.«

Es war durch und durch grotesk. Picker ignorierte das Publikum und diskutierte mit Jack Stanton über Sachfragen. Die Kameras, die politischen Konsequenzen schienen ihm völlig gleichgültig. Und Stanton machte begeistert mit; er war Feuer und Flamme. »Sie haben recht, wir müssen das Haushaltsdefizit verringern – aber nicht, indem wir die kleinen Leute schröpfen«, sagte er. »Es gibt genug Wege, um effizienter zu wirtschaften, um die Ausgaben zu reduzieren. Aber letzten Endes glaube ich, wenn wir das Defizit verringern wollen, müssen wir die Reichen höher besteuern – sind wir uns da einig?«

»Kommt darauf an, wie Sie reich definieren«, sagte Picker. »Aber prinzipiell, ja.«

»Larry – äh, Senator Harris – wollte ja die Kapitalertragssteuer senken«, sagte Stanton. »Sind Sie auch dafür?«

Und weiter in dem Stil. Schließlich griff Geraldo – der noch nicht ganz glauben wollte, daß der Kampf der Giganten sich allen Ernstes in eine Sitzung des Finanzausschusses verwandelt hatte – ein und sagte: »Meine Herren, wie wär's mit ein paar Fragen aus dem Publikum?«

Eine nicht mehr ganz junge Frau stand auf und sagte: »Ich bin Lehrerin. Wir stehen jeden Tag an vorderster Front. Governor Picker, was würden Sie tun, um die Situation an den Schulen zu verbessern?«

»Hmm, Bildung ist sehr wichtig«, erwiderte Picker. »Das Wichtigste überhaupt. Washington stellt Gelder für Studiendarlehen und Sonderzuwendungen für ärmere Bezirke bereit – und das sollten wir auf jeden Fall beibehalten, aber letztlich – ist das Schulwesen wohl hauptsächlich Sache der jeweiligen Einzelstaaten beziehungsweise Kommunen, oder, Jack?«

»Stimmt. Aber der Präsident hat trotzdem enorme Einflußmöglichkeiten«, sagte Stanton. Er wirkte viel sicherer als Picker. »Er kann durch alle Staaten reisen und zeigen, was machbar ist. Außerdem können wir – das haben Sie vergessen zu erwähnen, Fred – die Zuschüsse für die Förderung sozial benachteiligter Schüler erhöhen.« Picker nickte. »Aber letztlich«, fuhr Stanton fort, »haben Sie den Nagel auf den Kopf getroffen, Ma'am. Mit Ihnen steht und fällt alles. Eine Lehrerin, die ihre Schüler mitreißt, ist mehr wert als alles, was Politiker und Bürokraten bewirken können.« Und Jack Stanton sah in die Kamera, hob eine Augenbraue und zwinkerte – blitzschnell – Susan zu. Sie zog scharf die Luft ein und umklammerte mein Handgelenk. »Deshalb bin ich der Meinung, wir sollten ruhig auch weiterhin mit Methoden experimentieren, die es den Lehrern erlauben, so kreativ wie möglich zu sein.«

»Jack hat vollkommen recht«, fiel Picker enthusiastisch ein. »Ich habe meine Jungs auf eine Mittelpunktschule in Tallahassee geschickt, und dafür habe ich sogar in Kauf genommen, daß sie ein ganzes Stück mit dem Bus fahren mußten – wir wohnen auf einer Farm außerhalb von Tallahassee. Ich habe das deshalb getan, weil es dort einen speziellen Mathematikzweig für meinen älteren Sohn gab und eine Streicher-AG für den jüngeren, der ein verdammt guter

Fiedler ist. Ach je ... Felipe kann es nicht leiden, wenn ich das sage: Er spielt die Bratsche. Aber es ist wirklich wahr, was Sie über die Schulen sagen, Jack. Man merkt sofort, wenn in einer Schule die Atmosphäre stimmt. Es ist ein Unterschied wie Tag und Nacht. Wenn wir die Leute – vor allem die Lehrer und die Eltern – doch nur motivieren könnten, sich stärker zu engagieren ...«

»Dummerweise ist so was eben verflixt schwer für Familien, in denen beide Eltern arbeiten«, sagte Stanton. Sie plauderten jetzt einfach locker. »Sie haben keine Zeit für Elternabende und diesen ganzen Kram, den so viele von uns für eine Selbstverständlichkeit halten.« Stanton machte eine Kunstpause und schloß dann in einem Ton, der ihn selbst und alle Politiker schlechthin parodierte: »Und deshalb bin *ich* für den Steuerbonus für Familien.«

»Gut, gut«, sagte Picker lachend.

»Sonst noch Fragen?« schaltete sich Geraldo ein.

Es kamen Fragen zu Sozialleistungen, Entwicklungshilfe, erneut zum Thema Steuern, und nirgends gab es nennenswerte Unstimmigkeiten. Schließlich stand ein älterer Schwarzer umständlich von seinem Stuhl auf. »Ich glaube, die meisten von uns haben die Nase voll von diesem ganzen Politikergeschwätz«, sagte er. Jubel und Buhrufe. »Ich kann Ihnen beiden zwar nicht in allen Einzelheiten folgen, aber ich hab Ihnen jetzt eine ganze Weile zugehört, und es hat verdammt anders geklungen wie sonst immer. Soviel krieg ich immerhin mit, daß ich merke, daß Sie nicht drauf aus sind, sich gegenseitig runterzumachen. Vielleicht versuchen Sie sogar echt, für ein paar Sachen 'ne Lösung zu finden.« Er stockte.

»Entschuldigung, Sir, aber haben Sie eine Frage?« drängte Geraldo.

»Na ja, im Prinzip ist es wohl die«, sagte der alte Mann. »Wär es irgendwie zu machen, daß wir Sie beide kriegen?«

Kaum war es vorbei, stürmte Susan mit tränenüberströmtem Gesicht aus dem Kontrollraum, ich dicht hinter ihr her. Die Zuschauer drängelten sich um den Tisch; Stanton, Picker und Geraldo schüttelten fleißig Hände. Susan und ich hielten uns ein Stück abseits, in der Tür. David Adler stand plötzlich auch da, wohl um Gratulationen einzuheimsen. »Danke, David«, sagte Susan. »Wirklich.«

»Er war *gigantisch*«, sagte Adler.

Schließlich begannen sich Jack und Picker in Richtung Gang zu schieben, Geraldo im Schlepptau. Stanton dankte ihm und bat dann: »Geraldo, kann ich einen Moment mit Freddy sprechen?«

»Klar«, sagte er. »Brauchen Sie einen eigenen Raum?«

»Nein, das geht hier.« Er beugte sich zu Picker hinüber, legte ihm freundschaftlich den Arm um die Schulter. »Freddy, ich wollte Ihnen nur sagen, wie sehr ich die Art bewundere, mit der Sie an diesen Wahlkampf rangehen. Es ist gut für die Partei, es ist gut für das Land – und ich bin überzeugt, daß es sich für Sie auszahlen wird. Und danke, daß Sie mir Gelegenheit gegeben haben, wieder ein bißchen an Boden zu gewinnen.«

»Kein Problem. Und ich danke Ihnen auch, Jack.« Picker legte Stanton den Arm um die Hüften. »Sie kennen sich echt aus mit diesem ganzen Wirtschaftskram. Da werd ich mich erst mal auf den Hosenboden setzen müssen. Mm ... Jack?«

»Ja?«

»Nichts«, sagte Picker. »Danke.«

»Ich erinnere mich an Tage wie heute – dunkel, aber immerhin«, sagte Stanton, als wir Richtung Downtown fuhren. »Muß lange hersein. Wann war das noch, Henry, wann hat uns die Sache noch Spaß gemacht?«

»In New Hampshire«, sagte ich. »Letztes Jahr. Aber heute abend war phantastisch. Glauben Sie, es bringt was?«

»Ach was«, sagte Stanton. »Hat doch kein Schwein zugeschaut. Und wenn, dann geht das denen kalt am Arsch vorbei. Wen interessiert denn, wer von uns mehr vom Staatshaushalt versteht? Mist, wenn ich mich nicht kennen würde, dann würde ich wahrscheinlich auch für ihn stimmen. Aber komisch, er kommt mir wie verwandelt vor – ein völlig anderer Mensch als damals als Gouverneur. Das hab ich noch nie so erlebt. Man könnte denken, er wär kein Politiker, wär nie einer gewesen. Er hat den Instinkt verloren, er hat keinen Sinn mehr für die kleinen Tricks, mit denen wir uns gegenseitig ans Messer liefern. Das haben Sie doch auch gemerkt, oder? Er spielt das Spiel überhaupt nicht mehr mit, in keiner Hinsicht. Es ist vollkommen verrückt.« Stanton lachte, dann schien ihm ein Gedanke zu kommen. »Ich sag Ihnen was, Henry. Er wird's nicht durchstehen. Von der Idee her ist es wunderbar, aber es ist zu radikal. Was wir hier machen, ist ein Handwerk, das sich langsam entwickelt hat, langsam und konsequent. Haben Sie sich schon mal überlegt, daß unser Spielchen hier im Prinzip mit George Washington begonnen hat? Andrew Jackson hat es weiter ausgefeilt, Lincoln auch ... und dann Boss Murphy hier in New York und Franklin Roosevelt, Bilbo und George Wallace im Süden. Jeder einzelne, die Giganten wie die Filzläuse, haben dran herumgefeilt, es manipuliert, vorangetrieben.« Er starrte aus dem Fenster, hinaus in das pulsierende New Yorker Chaos. »Und Freddy macht nichts anderes. Wahrscheinlich treibt er es in die einzig richtige Richtung für diese verkorksten Zeiten. Das Spiel ist zu kompliziert geworden, zu hinterhältig und hohl. Das steht fest. Und er ist ein Korrektiv, ein notwendiges Korrektiv. Aber du kannst nicht so radikal mit der gewachsenen Tradition brechen, ohne daß es sich irgendwie rächt. Diese ganze Kacke, die wir quirlen – die hat doch ihren Grund. Wenn du meinst, du könntest sie einfach wegspülen, dann kommt sie von hinten wieder an und klatscht dir an den Arsch.«

Stanton drehte sich um und schlug mir mit der Faust aufs Knie. »Henry«, sagte er, »vielleicht ist ja doch noch Leben in der Sache.«

VIII

Nicht allzuviel Leben, wie sich herausstellte. Wir wurden in New York vernichtend geschlagen, zwei zu eins. Es war eindeutig, niederschmetternd, eine lähmende Schlappe. Picker dankte New York im Namen von Martha Harris und verkündete, er werde für ein paar Tage nach Hause fahren, um sich auszuruhen und »darüber nachzudenken, was jetzt wichtig ist, was unserem Land am meisten dient«. Wir fuhren ebenfalls nach Hause. Unser Wahlkampf schien vorbei zu sein. Stanton warf nicht sofort das Handtuch, kehrte aber nach Mammoth Falls zurück, um sich den prosaischen Ritualen der Heimatstaat-Regentschaft zu widmen. Es gab keinen Reiseplan. Es gab keine Mitarbeitertreffen. Die Leute tröpfelten langsam weg.

Ich blieb. Ich rief mehrmals bei Daisy an und sprach auf ihren Anrufbeantworter, aber sie rief nicht zurück. Ich lief meine alte Dreimeilenstrecke am Fluß entlang und zurück. Ich las *Middlemarch*. Ich ging jeden Tag in die Wahlkampfzentrale und sichtete Akten; ein paar verstreute Kulis waren noch da, ein paar ältere Frauen – alles einheimische Ehrenamtler – nahmen weiterhin die Telefone ab, sofern sie klingelten, was nicht oft der Fall war. Ich wagte nicht, den Gouverneur oder Susan zu fragen, was als nächstes kam; ich sprach nach New York zwei ganze Tage lang überhaupt nicht mit ihnen. Wir brauchten wohl alle eine Pause voneinander. Es bestand auch keine Eile. Der Vorwahlenzeitplan hatte sich gelichtet; die nächste große fand erst in drei Wochen statt, in Pennsylvania – falls wir bis dahin noch im Rennen waren. Ich versuchte zu überlegen, was ich mit meinem Leben anfangen sollte, doch mir fiel nichts ein.

Ich starrte ins Leere, ohne eine Beschäftigung auch nur vorzutäuschen, als Libby am Donnerstag ins Büro kam. Das fiel mir als erstes auf: Sie stürmte nicht ins Zimmer, sie platzte nicht ins Zimmer, sie kam einfach herein. »Hey, Kleiner«, sagte sie verdächtig ruhig, während sie mit beiden Händen ihren australischen Buschhut an die Brust gedrückt hielt. »Ich hab die Testergebnisse. Das betrifft dich auch. Kommst du mit mir rauf, es dem Governor sagen?«

Es war ein herrlicher Frühlingstag. Wir gingen den Hügel hinauf zum Kapitol, das von einem üppigen Teppich aus korallenroten, zartorangefarbenen und weißen Azaleen umsäumt war. (Jack und Susan Stanton sollten am Wochenende das Azaleenfestival von Mammoth Falls eröffnen; ich mußte unwillkürlich an Danny O'Briens Spruch über die Rückkehr zum Bänderdurchschneiden und zu Verträgen mit Straßenbaufirmen denken – Stanton sicher auch.) Im Gouverneursbüro herrschte eine ruhige, effektive Alles-wieder-normal-Atmosphäre; die Telefone klingelten, was es von dem Mausoleum unterschied, in das sich unsere Wahlkampfzentrale verwandelt hatte.

Annie Marie führte uns herein. Stanton saß hinter seinem Schreibtisch. Mir wurde klar, daß ich ihn dort noch nie gesehen hatte. Überhaupt war ich monatelang nicht in diesem Büro gewesen – zum letztenmal an Silvester, als ich Daisy dort angetroffen hatte. Sie war die letzte, die ich dort hatte sitzen sehen. Mit einer Zigarette in der Hand hatte sie Leons Umfrageergebnisse von New Hampshire durchgeblättert, und dann hatte sie die Brille hochgeschoben und mich angesehen …

»Also, Jack, du bist aus dem Schneider«, sagte Libby lahm. Es war alles ausgesprochen eigenartig, wie im Traum. »Du bist nicht der Vater.« Er starrte auf seine Hände und ließ hörbar die Luft aus. »Teufel«, meinte sie etwas munterer, »nicht mal Onkel Charlie ist der Vater.«

Stanton blickte sie scharf an. »Weiß es Willie schon?«

»Doc Wilkinson wollte bei ihnen anrufen«, sagte Libby.

»Wir sollten auch anrufen«, sagte Stanton. »Er fühlt sich bestimmt gräßlich, weil er meint, daß er uns den ganzen Schlamassel eingebrockt hat. Wir sollten heute abend alle zum Essen zu ihm rübergehen.«

Er schwang sich auf seinem Stuhl herum und starrte aus dem Fenster, bergab auf die vereinzelt aufragenden, wenig spektakulären modernen Wolkenkratzer im Zentrum. »Henry«, sagte er und drehte sich wieder zu uns um, »falls die Presse in der Sache nachfragt, wir geben keinen Kommentar. Und Sonntag abend trommeln wir alle in der Villa zusammen und überlegen uns, wie wir jetzt weitermachen, okay?«

Die Unterredung war vorbei. Mehr oder weniger jedenfalls. Nur daß Libby nicht aufstand. Sie machte einen halbherzigen Versuch, aber irgendwie ohne Nachdruck. Ich war erstaunt. Unentschlossen hatte ich sie noch nie erlebt.

»Libby?« fragte Stanton. »Was hast du denn?«

»Tja ...«

»Libby?«

»Ach Kacke«, seufzte sie. »Ihr wißt doch, daß ich... in der Picker-Sache neugierig war«, sagte sie leise, fast nuschelnd. »Also hab ich ein paar Leute angerufen, unter anderem meine alte Freundin Judy Lipinsky, die früher bei der Presse war – Polizeireporterin, und zwar eine ausgefuchste, ein ganz ausgekochtes Luder. Hat inzwischen ein Anzeigenblatt in Fort Lauderdale. Sie hat sich ebenfalls ein bißchen umgehört. Und sie hat, hm, diesen Senator aufgetan, der behauptet, daß Picker ... also, daß Picker ihm Geld gegeben hätte, damit er für sein Projekt votiert – ein Bauvorhaben südlich von Naples.«

»Während seiner Gouverneurszeit?«

»M-hm. Es ging um Aufstockungsgelder an die Kommune für eine Verbindungsstraße, außerdem um die Bewilligung eines Wasser- und Kanalzuschusses aus Washington. Und jetzt kommt's: Das Projekt – Tidewater Estates – wurde von Sunshine Brothers entwickelt, einer Tochter von Sunshine Savings and Loan, die Edgardo Reyes Cardinale gehört. Und Edgardo Reyes Cardinale ist der Bruder von Antonia Reyes Cardinale, der ...«

»Früheren Frau von Picker«, ergänzte Stanton und pfiff durch die Zähne. »Meine Güte. Wer weiß sonst davon? Was wissen wir außerdem? Wer ist der Senator? Packt er aus?«

Libby saß da und sagte keinen Ton.

»Libby, was zum Teufel ist bloß los mit dir?«

»Ich versuche die ganze Zeit zu entscheiden ...« murmelte sie.

»Was denn?«

»Ob ich das für dich MACHEN WILL, du BLÖDMANN«, sagte sie, jetzt wieder ganz die alte Libby. »Ich wühl im Dreck. Ich schirm dich ab. Aber ich mach keine Oppo –«

»Herrgott, was ist denn da der Unterschied?«

»Ein himmelweiter«, sagte sie. »Ein himmelweiter *moralischer* Unterschied. Ich hab kein Interesse daran, Freddy Picker zu erledigen.«

»Und wenn er Dreck am Stecken hat?« fragte Stanton. »Wenn er ein Schweinehund ist?«

»Dann fliegt es sowieso auf.«

»Klar, aber wann? Sagen wir, er schafft die Kandidatur, und es fliegt dann auf? Wenn was faul ist, kriegen's die Republikaner raus, da kannst du Gift drauf nehmen. Vielleicht wissen sie's sogar schon. Wir sollten zumindest soviel wissen wie die, Libby. Wir sollten zumindest wissen, was Sache ist. Nimm's als Wühlmausjob für die Demokratische Partei, für uns alle.«

»Jetzt halt mir keine Predigt, Jack. Dafür kennen wir uns echt schon zu lang, verdammt ... Er hat dich *aus der Scheiße gezogen.*«

»Aber du machst es«, sagte Stanton.

»Ach, leck mich.«

»Wußt ich's doch. Henry, wie wär's mit einem kleinen Florida-Urlaub?« fragte er. »Bis Sonntag passiert hier sowieso nichts. Und« – jetzt grinste er, spielte mit uns – »ihr beiden habt bei den getürkten Tonbändern so *wunderbar* zusammengearbeitet.«

Wenn Händeschütteln der Schwellenakt der Politik ist, was läßt sich dann von Opponentendiffamierung sagen? Oppo ist der Urimpuls, der Grundstock aller Strategie und Taktik, die älteste und schändlichste Übung, die mit dem Willen zur Macht einhergeht. Schon die alten Griechen haben Oppo betrieben; die hatten es den Göttern abgeguckt. Cassius hat Oppo betrieben. Selbst unser geheiligter Roosevelt hat die Steuerbehörde benutzt, um seine Gegner auszuspionieren. Es ist das A und O des Handwerks, das finsterste Werkzeug, das unausweichliche Ziel; darauf läuft im Endeffekt alles hinaus. Es kann elegant oder weniger elegant betrieben werden – im ausgehenden zwanzigsten Jahrhundert in der Regel eher weniger. Es kann widerwillig oder genüßlich betrieben werden, aber betrieben wird es immer.

Und wir machten es nun für Jack Stanton, Libby und ich. Wir

machten es als zeremoniellen Akt, als Kniefall vor den Ursprüngen unseres Gewerbes und als Abschied – als unseren letzten Dienst an den Stantons. Wir machten es fast ironisch, mit innerer Distanz, neugierig, wohin uns die Sache führen würde, wie weit wir noch mitgehen würden. Ohne Libby hätte ich mich nicht darauf eingelassen – und ihr Impuls war offensichtlich der gleiche wie meiner, derselbe Wunsch nach Symmetrie, dasselbe Bedürfnis, die losen Fäden zu verknüpfen, das Ganze bis zum bitteren Ende durchzuziehen.

»Wir tanzen jetzt den Limbo, Henri – im wahrsten Sinn des Wortes. Wir müssen unter der Stange durch, sonst sind wir verratzt«, sagte sie, als uns Jennifer Rogers in Libbys rotem Jeep Cherokee zum Flughafen fuhr. Sie saß vorn und massierte mit der Linken Jennys Nacken; ich saß hinten. »Kannst du dich noch an den selten blöden Song erinnern, *Limbo Rock*? Weißt du den Text noch? ›How *looooow* can you *goooo*?‹ Das sind wir, Henri. Wir sind moralische Kanalarbeiter. Wir springen kopfüber in die Scheiße und hoffen auf ein kackbraunes Wundermittel.«

»Eine Frage, Libby«, sagte ich. »Woher hast du gewußt, daß Jack nicht der Kindsvater ist?«

»Er ist der Vater der Unwissenheit der Mutter«, sagte Libby in oberkryptischem Limbo-Talk.

»Heißt im Klartext?«

»Er hat gekniffen und die Sexualkunde von den Fundamentalisten verbieten lassen. Mit dem Erfolg, daß das Mädel ihre Scheide nicht von einem Briefkasten wegkennt. Von ihren Eltern hat die Kleine offenbar auch nicht viel mitgekriegt. Ich mußte erst mal ein verdammtes Sex-Seminar für sie halten. Sie dachte glatt, der erste Mann, mit dem man nach der Mens zusammen ist, setzt das Pflänzchen. In diesem Fall war der glückliche Farmer aber der zweite Mann, der in besagtem Monat nach ihrer Periode mit ihr zusammen war – Jarone Dixon, ihr Banknachbar in Sozialkunde in der sechsten Stunde. Und ZACK! Für die siebte Stunde war Hausaufgabenbetreuung angesetzt, und Jarone Dixon und Loretta McCollister betreuten sich gegenseitig bei ihren Bio-Hausaufgaben in einer Besenkammer, zwei Tage nach ihrem Eisprung. Jarone wird ein höchst inkompetenter Vater, das kannst du mir glauben.«

»Und der erste Mann, der in besagtem Monat mit ihr zusammen war, ist Jack Stanton?« hakte ich nach.

»Das werden wir wohl nie erfahren«, sagte Libby. »Wir können höchstens spekulieren.«

Die *Gold Coast Time-and-Tides* hatte ihren Sitz hinter einem schmalen Schaufenster in einer abgetakelten Ladenzeile auf einem der langen, schnurgeraden Ost-West-Boulevards von Fort Lauderdale. Wir kamen nach Geschäftsschluß an, wobei hier zu keiner Tages- oder Nachtzeit besonders viel Geschäft zu laufen schien. Am Eingang befand sich ein Schalter für die Kleinanzeigenaufnahme, dahinter drei Schreibtische in einer Reihe; über den obligatorischen, reichlich mitgenommenen hellbraunen Aktenschränken an den Wänden hingen Pläne von Fort Lauderdale und Umgebung. Judy Lipinsky saß am hintersten Schreibtisch und rauchte eine überlange Zigarette. Auf dem Kopf hatte sie etwas, das nach verfilzter Lausbubenperücke aussah (sich aber als ihr ureigenes, hyperdauergewelltes Haar herausstellte). »Hey, Lips« rief Libby.

»Hey, Zuckerzunge«, erwiderte Judy – offenbar die Standardbegrüßung der beiden. »Wen hast du da als Maskottchen mitgebracht?«

»Henry Burton, stellvertretender Wahlkampfmanager der so gut wie abgestürzten Jack-Stanton-for-President-Kampagne.«

»Hocherfreut«, sagte Judy Lipinsky und stand zum Händeschütteln auf. Sie war klein, stämmig und maskulin – irgendwie das weibliche Gegenstück zu David Adler –, ein forsches Energiebündel, wie es im Buche steht. Sie trug ein schwarz-weiß getupftes Schlauchkleid, weiße Minnie-Maus-Schuhe und eine satte Ladung knalligen Lippenstift.

»Wie geht's Ralphie?« fragte Libby.

»Ganz gut«, erwiderte Judy.

»Ralph ist Judys Mann, ein Extrooper«, erklärte Libby. »Wegen dem hat sie mich verlassen. Sie hat mir nie gesagt, ob es sein Schießprügel war oder die Dienstmarke.«

»Oder die Tatsache, daß er die North-Miami-Kaserne unter sich hatte und mir immer ein paar Storys rüberschob«, sagte Judy zu mir. »Libby hat meine ökumenische Haltung nie gepaßt. Dabei hab ich ihr von Anfang an gesagt, mein Motto heißt ›jedem das meine‹.«

»Und ich hab ihr von Anfang an gesagt, daß jede Penetration ein Akt der Gewalt ist«, erwiderte Libby. »Also Lips, was hast du Feines für uns?«

»Den Senator Orestes ›Rusty‹ Figueroa«, antwortete Judy. »Er hat zwar früher außerhalb gearbeitet, aber für die Rente hat er sich hier in Miami niedergelassen.«

»Demokrat oder Republikaner?«

»Kubaner«, sagte Judy. »Sprich Rep.«

»Das heißt, der gute Jackie hat recht«, meinte Libby zu mir. »Was es auch ist, die Republikaner wissen es wahrscheinlich längst. Deshalb steht es wohl auch noch nicht in der Zeitung.«

»Ich könnte mir noch einen anderen Grund vorstellen«, sagte Judy. »Rusty ist nicht grade der ideale Zeuge. Er hatte ein ›Kauf-mich‹-Schild an der Tür stehen und wurde schließlich geschnappt – so daß man ihm die Pension mit einer Bewährungsstrafe aufgebessert hat.«

»Wieso sollen wir ihm dann glauben?« fragte ich.

»Weil er zwar ein Gauner ist, aber nicht unbedingt ein Lügner«, sagte Judy. »Außerdem hat Libby gesagt: *alles* über Picker.«

Rusty Figueroa wohnte in einer weitläufigen Ranch auf einer der künstlich angelegten Inseln im Inland Waterway. Er hatte silbergraues Haar und einen Schnurrbart, war aber für sein Alter recht schlank; nicht mal ein kleiner Bauch wölbte sich unter seinem hellgelben Guayabera-Hemd. Er bat uns ins Wohnzimmer, das eine dezente Eleganz ausstrahlte, wie eine First-class-Hotellobby: gefällige, wenn auch nicht nennenswerte Aquarelle von tropischen Landschaften, spärlich verteilt an kahlen weißen Wänden, Perserteppiche sowie eine beigefarbene Sitzgruppe um einen ovalen Teakholztisch, der seinerseits vor einem mächtigen gekachelten Kamin stand.

»Benutzen Sie den je?« erkundigte sich Judy.

»Ab und zu – wenn ich Akten verbrennen muß«, erwiderte Rusty. Er gefiel sich in der Rolle des Schurken. Eine junge Hausangestellte brachte ein Tablett mit Eistee, Limonade, Cola, Perrier und einer einsamen Flasche Bacardi. »Ich nehme an, Sie möchten keinen Alkohol«, bemerkte er. »Die Welt wird ja von Jahr zu Jahr langweiliger. Sogar Politiker und Journalisten essen jetzt schon gesund und treiben Sport – ein Jammer. Aber falls jemand von Ihnen gern mit mir ein bißchen schärfer einsteigt – eine Cola mit Schuß? Nein? Schade.«

Wir setzten uns auf die Couch. Libby und Figueroa saßen über Eck, Judy und ich ein Stückchen weiter weg. Libby wirkte beherrscht, businesslike – ganz Miss Sam Spade. Sie leitete das Verhör. »Freddy Picker hat Ihnen also ein Schmiergeld angeboten, damit Sie für dieses Projekt stimmen?« fragte sie.

»Kein Schmiergeld«, sagte Figueroa. »Schmiergeld habe ich nie gesagt. Eine Spende.«

»Wieviel?« fragte Libby.

»Tausend. Das war damals der übliche Satz.«

»Der übliche Satz?«

»Na ja, es standen eine ganze Reihe von Straßenbau- und Kanalisationsprojekten zur Debatte. Der Fortschritt war meine wichtigste Einnahmequelle, wenn Sie so wollen.« Er genoß die Sache sichtlich.

»Läßt sich das nachweisen?« fragte Libby. »Haben Sie irgendwas schriftlich?«

Er lachte. »Tja, eine kleine schwarze Kladde habe ich zwar nicht angelegt, aber wenn Sie meine Ausschußunterlagen durchforsten, dann stoßen Sie schon auf Spenden von den Sunshine-Leuten.«

»Das ist die Firma seines Schwagers«, erklärte Libby.

»Die Firma seines Schwagers.« Figueroa lachte. »Und seine Frau sitzt im Vorstand, und sein Bruder Andy ist zweiter Geschäftsführer. Also, wem gehört der Laden nun?«

»Wer hat sich denn an Sie gewandt? Picker persönlich?«

»Na, hören Sie! Und Sie wollen in der großen Politik mitmischen?« sagte Figueroa. »Es geht doch wirklich alles den Bach runter.«

»Haben Sie mit Picker in der Sache je direkt zu tun gehabt?« hakte Libby nach.

»Nein«, sagte er. »In dieser Sache nicht. Aber man hat ihn durchaus zu Gesicht gekriegt. In Miami, in der Szene, zum Beispiel.«

»In der Szene?«

»Tja. Tonis Familie hatte ein Faible für die angenehmen Seiten des Lebens, wenn Sie verstehen, was ich meine –, und Freddy und Toni haben sich Mitte der siebziger Jahre in den einschlägigen Kreisen blicken lassen, zusammen und getrennt, manchmal ausgesprochen getrennt.« Er gluckste amüsiert.

»Wer war denn der andere Mann?« erkundigte ich mich.

Er warf einen Blick auf Judy, dann auf Libby, dann auf mich. »Ach so, Sie meinen den Kerl, wegen dem Toni ihn verlassen hat? Irgendein Anglo, ein Anwalt aus Tallahassee.«

»Und was war der Governor für ein Mensch? Haben Sie ihn gut gekannt?« fragte Libby.

»Er war schon in Ordnung. Ein schlauer Kopf, er war dem Posten durchaus gewachsen. Natürlich war er nicht der Heilige, als der er jetzt erscheint, das ist einfach nur komisch. Aber schließlich waren wir damals alle keine Engel, und jetzt geben wir uns trotzdem dafür aus. Das ist der Zug der Zeit. Ich finde es immer wieder zum Schießen, wie sich heute jeder verrenkt, um kreuzbrav dazustehen, und dann doch sein Fett abkriegt – und weswegen? Wegen Peanuts, gemessen an dem, was früher los war. Es ist schon ein verrücktes Geschäft. Schwere Zeiten für Partylöwen. Sie sollten mal mit Eddie Reyes reden, dem Schwager. Der hat Freddy wirklich gut gekannt.«

»Ist das der, mit dem Sie zu tun hatten?«

»Mit Eddie hatte jeder zu tun«, sagte Figueroa. »Er war ein Mensch mit Gemeinsinn.«

»Ich brauch 'ne DUSCHE«, stöhnte Libby, als wir in dem roten Chrysler-LeBaron-Cabrio, das sie gemietet hatte, gen Süden rauschten. (»Wenn schon, denn schon«, hatte sie gemeint. »Besser kann die Stanton-for-President-Kampagne ihr letztes Geld gar nicht anlegen.«)

»Gibt nicht viel her für einen Skandal«, sagte ich.

»So ein schmieriger Kerl«, empörte sie sich. Ihre wilde graue Mähne flatterte im Abendwind. »Ich hab aus Versehen seine Hand berührt. PFUI DEIBEL: FILZLÄUSE!«

»Also sprechen wir bei Eddie Reyes vor, falls er sich von uns ansprechen läßt«, sagte ich. »Und was dann?«

»Pottsie«, erwiderte sie. »Lipinskys Mann. Pottsie war Trooper. Und Trooper sind allwissend. Wir werden uns morgen abend zu einem hübschen kleinen Dinner mit den Potter-Lipinskys treffen.«

Libby hatte in einem Hotel namens L'Afrique Zimmer reserviert, einem Art-déco-Kasten in South Beach direkt am Meer, der, wie auf den ersten Blick klar wurde, in ihrem heißgeliebten Schwulen-und-Lesben-Reiseführer unter Geheimtip rangierte. Es war ein sagenhaftes Ding, das reinste Disneyland der Sinne: Die Hotelboys – Frischfleisch vom Feinsten – gingen als Eingeborene verkleidet, mit nacktem Oberkörper, in Lendenschurz und Sandalen (da wir es mit einem politisch korrekten Disneyland zu tun hatten, waren alle Hautfarben vertreten). Die Lobby war phantastisch eingerichtet, in einem Stil, der die übliche Neo-Bwana-Kiste gekonnt auf die Spitze trieb, mit Palmen und bunt gepolsterten Rattanmöbeln auf einem riesigen Teppich mit Leopardenmuster. Brünnlein plätscherten, und Regenwaldvegetation wucherte, an den Wänden hingen Zebrafelle, Masken, Speere und Strohdeko. Die Kellner an der Lobby-Bar trugen Tropenhelme und Sarongs; wieder andere dienstbare Geister glitten durch den Raum, reichten Party-Snacks und schwenkten Palmwedel. Für die Musikberieselung – sehr leise und verführerisch – sorgten Olatunji and his Drums of Passion, und die ganze Lobby schien unterschwellig mitzugrooven.

»ACH DU SCHEISSE«, flüsterte Libby hörbar.

»Zu zahm, Lib?« fragte ich.

»Ich hab was eher ... Zweigleisiges erwartet«, sagte sie, während wir einem schlangenlinienförmigen Pfad aus Schieferplatten zur Rezeption folgten. »So klang's in meinem Führer jedenfalls.«

»Zu dumm«, meinte ich. »Müssen wir dann überhaupt hierbleiben?«

»Es ist spät, ich bin geschafft«, sagte Libby. »Außerdem kostet es die Stanton-Kampagne ein Schweinegeld. Die haben hier Preise wie im Puff.«

Die Zimmer waren im Vergleich zur Lobby eher ein Abstieg. Meines war ganz in Rosa, ziemlich kahl und hatte Motelmobiliar aus den fünfziger Jahren – offensichtlich die nächste Marotte – sowie Jalousiefenster mit Blick auf den Atlantik. Ich schaltete den

Fernseher ein, legte mich aufs Bett und fühlte mich ausgesprochen unausgefüllt. Ich rief Daisy an, kriegte ihren Anrufbeantworter dran und legte wieder auf.

Ich ging spazieren. In einer Seitenstraße direkt am Meer kam mir ein Grüppchen Jungvolk – gutaussehende Männer und Frauen mit pastellfarbenen Drinks in Plastikgläsern in der Hand – entgegen, sie kamen aus einem Club namens The Awful Surge. Ich ging hinein und stellte mich an die Bar, die in kirschrotes Licht getaucht und mit Treibholz und Muscheln dekoriert war. Ich bestellte eine Margarita mit einem doppelten Schuß Tequila. Eine Tanzband in Hawaiihemden spielte so laut die Beach Boys, daß man sich gegenseitig ins Ohr brüllen mußte, wenn man sich unterhalten wollte.

Das Ohr, in das ich brüllte, gehörte zu einer Frau, die den Prototyp meiner Atominferno-Phantasien im E-Train verkörperte. Sie hieß entweder Claudia oder Gloria, war eine Latina mit kupferbrauner Haut und trug ein leuchtendblaues Trägertop zu schwarzen Bikershorts. Sie lächelte mich an; ich lächelte zurück. Ich spendierte ihr einen Drink. Wir plauderten rudimentär. Sie arbeitete in einem Hotel. Sie erkundigte sich, was ich machte. »IMMOBILIENMAKLER«, brüllte ich. »*WAS*?« fragte sie. »ICH VERKAUFE TOTER LEUTE GRUNDSTÜCKE«, sagte ich. »*BIST DU VON HIER*?« fragte sie. »New York« sagte ich, etwas verunsichert. »Möchtest du tanzen?«

Wir tanzten: *Little Deuce Coupe* und *Surfer Girl*. Ich bin kein großer Beach-Boys-Fan – sie kommen mir immer wie der Inbegriff weißer Beschränktheit vor –, und *Surfer Girl* ist möglicherweise das dümmste Stück, das je geschrieben wurde, aber es ist sehr, sehr langsam. Und Claudia-Gloria kuschelte sich an mich, ließ die Hände meinen Nacken hinaufwandern, und ich legte meine Hände auf ihren Rücken, dorthin, wo die Hüften sich wölbten, auf die samtige Haut zwischen Trägertop und Bikershorts. »Wo übernachtest du?« flüsterte sie, mit den Lippen und einem Hauch von Zunge direkt an meinem Ohr.

»Hm ... im Afrique«, sagte ich.

»Das ist doch das Homohotel.« Sie zuckte zurück und sah mich an. »Bist du ...?«

»Nein«, sagte ich. »Und das kann ich beweisen.«

Ich bewies es, und schlief dann unverzüglich ein. Und wachte im Dunkeln wieder auf, neben mir eine schlummernde Claudia-Gloria, das Gesicht mir zugewandt, den Mund leicht geöffnet, ein ganz und gar fremdes Wesen. Ich wich bis an den äußersten Bettrand zurück und starrte sie an, um irgendwelche vertrauten Züge an ihr zu entdecken. Nichts. Inzwischen war ich hellwach und leicht aus der Fassung – nicht direkt schuldbewußt, aber gräßlich allein, und dieses Alleinsein war plötzlich ein körperlicher Zustand, ein stumpfer Schmerz – ganz abgesehen von dem klaustrophobischen Gefühl in diesem Bett.

Ich stand auf und trat an die Fensterfront. Alle Fenster fest verschlossen. Ich fummelte herum, um wenigstens eines aufzustoßen: ohne Glück. Ich sah einzelne weiße Gischtstreifen am tintenblauen Meeresufer: Wellen, die sich brachen. Hören konnte ich den Atlantik nicht; ich war völlig abgeschnitten. Jeder neue Atemzug von Claudia-Gloria füllte den Raum aus, engte mich ein, verdrängte mich. Ich warf mir ein paar Sachen über, durchquerte im Eilschritt die Lobby – die inzwischen praktisch leer war, bis auf ein paar Unterlinge und Bwanas, die auf den Rattansofas in den dunklen Ecken in heftiges Petting vertieft waren – und ging hinaus, aufs Meer zu, unglaublich erleichtert über die warme Luft und darüber, daß ich die Wellen jetzt hören konnte. Ich wagte ein paar Schritte auf den Sand, aber der war zu weich und zu schwer – zu anstrengend –, deshalb zog ich mich auf eine Bank auf dem Grasstreifen neben dem Weg zurück, unter die Palmen, und da saß ich dann, sah dem Meer zu und beobachtete, wie die Dämmerung heraufzog, den Kopf leer, bis auf die Gedanken an Daisy und das plötzliche, unerträgliche Gefühl der Einsamkeit.

Eddie Reyes war ein vielbeschäftigter Mann, aber er gewährte uns trotzdem am Spätnachmittag einen Termin. Für den Abend hatte Libby ein gemeinsames Essen mit Judy Lipinsky und ihrem Mann, Ralph Potter, bei Joe's Stone Crab arrangiert.

»Und? Wer war die Kleine?« erkundigte sich Libby, während wir am Nachmittag über den Damm nach Miami hineinfuhren.

»Welche Kleine?«

»Henry, wie lange kennen wir uns jetzt schon? Wir sind doch alte Komplizen, zum Teufel. Und du willst mir EINEN VOM ELCH ERZÄHLEN? Menschenskind, Kleiner – du *riechst* nach Sex. Da hab ich eine Nase für.«

Ich sah sie an.

»Okay, okay«, meinte sie. »Ich hab heute morgen bei dir angerufen. Sie ging ran. ›Sagen Sie Ihrem Freund, er ist ja ganz nett, aber es ist schon höflicher, wenn man sich bedankt und verabschiedet.‹ Du bist getürmt, Henri? Geflüchtet?«

»Müssen wir darüber reden?« fragte ich.

»Worüber denn sonst?« kreischte Libby. »Dein Themenrepertoire gibt sonst ja nichts her. Worüber sollen wir denn reden – von Musik hast du keine Ahnung, und ich hab noch nie mitgekriegt, daß du über wissenschaftliche oder philosophische Fragen diskutiert hättest, geschweige denn über die *Wunder Ostasiens.* Du bist ein stocksteifer verkümmerter Stinkstiefel – nichts als Politik in der Birne. Aber die Politik können wir uns jetzt sonstwohin schmieren. Basta, finito, PERDÜ. Und was hast du außer Politik noch zu bieten, Henri?« fragte sie, des besseren Effekts wegen plötzlich ganz leise. »Du hast ja nicht mal den Mut, Daisy zu sagen, daß du sie liebst.«

»*Himmel*, Libby.«

»Zum Weinen ist das, jawohl.«

Ich würde gern berichten können, daß das Büro von Eddie Reyes nicht aussah wie abgekupfert aus *Miami Vice;* ich würde gern berichten, daß es nicht der Inbegriff von stocknüchterner Kälte war. Aber keine Chance: Es war stocknüchtern und kalt, genau wie er. Sein leerer rechteckiger Schreibtisch – eine grüne Marmorplatte auf dünnen Beinen – stand vor einem bühnenreifen Fenster in Form eines gleichschenkligen Dreiecks; der Raum hatte einen ungewöhnlichen Schnitt mit verblüffend spitzen Winkeln – und die Kunstwerke an den dezent hellgrauen Wänden, die sich auf elegante Weise bissen, waren Geometrie pur: ein oranger Kreis, ein tiefblauer Rhombus, ein lila Quadrat. Der Fußboden hatte einen spiegelblanken onyxfarbenen Plastikbelag. In ihrem orange-grünen Batikkleid paßte Libby in diesen Raum wie die Faust aufs Auge. Ich kam mir verloren vor, und mir war ein bißchen schwindlig. Ob hier je ernstzunehmende, zu Empfindungen fähige Menschen irgendwelche Geschäfte getätigt hatten? Dann wiederum stellte ich mir vor, wie *wir* – Libby und ich – Eddie Reyes vorkommen mußten: das krasse Gegenteil von ernstzunehmend, daran bestand kein Zweifel.

Eddie trug einen weißen Leinenanzug und ein cremeweißes Seidenhemd, an dem die oberen Knöpfe offenstanden; ein Goldkreuz schmiegte sich an seine haarige Brust, darunter ein leicht gewölbter Bauch. Er hatte dunkle, glatte Haare, die immerhin nicht pomadisiert waren, und buschige, leicht angegraute Koteletten. An Schmuck trug er eine Rolex mit einem dicken Goldarmband, einen Ehering und einen Diamantstecker im Ohr.

Seine Sekretärin, eine hochgewachsene Frau, perfekt zurechtgemacht mit weißer Bluse, engem grauem (exakt zu den Wänden passendem) Rock und schwarzen hochhackigen Schuhen, servierte uns Perrier in dreieckigen Gläsern. Wir saßen in zwei nüchternen schwarzen Chrom-Ledersesseln vor dem Schreibtisch; Eddie stand. Hinter dem Schreibtisch fehlte der Stuhl. Dieser Raum war für ein Publikum gedacht, nicht für Papierkram.

»Soso«, sagte Eddie mit dem Selbstvertrauen eines Mannes, der gewohnt ist, immer der Schlaueste in der Runde zu sein. »Rusty Figueroa hat also ausgepackt. Er hat eine Wahlkampfspende von Sunshine Associates angenommen. Schockierend, nicht? Hoffentlich sind Sie nicht allzu enttäuscht, wenn ich unverzüglich ein volles Geständnis ablege. Ein gräßliches Verbrechen aber auch, Wahlkampfspenden zu geben.«

»Das Geld ist nicht das Problem«, sagte Libby. »Eher die Geldgeber und ihre Beweggründe.«

»Ich habe das Geld gegeben«, sagte Eddie, »weil ich Rusty Figueroas Auffassung von Politik sehr ... aufgeklärt fand. Natürlich gab es zwischen uns inhaltliche Differenzen, aber ...«

»Sie waren geschäftlich mit der Frau und dem Bruder des Gouverneurs liiert«, sagte Libby. »Und Sie wollten bei einem bestimmten staatlich bezuschußten Projekt mitmischen.«

»Richtig, ich hatte mit meiner Schwester und diesem debilen Bruder des Gouverneurs geschäftlich zu tun«, erwiderte

Eddie scharf. »Das mit dem ›Mitmischen‹ müssen Sie mir erst beweisen.«

»Muß ich nicht«, sagte Libby. »Es sieht übel genug aus.«

»Das tut mir unendlich leid, Mrs. Holden«, sagte er spöttisch. »Wo ich mir doch so gewünscht hatte, daß Freddy Präsident wird.« Dann, schneller und ruppiger: »Aber sollte es den Kerl erwischen, dann geschieht's ihm gerade recht, wenn er über so was Nichtiges stolpert. Das wäre so verdammt passend, glauben Sie mir. Und ich sag Ihnen auch, warum: Jawohl, Toni und ich hatten dieses Geschäft. Und jawohl, wir haben diese Flasche von Andy Picker angestellt, nachdem er sein Familienunternehmen ruiniert hatte. Und jawohl, ich hatte gehofft, daß sich der Gouverneur als Schwager nicht gerade als ... Hindernis entpuppen würde. Leider vergeblich.«

Eddie setzte sich auf den Schreibtischrand und beugte sich zu uns vor. »Sehen Sie mal, die Pickers waren doch pleite. So gut Freddy als Geschäftsmann gewesen war, so mies war Andy. Poppy wollte nicht, daß Toni mit pleite geht, also hat er mich gebeten, ihr ein bißchen unter die Arme zu greifen, und ich gebe zu, ich dachte, daß dabei auch was für mich abfällt. Das Geld regnete doch damals nur so aus den Wolken. Aber Señor *Recto* – Mr. Redlich, Governor Picker – hat mich eiskalt abblitzen lassen. Ein Riesenbatzen aus Washington lag einfach so auf der Straße, ich hatte ein ganzes Firmenkonsortium in den Startlöchern, und Freddy meint: ›Kommt nicht in Frage.‹« Reyes stand vom Schreibtisch auf und begann, durchs Zimmer zu tigern. »Wir haben Tidewater dann doch gemacht. Und zwar ohne irgendwelche Drehs. Wie jede andere x-beliebige Reihenhaussiedlung – und dieser Wichser wollte die Sache immer noch nicht absegnen. Ich wette, das hat Rusty Ihnen nicht erzählt. Schon unglaublich, daß so ein Saubermann wie Freddy soviel Dreck am Stecken haben konnte. Es war die reinste Akrobatik, ein Wunder der modernen Technik. Und deshalb ... doch, im Endeffekt hat Toni ihn davon überzeugt, Tidewater einfach wie jedes andere Bauprojekt zu handhaben. Aber ich sag Ihnen eins, die Sensation ist hier nicht, was wir gemacht haben, sondern was wir *nicht* gemacht haben, weil er es uns vermasselt hat.«

Darauf blieb uns nicht viel zu sagen. Eddie wirkte fast enttäuscht, daß wir nicht mehr Fragen hatten. Er blieb stehen, schüttelte den Kopf. »Señor Recto. Mr. Rektum. Mr. Arschloch.« Er lachte. »Mr. President? Amerika – das Land der unbegrenzten Ungeheuerlichkeiten!«

»Aber er hat Sie nicht davon abgehalten, das Geschäft anzunehmen«, sagte Libby zaghaft, ausnahmsweise aus dem Konzept gebracht. »Sie haben seine Frau und seinen Bruder beschäftigt, und da ist er nicht eingeschritten. Er muß doch gewußt haben ...«

»Gewußt?« höhnte Eddie. »Was hat der Mann schon gewußt? Der war doch sowieso die meiste Zeit high.«

»High?« entfuhr es Libby.

»Gottchen«, sagte Edgardo Reyes, legte sich die Hände an die Wangen und verdrehte die Augen in einer bösen Munch-Parodie. »Da hab ich mich jetzt aber verplappert.«

»High wovon?«

»*Toot toot tootsie goodbye*«, trällerte Eddie. »*Toot toot tootsie don't cry* ... Sie sehen so enttäuscht aus«, sagte er; unsere Mienen sprachen offenbar Bände. »Dieser *maricón* von einem Cokehead.«

»Moment mal«, meinte Libby. »Ko...«

»Koks«, sagte Eddie. »Er konnte nicht genug kriegen von dem Zeug. Verdammt, wir alle nicht – aber er ist der einzige von uns, der sich um einen Heiligenschein bewirbt.«

»Das paßt doch nicht zu ihm«, sagte ich schockiert und erschüttert – und wütend auf Reyes, daß er uns diese Geschichte unter die Nase rieb.

»Zum heutigen Señor Recto natürlich nicht, *chiquito*«, säuselte Eddie. »Wenn der im Fernsehen auftaucht, hält man ihn glatt für eine Jungfrau. Wie alt sind Sie? Wo waren Sie vor zwanzig Jahren? Da haben Sie natürlich noch im Laufstall gesessen. *Sie* dagegen müßten das verstehen«, sagte er und wandte sich Libby zu. »Sind Sie heute vielleicht noch dieselbe wie vor zwanzig Jahren?«

»Worauf Sie sich verlassen können«, antwortete Libby.

Eddie warf ihr einen Blick zu und lachte. »Ihnen nehm ich das sogar ab.«

»Ich sehe höchstens ein bißchen anders aus«, fügte sie hinzu.

»Aber Sie können sich doch an die Zeit erinnern, wo jeder alles ausprobiert hat, oder?« fuhr Eddie fort. »Als es noch hieß, Kokain sei allenfalls so gefährlich wie Marihuana? Hier wurde gemunkelt, sogar im Weißen Haus wären sie am Sniefen.« Und dann lenkte er ein bißchen ein. »Hören Sie, ich werde nicht gegen Freddy aussagen. Kein Wort hören die von mir. Wenn Sie Journalisten wären, hätte ich Ihnen meine Tidewater-Geschichte erzählt und Sie wieder nach Hause geschickt. Aber ich bin nicht der einzige Mensch in der Stadt. Es gibt sicher Leute, die die Geschichte mit Handkuß für ein Vermögen an den *National Flash* verscherbeln würden. Wenn Ihr Stanton richtig hartgesotten ist, dann macht er sich das zunutze – ein gutplazierter Anruf, und der Stein kommt ins Rollen. Sie wissen sicher bestens Bescheid, wie so was funktioniert. Und ich werd mir die Augen ausheulen, wenn Freddy vom Sockel stürzt, denn das fällt dann auch auf meine Schwester zurück, die ihr Leben endlich wieder in den Griff gekriegt hat – von meinen Neffen ganz zu schweigen. Er hätte einfach nicht wieder in den Ring steigen dürfen. Daß er 78 aufgehört hat, war die einzig richtige Entscheidung. Die waren ihm verdammt dicht auf den Fersen, soviel ich mitgekriegt habe. Er hätte die Finger davon lassen müssen. Aber irgendwann fliegt er auf, da können Sie drauf wetten. Wir leben schließlich in Amerika.«

»Ich glaub ihm nicht«, sagte ich auf der Rückfahrt über den Damm. »Er will uns doch bloß auf eine falsche Fährte locken.«

»Ach Quatsch, Henry – was hätte er denn davon?« meinte Libby wegwerfend. »Für ihn steht ja nichts auf dem Spiel. Selbst wenn Freddy alles getan hat, was er laut Eddie nicht getan hat – selbst wenn er heimlich, still und leise seiner Frau und seinem Bruder zu 'nem ansehnlichen Vermögen verholfen hat –, selbst dann ist Eddie noch fein raus. Er hat schließlich bloß als Geschäftsmann agiert. Aber Picker ist so oder so der Blöde. Und wenn er noch so sauber war, irgendwas bleibt trotzdem hängen. Das riecht nach satten viertausend Arbeitsstunden Schnüffeljournalismus und weiß Gott wie vielen Spaltenzeilen Blabla, wenn die Skorps erst richtig Blut geleckt haben. Selbst wenn sie im Endeffekt keinen Furz rauskriegen, Henrybaby, allein die Tatsache, daß sie ihre Nasen reingesteckt haben – allein die Tatsache, daß es Sunshine *gab* und daß Pickers Frau, sein

Bruder und sein Schwager ein paar Dollar Gewinn damit erzielt haben –, allein das macht sich nicht viel besser, als wenn Freddy eigenhändig sämtliche Banken in Tampa ausgeraubt hätte. So ist die Welt, in der wir leben, Henry. So ist das Leben – so war vor allem *unseres* in den letzten paar Monaten. Wieso sollte Picker immun sein? ›MUTMASSLICH‹ gilt in einem Wahlkampf schon als Schuldspruch. Mit einem Wort: Ich glaube wirklich nicht, daß Eddie uns mit der Koksgeschichte aufs Glatteis führen wollte.«

»Was dann?« fragte ich. »Ich fand es einfach seltsam. Es war so ... überflüssig.«

»Rache ist süß«, sagte Libby. »Du darfst nicht vergessen, daß sich bei Eddie eine ganze Ladung Wut und Ärger angestaut hat, seit Freddy ihm mit seinem *recto*-Fimmel gekommen ist. Und du mußt zugeben, daß das verständlich ist – falls Freddy tatsächlich so tief mit der Nase im Schnee gesteckt hat. Also ehrlich: Drogen, aber keine Deals? Komische Art von Integrität. Muß man wahrscheinlich bewundern.«

»Glaubst du, es stimmt?«

»Na ja, sieh dir den Freddy Picker von damals an, sieh dir das Video an – er war schon auffallend vergnügt«, meinte Libby. Dann: »Henry, du bist ein offenes Buch, mein kleiner Scheißer. Schon immer gewesen. Du drückst dir die Daumen blau für Picker.«

»Und du?«

»Ich führe hier ein wissenschaftliches Experiment durch«, erwiderte sie. »Ich bin die Marie Curie der bösen, korrupten Politikerwelt.«

»Libby, wir haben doch schon genug Staub aufgewirbelt«, sagte ich. »Wieso können wir nicht einfach wieder nach Hause fahren?«

»Weil wir die Sache durchziehen müssen«, sagte sie. »Ich für meinen Teil verbuche das erst unter befriedigender Erfahrung, wenn wir Freddy Pickers Missetaten bis ins kleinste Detail aufgeklärt haben. Selbst wenn ich dann maßlos enttäuscht bin«, fügte sie hinzu.

»Aber das dauert Wochen – falls es überhaupt klappt«, gab ich zu bedenken.

»Wie schnell hatten wir diese miese kleine Cashmere in der Kiste?«

»Genauso schnell wie der Governor, wenn du mich fragst«, rutschte mir zu meiner eigenen Verblüffung heraus. Ich hatte noch nie einen Witz auf Jack Stantons Kosten gemacht.

»Henry Burton! Wie despektierlich! Dein Themenrepertoire EXPLODIERT ja geradezu vor meinen Augen. Wenn du mal ins Plaudern kommen würdest – oder nein, wir wollen mal nicht übertreiben. Bloß, sagen wir, deine persönliche Meinung zu Brahms' *Deutschem Requiem* äußern würdest oder vielleicht zu der Frage, wieso Beethoven keine Opern schreiben konnte. Oder ob Scheiße laufen kann. Weiß der Geier. Wenn du das tun würdest, dann könnten wir uns zusammentun – als Partner, wie Starsky and Hutch –, und mir wär keine Sekunde mehr langweilig. Das wär das wahre Leben.«

»Hast du eigentlich mal *Middlemarch* gelesen?«

»George Eliot?« sagte sie. »Wie konnte so eine kluge Frau ein so miserables, selbstzerstörerisches Sexualleben haben?«

»Das war im neunzehnten Jahrhundert«, sagte ich.

»Aber sie war eine Rebellin, sie hat sich alles mögliche rausgenommen. Bloß bei ihrem eigenen Leben war sie dann zu feige. Na, ich muß gerade reden.«

»Ach Shit, Libby«, sagte ich. »Laß uns abfahren. Was haben wir hier noch verloren?«

»Das fragen wir gleich Ralphie.«

»Dochdoch«, sagte Ralph Potter und knackte eine Krabbenschere, wobei er mit seinem Plastiklätzchen etwas lächerlich aussah. Er war der klassische Trooper – groß, Bürstenschnitt –, aber mit einem ironischen Zug um die Krähenfüße. »Gerüchte hat es einige gegeben«, meinte er.

»Jede Menge sogar. Es gab Gerüchte, er wäre ein Junkie, Gerüchte, er würde sie betrügen und sie ihn, Gerüchte, er wär schwul, Gerüchte, sie wär lesbisch«, sagte Judy Lipinsky. »Es waren einfach abgedrehte Zeiten. Koks war gerade in Mode gekommen, und das hat alle umgehauen – doch, ich glaube, der Governor war öfter hier unten. Hat sich in der Szene rumgetrieben. Das war damals keine große Affäre; früher konnten Politiker sich noch was erlauben. Seine Frau kam von hier. Und wer bleibt schon freiwillig länger in Tallahassee als unbedingt nötig?«

Ich träumte, kämpfte mit der Müdigkeit und stocherte in meinem Meeresfrüchtesalat herum; die Nacht zuvor war nicht sonderlich erholsam gewesen. In dem Restaurant herrschte außerdem ziemlicher Lärm – für Judy und Libby kein Problem, die wären auch in einer Lawine noch zu hören gewesen, aber Ralph redete bedächtig und leise, und man mußte sich anstrengen, um ihn zu verstehen.

»Ralphie«, sagte Libby, »was für Gerüchte?«

»Na, wie du schon gesagt hast: Drogen.«

»Der Marke?« hakte Libby nach.

»Hast du doch auch schon gesagt«, erwiderte er ärgerlich. Er wußte etwas. Und da er – wenn auch noch so widerstrebend – signalisierte, daß er etwas wußte, würde Libby garantiert nicht lockerlassen, bis sie dahinterkam. Wir waren Zeugen eines Handels: Die beiden verhandelten über Diskretion. Ralph sagte: Okay, ich sag's dir, aber es geht mir gegen den Strich, ich mach das nur, weil du eine alte Freundin bist. Und geh gefälligst verdammt vorsichtig damit um. Und Libby sagte: Ich decke dich und deine Quelle, aber wir wissen beide, daß du's mir verraten wirst. Sie sagte das, indem sie ihn schweigend anstarrte, große Gabelladungen Linguini mit Meeresfrüchten aufzwirbelte und das Gespräch zum Erliegen kommen ließ.

»Jetzt mach schon, Ralphie«, sagte schließlich Judy.

»Es gibt da diesen Typen«, sagte Ralph nach einem weiteren unbehaglichen Moment des Schweigens, mehr oder weniger zu seiner Frau.

Libby starrte ihn an.

»Ein Extrooper.«

Libby zwirbelte und starrte.

»Er heißt Reggie Duboise«, sagte Ralph.

»Und?« fragte Judy. Das war jetzt *ihr* Verhör.

»Er war Picker zugeteilt, wenn der nach Miami kam«, sagte Ralph. »Als Fahrer. Er hatte ein Problem. Er schuldet mir noch was.«

»Was für ein Problem?« fragte Judy.

»Eine laufende Nase«, sagte Ralph mit zusammengekniffenen Augen und gereizt, als könne seine Frau etwas dafür. »Ich war sein Vorgesetzter. Er kam zu mir, völlig am Ende. Er brauchte eine Entziehungskur – und ich hab ihm einen ruhigen kleinen Urlaub verschafft, unter der Voraussetzung, daß er kündigt, sobald er mit seinem Problem zu Rande gekommen ist.«

»Wozu die Samthandschuhe?« erkundigte sich Libby.

»Er war ein guter Kerl«, sagte Ralph. »Und wie gesagt, es waren wilde Zeiten. So wie ich ihn einschätzte, war er einfach abgerutscht, konnte sich aber wieder fangen. Und eine Demütigung bringt ihn nicht unbedingt weiter, dachte ich.«

Judy sprang halb auf, schlang Ralph stürmisch die Arme um den Hals und drückte ihm einen langen, leidenschaftlichen Kuß auf den Mund. Dann drehte sie sich zu Libby um. »Siehst du, es war *weder* sein Schießprügel *noch* seine Dienstmarke.«

Libby nickte: *Treffer.* »Und wo ist er jetzt?« fragte sie.

»Engagiert sich in seinem Viertel«, sagte Ralph. »Man nennt ihn den Bürgermeister von Liberty City.«

Wir fanden den Bürgermeister von Liberty City am Samstag morgen auf einem verlotterten, abfallübersäten Grundstück zusammen mit ungefähr zwanzig Zwölfjährigen mit hellgelben Baseballkappen und großen grünen Müllsäcken in der Hand. Er war ein imposant aussehender Schwarzer mit einem massiven Oberkörper, langen spindeligen Beinen, einem grauen Bart und einem zornigen Blick; er trug ein Nelson-Mandela-T-Shirt und Buschshorts in Khaki. »Willkommen bei der Little Negro League«, sagte er, als Libby und ich den Wagen abstellten. »Wir sind beim Frühjahrstraining. Wir machen den Platz sauber, markieren ein Baseballfeld und hoffen, daß sich dann wenigstens ein paar von den anderen blicken lassen.«

»Wir helfen mit«, bot Libby an. Und so geschah's, mehrere Stunden lang, und es tat ziemlich gut – tatsächlich was geschafft zu kriegen. Es war ein gleißend heller Vormittag, der sich von erträglicher Temperatur bis zu brütender Hitze steigerte, während die Sonne sich bis zu ihrem höchsten Stand schleppte; jede halbe Stunde machten wir eine Pause und verteilten Fruchtsaft in kleinen Pappbechern an die Kinder. Libbys Gesicht lief binnen kurzem lachsrosa an; große dunkle Halbkreise strahlten von ihren Achseln aus und färbten ihr riesiges olivgrünes Hemdkleid schwarz. Ich war ebenfalls durchnäßt und verdreckt, allerdings auf weniger spektakuläre Weise. Ich stürzte mich selbstvergessen in die Arbeit, die erste ausgiebige körperliche Schufterei für mich seit – wußte der Himmel wie lang. Auf die Kinder achtete ich nicht besonders, jedenfalls nicht so wie Libby. (Die ziemlich glücklos versuchte, sie zum Mitsingen von Smokey Robinsons *Greatest Hits* zu animieren – die meisten waren zu jung, um die Stücke zu kennen.) Mittags um zwölf war der Platz sauber, und eine grüne Pyramide aus Müllsäcken stand triumphierend auf dem Gehweg.

»Wollen Sie nächste Woche zum Harken wiederkommen?« fragte Reggie Duboise, nachdem er die Kinder nach Hause geschickt hatte. »Oder sind Sie da zu sehr damit beschäftigt, einen Freund von mir fertigzumachen?«

»Wo möchten Sie darüber reden?«

»NIRGENDS, zum Teufel«, sagte Reggie. »Aber ein paar Straßen weiter gibt's einen McDonald's, und der hat eine Klimaanlage.«

Duboise ließ sich mehrere Big Macs kommen; Libby bestellte mehrere Viertelpfünder mit Käse; ich begnügte mich mit einer Medium Cola light, die nach flüssiger Pappe schmeckte. »Ich werde nie verstehen«, sagte Libby, »wieso sie keinen Big Mac mit Viertelpfünder-Einlagen machen.«

»Leckt mich am Arsch«, knurrte Duboise. Der McDonald's war nicht für Leute seines Umfangs gemacht; er und Libby am selben Tisch stellten sogar ein erhebliches Problem dar, aber das gehörte mit zu seiner Strategie: Er wollte nicht, daß wir uns bei unserer Arbeit allzu wohl fühlten.

»Und wißt ihr, was noch?« sagte er und trank grimmig und geräuschvoll einen Schluck Cola. »Leckt mich *am Arsch*. Ich möchte bloß klarstellen, wie sehr mich das ankotzt. Außerdem möchte ich klarstellen, daß ich nie öffentlich ein Wort gegen Freddy Picker sagen werde; im Gegenteil, ich werde alles abstreiten, was ich euch jetzt erzähle. Ich mach bei diesem Quatsch nur mit, weil ich Ralph Potter mein Leben verdanke und er mich darum gebeten hat, und er hat mich noch nie um irgendwas gebeten, seit dem Tag, an dem er mir das Leben gerettet hat. Aber ihr sollt wissen«, und dabei sah er mich absolut gelassen an, »daß ihr für mich der letzte Dreck seid.«

»Sie sind für den Governor gefahren?« fragte Libby.

»Genau«, sagte er. »Und das war verdammt noch mal ein Privileg.«

»Warum?«

»Weil er ein anständiger Mensch war, der sich in etwas verstrickt hat, mit dem er nicht gerechnet hatte.«

»Sprich Kokain?«

»Keiner von uns hatte eine Ahnung, was für ein Zeug das war, man fühlte sich damit bloß wie Gott, das reichte. Und der Governor hat ... den Stoff immer beschafft. Ich weiß nicht mehr, wie es anfing – wie wir plötzlich gemerkt haben, daß wir beide drauf waren. Vielleicht waren damals einfach alle drauf, vielleicht sah man es sich gegenseitig an den Augen an. Irgendwann war es jedenfalls klar. Aber bei ihm war es nicht grotesk. Er war nicht ... so wie ich. Ich war bloß noch ein Tier. Ich hätte nie gedacht, daß er so fertig war wie ich. Sie wissen ja, wie das ist mit dieser Junkie-Mathematik: Ich bin fertiger als A, aber nicht so fertig wie B. Ich dachte, er hat es einigermaßen unter Kontrolle, aber was wußte ich schon? Ich habe mir immer vorgestellt, daß er da oben in Tallahassee sein Vater-ist-der-Beste-Leben lebt und dann hierherkommt, um Urlaub zu machen von dem ewigen Anspruch auf Perfektion. Ich hab mich nie gefragt, wieso dieser Kerl mit seinem Leben so umspringt. Als Cop sucht man nicht nach Erklärungen, warum die Leute Mist bauen – man nimmt es einfach als gegeben: die Leute bauen Mist, basta. Aber es gibt immer Amateure und Profis. Der Governor war ein Amateur.«

»Wo hatte er den Schnee her?« fragte Libby leise.

»Da gab es diesen Typen ...«

»Immer derselbe?«

»Ja. Lorenzo Delgado, Kubaner, obere Mittelschicht – Rechtsanwalt, glaube ich. Hat in einem schicken alten Haus in Coral Gables gewohnt. War selbst Amateur, anfangs. Ich glaube, der Governor und er kannten sich von irgendwelchen Festen, Delgado stammte aus dem Bekanntenkreis von Pickers Frau. Aber Renzo wurde wirklich böse schneeblind. Er fing an zu dealen, und zwar so heftig, daß es auffiel.«

Libby schwieg.

»Ja, ja«, sagte Reggie Duboise. »Ich hab den Governor rausgehauen. Ich saß unten im Wagen. Er war oben bei Renzo. Manchmal hat man einfach Dusel. Ein Rauschgiftfahnder, den man von früher kennt, kommt angeschlendert – stellt sich neben den Gouverneursschlitten – und sagt: ›Ich weiß nicht, ob Sie sich in dieser Gegend aufhalten sollten. Sie ist nicht sehr sicher.‹ Also renn ich rauf und finde die beiden. Und sag zum Governor: ›Stevie ruft Sie an, irgendwas Dringendes oben in Tallahassee.‹ Stevie war sein Stabschef. Und dann hat er's – haben wir's – gerade noch rechtzeitig geschafft. Das war richtig ernüchternd. Er saß auf dem Rücksitz und fing an zu heulen, mit einer Hand über den Augen, und ich saß vorn und hab auch geheult. Ich hatte keine Ahnung, was ich tun oder sagen sollte. Wir hatten über die ganze Sache nie geredet, wir hatten gar keine Worte dafür. Ich hab ihn nur so schnell wie möglich da weggebracht, zum Flughafen – einfach weg. Ich hab ihm die Tür aufgemacht, und dann haben wir uns bloß angesehen, wir haben kein Wort gesagt, aber ich wußte, wir denken beide das gleiche: ›Sind das wirklich wir?‹«

Duboise sammelte alle Verpackungen ein und stapelte sie säuberlich auf dem Tablett – ein Polizist schafft Ordnung. »Und dann«, fuhr er fort, »bin ich zu Potter und habe ihm alles erzählt – außer der Sache mit dem Governor –, und er meinte: ›Reggie, Sie sind ein guter Cop. Nehmen Sie sich Urlaub, werden Sie clean, und dann will ich Sie nie wieder in der Nähe einer Polizeikaserne sehen.‹ Ich hatte Glück – mehr Glück als der Governor. Der hatte keinen Ralph Potter, zu dem er gehen konnte, dabei hätte er wohl einen brauchen können. Ein paar Wochen später ist er zurückgetreten, bei dieser Pressekonferenz, die immer wieder in den Nachrichten kommt. Ich hab ihn nie wiedergesehen.«

»Und der Dealer?« fragte Libby.

»Erwischt. Verknackt. Verschwunden. Von dem hab ich auch nie wieder was gehört.«

Ein paar Minuten lang schwiegen wir uns an, keiner wußte, was er tun oder sagen sollte.

»Ich weiß nicht, was ihr Typen mit so was anstellt«, sagte Reggie Duboise schließlich, »und *ich* halt mich da wie gesagt raus. Aber wenn ihr das benützt, um Freddy Picker zu erledigen, dann sollt ihr ganz langsam an Krebs krepieren – es sei denn, ihr könnt in den Spiegel gucken und euch ins Gesicht sagen, daß euch im ganzen Leben kein Ausrutscher passiert ist, daß ihr kein einziges Mal danebengetreten oder vom rechten Weg abgekommen seid. Der liebe Gott gesteht jedem von uns eine Handvoll Schnitzer zu – ein paar dürfen wir uns alle leisten. Meine Großmutter hatte immer diesen Spruch: *Jeder Heilige hat eine Vergangenheit, jeder Sünder eine Zukunft.* Daran versuch ich zu denken, wenn die Leute im Viertel mich als *Vorbild* hinstellen, plötzlich auf ihre Sprache achten und so tun, als wär ich was Besseres, als könnten sie sich mir gegenüber nicht normal benehmen. Und ich versuch, die versauten Kinder hier genauso zu sehen wie Ralph Potter damals mich, jedenfalls wenn sie erst anfangen, Scheiße zu bauen. Ich halt sie nicht gleich für hoffnungslos, ich geb ihnen eine echte Chance. Aber in eurer Branche gibt's wohl keine solche Schonzeit. Ein verpatzter Schlag, und du bist weg vom Fenster.« Er lachte kopfschüttelnd. »Eure Droge muß noch viel gefährlicher sein, als es meine je war.«

Um einen letzten Gefallen mußten wir Ralph Potter noch bitten. Libby rief ihn von der Lobby des Intercontinental-Hotels in Miami aus an, noch verschwitzt und verdreckt von Liberty City, so daß sie alle Blicke auf sich zog. Wir benutzten die Toiletten, um uns zu waschen und umzuziehen, dann setzten wir uns noch ein Stündchen auf die Veranda und tranken Eistee. Schließlich rief Libby ein zweites Mal bei Ralph an. »Lorenzo Delgado ist vor neun Monaten aus dem Gefängnis entlassen worden«, sagte sie, als sie zurückkehrte. »Er wohnt in einem Hospiz in Hialeah.«

Wir kamen spätnachmittags an. Das Gebäude unterschied sich von den anderen in der Gegend, lauter kleinen, niedrigen, in karibischen Pastellfarben gestrichenen Häusern, die von Kinderlärm, Musik und Immigrantenoptimismus erfüllt waren. Das Hospiz war älter und karger; alle Fenster waren geschlossen, die Jalousien heruntergelassen. Es war drei Stockwerke hoch, mit weißen Schindeln verkleidet und hatte ein Blechdach – ein Überbleibsel aus vergangener Zeit. Der Sandplatz vor dem Haus war sauber geharkt; man sah keine Fußtritte. EL CAMINO AL PARAISO stand auf dem Schild über der Tür. Wir klingelten; der Summer ertönte. Drinnen herrschte kompromißlose Klimaanlagenkälte, und es roch nach Desinfektionsmittel und Krankenhaus. Die Decke im Eingangsbereich war – zu unserer Verblüffung – dunkelblau gestrichen, mit kleinen Sternen und unaufdringlichen, dezent plazierten Engeln. An den Wänden hingen zwei Poster: ein blumiges »Jeder Tag ein Sieg« und ein eher militantes Foto von einer Schwulenparade mit der Aufschrift »Es gibt uns – gewöhnt euch dran.«

Eine stämmige Latina saß im Büro und las eine *novela*. Sie schickte uns nach oben, auf die Sonnenterrasse. »Da sitzt Renzo am liebsten.«

Wir durchquerten einen Gemeinschaftsraum, der mit Secondhand-Möbeln ausgestattet war und von einem Farbfernseher mit Großbildschirm dominiert wurde. Drei Männer saßen vor einer spanischen Soap-opera. Der eine hatte die auffälligen lila Flecken des Kaposi-Sarkoms, der andere war in einen Pullover gehüllt, hatte glasige Augen und hustete, der dritte hing an einem Infusionsgestell. Durch den ersten Stock zog sich ein enger, deprimierender Korridor, von dem zu beiden Seiten dicht an dicht Türen abgingen. Die Sonnenterasse lag am Ende des Ganges hinter einer Sturmtür aus Aluminium; sie war mit Fliegengitter eingefaßt – angenehm, wärmer als drinnen und von einer leichten Brise belebt. Lorenzo Delgado saß allein dort, ein kleines, dünnes Männchen in einem Liegestuhl mit einer Marlboro in der Hand.

»Sie sind Renzo?« fragte Libby. Er nickte. »Wir würden gern mit Ihnen über Freddy Picker sprechen.«

»Ah, ich habe Sie schon erwartet. Sie sind vom Wahlkampfteam, stimmt's?« fragte er, redete dann aber sofort weiter, bevor wir eine Chance hatten – Gott vergebe uns – zu sagen, von *welchem* Wahlkampfteam. »Sie können Freddy ausrichten, daß er von mir nichts zu befürchten hat«, sagte er mit heiserer, kratziger Stimme. »*Überhaupt* nichts. Verstehen Sie? Das ist ... danach passiert. Im Knast hab ich mir die Seele aus dem Leib gevögelt, da gibt's ja sonst nicht viel zu tun – wo du hinsiehst, sind Jungs, die den ganzen Tag im Fitneßraum an ihren Körpern rummodellieren.«

Libby und ich wagten nicht, uns anzusehen, geschweige denn, etwas zu sagen. Wir nahmen in den Aluminiumliegestühlen rechts und links von ihm Platz. »Ich mag diese Terrasse«, sagte er, »aber zu lange halt ich's hier nicht aus. Je nach Wetter. Es ist komisch – meine Körpertemperatur liegt grundsätzlich daneben, mal so, mal so. Entweder zu heiß oder zu kalt. So richtig angenehm ist mir nie. Manchmal bringt mich der leiseste Windhauch zum Frösteln – und ich kann nichts dagegen tun, ich kann's nicht abstellen, ich muß es nehmen, wie es kommt.«

Ich hatte immer noch nichts gesagt, mich noch nicht vorgestellt – als Renzo mich plötzlich scharf ins Auge faßte. Er schien mich zu mustern, ein anzüglicher Blick, dann fragte er mit einem Grinsen: »Bist du jetzt Freddys Freund?«

»JIPPPP-IIIIIEH«, juchzte Libby, als wir auf dem Weg zum Flughafen waren. »Hab ich's doch gewußt, das wird GUT! Hab ich's doch gewußt, das wird UNWIDERSTEHLICH. Da ist ALLES drin: SEX! DRUGS! KORRUPTION! Und NICHTS davon – *nichts*, mein lieber Henry –, NICHTS DAVON! ist aus reiner Berechnung passiert. Es ist alles irgendwie ... *menschlich* und nett und rührend. Es geht um Schwäche, nicht um böse Absicht. ICH LIEBE DIESES SPIEL.«

»Wovon redest du eigentlich?« fragte ich.

»Wenn Sie ein soziales Experiment durchführen«, sagte Libby und wechselte dabei in eine piepsige Fernsehköchinnenparodie, »dürfen Sie beim Umrühren nicht *zimperlich* sein. Sie müssen die SUPPE richtig schön zum BRODELN bringen. Erst dann läuft einem das Wasser im Mund zusammen. Erst dann wird's wirklich köstlich. HIER trieft's nur so vor KÖSTLICHKEIT.«

»Aber ich versteh nicht –«

»Nein? Aaaaaach, Henry! Klar verstehst du. Wir waren von Anfang an auf einer Wellenlänge – sonst hätte ich dir längst gesagt, hau ab, bleib zu Hause, spiel den Lakaien. Stell dich nicht dümmer, als du bist. DAS IST EIN TEST. Für uns und die beiden. Beziehungsweise für uns und die beiden und noch mal für uns. Wir haben gerade die Aufnahmeprüfung bestanden. Wir haben die Infos beschafft. Wir sind verdammt noch mal unglaublich – weißt du das? Wir sind so gut, daß wir ... *Schwein haben*.«

»Libby, wovon *redest* du?« fragte ich, obwohl ich es irgendwie ahnte. »Was machen wir jetzt mit dem Zeug?«

»Nicht WIR! Es geht nicht drum, was *wir* damit machen. Es geht nicht um UNS!« Bei dem »UNS« drosch sie auf die Hupe. »Jetzt geht es um DIE! Wir tun unsere Arbeit: Wir wühlen im Dreck und packen aus. Die Frage ist, WAS MACHEN Jack und Susan damit? SPÜRNASE will es wissen! Das ist doch, wohinter wir beide *eigentlich* her sind, stimmt's, Kleiner? Ich meine, nach zwanzig Jahren, krieg ich endlich raus, wie DIE BEIDEN wirklich sind – statt immer bloß zu vermuten, statt immer bloß zu HOFFEN. Das ist die Stunde der Wahrheit. Der Tag der Reifeprüfung. Entweder sie bestehen oder ich. Gib's zu, Henry«, sagte sie, plötzlich in einem eindringlichen Flüsterton, und starrte mit ihren wilden blauen Augen mich an statt auf die Straße, »im Grunde bist du doch auch hinter nichts anderem her.«

»Schau auf die Straße, Libby, Herrgott!« sagte ich.

»Bist du oder nicht?«

»Schon möglich«, sagte ich, aber eigentlich war ich mir sicher. »Und was ist, wenn sie falsch reagieren? Wenn sie bei dem Test durchfallen?«

»Dann sind wir wieder dran«, sagte sie. »Und ZACK! Dann stellt sich raus, woraus *wir* gemacht sind, und das ist hoffentlich kein Schimmelkäse.«

»Libby«, sagte ich. »Ich weiß, es ist viel verlangt, aber du schaffst das, das hab ich selbst schon erlebt. Könntest du bittebitte möglicherweise ganz kurz *normal* werden und mir sagen, in was du mich da reinziehst?«

»NEIN!« Sie schwenkte an den Straßenrand, trat mit aller Kraft auf die Bremse und hielt schlingernd an.

»Himmel!« sagte ich.

»Henry«, sagte sie und starrte mich an – vollkommen ruhig, vollkommen normal. (Ich hatte es geschafft!) »Weißt du noch unsere Spielregeln, als wir diesem Scheißkerl Randy Culligan auf die Pelle gerückt sind? Weißt du noch, wie wir vor seiner Kanzlei gesessen haben und ich gesagt habe, ich mach jetzt gleich was Verrücktes? Und du könntest mitkommen oder draußenbleiben, aber ohne Fragen zu stellen?«

Ich nickte.

»Tja, Sweetie«, sagte sie und faßte mich am Kinn, »soweit sind wir jetzt wieder. Blindes Vertrauen ist angesagt. Bist du dabei?«

»Du willst doch nicht die Stantons umlegen, oder?«

»Nicht direkt«, sagte sie.

»Keine Gewalt, in welcher Form auch immer.«

»Mach mich nicht *kirre*, Henry«, sagte sie. »Bist du dabei oder nicht?«

Ich nickte, mein Kinn immer noch in ihrem Griff. Und sie gab mir einen Kuß auf die Wange.

Die Sonntagszeitungen verkündeten, daß Freddy Picker jetzt auch vom Gouverneur von Pennsylvania und der Mehrheit der dortigen Kongreßdelegation unterstützt wurde. Ich las es, ohne mit der Wimper zu zucken, wie ein x-beliebiger Normalbürger. Es hatte Tage gegeben, *Monate*, da hing meine Laune auf Gedeih oder Verderb vom Hauch einer Andeutung in einer Kurzmeldung irgendwo in der *Washington Post* ab; das war mein Leben gewesen. Aber für mich war der Wahlkampf vorbei. Ich rief morgens bei Daisy an, und wieder war nur der Anrufbeantworter dran. »Daisy, *bitte*«, sagte ich. »Ich hab Mist gebaut. Aber heißt einmal Mist bauen, daß ich auf Nimmerwiedersehen in die ewige Finsternis verbannt bin? Du fehlst mir.«

Am späten Vormittag rief Libby an. »Wir sehen uns um fünf in der Villa, direkt vor dem nächsten Treffen, das – STELL DIR VOR – ein Abendessen wird. Und Fat Willie RICHTET ES AUS! Jack findet wohl, wenn er schon den Löffel abgibt, dann lieber mit vollem Bauch.«

»Hat er dich was gefragt?«

»Hat 'ne Kuh 'n Euter?«

»Und?«

»O, ihr Kleingläubigen.«

»Was hast du gesagt?«

»Er meinte: ›Na, Glück gehabt?‹ Ich meinte: ›Kommt darauf an, was du unter Glück verstehst.‹ Er: ›Habt ihr was gefunden?‹ Ich: ›Kommt darauf an, was du unter was finden verstehst.‹ Er: ›Mensch, Libby, mach mich nicht an.‹ Ich: ›Ich mach dich nicht an, ich törn dich ab. Du wirst doch nicht noch 'nen Moment der Leidenschaft riskieren, nach all den Schwierigkeiten, in die dich dein Schniedel gebracht hat, oder?‹ ... Womit die Preisfrage lautet: Hat er bei *dir* schon angerufen?«

»Nein«, sagte ich.

»Wird er noch.«

Was er auch tat, ungefähr zehn Minuten nachdem Libby und ich aufgelegt hatten.

»Wie war's in Florida?« fragte er.

»Feucht«, sagte ich.

»Mann, Henry, nicht Sie auch noch!«

Ich schwieg.

»Ich muß wissen, ob irgendeine Hoffnung besteht«, sagte er.

Ich überlegte mir meine Antwort sehr genau. »Kommt darauf an, was Sie unter Hoffnung verstehen«, sagte ich.

»Herrgott noch mal, Henry, für wen arbeiten Sie eigentlich?«

»Ich arbeite *mit* Libby zusammen, Governor«, sagte ich. »Wir dachten, es wäre das beste, wenn wir unseren Report gemeinsam abliefern. Also dann, bis um fünf.«

Die nächsten paar Stunden verbrachte ich damit, in meiner Wohnung Inventur zu machen, zu überlegen, wieviel es zu packen gäbe, wie lange der ganze Aufbruch dauern würde. Dann ging ich laufen und setzte mich danach auf eine Bank am Fluß, der nun im Frühling angeschwollen war und die Uferwiesen aufgeweicht hatte. Von allen Dingen, die ich in Mammoth Falls gesehen, erlebt und erfahren hatte, würde mir der Fluß wohl am lebhaftesten im Gedächtnis bleiben. So nahe war ich der Natur noch nie gewesen. Ich wohnte an diesem Fluß, lief an ihm entlang, saß an seinem Ufer, lernte allmählich seine Stimmungen kennen – und es gab Momente, da konnte ich mich in eine Halbtrance versetzen und mir vorstellen, daß seine schnelle Strömung meinen Kopf leerte, meine Sorgen mit sich flußabwärts trug. Ich habe mir nie groß Gedanken über die transzendentale Kraft von Flüssen gemacht – ich bin wohl nicht sehr mystisch veranlagt –, aber ich merke, daß ich von Zeit zu Zeit im Geist an meinen alten Stammplatz zurückkehre, vor allem, wenn ich zur Ruhe kommen will.

Howard und Lucille waren bei den Stantons in der Bibliothek, als ich ankam, was nicht gerade Gutes verhieß. Howard bedachte mich mit einem verstohlenen, ironischen kleinen Lächeln, Lucille stierte mich böse an. Susan stand auf, küßte mich auf die Wange und sagte: »Was, ihr habt uns kein Früchtegelee mitgebracht?« Sie drehte sich zu Jack um. »Das hab ich dir, glaub ich, nie erzählt – immer, wenn meine Eltern aus Florida zurückkamen, kriegten wir dieses Früchtegelee mitgebracht, drei kleine runde Gläschen. In einem war Orange, im zweiten Orange-Ananas und im dritten Kir –«

»RAUS!« Das war Libby. Sie zeigte mit dem Finger auf Lucille, lässig, von oben, wie Gottvater in der Sixtinischen Kapelle. »RAUS MIT DIR, du miese schleimige Nacktschnecke. UND DU AUCH – DU VOR ALLEM«, sagte sie und wirbelte zu Howard herum. »Das Leben ist zu KURZ, um sich mit Blindgängern wie dir abzugeben. RAUS!«

Keiner von beiden rührte sich. Howard sah Jack an, Lucille Susan. »OoooKAY«, sagte Libby und drehte sich auf dem Absatz um.

»Nein, warte.« Susan nickte Lucille zu, die sich brav Richtung Tür in Bewegung setzte, dann aber stehenblieb, die Hände in die Hüften stemmte und zu Libby sagte: »Du hast sie wohl nicht mehr alle, du ... Fettmops!«

»HA-HA-HA-HA-HA-HA-HA-HA!« Libby warf den Kopf zurück, ohne zu lachen. »Raus ... RAUS, raus ... RAUS«, bellte sie wie ein Hund. Dann, zu Howard: »Du auch, Schrumpfzipfel. Zeit zum PACKEN. Du nimmst den Mitternachtszug nach GEORGIAAA! Raus ... RAUS, raus ... RAUS! Ich ertrag dich schon zwanzig Jahre zu lang.«

»Darf ich wenigstens bleiben?« fragte Susan, als Howard hinausging und die Tür der Bibliothek hinter sich zumachte.

»Immer.« Libby lächelte. »Meine Süße.«

»Mußte das unbedingt sein?« fragte Jack.

»NEIN!« sagte Libby und wechselte unvermittelt in einen kehligen schottischen Akzent: »Aberr das kommt davon, wenn man eine arrme Irre auf *Männerr*arbeit losläßt. Also dann, Governor – wohl bekomm's.« Sie warf Stanton, der in seinem gewohnten Ohrensessel saß, ein Dossier mit Metallschließe zu. »Sie auch, Mylady.« Damit gab sie das zweite Dossier Susan, die neben mir auf dem grünen Sofa saß, barfuß in eine Ecke gekuschelt.

Als letztes reichte sie mir eine Kopie, mit einem kleinen Seufzer und einem gottergebenen Blick aus sehr klaren Augen. Während wir lasen, wanderte sie mit hinter dem Rücken verschränkten Händen und gesenktem Kopf vor den Fenstern auf und ab, so dicht, daß sie die dünnen Leinenvorhänge wie eine Schleppe hinter sich herzog.

Die Akte war unbeschriftet. Auf der ersten Seite stand »Recherche-Ergebnisse«. Es folgten mit Sternchen voneinander abgesetzte Namen in Blockschrift – ORESTES FIGUEROA, EDGARDO REYES, REGINALD DUBOISE, LORENZO DELGADO – und jeweils ein einziger Satz, der ihre »Aussage« zusammenfaßte. Danach kam eine ausführlichere Wiedergabe unserer Gespräche mit den vieren, eine für mein Gefühl schnörkellose, unparteiische, durch und durch akkurate Wiedergabe.

Jack Stanton pfiff und sah auf. »Henry?« fragte Libby. »Stimmt das mit deiner Erinnerung an unsere Ermittlungen überein?«

»Absolut.«

»Unglaublich«, erklärte Stanton kopfschüttelnd. »Daß er sich ernsthaft eingebildet hat, er könnte damit durchkommen!«

»Schließlich tritt er ja gegen DICH an«, sagte Libby.

Stanton ignorierte die Spitze. »Was machen wir damit?« fragte er.

»Die *Times*?« schlug Susan vor. »Oder das *Wall Street Journal* – das hat vielleicht noch mehr Autorität.«

Libby warf mir einen Blick zu. Sie hatten nicht mal gezögert. Keine Sekunde des Abwägens.

»Durch einen Zwischenträger«, fuhr Susan fort. »Jemanden, der nichts mit unserer Kampagne zu tun hat.«

»Vergeßt es«, sagte Libby.

»Was soll das heißen?« Stanton beugte sich um die Lehne seines Ohrensessels, um Libby sehen zu können, die in der Ecke hinter ihm an der Standuhr lehnte, mit Bedacht so, daß er sich verrenken mußte.

»Das soll heißen, daß das alles nicht verwendbar ist«, sagte sie.

»Komm, Libby, laß den Blödsinn«, sagte Stanton. »Das mit dem Sunshine-Geschäft wissen die Republikaner garantiert sowieso schon, und der Rest kommt von selbst heraus, sobald die Leute ein bißchen zu stochern anfangen.«

»Kann sein.« Libby ließ sich neben der Standuhr zu Boden gleiten, die Beine angezogen, die Hände auf den Knien. Stanton konnte sie in dieser Stellung gar nicht mehr sehen; er mußte aufstehen und sich umdrehen, ein Knie auf den Ohrensessel gestützt. »Aber es genügt meinem Qualitätsanspruch nicht«, sagte sie.

»Und was meinst du damit, Olivia – wenn man fragen darf?« erkundigte sich Susan sarkastisch.

»Ich meine zweierlei, *Madame*«, erwiderte Libby. Sie sprang auf und begann erneut auf und ab zu gehen. »Erstens ist das meiste sowieso Blödsinn. Nichts als Andeutungen und Gerüchte. Die Sunshine-Sache sieht erst mal übel aus, aber ich glaube nicht, daß Freddy sehr viel damit zu tun hatte. Was den Rest betrifft – Reggie Duboise, das Goldstück, sagt schon mal nichts. Und Renzo« – sie blieb stehen und starrte Susan ins Gesicht – »*untersteht* euch ...«

Sie stellte sich hinter die Couch, unmittelbar hinter mich, legte mir die Hände auf die Schultern. »Und zweitens, ihr Gesetzeshelden, halten Henry und ich es nicht für angebracht, dieses Material zu verwenden. Wir haben moralische Bedenken. ›Geschichte machen‹ ist schön und gut – aber *so* nicht.«

Stanton sah mich an. Ich blickte ausdruckslos zurück, mit der gleichen Ungerührtheit, mit der ich in seinem Namen Fat Willie hatte abblitzen lassen. »Also hör mal, Libby«, sagte er. »Wenn wir es nicht verwenden wollen, warum hast du es dann überhaupt ausgegraben?«

»Er hätte ja ein mieses Arschloch sein können«, sagte sie und setzte sich wieder in Bewegung. »Nicht, daß ich das erwartet habe – und er ist es ja auch nicht –, aber möglich wär's gewesen. Und Jackie, mein Herzblatt, du redest am Thema vorbei. WIR MACHEN SO WAS NICHT, das ist der Witz! Ich wühle unermüdlich für dich im Dreck und putze hinter dir her – kein Problem –, ich hätte sogar Randy Culligan den Schniedel weggeblasen für dich. Na ja, *vielleicht* jedenfalls. Aber das hier ist was völlig anderes. Das hier ist unter der Gürtellinie. Es stinkt zum Himmel. Und willst du wissen, *warum*? Weil DU ES SELBER GESAGT HAST. Weißt du noch, wann, Jackie? Laß mich dein Gedächtnis ein bißchen ankurbeln«, und sie kramte in ihrem Lederbeutel und brachte drei Abzüge eines 20 x 25-Schwarzweißfotos zum Vorschein, die sie an Jack, Susan und mich verteilte.

Es war erstaunlich. Jack und Susan sahen nicht viel anders aus als jetzt, nur jünger, frischer. Sie waren im Stil der frühen siebziger Jahre gekleidet. Jacks Haar war lang und gewellt; er trug ein Rüschenhemd mit Bendel oben am Hals, ein bißchen wie Errol Flynn, dazu Hosen mit Schlag. Susans braunes Haar war lang und glatt; sie trug ein Bikinioberteil und sehr kurze abgeschnittene Jeans. Beide Stantons hatten Sandalen an den Füßen. Aber die eigentliche Offenbarung war Libby – die in der Mitte stand, einen Arm um Jack gelegt, den anderen um Susan, sie beide überragend, mit einem stolzen, elterlichen Grinsen im Gesicht.

Wieso wirkt sie denn so groß? war mein erster Gedanke. Dann wurde mir klar, daß es an den hohen Absätzen lag. Auch sonst war sie sehr konventionell gekleidet und an die hundert Pfund schlanker. Sie hatte eine buschige Mähne (noch ohne Grau darin) und trug ein enges Satinkleid – man hätte sie für das Collegegirl von nebenan halten können oder für eine von Lyndon Johnsons Töchtern.

»Waren die beiden nicht hinreißend, Henry?« Sie seufzte.

»Doch«, sagte ich, »aber schau dich an.«

»Du kleine Ratte«, erklärte sie. »Ich hab dir doch GESAGT, daß ich mal eine Taille hatte.«

»Libby«, begann Jack.

»NICHT«, wehrte sie ab. »Mach es nicht kaputt. Weißt du noch, wann das war?« Sie sah Stanton an. »Ich wette, du weißt es *nicht*.«

»Die Wahlkampfzentrale in Miami 72«, sagte Susan.

»Volltreffer«, sagte Libby. »Henry, dieses Bild ist direkt nach dem Parteitag geknipst worden. Ich werd es nie vergessen – ich hatte Florida übernommen, und Gary Hart kommt zu mir, wie ich gerade in einem von den Wohnwagen ins Telefon brülle und meine Delegation zur Sau mache. Und er hat diese – diese beiden dabei. ›O‹, sagt er – so hat er hat mich immer genannt –, ›ich hab Verstärkung mitgebracht.‹ Und es war – unbeschreiblich. Die beiden waren ein Wunder. Eine andere Gattung Mensch. Man merkte den Unterschied sofort. Sie waren Genies. Unsere Zentrale war diese subtropische abgehalfterte alte Bruchbude mitten in Miami – und die Stantons ... Das Bild hier ist von dem Tag, an dem sie bei uns angefangen haben. Himmelarsch, mit ihnen wurde beinahe ein ernstzunehmender Wahlkampf daraus. Jack hat sich hingestellt und mit den Interessengruppen geredet – allen diesen alten Juden und New-Deal-Typen, für die George McGovern der Anführer einer zugekifften, sexbesessenen Anarchohorde war und sonst gar nichts. Aber Jack konnte Roosevelts erste Antrittsrede auswendig hersagen, die Tränen hat er ihnen damit in die Augen getrieben. Und zum Schluß hat er gesagt: ›Die demokratische Partei hat Ihnen zu einem gutem Leben verholfen. Wären Sie hier – könnten Sie es sich leisten, hier zu leben –, wenn die Sozialleistungen nicht wären? Wollen Sie Ihre Zukunft, die Zukunft Ihrer Kinder, wirklich in die Hände von Leuten legen, die gegen Sozialhilfe und Krankenversicherungen gekämpft haben, gegen die GI-Darlehen und alles andere, was Ihnen das Leben ein klein wenig leichter gemacht hat?‹«

»Hat uns vielleicht siebzig oder achtzig Stimmen gebracht«, warf Stanton ein.

»Und Susan – Miss Planquadrat!« Libby war nicht zu bremsen. »Die Frau hatte den ganzen Staat im Griff, jeden einzelnen Wahlkreis, dieser abgefuckte Laden lief plötzlich wie ein Mähdrescher. Okay, die Stantons hatten natürlich auch einiges an Schlick in ihrem Kielwasser, Howard und Lucille – das Jubelpaar der Progressive Labor Party 1971 –, aber bei den Stantons hatte das Grandiose eben schon immer seinen Preis.«

»Libby, verdammt noch mal«, sagte Susan. »Was soll das? Worauf willst du hinaus?«

»Worauf ich hinaus will? Auf EAGLETON«, sagte Libby. »Weißt du noch, Jack? Damals kannten wir uns – wie lange, zwei Tage? Wir hatten gerade das von den Elektroschocks erfahren, und mir dämmerte zum erstenmal, daß wir allen Ernstes gegen dieses miese Schwein von Nixon verlieren könnten. Bis dahin war ich vollkommen überzeugt gewesen, daß wir gewinnen. Ich meine, wer hätte denn für *Tricky* stimmen sollen? Niemand, den *ich* kannte – außer den Schwachköpfen daheim in Partridge, Texas, die mich nichts mehr angingen. Das mußt du dir vorstellen, Henry – wir waren so zum Heulen JUNG UND NAIV. Und der da, der da« – sie nickte zu Stanton hinüber – »lädt mich ein, wir gehen in diese kleine kubanische Gartenkneipe, und ich sitze da, den Kopf in den Händen. Mein Leben ist zu *Ende*. Und SIE sind schuld daran – der CIA. Es mußte der CIA sein. Ich konnte einfach nicht glauben, daß Tom Eagleton nicht richtig tickte. Ich war mir sicher, daß sie ihn irgendwo hingeschleppt und ihn mit Medikamenten vollgepumpt hatten, bis sein Hirn im Arsch war. Ich konnte mir nicht vorstellen, daß McGovern nichts war als – ein ABSOLUTER SCHEISS-AMATEUR. Nein, die *anderen* hatten schmutzige Tricks angewendet. Und ich sagte zu Jack: ›Dann müssen wir das eben auch lernen.‹ Erinnerst du dich, Jack? ›Dann müssen wir sie eben mit ihren eigenen Waffen schlagen.‹ Und du hast gesagt: ›Nein. Unsere Aufgabe ist es, mit so was SCHLUSS zu machen. Unsere Aufgabe ist es, damit aufzuräumen. Wenn wir das tun, gewinnen wir – weil unsere Ideen die besseren sind.‹ Weißt du noch, Jack?«

Libby hatte Tränen in den Augen.

»Das ist lange her«, sagte Jack sanft.

»Libby, du hast es doch selbst gesagt«, warf Susan kühl ein. »Wir waren jung. Wir wußten nicht, wie es in der Welt zugeht. Jetzt wissen wir es. Wir wissen, daß zwei Dinge passieren werden, wenn wir in Sachen Picker nichts unternehmen. Erstens: Wir sind erledigt. Alles, wofür wir diese zwanzig Jahre seit Miami gearbeitet haben, geht vor die Hunde. Ganz schnell. Von heute auf morgen. Und zweitens: Irgendwann – und zwar sehr bald –, wenn die Flitterwochen vorbei sind, wenn Pickers bescheidene Redlichkeitsnummer den Leuten zum Hals heraushängt, wenn sie ihm seine Engelsflügel ausreißen wollen, wird irgendein Journalist den Braten riechen. Und wenn nicht, dann stoßen ihn die Republikaner darauf, wenn es in *ihren* Zeitplan paßt, im Herbst. Es wird genau wie bei Eagleton sein – nur daß die Schuld diesmal bei *uns* liegen wird, weil wir es so weit haben kommen lassen. Bei dir, Libby.«

Ein ziemlich schlagkräftiges Argument, fand ich. Nicht so Libby. »Das kann schon sein, Schätzchen«, sagte sie, »aber so tief dürfen wir nicht sinken. Wir nicht.«

»Vielleicht könnten wir einen Teil durchsickern lassen«, schlug

Stanton vor, »diese Sunshine-Sache – von der wissen wir schließlich, daß die Republikaner sie bereits haben.«

»Herrgott, Jack«, sagte Susan, verärgert über sein Einlenken, »sei doch nicht so naiv. Der Rest wird früh genug herauskommen. Dieser ›Versprecher‹ von Eddie, das war ja wohl nicht sein letzter. Früher oder später wird er alles ausplaudern. Ich meine« – sie blätterte durch Libbys Akte –, »Libby, er hat Picker doch immerhin einen *maricón* von einem Cokehead genannt, oder?«

Libby und ich wechselten einen Blick: ja, hatte er. Nur hatte er so wahllos gewettert, daß uns das Schwulenschimpfwort nicht weiter aufgefallen war.

»Heißt das, du willst ihnen auch das mit Renzo stecken?« fragte Libby ungläubig. »Was macht das denn aus, von welchem verdammten *Ufer* er ist?«

»Den *National Flash* wird es sehr interessieren«, meinte Susan.

»Oohh, Susie«, stöhnte Libby. »Ausgerechnet du.«

Sie sah mir meine Verblüffung offenbar an. »Jetzt tu nicht so, Henry. Denk dran, was Eddie Reyes gesagt hat: Damals war nichts unmöglich. Und ganz fremd ist *dir* Mrs. Stantons körperliches Trostbedürfnis in ehelichen Krisenzeiten ja wohl auch nicht.«

Jetzt war Jack Stanton mit dem Schockiertsein an der Reihe. Er schleuderte einen wütenden Blick zu Libby hin, die lächelte, dann zu Susan, die rot wurde, schließlich zu mir, der zu baff war, um zu erröten. Wir hatten ihn alle betrogen – und er uns natürlich auch. Offenbar war auch heute noch nichts unmöglich.

»Kinder, Kinder«, sagte Libby und blickte kopfschüttelnd in die Runde. »Ihr macht mir Spaß.«

»Schluß jetzt«, erklärte Stanton. »Wir müssen langsam zu einer Entscheidung kommen.«

»Was gibt's da zu entscheiden?« fragte Susan.

»BINGO«, sagte Libby. »Es gibt NULL zu entscheiden. Die Entscheidung ist bereits gefällt worden, von mir und Henri. Die Sache stirbt hier und jetzt.«

»Da bin ich anderer Meinung«, sagte Susan.

»Tut mir leid, Herzchen«, gab Libby zurück, »aber da gibt's kein Wenn und Aber. Und ich sag euch auch, warum.« Sie kramte wieder in ihrem Lederbeutel und zog ein weiteres Dossier hervor, das genauso aussah wie das erste. »Das verteile ich jetzt nicht ... ich wollte keine Kopien machen«, sagte sie – ein bißchen nervös, hatte ich den Eindruck. »Aber ich erzähl euch, was drinsteht, und unser Jackie kann bestätigen, daß es der Wahrheit entspricht. Schweigen, Governor, bedeutet Zustimmung.«

Susan warf Jack einen Blick zu, einen irritierten, fragenden Blick. »Tja, draußen auf dem Lande, da ist die Welt noch in Ordnung«, begann Libby mit gedämpfter Stimme. »Da ist es nicht schwer, nach Feierabend in eine Arztpraxis einzudringen. Und als du mich auf den McCollister-Fall angesetzt hast, Susan, und ich von Jacks kleiner Blutuntersuchung erfuhr, hab ich es für meine Pflicht gehalten, der Sache auf den Grund zu gehen.«

Stanton wurde bleich; seine Rechte zuckte hoch, er hatte keinen Gebrauch dafür, also legte er sie sich flach auf den Kopf. »Doc Hastings hat deinen Fall über die Jahre äußerst liebevoll aufgezeichnet«, sagte Libby. »Er hatte wohl auch ein ... angestammtes Interesse. Als *treusorgender* Hausarzt. Oh, das hab ich ganz vergessen: Ist Susan im Bilde?« Stanton nickte. »Fein, dann bleibt nur Henry – und der weiß sonst auch alles, warum also nicht das?« Sie wandte sich an mich. »Doc Hastings ist Governor Stantons leiblicher Vater. Momma hat überall diesen Kansas-City-Unsinn verbreitet, und es hat wunderbar geklappt, weil Will Stanton nie von Iwo zurückkam, um die wahre Geschichte zu erzählen. Momma hat es Jack dann gesagt – wann? In deiner Krankenakte steht, daß du und Doc ein langes Gespräch hattet, als du mit der Uni fertig warst. Verantwortungsbewußt, wie sie sind, haben Jack und Momma natürlich Stillschweigen darüber bewahrt – aus Rücksicht auf Docs Frau und seine beiden *anderen* Söhne. Und auch aus Rücksicht auf Mommas Ruf.« Stanton starrte in seinen Schoß. Susan starrte mich an. Ich starrte ins Leere. Das hier war ... Denver Clan pur.

Libby erriet meine Gedanken. »Tja, Henry, so sind wir, Jackie und ich. Urig bis ins Mark – was, Jack? Regel Nummer eins: Wenn sich was bewegt, drauf. Ballern oder bumsen – vor allem, wenn's aus der eigenen Familie ist! Eigentlich ein Wunder, daß Momma nicht Docs *Cousine* war.«

»Libby!« sagte Susan. »Jetzt gehst du zu weit!«

»Ja. Okayokay.« Libby atmete tief durch, versuchte sich wieder in den Griff zu bekommen. »Tschuldigung. Wo war ich stehengeblieben?« Sie machte einen Schritt und kauerte sich direkt vor Stantons Ohrensessel nieder. »Also, Doc Hastings hatte ein angestammtes Interesse an dir. Und er hat sich ja auch mächtig ins Zeug gelegt. Gott, Jackie! Die Hebel, die er in Bewegung gesetzt hat, damit du nicht einberufen wurdest! Wobei mir persönlich der letzte Einfall am besten gefällt: das Blut nicht dir abzuzapfen, sondern Onkel Charlie. Ich meine, hättest du es allen Ernstes durchgezogen – hättest du *Onkel Charlie* die Vaterschaft in die Schuhe geschoben? Glaubst du, das hätte dir irgendwer abgenommen? Für wie blöd hältst du uns eigentlich?«

Stanton nahm die Hand vom Kopf und legte sie über die Augen. Er *schämte* sich. Das hatte ich bei ihm noch nie erlebt. Er war immer so unverfroren, auf so aggressive Weise *präsent*; er beherrschte jede Unterhaltung, jeden Raum, selbst wenn er nur zuhörte. Aber Libby hatte damit kurzen Prozeß gemacht. Jetzt dominierte sie; der Gouverneur wirkte in die Enge getrieben. Er schien sich in seinem Sessel verkriechen zu wollen, während Libby vor ihm kniete, ihn fixierte, auf Blickkontakt lauerte. »Für wie blöd hältst du uns, Jack?« wiederholte sie sanft, aber mit einem ungeduldigen Unterton. »Oh, pardon – ich vergaß: nicht für dümmer als die vielen Male davor. Es hat immer einen Doc Hastings oder einen Senator LaMott Dawson gegeben – oder Onkel Charlie oder Susan –, die dich rausgehauen haben, wenn du Mist gebaut hattest. Du hast nie die Rechnung bezahlen müssen. Kein Mensch verlangt von dir Rechenschaft. Nie. Weil du so was Scheiß-BESONDERES bist. Weil immer alle so STOLZ auf dich waren. Ich ja auch. Ich am allermeisten.«

Sie drückte ihn noch tiefer in den Sessel, bis seine Knie nach oben standen. So kauerte sie vor ihm, die Arme auf seine Knie gestützt, das Kinn auf die Arme – kauerte da, halb auf seinem Schoß, starrte ihn unverwandt an, peinigte ihn. »Was mir die Sache natürlich auch wieder leichter macht.« Sie seufzte. »Aber nicht weniger deprimierend – ich meine, ich hab mich dermaßen reingehängt, das hier war schließlich mein LEBEN.« Sie schien auf eine Antwort von ihm zu warten. »Na ja«, sagte sie dann leiser. »Putzt wenigstens mal ordentlich die Nebenhöhlen durch, so eine Situation.«

Endlich sah Stanton auf, warf ihr einen flehenden Blick zu – aber Libby blieb hart. »Tja, so sieht's aus«, sagte sie. »Wenn du Picker abschießt, schieß ich dich ab.«

»Das bringst du nicht fertig«, sagte Susan mit rotgeränderten Augen.

»Wollen wir wetten?« Libby ließ von Jack Stanton ab und drehte sich zu ihr um.

»Du brächtest es fertig, seine politische Karriere zu beenden?« fragte Susan.

»Ich bin Libby Dustbuster«, sagte Libby, stand auf, holte ihren Lederbeutel, schickte sich zum Gehen an. »Mein Job ist es, dafür zu sorgen, daß niemand euch schadet – ihr selbst inbegriffen. Und ihr würdet euch schaden, ihr würdet euch entsetzlich schaden, wenn ihr Freddy Picker vernichtet, der nämlich – da sind wir uns ja wohl einig – trotz aller Schwächen ein anständiger Mensch ist.« Sie zögerte, wischte sich über die Augen, einmal, noch einmal, aber jetzt strömten die Tränen. »Und deshalb«, schloß sie, »bleibt mir nichts anderes übrig, ich werde dieses Dorf verbrennen, um es zu retten.«

Und sie stürmte aus dem Zimmer, in einem Tempo, das man bei ihrem Gewicht nie für möglich gehalten hätte.

Ich hechtete ihr nach. Vor dem Haus sammelten sich die anderen schon für die letzte Besprechung der Stanton-Kampagne – Brad Lieberman, Dwayne Forrest, Leon, Howard und Lucille. Libby drängte sich an ihnen vorbei, rannte heulend und mit fliegenden Haaren durch den Rauch von Fat Willies Grill zu ihrem Jeep Cherokee.

»Du fährst«, sagte sie und warf mir über die Schulter die Schlüssel zu. Sie hatte sich kein einziges Mal umgeblickt; sie wußte auch so, daß ich ihr folgen würde. Sie selbst setzte sich auf den Beifahrersitz, immer noch leise schluchzend, das Gesicht tränenverschmiert. »Zu dir nach Hause.«

Ich gehorchte. Direkt am Fluß stellte ich den Motor ab.

»Und – wie war ich?« fragte sie mit einem dünnen Lächeln.

»Wunderbar«, sagte ich. »Beherrschter als bei Randy Culligan. Nuancenreicher.«

»Aber die Knarre war genauso groß.« Sie lächelte wieder, schniefte. »Henry, du steigst doch auch aus, oder?«

»Ich wüßte nicht, wofür ich bleiben sollte.«

»Schau, da oben«, sagte sie. Ein blasser Vollmond war am noch hellen Himmel aufgegangen. »Das bin ich«, sagte sie. »Schön, was? Sehr eindrucksvoll für Erdlinge. Aber es ist nur reflektiertes Licht, Henry-Schatz. Es braucht die Sonne. Und ich habe mein Licht und meine Wärme mein Leben lang von den Stantons bezogen – mein Gott, sie waren so warm und so strahlend, daß ich jahrelang überhaupt nicht gemerkt habe, daß ich selber gar keine Wärme produziere, gar kein eigenes Licht. Aber eines Tages schaust du dann in den Spiegel, und alles, was du siehst, ist ein toter Stein. Du weißt doch, was ich meine, oder?«

»SAUKOMISCH!« sagte ich – ein kläglicher, drittklassiger Versuch, Libby nachzuahmen. »Du ein toter Stein? Du ein Lakai? SAUKOMISCH. ARSCHWITZIG! Der Lakai bin *ich*. Du bist die französische Fremdenlegion.«

»Henry, du kleiner Idiot«, sagte sie kopfschüttelnd. »Was glaubst du denn, warum ich in der Klapse gelandet bin? Doch nicht, weil ich so obenauf war. Ich war *am Boden*. Du weißt, wovon ich spreche, oder? Ich schau in den Spiegel, und ich seh einen toten Stein. Ohne sie bin ich auf immer und ewig dunkel und schwarz und kalt und leer und ohne Luft zum Atmen. Und diese Arschlöcher brauchen mich kein bißchen, sie brauchen einfach nur zu *strahlen*. Es hat mich wahnsinnig gemacht. Ich war so fertig, so hoffnungslos fertig. Ich saß im Bad und kam nicht mehr hoch. Ich saß unter dem Spiegel, in dem ich den toten Stein gesehen hatte, und konnte einfach nicht vom Boden aufstehen. Anscheinend tagelang nicht. Susan hat mich gefunden. Und sie hat mich in eine Irrenanstalt gesteckt. Der Witz schlechthin. Alle diese abgedrehten Leutchen, die den Mond anheulen, und mittendrin ich, die defekte Solaranlage. Na prima, hab ich mir gedacht, jetzt bist du offiziell verrückt – dann aber mal in die vollen! Der Haken an der Sache ist bloß, daß sich das nicht ewig durchhalten läßt. Hat was Schizophrenes, den Mond anzuheulen, wenn man selber eine Art Mond ist. Du hast die Glanznummern mitgekriegt, Henry. Aber die Show ist vorbei; ich werf das Handtuch.«

Was hätte ich darauf schon sagen sollen? Ich legte ihr die Hand auf die Schulter, hilflos und ungelenk. »Henry«, sagte sie. Sie sah mich nicht an dabei, sondern starrte wie hypnotisiert aufs Armaturenbrett. »Wenn ich mir vorstelle, daß ich noch mal so tief unten sein könnte – das halt ich nicht aus. Du schaust in die Höhe, und ganz, ganz oben ist ein winziger Lichtpunkt, das ist die Welt, und du hast nicht die Energie, dich auf dieses Licht zuzubewegen, du hast nicht mal die Energie, dir Brahms reinzuziehen oder dein Essen zu kauen. Noch mal steh ich das nicht durch. Das ist es mir nicht wert.«

Sie brach ab, schüttelte den Kopf. »Nicht mal gezögert haben sie – du bist mein Zeuge. Kein Funken Menschlichkeit, kein einziger Gedanke an Freddy Picker. Glühwürmchen, mistige.«

Sie streckte die Hand nach dem Schlüssel aus. Ich gab ihn ihr. Mein Gott, was war ich für ein Idiot.

»Versprich mir was, Henry«, sagte sie. Die Tränen liefen ihr wieder übers Gesicht. »Sieh zu, daß es dir nicht so geht wie mir. Du hast noch einen Rest Atmosphäre um dich rum. Auf Licht kannst du verzichten. Paß lieber auf, daß du genug Sauerstoff bekommst. Schaff dir ein Leben. Okay?«

Sie beugte sich zu mir herüber, küßte mich auf die Wange, und ich warf die Arme um sie – und so wiegten wir uns eine Zeitlang, beide schniefend, aneinandergeklammert wie Ertrinkende.

Schließlich schob sie mich weg und legte mir ihre großen Hände auf die Schultern: »Und jetzt ab mit dir. Geh Daisy suchen.«

»Und was ist mit dir?« fragte ich, während ich die Tür öffnete und ausstieg. Sie rutschte auf den Fahrersitz hinüber.

»Beim Limbo«, sagte sie, schon im Anfahren, »gibt's nur eine Chance: Du mußt unten durch. Bye, Sweetie.«

IX

Was war ich für ein Idiot. Sie fanden ihre Leiche am nächsten Tag, auf einem Schotterweg tief in den Kiefernwäldern südwestlich von Mammoth Falls. Sie hatte einen Regiestuhl aus dem Cherokee geholt, ihren Lederbeutel genommen, die Pistole herausgezogen und sich erschossen – nicht in den Kopf, das wäre zu plump und zu blutig für Libby gewesen, sondern säuberlich mitten ins Herz. Zuvor hatte sie offenbar noch ein Feuerchen gemacht; neben ihr wurden die verkohlten Überreste einer Aktenmappe gefunden.

Stanton rief mehrmals an und hinterließ Nachrichten auf meinem Band, Susan einmal. Die Halbherzigkeit paßte gut ins Bild. Wenn es ihnen ein echtes Bedürfnis gewesen wäre, hätten sie jemanden hergeschickt oder wären selbst gekommen wie der Gouverneur an dem Tag, als wir nach Grace Junction gefahren waren, um Onkel Charlie Blut abzapfen zu lassen – oder wie am Montag abend die Polizei. Ich war der letzte, der Libby lebend gesehen hatte, und sie wollten von mir wissen, ob ich mir ein Motiv für ihre Tat vorstellen könnte, ob Libby irgendwie verstört gewirkt hätte, ob ich es für möglich hielt, daß Fremdeinwirkung im Spiel gewesen war. Allzusehr insistierten sie nicht. Immerhin war Jack Stanton noch Gouverneur, sein Wahlkampf lag in den letzten Zügen, und Libby war anerkanntermaßen – und nachweislich – verrückt. »Normalerweise sagt man in solchen Situationen wohl: ›Ich wünschte, ich hätte etwas geahnt. Ich wünschte, ich hätte sie davon abhalten können‹«, sagte ich den Polizisten. »›Aber bei Libby wußte man nie, woran man war, und wenn sie sich was in den Kopf gesetzt hatte, dann ließ sie sich durch nichts davon abhalten.‹« Und dann stürmten unvermittelt Bilder auf mich ein, eine intensive, chaotische Bilderflut – Libbys Sitzpläne von Loretta McCollisters Schulstunden, Libby, wie sie Randy Culligans Kopf zwischen ihre Brüste drückte und ihm die Pistole an den Schritt hielt, ihr graues Haar, das unter dem australischen Buschhut hervorquoll, ihr lächerlicher Lederbeutel – und mir kamen die Tränen. »Sie war eine Freundin von mir«, sagte ich den Polizisten, »eine sehr gute Freundin.«

Libbys Tod kam in die Schlagzeilen, wie nicht anders zu erwarten. Sogar die *New York Times* brachte es auf der ersten Seite, zwei Absätze mit einem Verweis auf Sektion B, Seite 10: STANTON-MITARBEITERIN NIMMT SICH DAS LEBEN. Ich flüchtete mich in die Arbeit, fertigte die Presse ab – nicht in der Zentrale, sondern in Libbys weißem Holzhäuschen, wo Jennifer Rogers und die restlichen Dustbuster sich verbarrikadiert hatten. Die nächsten sechsunddreißig Stunden war ich damit beschäftigt, Reporter abzuwimmeln. Ich verbrachte die Nacht mit Jennifer – keusch. Wir sprachen nicht einmal viel; wir lagen auf dem Bett, das sie mit Libby geteilt hatte, voll bekleidet, die Arme umeinander geschlungen.

So zielsicher Libby immer den Nagel auf den Kopf getroffen hatte, gestern abend hatte sie wirklich Stuß geredet. Gruselig, in was für einen Wahn sie sich hineingesteigert hatte. Es war wohl das einzige Mal, daß ich sie wirklich verrückt erlebt hatte. Wobei ich ebensolchen Stuß verbreitet hatte mit meiner Behauptung gegenüber der Polizei, bei Libby könne man nie wissen.

Bei Libby wußte man immer.

Ich hatte es ja auch gewußt, nur hatte ich es nicht wahrhaben wollen, hatte Selbstmord bloß als eine hypothetische Möglichkeit verstanden, als Subtext, als einen Teil der Rolle, die sie spielte, Teil der Show, die sie für die Stantons abgezogen hatte. Sie war eine tolle Schauspielerin gewesen. Ich hatte eine Stinkwut auf sie, eine Stinkwut auf mich selbst. Und ich fühlte mich furchtbar verwaist.

»Auf Dauer wär das sowieso nicht gegangen mit uns«, murmelte Jennifer irgendwann tief in der Nacht. »Das war ihr völlig klar. Sie hat es mir sogar vorausgesagt. Ich hör sie direkt noch: ›So richtig gutheißen kann ich deine AUFGESCHLOSSENHEIT ja nicht, mein Schatz, aber jeder nach seiner Fasson!‹ Wenn der Wahlkampf erst mal vorbei ist, meinte sie, verliebe ich mich in irgendeinen Mann – und dann dürfte sie vielleicht wieder Taufpatin werden. ›Du würdest staunen, wie viele Patenkinder ich hab‹, hat sie gesagt. ›Und ich bin eine *saugute* Patentante.‹ Henry, wir haben sie alle so geliebt – wie konnte das nur passieren?«

»Ich weiß es auch nicht«, sagte ich. Aber ich ahnte es – und fragte mich, warum Jack Stanton seine Kandidatur noch nicht zurückgezogen hatte. War es aus Respekt vor Libby, oder bereitete er seinen großen Schlag gegen Picker vor?

Ich begleitete Jennifer Rogers zur Trauerfeier, die in einer netten, weißverschindelten Presbyterianerkirche im Norden von Mammoth Falls abgehalten wurde (denn Libby, ob man's glaubte oder nicht, war Presbyterianerin gewesen). Wir saßen in der ersten Reihe, rechts vom Gang. Die Stantons saßen in der ersten Reihe, links; Libbys Leichnam in seinem gewaltigen Nußbaumsarg stand zwischen uns und dem Altar. Die Kirche war überfüllt – und ich war zerstreut, ich rutschte herum und ärgerte mich über mich selbst, daß ich mich nicht auf Libby konzentrieren konnte. Aber ich spürte ganz deutlich Daisy irgendwo hinter mir, ich *wußte*, daß sie da war, und während des Orgelpräludiums und des ersten Lieds verrenkte ich mir immer wieder verstohlen den Hals, um die Anwesenden zu mustern. Ich sah Richard, aber nicht Daisy. Es machte mich wahnsinnig. Wenn sie mir hier entwischte, nahm ich mir vor, würde ich erst rasch alle Hotels in der Innenstadt abklappern und dann zum Flughafen fahren und sie dort abzufangen versuchen. Wobei Plan A wahrscheinlich reine Zeitverschwendung war – besser, ich fuhr auf direktem Weg zum Flughafen und wartete da. Dann brauchte ich allerdings jemanden, der sich um Jennifer kümmerte. Ich begann mich nach einem geeigneten Kuli umzuschauen. Wo war Peter Goldsmith aus Libbys Truppe?

Die Fenster standen offen, und der Raum war erfüllt von Frühlingsdüften – frisch aufgeblühter Hartriegel, Azaleen, die ihre Blütenblätter auf den Weg vor der kleinen Kirche schneien ließen. Eine saubere, trockene Brise von Westen trug das Brummen eines fernen Rasenmähers herüber, die Alltagsgeräusche von Lieferwagen und Handwerkern bei der Arbeit. Und ich dachte an Daisy und ließ mich treiben, eingelullt von der Normalität ringsum, bis Jack Stanton sich erhob.

»Olivia Holden war die große Schwester, die ich niemals hatte«, begann er mit einer Stimme, die keinen Zweifel an der Echtheit seiner Trauer zuließ. »Ich hoffe, Sie halten mich nicht für anmaßend, wenn ich sage, daß sie mich – uns, Susan und mich – geliebt hat wie ihre eigene Familie. Und wir sie auch.« Er lachte ein wenig. »Alle, die Libby kannten, wissen natürlich, daß das nicht ohne Geschrei abgehen konnte. Wir konnten es ihr nie recht machen, ihre Familie mußte absolut perfekt sein. Sie hat eine Größe von uns verlangt, die ...« Hier brach seine Stimme. »Aber an ihre Größe reichte eben niemand heran« – ein kleines Lachen –, »in keiner Beziehung.«

Er hielt inne, suchte die Bankreihen ab – und fand mich. »Ich fühle mich persönlich verantwortlich für diese Tragödie«, sagte er zu mir. »Auch wenn das wahrscheinlich Unsinn ist. Mit dem Verstand weiß ich, daß ich Libbys Erwartungen nie hätte gerecht werden können. Ich lebe nun mal in der Welt, einer ziemlich rauhen Welt, und ich muß und will nach ihren Regeln spielen. Aber« – er blickte immer noch mich an – »sie hatte trotzdem recht. Ich hätte vieles besser machen können. Und jedesmal, wenn ich einen schwachen Moment hatte, hat sie es mitbekommen. Sie hat mir nichts, aber auch gar nichts durchgehen lassen.«

Jetzt sprach er wieder zur gesamten Gemeinde. »Ja, dazu sind große Schwestern wohl da. Libby hat keine Anweisungen für ihre Beerdigung hinterlassen, deshalb standen Susan und ich vor der Frage, was am angemessensten wäre – und die Antwort lag auf der Hand: Libby wird eingeäschert. Sie hätte garantiert darauf bestanden, als Flamme zum Himmel zu fahren« – die Zuhörer lachten –, »statt unter Gänseblümchen langsam dahinzumodern. Sie ist schon im Leben nie langsamer als eine Rakete gewesen, und sie sollte die Welt verlassen, wie sie in ihr gelebt hat – in einem Feuerwerk aus Licht und Hitze. Sie soll uns noch einmal blenden mit ihrer Brillanz, ihrer Wärme, ihrer überwältigenden inneren Fülle. Es kommt mir vor ...«, und er brach ab, weil er nicht weitersprechen konnte. Tränen liefen ihm über die Wangen – eine andere Art von Tränen als die, deren Zeuge ich damals in der Bibliothek in Harlem geworden war, als alle seine Tränen seither. Seine Mundwinkel zogen sich nach unten, die Unterlippe bebte – wie bei einem Kind, das die Fassung zu bewahren versucht, einem kleinen Jungen, der ein Mann sein will. »Es kommt mir vor«, setzte er neu an, »als wäre ein Teil meiner selbst gestorben. Die Kugel, die in Libby Holdens Herz gedrungen ist, hat unser aller Herzen gebrochen.« Und dann flüsterte er: »Ich kann mir ein Leben ohne dieses Herz nicht vorstellen.« Damit eilte er vom Pult weg, ließ sich auf seinen Sitz fallen und vergrub das Gesicht in den Händen, nur durch den Gang von mir getrennt, während der Chor hastig *Amazing Grace* anstimmte, vergeblich bemüht, das Leid zu bannen, den Schmerz mit himmlischem Glorienschein auszulöschen.

Hinterher sprang ich sofort auf und blickte mich um. Keine Spur von Daisy. Ich sah eine Menge anderer Bekannter, und dann stand plötzlich Susan neben mir, die mich sachte in einen Raum hinter dem Altar zog und mir ein kleines Kuvert mit meinem Namen darauf reichte. »Hier, das ist von ihr für Sie«, sagte sie. »Es war mit in dem Umschlag, den sie uns hinterlassen hat.«

Das Briefpapier stammte aus dem New Yorker Hotel, in dem wir während der Vorwahl gewohnt hatten – ein paar mit Kugelschreiber gekritzelte Zeilen. »Shit, Henry. Ich hab doch nur geblufft. Ich hätte sie nie aufgeben können – und was anderes wäre mir ja wohl nicht übriggeblieben. Aber du warst ein *Traum* von einem Komplizen, absolut unübertroffen (für einen Typ). Tja, das war's dann wohl. Vergiß nicht: Sauerstoff. ALLES LIEBE, L.«

Ich hielt den Zettel Susan hin. Sie überflog ihn und umarmte mich dann. »Jack täuscht sich«, flüsterte sie an meinem Ohr. »Er ist nicht dafür verantwortlich. Ich bin schuld. Ich hab die Anwältin rausgekehrt – einen auf Hardliner gemacht. Ich habe für Politik wie gehabt plädiert. Dabei hatte ich eigentlich gehofft, jemand würde mir Paroli bieten.«

»Bei Ihren Fähigkeiten«, sagte ich und machte mich von ihr los, »dürfen Sie eigentlich *nie* diejenige sein, die für Politik wie gehabt plädiert.«

»Henry«, sagte sie, aber ich war schon aus der Tür, wieder in der Kirche, die leer war bis auf die Traube von Händeschüttlern und Tröstern um den Gouverneur. Richard stand da, aber ich nahm mir nicht die Zeit, ihn zu begrüßen. Ich raste den Gang entlang, durch das Portal – und da stand sie, ein Stück den Plattenweg hinunter, im Schattengesprenkel einer Weihrauchkiefer, mit verschränkten Armen, in schwarzer Seidenbluse, schwarzem Faltenrock, glänzenden Strumpfhosen und flachen schwarzen Pumps, stand da und wartete auf mich. Mir schlackerten die Knie.

»Also – was ist passiert?« fragte sie kühl.

»Das ist eine komplizierte Geschichte«, sagte ich. »Aber ich erzähl's dir, Ehrenwort, ich erzähl dir jede kleinste Kleinigkeit, und dann beantworte ich jede einzelne von deinen spitzfindigen Fragen – so lange, bis du restlos zufrieden bist. Jahrelang, bis an mein Lebensende, wenn du möchtest. Aber erst müssen wir uns auf ein paar Grundregeln einigen. Erstens will ich genau dieselben Rechte haben wie du. Und vor allen Dingen will ich genauso offen sein dürfen wie du – und wenn ich finde, daß deine Positivspots in Florida nur *in Ordnung* waren, dann ist es mein gutes Recht ...«

»Aber das hab ich doch gar ...«

»... dann ist es mein gutes Recht, das auch zu sagen, ohne daß mein Leben – unser Leben – sofort in tausend Stücke zerbricht. Und zweitens, die zweite Grundregel hat mit dem zu tun, woran ich in New York geknackt hab. Ich will mich nicht mehr auf Halbheiten einlassen. Die Welt, unsere Welt, dreht sich zu schnell, als daß man für irgendwas garantieren könnte. Aber, Daisy ... ich bin verliebt in deine Augen, in die Art, wie du die Dinge siehst – Shit! Ich stell mich so dämlich an. Es ist viel, viel mehr als das. Ich bin verliebt in ... keine Ahnung, was es ist ...« Sie runzelte die Stirn, aber ihre Augen blieben klar. »... in das, was dich zu dem macht, was du bist. In dein Herz. In *dich*. Okay? Ich liebe dich ... Daisy, glaub mir, ich bin völlig durch den Wind. Ich weiß überhaupt nicht mehr, wer ich eigentlich bin. Und das hier – meine Gefühle für dich –, das ist das Realste in meinem Leben – das hab ich in diesen letzten paar Wochen ohne dich gemerkt. So, das sind die Grundregeln.«

»Akzeptiert«, sagte sie wie aus der Pistole geschossen und warf beide Arme um mich. »Hast du im Ernst gedacht, du müßtest groß mit mir verhandeln?«

»Oh Gott, Daisy«, sagte ich. »Danke.«

»Sag mal«, flüsterte sie mir ins Ohr, »meinst du, wir könnten diese Unterhaltung irgendwo anders fortsetzen, mit ein bißchen weniger Kleidern am Leib?«

Vielleicht hatte ich mich doch getäuscht, mit dem Sex und der Vorfreude. Liebe ist auch ein Faktor. Was sich an diesem Nachmittag zwischen uns abspielte, war weder Wahlkampfsex noch wahlkampffreier Sex. Es war etwas vollkommen anderes.

Ich war so hin und weg vor Glück, daß ich zur Decke hinaufrief: »Ich möchte diesen Nachmittag dem Andenken von Olivia Holden widmen.«

Ich erzählte ihr die ganze Sache mit Libby. Ich erzählte ihr von Freddy Picker. Ich erzählte ihr von unseren Abenteuern in Miami – mit Ausnahme von Claudia-Gloria, und irgendwann, das schwor ich mir, würde ich ihr auch das beichten. Ich erzählte ihr von dem Gespräch mit den Stantons.

»Na ja, sie haben schon recht«, sagte Daisy. »Picker steht das nie und nimmer durch.«

»Irgend jemand wird es durchstehen«, sagte ich. »Irgend jemand wird Präsident der Vereinigten Staaten werden – aber ohne mich.«

»Wirklich?« fragte sie.

»Glaub schon.«

»Henry, wir sind Politjunkies«, sagte sie. »Du wirst wieder mitmischen wollen.«

»Vielleicht, aber dann anders«, sagte ich. »Ohne – nein, nicht ohne die innere Überzeugung. Vielleicht ohne den Ehrgeiz. Vielleicht würde es hinhauen, wenn ich es bescheidener angehen könnte – keine Ahnung. Mit Anstand und Würde Politik machen – glaubst du, das geht? Herrgott, Daisy, ich hab jetzt keine Lust, über solches Zeug nachzudenken. Ich möchte an diesen Strand fahren, von dem wir in New Hampshire geredet haben, und dich ganz, ganz lange nicht aus den Händen lassen.«

Wir lagen da, jeder auf einen Ellbogen aufgestützt, und sahen einander an. »Weißt du was?« sagte sie. »Ich glaube nicht, daß ich je so glücklich war wie in diesem schauerlichen Hampton Inn in Manchester, mit diesen drei Stunden, die wir jede Nacht geschlafen haben.«

»Dann fahren wir eben dahin«, sagte ich. »Pfeifen wir auf die Karibik.«

»Im Ernst?«

Ich dachte an den trostlosen Parkplatz, an das Risiko, Danny Scanlon in die Arme zu laufen, an die letzte Wahlkampfwoche dort.

Es war fast Mitte April: Wahrscheinlich waren in New Hampshire noch nicht einmal die Bäume grün.

»Wie wär's mit den Bermudas?« fragte ich.

»Bißchen früh«, sagte sie. »Das Wetter dort ist noch nicht optimal.«

»Na gut, dann eben Jamaica. Ibiza. Mir ist alles recht.« Ich sprang aus dem Bett und zog mich an. »Machen wir's so: Du setzt dich ans Telefon und buchst was. Ich hab noch eine letzte Sache zu regeln.«

»Und die wäre?«

»Stanton hat mir ins Gesicht gesehen, als er das mit seiner Verantwortung für Libbys Tod gesagt hat. Es war eine Entschuldigung. Also sollte ich ihm wenigstens auch ins Gesicht sehen, wenn ich kündige. Ich bin bald wieder da. Vielleicht sollten wir ein paar von den Kulis für ein feierliches Abschlußessen zusammentrommeln – Jennifer und dazu noch die anderen von Libbys Truppe.«

»Henry.« Mit einem Satz war sie aus dem Bett, schlang einen Arm um meinen Hals, legte mir die Hand an die Wange. »*Du* bist vielleicht völlig durch den Wind und hast keine Ahnung, wer du eigentlich bist – aber *ich* weiß es ganz genau. Und Libby wußte es auch. Und es tut mir leid, daß ich zu stolz war, die letzten Wochen auf deine Anrufe zu reagieren, und es tut mir leid, daß ich dir nach New York weh tun wollte. Und ich liebe dich sehr – aber das war ja eh klar.«

»Daisy, was Schöneres hab ich nicht erlebt …«

»Seit wir uns vor dem Hotel geküßt haben – an dem Tag, als wir Harris seine vierzig Prozent in New Hampshire vermasselt haben«, fiel sie mir ins Wort. »Da wußte ich zum erstenmal, daß du mich liebst, auch wenn du keinen Ton gesagt hast.«

»Das ist ja wohl Gedankenübertragung, Henry«, begrüßte mich Jack Stanton, als ich in die Küche der Villa kam, wo er im Kühlschrank herumstöberte und schließlich eine plastikverschweißte Packung Mortadella herausfischte. Er trug Jeans, ein lila Cowboyhemd und Turnschuhe. »Grade eben hab ich Tommy zu Ihnen rübergeschickt.«

»Ich muß mit Ihnen sprechen«, sagte ich in einem Ton, der jedes Mißverständnis ausschloß.

»Ich weiß«, sagte er. »Und wir werden auch miteinander reden. Aber erst haben wir noch was zu erledigen. Ich habe nämlich folgendes gemacht: Ich habe Picker angerufen. Ich fliege in einer Viertelstunde zu ihm und gebe ihm Libbys Akte – und entschuldige mich bei ihm, daß ich sie in Auftrag gegeben habe, und sage ihm, daß ich meine Kandidatur morgen zurückziehe. Ich habe für elf Uhr eine Pressekonferenz angesetzt, hier im Garten. Das müßte doch in Libbys Sinn sein, oder?«

Ich nickte.

»Wissen Sie, was in ihrem Brief an uns stand?« fragte er mit einem Lächeln. »›Ich bin irrsinnig enttäuscht von Euch. REISST EUCH GEFÄLLIGST ZUSAMMEN!‹ Und in Ihrem?«

»Daß sie Sie nie hätte aufgeben können.«

»Hören Sie, Henry. Ich weiß, was Sie denken, was Sie vorhaben – aber könnten Sie mir einen letzten Gefallen tun? Begleiten Sie mich nach Florida. Sie waren letzte Woche mit ihr unterwegs. Sie waren bei den Gesprächen dabei. Picker wird vielleicht Fragen haben. Deshalb sollten wir ihm unser gesamtes Material zugänglich machen – und einen großen Teil dieses Materials verkörpern Sie.«

»Na gut«, sagte ich. »Dann muß ich aber kurz telefonieren.«

»Alles in Ordnung mit Daisy?« fragte Stanton. Ich nickte. »Sagen Sie ihr, es tut mir leid, daß ich sie in New York so vor den Kopf gestoßen habe, ja?«

Und so kehrten wir zu den Anfängen zurück. Jack Stanton und ich in einem kleinen Flugzeug, das quer über die alten Südstaaten aus der Abenddämmerung in die Nacht flog. Neben dem Rollfeld in Capps ein Stück nördlich von Tallahassee erwartete uns ein holzverkleideter Kombi, auf dem »Pickerwood« stand. Der Chauffeur, ein steinalter Farmer, hieß ebenfalls Henry. Die Nacht war tiefer Süden pur – feucht und stürmisch, die Luft wie in einem Dampfbad, dazu schwirrende Insekten, die so zahlreich gegen die Windschutzscheibe klatschten, daß man kaum mehr durchsah. Henry versuchte es mit den Scheibenwischern, aber die machten die Sache nur schlimmer. »Scheißviecher«, knurrte er. »Wir sind gleich da.«

Wir bogen in einen Feldweg ein – gesäumt von Immergrünen

Eichen mit zottigen Flechten. Nach einer Viertelmeile tauchte ein weißer Zaun auf, dahinter eine weite Rasenfläche. Ein Stück entfernt erhob sich ein elegantes weißes Herrenhaus mit drei dicken Säulen und zwei halbrunden Flügeln. Der Weg war jetzt mit Kies bedeckt, und die Auffahrt verbreiterte sich zu einem gewaltigen Rondell mit einem großen Brunnen in der Mitte, der leise tropfte, ein perfekter Ausdruck der Nässe der Nacht. Altmodische gelbe Lichter brannten in den Fenstern, und aus einem Zimmer im ersten Stock drangen Bratschenklänge: Pickers jüngerer Sohn übte Mozarts *Sinfonia Concertante.* Jeder Klang, jede Wahrnehmung schien um ein vielfaches verstärkt – das Zuschlagen der Autotüren, Zikadenzirpen, der ferne Schrei einer Eule. Am Himmel hing ein vernebelter Mond, schon nicht mehr ganz voll ... bye-bye, Libby.

Pickers älterer Sohn Fernando empfing uns an der Haustür und zog sich dann gleich zurück. Picker wartete schon hinter ihm. Er war lässig gekleidet – barfuß, in Jeans und einem gestreiften Hemd mit hochgekrempelten Ärmeln. Seine Haut war tiefgebräunt, mit helleren, sehr ausgeprägten Fältchen um die Augen; die Haare lagen feucht am Kopf an, als käme er frisch aus der Dusche. Er führte uns aus der Eingangshalle in ein Zimmer mit einem großen eingebauten Fernseher, einem dunkelgrünen chinesischen Art-déco-Teppich und zwei geblümten Chintzsofas, die im rechten Winkel zueinander vor dem Fernseher standen. Die Bücherregale reichten fast bis zur Decke, und zwischen Regal und Decke zog sich ein Streifen schottengemusterter Tapete entlang wie in einer rustikal angehauchten Cocktailbar; dort oben waren auch die Messingleuchter angebracht, die den Raum in ein gedämpftes Licht tauchten. Picker schaltete den Fernseher aus und fragte, ob wir etwas trinken wollten. Stanton bat um eine Cola light, ich schloß mich an. Picker holte zwei Dosen aus einer Kühlbox in einem Schränkchen unterhalb der Regale. Er selbst trank Orangina.

»Na dann«, sagte er.

»Ich habe mich praktisch entschlossen, morgen aus dem Rennen auszusteigen«, sagte Jack Stanton. Er und ich saßen auf dem einen Sofa, Picker auf dem anderen, die nackten Füße auf einem Couchtisch aus lackierten Eichenstämmen ausgestreckt.

»Das hat CNN auch gemeldet«, sagte Picker.

»Aber vorher wollte ich mich bei Ihnen entschuldigen«, fuhr Stanton fort. »Sie haben wahrscheinlich mitbekommen, daß eine ... Freundin von mir ... gestorben ist?« Picker nickte. »Sie und Henry haben letzte Woche das hier zusammengestellt.« Er zog die Picker-Akte aus einem braunen Umschlag und reichte sie ihm. »Sie hat sich umgebracht, weil sie dachte, ich würde das Material gegen Sie verwenden. Vielleicht hätte ich das auch – ich war mir noch nicht sicher, aber es hätte sein können. Und deshalb möchte ich, daß Sie die Akte bekommen – es ist das letzte Exemplar. Alle anderen haben wir vernichtet. Nehmen Sie sie, dann wissen Sie wenigstens, hinter was die anderen hersein werden und was sie vielleicht finden werden. Es war wahrscheinlich ein Fehler von mir, meine Leute überhaupt darauf anzusetzen. Es tut mir aufrichtig leid.«

Picker hatte die Akte durchgeblättert, während Stanton sprach. Jetzt legte er sie zur Seite. »Sie spielen doch auch ein Instrument, oder?« fragte er mit einem Nicken in Richtung Obergeschoß. Wir hörten seinen Sohn hartnäckig an der *Sinfonia* arbeiten, immer wieder abbrechend und neu ansetzend. »Dann kennen Sie das sicher, wenn man ein neues Stück einübt, und man kommt an eine Stelle – eine ganz kleine Stelle nur, ein Takt oder zwei –, bei der man denkt: ›Verdammt, das krieg ich nie in den Griff.‹ Man rackert sich ab, man flucht und stöhnt und steigert sich hinein. Und dann, ganz plötzlich, *haut es hin* – aber man kann nicht mehr damit aufhören, man steht immer noch völlig in diesem Bann. Man hat es geschafft – und das ist ein absolut phantastisches Gefühl. Es kann sogar passieren, daß man die leichteren Stellen vernachlässigt und statt dessen nach der nächsten vertrackten Passage sucht, um die ebenfalls zu meistern. Es ist eine Art Sucht. Ich habe Felipe davor gewarnt, weil ...« Er stockte, sammelte sich. »Weil mein ganzes Leben so war. Die Ölspekulationen, die Politik, alles. Ich war verliebt in die Herausforderung – und *es haute jedesmal wieder hin*. Ich bin mir nicht sicher, ob das so ganz das Wahre ist.«

Stanton nickte vorsichtig. »Ja, das ist eine gefährliche Sache, wenn man es um des Kitzels willen tut und nicht um der Menschen willen.«

»Jack, ich hab es *nie* um der Menschen willen getan.« Pickers dunkle Augen bohrten sich in Stantons Gesicht. Seine Unverblümtheit verblüffte mich; es war ein schockierend radikales Bekenntnis. Der Abend versprach interessant zu werden. »Das war auch mit der Grund, warum ich das erste Mal aufgehört habe. Weil mir bewußt geworden war, daß es mir bis dahin einzig und allein um mich gegangen war.« Er stand von seinem Sofa auf und trat zu uns. »Und es gab nichts, was ich nicht konnte. Ich konnte jede schwierige Passage meistern. Ich konnte ein Vermögen machen, eine Wahl gewinnen – und das Kokain hat mich in diesem Gefühl natürlich noch bestärkt: Alles, was ich anpackte, schien mir automatisch das Richtige zu sein. Haben Sie je geschnupft?«

»Ja, einmal«, sagte Stanton. »Hat mir einen Mordsschrecken eingejagt. Mich völlig flattrig gemacht. Außerdem stimmt mit meiner Nase was nicht, ich habe überempfindliche Schleimhäute.«

»Ich fand's wunderbar«, sagte Picker. Er sah mich an. »Aber Reggie Duboise täuscht sich. Ich hatte es um kein Haar besser im Griff als er. Es war das erste Mal, daß ich etwas nicht in den Griff bekam. Und daran ist auch meine Ehe kaputtgegangen – nicht ... an irgendwas anderem. Und als Reggie mich dann auch noch gedeckt hat, als er mich mit Renzo zusammen fand, ist mir klargeworden, daß ich zurücktreten muß. Allzuviel getaugt habe ich als Gouverneur sowieso nicht. Mir blieb nichts anderes übrig, als auszusteigen und einen neuen Anfang zu machen. Und genau das habe ich getan. Meine Söhne haben mir das Leben gerettet. Das ist die erste und wichtigste Lektion, stimmt's? Die Sorge um die Jungs hat mich von meinem Egoismus kuriert.« Er hielt inne, richtete den Blick erneut auf mich. »Dann ist Renzo also schon ziemlich hinüber?«

»Er hält sich aufrecht«, sagte ich.

»Freut mich«, sagte er. »Ich kann nicht behaupten, daß ich ihn besonders gut gekannt hätte. Es war nur das Koks. Das hat einem ein Gefühl gegeben – als wäre jedes kleinste Härchen am Arm eine ... eine erogene Zone. Er hat mir über den Arm gestrichen. Und weil ich alles tun konnte, weil alles erlaubt war, habe ich das eben auch ausprobiert.«

»Sie müssen sich hier nicht ...« unterbrach Stanton.

»Doch«, sagte Picker und nahm wieder Platz. »Es ist besser so. Ich habe also auch das ausprobiert, und ich weiß bis heute nicht, was es zu bedeuten hatte. Es lief nicht übers Gehirn. Es war etwas rein Körperliches, es kam nur vom Koks. Ich meine, ich gehe eine Straße entlang, und ich habe nur Augen für Frauen. Seit einer Weile treffe ich mich mit einer unheimlich netten ... der werd ich's jetzt wohl auch sagen müssen. Ein verdammt hoher Preis.« Er schüttelte den Kopf.

»Es braucht niemand davon zu erfahren«, wandte Stanton ein. »Reggie hält den Mund. Renzo auch.«

Picker fixierte ihn scharf. »Ich hatte nie vor, mit der Kandidatur so weit zu gehen. Es hat mich einfach gejuckt. Ich wollte wieder einen Zeh in die Tür kriegen. Harris' Ansatz hat mir gefallen. Er war überzeugender als Ihrer, das war jedenfalls mein Eindruck – obwohl ich bei genauerem Hinsehen gemerkt habe, daß die Substanz fehlte. Er hat einfach weiterhin seine Vorlesungen zu Politologie gehalten. Sein Wahlkampf war nichts als Imagepflege. Aber ich dachte mir: eine Woche lang spiele ich mit. Die Politik hat mir gefehlt – dieses Gefühl, wenn du plötzlich merkst: du reißt die Leute mit. Das ist besser als Geld verdienen, stimmt's, Jack?« Er hielt inne, lehnte sich zurück, kam ein wenig von seinem Kurs ab. »Deshalb hat ein Mensch wie Larry Harris auch nicht das Zeug zum Präsidenten. Ein Präsident muß den emotionalen Part genauso beherrschen, die Symbole, die Gesten, die Schauspielerei; er muß mit Macht umgehen können. Und es muß jemand sein, der sich mit den Sachfragen auskennt, dabei aber auf dem Boden der Tatsachen steht, kein abgehobener Akademiker wie Larry. Jemand, der weiß, was machbar ist.«

Was sollte das werden? Es kam mir fast wie eine Abschiedsrede vor. Ob Stanton das auch spürte? Mit Sicherheit. Aber ich sah seine Augen nicht, sah sein Gesicht nur von der Seite. Er machte wieder seine großen Ohren, soviel war aus der Intensität seines Schweigens klar; er saugte die Geschichte förmlich aus Freddy Picker heraus.

»Hätte ich nein sagen können, als Martha Harris sich an mich gewandt hat?« fuhr Picker fort. Er hatte die Füße wieder auf den Couchtisch gestellt, die Hände um die Knie gelegt. »Wahrscheinlich schon. Aber ich sah, wie verletzlich Sie waren – die Versuchung war einfach zu groß. Es war alles perfekt – perfekt für mich. Wobei ich im Unterbewußtsein offenbar trotz allem noch Zweifel hatte, ob die Vergangenheit auch wirklich Vergangenheit war – deshalb wohl auch das mit dem Blut.«

»Das war ein genialer Schachzug«, sagte Stanton anerkennend.

Picker lachte. »Stimmt, es hatte was. Es kam einfach spontan aus mir raus. Ich hatte es wirklich nicht geplant. Und es entpuppte sich als unheimlich vielschichtig und sehr nützlich für mich. Einerseits dachte ich mir, gut, wenn ich tatsächlich ernsthaft wieder in die Politik einsteige, dann muß ich zur Abwechslung auch mal was geben, statt mir nur diesen Kick zu holen. Gleichzeitig war auch eine andere Ebene im Spiel, ohne daß mir das bewußt gewesen wäre – aber das hat sich ziemlich schnell geändert.«

Er zog die Hände zurück, stellte die Füße auf den Boden und beugte sich vor. »Es hat mich eingeholt – die Realität hat mich eingeholt –, sobald ich die Nadel im Arm gespürt habe. Schon verrückt, was einem die Psyche für Streiche spielen kann. Diese ganzen Jahre, in denen ich weg vom Fenster war, habe ich zugeschaut, wie Politiker sich blamierten – Gary Hart, John Tower, Sie –, und immer habe ich mich gefragt: Was zum Teufel haben die sich denn dabei *gedacht*? Und dann saß ich da.« Er schüttelte den Kopf. »Plötzlich saß *ich* da. Ich hatte die Vergangenheit nicht richtig ›abgeblockt‹, ich hatte mich nur nicht damit auseinandergesetzt. Die Dinge, die ich getan habe ...« Er stockte, schüttelte wieder ungläubig den Kopf. »Alle diese Dinge, die sofort einen ›Mordsskandal‹ auslösen würden, wenn die Presse davon Wind bekäme ... diese Dinge schienen so weit in der Vergangenheit, so fern – gar nicht mehr ganz real, sondern nur dunkle Erinnerungen –, und sie hatten so wenig mit dem Menschen zu tun, der ich jetzt bin. Der Gedanke, daß sie mich ... vernichten könnten, kam mir absurd vor. Sie waren nicht mehr ich. Sie waren nur ein winziger Augenblick in meinem Leben. Und dieser Augenblick wog weniger, spielte eine geringere Rolle in meinem Gedächtnis als – was? Als meine Jahre als Vorstandsmitglied am North Florida Art Institute. Aber trotzdem konnte er mich den Kopf kosten. Und die Demütigung – alles, was ich ... Als sie mir diese Nadel in den Arm gestochen haben, war das wie ein Elektroschock:

Warum tue ich das? dachte ich. *Das ist doch Wahnsinn.* Und dann habe ich mich immer weiter hineingesteigert. Ich habe nachgezählt. Vierzehn Jahre seit der Sache mit Renzo. Eigentlich eine ziemlich lange Zeit, oder? Ich versuchte mich krampfhaft zu erinnern – mein Blut muß seitdem mindestens zehnmal untersucht worden sein. Hätte es da nicht auch *daraufhin* untersucht werden müssen? Aber vielleicht nicht automatisch – vielleicht verstößt das gegen den Datenschutz, gegen die Persönlichkeitsrechte der Homosexuellen oder was weiß ich. Jedenfalls saß ich plötzlich da und dachte: Vielleicht bin ich tatsächlich nie auf AIDS getestet worden!«

Ein Wort mit Wirkung. Er ließ es im Raum stehen – erhob sich, holte sich noch eine Orangina und für uns zwei Cola light. »Ich habe versucht, es beiseite zu schieben«, sagte er. »Habe in die Kameras gelächelt. Zum Beispiel für dieses blödsinnige Bild von mir beim Blutspenden. Aber ich konnte es nicht beiseite schieben. Na ja, es hat wohl auch eine ganze Reihe von Dingen symbolisiert – ich meine, welches Recht hatte ich denn, mich um das Präsidentenamt zu bewerben? Was hatte ich je geleistet, worum hatte ich mich verdient gemacht?« Er starrte zur Decke empor, hob die Schultern gen Himmel, blickte dann auf seine Hände. »Andererseits, soviel mehr hatten die anderen ja auch nicht zu bieten. Tagtäglich werden irgendwelche unbekannten Politiker plötzlich hochgejubelt. Wer war Jimmy Carter vorher? Wer war Michael Dukakis? Wer waren *Sie* vor drei Monaten? Warum also nicht ich? Zumal ja alles bestens zu laufen schien.«

Picker schüttelte den Kopf und runzelte die Stirn. Er nahm wieder Platz, weit vorgebeugt in seinem Eifer, auch ja alles zu erklären – er wirkte regelrecht erleichtert, daß sich ihm endlich die Gelegenheit bot. »Aber diese Sache mit dem Blut hat immer weiter an mir genagt«, sagte er leise. »Ich dachte mir, sie werden ja wohl alle Spenden untersuchen. Sogar« – er lachte – »die von Präsidentschaftskandidaten. Aber ich wußte nicht, wie lange es dauert, bis sie die Ergebnisse haben. Und dann dachte ich, was ist, wenn ich tatsächlich positiv bin und ein Laborassistent beschließt, reich und berühmt zu werden, indem er diesen Leckerbissen an die Regenbogenpresse verkauft? Können Sie sich vorstellen, wie ... Na ja, *Sie* wohl schon. Es wurde regelrecht zur fixen Idee. Ich war ein bißchen wie Lady Macbeth – ich konnte an nichts anderes denken als an das Blut. Ich mußte die Wahrheit wissen. Aber wie? Ich konnte ja schlecht anrufen und sagen: ›Hallo, hier ist Fred Picker, ich hab hier neulich 'nen halben Liter abgedrückt und wollte bloß fragen, ob ich AIDS habe.‹ Und von meinen Leuten konnte ich auch nicht gut jemanden beauftragen. Ich wußte, daß es verrückt war. Ich wußte, daß es unlogisch war. Aber es wurde immer schlimmer. Unmittelbar vor dieser Kundgebung in New Haven dachte ich, ich schaffe es nicht, ich hatte einen richtigen Panikanfall. So was hatte ich nicht mehr gehabt seit ... seit Reggie Duboise mir in Coral Gables aus der Patsche geholfen hat. Aber jetzt saß ich schlotternd im Wagen auf dem Weg zum Yale-Stadion und hyperventilierte. Zu drei Vierteln war ich überzeugt, daß ich AIDS hatte ... und zu einem Viertel fuchsteufelswild, daß ich so ein Feigling war.«

»Gott im Himmel«, sagte Stanton – irgend etwas mußte er ja sagen.

»Ich stand auf dieser Bühne in New Haven«, sagte Picker ruhig, »und ich wußte nicht, was ich tun sollte. Haben Sie mich damals gesehen?« Stanton nickte. »Wissen Sie, was ich dachte, als ich da stand? An Sie habe ich gedacht. Indirekt jedenfalls. Ich dachte: Es kommt alles heraus. Selbst wenn ich kein AIDS habe, bin ich erledigt. Alles kommt heraus – und dann wird es mir genauso gehen wie jetzt Jack Stanton.« Picker fuhr sich mit dem Handrücken über die Stirn. Die Klimaanlage lief nur schwach – nicht die typische arktische Südstaaten-Überkompensation –, und er fing an zu schwitzen. »Es kam mir plötzlich so grausam vor, wie sie mit Ihnen umsprangen. Ich meine, ich bin schließlich auch kein Heiliger. Ich habe eine Menge Dummheiten begangen, egoistische Dummheiten – und diese Kandidatur ist vielleicht eine davon –, aber nichts, was auch nur annähernd diese Demütigungen rechtfertigt, diese Bösartigkeit ...« Er verstummte, sein Blick trübte sich. »Es hatte fast etwas von einem heidnischen Ritual, wie alle Sie in Stücke rissen. Und ich hatte mich daran geweidet, hatte sogar dazu beigesteuert. Zumindest bis zu diesem Moment in New Haven, und da begriff ich plötzlich: *Stanton hat es wahrscheinlich auch nicht verdient.*«

Na ja, dachte ich – zum Teil schon.

Stanton warf mir einen raschen Blick zu, als würde er meinen Verrat spüren. Von mir aus. Picker war ohnehin nicht in der Verfassung, es zu bemerken. Er starrte ins Leere, fuhr sich mit der Hand nervös durchs Haar. Er war immer noch in New Haven, versunken in seine Geschichte. »Ich wußte nicht, was ich tun sollte. Es war unglaublich – alle diese Leute, die Plakate mit Blutstropfen darauf schwenkten. Ich meine, ausgerechnet! Blutstropfen! Ich mußte Luft haben, Zeit zum Nachdenken. Also habe ich versucht, sie zu beruhigen. Und natürlich lief es auf das genaue Gegenteil hinaus: Mit jedem Wort, das ich sagte, gerieten sie nur noch mehr außer sich. Ich hätte mir so eine Macht nie träumen lassen. Es war wie ein Fluch in einem Märchen, wie bei König Midas. Alles, was ich sagte, um es abzustellen, hat sie noch mehr angeheizt – und um es *richtig* abzustellen, war ich zu feige. Sie ließen sich so leicht ... manipulieren. Ich bekam immer größere Zweifel, ob ich mich auf so etwas einlassen wollte – selbst wenn alles in Ordnung war, selbst wenn mein Blut sauber war. Ich würde ihren Erwartungen nie gerecht werden können, dachte ich. Ich würde ihnen nie geben können, was sie brauchten.«

Er senkte den Kopf und wischte sich ein Auge. Ich hatte geglaubt, jeder Politiker, den ich bewunderte, müßte so sein wie Jack Stanton – überlebensgroß, von Mensch zu Mensch genauso eindrucksvoll wie auf dem Bildschirm. Aber Freddy Picker war nichts dergleichen. Freddy Picker war in jeder Hinsicht lebensgroß – mit einer Ausnahme: Er hatte einen Zaubertrick auf Lager, er konnte sich vor der Kamera in Szene setzen, instinktiv, brillant. Mit diesem Trick erschöpfte sich sein Repertoire; von Politik selbst verstand er offenbar wenig. Was Picker in New Haven begriffen hatte – die Verzweiflung der Menge –, das hatte Stanton mit der Muttermilch eingesogen. Jack Stanton wußte außerdem intuitiv, daß es nicht damit getan war, den Erwartungen gerecht zu werden. Man mußte die Erwartungen *übertreffen*. Man mußte die Massen inspirieren. Wer das nicht schaffte, war nicht besser als Millard Fillmore. Es war ein Spiel, für das man schon verdammt gut sein mußte. Jedes Jahrhundert brachte nur zwei, drei Gewinner hervor, und die Verlierer wurden in hellen Scharen auf dem Scheiterhaufen verbrannt.

Oder sie gerieten in Vergessenheit – siehe das Phänomen Picker, das sich vor meinen Augen in Rauch auflöste. »Also habe ich am nächsten Tag im Krankenhaus angerufen«, sagte er gerade. »Ich wäre früher blutarm gewesen und hätte mich in letzter Zeit nicht ganz auf dem Posten gefühlt, und ich wollte nur ... nur fragen, ob mein Blut schon untersucht worden war. Sie ließen mich am Hörer warten.« Er lachte. »Als wäre ich ein Mensch wie jeder andere. Sie kennen das, Jack, wenn man der Gouverneur ist, muß man nie irgendwo warten. Aber ich wartete – und wartete, und es war grauenhaft. Nach einer Ewigkeit kam die Schwester wieder an den Apparat und sagte, ja, sie hätten mein Blut untersucht, und nein, es gäbe keine Auffälligkeiten, alles wäre in Ordnung.«

Ich glaube, ich atmete auf.

»Aber es war keineswegs alles in Ordnung«, sagte er. Die Worte kamen immer schneller, sie stürzten geradezu aus ihm heraus. »Im Gegenteil, es wurde schlimmer. Ich fühlte mich noch mehr in die Enge getrieben. Jetzt hängte ich mich an den Drogen auf. Ich machte mich völlig verrückt, ich legte Listen an, versuchte mich an alle Partys zu erinnern, auf denen ich in Dade gewesen war – an diese Tausenden von miesen Typen, die mich ans Messer liefern konnten. Und dann Renzo. Ich wußte ja nicht mal richtig, wer er war! Er konnte jederzeit mit der Geschichte herausrücken. Er konnte sie an den *National Flash* verkaufen. Jeden Morgen fragte ich mich beim Aufstehen, ob heute wohl der Tag war, an dem alles auffliegen würde. In meinem Kopf hatte nichts anderes mehr Platz. Sie haben ja gesehen, wie schwer es mir bei der Geraldo-Debatte gefallen ist, mit Ihnen mitzuhalten. Ich war außerstande, mich ernsthaft mit irgend etwas auseinanderzusetzen – ich wollte Präsident der Vereinigten Staaten werden, und alles, woran ich denken konnte, war meine bevorstehende nationale Bloßstellung.«

»Kommt mir irgendwie bekannt vor«, sagte Stanton.

»Aber mit dem gewaltigen Unterschied, daß es für mich ein Sprung ins kalte Wasser war, Jack! Sie haben Ihre Kandidatur doch seit ewigen Zeiten vorbereitet – hieß es jedenfalls in der Presse. Ich bin dazu gekommen wie die Jungfrau zum Kind. Gut, es war nicht nur eine Laune – aber so richtig ernst war es eben auch nicht. Ich war völlig unvorbereitet. Ich wußte sachlich nicht Bescheid. Aber das fatalste war, daß ich über – all das – nicht nachgedacht hatte. Und nach New Haven konnte ich an nichts anderes mehr denken. Deshalb kündigte ich, nachdem wir in New York gewonnen hatten, an, daß ich nach Hause fahren und mir darüber Gedanken machen würde, was ›unserem Land am meisten dient‹. Ha! In Wirklichkeit habe ich über Wege nachgedacht, aus der Sache auszusteigen, bevor sie mir auf die Schliche kommen. Und Jack, danke, daß Sie so anständig waren, heute abend hierherzukommen.« Er wandte sich mir zu: »Henry, ich bin Ihnen nicht böse, daß Sie in meiner Vergangenheit herumgeschnüffelt haben. Besser Sie als jemand anders ... Wie auch immer, Sie geben mir einen Grund, endlich das zu tun, wofür mir die ganze Zeit der Mut gefehlt –«

»Was?« fragte Stanton – nun doch endlich eine Spur ungeduldig.

»Ich ziehe meine Kandidatur zurück«, sagte Picker.

»Guter Gott«, sagte Stanton ohne Überraschung. »Sind Sie –«

»Sicher?« Picker lachte. »Allerdings. Vorhin habe ich gesagt, daß alles das, wofür sie mich an den Galgen bringen werden, alle meine Sünden, so weit in der Vergangenheit liegen, daß ich das Gefühl habe, sie hätten nichts mehr mit mir zu tun. Nun, mir ist klargeworden, daß mein politischer Ehrgeiz auch eine dieser Sünden ist. Daß er etwas Gefährliches ist, das begraben gehört wie das Kokain und alles andere. Diese Vorstellung, daß ich unbesiegbar bin, daß alles, was *ich* will, automatisch seine Richtigkeit haben muß – das ist doch pubertär, oder? Ich sehe meine Jungs an, und sie ...«

Er brach ab. Der Gedanke an seine Söhne wirkte offenbar wie eine kalte Dusche. »Die Presse wird wohl auf jeden Fall dahinterkommen. Die Geschichte ist doch ein gefundenes Fressen für die. Aber wenn ich einen Teil selber preisgebe – vielleicht schnüffeln sie dann nicht weiter. Das mit Renzo, das müssen sie nun wirklich nicht erfahren. Trotzdem, Jack, hinauslaufen wird es auf dasselbe: Ich bin eine nationale Witzfigur. Da führt wohl kein Weg dran vorbei. Und vor meinen Jungs muß ich mich so oder so verantworten.« Er runzelte die Stirn, starrte auf seine Hände hinunter. Sie lagen auf seinen Schenkeln, die Handflächen nach oben, nutzlos, wie gelähmt. Er blickte zu Stanton auf, seine dunklen Augen wieder klar und scharf.

Seine Stimme wurde hart. »Ich kann machen, was ich will, diese Dreckskerle werden alles ausgraben, bis auf den letzten Rest, stimmt's?«

Ich konnte nicht genau sehen, was Stanton in diesem Moment tat, es muß etwas mit den Augen gewesen sein – ein Flackern, ein Zucken, der Schimmer einer Schlagzeile, irgendeine Vorahnung der Hölle, durch die Picker gehen würde. Egal, was, Picker fing es auf – und knickte darunter weg, sackte auf der Couch zusammen, die Knie angewinkelt, mit eingezogenem Kopf und unkontrollierbar zuckenden Schultern.

Stanton war bei ihm, ehe ich richtig begriff, was überhaupt los war. Er legte beide Arme um Freddy Picker, der sich krümmte, sein Gesicht an Stantons Brust vergrub. Und dann saß er da und wiegte Picker, eine Ewigkeit, hatte ich das Gefühl, wiegte ihn und küßte ihn hin und wieder aufs Haar – bis sich der ehemalige Gouverneur von Florida langsam, nach und nach, wieder fing. All das geschah ohne ein Wort, fast ohne einen Laut.

»Governor«, sagte Stanton schließlich, »ich weiß nicht, wie's mit Ihnen steht – ich bin kein großer Trinker –, aber ich glaube, ein kleiner Schluck Bourbon täte uns beiden jetzt gar nicht schlecht.«

Picker löste sich aus Stantons Umarmung, ging an einen Schrank und holte eine Flasche Jack Daniels und drei Gläser heraus. In dem Schrank lag ein Stoß Servietten, und mit einer davon putzte er sich die Nase. Seine Augen waren blutunterlaufen und verstört, das Haar hing ihm wild in die Stirn. Aber seine Würde hatte er dennoch nicht verloren. »Jack«, sagte er, »verstehen Sie das bitte nicht falsch, aber Sie wirken so *unerschütterlich*. Nicht, wenn Sie hier jetzt so sitzen. Da kommen Sie mir wie ein ganz normaler Sterblicher vor. Aber wie schaffen Sie es, am Morgen aufzuwachen – zum Beispiel damals in New York, als alle auf Ihnen herumgetrampelt haben –, wie schaffen Sie es, aufzustehen und den Tag zu beginnen in dem Wissen, daß die ganze Welt nur darauf wartet, Sie in Stücke zu reißen und Sie als Charakterschwein und Trottel und Lügner hinzustellen, so wie gestern und vorgestern auch? Ich wüßte es wirklich gern, weil das eine Fähigkeit ist, die ich wahrscheinlich auch bald brauchen werde.«

»Keine Ahnung«, sagte Stanton. »Ich hab einfach keine andere

Wahl – das ist alles, was ich kann. Klar, ein Teil, ein großer Teil davon ist vermutlich reine Eitelkeit. Sie haben es eine Sucht genannt. Das stimmt. Aber das ist nicht alles. Ich finde es herrlich – das, wovon Sie gesprochen haben –, wenn die Leute plötzlich mitgehen. Und das Taktieren auch; das Spielerische daran. Aber ich würde mich mit Sicherheit nicht hinstellen und die Hosen herunterlassen, damit dieses selbstgerechte, heuchlerische Pack mich auspeitschen kann, wenn ich nicht daran glauben würde, daß es doch manchmal möglich ist, den Menschen ein klein bißchen zu helfen. Ich weiß, das klingt albern, aber ich kriege immer noch Herzklopfen vor Aufregung, wenn eins von den Programmen, die wir eingerichtet haben, tatsächlich seinen Zweck erfüllt«, sagte er mit echter Begeisterung. Er stand auf, schickte sich zum Gehen an. »Waren Sie mal bei einem Förderkurs für Analphabeten? Erwachsene, die versuchen, lesen und schreiben zu lernen? New York, haben Sie gesagt. Wissen Sie, was mir einfällt, wenn ich an New York denke? Nicht die Vorwahl. Die habe ich schon längst vergessen. Nein, ich denke an dieses kleine Alphabetisierungsprogramm in Harlem, das Henry und ich einmal besucht haben.« Er drehte sich zu mir hin, seine Augen schimmerten feucht. »Das war an dem Tag, an dem wir uns kennengelernt haben, stimmt's, Henry? Ein überwältigendes Erlebnis. Fast wie ein Gottesdienst.«

Picker hatte sich ebenfalls erhoben. »Jack« – er lächelte –, »vielleicht überlegen Sie sich das mit dem Aussteigen noch mal.«

»Hmm ... na ja ...« Stanton verstummte, wurde rot. »Ich denk drüber nach.«

»Die Wahrheit ist doch« – Picker lehnte sich an den Türrahmen, die Fäuste in die Taschen seiner Jeans geschoben –, »sehr lang hätte es bei mir sowieso nicht mehr gedauert, selbst wenn ich nicht diesen zusätzlichen Klotz am Bein gehabt hätte. Ich war mit meinem Latein so ziemlich am Ende. Ich hatte eigentlich nichts mehr zu sagen.« Er lachte. »Ich wette, das passiert Ihnen nie.«

»Freddy, wissen Sie, was *ich* gedacht habe, als ich Sie damals in New Haven gesehen habe?« erwiderte Stanton. »Ich dachte: So hätte *ich* es anpacken müssen. So hätte mein Wahlkampf aussehen sollen. Aber ich hatte nicht den Mut dazu.« Er hielt inne – hier war physischer Nachdruck geboten –, legte Picker den ausgestreckten Arm auf die Schulter und sah ihm fest in die Augen. »Schauen Sie, ganz gleich, was Sie warum getan haben: Sie haben Maßstäbe gesetzt. Sie haben einen Standard an – doch, an Aufrichtigkeit vorgegeben, an dem wir anderen uns jetzt messen müssen. So was hat unser Land bitter nötig.«

»Ich weiß das zu schätzen, Jack«, sagte Picker. »Auch wenn Sie schleimen, daß es fast schon verboten ist.«

Sie umarmten sich in der Tür. »Schleimerei öffnet einem viele Pforten«, sagte Stanton. »Der eigentliche Test kommt, wenn man durch die Pforte hindurchgegangen ist ... Wenn ich Ihnen in der nächsten Zeit irgendwie helfen kann, Freddy ... egal, womit ... sagen Sie's, ja?«

»Ich weiß, Jack«, antwortete Picker. »Ich denk dran.«

Der Gouverneur pfiff eine traurige Country-Melodie vor sich hin, als wir über den Kies zum Kombi zurückgingen. Auf der Fahrt zum Flugplatz redete er kein Wort – aber sobald wir am Rollfeld waren, fragte er: »Und? Wollen Sie immer noch Ihr Gespräch, Henry?«

»Ja«, sagte ich.

»Morgen früh um zehn bei mir.«

Er nahm sein trauriges Gepfeife wieder auf, während wir auf das Flugzeug zugingen, klagende Töne, die in die schwüle Südstaatennacht hinausdrifteten. Und dann sang er – auf seine unangestrengte, zurückgenommene Art – den Refrain:

»I can still feel the soft southern breeze in the live oak tree
And those Williams boys, they still mean a lot to me –
Hank and Tennessee ...
I guess we're all gonna be what we're gonna be
So what do you do with good ol' boys like me?«

»Wissen Sie, warum ich dieses Lied so mag?« fragte er.

»Im Zweifelsfall wegen der Zeile mit den Williams-Boys.«

»Nicht übel, Henry«, sagte er, legte seinen mächtigen Arm um meine Schulter und zog mich an sich. »Gar nicht übel. Die Rednecks streiten das ja immer ab, aber wer von hier stammt, der weiß:

Hank Williams kommt selten allein. Das Bild ist nie vollständig ohne den guten alten Tennessee.«

Kaffeeduft weckte mich. Daisy werkelte im Zimmer herum, entspannt, völlig zu Hause. Sie sah, wie ich mich streckte, und kam zu mir ans Bett. »Wehe, du nimmst das als Präzedenzfall«, sagte sie. »In Zukunft wirst du schon auch Kaffee machen müssen. Immer, wer als erster auf ist, okay? Aber die Nacht gestern hatte es wohl in sich.«

»Worauf du dich verlassen kannst.« Und ich fing an zu erzählen.

»Dann hat Stanton also zum hundertachtzigsten Mal überlebt und wappnet sich für die nächste Runde«, sagte sie. »Typischer Fall von mehr Glück als Verstand.«

»Er führt es vermutlich eher auf seine Zähigkeit zurück«, erwiderte ich. »Aber Libby hatte völlig recht: Er muß *nie* bezahlen. Nicht einmal dann, wenn er es *will*. Gestern abend war er wirklich zu allem bereit. Er wollte den Wahlkampf abblasen – und dann hat Picker ihn nicht gelassen.«

»Tja, so was nennt man wohl *Schicksal*«, sagte sie mit einem Lachen. »Ganz schön schwaches Bild – irgendwie hab ich mir das Schicksal doch ein bißchen imposanter vorgestellt.« Sie schenkte mir Kaffee ein und brachte die Tasse ans Bett. »Und du – was machst du jetzt?«

»Für Jamaika packen«, sagte ich. »Oder was du sonst ausgesucht hast. Hauptsache, weit weg.«

»Bist du ganz sicher?« fragte sie. »Nicht daß du's meinetwegen tust. Ich hätte vollstes Verständnis, wenn du es lieber durchziehen würdest.«

»Vergiß es«, sagte ich. »Dafür ist der Krug schon zu lange zu Wasser gegangen. Es würde nie wieder sein wie früher.«

»Vielleicht tätest du dich dann leichter«, sagte sie. »Vielleicht stehst du's besser durch, wenn du es mit weniger Ehrfurcht angehst.«

»Ja, willst du denn, daß ich weitermache?«

»Ich will dich«, sagte sie.«Womit du dein Geld verdienst, ist mir egal. Obwohl es nett wäre, wenn wir uns zwischen dem ganzen Liebesgesäusel auch ab und zu mal über Politik unterhalten könnten.«

»Politik ist nicht gleich Politik«, sagte ich. »Vielleicht sollte ich lieber nach Alabama gehen und Bill Johnson dabei helfen, Justizminister zu werden.«

»Da würde ich glatt mitspielen«, sagte sie. »Ich mache ein paar saugute *Positiv*-Spots für ihn.«

»Ich liebe dich, Daisy«, sagte ich.

»Wer mich liebt«, sagte sie, »liebt auch meine Werbespots.«

Stanton erwartete mich im ersten Stock der Villa, einem Teil des Hauses, in den ich vorher kaum je vorgedrungen war. Er hatte ein kleines Büro da oben – Schreibtisch, Fernseher, Fotos von Susan und Jackie, ein Bild von sich selbst bei der Vereidigung zum Gouverneur, ein Bücherregal mit den Klassikern der Südstaatenpolitik – V. O. Key, W. J. Cash, C. Vann Woodward, T. Harry Williams' Buch über Huey Long und viele andere. Gleich neben dem Schreibtisch stand ein graues, dem Fernseher zugewandtes Zweiersofa. Susan saß schon da, und ich gesellte mich zu ihr.

»Danke für gestern abend, Henry«, sagte der Gouverneur. Er war im piekfeinen Erfolgsoutfit, mit blendend weißem Hemd und der rot-blau-gold-gestreiften Krawatte; sein marineblaues Nadelstreifensakko hing einsatzbereit am Türknauf. Auch Susan, in blauem Baumwollkostüm mit beiger Kreppbluse, schien für einen Primetime-Auftritt gewappnet. »Hat mir einiges bedeutet, daß Sie mitgekommen sind. Das war ein Ding, was? Freddy rief heute morgen an. Meinte, er hätte gleich hinterher mit seinen Jungs gesprochen – Fifty-fifty. Der Ältere hat's offenbar ganz gut verdaut, der Jüngere weniger, der ist rausgestürmt und hat die Tür zugeknallt. Aber die kriegen das wieder hin, da geh ich jede Wette ein. Er ist jetzt übrigens gleich auf Sendung«, sagte er mit einem raschen Seitenblick zum Bildschirm – CNN, ohne Ton. »Und was haben *Sie* auf dem Herzen?«

»Ich ziehe mich von der Kampagne zurück«, sagte ich.

»Antrag abgelehnt.«

»Ich – ich fühle mich einfach nicht mehr wohl bei dieser Sache.«

»Bei welcher Sache?«

Das war mir selbst nicht ganz klar.

»Ich habe mit Richard gesprochen«, sagte er. »Er kommt wieder an Bord. Und ich übertrage ihm die Leitung, er wird Wahlkampf-Manager. Er wird in einer Stunde hier sein, in diesem Büro. Howard wird wieder zum einfachen *consigliere* zurückgestuft. Adler bleibt noch eine Weile bei uns – in untergeordneter Funktion. Er ist für manche Sachen ganz brauchbar – aber Richard ist der Boss. Und wir können auch Daisy wieder anheuern, wenn Sie das möchten.«

»Darum geht es nicht«, sagte ich.

»Worum dann?«

»Um Libbys ... Libbys Test.« Verdammt, ich würde doch wohl in der Lage sein, ihm zu erklären, daß es ... daß alles zuviel gewesen war. Trotz der langen Zeit, die wir miteinander verbracht hatten, fiel es mir immer noch schwer, unbefangen meine Meinung zu sagen. Ich spürte einen Druck auf der Brust, meine Kehle war wie zugeschnürt. »Sie haben Libbys Test nicht bestanden.«

»Herrgott noch mal, Henry«, sagte er. »Wir sind doch nicht bei den Pfadfindern. Wir – Sekunde, da kommt er.«

Picker war nach Tallahassee gefahren. Er wirkte angeschlagen, aber seine Körpersprache drückte Entschlossenheit und Selbstbewußtsein aus. Er stand allein vor der Kamera, ohne seine Söhne. Er trug einen dunklen Anzug, ein blaues Button-down-Hemd mit schmalen, nicht besonders telegenen Streifen, dazu eine dezente Krawatte. Er angelte ein gelbes Blatt Papier aus der Tasche, las jedoch nicht davon ab.

»Also dann«, sagte er, »hiermit beende ich meine Ersatzkandidatur für das Präsidentenamt.« Ringsum Stöhnen. Vereinzelte Rufe aus dem Publikum: »Warum denn, warum denn?«

Susan stand vom Sofa auf und stellte sich hinter ihren Mann, einen Arm um seine Schulter, die Wange an seine Schläfe geschmiegt.

Picker versuchte ein Lächeln. »Tja, das kommt manchen von Ihnen wahrscheinlich wie ein Déjà-vu vor. Und es stimmt: Wir haben das alles schon mal gehabt. Aber damals, 1978, hatte ich eben auch recht: Ich bin nicht der richtige Mann für dieses Geschäft. Ich kann mir nicht einmal anmaßen, auch nur so zu tun, als würde ich für die Präsidentschaft kandidieren.« Die CNN-Kamera bekam einen Stoß ab, so groß war das Gedränge; alles rannte hektisch durcheinander. »Als Martha Harris mich bat, den Wahlkampf ihres Mannes weiterzuführen, habe ich mich so geehrt gefühlt, daß ich es versäumt habe, mir die Konsequenzen klarzumachen. Das war gedankenlos von mir, und ich möchte mich dafür entschuldigen ...«

»Was heißt das, Sie können es sich nicht anmaßen?« rief jemand dazwischen.

»Weil ich in meiner Zeit als Gouverneur wissentlich das Gesetz gebrochen habe.« Er seufzte, gab sich einen Ruck. »Damals haben viele Leute mit Drogen herumexperimentiert, und ich habe auch dazugehört. Nein, das ist untertrieben. Wenn ich nur herumexperimentiert hätte, wäre das vielleicht noch verzeihlich. Aber ich habe die Kontrolle verloren. Ich ...«

»Was für Drogen?«

»Kokain«, sagte Picker. »Das ist der wahre Grund, warum ich 1978 zurückgetreten bin. Es war auch der Grund für meine Eheprobleme. Aber ich habe es in den Griff bekommen. Das alles liegt hinter mir. Ich hatte fast schon vergessen, daß es je passiert ist, so weit liegt es hinter mir. Aber es ist passiert, und deshalb wäre es unrecht von mir, wenn ich diesen Wahlkampf weiterführen wollte. Es war dumm von mir, zu glauben, daß ich je ...«

Ein winziges Schweigen trat ein, flüchtig, kaum wahrnehmbar. Die Reporter waren verblüfft, wieder einmal entwaffnet von seiner Offenheit. Picker schien es zu spüren, und es gab ihm Auftrieb. Souverän überbrückte er die Pause: »Wie dem auch sei, viel mehr gibt es wohl nicht zu sagen. Es ist mir peinlich«, sagte er – ohne allerdings den Eindruck zu machen, daß es ihm peinlich war. Es war sein altes Bravourstück – die Souveränität auf der Mattscheibe. Die Meute würde früh genug über ihn herfallen, würde voller Lust im Dreck wühlen und kein gutes Haar an seiner Kandidatur lassen. Aber vor laufender Kamera hatte er sich nicht demütigen lassen, und das allein war schon ein Sieg. »Wahnsinn«, murmelte Stanton, »es ist direkt beängstigend, wie gut der Mann hätte sein können.«

Es wirkte fast, als hätte Picker ihn gehört. Er hatte sich schon abgewendet, aber jetzt trat er an die Mikrophone zurück. »Nur eins noch«, sagte er. »Ich möchte mich bei Jack Stanton bedanken – er hat über diese ganze Geschichte Bescheid gewußt und sie nicht gegen mich verwendet. Mir ist klar, daß es nicht an mir ist, große

Empfehlungen auszusprechen, aber ich habe Governor Stanton im Lauf der letzten Wochen ein bißchen näher kennengelernt – und vielleicht sollten Sie es mir nachtun. Ich wüßte im Augenblick keinen amerikanischen Politiker, der so verkannt wird wie er. Aber darüber bilden Sie sich am besten selbst ein Urteil. So, das ist endgültig alles, was ich zu sagen habe. Außer daß es mir leid tut. Und leben Sie wohl.«

Augenblicklich blinkten an dem Telefon auf Stantons Schreibtisch alle sechs Leitungen auf. Dazu der Summton der internen Sprechanlage – Annie Marie aus dem State House. Stanton legte die Hand über den Hörer, wandte sich an mich: »Haben Sie immer noch Zweifel?«

»Ja«, sagte ich.

»Ich bin für niemanden zu sprechen«, sagte er zu Annie Marie. Dann zu mir: »Ich dachte, Sie hätten es kapiert, Henry. Ich dachte, Sie wüßten, worum es geht: um Führungsqualitäten, nicht um moralische Vollkommenheit. Okay, ich hätte die Akte wahrscheinlich irgendwem zugespielt – und wäre mir wie ein Schwein vorgekommen, aber wissen Sie was? Das hätte nichts geändert. Picker hätte sich auf keinen Fall halten können. Es war nur eine Frage der Zeit.«

»Und der Art und Weise«, sagte ich. »Er hätte vorhin vielleicht ein bißchen anders geredet, wenn Sie es gewesen wären, der ihn abgeschossen hätte.«

»Okay. Zugegeben. Aber was machen wir hier eigentlich?« fragte er mit traurigem Kopfschütteln. »Wir streiten darüber, wie viele Politiker auf einer Nadelspitze Platz haben. Wollen Sie mir erzählen, Sie hätten eben erst entdeckt, daß es so etwas wie harte Bandagen gibt und daß Sie dafür zu zartbesaitet sind? Sie werden doch nicht kneifen? Ich bitte Sie. Dazu kenn ich Sie zu gut. Dazu haben wir zuviel miteinander durchgemacht.«

»*Zu* viel«, sagte ich. Ich sah zu Susan hinüber. Ausnahmsweise überließ sie die Drecksarbeit Jack. Sie wußte, wann sie sich herauszuhalten hatte.

»*Sie* haben sich jetzt die Frage zu stellen, was die Alternativen sind.« Er sagte es sanft, geduldig, fast mit Wärme und fixierte mich dabei mit seinen blauen Augen. »Für die Politik muß man aus hartem Holz geschnitzt sein – und klar, die meisten von uns sind keine Unschuldslämmer. Gerade Sie müßten das wissen, Henry. Sie haben Larkin erlebt, Sie haben O'Brien erlebt, von mir mal ganz abgesehen. Zwei Drittel von dem, was wir machen, ist verwerflich. Wir funktionieren nicht wie normale Menschen. Wir lächeln, wir hören zu – wir müßten fast schon Schwielen an den Ohren haben vom ewigen Zuhören. Wir brechen uns einen ab, um es allen recht zu machen, und wenn das nicht hinhaut, mogeln wir uns irgendwie durch. Wir sagen den Leuten, was sie hören wollen, und wenn wir mal was sagen, was sie *nicht* hören wollen, dann meistens, weil wir uns ausgerechnet haben, daß es genau das ist, was sie eigentlich doch hören wollen. Wir leben unser Leben mit einem falschen Lächeln im Gesicht – und warum? Weil das der Preis dafür ist, an der Spitze zu stehen. Denken Sie, Abraham Lincoln hat sich nicht prostituiert, bevor er Präsident wurde? Er mußte auch seine kleinen Geschichtchen erzählen und sein treuherziges Hinterwäldler-Grinsen aufsetzen. Er hat es um der Möglichkeit willen getan, eines Tages vor der Nation zu stehen und an ›die besseren Engel unserer Natur‹ zu appellieren. Da ist dann Schluß mit der Schaumschlägerei. Denn nur darum geht es letztlich: um diese Möglichkeit, darum, das meiste aus ihr zu machen, es richtig zu machen – Sie wissen genausogut wie ich, wie viele von uns dieses Spiel spielen, ohne einen Gedanken an die Menschen zu verschwenden, von ihren ›besseren Engeln‹ ganz zu schweigen. Die meisten wollen gewinnen und sonst gar nichts. Sie wollen sich sagen können: ›Ich habe das schwerste Rennen der Welt für mich entschieden.‹ Und dafür sind sie bereit, ihre Seele zu verkaufen, in Gullys herumzukriechen, die Wähler zu belügen, sie gegeneinander aufzuhetzen, aus ihren größten Ängsten Kapital zu schlagen ...«

»Sie haben in Florida auch aus ihren Ängsten Kapital geschlagen«, sagte ich, um den Wortschwall zu stoppen.

»Genau wie Sie«, parierte er. »Sie haben nicht gesagt: ›O weh, o weh, das ist nicht fair, der arme Lawrence Harris.‹ Sie haben keinerlei moralische Bedenken geäußert. Und wissen Sie, warum? Aus zwei Gründen. Zum einen hatten Sie Blut geleckt – ob es Ihnen paßt oder nicht, Henry, Sie sind eine Kämpfernatur, und die Schlacht war in vollem Gange. Sie wollten diesen verdammten Tugendbold kaltmachen, so wie ich auch. Nicht buchstäblich natürlich – das war ein Schock für uns alle, das hat uns an unserer Sache ein bißchen zweifeln lassen und Picker den nötigen Rückenwind verschafft. Aber zweitens, und das ist viel wichtiger: Sie wußten, daß ich einen besseren Präsidenten abgeben würde als Harris. Das wußten Sie ganz genau. Sie mögen für ein paar Tage Ihre Zweifel gehabt haben, was Picker angeht – aber gestern haben Sie's ja selbst gesehen. Ein grundsolider Mann, gescheit, mit viel Gespür. Aber ein *Präsident*? Nie im Leben. Er ist ja kaum ein Politiker. Herrgott, Henry, wer taugt besser für dieses Amt als ich? Glauben Sie, es gibt da draußen irgendwen, der sich so für die Menschen einsetzen würde wie ich? Denken Sie an alle die wunderbaren Alternativen. Denken Sie an Larkin. Oder an Ozio. Und fragen Sie sich ganz ehrlich: Gibt es irgend jemanden mit reellen Gewinnchancen, dem die Wähler auch nur annähernd so am Herzen liegen wie mir?«

»Mir liegen die McCollisters am Herzen«, sagte ich.

»Mir *auch*«, sagte er mit einem raschen Blick zu Susan hinüber – und rechnete sich blitzschnell aus, daß hier keine Zugeständnisse an die Ehrlichkeit zu machen waren, daß ihm nichts blieb, als an seiner harten Linie festzuhalten. Wenn ich ihm die Stange hielt, würde ich mich damit abfinden müssen.

»Ich habe daran gedacht«, sagte ich, »vielleicht nach Montgomery zu gehen und Bill Johnson bei seiner Kandidatur für das Amt des Justizministers zu unterstützen.«

Das verschlug ihm die Sprache. Aber nur einen Augenblick. Wie immer war er mir einen Schritt voraus. »Wenn Sie das glücklich macht«, sagte er. »Aber wissen Sie, wie lange Billy schon davon spricht, für den Posten zu kandidieren? Und wie überzeugt er davon ist, daß dieses weiße Provinzpack nie im Leben für einen Schwarzen stimmen wird? Und angenommen, er läßt sich wirklich aufstellen, angenommen, Sie verhelfen ihm zum Sieg – was dann? Wissen Sie, womit der Justizminister von Alabama seine Zeit verbringt? Er läßt anstößige Werbeplakate entfernen. Er verklagt die Elektrizitätswerke – immer ohne Erfolg. Und er schickt irgendwelche armen Teufel auf den elektrischen Stuhl, weil sie Supermärkte überfallen und ihre

Enkeltöchter mißbrauchen. Henry, hier geht es um die Präsidentschaft der Vereinigten Staaten. *Sind Sie dabei?*«

»Vielleicht sorgt er auch dafür, daß Bäume einfach wieder Bäume sind«, sagte ich heftig, »daß ein paar schwarze Kids weniger gelyncht und aufgeknüpft werden.« Stanton war verblüfft über meine Halsstarrigkeit. Ich kannte mich selbst kaum wieder.

»Henry«, unterbrach Susan behutsam. »In ein paar Minuten müssen wir durch diese Tür gehen und eine Erklärung abgeben. Das ganze Land wird zuschauen, deshalb sollten wir uns vielleicht einen Moment Zeit nehmen und darüber nachdenken, was Jack sagen wird.«

Ich nickte. »Jetzt kommen Sie, Henry.« Stanton streckte mir über den Schreibtisch hinweg die Hände entgegen. Seine Stimme bebte leicht. Seine Augen wurden schmal, sie forschten, bohrten im verzweifelten Bemühen, an mich heranzukommen. Stirn, Nasenflügel, die Adern an seinem Hals, Arme, Finger – alles schien auf mich ausgerichtet, alles wuchs mir entgegen. Ich kannte diesen Moment so gut; ich hatte ihn so oft miterlebt. Er konnte über das »falsche Lächeln« sprechen, soviel er wollte: *Seine* Macht entsprang genau dem entgegengesetzten Impuls, sie entsprang der Echtheit seines Appells, der Kompromißlosigkeit seines Hungers. Von Kalkül konnte bei ihm kaum die Rede sein. Er brauchte einen wirklich. Und jetzt brauchte er mich.

»Wir haben so hart gearbeitet – wir *beide* zusammen, Henry, um an diesen Punkt zu gelangen«, beschwor er mich. »Und jetzt ist der Moment da. Er ist zum Greifen nahe. Wir können Unglaubliches erreichen. Wir können das ganze Land verändern – nicht nur Alabama. Wenn wir gewinnen, wäre Bill Johnson in Washington nur zu gern dabei, meinen Sie nicht? Er kann Justizminister der Vereinigten Staaten werden – nicht sofort vielleicht, aber im Lauf der Zeit. Nur deshalb ist er doch in New Hampshire aufgekreuzt – damit ich mich an ihn erinnere, wenn die Zeit da ist. Und sie wird kommen, Henry. Ich kann diese Wahl gewinnen. Wir werden Geschichte machen. Schauen Sie mir in die Augen und sagen Sie mir, wir schaffen es nicht. Schauen Sie mir in die Augen, Henry – und sagen Sie mir, daß Sie nicht dabeisein wollen.«

»Ich ...«

»Himmelherrgott noch mal, Henry«, rief er. »Soll ich vor Ihnen auf die Knie fallen? Ich schaffe es nicht ohne Sie. Lassen Sie mich jetzt nicht allein.« Er zögerte, sah mir prüfend ins Gesicht. »Sie bleiben bei mir, stimmt's? Sagen Sie ja. Sagen Sie ja. *Sagen* Sie's!«

Er brach ab, und plötzlich ging ein Lächeln über sein Gesicht. Ich konnte es nicht ganz deuten. Er war perplex und doch voller Zuversicht. So leicht gab er das Spiel nicht auf. »Ach, kommen Sie, Henry. Das ist doch *lächerlich*: Sie *müssen* bei mir bleiben.«

Danksagung

Ich möchte ein paar Leuten danken, die nicht wissen, wer ich bin. Das hat Harold Evans und Random House einiges an Gottvertrauen abverlangt. Mein besonderer Dank gilt Daniel Menaker: Sein Enthusiasmus und Einfühlungsvermögen waren unverzichtbar bei einem sehr ungewöhnlichen – und sehr einsamen – Lektorat. Er schien oft früher als ich selbst begriffen zu haben, worum es ging.

Ich danke auch Kathy Robbins, die in jeder Hinsicht einmalig ist. Ohne sie wäre dieses Buch nie entstanden.

Und natürlich meiner Familie. Ihr hattet eine Engelsgeduld und wart überhaupt phantastisch.